KB150462

현대소설론

한국현대소설학회 지음

문예학총서 · 18

현대소설론

초판 1쇄 발행일 · 1994년 3월 2일
초판 10쇄 발행일 · 2015년 9월 15일

지은이 · 한국현대소설학회
만든이 · 이정옥
만든곳 · 평민사
　　　　서울시 서대문구 남가좌2동 370-40
　　　　전화 · 02)375-8571
　　　　팩스 · 02)375-8573
　　　　http://blog.naver.com/pyung1976

등록번호 · 제 10-328호
ISBN 978-89-7115-184-6 92810

정가 · 16,000원

* 잘못 만들어진 책은 바꾸어 드립니다.
* 이 책은 저작권법 제97조의 5(권리의 침해죄)에 따라 보호받는 저작물로
　저자의 서면동의가 없이 그 내용을 전체 또는 부분적으로 어떤 수단·방법으로나
　복제 및 전산 장치에 입력, 유포할 경우 민·형사상 피해를 입을 수 있음을 밝힙니다.

현대소설론

한국현대소설학회 지음

평민사

머리말

이 책을 읽는 독자들은 기억하리라. 소설이 재미있어 밤을 새워 읽었는데, 막상 보고서를 쓰려면 아무 할 말이 없어 당혹스럽기만 하던 경험을, 윤동주를 빌려 말하면, "학문은 하기 어렵다는데 소설이 이렇게 쉽게 읽히는 것은 부끄러운 일이다." 그러나 부끄러워할 수만은 없는 일. 이 책은 '등불을 밝혀 어둠을 조금 몰아내고 시대처럼 올 아침을 기다리는' 소설 독자를 위해 만든 것이다. 소설을 어떻게 공부할 것인가 고민하고 방향을 모색하는 이들을 위해 마련한 책이다.

이 책은 대학에서 소설을 공부하고 가르치는 데 지침이 될 만한 '교과서'가 마땅히 없다는 인식을 같이하는 이들의 작업결과이다. 대학에서 교과서를 가지고 공부한다는 것은 어찌 보면 어불성설인지도 모른다. 소설론을 공부할 경우 한국 소설사의 모든 작품과 세계 소설사의 중요한 작품이 모두 대상이 되어야 한다.

방법론 또한 다양하게 구사되어야 한다. 갈 길은 먼데 해는 짧다는 것이 소설을 공부하는 이들의 실감이다. 양으로도 그렇거니와 소설 자체의 눈부신 변화가 우리를 곤혹스럽게 한다. 거기다가 대학의 학문은 보수적인 경향을 띠어 '늙은 교수의 강의'가 되기 십상이다. 창작은 혁신적이고 전위적인 방향을 부단히 모색한다. 소설론은 소설의 다양성과 발 빠른 변화를 따라가는 데 바빠 소설의 시학은 고사하고 '소설론'다운 소설론을 마련하기조차 힘들다.

대학에서 이루어지는 소설론의 강의가 가지각색인 까닭도 거기에 있다. 고전에 속하는 작품을 읽고 해설하는 강의가 있는가 하면, 최근의 작품을 주로 다루는 경우도 있다. 고전에만 매달리다 보면 현대의 변화를 놓치게 되고 현대에 집중하다보면 문학사적 연계성을 잃게 된다. 이 둘을 함께 아우르는 방법은 무엇인가. 소설을 공부하는 이들이라면 누구나 한번쯤은 고민하게 되는 문제이다. 이 책은 그런 고민을 하는 이들에게 길잡이가 되리라고 믿는다.

이 책은 3부로 이루어져 있다. 제1부는 소설의 전반적인 특성을 이해하는 데에 길잡이 역할을 해줄 수 있는 글들이다. 소설의 개념과 기원을 밝히고 근대소설의 형성과 변천 등을 살폈다. 또한 소설 장르의 본질을 이해하기 위해 장르로서의 소설 개념을 검토했고 미메시스 양식으로서의 소설, 소설의 허구적 상상력 등을 검토함으로써 소설의 본질에 접근할 수 있도록 하였다.

제2부는 소설 텍스트를 구조 차원에서 이해하는 글들이다. 소설의 구조와 소설의 서술방법, 소설의 인물 등을 새로운 시각으로 검토하였다. 또한 소설의 인물이 활동하는 배경인 소설의 시간과 공간을 검토하였다. 소설이 인생을 탐구하고 사회를 반영한다고 하더라도 그것이 언어로 서술되지 않는다면 문학일 수 없다. 소설의 문학성을 담지하는 문체를 검토한 것은 소설의 언어적 조건에 대한 검토이다. 그리고 소설이 인생의 이야기라는 점에서 소설의 주제는 중요한 의미를 지니는 항목이다. 소설의 주제를 파악하는 방법과 주제의 의의 등을 살펴보았다. 그리고 소설문학의 핵심을 이루는 장편소설의 특질을 다룬 것은 소설론의 공부가 장르의 핵심에서 출발해야 한다는 의미를 지니는 것이기도 하다.

제3부는 제1부와 제2부를 통해 공부한 내용을 방법론적 측면에서 응용하는 실천적 성격을 띠는 글들이다. 소설론을 공부하는 목적은 소설 이해의 폭을 넓히고 깊이를 확보하는 데에 있다. 장르 자체가 다양한 것처럼 소설을 이해하는 데는 여러 가지 방법이 동원될 수 있다. 여기서는 소설 이해의 대표적인 두 가지 방법을 실제 차원에서 설명하였다. 하나는 소설이해의 사회학적 방법인데 소설이 삶의 반영이라는 전제에서 출발하는 연구 방법의 예를 보여주고자 하였다. 다른 하나는 소설이해의 구조론적 방법인데 소설을 기호론적 체계로 보는 관점에서 소설을 연구하는 방법론을 제시하

고 있다. 끝으로 소설론을 공부하고 난 다음 보고서를 어떻게 써야할 것인가 하는 데에 초점을 맞추어 소설의 비평을 구체적으로 시도해 본 것이다.

이 책은 대학 학부에서 이루어지는 소설론 강의를 고려하여 만들었다. 한 학기가 16주로 되어 있는데, 시험이라든지 그 밖의 공식적인 행사를 제하면 대개 14주 정도 강의를 할 수 있다. 이 책의 한 장을 한 주에 다루는 방식으로 활용할 수 있을 것이다. 한 주는 예비시간으로 활용할 수 있을 것이다.

각 장마다 가능하면 구체적인 예를 들어 설명하려고 많은 배려를 하였다. 그러나 이 책을 읽고 이해하는 것만으로는 충분하지 않다. 문학예술의 반열에 드는 소설은 독자의 직접적인 독서 체험을 요구해 온다. 작품을 직접 읽지 않고는 어느 강의도 실감을 자아내지 못한다. 예거한 작품은 적절히 안배하여 읽을 수 있도록 강의를 구안하는 일이 중요하다. 대학에서 소설론을 공부하는 데에 길잡이가되려고 여러 가지를 배려하였지만 아직 미흡한 구석이 한두 군데가아니다. 오류와 미흡함은 차츰 고쳐 나가기로 하겠다.

이 책이 나오도록 지원해 주신 평민사와 글자 하나까지 세세히살피면서 편집의 감각을 발휘해 준 편집부에도 고마움을 전한다. 교정과 찾아보기를 작성하는 데는 송준호 박사와 전북대학교 대학원에서 공부하는 전흥남, 장미영, 김미진, 변화영, 장창영 등이 도움을 주었다. 고맙게 생각한다. 필자들이 가장 고맙게 생각해야 할분들은 지금 이 책을 읽고 있는 독자 여러분들이다. 독자 여러분들이야말로 소설의 길로 나가는 우리의 동지들이 아닌가.

1994년 새봄
필자 씀

[목차]

머리말

제1장
소설의 세계

丘仁煥

　소설이 무엇인가를 이해하기 위해서는 먼저 그 개념과 기원 그리고 변천 과정을 알 필요가 있다. 그것은 소설이 지니고 있는 의미가 무엇인지를 알고 또 그것이 어떻게 시작되어 오늘의 소설로 발달하였는가를 앎으로써, 다양한 현대소설을 이해할 수 있기 때문이다.

　또한 소설의 개념과 기원에 대한 이해는 소설의 본질에 접근하는 가장 손쉬운 방법이기도 하다. 서사적 허구물(narrative fiction)로써의 多層的이고도 多聲的인 소설 본질에 접근해 보기로 한다.

1. 소설의 개념

　소설의 개념은 시대와 사회에 따라 여러 가지로 바뀌어 왔다. 그것은 소설이 발생한 이후 시대나 사회에 따라 소설이 지닌 복합적 의미에서 어느 한 면을 강조하는 경향이 있기 때문이다. 그중에도 소설을 이야기로 보는 說話性을 강조하는 경우와 역사나 현실의 반영으로 보는 反映說, 그리고 사람의 敎化를 강조하는 敎化說 등이 가장 두드러진 견해다.

소설 개념의 첫 단계는 소설을 이야기로 보는 태도이다. 소설의 이야기는 어느 영역에 한정되지 않는다. 市井의 이야기나 연애와 모험은 물론이고 한 시대의 흐름까지가 소설의 이야기에 포함된다. 그런데 소설은 虛構的인 이야기(fiction)로 인식되고 있다는 점이 다른 이야기와 다른 국면이다. 소설에 담긴 내용을 흔히 스토리(story)라고 하고 短篇은 쇼트 스토리(short story)라고 하며 長篇을 로망(roman)이라고 하는 것도 그 字意로 보면 이야기를 뜻하고 있다.

동양에서는 예부터 소설을 작은 이야기란 말로 써왔다. 「莊子」의 外物篇에서 가장 먼저 小說이란 말을 쓴 예를 찾을 수 있다.

> 대체로 작은 낚싯대로 개울에서 붕어 새끼나 지키고 있는 사람들은 큰 고기를 낚기가 어렵다. 이와 같이 소설을 꾸며서 그걸 가지고 縣의 守令의 마음에 들려 하는 자는 크게 되기 어렵다.[1]

장자는 소설을 상대방에게 환심을 사려는 재담 정도로 여기고 있다. 孔子는 소설이란 말을 쓰지 않고 「論語」에서 小道라고 하여 快刀亂神의 의미로 쓰고 있다.

> 소설에는 볼만한 것이 있기는 하나 원대한 일을 당해 이를 인용하면 통하지 않을 염려가 있다. 그러므로 군자는 이런 것을 하지 않는다.[2]

또한 「漢書藝文志」에서 班固는 소설의 원형이 거리에 있는 얘기를 재미있게 꾸미는 것으로 말하고 있다.

---

1) 「莊子」外物篇, 夫揚竿累趣渚讀守鮒鮒 其於得大魚難矣 飾小說以于縣令 其於大達亦遠矣.
2) 「論語」子張篇, 孔子曰 雖小道 必有可觀 者焉 致遠恐泥是以君子不爲也.

소설가라는 것은 대개 패관에서 비롯된 것으로 소설이란 길에 떠도는 이야기와 항간에서 들을 수 있는 것으로 꾸며서 만들어진 것이다.[3]

이러한 견해는 소설이 이야기를 중심으로 한 虛構의 세계임을 말하는 것이다. 소설가에 해당한 稗官, 傳奇叟, 이야기꾼 등으로 불리어진 이들이 만들어낸 이야기는 說話性과 허구성을 지닌다는 지적이라 할 수 있다. 李德懋는 소설의 제작과정을 다음과 같이 설명한다.

일찍이 들으니까 중국에서는 시골 훈장들이 한가히 모여 잡담을 나누다가 술과 고기를 먹고 싶으면 한 사람이 소설을 지어 부르고 한 사람이 그것을 베껴 써내고 다시 몇 사람이 그것을 판에 새기어 그대로 두세 편 서점에 내다 팔아 술과 고기를 사서 먹었다고 한다.[4]

여기서 소설이 설화성을 주로 한 이야기임을 알 수 있다. 개화기 소설가로 널리 알려진 李海朝는 <花의 血>에서 소설의 허구성과 교화적 속성을 다음과 같이 말하고 있다.

기자 왈 소설이란 것은 매양 憑空捉影으로 인정에 맞도록 편집하여 풍속을 교정하고 사회를 경성하는 것이 제일 목적인 중 그와 방불한 사람과 방불한 사실이 있고 보면, 애독하시는 열위부인 신사의 진진한 자미가 일층 더 생길 것이요, 그 사람이 회개하고 그 사실을 경계하는 좋은 영향도 없지 아니할지라. 고로 본기자는 이 소설을 기록함에 스스로 그 재미와 그 영향이 있음을 바라고 또 바라노라.[5]

'憑空捉影'이란 허구에 의존하여 사물의 그림자를 포착한다는 뜻으로, 소설의 虛構性을 말하면서 소설의 敎化性도 아울러 강조하고

---

3) 小說家者流 蓋出於稗官, 街談佛巷語 道聽塗說者之 所造也.
4) 李德懋, 『靑莊館全書』卷五, 嬰處雜稿. 嘗聞 中州府村爲學究 聞聚談話, 卽 席欲得酒肉卽 一人呼小說一人寫幾人人刻板 房然成二三篇 賣放書肆 沽酒肉以述云.
5) 李海朝, <花의 血> 후기.

있다.

서구에서 소설의 說話性과 虛構性을 강조하는 견해는 두드러지게
나타난다. 그 중에서도 다음에 열거하는 말들은 소설의 속성을 잘
파악하고 소설이 현실과 비슷하면서도 현실과 다른 허구성을 바탕
으로 하는 敍事的 虛構物(narrative fiction)임을 잘 말하고 있다.

소설은 증류된 人生이다.　　　　　　　　　　- C. Hamilton
소설은 人生의 해석이다.　　　　　　　　　　- W. H. Hudson
소설이란 무엇인가? 架空的인 이야기다.　　　　- André Morois
소설은 이야기, 즉 캐릭터에 대해 꾸며 놓은 이야기다.
　　　　　　　　　　　　　　　　- R. P. Warren & C. Brooks

이상의 설명에서 분명해진 바와 같이 소설은 허구적인 이야기의
세계이다.

소설이란 엄밀히 말해서 작가에 의하여 창조된 가공적인 이야기
요, 허구의 세계라고 할 수 있다. 픽션이란 말은 작가의 주관과 상
상력의 작용에 의하여 새로운 또 하나의 세계를 창조해 간다는 뜻
이니, 리얼리즘과 反리얼리즘의 차이는 있을지언정 소설은 결국 창
조적인 허구의 세계라는 것이다. 현실과 사회를 객관적인 안목에서,
있는 그대로를 그린다는 리얼리즘 문학도 어디까지나 작가의 主觀
에 의하여 재구성되어야 하고 秩序가 주어져야 하며 통일성이 있는
창조의 세계, 예술의 세계가 되어야 한다. "리얼리즘도 선택이다"라
는 말 속에는 곧 문학과 예술의 세계란 현실 그대로의 세계가 아니
라, 작가와 藝術家에 의하여 창조된 幻想(illusion)의 세계요 가공의
세계임을 뜻하는 것이다.

어떤 사람들은 소설의 초보적인 양상을 스토리, 즉 이야기라고
한다. 몰튼(R. G. Moulton)은 "創作文學의 核心은 스토리"6)라고 말

─────────────

6) Moulton, *The Modern Study of Literature*, 本多顯影 譯, 岩波書店, 1957,
   p. 382.

했고, 포스터도 "소설의 근본적인 양상은 이야기"7)라고 말했으며, 우리나라의 金東里도 이 점을 강조하고 있다.

> 스토리적인 플롯이 어디까지나 내러티브의 形式으로 표현되는데 敍事 詩의 기본적인 성격이 있다…… 이것을 우리말로 고친다면 이야기란 말에 해당된다.8)

인간이 본질적으로 이야기를 좋아하는 것은 "자기 자신의 모순을 이야기로 보충시켜 나가려는 것이 인간성에 내포되어 있기" 때문이라면서, 소설의 이야기는 ①構成的인 이야기(plot) ②敍述된 이야기(narrative) ③人生의 이야기(character) ④創造的 이야기(fiction)가 되어야 한다는 요지의 말을 하고 있다.9) 그러니까 몰튼이나 포스터나 김동리의 경우처럼 소설의 근본을 스토리에 둔다고 할지라도, 이 이야기는 곧 꾸며진 이야기, 픽션이라고 설명할 수밖에 없는 것이다.

그러므로 근대소설의 특징은 그 허구성에 있다. 한동안 소설을 사회의 거울이요, 시대의 그림이라고 하여 소설의 사실성(actuality)을 중시한 때도 있었지만 오늘날 소설이 현실 그대로의 복사일 수는 없고, 어디까지나 작가의 주관을 통한 새로운 창조요 환상을 만들어 내는 것이라는 주장이 지배적이다. 즉, 소설은 인생이나 사회의 거울이 아니라 그것을 그 나름대로 屈折시키는 렌즈와도 같은 것이다. 작가를 제2의 창조자라고 부르는 까닭도 바로 여기에 있다. 그런데 문제는 소설에 있어서 거짓말로 꾸며진 이야기는 眞實性(reality)이 있는 '참말 같은 거짓말'이어야 하고 '架空의 眞實'(fictious truth)이 되어야 한다는 것이다.

모더니즘 소설이 담화적 구조와 이 허구적인 모험을 구가하는 것

---

7) E. M. Forster, *Aspects of the Novel,* Penguin Books, 1970, p. 27.
8) 金東里, 『文藝學概論』 서라벌예대출판국, 1958, p. 172.
9) 金東里, 「소설이란 무엇인가?」, 『小說作法』, 靑雲出版社, 1965, pp. 10~16.

은 소설이 허구적인 이야기인 데서 오는 현상이다.

　다음, 소설은 인생이나 역사의 반영이라는 견해가 두드러진다. 소설은 꾸며진 허구의 세계라기보다는 내일의 地平을 위해 피어리게 살아가는 현실이나 역사의 反映이며, 삶의 총체적 인식에 의한 새로운 지평을 가시화한다는 것이다. 현실을 반영하고 모방(mimesis)하되, 단순한 반영이나 모방이 아니고 현실이나 역사의 총체적 인식과 그 형상화에 의해 소설의 세계를 이루려고 한다. 梁啓超의 소설론을 수용한 것으로 보이는 申采浩는 소설은 '국민의 魂'이라고 전제하여 소설이 민심과 풍속을 드러내고 조절하는 능력을 가져야 한다고 리얼리즘에 근거한 견해를 보이고 있다.10) 李光洙도 소설은 민족이나 현실의 반영에 주목하면서 그 敎化性을 강조하고 있다.11)

　서구에서는 近代小說의 형성 이후의 반영과 모방이 그 주경향이 되고 있다. 프랑스 3대 사실주의 작가인 발자크(Balzac), 스탕달(Stendhal), 플로베르(Flaubert) 등으로 발흥되고 플로베르의 一物一語說이 바로 이 반영과 모방의 주축을 이루고 있다. 다음 예들이 그러한 관점에서 소설을 규정한 것이다.

　　소설은 실생활과 풍습과 그것이 씌어진 시대의 그림이다.
　　　　　　　　　　　　　　　　　　　　　　　　　- Clard Reeve
　　소설은 실생활의 반영이요 축도다.　　　　　　　　- Sholokhov
　　소설은 인생의 繪畵다.　　　　　　　　　　　- Percy Lubbock
　　소설은 현대의 문제적 개인 본래의 정신적 고향의 삶의 의미를 찾아 길을 나서는 동경과 모험에 가득 찬 자기 인식의 여정을 형성한다.
　　　　　　　　　　　　　　　　　　　　　　　　- Georg Lukács

---

10) 신채호『近年國之小說著者의 決意』, 大韓每日申報, 1908, pp. 7~8에서 다음과 같이 말하고 있다.
　　韓國에 傳來하는 小說이 太半著桑閣박의 淫談과 崇佛之福의 快話라. 此亦 人心 風俗을 敗壞케 하는 壹端이니, 各種 小說을 著出하야 此를 一端홈이 亦汲汲ㅎ다 云홀지로다…… 婦孺走卒等 下等社會로 始ㅎ하야 人心轉移ㅎ는 能力을 具혼자는 小說이 문니 然則 小說을 是豈易顧홀늬인가.
11) 이광수, 「余의 作家的 態度」,『東光』, 1931, 4, 全集(10), p. 462.

결국 소설은 인생의 반영이면서 현실과 역사의 새로운 모방으로 볼 수 있다. 바로 근대 이후에 발흥한 소설은 현실 반영을 목표로 하는 리얼리즘이 그 주류를 이루고 있다. 에밀 졸라(E. Zola)의 〈루공 마카르 叢書〉(Les Rougon-Macquart)라는 大河小說이 제2제정 시대의 社會를 반영하고 투르게네프(Turgenev)의 〈부자〉도 니힐리즘에 젖어 있는 러시아 제정 말엽의 사회상을 반영하고 있다. 이광수의 〈무정〉에는 한말의 현실이 반영되어 있고, 염상섭의 〈三代〉에는 식민지 치하 사회상이 여실히 반영되어 있어 소설의 시대 반영의 속성을 잘 보여주고 있다.

소설의 특성은 궁극적으로 인생을 표현하는 예술 형식이다. 다시 말하자면 역사를 반영한다는 것이다. 허드슨(W. H. Hudson)도 지적한 바 있듯이 "문학이란 언어를 매개로 하는 인생의 표현"이며, "소설은 인생의 해석"이요 "소설가의 주제는 곧 人生"인 것이다. 해밀턴도 "소설은 증류된 인생"이라 말했고, 『小說의 理解』에서도 "소설은 이야기, 즉 성격에 대하여 꾸며 놓은 이야기"라고 설명되어 있거니와, 소설문학이 묘사하고 표현하고 탐구하고 발견하고 창조하려는 것은 오직 '人生' 그것이다. 흔히 '小說은 人間學'이라는 말을 할 만큼, 소설은 총체적으로 인산을 탐구하고 구체적으로 인생을 표현한다. 모리악(F. Mauriac)은 소설의 인생표현 특성을 다음과 같이 설명한다.

소설가는 모든 인간 가운데 가장 神을 닮았다. 그는 신을 모방하는 자다. 그는 산 인간을 창조하고, 운명을 구명하고 사건과 재앙을 짜아 올리고, 그것을 뒤섞고 終局에로 引導한다. 그것은 끝내 허공 속에서 그려진 인물일까, 아마 그러하리라. 그러나 〈전쟁과 평화〉의 로스토프와 카라마조프의 형제들은 살아 있는 어느 인간에 못지않은 실재성을 가지고 있다. 그들의 永遠한 本質은 우리의 본질과 같이, 形而上의 信念이 아니고, 현재의 우리가 證人이다. 이들 인물은 약동하는 생명을 가지고 우리 사이에 대대로 傳達되고 있다.12)

이처럼 소설가는 신을 모방하는 자로서 우리의 全人生을 개괄하는 것이다.

朝鮮小說, 즉 고소설은 스토리 중심의 소설이었지만, 근대소설은 캐릭터 중심, 즉 살아 있는 구체적인 인간의 모습을 표현하는 데 그 특징이 있다. 근대소설이 인물묘사, 성격창조, 심리표현 등을 주요 특질로 내세우는 이유도 바로 이 점에 있다. 불후의 명작은 반드시 불멸의 인간상을 보여주고 있으며, 뛰어난 고전작품에는 독창적인 인간의 모습이 생생하게 살아 있는 것이다.

세 번째는 교화의 측면에서 소설의 의미를 부여하는 입장이 강하게 나타난다. 원래 동양에서는 藝樂射御書數의 품격을 갖추고 신언서판의 지혜를 갖추어 治政과 藝를 아울러 갖추는 것을 덕목으로 여겼다. 소설은 이런 덕목에서 벗어나 흩어지고 음란한 사회나 인간을 바로 하게 하는 鑑戒나 교화를 강조해 왔다. 孔子가 소설을 怪力難神과 연관지어 염려하는 것은 백성을 어지럽힘을 경계한 점이다. 당나라의 소설가 瞿佑는 그의 <剪燈神話>의 自序에 소설의 교화성을 강조하고 있다.

> 나의 글이 世敎의 民生에 도움이 되리라고 말하지는 않겠다. 그러나 善을 권장하며 惡을 징계하고, 옹색하고 곤란한 사람을 애련이 여기는 바가 있어 혹 이런 이야기를 적어 낸 사람에게 죄가 안 되고 독자에게는 警戒하는 뜻이 있다고 할까.[13]

金時習이 보여주고 있는 소설관 또한 구우의 그것과 유사한 점이 있다.

> 소설의 내용이 快異해도 좋고, 怪異해도 상관이 없으나 世俗의 感人의 요소를 갖추어 있어야 하며, 그 중에서도 感人이 특히 중요하다.

---

12) F. Mauriac, *Le Roman l'artisan du livre*, 金昌洙 譯, 『現代小說作法』, 壽文社, 1959. p. 9.
13) 최현섭, 『韓國小說敎育史硏究』, 대한교과서주식회사, 1989. p. 22.

朴殷植의 소설관 또한 이러한 계열에 속한다.

　夫 小說者는 感人이 最演深ᄒ고 入人이 最深ᄒ야 風俗階級 敎化程度
에 關係가 甚鉅한지라.14)

　그는 소설의 기능을 인정하되 그 역기능 또한 경계하여 <淑英娘
子傳>의 황당하고 음탐함을 비판하고, 소설의 교화성을 강조하면서
<瑞西建國誌>를 번역하여 독립 자주를 견고히 해야 한다고 주장했
다. 또한 개화기 소설가들도 문학을 世道와 鑑戒 등 소설의 敎示的
기능을 강조하고 있다. 이해조는 <花의 血>의 말미에서 소설의 교
화를 강조하고 있다.

　소설이라 하는 것은 매양 빙공착영으로 인정에 맞도록 편집하여 풍속
을 교정하고 사회를 警醒하는 것이 제일 목적인 중…… 열위부인, 신
사의 진지한 재미가 일층 더 생길 것이요, 그 사람이 회개하고 그 사
실을 경계하는 좋은 영향도 없지 아니할지라.

<碧芙蓉>의 말미에서는 권선징악의 효능을 강조하고 있다.

　이제 세상의 탕자 음부도 또한 이 사실을 보게 되면, 족히 부끄러워
죽을 만한지라. 어찌 인세풍화에 내관계 아니하리오. 勸善懲惡의 寶
箴을 짓고자 하노라.

　이는 소설을 인세풍화의 교정의 도구로 삼으려는 소설의 교화성
을 강조하고 있는 것이다. 안국선도 <共進會>의 '贈讀者에게'에서
소설의 공감 영역과 교훈적인 기능을 강조하고 있으며, 이광수 또
한 민족주의를 기저로 한 교화적 전파력에 주목한 바 있다. 카프
계열의 작가들은 이데올로기 전파 도구로써 소설을 사회적 변혁의
수단으로 삼으려고 했다.
　서구에서는 플라톤의 『共和國』에서 시인 추방을 내세운 이후, 소

---

14) 申采浩, 앞의 글.

설의 교화적 기능의 전파를 강조하기도 했다. 루카치 등의 사회주의 리얼리즘에서 이데올로기의 전파적 기능을 주목하기도 했다.

소설의 개념은 이렇게 虛構性과 反映 그리고 敎化의 세 측면에서 시대나 상황에 따라 어느 한쪽을 강조하는 경우도 있으나 이 세 측면은 소설 내에서 통합되어 소설의 예술적 특성을 형성하고 있다.

2. 소설의 起源

소설의 기원은 노인들의 얘기에 있다고 해도 과언이 아니다. 또 한 사람들이 살아가면서 생활을 영위하는 가운데 이루어지는 모든 '이야기'에서 소설의 기원을 찾을 수도 있다. 소설은 사람의 생활과 같이 시작되었다고 해도 좋다.

소설의 기원 및 形成에 대해서는 여러 가지 견해가 있다. 그 중 에서도 소설이 고대의 서사시(epic)에서 비롯되었다고 보는 견해가 있고 또한 중세의 로맨스(romance)에서 시작되었다고 보는 견해가 가장 대표적이다. 이와 아울러 근대소설과 현대소설의 형성을 중심 으로 소설 장르의 변이를 보려는 견해도 있다.

1) 소설의 敍事詩 기원

소설의 근원을 고대의 서사문학에서 찾아보려는 주장은 무엇보다 소설의 기본적인 특질이 이야기(story)와 서술(narration)에 있음을 고려하여, 그 근원을 고대의 서사문학에까지 소급해 올라간다.

소설의 기원을 서사시에 두고 있는 견해로는 몰튼, 허드슨, 루카 치 등을 들 수 있다. 우선 몰튼은 『문학의 근대적 연구』15)에서 "서 사시, 서정시, 극시 그리고 역사, 철학, 웅변은 문학형태의 여섯 가

---

15) R. G. Moulton, 앞의 책, 참조.

지 요소이다"라고 설명한다. 앞의 셋을 '존재에 플러스하는 창작문학'이라 하고, 뒤의 세 가지는 '존재를 토의하는 토의문학'이라고 양분한다. 그러면서 서사시에 대해서는 고대의 운문설화와 근대소설을 포함하여 그 영역을 확대해서 말하고 있다. 즉, "서사시는 이미 우리가 보아 온 바와 같이 고대의 운문서사(verse-narrative)와 근대소설을 포함"하는 '창조적 서술로서의 서사시'인 것이다. 이는 서사시의 영역을 확대하는 것이며 자연히 근대소설의 기원은 서사시에 있게 된다.16)

이러한 몰튼의 논의를 자세히 소개하면 다음과 같다. 서사시가 비록 당시의 표현의 일반성에 의해 운문으로 표현되고 있다고 해도, 소설에서 볼 수 있는 어떤 배경에서 인물의 행동에 의해 전개되는 사건이 있고, 그것을 시간이나 공간적인 구성에 의해서 서술하고 있는 점에서 소설이 서사시와 동일한 요소로 형성되어 있다는 것이다. 말하자면 소설이 지니고 있는 설화성과 서술의 양식을 이미 고대의 서사시가 갖추고 있어서 그것을 소설의 시작으로 보려는 것이다.

허드슨은 그의 『문학연구입문』17)에서 서사시의 종류를 <오디세이>나 <일리아드> 같은 고대나 중세 때의 성장의 서사시(epic of growth)와 밀턴(J. Milton)의 <실락원>과 같이 문예부흥시대의 예술의 서사시(epic of art)로 나누고 있다. 그런데 그에 따르면 이들은 아직까지는 서사시일 뿐 소설은 아니다. 허드슨에 따르자면 소설은 평범한 인물의 일상사를 다룬 인생의 서사시(epic of life)로써 서사시에 포함되지만 서사시 자체는 아니다. 즉, 이는 "스토리적인 플롯이 내러티브의 형식으로 표현된다"18)는 점에서는 서사시와 동일하

---

16) R. G. Moulton, 앞의 책. p. 18.
17) W. H. Hudson, *An Introduction to the Study of Literature*, London, 1958.
18) W. H. Hudson, 위의 책. pp. 108~109.

지만, 주인공이 市井의 범속한 인물이라든지 산문으로 되어 있다든 지 하는 특징으로 하여 서사시와는 다른 특징을 보여준다.

루카치는 그의 『소설의 이론』에서 호메로스 시대의 서사시가 "선험적 座標에 힘입어 총체성이 지배하던 형이상학적 고향 속에서 인간의 영혼이 아무런 문제없이 안주하고 있던 그리스의 역사철학적 산물"이라 밝히고 있다. 이에 반해 현대의 서사형식인 소설은 이미 선험적 좌표와 형이상학적 고향을 상실하고 서사시적 총체성의 세계를 다시 찾으려는 고독한 현대인의 영혼이 직면하고 있는 역사철학적 상황의 산물인 것이다. 따라서, 소설은 문제적 개인이 될 수밖에 없는 주인공이 본래의 정신적 고향과 삶의 의미를 찾아 길을 나서는 동경과 모험에 가득 찬 자기인식에로의 여정을 형상화하고 있는 형식이 된다.[19)

한편 장덕순도 說話文學의 장르 형성을 연구하는 가운데 설화와 서사시가 완성된다면 소설의 출발이 가능하게 된다고 주장한 바 있다. 그는 『韓國文學史』에서 우리의 소설이 서사문학에서 비롯되었음을 강조하고 있다.

> 13세기에는 정녕 설화문학이 개화한 시기다. 『三國遺事』도 이 시기에 편찬되었으니 <調信의 꿈>이 비록 신라를 배경으로 했으나, 작품의 형성은 13세기로 잡아야 하겠고, 의인체 소설들도 모두 이 시대에 창작되었다. 그렇다면 소설은 13세기로 우선 설정할 가능성이 있다고 본다.[20)

<단군신화>나 <동명왕 설화>가 모두 서사적인 신화인 것을 보면 서사시에서 소설이 발생했다고 보는 것도 타당한 의미를 가진다.

---

19) G. Lukács, 潘星完 譯, 『小說의 理論』, 심설당, 1985.
20) 張德順, 『韓國文學史』, 동화출판사, 1977, p. 184.

2) 소설의 로맨스 기원

소설의 기원을 중세 로맨스(romance)에서 찾아보려는 주장은 티보데를 위시하여 일본의 문예학자 本間久雄이라든지 우리나라의 白鐵 등 많은 사람들이 찬동하고 있다. 티보데는 그의 『소설의 미학』에서 소설이란 뜻을 가진 프랑스어 roman의 자의를 다음과 같이 설명하고 있다.

소설(roman)은 그 이름이 가리키듯이 僧侶文學者의 시대에 라틴어로 써진 정규의 서적에 대해서 세속의 속어로 쓴 것을 의미한다. 로망이란 말이 마침내는 이야기를 뜻하게 된 것은 로망어로 기록된 것의 대부분이 이야기였기 때문이다.21)

즉, 스페인어, 프랑스어, 이탈리아어, 프로방스어 등 '중세에 있어서의 俗語로 된 이야기'가 곧 소설의 기원이라는 것이다. 그리고 로맨스는 公衆 앞에서 낭송하기 위한 언어로써, 성지순례자와 부인이라는 이종의 公衆이 그 이야기의 수용자로서 수용자에 따라 형태나내용이 달라졌음을 사적인 관점에서 밝히고 있다.

2종의 공중은 2종류의 소설을 산출시켰다. 남성적 양식과 여성적 양식-소설에 있어서의 도리아식과 이오니아식, 무훈시와 기사도 문학이발생했다. 이것이 뒤에 진실한 의미로서의 로망이 된 것이다.22)

그리고 티보데는 이 기사도 문학과 로마네스크 문학이 부인들의살롱 문학이었음을 밝히고 있는데, 그것은 흔히 사랑과 모험을 그린 것으로서 <아더왕 이야기>, <샤를르마뉴(Charlmagne) 이야기>등이 그것이다. 백철도 "소설의 전신은 로맨스이며, 이야기이다. 이것은 동서 소설의 기원을 찾아보는 데 있어서 우연한 일치를 보이고 있는 점이다"라고 말하면서 동양에서도 소설은 설화와 전설 등

---

21) A. Thibaudet, 兪憶鎭 譯, 『小說의 美學』, 新楊社, 1959, p. 8.
22) 앞의 책, pp. 11~15.

이야기에서 비롯되었음을 밝히고 있다.23)

이러한 예는 우리나라의 경우 고소설에서 찾아진다. 金時習의 <金鰲新話>나 조선소설의 쌍벽을 이루는 남원의 전설과 관련이 있는 <춘향전>과 金萬重의 <九雲夢>은 물론, <심청전>, <장끼전>, <흥부전> 등도 로맨스에 속한다고 볼 수 있다.

한편 좀 다른 각도에서 로맨스와 소설의 기원을 설명하고 있는 것도 볼 수 있다. 그것은 소설의 개연성과 로맨스의 환상성을 구분하고자 하는 논의이다. 리브(C. Reeve)는 로망의 비사실성과 환상적인 이야기의 측면을 소설로부터 구별하고 있다.

> 소설은 사실적 인생과 풍습 그리고 그것이 쓰인 시대에 대한 묘사이다. 로맨스는 여태까지 일어나지 않은 일 또는 일어날 것 같지 않는 일을 고상하고도 품위 있는 언어로 기술한 것이다.24)

물론 소설은 실제로 일어난 사실이나 역사를 기술하듯이 그려 나가지는 않기 때문에 소설의 이야기는 허구이다. 그러나 虛構라는 것과 비사실적이라는 것 사이에는 차이가 있다. 소설은 허구이기는 해도 아리스토텔레스(Aristoteles)의 표현을 따르자면, '일어날 수 있는' 이야기이기 때문에 사실적이다. 있을 수 있는 일을 그린 것으로 허구이면서 사실적이라는 데 소설의 특징이 있게 된다. 따라서, 소설의 개연성은 로맨스가 가지고 있는 환상적이고 傳奇的 측면과는 구별되어야 한다.

리얼리티의 표현방법이란 관점에서 서구소설의 발전과정을 살핀 아우에르바흐는 소설의 대상이란 측면에서 일상생활의 개념을 가장 중요한 것으로 파악하고 있다. 그에 따르면 로맨스는 이러한 일상생활을 도외시했는데 이는 로맨스가 가진 역사의식의 결핍 때문이

---

23) 백철, 『新稿文學槪論』, 新丘文化史, 1972.
24) R. Wellek & A. Warren, *Theory of Literature*, Penguin Books, 1970, p. 256.

다. 그의 견해를 받아들인다면 일상생활을 정시하지도 또한 투시하지도 못하는 로맨스는 역사의식의 결핍을 보이는 문학양식으로 정의할 수 있다.25)

워렌의 다음과 같은 로맨스와 소설에 대한 개념도 아우에르바흐의 설명과 일맥상통한다.

> 노벨(novel)은 사실적 인생과 풍습, 그리고 그것이 쓰인 시대에 대한 묘사다. 로맨스(romance)라는 것은 여태까지 일어나지 않은 일, 또는 일어날 것 같지 않은 일을 고상하고도 품위 있는 언어로 기술한 것이다.26)

백철은 노벨을 비허구적인 이야기 형식, 즉 편지, 일기, 비망록, 전기, 연대기, 역사 등 문헌으로부터 발달한 것이고, 로망스는 서사시의 중세 로맨스의 후계자라고 설명하고 있다. 또한 전자는 좋은 의미로서의 모방을 강조하고 후자는 '세부의 정확성' 같은 것을 무시한다고 덧붙이고 있다.27)

3. 近代小說의 形成

1) 근대소설 형성의 시각

소설이라면 근대 이후의 소설을 지칭하는 것이 보통이다. 루카치의 경우 『小說의 이론』에서 소설을 '부르주아 시대의 서사시'로 보아 소설의 발생과 근대사회의 등장 사이의 관련을 설정하고 있으며, 와트 역시 그의 『소설의 발생』에서 소설형식이 근본적으로 리얼리즘에 입각한 형식임을 밝히면서 18세기 초 영국의 사회적 변

---

25) Erich Auerbach, 金禹昌·柳宗鎬 역, 『미메시스』, 민음사, 1987.
26) 앞의 책, p. 256.
27) 앞의 책, p. 228.

화가 소설의 발생과 밀접한 관계가 있음을 지적하고 있다.28) 물론 여기서 근대사회라는 것이 정확하게 무엇을 지칭하는가 하는 질문이 제기될 수도 있을 것이다. 그것에 대한 답은 그리 간단한 것은 아니다. 하지만 대개 근대사회를 구성하는 두 요소로 資本主義와 市民社會의 형성을 들고 있다.

루카치의 견해는 헤겔(G. W. F. Hegel)의 미학을 계승하고 있는 것으로서, 근대시민사회에 대응하는 大敍事樣式은 소설이라는 것이 그 핵심적 내용이다. 루카치는 서사시와 소설이라는 두 장르 간의 근본적인 구별점을 그 속에 나타난 세계관 및 주인공의 성격에서 찾고 있다. 그에 따르면 서사시의 주인공은 엄밀히 말해서 개인이 아닌 共同體이며, 따라서 한 개인의 운명보다는 공동체의 운명을 주제로 삼게 되는 점이 서사시의 본질적 특징이다. 또 서사시는 이상과 현실이 아직 분열되지 않은 삶의 총체성이라는 상태를 그리고 있는 반면에 소설은 사회의 광범위한 總體性이 직접적으로 주어지지 않는 시대가 낳은 산물인 것이다. 서사시의 세계관을 결정하는 가치체계는 완벽하고 원만하기에 유기적 전체를 구성하고 있으며 그 전체의 어느 한 부분도 그 자체 속에 폐쇄되어 버린 세계를 가질 수 없지만, 이 총체성이 깨어지고 삶의 의미가 문제성을 띠게 되면 개인은 외부세계로부터 소외된 상태에 빠진 채 독자적 세계를 구축하게 된다는 것이다.29)

루카치의 견해에 비추어 생각할 때 근대소설이 시민사회의 성립과 개인주의 사조의 팽창과 그 시대를 같이 하여 발생한 것은 결코 우연이 아니다. 즉, 중세적 세계관이 허용하던 총체성을 누리던 서구사회가 개인주의적 각성을 하게 됨에 따라 이 총체성이 깨어지면서, 문학은 소외된 상태에서 자율적 삶을 외롭게 영위하지 않을 수 없는 수많은 개인들을 그 대상으로 삼게 되었고, 그 결과로서 소설

---

28) I. Watt, *The Rise of the Novel*, Penguin Books, 1966, pp. 12~18.
29) G. Lukács, 潘星完 譯, 『小說의 理論』, 심설당, 1985, pp. 70~88.

이 나오게 되었다는 것이다. 그의 이러한 견해는 소설의 형성과 발전을 문학적 계통에 의해서라기보다는 역사철학적 관점에서 설명하고 있는 것이다.

한편 와트는 영국에서 18세기 초 활동한 리차드슨(S. Richardson), 디포우(D. Defoe), 필딩(H. Fielding)의 작품을 중요하게 취급하면서 당대의 철학적 기조·사회·경제구조의 변화 등을 고찰함으로써, 소설의 발생이 어느 한 개인의 공헌에 의한 것이 아니라, 18세기 초 영국은 중산층 서민들의 정치, 경제적 부상으로 그들의 지적, 도덕적 수준에 알맞은 새로운 문학형식이 요구된 데에 대한 부응이라고 말했다. 여기에 덧붙여 인쇄술의 발달 및 데카르트(Descartes)를 중심으로 한 새로운 합리주의 철학사상과 개인주의의 보급은 소설의 발생에 중요한 토대로 작용하게 되었다는 것이다. 예를 들어 디포우의 <로빈슨 크루소>는 그것이 비록 공상적 환경 속에서이긴 해도, 철저한 사실주의에 입각하여 현실적 사실과 경제적 개인주의를 숭배하는 주인공의 모험을 다룬 작품으로 새롭게 부상하는 시민계급의 모럴을 잘 표현하고 있다. 와트는 이런 점에서 디포우를 근대 소설의 선구자의 하나로 꼽고 있는 것이다. 그런데 와트가 소설의 전통에 있어 당대나 그 이후에 가장 큰 영향력을 행사했던 작가로 꼽고 있는 것은 바로 리차드슨이다. 그는 서간문 형식이란 독특한 형식으로 인간 심리의 미묘한 움직임과 복잡한 양상을 세밀하게 묘사해냈다. 한편 필딩은 자신을 소설가라기보다는 역사가로 부르면서 사회의 일대 파노라마를 광범위하고 희극적으로 그려냈다. 이 뛰어난 세 작가들의 활동으로 당시 소설은 확고하게 자리잡게 되었다.30)

이런 관점에서 근대소설의 형성을 서구와 우리의 경우로 나누어 보다 구체적으로 살펴보기로 하자.

---

30) I. Watt, 전철민 역, 『소설의 발생』, 열린책들, 1988, pp. 17~78.

2) 근대소설의 성격

르네상스가 神 본위의 암흑시대의 구속에서 인간성을 해방하였으므로 근대소설과 가장 가까운 이탈리아의 보카치오(Boccaccio)의 <데카메론>(*Decameron*)과 같은 소설에서 근대소설의 선구적 모습을 보는 문학사가 많다. 그러나 18세기에 평민이 종래의 귀족과 승려의 폭압에 반항하여 일어나고 사상적으로 개인주의, 자연주의, 평등주의가 일어나면서 엄밀한 의미의 근대소설이 시작되었다고 본다. 말하자면 본격적인 근대소설은 프랑스 혁명이라든지 미국의 독립 및 산업문명 등을 촉진시킨 자유, 평등, 개인주의 산물이라고 말할 수 있다. 물론 그렇다고 해서 근대소설의 독자나 작가가 계층적으로 볼 때 기층민중이었다고 속단하기는 어려울 듯하다. 작가층은 시민사회에서 독특한 위치를 담당하게 된 지식인들이었고 수용자들은 상승하는 시민계층 내지는 유한부인들이었다고 보면 정확한 표현이 될 것이다. 하지만 전시대의 기록문학이 귀족 및 승려 계층의 전유물이었음을 생각할 대 상당한 보편화를 이룬 것도 사실이다.

근대소설의 효시를 이룬 작품들을 살피면 먼저 리차드슨의 <파멜라>(*Pamela*)나 세르반테스(Cervantes)의 <돈키호테>(*Donquixote*)를 들 수 있다. <파멜라>는 창작의 흥미를 모험이나 사건 본위에 둔 것이 아니라 평범한 한 인간 생활의 이야기를 정서적으로 전개하여 진실에 이르도록 진전시켰으며, <돈키호테>는 '욕망의 삼각형'[31]을 실현하는 소설구조로 이루어져 근대소설의 면모를 갖추고 있다.

이런 근대소설의 형성은 조남현이 서양소설의 발달과정을 『小說原論』에서 다음과 같이 도식화하여 설명한 맥락과 일치된다.

서사시(epic)
신화(myth) ───── 로맨스(romance) ───── 소설(novel)

---

31) René Girard, 김윤식 역, 『소설의 이론』, 삼영사, 1977, pp. 11~61.

서사시는 보는 이에 따라 神話의 다음 단계에 놓이기도 하고 혹은 신화와 동시대의 단계에 놓이기도 한다. 이들 세 양식 혹은 네 양식의 차이점은 여러 각도에서 그 해명이 가능하다. 우선, 주로 어떤 유형의 존재를 주인공으로 설정하느냐는 관점에서 이들 양식 사이의 차이점을 밝혀 볼 수 있다.32) 신화의 주인공은 神 혹은 신적인 존재이고, 서사시의 주인공은 대체로 영웅이며, 로맨스의 주인공은 騎士의 형태로 나타나는 귀족층이며, 소설의 주인공은 어느 계층에 한정하지 않는 匹夫匹婦라고 말하고 있다.

우리의 경우 근대소설의 시작이 어디서부터인가 하는 문제는 서구의 경우와는 달리 미묘한 문제를 지니고 있다. 이는 동양사의 전개가 서구의 그것과는 다른 양상을 띠고 있기 때문이다. 즉, 동양의 근대화 과정은 자체 내의 자생적 발전의 싹이 서구제국주의의 침략으로 꺾인 채 강요된 근대화 과정을 겪은 측면이 많은 것이다.

서구 근대소설의 기준을 적용시킬 경우 우리의 조선소설은 로맨스적인 것으로 규정될 수 있으며, 신소설은 그것의 쇠퇴기이거나 근대소설로의 이행기로 규정할 수 있다. 李光洙의 <어린 희생>(1910)이나 玄相允의 <淸流壁>33)은 자아의 각성과 성격의 창조를 보이고 심리묘사가 조화되어 있음으로 해서 근대소설이 나타나기 시작한다고 볼 수 있다. 이후 이광수의 초기 단편에 의한 형성기를 지나 김동인, 염상섭, 현진건의 단편에 이르러 성숙된 근대소설의 양상을 띠게 된다.34)

하지만 소설이란 문학양식을 서구 근대소설의 형태로만 고착시키는 것도 무리가 있다. 소설이란 명칭 자체가 우리의 전통과 떼려야 뗄 수 없을 뿐 아니라 중요시되어야 할 것은 소설의 내적요건이기 때문이다. 소설과 로맨스의 관계를 논하는 자리에서 언급한 바 있

---

32) 曺南鉉, 『小說原論』, 고려원, 1985, pp. 47~48.
33) 현상윤, 『學之光』, 10, 1916. 9.
34) 구인환, 『李光洙小說研究』, 三英社, 1987.

지만 판소리계 소설들은 상당히 근대소설적 모습을 지니고 있다. 물론 이들은 개인 창작으로 보기 어렵고 얼마 안 되는 레퍼토리가 계속 재창작된 積層文學이자 일종의 연행물이란 점은 근대소설의 일반적 성격과는 거리를 지니고 있음을 간과할 수 없다.

결국 우리의 근대소설의 형성은 내적인 계기와 외적 영향이 복합적으로 작용했다고 보는 것이 좋을 것이다. 복합적이란 말 한마디로 구체적 양상을 설명하기에는 무리가 있지만 이 문제는 우리의 경우만이 아니라 서구 문명권을 제외한 전 세계의 문학현상과 관련된 문제이기 때문에 이상의 논의로는 속단하기 어려운 면이 있다. 따라서 서구의 문학사에 편중한 현재의 제성과는 잠정적 성격을 지닌다는 것을 전제할 수밖에 없다.

멀리는 英·正朝의 實學思想이 발현된 소설에서 가까이는 20세기 초의 새로운 소설에서 근대소설의 기원을 찾으려는 것도 이 때문이다.

4. 소설의 변천

소설은 그 시대에 따라 양상이 다르다. 中世까지는 이야기를 주로 하는 로맨스의 시대이고, 근대 이후에 와서 소설의 다양한 변천을 볼 수 있다. 論者에 따라서 조금씩 다르겠지만 19세기 말엽까지의 문학을 근대문학이라고 할 때 흔히 20세기의 문학은 현대문학이라고 부른다. 어떤 文學史家들은 1914년 제1차 세계대전의 발발을 본격적인 현대문학의 출발시기로 기산한다. 그런데 문제는 근대문학과 현대문학, 근대소설과 현대소설 사이에 엄청난 변화와 발전이 생겼다는 점이다. 따라서, 여기에서는 近代小說의 특징을 약술하고 現代小說의 다양한 특색 중에서 크게 눈에 띄는 몇 가지를 살펴보려 한다.

1) 근대소설의 특성

(1) 근대소설의 경향

먼저 近代小說의 경향은 어떠하였는가? 그것은 한마디로 말해서 리얼리즘과 자연주의가 주조로 된 문학이라고 할 수 있다. 물론 많은 작가와 작품을 문예사조상의 어떤 경향과 주의로 일괄하여 평가한다는 것은 위험하고 획일주의에 빠질 염려가 있겠지만, 그렇다고 현저하게 눈에 띄는 主潮를 외면한다는 것은 현명치 못한 처사가 아닐 수 없다. 그런 의미에서 19세기 소설을 살펴볼 때, 무엇보다도 이 자연주의적인 리얼리즘의 경향이 주류를 형성하고 있다는 것이다. 여기에서 자연주의라는 것은 인생관의 문제로써, 졸라(E. Zola)가 『실험소설론』(Le Roman Experimental, 1880)에서 주장하고 『루공 마카르 叢書』(Les Rougon Macquart, 1871~93)라는 20여 권의 大河小說에서 실험하고 있는 결정론적인 인생관을 뜻한다. 즉, 인간이란 시대라든지 환경이라든지 유전에 의해서 성격과 운명이 결정될 뿐이라는 기계적이고 물질적이고 자연과학적인 인간관이다. 이와 같은 졸라의 결정론과 생물학적 유전설에 입각한 과학적 자연주의는 많은 사람에게 영향을 주어 19세기 후엽에는 자연주의 문학의 전성기를 이루었는데, 뒤에는 이 자연주의의 개념이 변형되어, 인간을 동물과 같이 자연과학의 대상으로 삼아 물질적·기계적·과학적으로 관찰하다 보니 인간의 본능적인 세계, 사회와 현실의 추악하고 어두운 면을 폭로하는 결과에 이르렀다.

(2) 자연주의적 리얼리즘

리얼리즘은 표현기교와 手法上의 문제로써, 인간과 현실을 있는 그대로 객관적인 입장에서 묘사하는 경향을 뜻하는데, <보봐리부인>(Madame Bovary, 1857)을 쓴 플로베르가 그 主唱者라고 할 수 있다. 모파상(Maupassant)의 <삐에르와 장>의 서문에 의하면,

플로베르는 제자인 모파상에게 一物一語說(mot propre)을 가르쳤고, 작가는 대상을 있는 그대로 그려야 한다고 주장하였으며, 실제로 작품활동을 통해서 몰개성적이고 객관적인 리얼리즘의 수법을 실천했다.

그런데 위에 말한 졸라의 자연주의와 플로베르의 리얼리즘은 서로 결합되어 소위 자연주의적 리얼리즘을 이루는데, 20세기 문학의 주조인 심리주의적 리얼리즘이라든지 경향적인 사회주의 리얼리즘과는 그 인생관이나 대상의 선정에 있어서 전혀 다르다고 할 것이다.

프랑스의 자연주의적 리얼리즘의 경향은 특히 모파상에서 대성되어 그는 장편 <여자의 일생>과 <비곗덩어리>, <목걸이>를 위시한 근 200편의 단편을 창작하였고, 모파상은 졸라 류의 과학주의와는 다른 자연주의와 리얼리즘을 개척하고 있다. 특히 그는 사회와 환경이 인간을 좌절시키는 모습을 예리한 필치와 뛰어난 구성으로 크게 성공시키고 있다.

이러한 프랑스의 자연주의적 리얼리즘은 다른 나라의 문학에도 널리 전파되었다. 새커리(Thackeray)의 <허영의 시장>, 디킨스의 <데이비드 커퍼필드>, 하디의 <테스>와 <歸鄕>, 골즈워디(Galswarthy)의 <포사이트 이야기>, 톨스토이 <전쟁과 평화>와 <안나 카레니나>, 투르게네프의 <아버지와 아들>, 토마스 만의 <부텐부르그 家>, 마크 트웨인의 <허클베리 핀의 모험>, 잭 런던(Jack London)의 <황야의 외침>, 싱클레어(Upton Sinclair)의 <정글>, 드라이저(Dreiser)의 <아메리카의 비극>, 도스 패소스(Dos Passos)의 <U.S.A>, 스타인벡(Steinbeck)의 <분노의 포도> 등 근대문학은 말할 것도 없고, 현대문학에 이르러서도 이 자연주의적 리얼리즘의 경향은 줄기차게 계승되고 있다.

우리나라도 일본을 통해서 일찍부터 이러한 소설 경향을 받아 들였는데, 20년대의 金東仁 이래 60년대에 이르도록 자연주의와 리얼리즘 문학은 크게 성행된다. 金東仁의 <감자>와 <포푸라>, 玄鎭健의 <운수 좋은 날>·<B舍監과 러브레터>, 羅稻香의 <뽕>·<물레방아>는 물론 安壽吉·桂鎔默의 순 객관적 리얼리즘과 50년대 戰後小說에 있어서의 宋炳洙, 柳周鉉, 金光植, 李範宣, 徐其源, 鮮于煇의 왕성한 활동은 바로 이 자연주의적 리얼리즘의 전통 위에 서 있다고 할 것이다.

그러나 자연주의적인 소설은 지나치게 사회와 인간의 외부세계에만 눈을 돌리고 있어 너무 평면적이라는 지적을 받는가 하면 인간의 본능적인 면과 어두운 세계를 즐겨 폭로하는 결과를 내고 있어, 소설의 영역이 확대되고 심화되어야 한다는 비평을 받아왔다. 그러므로, 20세기의 현대소설이 새로워지기 위해서 여러 가지의 독창적인 스타일과 소설 기법을 개척하고, 관찰과 대상을 인간의 외면에서 내부로 옮기고 있는 것도 바로 이러한 시대적 요청에 의한 것이라고 볼 것이다.

2) 현대소설의 主潮

그러면 현대소설의 특징은 무엇이며 근대소설과 비교하여 어떻게 변모하였는가? 제1차 세계대전 이후의 현대소설의 경향을 유형화시킨다는 것은 어려운 문제지만, 대체적으로 심리주의적 리얼리즘과 實存主義的인 狀況小說과 戰後世代의 새로운 문학으로 특징지을 수 있지 않을까 생각한다. 말하자면 20세기 소설은 반자연주의의 세계요, 안티 리얼리즘(anti-realism)의 경향을 지니고 있음이 특징이라고 말해도 좋을 것 같다. 20세기 소설은 자연주의와도 달리 현실과 사회를 그린다 하더라도 있는 것을 그대로 재현하지 않고 예술적인 형상화를 추구했고, 예술적인 창조와 기교를 거치도록 했다. 토마스 만의 大河小說 <부텐부르그家>라든지 <토니오 크뢰거> 등은 표현주의적인 예술화를 꾀했고, 앙드레 지드는 <私錢꾼들>에서 純粹小說(roman pure), 즉 '특별히 소설에 속하지 않는 모드 요소를 소설로부터 제외시키는 소설'을 실험했으며,35) 동시에 계획되어 있지 않고 발전하는 소설을 시도했던 것이다.

(1) 심리주의적 리얼리즘

그러면 20세기 현대소설의 가장 큰 특징이라 할 심리주의적 리얼리즘 소설은 무엇인가? 이것은 베르그송의 時間哲學과 프로이드의 精神分析學과 윌리암 제임스(William James)의 의식의 심리학에 영향을 받아 형성된 것으로, 인간의 심리적 내면세계를 의식의 흐름이라든지 內的獨白, 自動記述이라는 수법으로 묘파하는 소설을 일컫는다. 프루스트(Marcel Proust)가 <잃어버린 시간을 찾아서>(1713~27)라는 大作을 쓴 것을 필두로 하여, 리차드슨(Dorothy Richardson)이 <巡禮>(1915~38)를 썼고, 제임스 조이스(James Joyce)는 <젊은 藝術家의 肖像>(1914)과 <율리시즈>(1922)를 남겼으며, 버지니아 울프(Virginia Wollf)는 <덜러웨이 부인>(1925)·<燈臺로>(1927)를 썼고, 포크너(William Faulkner)는 <음향과 분노>(1929)를 쓰는 등, 새로운 심리주의소설은 크게 성과를 올렸다. 에델의 『心理主義小說』36)에 의하면 20세기 심리주의 소설의 수법을 처음에 쓴 선구자는 <月桂樹는 베어지다>(*Les lauriers sont coupés*, 1888)를 쓴 뒤자르댕(Edouard Dujardin)이라 한다. 그러나 본격적으로 심리적 리얼리즘을 성공시킨 작가들은 프루스트를 위시하여 조이스 울프, 포크너 등이라고 보아야 옳을 것이다.

그리고 심리주의적 리얼리즘은 무엇보다도 주관적 내면세계를 그리는 작품경향으로써, 헨리 제임스(Henry James)가 말하는 '마음의 분위기', 프루스트가 말하는 '마음의 間歇'을 나타낸다. 흔히 윌리암 제임스의 말을 빌어 '意識의 흐름'(stream of consciousness)이라는 표현으로 이 경향을 설명하는 바와 같이, 심리주의소설이란 곧 객

---

35) 白井浩司, 『20世紀小說史』, 白水社, 1960, p. 238 ff.
36) Leon Edel, *The Psychological Novel*, New York, 1955.

관적 외부세계가 아니라 의식과 무의식이 소용돌이치는 내면세계를 그리는 소설을 뜻한다. 어떤 사람은 의식 속에 뛰어드는 잠재의식과 무의식의 단편을 그리기 때문에 차라리 '무의식의 흐름'이라고 표현했어야 옳지 않겠는가고 말하기도 한다. 따라서, 논리적 시간관념은 깨지고 과거와 미래와 현재가 범벅이 되어 튀어나오기 때문에, 자연주의 소설에서 보던 플롯이라든지 스토리가 거의 없고, 로버트 험프리의 『현대소설에 있어서의 意識의 흐름』37)에 의하면, '의식의 몽타주(montage)'를 꾀할 뿐이다.

발레리 라르보(Valéry Larbaud)가 뒤자르댕의 작품 <月桂樹는 베어지다>의 再版 서문에서 처음으로 썼다는 '內的獨白'(internal monologue)도 심리주의 소설의 특징인데, '의식의 흐름'과 비슷하지만 꼭 같은 것은 아니다. 내적 독백은 셰익스피어 극의 '독백'이 의도하고 있는 것처럼 심리의 내부에서 소리 없이 하는 독백으로서, 작가나 나레이터의 개입과 설명이 전혀 없으며 비시간적, 비논리적인 것이 특징이다. 근대소설 작가 중에 <赤과 黑>의 스탕달이라든지 <죄와 벌>의 도스토예프스키 등도 인간 심리의 묘사와 주인공의 심리적 독백을 아주 잘 쓰고 있지만, 그들의 작품에는 작가의 개입과 설명이 따르고, 특히 논리적 일상적인 범주를 벗어나지 않는다는 점에서 조이스, 프루스트의 그것과 다르다. <율리시즈> 마지막 장에 나온 블룸 夫人의 끊임없는 내적 독백은 유명하며, <델러웨이 부인>이나 <젊은 예술가의 초상>, <음향과 분노>에 나타난 의식의 흐름은 너무나도 이름이 나있다. 그리고 쉬르 레알리즘(Surréalisme) 詩에서 널리 쓴 '自動記述'은 프루스트의 작품 등 현재 속에 뛰어드는 과거의 이미지와 의식의 단편, 즉 '마음의 間歇'을 리얼리즘의 수법으로 포착하고 있어, 심리주의 소설의 또 하나의 기법을 이룬다.

---

37) Robert Humphrey, *Stream of Consciousness in the Modern Novel*, Univ. of California Press, 1954.

이러한 새로운 심리주의적 리얼리즘은 많은 작가의 공명을 얻어 토마스 만, 토마스 울프(Thomas Wolfe), 오코너(Frank O'Conner), 포터(K. A. Porter) 등 현대작가의 많은 수가 다소 간에 기법을 제법 쓰고 있다.

우리나라에서도 30년대 李箱이 〈날개〉라든지 〈終生記〉 등에서 이러한 수법을 씀으로써 문학사적인 공헌을 세웠고, 50년대 이후에는 張龍鶴, 孫昌涉, 李文熙, 李浩哲 등 많은 후속 부대가 속출하여 주관주의 소설, 심리주의 소설을 크게 발전시키고 있다.

(2) 실존주의적인 상황소설

20세기 현대소설에서 또 한 가지 크게 눈에 띄는 主潮는 실존주의적인 狀況小說(situation novel)이라고 하겠다. 앙티 로망의 평론가인 나탈리 싸로트는 『不信의 時代』라는 評論集에 수록된 「도스토예프스키에서 카프카로」라는 글에서 상황소설을 다음과 같이 설명하고 있다.

> 최근 일반적으로 되풀이되어 말해지는 바이지만, 소설은 현재 두 개의 분명히 다른 유형으로 나누어진다. 즉, 하나는 심리소설이고 다른 하나는 상황소설인데, 전자에는 도스토예프스키의 작품이 있고 후자로는 카프카의 것이 있다.[38]

상황소설의 작가로는 카프카를 위시하여 사르트르, 까뮈 등을 들 수 있다. 카프카는 〈變身〉 〈어느 개의 고백〉 〈시골 의사〉 〈굶는 광대〉 등의 短篇과 〈審判〉 〈城〉 〈아메리카〉 등의 長篇을 쓴 체코 출신의 유태인 작가로서, 그의 반자연주의적이요, 표현주의적인 작품 경향은 너무도 유명하다. 특히 그는 인간을 실존주의적 한계상황에 처하게 하여 거기에서 보이는 인간의 반응을 매우 실험적으로

---

38) Nathalie Sarraute, 白井浩司 역, 『不信의 時代』, 紀伊國書店, 1968, p. 3.

관찰한다. 〈變身〉에서는 주인공이 하루 밤새에 벌레로 변모된 極限狀況을 설정하고 인간이란 얼마나 에고이스트적인 존재인가를 탐구하고 있다. 〈審判〉에서는 주인공 요셉K로 하여금 갑자기 정신적 심리적인 체포상태에 놓이게 하여, 不法의 처사를 시정하고 감금상태에서 벗어나려고, 법에도 호소하고 목사에게도 간청하는 등 별별 수단을 쓰지만 결국은 개처럼 끌려가서 죽임을 당하는 인간의 모습을 보여준다. 인간은 처음부터 죽음을 선고받은 숙명적 존재로서 아무리 발버둥 쳐도 그 주어진 상황을 벗어날 수 없다는 비극적 주제의식이 엿보인다.

〈城〉의 경우에는 인간이 절대자를 추구하고 神에게 가까이 가려고 하되 끝내 갈 수 없다는 實在的인 인간조건을 주제화하고 있어, 매우 형이상학적 철학적인 존재문제를 다루고 있다. 토목기사로서 부름을 받은 K가 城으로 가는 길을 백방으로 찾고 가까이 가려고 하지만 결국 城 밑에 있는 마을에서 빙빙 돌 뿐 세속을 벗어나지 못하고 방황하는 것은 다분히 인간의 한계상황을 암시하고 있다. 그런 의미에서 카프카의 소설은 대개 존재의 문제를 추구하는 象徵小說이라고 할 것이다.39) 그리고 〈변신〉에서 인간의 고독과 소외감을 클로즈업시킨 것처럼, 〈성〉에서도 성과 마을은 전혀 커뮤니케이션이 이루어지지 않은 단절된 세계로 그려지고 있어, 더욱 인간의 존재란 단독자로서의 그것이라는 것을 강조한다.

이러한 경향은 사르트르의 〈嘔吐〉나 〈壁〉 〈자유에의 길〉에도 나타나 있고, 까뮈의 〈이방인〉과 〈페스트〉에도 어느 정도 구현되

---

39) William Tindall, *Literary Symbol*, New York, 1965, p. 254ff.
　　틴달에 의하면 "문학의 상징은 말해지지 않은 것의 類推이고, 분명히 표현된 말의 連接에서 이루어진다" 그러므로 멜빌, 마크 트웨인, 헤밍웨이 등 리얼리스트의 소설 중에도 상징소설이 있고 포크너, 조이스, 버지니아 울프, 콘라드 등 심리주의 작가의 것에도 상징소설이 있고, 카프카, 사르트르, 까뮈 등 존재론적인 작가의 것에도 상징은 있다고 하겠다. 틴달에 의하면 20세기 소설의 가장 주요한 특징이 곧 상징의 수법이라는 것이다.

어 있다. 이 두 작가는 인간의 존재조건을 不條理(虛妄)로 보고 있다는 점에서 공통점이 있지만, 뒤에 전자는 앙가주망(engagement)이라고 하여 사회와 정치현실 속에 직접 참여하는 것을 주장하기에 이르렀고, 후자는 부조리에의 반항을 작품화하였다.

또 앙드레 말로(André Malraux)도 <인간조건> <정복자> <王城의 길> 등을 통해서 '인간은 행동의 總和'라는 그의 주제를 발표하여 소위 행동주의 문학을 전개하였는데, 이것도 하나의 상황문학이라고 할 것이다.

그리고 이스라엘 작가인 로스왈드(Roshwald)가 쓴 <第七地下壕>(Level 7)이라든지 <세계의 조그만 종말>(A Small Armageddon) 등도 原子核으로 인한 인간의 극한상황을 탐색하고 있는 상황문학이다.

우리나라에서도 장용학의 <現代의 野>와 <요한 詩集>을 위시하여 徐基源의 <暗射地圖>, 南廷賢의 <父主前上書>, 丘仁煥의 <山頂의 神話>, 劉賢鍾의 <데드라인> 등 상황소설은 드물고, 대개는 사회적·정치적 상황을 고발하는 작품에 그치고 있다.

그리고 유럽 문학에 있어서는 거의 전통이 된 존재의 탐구와 새로운 모럴의 창조라는 주제도 한국문학에서는 상당히 생소하다. 그러나 근자에는 崔仁勳, 李淸俊, 金承鈺 등에 의하여 조금씩 이 방면에 있어서의 성과가 나타나고 있어 기대된다.

(3) 전후문학의 저항소설

끝으로 제2차 세계대전 이후 戰後文學의 특징은 한마디로 말해서 抵抗精神이라고 할 수 있는데, 프랑스의 '앙띠 로망'(혹은 누보로망)이라든지 미국의 '비트 문학', 영국의 '성난 젊은이들'이 각각 다른 역사적 배경을 지닌 특유의 문학이겠지만, 그들에게 공통적인 것은 곧 기성문학에 대한 레지스탕스 그것인 것이다.[40)

케루악(Jack Kerouac)의 <路上에서>와 <地下街의 사람들>이라든지 어미즈(Kingsley Amis)의 <럭키 짐>, 오스본(John Osborne)의 <성난 얼굴로 돌아보라>, 로브그리에(Alain Robbe-Grillet)의 <질투>, 사무엘 베게트(Samuel Beckett)의 <고도를 기다리며>, 이오네스코(Ionesco)의 <倚子>, 뷔토르(Michel Butor)의 <變形>(*La Modification*) 등 소위 새 시대의 문학은 모두 지나치게 새로워지려고 하는 자기 노력이며, 자기대로의 사물에 대한 인식과 표현기교를 가지려고 하는 것이다. 그러나, 이들의 문학은 심리주의 문학이나 실재주의적 상황소설이나 존재론적인 탐구의 문학이나 상징소설 등 20세기 소설의 주조에 비하여 훨씬 떨어진다고 하겠다.

한편 한국의 전후문학은 50년대의 전기와 60년대의 후기로 나눌 수 있는데, 60년대 소설의 새 경향은 言語藝術派로서의 자각에 그 특징이 있다고 할 것이다. 최인훈, 김승옥, 이청준 등의 작품을 보면 사물에 대한 새로운 인식과 더불어 언어의 참신한 구사를 꾀하고 있다. 따라서 50년대의 전후 전기문학에서처럼 현실과 사회를 부각시키는 면이 부족하고, 개인의 자기성찰에 빠져 들어간다고 60년대의 새 세대문학을 비평하기도 한다.

이에 비하여 70년대의 새 세대문학은 다시 역사의식과 사회성이 강하게 나타나는 일련의 소설작품들을 성행시키고 있어 이른바 사회파 문학을 재등장시킨다. 朴泰洵, 黃晳暎 등 현실사회의 부조리를 고발하고 비판하는 이들의 문학은 물론 그대로의 역사적 의미가 있겠지만, 너무 예술성을 도외시하는 소재주의에 빠질 염려가 있으며 그 한계를 드러낸다.

그러나, 소설문학의 본질은 위대한 사상성과 더불어서 예술적인 표현형식을 갖추는 데 있으므로, 작가들은 모름지기 새롭고도 생명 있는 작품을 창조하기 위하여 피눈물 나는 고통을 겪지 않으면 안 된다. 소설은 결코 이리저리 스토리나 엮어 놓는 읽을거리가 아니다. 참다운 소설은 인간의 진실을 제시하면서 인생의 의미를 해석

---

40) cf. 佐伯彰一 外, 『새로운 文學』, 社會思想研究會, 1962, 참조.

하고 창조하는 데 그 뜻이 있다. 한국의 소설은 흔히 너무 안이하게 쓰여지고 있다는 지탄을 받거니와, 앞으로의 작가와 독자들은 소설에 대한 올바른 이해를 체득하고 이를 실천하도록 힘써야 할 줄로 안다. 요컨대 문학은 생명의 해석이요, 예술적인 형상화인 것을 잊지 말아야 할 것이다.

[참고문헌]

구인환, 『李光洙小說硏究』, 三英社, 1987.
金東里 외, 『小說作法』, 靑雲出版社, 1965.
金東里, 『文藝學槪論』, 서라벌예대출판국, 1958.
백철, 『新稿文學槪論』, 新丘文化史, 1972.
신채호 『近年國之小說著者의 決意』, 大韓每日申報, 1908.
장덕순, 『한국문학사』, 동화출판사, 1977.
조남현, 『小說原論』, 고려원, 1985.
최현섭, 『韓國小說敎育史硏究』, 대한교과서주식회사, 1989.
白井浩司, 『20世紀小說史』, 白水社, 1960.
Auerbach, Erich, 金禹昌·柳宗鎬 역, 『미메시스』, 민음사, 1987.
Edel, Leon, *The Psychological Novel*, New York, 1955.
Forster, E. M., *Aspects of the Novel*, Penguin Books, 1958.
René, Girard, *Deceit, Desire and the Novel*, 김윤식 역, 『소설의 이론』, 삼영사, 1977.
Hudson, W. H., *An Introduction to the Study of Literature*, London, 1958.
Humphrey, Robert, *Stream of Consciousness in the Modern Novel,* Univ. of California Press, 1954.
Lukács, G., 潘星完 譯, 『小說의 理論』, 심설당, 1985.
Mauriac, F., *Le Romal l'artisan du livre*, 金昌洙 譯, 『現代小說作法』, 壽文社, 1959.
Moulton, R. G., *The Modern Study of Literature,* 本多顯影 譯, 岩波書店, 1957.
Sarraute, Nathalie, 白井浩司 역, 『不信의 時代』, 紀伊國書店, 1968.
Thibaudet, A., 兪億鎭 譯, 『小說의 美學』, 新楊社, 1959.
Tindall, William, *Literary Symbol*, New York, 1965.
Watt, Ian, *The Rise of the Novel*, Penguin Books, 1966.
Wellek, R. & Warren, A., *Theory of Literature*, Penguin Books, 1970.

제2장
소설 장르의 본질

閔玹基

1. 장르로서의 소설

문학 장르(genre)란 문학의 '갈래'를 말하는 것으로 보통 '장르 類'라고 하는 상위개념(큰 갈래)과 '장르 種'이라고 하는 하위개념 (작은 갈래)으로 나누어진다. 앞의 상위개념은 "영구불변적인 장르 들 곧 장르 類에 대한 추상적이고 공시적인 고찰이며 고정성에 초 점을 둔 것"이고, 뒤의 하위개념은 "장르를 시대적 산물로 본 구체 적이고 통시적인 고찰이며 변화성에 초점"[1]을 둔 것이다. 따라서 소설이 어떤 장르에 속하며 그 본질적 속성이 무엇인지를 알기 위 해서는 먼저 위와 같은 장르 체계를 이해해야만 한다.

일반적으로 장르 類를 나누는 방법에는 크게 2분법(산문과 운문), 3분법(서정, 서사, 극), 4분법(서정, 서사, 극, 교술)이 있다. 그러나 2 분법은 장르의 변별적 법칙으로서는 지나치게 단순하고 적용하는 데도 무리가 있는 까닭에, 서정은 주관, 서사는 객관, 극은 주관과

---

1) 김준오, 『한국현대장르비평론』, 문학과지성사, 1990, p.12.

객관의 통일이라고 규정한 혜겔(Hegel)의 3분법 이론이 오랫동안 지배적인 위치를 점하게 되었다. 그러다가 3분법으로는 분류되지 않는 문학작품들의 존재를 인식하여 '敎述' 장르를 하나 더 첨가한 4분법이 통용되기 시작하였는데, 우리나라에서는 조동일 교수가 4분법 이론을 적극 수용하여 국문학의 장르 이론을 독자적으로 정립하였다.2)

그러나 이러한 장르 類에 비해 장르 種의 구분은 매우 복잡하고 각 나라마다 시대마다 커다란 변화를 나타내고 있다. 또한 새로운 장르 種이 계속 나오고 있는 형편이므로 장르의 하위개념에 어떤 법칙성을 부여하여 하나하나 구체적으로 설명하기란 쉬운 문제가 아니다. 그리하여 현대에 이르러선 장르에 대한 논의가 과거와는 달리 "규범적이기보다는 기술적이고 독단적이기보다는 시험적이며 역사적이기보다는 철학적"3)인 경향을 보이고 있다.

잘 알다시피 소설은 敍事文學의 한 장르 種의 명칭이다. 때문에 소설의 장르적 본질을 알기 위해서는 서사문학이 무엇인지부터 알아야만 한다. 이에 대해서는 여러 각도의 복잡한 설명이 필요하다. 특히 서정문학, 극문학, 교술문학과의 차이점이 무엇인지를 자세히 밝히는 일이 먼저 요구된다. 그러나 여기서는 논의의 초점을 분명히 하기 위해 상위개념으로서의 서사문학과 그 작은 갈래인 소설의 樣式的 특징이 무엇인지 그리고 그것들의 상호관계는 어떠한지에 대해서만 살펴보고자 한다.

간단히 말해서 서사문학은 '이야기'와 그 이야기를 전달하는 '話者'로 이루어진다. 이야기란 어떤 인물(대상)과 연관된 사건을 뜻하고, 화자란 사건의 내용을 다른 사람들에게 '말'이나 '글'로 전해주는 전달자를 뜻한다. 서정문학은 화자는 존재하지만 이야기가 없고, 극문학은 이야기는 있지만 화자가 존재하지 않는다. 교술문학 역시

---

2) 조동일, 『한국소설의 이론』, 지식산업사, 1977, pp. 137~196.
3) Paul Hernadi, *Beyond Genre*, Cornell Univ. Press, 1972. p. 8.

화자가 없다. '말'로 전달되는 구비문학(신화, 전설, 민담)은 이야기 속에 화자 자신의 인식이 아닌 구성원 전체의 관점이나 집단적 의식이 주로 반영되어 있고, 이야기를 통해 현실과 사회를 화자 자신의 관점으로 해석하고 그것을 '글'로 고정시킨 소설문학은 세계를 주체적으로 인식하려는 개인적 열망이 강하게 내포되어 있다. 따라서 서사문학의 핵심요소인 이야기와 화자의 관계를 서사문학의 변천과정과 결부시켜 다음과 같이 정리해 볼 수도 있다.

> 신화에서부터 근대소설로의 이행과정은 신에서 영웅, 그리고 일반적인 현실적 삶에 이르기까지 주인공의 신분하강을 보여준다. 이 사실은 서사문학이 인간의 삶과 인간을 둘러싼 세계에 대한 이해를 바탕으로 함을 의미한다. 즉 신화에서 근대소설까지의 서사문학의 변천과정은 인간의 삶의 양상과 인식구조의 변화를 반영한다. 특히 그것은 이야기의 화자의 변화 및 그 관계의 변화로써 나타난다. 이야기가 인간이 살아가는 세계의 반영이라면, 화자는 그 세계를 인식하는 양상의 반영이다. 그러므로 이야기와 화자의 관계를 세계와 그 세계를 인식하는 인간과의 관계를 반영한다고 할 수 있다.[4]

결국 같은 서사문학이더라도 설화에서의 화자는 집단 공동체의 음성을 그 두드러진 특징으로 나타내고 있으며 여기에 뿌리를 두고 점차 분화된 소설의 경우는 시간이 흐를수록 다양한 방식으로 화자를 설정하고 그것을 통해 개별 작가의 가치관과 세계관을 다양하고 깊이 있게 반영시키고 있음을 알 수 있다. 따라서 세계의 질서와 가치관의 변화는 곧 이야기의 구조와 화자의 변화를 가져오게 되어, 같은 소설문학이라도 봉건사회의 역사적 사회적 구조를 반영하고 있는 우리나라의 고소설이나 서양의 로맨스(romance)는 근대 시민사회 또는 복잡한 현대 문명사회의 구조를 반영하는 근·현대 소설과는 크게 구별된다. 소설의 장르적 특징을 논하는 자리에서

---

4) 조정래·나병철, 『소설이란 무엇인가』, 평민사, 1991, p. 14.

늘 인간의 삶과 세계의 구조적 변화에 대한 총체적 접근과 해석이
이루어지는 것도 위와 같은 이유 때문이다.

또 하나, 소설 장르를 논의하면서 언제나 빼놓을 수 없는 것이
바로 서사시, 로맨스, 소설의 관계이다. 소설의 원형을 이루는 것이
영웅시대의 서사시라는 사실은 서양에서 가장 보편화된 주장이다.
흔히 소설을 서사시의 근대적 후예라고 부르는 것이 그 단적인 표
현이다.

특히 루카치(Georg Lukács)는 서사문학의 중요한 형식으로 서사
시와 소설을 꼽고 있다. 그는 "소설은 삶의 외연적 총체성이 더 이
상 구체적으로 주어지지 않고, 또 삶에 있어서의 의미내재성은 문
제가 되고 있지만 그럼에도 총체성을 지향하고자 하는 시대의 서사
시"라고 정의한 후, 호머의 서사시가 선험적 좌표에 힘입어 총체성
이 지배하던 형이상학적 고향 속에서 인간의 영혼이 아무런 문제없
이 안주하고 있던 그리스의 역사철학적 상황의 산물이라면, 현대의
서사형식인 소설은 이미 선험적 좌표와 형이상학적 고향을 상실하
고 서사시적 총체성의 세계를 다시 찾으려는 고독한 현대인의 영혼
이 직면한 역사철학적 상황의 산물이라고 설명하고 있다.[5] 이것으
로 보면 서사시와 소설의 장르적인 관련성과 차이점이 무엇인지를
이해할 수 있다.

소설이 고전적 서사시와 중세의 로맨스를 거쳐 근대 시민사회의
개인주의적 각성을 통해 그 분명한 기틀을 마련하였다는 것은 잘
알려진 사실이다. 따라서 소설이라는 장르를 보다 잘 이해하기 위
해서 서사시와 로맨스, 로맨스와 소설의 대비적 고찰 역시 필요하
다. 주인공의 영웅적 행위를 보여준다는 점에서 로맨스는 서사시와
비슷하나, 서사시가 역사적 사실을 주로 채용하고 있는 것과는 달
리 로맨스는 중세 기사들의 모험담이나 환상적인 사랑이야기 등 설

---

5) Lukács, G., *Die Theorie des Romans*, 潘星完 譯, 『小說의 理論』, 심설
   당, 1985, pp. 70~88.

화적 요소들을 주로 채용한다, 한마디로 로맨스는 역사적 시대적
상황이나 일상생활 속의 경험적인 삶을 다루지 않는다. 그것은 대
부분 현실을 벗어난 또 다른 세계의 꿈과 동화적 소망을 신비롭게
이야기한다. 로맨스의 이러한 이상추구적인 경향은 현실과 사회에
뿌리를 내리는 소설과 크게 구별된다.

> 소설은 알려진 세계의 묘사와 해석에 한층 몰두하고, 로맨스는 그 세
> 계의 숨은 꿈을 분명히 하는 데 전념한다. 로맨스는 항상 소망의 실
> 현에 관심이 있고 따라서 그것은 여러 가지 형식을 취하며, 영웅적인
> 것, 전원생활, 이국 취미, 신비, 어린 시절, 정열적인 완전한 사랑이
> 그것들이다. 그것은 대개 한 시대의 감각이라는 정확한 鑄型으로 만
> 들어지는 일반적으로 몹시 현대적인 것이다. 로맨스는 인간의 기본적
> 충동에 의지하고 있으나, 그것은 가끔 한 시대의 독특한 형식과 動機
> 를 매우 세밀하게 기록한다. 그 결과로 로맨스는 흔히 유행처럼 덧없
> 는 것이며, 그것이 쓰인 시대에는 매우 재미있으나 후대에는 읽을 수
> 없는 것이 된다.6)

소설과 로맨스의 구별은 등장인물의 성격에서 특히 두드러진다.
로맨스 작가는 '실제의 인간'보다는 오히려 양식화된 인물을 창조하
려고 하지만 소설가는 무엇보다 '人格'을 취급하며, 그 결과 로맨스
에 등장하는 인물은 사회적 역사적인 문맥으로 보면 '眞空常態' 속
의 인간이라 할 수 있고, 소설에 등장하는 인물은 모두 '사회적인
마스크'를 쓰고 있다고 할 수 있다.7) 이것으로 인해 로맨스의 현실
도피적 경향과 소설의 사회참여적 경향이 뚜렷이 나타나게 된다.
또한 로맨스의 인물이 수동적이고 고정된 위치에 추상적 성격으로
존재하는 것에 반해 소설의 인물은 내면적 자율성을 충분히 부여받

---

6) Gillian Beer, *The Romance*, 문우상 역, 『로망스』, <문학비평총서 20>, 서
   울대학교출판부, 1980, p. 16.
7) Northrop Frye, *Anatomy of Criticism*, 임철규 역, 『비평의 해부』, 한길사,
   1982, p. 432.

다 주위 환경에 능동적으로 반응하는 구체적이고 체험적인 성격으로 존재한다. 소설에 대한 논의에서 항상 현실이 문제되고 인물의 일상적 삶이 중시되는 까닭도 여기에 있다.

지금까지 소설의 장르적 특징이 서사문학의 본질과 그것의 하위 개념으로 존재하는 서사시와 로맨스와의 관계 속에서 드러나고 있음을 살펴보았다. 그리고 이 과정을 통해서 무엇보다 소설 장르가 근거하고 있는 역사철학적이고 사회경제적인 의미와 배경을 중시하지 않을 수 없는 이유도 알아보았다. 이와 같은 기본적 인식을 전제로 하고 이제부터는 소설 장르의 핵심적 요소인 '이야기', '미메시스', '虛構'의 문제를 차례로 고찰해보겠다.

2. 이야기의 세계

소설의 가장 중요한 요소는 이야기이다. 소설은 곧 이야기이고 소설책은 이야기책이라는 생각이 예부터 자연스럽게 이어져 내려오는 것만 보아도 소설과 이야기의 불가분성을 충분히 이해할 수가 있다. 사람은 어려서부터 누구나 이야기를 듣고 싶어하고 또 남에게 들려주고 싶어하는 욕망을 지니고 있다. 이 본능적인 욕망은 자신이 알지 못하는 세계와 인간들에 대한 끝없는 관심과 호기심에 깊게 뿌리내리고 있다. 이야기를 통해서 인간은 자신이 살고 있는 한정된 세계와, 자신과 주변 사람들이 맺고 있는 한정적인 삶의 영역을 무한히 '확장'한다. 시간과 공간을 자유롭게 이동할 수도 있고 자신과 타인과의 현실적 관계를 이제까지와는 다른 방향으로 인식해 볼 수도 있으며, 무엇보다 세계의 광활함과 존재의 다양함을 새롭게 확인할 수 있다. 말하자면 이야기를 통해 존재와 세계를 재발견하고 삶의 영역을 끝없이 넓히려고 하는 인간의 욕망은 곧 인간이 고립적이거나 停滯的인 존재가 아니라 사회적이고 可變的인 존재라는 사실을 뚜렷이 입증해 주는 것이기도 하다.

그러나 물론 이야기가 곧바로 소설이 되는 것은 아니다. 흔히 말하는 옛날이야기는 옛날이야기대로의 특성이 있고 소설은 소설로서의 특성 지니고 있다. 게다가 이야기를 전달해 주는 문학작품은 소설 외에도 많다. 특히 소설의 선조라고 할 수 있는 신화, 전설, 민담 등도 모두 독특한 방식으로 어떤 이야기를 들려준다. 따라서 소설이 펼쳐 보이는 이야기의 본질적 세계와 이야기의 구성원리 및 제시방식이 다른 것들과 어떻게 다른가를 먼저 살펴볼 필요가 있다.

소설의 이야기는 잘 다듬어진 형태와 정제된 내용으로 전달된다. 고생을 많이 한 사람이 자기가 겪은 일을 장황하게 몇 권의 책으로 썼다고 해서 그것이 소설이 되지는 않는다. 물론 체험은 중요한 이야깃거리가 될 수 있다. 그러나 그것이 소설로 '되살아나기' 위해서는 내용과 형식이 새롭게 만들어져야만 한다. 작가의 의도에 맞게 이야깃거리가 취사선택되고 이야기 순서가 다시 짜여져 그야말로 군더더기 없는 독창적인 내용과 형식으로 다시 태어나지 않으면 안 된다. 그래야만 소설로서의 예술적 기능을 충분히 발휘할 수 있다. 따라서 소설의 이야기를 "사상에 의하여 만들어내기는 했으되 생명을 가지고 살아 있다는 인상이 너무도 강렬해서 우리가 살과 피로 된 존재들 못지않은 상대로 취급하게 되는 인물들과 직접 관련되면서 시간 속에서 전개되는 사건들이나 情念들의 복합체"[8]라고 적극적으로 해석하는 경우도 있다. 결국 하나의 생명체로서 구체적으로 살아 움직이는 인물이 일정한 시간 속에서 벌이는 행위(사건)가 이야기인 셈이다.

이야기를 분류하는 방법은 많다. 그 중에서 행위의 주체인 인물의 신분이라 능력에 따라서 이야기를 분류해 보면 소설과 기타 敍事樣式과의 차이가 분명히 드러난다. 다시 말해, 일반 사람보다 아

---

8) 김화영 편역, 『소설이란 무엇인가』, 문학사상사, 1986, p. 54.

주 우월한 존재의 이야기냐, 보다 우월한 존재의 이야기냐, 같은 정도의 존재의 이야기냐, 그보다 열등한 존재의 이야기냐에 따라 이야기를 나누는 방법인데, 첫 번째 경우는 神話라 불리는 이야기이며, 두 번째는 전설·영웅담이고, 세 번째는 소설, 네 번째는 우화라고 불리는 이야기가 된다.9) 이 방법은 프라이(Frye)의 유명한 樣式理論을 원용한 것인데, 프라이는 주인공의 행동능력이 우리들보다 더 큰가, 더 작은가, 같은가 하는 기준에 따라 다음과 같이 상세히 분류한 바 있다.

① 질(kind)적으로 주인공이 다른 사람들보다 뛰어나고, 또한 그가 그들의 환경보다 뛰어난 환경에 처해 있다면 이 주인공은 신적인 존재로서 그에 대한 이야기는 신화가 될 것이다.

② 주인공이 다른 사람들보다 뛰어나고, 또 자신이 처해 있는 환경보다 뛰어나다고 하더라도, 이 뛰어남이 정도의 차이에 지나지 않는다면, 그 주인공은 전형적인 로맨스의 영웅이다. 여기서 우리들은 그 본래의 의미를 갖고 있는 신화의 세계로부터 나와 전설, 민담, 옛날이야기, 기타 이러한 것들과 관련되어 있고, 또 이러한 것들로부터 유래되는 문학작품 속으로 들어가게 되는 것이다.

③ 정도(degree)에 있어서 다른 사람들보다 뛰어나지만, 자신의 타고난 환경보다 뛰어나지 못할 경우, 그 주인공은 사람들을 통솔하는 지도자가 된다. 이 주인공이 상위모방(high mimetic)양식의 주인공, 즉 대부분의 서사시나 비극의 주인공으로 아리스토텔레스가 주로 염두에 두었던 주인공이다.

④ 다른 사람들보다도, 또한 자신의 환경보다도 뛰어나지 못할 경우 주인공은 우리와 같은 존재이다. 우리는 그의 평범한 인간성에 반응을 나타내며, 따라서 우리는 시인에게 그 주인공이 우리 자신의 경험에서 우리가 발견하는 것과 똑같은 개연성의 기준을 지키게끔 요구하게 되는데, 바로 이 주인공이 하위모방(low mimetic) 양식의 주인공, 즉 대부분의 희극이나 리얼리즘 소설에 등장하는 주인공이다.

⑤ 힘에 있어서도 지성에 있어서도 우리들보다 뛰어나지 못한 까닭에

---

9) 김현, 「소설의 구조」, 『세계의 문학』, 1981년 가을호, p. 95.

우리가 굴욕, 좌절, 부조리의 정경을 경멸에 찬 눈초리로 내려다보고 있는 듯한 느낌을 그의 행위를 통해 받게 될 경우, 이 주인공은 아이러니 양식(ironic mode)에 속한다. 이것은 독자가 자기도 그 주인공과 똑같은 상태에 처해 있다든가, 혹은 똑같은 상태에 처하게 될지도 모른다고 느끼게 되는 경우에도 적용된다.10)

프라이는 지난 15세기 동안 서구문학이 한결같이 이 목록의 위에서 아래쪽으로 점차 그 중심을 옮겨왔다는 사실을 지적하고 있다. 그는 또 주인공의 능력이 다른 사람들의 능력이나 주위환경에 비해 뛰어나지도 열등하지도 않을 때, 즉 주인공의 능력이 보통 사람들의 능력과 대등하고 따라서 그가 스스로의 환경에 원만히 대처해 나갈 수 있을 때, 이런 주인공이 등장하는 소설을 특히 '사실적 소설'이라 칭하고 있다. 이러한 사실적 소설이 바로 오늘날 우리가 관심을 갖는 보편적인 주인공의 '이야기'라고 할 수 있다. 그것은 소설문학이 근대 시민계급의 일상적이고 구체적인 생활에 기반을 두고 출발하였으며, 이상보다는 현실, 꿈보다는 실체를 더욱 중시하는 리얼리즘 정신의 발현 속에서 꾸준히 성장하였기 때문이다. 따라서 소설의 이야기가 다른 문학에 수용된 이야기, 예를 들어 신화나 서사시 또는 전설, 민담 등의 이야기와 근본적으로 어떻게 다른가는 분명히 이해할 수 있을 것이다.

소설의 이야기에 대한 논의에서 또 하나 간과해선 안 될 것은 작품의 이야기가 실제 일어난 사실이 아니라 작가에 의해서 虛構化되거나 재구성된 내용이라는 점이다. 즉 소설 속의 사건은 만들어지거나 꾸며진 것이다. 이런 까닭에 이야기는 실제로 일어났던 사건을 시간의 순서대로 기술하는 역사와는 뚜렷이 구분된다. 물론 역사적 사건이나 사실이 소설의 재료가 되는 일은 많다. 그러나 그것이 일단 소설의 이야기로 수용될 땐 어떤 형태로든 변하기 마련이

---

10) Northrop Frye, *Anatomy of Criticism*, 임철규 역, 『비평의 해부』, 한길사, 1982, p. 50~51.

다. 대체로 소설에서는 이야기의 효과를 위해 원래 일어났던 사건의 순서나 시간의 진행상황을 바꾸는 경우가 많다. 김현은 러시아 행태주의자들의 이론을 빌어 이야기를 크게 '일차이야기'와 '종속이야기'로 나누어서 소설의 이야기 구성방식을 설명한 바 있다. 여기서 일차이야기란 원래의 사건이 일어난 순서대로 기술하는 것을 일컫고, 종속이야기란 작가의 의도에 따라 원래의 사건을 바꾸어서 제시하는 것을 일컫는다. 예를 들면, <1. 왕이 병들어 죽었다. 2. 왕비는 왕이 죽자 슬퍼서 식음을 전폐하였고, 그것 때문에 곧 죽었다.>는 일차이야기이며, <1. 왕비가 갑자기 식음을 전폐하였다. 그래서 말라 죽었다. 2. 그것은 왕이 죽었기 때문이다.>는 바로 '종속이야기화 된 일차이야기'가 된다. 이렇게 볼 때 소설은 바로 "일차이야기를 종속이야기로 구성한 것"이며, 소설의 소재를 이루는 것은 일차이야기고 "그것들이 단일한 혹은 복잡한 효과를 내도록 구성될 때" 그것들은 종속이야기가 되는 것이다.11) 이처럼 원래의 이야기가 소설로 수용될 때는 많은 변화를 겪는다. 인물이나 사건이 어떤 식으로든 재창조되는 것은 말할 것도 없고 특히 그 두드러진 변화는 자연적 시간이 작품 내적 시간으로 재배치된다는 사실에서 찾을 수 있다. 자연적인 시간을 작품세계 안에서 인위적인 시간으로 바꾼다는 것은 이야기 형성의 핵심요소인 사건의 질서화와 재구성을 의미한다. 이것은 이야기가 動的이냐 靜的이냐 하는 것에서부터 사건의 짜임새 또는 이야기의 논리적 인과관계를 결정짓는 중대한 요소로 작용하며 궁극적으로 이야기를 통해 드러내고자 하는 작가의 의도도 이를 통해서 실현되게 된다.

앞에서도 밝혔지만 소설이라는 복잡한 구조의 단순하면서도 가장 중요한 요소가 바로 이야기이다. 모든 소설은 이야기를 들려주지만 그렇다고 모든 이야기가 소설은 아니다. 이야기는 시간과 사건을 필요로 하고 인물과 배경을 중시한다. 일상의 이야기와 소설에서의

---

11) 김현, 「소설의 구조」, 『세계의 문학』, 1981년 가을호, p. 95~96,

이야기는 모두 위의 네 가지 요소를 공통적으로 취하고 있다. 그러나 차이점은 이야기를 해나가는 방식에 있다. 일상의 이야기를 이끌어가는 것은 주로 시간이다. 그러나 소설의 이야기를 이끌어 가는 것은 시간 외에도 그 시간의 흐름에 축적된 '가치'의 존재이다. 일상의 이야기 속에 표현된 생활이 시간의 생활이라면 소설에 표현된 생활은 가치에 의한 생활이다. 즉, 소설에서의 이야기는 시간과 가치가 입체적으로 얽혀 있다. 일상의 이야기에서 '그래서', '그 후에' 등으로 잘려나가는 시간이 소설에서는 다른 것들로 보충되어서 궁극적으로 시간이 흐름이 흐름만으로 이야기되지 않는다. 대체로 근대소설 이전의 작품들에서는 시간의 자연적인 흐름과 사건의 진전이 일치되어 나타나고 있다. 이 경우의 시간은 시간의 길이보다는 앞뒤 시간의 연결만이 문제된다. 그래서 빈번히 '그리하여', '몇년 후', '그 다음' 등의 연결부사가 사용되고 있다. 이것은 이야기가 주제에 의한(앞에서 말한 '가치'와 같은 뜻을 지닌다) 질서 있는 구성에 목표를 둔 것이 아니라는 점을 시사해 준다. 다시 말해 이야기된 사건만을 시간의 전후관계에 의해 서술해 놓았다는 결함을 드러내고 있다. 따라서 다음과 같은 주장도 나름대로 설득력을 갖는다.

> 우리는 시간적 지속에 따라서 전개되는 소설을 이야기의 소설이라고 한다. 그것은 18세기 이전의 전근대적 소설이다. 구성에 의해서 이루어지는 소설은 19세기 이후의 근대소설 내지는 현대소설이라고 할 수 있다. 그러므로 근대소설 내지는 현대소설에 있어서 이야기는 소설 이전의 것 즉 소설의 원형을 의미한다. 이야기는 일종의 직관으로서 시작되어 병합·분리의 과정을 거쳐 점점 성장해 나가고 마침내는 완전한 사상(중심사상)으로 결정된다.[12]

이처럼 원형으로서의 이야기는 작품의 '중심사상'으로 결정되기까지 수많은 병합·분리의 과정을 필요로 한다. 이것이 바로 작가

---

12) 宋勉, 『소설미학』, 문학과지성사, 1985, pp. 167~168.

의 창조적 행위이며 그 결과가 어떠냐에 따라 당연히 작품의 질적 수준에도 차이가 나게 된다. 어느 하나의 기본적인 이야기가 시대의 변화 속에서 서로 다른 작가에 의해 소설로 수용되는 경우가 종종 있는데, 우리 소설사에서 그 대표적인 예로 '허생'의 이야기를 각각 소설화한 燕岩, 春園, 蔡萬植의 <허생전>을 들 수 있다. 이들 세 작품을 서로 비교해보면 이야기의 '원형', 즉 허생이 집을 나와, 돈을 빌려, 상행위를 하여 큰돈을 번 후, 가난한 사람들을 이끌어 이상국을 건설하고, 다시 본국으로 돌아와 李浣 대장을 만나 자신의 정치적 견해를 피력하고, 그 후 행방을 감추는 내용은 모두 같다. 그러나 이러한 내용을 구체적으로 전개시키는 과정에서 각 작품은 많은 차이를 드러내고 있다.

세부적으로 몇몇 중요한 사건의 설정이나 등장인물들에게 부여된 독특한 성격문제, 기타 작중현실의 제시에서 드러나는 작가의 상황인식 등의 차이는 작품 전체의 문학적 가치를 좌우할 만큼 중요한 요인으로 작용하고 있다.13) 이처럼 동일한 작품 제목이지만 작가의 사상적 토대나 역사의식 또는 상상력의 차이에 따라 이야기의 병합·분리의 과정 및 그 결과가 확연히 달라짐을 확인할 수 있다.

3. 미메시스 양식

미메시스(mimesis)란 '모방'을 뜻하는 고대 그리스 말이다. 그러나 엄격하게 생각하면 미메시스라는 용어의 개념이나 사용 범위가 역사적으로 일관되거나 통일되지 못하였으며, 그로 인해 지금까지 많은 문학적 논란이 야기되어온 것이 사실이다. 우선 이 말은 고대 그리스 시대에도 서로 다른 개념으로 사용되었는데, 그것은 대충

---

13) 이에 대한 자세한 논의는 민현기, 『한국 근대소설과 민족현실』, 문학과지성사, 1989, pp. 287~305를 참조할 것.

네 가지로 요약 정리될 수 있다. 즉, 1) 내면의 표현을 뜻했던 儀式的 의미, 2) 자연과정의 모방을 뜻하는 데모크리투스의 의미, 3) 자연의 模寫라는 플라톤의 의미, 4) 자연의 요소에 기초한 예술작품의 창조라는 아리스토텔레스의 의미가 그것이다.14) 이 가운데서 무엇보다 주목되는 것은 플라톤과 아리스토텔레스의 서로 다른 견해이다. 미메시스를 단순하고 수동적으로 파악함으로써 예술의 기능을 부정적인 방향으로 파악하였던 플라톤과는 달리 아리스토텔레스는 미메시스의 개념을 보다 적극적이고 긍정적으로 파악하였다. 그는 예술의 본질이 바로 인간의 모방본능에 있음을 강조하면서도 그러나 예술에서의 모방이 외부세계의 模寫나 複寫와는 성질이 다른것임을 분명히 밝혔다. 특히 그는 예술가가 "과거나 또는 현재에 사물이 처하여 있는 상태를 모방하거나, 혹은 사물이 과거나 또는 현재에 처하여 있다고 말해지거나 생각되는 상태를 모방하지 않을 수 없다"(『詩學』 제25장)는 점을 강조하였는데, 이것으로 미루어보면 아리스토텔레스는 미메시스를 '있는 세계'의 기계적 재생이라기보다는 오히려 '있을 수 있는 세계'의 창조적 提示라는 보다 포괄적인 의미로 파악하고 있었음을 알 수가 있다.

고대 그리스 시대로부터 비롯된 위와 같은 미메시스 이론은 그후 여러 차례 변화를 겪으면서 이어져오다가 18·9세기를 넘어서면서부터 다시 활발하게 논의되기 시작했다. 문학사적 측면에서 18·9세기란 봉건사회의 초월적 세계관과 專制的 질서로부터 해방되어 무엇보다 일상 현실과 개인의 생활에 초점이 모아진, 이른바 자본주의 시대의 산물로 평가되는 서구소설의 태동기를 일컫는다. 神이나 영웅 또는 고귀한 인물들이 주축이 된 前代의 문학양식과는 달리 소설은 하루하루 구체적인 현실을 살아가는 평범한 인물들의 삶을 집중적으로 반영하였으며, 이때부터 리얼리즘이 소설창작의 중심적인 요소로 자리잡게 되었다. 결국 미메시스 이론은 이처럼

---

14) 유종호, 『문학이란 무엇인가』, 민음사, 1989, p. 271.

문학사의 흐름 속에서 리얼리즘 이론으로 자연스럽게 변용되었던 것이다.

이언 와트(Ian Watt)는 소설 장르를 리얼리즘 형식으로 파악하고 그 특징으로 다음 여섯 가지를 열거한 바 있다. 첫째, 플롯(plot) 면에서 神話나 역사, 전설과는 다른 비전통적인 플롯을 채용하였다. 둘째, 인물면에서 재래의 문학적 慣習에 의해 제약된 환경과 유형적인 인물의 제시가 아니라 구체적인 환경 속에서의 個別化된 작중인물을 제시했다. 셋째, 命名法에 있어서 과거 역사에 나오는 실제 이름이나, 어떤 특징을 드러내는 이름이 아니라 매우 흔한 이름을 작중인물에게 부여했다. 넷째, 시간을 자연계의 중요한 차원일 뿐만 아니라 개인이나 집단의 역사를 형성하는 중요한 힘으로 보는 근대의 시간관에 따라서 작중인물들을 시간의 흐름 속에서 발전시켰으며, 또한 과거의 경험이 현재의 행위의 원인이 되는 등 시간을 통한 인과관계를 중시하였다. 다섯째, 공간묘사, 환경묘사, 또는 주택이나 직장과 같은 장소의 묘사를 중요시하였다. 여섯째, 비유적이거나 장식적인 요소를 가급적 피하고 언어의 指示的 성격을 중요시하는 散文을 채용하였다.15)

상승하는 중산계급의 세계관을 반영하면서 특히 현실과 개인의 일상적 모습을 충실히 그려내는 소설문학의 위와 같은 요소는 모두 '현실 모방' 또는 '현실 再現'이라는 리얼리즘의 기본적 속성과 연계된다. 그리하여 스탕달(Stendhal)은 〈赤과 黑〉을 통해 다음과 같은 유명한 말을 남기게 된 것이다.

그런데, 독자여, 소설이란 대로변을 돌아다니는 거울과 같은 것이다. 때때로 그것은 당신의 눈에 푸른 창공을 비추지만, 때로는 수렁의 진창을 비추기도 한다. 그런데 채롱에 거울을 치고 다니는 사람이 비도덕적이라고 당신에게 비난받을 것인가! 그의 거울이 진창을 비추는

---

15) Watt, Ian, *The Rise of the Novel*, Harmondsworth : Penguin Books, 1963, pp. 12~31.

데, 당신은 거울을 비난하다니! 차라리 수렁이 패인 대로를, 아니 그 보다도 물이 괴어 수렁이 패이도록 방치한 도로 감시인을 비난할지어 다.16)

소설은 객관적 현실을 반영하는 것이라는 스탕달의 이러한 주장은 그러나 소설이 주위현실을 있는 그대로 複寫해야 한다는 의미로 받아들여서는 곤란하다. 위의 선언은 기계론적 반영론의 입장을 벗어나는 것으로 해석되어야 한다. 그것은 실제로 소설 〈赤과 黑〉에 제시된 사회현실이 그냥 가시적으로 펼쳐지는 무질서한 일상현실이 아니라 작가인 스탕달이 성찰한 당대 역사 및 사회적 삶의 질서와 원리를 기반으로 해서 신중하게 선택되고 해석된 현실이라는 점 때문이다. 따라서 소설과 거울을 동일시한 이면에는 거울에 비친 현실도 결국은 일정한 방향으로 각도가 조정된 현실의 핵심상황이라는 말이 되며 이러한 문제는 궁극적으로 리얼리즘론에서 흔히 거론되는 현실의 범위 및 그 의미와 깊숙이 관련되는 것으로 볼 수 있다.

리얼리즘이란 용어는 크게 보아 다음 두 가지 입장에서 정의될 수 있다. 하나는 "실제로 19세기 중엽 프랑스에서 제기된 '레알리즘' 논의에서 그랬듯이, 당대의 현실을 정확하고 객관적으로 그려낼 수 있는 작품의 소재선택과 기법·문체 등을 명시하는 입장"이다. 그리고 다른 하나는 "당대 현실의 객관적 제시라는 명제 자체를 중시하기는 마찬가지이면서도, 이때의 '현실'은 단순한 복사가 처음부터 불가능한 그 현실의 '전체' 내지는 '핵심'을 뜻하므로 작가의 소재선택과 기법·문체 등이 좁은 의미에서 사실주의적일 것을 요구하는 입장과는 거리가" 있으며, "현실의 '전체'나 '핵심'이 과연 어떠한지에 대한 판단은 각자의 역사관과 직결되는 문제니만큼 자칫하면 어느 특정 개인이나 집단의 입장에 들어맞는 현실묘사만이

---

16) 백낙청 편, 『서구 리얼리즘소설 연구』, 창작과비평사, 1982, p. 61. 재인용.

'진정한 리얼리즘'이라는 독단으로 흐를 염려도" 없지는 않지만 '문학의 논의에 역사관의 문제가 개입한다는 것 자체는 오히려 당연하다고 볼 수 있으며 그런 의미에서 협의의 사실주의 또는 자연주의와 구별되는 리얼리즘 개념이 한층 애매한 면은 있어도 동시에 좀더 문학 본연의 관심사에 가깝다는 주장도 성립할 수 있을 것"이라는 입장이다.17) 물론 이러한 두 가지 개념이 서로 배타적인 것은 아니지만 현실을 포착하는 작가의 의식과 태도를 중시한다면 후자의 개념에 보다 공감하게 될 것이다.

사실, 한 작가가 당대 현실을 객관적으로 제시했다고 말할 경우 그것은 認識主體인 작가 나름의 관점에 의해 일정하게 선별되고 再構된 현실의 모습이라는 걸 인정해야 한다. 모든 현실을 빼놓지 않고 있는 그대로 제시하기란 불가능하며, 만약 그럴 수 있다고 하더라도 그것만으로는 별 의미가 없다. 현실의 겉모습을 아무리 구체적이고 세부적으로 묘사해 놓더라도 그것이 작품 전체의 내용이나 작가의 의도와 유기적인 관련을 맺지 못한다면 그야말로 무질서하고 번거로운 일상과 하등 다를 게 없다. 소설이란 무질서한 현실에 질서를 부여하고 되풀이되는 나날의 혼돈된 삶을 일정한 각도의 방향으로 구조화시킨 것이다. 이때 작가의 주체적 관점과 사고기반이 무엇보다 중요한 역할을 하게 된다. 다 알다시피 모든 대상의 참다운 의미는 認識主體와의 관계 속에서만 파악되고 표명될 뿐이다. 따라서 여기서의 객관적이라는 말 역시 인식주체의 主觀을 떠나서는 성립할 수 없으며, 마찬가지로 현실의 객관적 제시라는 문제를 거론할 때에도 작가의 사상이나 신념, 역사관, 세계관 등등에 관심을 기울이지 않을 수 없다. 아울러 작품에 설정된 상황과 인물이 典型的인지 아닌지도 판별해 볼 필요가 있다.

하나의 예로 현진건의 유명한 단편소설 〈고향〉(1926)을 살펴 보기로 하자. 〈고향〉은 가혹한 日帝 식민지 수탈정책으로 인해 "꼭

---

17) 백낙청 편, 『서구 리얼리즘소설 연구』, 창작과비평사, 1982, p. 4.

무덤을 파서 해골을 헐어 젖혀 놓은 것 같은" 폐허의 농촌현실과, 파멸적인 삶에 허덕이는 실향민의 모습을 사실적으로 그린 소설이다. 이 작품에서 특히 독자의 관심을 끄는 것은 당대 현실의 생생하고도 집약적인 표현이다. 평화롭던 농촌이 일제의 침탈로 급속히 황폐화되는 과정과, 그런 가운데서 야기된 농민들의 극한적인 고통과 처참한 流浪生活이 가장 큰 현실문제로 작품 전면에 부각되고 있다. 때문에 이 소설의 두 남녀가 겪게 되는 비참한 삶의 역정은 개인적인 것이라기보다는 동시대를 살고 있던 모든 농민들의 공통적인 체험요소로 인식된다.

작품에 나타난 남녀의 현실적 삶은 먼저 남자의 경우, 그는 고향에서 농사를 지으며 평화롭게 살았다. 식민지가 되자 농토는 모두 동양척식회사의 소유가 되었고, 착취적인 소작제도로 인해 나날이 궁핍해졌다. 급기야는 생존을 위해 가족이 모두 서간도로 이주했으나, 극심한 가난 속에서 부모가 사망했다. 간도를 떠나 9년간 유랑생활을 했다. 고향에 들렀으나 그곳은 완전히 폐허가 되어버렸고, 거기에서 우연히 옛날 혼인말이 있었던 여자를 만나지만 비참하게 변해버린 서로의 모습만 확인하게 된다. 다시 먹고살 일자리를 구하기 위해 上京한다.

여자의 경우, 그녀는 어려서부터 남자와 한 고향 이웃에 살았다. 농촌이 파괴되자 가난 때문에 부모에 의해 유곽에 팔렸다. 자신의 몸값을 10년 동안 갚으려 했으나 오히려 빚만 지게 되었다. 늙은 산송장이 되어 겨우 유곽에서 풀려나왔다. 고향에 찾아와 보니 집도 부모도 없었다. 지금은 일본사람의 집에서 아이보기로 겨우 연명해 나가고 있다.

이러한 두 남녀의 고통스런 삶은 일제의 가혹한 경제침탈로 생존기반을 유린당한 당대 농민들의 현실적 고통을 핵심적으로 표현해 주고 있다. 이들의 失鄕은 바로 식민지 치하의 우리 민족이 체험한 참담한 역사적 수난과 동일하다. 그리고 이 같은 의미는 작품에 나타난 "음산하고 비참한 조선의 얼굴"이라는 단적인 표현으로 더욱 뚜렷하게 드러난다. 다시 말해 이들은 개인이면서도 동시에 전체를 대표하는 이른바 '대표 단수'이며, 이 소설에서 제시된 외적 상황은 바로 당대 현실의 '핵심'에 해당된다. 결론적으로 <고향>에서 그려진 현실상황과 작중인물은 전형적이라고 말할 수 있는데 이러한 전형성은 단순히 당대 현실을 있는 그대로 그리는 것만으로는 결코 획득될 수 없다. 무엇보다 작가의 치열한 현실인식과 역사의식이 작용되어야만 가능하다. 전형이란 "일정한 시대적 상황에서 현실의 움직임을 역사적인 발전의 흐름 가운데서 포착함으로써 그 시대와 사회의 핵심적인 성격을 요약하는 것"이며, 동시에 "갖가지 모순을 포함하고 있는 현실의 경험을, 모순을 그대로 드러내면서 개별화하고 감각화하여 시대의 전체적인 맥락을 형상화하는 것"[18]이라고 정의할 때, 소설과 그것이 모방하는 현실, 그리고 그 현실의 '핵심'을 꿰뚫어 작품으로 조직화하는 작가의 정신이 상호 어떤 관계 속에 놓이는가를 쉽게 이해할 수 있으리라 생각한다.

4. 허구적 상상력

소설은 사실의 기록이 아니다. 소설은 실제로 일어난 사건을 기계적으로 옮겨놓거나 현실의 모습을 있는 그대로 再現하지 않는다. 작가의 상상력에 의해 그럴듯하게 만들어지고 꾸며진 이야기가 바로 소설이다. 여기서 '그럴듯하게'라는 말은 '진실하게'라는 뜻을 담고 있다. 즉 만들어지고 꾸며진 일종의 '거짓' 이야기지만, 전혀 납득할 수 없거나 믿기지 않는 엉터리 이야기가 결코 아니라는 뜻이다. 이런 점에서 소설은 실제로 일어난 사건을 중시하는 역사적 기

---

18) 김종철, 「역사·일상생활·욕망」, 김우창·김흥규 공편, 『문학의 지평』, 고려대학출판부, 1983, p. 266.

록이나 신문기사, 보고서, 일기, 자서전 등과 뚜렷이 구별된다. 소설뿐만 아니라 모든 문학작품의 특징은 그것의 虛構性 및 想像性에서 찾을 수 있다. 문학과 비문학의 구분 역시 虛構的이냐 아니냐를 판별하는 것으로 가능하다. 따라서 허구의 개념과 그 본질적 기능에 대한 올바른 인식이 선행되어야만 한다. 먼저 虛構에 대한 다음과 같은 설명을 참고해 볼 필요가 있다.

> 서양 원어는 '모양을 빚어내다' 즉 진흙을 빚어서 그릇을 만드는 것 같은 행위를 뜻했다. 그러나 '빚어내다'란 뜻에서 '꾸며내다', '만들어내다'란 뜻으로 의미의 중심이 옮겨감에 따라 '없는 것을 있는 듯이 꾸미다', '거짓말을 하다'란 뜻이 가미되었고 그리하여 문학론 이외에서는 픽션은 대체로 비도덕적 행위로서의 '거짓'을 뜻하게 되었다. 그러나 '재료를 빚어서 새것을 만들다'라는 원의가 문학론에서는 살아 있다. '허구'라는 말은 '빚어 만들다'라는 의미가 전혀 포함되어 있지 않으므로 픽션의 개념을 바로 전달하지 못한다. 허구는 크게 말해서 '비허구'(이른바 넌픽션) 즉 사실과 진실에 대한 글이 아닌 일체의 꾸며낸 글(거짓말까지 포함해서)을 가리킨다고 할 수 있다. 그러나 일반적인 의미로는 허구는 꾸며낸 이야기, 즉 이야기문학을 가리키며 그 중에서도 '산문 서사문학' 곧 소설을 뜻한다. '허구' 즉 픽션이 소설을 의미하게 된 가장 중요한 이유는 소설이 사실에 대한 기록인 역사와 가장 닮았으면서도 전적으로 꾸며낸 이야기 즉 거짓이야기라는 것이 명백하기 때문일 것이다. 시도 허구성이 있지만, 영탄하는 것을 보고 거짓말, 즉 꾸민 이야기를 한다고 하지는 않는다. 희곡, 우화, 동화 등은 허구임에 틀림없지만 본격 소설처럼 진짜처럼 꾸며진 이야기 형태를 못 가지고 있는 까닭에 '허구적'이라는 형용사는 붙이나 '허구'(픽션)라고는 하지 않는다.19)

위에서 강조하고 있는 것은 두 가지이다. 하나는 허구가 '새 것'을 만들어내는 창조적 기능을 한다는 점이고 다른 하나는 여러 문학 장르 중에서도 소설이 '진짜처럼 꾸며진 이야기 형태'를 제대로

---

19) 이상섭, 『문학비평용어사전』, 민음사, 1980, pp. 292~293.

지니고 있기 때문에 허구 즉 픽션이 소설을 뜻하게 되었다는 점이다. 이처럼 허구라는 말은 문학 특히 소설을 논할 때 늘 빼놓을 수 없는 중요한 용어로 등장하고 있다.

서양에 비하면 늦은 편이지만 우리나라에서 허구에 대한 인식은 이미 조선조 문인들로부터 시작되고 있음을 여러 문헌들을 통해서 확인할 수 있다. 그 중에서 대표적인 것은 <一樂亭記>라는 漢文小說의 서두에 나오는 "아, 이 책을 지은 것이 비록 架空構虛之說에서 나왔으나 福善禍淫의 이치가 있으니 이것이 나를 꾸짖고 알아주는 것이 아니라고 어찌 말하겠는가"라든가, 李遇駿의 『夢遊野談』 '소설' 章에 나오는, 소설이란 "作者가 빈 데다가 시렁을 얽어매고 허공을 꿰뚫어(架虛鑿空) 생각을 쌓고 뜻을 포개어 기어(奇語)를 짓는 것"이라는 말 등을 대표적으로 꼽을 수 있다.

여기서 '架空構虛'라든가 '架虛鑿空'이라는 표현이 바로 소설의 虛構性에 대한 인식인데, 이는 소설이 史實과 어긋나기 때문에 철저히 배격해야 한다고 주장했던 前代의 많은 유학자들의 견해와는 크게 대조된다. 조선조 유학자들의 소설 否定論 가운데서 가장 과격한 것으로는 李植의 '焚書論'과 홍만종의 '宗社瓦裂論', 그리고 李德懋의 '小說三惑論' 등을 들 수 있다. 이들의 공통된 의견은 소설이란 아무런 쓸모가 없는 것이며 현실적으로 해만 끼친다는 것이다. 소설은 사실을 멋대로 왜곡시키고, 거짓을 말하여 사람들로 하여금 이야기의 재미에만 빠지게 하여 자기 직무를 소홀히 하게 만들고, 공연히 엉뚱한 데 시간과 노력을 낭비하게 만드는 결과를 초래하고 있어 잘못하면 이로 인해 나라까지 망할 염려가 있으니 마땅히 소설이란 것을 짓지도 말고, 읽지도 말고, 그것을 대상으로 말하지도 말거나 아니면 아예 소설책 자체를 불태워 없애버려야 한다는 것이 이들 세 사람의 강력한 논리적 연속성을 형성하고 있다. 유교적 윤리와 질서체계의 절대성을 생명처럼 여겼던 유학자들에게 架虛鑿空의 산물인 소설을 인정한다는 것은 거짓말을 그대로 용납

하는 것과 동일하게 여겨졌기 때문이다.

그런데 이것은 서양문학 비평사에서 많이 거론되는 플라톤의 '詩人追放論'의 배후논리와 매우 흡사하다. 플라톤이 시인을 그의 '공화국'에서 추방해야 한다고 주장하게 된 이유는 다음의 설명을 통해서도 쉽게 알 수가 있다.

> 윤리와 정치는 플라톤에겐 분리될 수 없는 것이었다. 그의 이상적인 공화국의 미래의 지배자, 또 관리들을 위한 교육을 하려는 企圖에서 플라톤은 시인들이 훌륭한 시민이 되도록 가르치지 못함을 발견했다. 시인들은 神들에 관해 거짓말을 할 뿐만 아니라, 인간들이 품위 없는 일을 하는 것을 묘사했다. ……(중략)…… 지배계급의 통치자들, 관리들은 국가의 자유 유지에 전적으로 자신을 바쳐야 하며, 어떤 비열한 일도, 모방해서는 안된다. 그런데 詩人들은 어떤 본을 보여주는가? 여자들, 나쁜 남자들, 대장장이나 다른 匠人들이나 노 젓는 사람, 혹은 갑판장 등등과 같은 저급한 인물들, 정말 무지한 인물들, 정말 무지한 대중들에게 즐거운 듯한 것은 모두 다 보여준다.[20]

결국 플라톤 역시 그가 영원불변하다고 믿은 이데아(idea)의 세계를 문학작품이 선명하게 반영하기는커녕 오히려 3단계나 퇴행시켜 '거짓으로' 또는 '저급한' 형태로 훼손시켜 버린다는 이유를 내세워 시인추방론의 논리를 부각시키려 했던 것이다. 이처럼 조선시대의 유학자들이나 문학에 대한 플라톤의 경직된 견해는 근본적으로 자신들의 세계관적 당위성으로부터 일방적으로 연역되어 형성된 것이다. 그들은 '이데아' 또는 '道'의 가치에 대한 절대적인 믿음으로 인해 문학의 본질이 무엇이며 문학작품의 虛構性을 어떤 측면에서 이해할 것인가 하는 문제는 도외시했던 것이다. 그러나 물론 모든 유학자들이 소설부정론을 내세웠던 것은 아니다. 플라톤의 논리를 그의 제자 아리스토텔레스가 극복했듯이 유학자들 중에서도 앞

---

20) 버어넌 홀 二世, 이재호·이명섭 공역, 『서양문학비평사』, 탐구당, 1972, pp. 15~16.

에서 예시한 것처럼 오히려 虛構性 자체가 소설의 생명이라는 견해를 적극 밝힌 문인들도 있었던 것이다. 그리고 시간이 흐를수록 이같은 허구성에 대한 인식은 더욱 명확해지지 시작했고, 드디어 근대로 접어들면서부터는 '허구의 진실' 또는 '架空의 진실'이라는 용어가 소설적 진실이라는 개념과 동일시되기에 이르렀다.

결국 근대적인 의미의 소설은 허구의 개념을 정확하고 구체적으로 인식한 데서 출발했다고 해도 과언이 아니다. 이른바 현실도피와 신비로운 꿈의 문학양식으로 규정된 서양의 로맨스나 동양의 傳奇小說에서의 허구란 현실적 바탕이 거세된 '공상'이나 '환상'을 의미하는 데 반해, 사회적 상황과 개인의 현실적 삶의 모습을 중시하는 근대소설에서의 허구란 이야기의 구체성과 진실성을 확보해주는 중요한 원동력으로서의 '상상력'을 의미하게 되었다. 이 사실은 다음과 같이 설명될 수도 있다.

> 보다 쉽게 말하자면 로맨스 작가들은 현실적으로 발생하기 어려운 일을 이야기로 만들어내는 것을 虛構化로 생각했던 것이며 노벨의 작가들은 있을 법한(what might be) 일을 그려내는 것으로 허구의 개념을 정리하였던 것이다. 리얼리즘 이후의 작가들은 어떻게 하면 迫進感(verisimilitude) 내지 현실감을 줄 수 있을까 하는 예술적 의도를 가지고 허구의 개념에 접근하였다. 그러니까 허구라는 개념은 소설(노벨)이 자리 잡히기 시작하면서 '현실감을 보다 효과있게 전달하기 위한 구성 방법'이라는 방향으로 조정되었던 것이다. 물론 이때의 현실감이란 말은 '사실의 재생'이라는 뜻 외에 '진리와 진실의 전달'이라는 의미로도 이해되어야 한다.21)

따라서 소설에서의 허구란 사실이 아닌 거짓말을 뜻하는 것이 결코 아니라, 문학적 진실을 효과적으로 전달하기 위한 필수불가결한 예술적 장치로 보아야 옳다. 따라서 그것은 작가의 상상력과 밀접하게 연관된다. 다시 말해서 허구란 작가가 작품을 통해 제시하는

---

21) 조남현, 『소설원론』, 고려원, 1982, pp. 86~87.

최종적 진실에 빠르고도 용이하게 도달하도록 고안된 문학상의 '길'이라고도 할 수 있다. 그러니까 중요한 것은 언제나 문학적 진실 그 자체이다. 진실의 전달을 목표로 하지 않는 허구란 아무런 의미가 없다. 그것은 단지 하나의 거짓말에 불과할 뿐이다.

문학적 진실은 두말할 것도 없이 感動의 형식을 통해서 독자들에게 수용된다. 그것은 관찰과 비교를 통해 객관적으로 입증되는 과학적 진리와는 성격이 다르다. 그리고 여기서의 감동이란 소설의 예술적 아름다움과 직결되는 것이다. 앞장에서 강조했듯이 소설은 인간이 살아가는 이야기이다. 그 이야기는 실제의 사건이나 인물을 그대로 반영한 것이 아니라 작가의 허구적 상상력에 의해 다시 만들어지고 꾸며진 이야기이다.

그러면서도 그것은 인간의 경험세계나 삶의 현장에서 확인해 볼 수 있는 어떤 사실과 모순되거나 대치되지 않는다. 만약 모순되고 대치된다면 그것은 허황한 거짓말을 늘어놓은 것에 불과하여 이미 소설로서의 가치를 상실해버리고 만다. 즉, 만들어지고 꾸며졌지만 아무것도 없는 진공상태에서 멋대로 지어낸 게 아니라 실제의 인간세계를 토대로 하여 그 위에 새롭고도 독자적인 이야기를 창조하는 것이 곧 소설창작의 핵심이라고 생각할 수 있다. 그리고 바로 이 같은 창조의 힘을 우리는 진정한 의미의 허구적 상상력이라고 일컬을 수 있다.

[참고문헌]
김종철, 「역사 · 일상생화 · 욕망」, 김우창 · 김흥규 공평, 『문학의 지평』, 고려대학출판부, 1983.
김준오, 『한국현대장르비평론』, 문학과지성사, 1990.
김현, 「소설의 구조」, 『세계의 문학』, 1981년 가을호.
김화영 편역, 『소설이란 무엇인가』, 문학사상사, 1986.
민현기, 『한국 근대소설과 민족현실』, 문학과지성사, 1989.
백낙청 편, 『서구 리얼리즘소설 연구』, 창작과비평사, 1982.

유종호, 『문학이란 무엇인가』, 민음사, 1989.
이상섭, 『문학비평용어사전』, 민음사, 1980.
조남현, 『소설원론』, 고려원, 1982.
조동일, 『한국소설의 이론』, 지식산업사, 1977.
조정래·나병철, 『소설이란 무엇인가』, 평민사, 1991.
버어넌 홀 二世, 이재호·이명섭 공역, 『서양문학비평사』, 탐구당, 1972.
Beer, Gillian, *The Romance,* 문우상 역, 『로망스』, <문학비평총서 20>, 서울대학교출판부, 1980.
Frye, Northrop, *Anatomy of Criticism,* 임철규 역, 『비평의 해부』, 한길사, 1982.
Hernadi, Paul, *Beyond Genre,* Cornell Univ. Press, 1972.
Lukács, G., *Die Theorie des Romans,* 潘星完 譯, 『小說의 理論』, 심설당, 1985.
Watt, Ian, *The Rise of the Novel,* Harmondsworth : Penguin Books, 1963.

제3장
소설의 구조

金亭子

1. 구조의 개념

'구조'란 말은 오늘날에 와서 매우 다양하게 사용되고 있다. 언어구조·문법구조·의식구조·의미구조뿐만 아니라 정치구조·사회구조·계층구조·유통구조·건축구조 등…… '구조'란 말의 사용은 이처럼 광범위한 영역에서 다양하게 사용되고 있음을 알 수 있다. 이 말은 그 어원이 라틴어 'struktura'에서 나온 것으로, 벽돌 같은 건축재료를 연결하는 집합체를 의미했다.

문학에서 사용하는 '구조'의 의미도 이와 같은 어원적 해석의 의미범주에서 크게 벗어나지는 않고 있다. 벽돌을 질서 있게 배열하여 접합시키는 작업이 곧 문학이라는 작품의 형성과정이라고 할 수 있기 때문이다.

문학작품을 형성하는 여러 가지 요소들을 전통적인 문예학에서는 내용과 형식 또는 소재와 형식으로 크게 이분법으로 나누어 생각했다. 내용과 형식 두 가지를 전혀 이질적인 요소로 본 것은 아니고 상호규정적인 것으로 보았으나, 대체로 이들 양자를 분리시켜 왔다.

이때 '형식'이라고 하는 것은 문학의 장르나 유형, 또는 율격

(meter)이나 시행, 운(rhyme) 등의 패턴을 가리키는 데 사용된다. 그런 의미로 볼 때 형식은 문학작품의 본질적인 구성원리라고 할 수 있다. 그러나 형식이라고 하는 것이 그 속에 내용 또는 작품의 주제를 담아 놓는 단순히 고정적인 그릇이 될 수는 없다는 것이 지금까지 문학비평가들의 공통된 견해이다.

코울리지(Coleridge)는 형식을 '기계적 형식'과 '유기적 형식'으로 구분하여 사용하였다. 진흙을 틀에 넣어 찍어 만든 것과 같은 기존적 형태를 '기계적 형식'이라고 하고, 내재적(內在的)인 완성과정을 '유기적 형식'이라 하였다. 훌륭한 한 편의 시는 성정하는 한 포기 식물과 같아서 그 내적인 에너지에 의해 발전하여 완성된 형식(achieved form)으로 이루어지는 것이다. 이 완성된 형식이야말로 유기적 통일체인 것이다.[1]

독일 문예학에서는 이분법으로 나눈 내용과 형식 둘 중에서 '형식' 쪽을 흔히 '구조'라고 일컬었으며, 신비평가들(new critics)들은 대체로 이 '구조'라는 말을 즐겨 사용했다. 그들은 구조라는 용어를 형식이라는 말과 서로 바꾸어 사용했다.[2]

브룩스와 워렌은 넓은 의미에서 형식과 구조는 같은 것이라고 밝히고 있고[3] 웰렉과 워렌도 문학작품을 소재(material)와 구조(structure)로 나누어서, 자연 그대로의 소재를 다듬고 배열하여 미적 효과를 갖도록 하는 체계나 질서를 구조로 보았다.[4]

그러나 러시아 형식주의자들은 내용과 형식을 별개로 구분하는 이분법적 사고를 반대했다. 문학에서 이른바 '내용'이라고 하는 요

---

1) I. A. Richards, *Coleridge on Imagination*, 1934.
   M. H. Abrahms, *The Mirror and the Lamp*, ch. 7, 1953.
   R. H. Fogle, *The Idea of Coleridge's Criticism*, 1962.
2) 김천혜, 『소설구조의 이론』, 문학과지성사, 1990, p. 14. 참조.
3) C. Brooks / R. P. Warren, *Understanding Fiction*, New York, 1959, p. 684.
4) R. Wellek / A. Warren, *Theory of Literature*, New York, 1949, p. 141.

소는 독립적인 존재가 아니며, 형식이라고 하는 것도 더 이상 작품의 외형적인 요소가 아니라는 것이다. 형식이란 어떤 구체적이고 역동적인 존재로서 그 자체가 내용적인 것으로 간주된다고 하였다.[5]

루카치는 내용과 형식의 관계를 변증법적인 것으로 해명하였다. 그는 개개의 문학작품에서 서로를 완전하게 하는 두 요소가 곧 형식과 내용이라고 하며, 양자 가운데 어느 한 편의 규정을 하기 위해서는 다른 한 편의 규정 없이는 불가능하다고 주장했다. 형식과 내용이 완전히 통합되고 혼합되면, 형식이 수용자를 감동시킨 것임에도 불구하고, 수용자는 내용이 그들을 감동시킨 것으로 믿는다는 것이다.[6] 이것은 형식을 '달성된 내용'(achieved contents)[7]이라고 하여 작가의 감성이나 사상이 기법과 문체로 형상화되어야만 문학이 비로소 문학으로 존재할 수 있게 된다는 쇼레어(M. Schorer)의 주장과 상응한다.

이와 같이 볼 때, '구조'에 대한 견해는 형식적이고 외형적인 것만을 '구조'로 보는 견해와, 내용과 형식을 모두 구조 속에 넣어 고찰하려는 두 개의 견해가 대립되어 있음을 알 수 있다.

구조주의 비평이 성행한 이후로는 문학작품을 생명을 가진 하나의 유기체로 보려는 경향이 굳어졌다.[8] 예술적인 통일체인 문학의 부분들은 따로 떨어져서 존재할 수 없으며, 그 부분들이 없이는 문

---

5) Jürgen Hauff 외, *Methodendiskussion*, Frankfurt a. M. 1973, p. 108. (Shklovskij, Forme, 1914, Construction, 1919, Quoted in Todorov, ed., 1965. Tynjanov, "Forme dynamique", 1924, "Le Motion de Construction", in Todorov, ed., 1965. 등도 참조)
6) G. Lukács, *The Aesthetics of György Lukács*, 김태경 역 『루카치美學批評』, 한밭사, 1984, 참조.
7) M. Schorer, *20th Century Literary Criticism*, edt. David Lodge, London, 1972, p. 387,
8) Klaus Baumgärtner, (edt), *Spache, Eine Einführung in die Moderne Linguistik*, Frankfurt a. M. 1973, 참조.

학이라는 유기체는 존재할 수 없다.

문학작품의 부분적인 요소들은 과학적이고 필연적인 배합으로 통합되어야 하나, 그 부분들이 유기체에서 떨어져 나왔을 때는 아무런 의미가 없는 요소들이 되고 만다. 다시 말하면 부분들은 유기체가 되는 문학작품의 '구조'로 통합되어 있을 때라야 비로소 의미를 획득하는 존재가 된다는 뜻이다.

이런 맥락으로 본다면 문학의 부분적인 요소들이 되는 내용이나 형식은 '구조' 속에서 필연적으로 통합될 수밖에 없고, 그 구조(유기체) 속에서만 비로소 가치를 발하게 되는 것이다.

2. 소설에서의 구조의 의미

소설을 형성하고 있는 모든 요소들은 질서 있는 체계나 관계를 가지고 결합되어야 구조로서의 생명적 존재가 될 수 있다. '질서'의 의미는 소설의 필연성이라는 말로 대체된다. 이 필연성으로 얽혀진 하나의 구조, 곧 소설이라는 유기체는 '허구'라는 말로 바꾸어 놓을 수 있다.

소설의 세계는 우선 '허구'의 세계이다. 현실과 유사한 가능성의 세계를 소설의 세계에서는 '필연'이라는 전략으로 덫을 놓고 삶의 진실을 터득하게 한다.

허구의 세계가 '진실'의 의미를 획득하기 위해 필요한 모든 장치가 바로 소설에서의 '구조'를 형성하는 요소들이다.

소설을 형성하는 모든 요소들의 관계를 소설의 구조라고 본다면 소설 속에서의 시간과 공간, 시점과 서술자, 작중인물의 특성과 서사구조의 문제 등 모든 것들이 소설구조의 요소들이 된다.

이런 의미에서 구조의 영역을 광범위하게 파악하려는 힐레브란트(Hillebrand)의 견해는 타당성을 가진다. 그는 소설의 구조를 '외형

구조'와 '내부구조'로 나누어서, 소설의 문장을 분석하는 것은 그 외형구조를 관찰하는 것이고, 시간·화자·시점·서사구조·작중인물·커뮤니케이션 등의 문제는 내부구조로 파악하려 하였다.[9] 그러나 이 '외형'과 '내부'라는 말의 한계는 모호하다. 문장이 소설의 외형구조라고 지적하는 데는 여러 가지의 문제점이 따르게 되기 때문이다. 문학의 주도구가 되는 언어 자체가 랑그와 빠롤의 구조를 가지고 있는 구조체라고 볼 때, 그러한 작은 단위로서의 구조체를 근원으로 하는 문학작품이야말로 숙명적으로 언어구조의 통합체가 되기 마련이다.

소설의 시간이나 화자의 서술문제, 서사구조와 작중인물 등 모든 것들이 '문장'이라는 언어구조를 통해서 나타나는 것이기 때문에, 소설구조의 외형에서 굳이 문자의 구조를 독립시켜 논한다는 것은 그다지 의미가 없는 일이다. 뿐만 아니라, '문장'이라고 하는 것이 문체와 기법이라는 범주와 부딪치게 되면 '구조'라는 의미와 혼란을 일으켜 그 변별의 획을 긋기가 아주 어려워지기 때문이다.

이봉채는 소설구조의 의미를 이야기와 사건구조, 서술로서의 구조로 양분하여 결국 소설의 구조는 '이야기'와 '서술'의 두 가지 구조로 파악할 수 있음을 밝힌 바 있다.[10]

그는 소설에서 작가의 섬세한 서술능력을 제거해 버리면 '줄거리'가 남게 되는데, 이 줄거리가 곧 소설의 '이야기'라는 것이다. 거기에 비해 '서술의 구조'란 소설문장들의 연결관계 구조를 의미한다고 했다. 이 문장들의 연결관계 구조는 작가에 따라 개성있는 서술 체

---

9) Bruno Hillebrand (edt.), *Zur Struktur des Romans*, Darmstardt, 1978, p. 15.
김천혜, 앞의 책, 참조.
그는 힐레브란트 교수의 견해를 근간으로 하여 소설의 구조를 광범위한 영역으로 파악하여, 소설의 외형과 시간·화자·시점·문장·서사구조·작중인물·커뮤니케이션 : 동일시와 이화(異化)의 기법까지를 모두 '소설구조'의 영역으로 해석하였다.
10) 이봉채, 『소설구조론』, 새문사, 1984.

계를 가지고 있지만 보편적인 의미의 필연성과 논리성을 가지고 있는 것이 아니라 작가의식의 독자적인 필연성에 의해서 연결된다는 것이다. 그는 또 소설의 주제와 구성, 인물(성격), 시점(관점), 배경 등을 소설구조의 장치로 분석하려 하였다.

소설 '구조'의 의미들에 대한 많은 논란들을 고찰해 보면11) 결국 동일한 의미로 해석될 수 있는 것들을 학자에 따라 다른 용어로 나눈 것에 불과한, 결국은 대동소이한 견해들임을 알 수 있다. 범위를 좀 더 세분하여 다양하게 분류하고, 용어를 달리 설정함으로써 '구조'의 의미를 개성있는 표현으로 다투어 설명하려는 의도로 보일 뿐이다.

소설을 형성하고 있는 작고 큰 단위의 문장과 단락들이 어떻게 짜여서 작중인물의 행위적 특성을 표현하고 있는가, 소설 속의 시간과 공간(심리적·물리적 배경 모두 포함)은 어떠한 양상으로 상호 관련 되어 있는가, 작중의 화자는 얼마만큼 작품 속에 개입하여 소설의 이야기들을 이끌어 나가게 되는가, 그 화자들은 인물의 행위들을 어떠한 시점과 톤으로 바라보며 이끌어 나가는가, 이 모든 것들은 어떻게 구성되어서 소설의 플롯을 형성하고, 소설 전체의 구조를 만들어내는가 등 이러한 문제들을 해명해 가는 과정이 곧 소설의 구조분석이라는 작업이 될 것이다. 그러므로 소설에 대해서 말한다는 것은 달리 표현하면 '소설의 구조'에 대해서 논한다는 뜻이 된다.

그런데 소설의 구조는 어떠한 '고정성'을 가지고 있는 것이 아니라 '진행적 성격'을 띠고 있는 것이므로 소설의 구조는 소설이라는 문학 장르가 존재하는 한 끊임없이 변모하는 불안정한 모습으로 나타날 것이다. 베버(Weber)는 "소설은 모든 문학형식 가운데서 확정

---

11) Tzvetan Todorov, 곽광수 역, 『구조시학』, 문학과지성사, 1977.
    S. Rimmon Kenan, 최상규 역, 『소설의 시학』, 문학과지성사, 1985.
    J. B. Fages, 김현 역, 『구조주의란 무엇인가』, 문예출판사, 1972.

적인 요소가 의심할 여지없이 가장 적은 장르"라고 하였다.12) 소설
의 구조가 변모의 성향과 가능성의 성격을 가짐으로 해서 소설의
구조연구 역시 끊임없이 새로운 연구방법을 모색해야 하는 숙명에
놓일 수밖에 없다.

그러나 소설구조의 규범이 불완전성과 문제성을 띠고 변모할 가
능성을 가지고 있다 할지라도, 소설 그 자체의 구조는 '완결된 형
태'를 가지고 있는 어떠한 문학 장르보다도 더욱 더 그 나름대로의
엄격하고 확고한 법칙을 가지고 있는 것으로 보아야 한다. 이러한
현상을 일컬어 루카치는 '소설의 역설성'이라고 말한 바 있다.13)

3. 소설의 서사구조(narrative structure)

소설의 광범위한 구조요소 가운데 본 장에서는 소설의 이야기가
어떠한 짜임새를 가지고 그 뼈대를 형성하는가를 소설의 서사구조
로써 파악하고자 한다.

소설의 서사구조의 장치 가운데서 우선 플롯의 문제를 살펴보자.
우리는 여기서 '서사구조'라는 용어의 개념을 정리해 둘 필요가 있
다. 그러기 위해서는 '서술'과 '서사'라는 말의 개념을 밝혀야 하겠
는데, 사실 이들 양자를 명확하게 구분 짓는 일은 어렵다.

일반적으로 '서술'(telling, Erzählen)이라고 하는 것은 어떤 사건
에 대해서 차례를 쫓아 말하거나 적는 것을 말한다. 거기에 비해

---

12) Dietrich Weber, *Der Geschichtenerzählspieler*, Wappertal, 1989, p. 142.
   이봉채, 앞의 책, p. 221.
   그는 베버 작품은 고정성이 아니라 가능성이므로, 그 연구도 상태의 연구가
   되어서는 안 되고, 항상 살아서 새로운 기능을 하는 기능성으로서 연구되어
   야 한다고 했다.
13) G. Lukács, 앞의 책, p. 93.

'서사'(narration)라고 하는 것은 일련의 사실이나 사건들 사이에 모종의 관계를 설정하는 것이기 때문에 화자(narrator)가 중요한 의미를 띠는 존재가 된다. 화자가 어떠한 형식으로 독자에게 사건의 결합 및 연관관계를 암시하고 제시하느냐에 따라 서사의 구조는 그 양상을 달리할 수 있기 때문이다.

함부르거는 "서술은 사건이고 사건은 서술이다"[14]라고 말한 바 있다. 전위적인 실험소설을 제외하고 사건이 없는 소설은 없기 때문이다. 소설 속의 사건들이 화자에 의해서 어떠한 방식으로 결합되어 그 연관관계를 제시해주고 있느냐 하는 문제를 일컬어 '서사구조'(narrative structure)라고 할 수 있다.[15] 서사구조를 고찰한다는 것은 소설의 소재가 어떻게 정돈되어 있는가를 분석하는 것이라고 말할 수 있다는 것이다.

---

14) Käte Hamburger, *Die Logik der Dichtung*, Stuttgart, 1968. p. 140.
15) 20세기에 들어 서사구조에 대한 견해를 정리한 사람들과 그 용어들을 요약해 보면 다음과 같다.

서사구조의 이분법적 요소

E. M. 포스터	story	plot
쉬클로프스키	fabula	sujet
토마쉐프스키	fabula	sujet
토도로프	historie	discours

여기서 fabula는 이야기의 재료(materials)에 해당하는 것이고, sujet는 그 재료를 예술적으로 구성한 것을 의미한다. 특히 토마세프스키의 경우 fabula는 모티프의 총체를, sujet는 모티프의 총체를 예술적으로 배열하여 만든 것을 의미함이고, 토도로프의 historie는 현실생활의 인물들과 서로 혼동될 수 있는 인물들을 환기시키기 때문에 '이야기'가 된다고 하여, 책이나 목격자의 진술에 의해 전달된다고 하였다. discours는 이야기를 전하는 화자가 있고 독자가 있어, 진술된 사건이 중요한 것이 아니라, 화자가 우리들에게 전달하는 방식이 중요하다고 하였다.
위에서 언급한 이분법적 개념들을 살펴보면 스토리·파블라·이야기(historie)는 소재·재료·원료적인 개념이고, 플롯·쉬제·담화(discours)는 미적으로 구성한 완성품적 개념이어서 Vorlek는 전자를 서사구조의 심층구조, 후자를 표면구조라 부르기도 한다.

서사구조와 플롯

① 플롯과 행위구조

서사구조의 엄격한 법칙은 서사의 과학적인 짜임새와 그 엄격성을 의미한다. 소설의 서사구조적 성분들 중에서 작품 자체를 큰 틀로 성립시키는 구조적 원리를 '구성' 곧 '플롯'이라고 일컫는다. 플롯의 개념을 형성시키는 가장 근본적인 성질은 전통적으로 인정되어 온 '인과관계'이다.

아리스토텔레스는 비극의 여섯 가지 요소 중의 하나로 미토스(mythos)를 들었는데 이 미토스는 오늘날 플롯의 개념에 해당하는 '행동의 짜임새'라는 뜻이다. 그는 "행동의 부분들은 한 부분이라도 위치를 바꾸거나 내버리면 전체가 바뀌거나 흩어지도록 그렇게 짜여져야 한다"고 플롯의 중요성을 주장하였다.[16)]

포스터는 플롯을 스토리에 대비시켜 설명했는데, 스토리는 사건 서술의 계기성(繼起性)을 의미함에 비해 플롯은 그 인과성(因果性)을 뜻한다고 하여 행위구조의 합리적인 성격을 플롯이라고 강조하였다. 그는 "왕이 죽고 왕비도 죽었다"고 하면 스토리이지만, "왕이 죽자, 그로 인해 왕비도 죽었다"고 하면 인과관계를 밝히는 플롯이 된다고 하였다.[17)]

브룩스와 워렌은 플롯을 "한 편의 소설에 나타나 있는 행위의 구조"라고 하였는데,[18)] 이들의 주장은 카이저의 주장과 상응한다.

카이저는 "행위의 진행을 최대로 요약하면, 다시 말해서 순수한 구도(schema)로 요약하면, 플롯(fable)을 얻게 된다"[19)]고 하였고 스탠튼은 플롯을 '이야기의 척추'(backbone of s story)[20)]로, 슐테

---

16) Aristoteles, *Poetik*, Struttgart, 1972, pp. 33~.
17) E. M. Forster, *Aspects of the Novel*, London, 1927, pp. 58~.
18) C. Brooks / R. P. Warren, *Understanding Fiction*, New York, 1959, p. 77.
19) W. Kayser, 앞의 책, p. 77.
20) R. Stanton, *An Introduction to Fiction*, New York, 1965, p. 14.

와 베르너는 '이야기의 핵'(Nuklearform der Geschichte)[21]이라고 하였다. 이들은 플롯을 이야기의 핵으로 보고 중심 되는 뼈대라고 정의하였다. 작중인물의 행위들을 최대로 요약하여 들어가면 최종적으로 남는 뼈대가 소설의 플롯이라는 뜻이 된다.

물론 '행위'라고 하는 것은 육체적인 행위뿐만 아니라, 언어적 행위까지를 포함하게 되는데, 소설에서 말하는 행위(행동)는 '사건의 진행'을 의미함이며, 플롯을 만드는 사건의 연속을 의미한다.[22] 소설의 플롯은 작품의 '행위'가 예술적 효과를 얻는 방향으로 배열되고 형상화되는 '행위의 구조'이며 이야기의 핵심적인 뼈대를 의미한다고 할 수 있다.

② 플롯의 유형

플롯의 유형은 이야기의 단계설정에 따르는 방법과 소설의 주제나 의미에 따라 분류하는 경우가 있어 그 유형을 획일적으로 말하기는 어렵다.

이스트먼은 플롯을 '느슨한 플롯'(loose polt)과 '팽팽한 플롯'(tight plot)으로 구분한다.[23] 느슨한 플롯은 대체로 클라이맥스를 가지지 않는다.

교양소설은 주인공이 유년기로부터 여러 가지의 경험을 거쳐 성숙하는 과정을 그린 소설이다. 주인공은 정신과 성격의 발달로 인해 세계 속에서의 자기의 동일성과 역할에 대한 인식에 이르게 된다. 이것은 흔히 소설가나 기타 예술가가 자기의 운명을 직시하고 자신의 예술세계에 통달하게 되는 성숙단계를 그린 것이다. 자신의 내면성과 외부세계와의 극명한 싸움과 방황의 갈등과정을 겪고 난

---

21) J. Schulte Sasse / R. Werner, *Einführung in die Literaturwissenschaft*, München, 1977, p. 148.
22) A. H. Abrams, *A Glossery of Literary Terms*, 또는 李明燮 편, 『세계문학비평용어사전』, 을유문화사, 1985, 참조.
23) Richard Eastman, *A Guide to the Novel*, San Francisco, 1965, p. 14.

후에 현실과 화해하는 것을 테마로 삼고 있지만, 소설내부에서 많은 에피소드를 갖고 있기 때문에 대체로 일정한 정점이 없다. 노발리스(Novalis)가 괴테(Goethe)의 <빌헬름 마이스터의 수업시대>를 완전히 산문적이고 비경이적(非驚異的)인 소설이라고 비판을 가한 것은 바로 이러한 이유에서 비롯한다.

피카레스크 소설(악한소설) 역시 여러 개의 에피소드가 연결되어 있지만 일정한 정점을 중심으로 해서 연결되지는 않는다. 이는 <데카메론>이나 <川邊風景> 등의 소설을 그 대표적인 예로 들 수 있다.

여기에 비해 '팽팽한 플롯'을 가진 소설은 플롯의 단계들이 제대로 갖추어지고 일정한 클라이맥스가 있기 마련이다. 대체적으로 소설은 이 '팽팽한 플롯'을 선호하는 경향이 있다.

존스는 '팽팽한 플롯'을 다시 '열린 플롯(open plot)'과 '닫힌 플롯(closed plot)'으로 나눈다.24) 소설의 플롯이 결말이 없이 끝나버리는 경우를 '열린 플롯'이라고 하고, 이와는 달리 결말을 독자에게 명확하게 제시해 주고 마무리지어 주는 것을 '닫힌 플롯'이라고 한다.

이효석의 <메밀꽃 필 무렵>에서, 허생원은 젊은 시절에 꼭 한 번 있었던 성처녀와의 아름다운 이야기를 여러 차례 반복한다. 동업을 하는 '조선달'과 젊은 '동이'도 이 이야기를 몇 번씩이고 듣는다. '대화'로 넘어가는 산길에 지천으로 피어 있는 메밀꽃밭과 푸른 달빛은 마르셀 프루스트(M. Proust)의 '뜻하지 않은 추억'(souvinir involontaire)으로서의 상관물이 되어 허생원의 추억을 생생하게 재현시킨다. 젊은 동이의 처지와 내력을 우연히 알게 된 허생원은 '동이'가 자기처럼 '왼손잡이'인 것을 발견한다. '동이'의 어머니가 동이를 데리고 재혼을 했지만 결국 이혼을 하고 혼자 산다는 이야기, 동이의 아버지를 평생 못 잊어 한다는 이야기를 들으면서 허생원은

24) Edward. H. Jones, *Outline of Literature*, New York, 1968, pp. 59~.

말할 수 없이 가슴이 뛴다.

소설의 화자를 통해서 독자를 더 이상 아무런 이야기도 듣지 못한다. 동이가 허생원의 아들인지, 허생원이 평생 잊지 못하던 그 달빛 아름다운 물레방앗간의 성처녀가 바로 동이의 어머니인지는 아무도 이야기해 주지 않는다. 나머지는 독자가 알아서 해결할 문제요 결말을 만들어 볼 문제로 남겨두는 것이다. 이처럼 플롯이 결말의 단계를 갖추지 않고 끝이 나는 경우를 '열린 플롯'이라고 일컫는다.

'열린 플롯'은 독자의 상상력에 해결을 맡기는 '전략'(strategie)을 사용하고 있다. 이범선의 <오발탄>도 결말이 없다. 송철호는 양공주 노릇을 하는 누이가 헌옷장 구석에다 이를 악물고 모아 둔 돈을 얻어 해산하러 간 아내를 찾아 병원으로 달려간다. 그러나 그때는 이미 아내가 아기를 거꾸로 낳다가 죽고 난 후였다. 송철호는 병원을 나서서 누이가 준 돈으로 평소에 늘 지끈거리고 아파왔던 어금니를 두 개나 빼버린다. 와이셔츠에 피가 흥건히 고여오는 것도 모르고 송철호는 택시 안에서 혼수상태에 빠진다. "어디로 가시죠?" 송철호에게 택시의 조수가 묻는다. "해방촌" "아니야 S병원으로 가" "아니야 X경찰서로 가" X경찰서에 닿은 택시의 조수에게 "아니야 가자"라고 다시 중얼거리며 송철호는 눈을 감고 있을 뿐이다. 오발탄 같은 손님을 태운 채 택시는 '푸른 신호등'을 받으며 어둠이 깔리는 도심을 향해 지향 없이 달려간다.

우리에게는 어디로든지 가야하는 '당위의 현실'이 있다. 그곳은 가난도, 범죄도, 모멸감도, 슬픔도 없는, 그래서 평온하고 따뜻함과 신선함과 사랑만이 존재하는 안식의 고향인 것이다. 우리는 그 어디엔가에 있음직한 또 있어야 할 현실을 향해 나아가고 싶어한다. 송철호의 어머니가 헛소리처럼 외치는 "가자!"라는 외마디 소리는 바로 이 '있어야 하는 현실'에 대한 갈망이라고 할 수 있다. '푸른 신호등'을 타고 하염없이 달려가는 택시는 그러한 세계로 가고 싶어 하는 인간의 갈망을 나타냈을 뿐, 과연 그들이 어디로 가고 있는 것인지 아무런 해답도 우리는 듣지 못한다.

'열린 플롯'은 소설의 여운을 남겨주고 독자의 상상력을 키워줄 수 있다는 장점을 가진 반면에 플롯이 허술해질 가능성을 내포하고 있는 것이 그 결함이다. 여기에 비해 '닫힌 플롯'은 이야기의 짜임이 단계적으로 갖추어진 것으로 볼 수 있다. 독자의 상상이나 예상을 뒤엎고 전혀 새로운 반전(反轉)을 가져오는 결말을 만들어 줌으로써, 독자에게 신선한 충격을 줄 수도 있고 새로운 교훈을 줄 수도 있는 것이다.

윤흥길의 〈장마〉에서는 인위적인 재난인 전쟁과 천재적인 재난인 장마를 병렬서술하면서, 사돈 간인 김씨 집안과 권씨 집안의 전쟁으로 인한 갈등을 보여준다.

어린이의 시점으로 서술되는 이 소설은 인민군을 선택한 삼촌과, 국군장교가 된 외삼촌을 둔 친가와 외가가 첨예하게 대립하는 것을 보여준다. 국군장교가 된 외삼촌이 전사하고 친삼촌은 인민군이 되어 행방불명이 된 두 집안에서 벌어지는 친할머니와 외할머니의 갈등과 대립은 곧 두 이데올로기의 대치가 얼마나 무서운가를 깨닫게 한다. 그러나 무당이 삼촌의 귀환을 예언한 바로 그날에 찾아 든 구렁이를 보고 친할머니와 외할머니는 모두 죽은 자의 귀환으로 믿게 된다. 외할머니가 구렁이를 달래어 어디론가 사라지게 한 사건이 작품의 일대 전환을 가져 오게 한다. 마침내 외할머니와 친할머니는 화해를 하게 되고 자신의 아들들을 잃은 아픔으로 서로의 마음이 따뜻하게 열려진다. 첨예한 이념 문제가 비록 토속적인 신앙의 힘으로 인한 것이지만 믿음으로 극복되고 화해의 길이 열린다는 결말을 보여주고 있다. 이념 문제는 결국 인간의 따뜻한 감성과 인간애로 극복될 수 있다는 교훈을 독자에게 안겨주는 결말을 가지고 있다. 〈장마〉는 '닫힌 플롯'을 가진 소설이 어떠한 특성을 가지고 있는 것인가를 깨닫게 한다.

플롯의 유형을 이야기의 단계설정에 따라 분류한 것으로, 스탠튼이 플롯의 구성요소를 갈등(conflict)과 클라이맥스(climax) 두 단계로 나눈 것이 있다.25) 모든 소설들은 갈등으로 시작되고 그 갈등이 고조되어 최고조에 이른 상태가 클라이맥스가 되는 것이다. 결국 소설은 갈등으로 시작되었다가, 그 갈등이 해결되는 것이 소설의 끝이라고 보는 것이다.

브룩스와 웨렌은 플롯을 발단(exposition), 분규(complication), 정점(climax), 대단원(dénoement)의 4단계롤 나누고,26) 프라이타크(G. Freytag)는 희곡의 구조를 말하면서 발단부(Einleitung), 상승(Steigerung), 정점(Höhepunkt), 하강(Fall, Umkehr), 파국(Katastrophe)의 5단계로 나누었다. 프라이타크는 5단계를 역삼각형의 구조로 해석하고 있다.

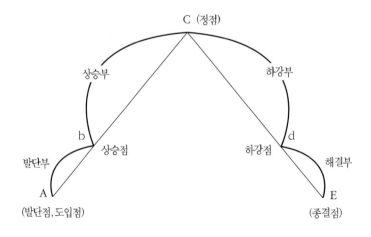

25) Robert Stanton, *An Introduction to Fiction*, New York, 1965, p. 14.
26) Brooks/ Warren, 앞의 책, p. 81.

'발단부'는 중요한 구실을 한다. '발단부'는 소설이 처음 시작되는 서두이다. 여기서 사건의 발단과 전개·클라이맥스를 미리 암시하고 예시해야 한다는 것이다. 작중인물들이 언제 어디서 무엇을 할 것이며, 과거와 현재가 어떤 관계로 연결될 것인가를 필연성 있게 예시함과 동시에 갈등과 위기의식을 환기(喚起)시켜야 하는 부분이 발단부인 것이다.

'상승부'부터는 발단부에서 전제된 사건을 복수화하고 독자의 관심과 기대에 대한 긴장도를 높여야 한다. 위기의식을 내포하고 있는 작은 위기(소분규)의 단위들이 가중되면서 대위기(대분규)를 향해 치닫는 과정이다. 대분규에 다다르면 클라이맥스(정점)에 이르면서 하강부로 내려간다.

'하강부'에서는 극의 통일을 지배하는 사건이 형성된다. 하강점에 도달한 사건은 관객의 예상을 뒤엎으면서 반전(Umkehr)현상을 일으키고 결말(종결)을 향해서 나아간다. 그러나 이 반전을 통해 관객은 만족감과 희열, 그리고 연민과 공포의 정을 동시에 느낄 수 있어야 하며, 논리성과 필연성의 승리감을 통해 자연의 질서를 회복할 수 있어야 한다.

프라이타크의 '5단계 플롯'은 아리스토텔레스의 『시학』에서 비롯한 것으로, 그 기본구조를 비극의 중심으로 파악한 것이기는 하나, 결국 희극도 이와 같은 다섯 가지 구조론에 기초하는 것으로 볼 수 있다. 연극의 구성단계라고 해서 특별히 소설의 구성단계와 구분될 이유는 없기 때문에 소설 플롯의 단계를 설정하는 데 있어 프라이타크의 5단계 플롯 유형은 자주 거론되고 있다.

구성의 단계로 본 플롯의 유형은 이처럼 2단계, 4단계, 5단계 심지어 6단계로 나누어지기도 한다.27) 동일한 5단계의 플롯 유형을

---

27) 그밖의 플롯의 단계설정을 예로 들면 다음과 같다.

　H. W. Legget, ①발단(initial situation) ②제1행동단계(first stage of action) ③제2행동단계(second stage of action) ④발발(issue) ⑤결말

내세울 때도 그 내용은 비슷한 것이지만, 나누어지는 단계의 구획
이 조금씩 다르고 그 용어 설정이 달라지기도 한다. 이상의 여러
가지 견해들을 종합적으로 살펴보면, 발단, 전개, 위기, 절정(클라이
맥스), 결말의 5단계로 플롯을 설정하는 것이 가장 타당성을 가진
다.

　'발단'의 단계에서는 소설이 처음 시작되는 서두가 이루어진다.
작중인물들이 소개되고 배경이 제시되며 사건의 실마리가 나타난
다. 갈등과 위기의식을 환기시키면서 독자들에게 계속해서 소설을
읽어 나가고 싶은 흥미를 유발시켜야 한다.

　김유정의 <동백꽃>은 "오늘도 우리 수탉이 막 쫓기었다"로 시작
된다. "점순네 수탉이 덩저리 적은 우리 수탉을 함부로 해대는 것"
이고 "그것도 그냥 해대는 것이 아니라 푸드득 하고 면두를 쪼고
물러섰다가 좀 사이를 두고 또 푸드득 하고 모가지를 쪼았다"는 것
이다. 마름의 딸인 점순이가 힘센 자기집 수탉을 가지고 와서 '덩저
리' 적고 힘없는 우리집 수탉과 몇 차례씩 싸움을 시킨다는 것이
작품의 서두를 장식한다. 이 수탉으로 인해 무엇인가 사건이 벌어
질 것이라는 위기의식이 발단과정에서 이미 제시되고 암시된다.

　김원일(金源一)의 <어둠의 魂>에서는 아버지가 붙잡혔다는 이야
기부터 시작된다.

　아버지가 잡혔다는 소문이 장터마을에 쫙 갈렸다. 아버지는 어제 수
산 장터에서 누구와 만나려다 순경에게 붙잡혔다는 것이다. 그래서

(conclusion)
Western Harold, ①의도 ②의도의 장애 ③의도의 반전 ④위기 ⑤위기의 반
전 ⑥ 대단원
Foster · Harris, ① situation ②complication ③crisis ④climax
R. F. Dietrich, & Roger, H. Sundell ①발단(exposition) ②전개
(development) ③정점(climax) ④해결(resolution)
丘仁煥 외, 『文學槪論』, 三知院, 1987, pp. 334~ ①발단 ②전개 ③위기 ④
클라이맥스 ⑤결말

어젯밤 진영지서로 묶여 왔다고 하였다. 사람들은 오늘밤에 아버지가 총살당할 것이라고들 말했다. 지서 뒷마당 웅덩이 옆에 서 있는 느릅나무에 친친 묶여 총살당할 게 틀림없다는 것이다.

빨갱이 노릇을 하던 아버지가 붙잡혀 왔고, 곧 총살당할 것임에 틀림없다는 사실을 소년(화자)은 소설의 서두에서 이야기하기 시작한다. 독자는 죽음(총살)이라는 문제로 시작되는 이 소설의 발단에서, 앞으로 이야기가 어떻게 펼쳐질 것이냐는 사실에 대해 관심과 궁금증을 느끼게 된다.

'전개'의 단계는 '분규'(complication) 또는 '발전'(development)이라는 말로도 사용된다. 발단의 단계에서 제시된 사건들이 '복수화'하고 인물들의 갈등과 분규가 일어난다. 사건이 복잡해지고 갈등과 분규가 가중될 때 항상 염두에 두어야 할 것은, 결말단계에서 해결될 수 있는 문제의 범위 안에서 사건의 복수화를 시도해야 한다는 것이다.

김문수(金文洙)의 〈증묘(蒸猫)〉에서는 철모르는 어린 소년이 '국방경비대 소위'가 되었던 삼촌의 계급장을 자랑한 것이 화근이 되어 마침내 삼촌을 죽게 만든다. 삼촌을 누가 무고했는지 알아내기 위해 숙모는 가마솥에다 불을 지피고 '증묘'라는 저주기속(咀呪奇俗)을 자행한다. 증묘는 도둑을 잡기 위한 범인점(犯人占)으로, 우리나라 민속 중 기속(奇俗)의 하나로 남아 있는 것이다. 어린 소년이 철모르고 잘못 놀린 혀가 화근이 된 줄은 그 누구도 알 리가 만무했기 때문이다. 소년은 철이 들면서 자신이 삼촌을 죽게 한 장본인이었다는 사실을 깨닫게 되고 공포와 불안에 시달린다는 내용이 전개과정을 이룬다.

전개부분에서는 갈등과 분규를 강조하기 위해 동일한 사건이나 표현을 반복하기도 하는데 〈증묘〉에서는 '고양이'의 환상에 사로잡히는 고통이 반복된다. 주인공은 "수백, 수천 마리의 고양이가 벌겋게 단 솥에서 퉁겨져 나오며 수염을 곤두세우고" 나타나는 환상으로 가슴이 덜커덩 내려앉으며 숨통이 막히는 증상을 수없이 겪게 된다. 이와 같이 갈등을 고조시키고 강조하는 데 사용되며 주제의식을 내포하고 있는 '의미있는 반복'을 작품의 '패턴'(pattern)이라고 한다.

위기(crisis)의 단계는 소설의 극적인 반전(Umkehr)을 가져오는 동기가 된다. 정점(climax)를 향해 치닫는 과정인데, 소설에서 정점을 유발하는 전환의 계기를 마련하여 위기의 단계에 도달한다. 위기는 전개부분에서도 여러 번 반복되어 나타나는 양식으로 드러나다가 정점을 가져오는 바로 앞 단계에서 그 위기의 극한점을 형성한다.

정점의 단계에서는 소설에 있어서의 성격과 행동이 가장 잘 부각되고, 갈등이 최고조에 이른다.

하인리히 뵐(Heinrich Böll)의 <아담, 너는 어디에 있었느냐?>(Wo warst du, Adam?>에는 여러 작중인물들이 등장한다. 각 등장인물별로 나누어 본다면 각각의 정점이 따로 설정된다. 이 정점들이 종합되어 작품의 주제를 형성하면서 작중에서 가장 최후에 조명을 받는 '파인할스'라는 젊은 군인의 정점을 향해 나아간다. 작품 가운데서 나치즘의 성격을 가장 강하게 풍기는 독일인 '필스카이트'(수용소의 책임자)가 유태인들을 학살하는 장면을 살펴보기로 한다.

> 그녀가 노래를 시작했을 때부터 모든 것이 조용해졌다. 바깥도 역시 조용해졌다. 필스카이트는 그녀를 응시했다. 여자가 아름다웠다. — 여자, 그는 아직도 여자를 가져 본 적이 없었다. 그의 일생은 바보스러운 순결 속에 지나갔던 것이다. 그리고 혼자 있을 때는 가끔 거울 앞에 서서 자신의 모습에서 아름다움과 위대함과 종족의 완전성을 찾아보려 했으나 소용이 없었다. 그런데 이제 그 모습이 여기에 있는 그 무엇과 결부되어 여기에 그 모습을 드러냈다. 그것은 바로 신앙이었다.…(중략)…

성 삼위일체 -가톨릭계의 유태인인가. 그는 생각에 잠겼다. 그는 창문으로 달려가 창문을 열어젖혔다. 밖에서도 모두 조용히 서서 노래에 귀를 기울이고 있었다. 아무도 움직이지 않았다. 필스카이트는 몸이 떨려 오는 것 같았다. 그는 뭐라고 고함을 치고 싶었으나 목에 걸려 목 쉰 헉헉거림 밖에는 나오지 않았다. 여자가 노래를 계속 부르는 동안 창 밖에는 숨소리 하나 들리지 않았다. 그리스도를 낳으신 성모님…. 그는 떨리는 손가락으로 권총을 집어들었다. 이어 몸을 돌려 여자를 향해 미친듯 쏘아댔다. 여자는 쓰러지며 비명을 지르기 시작했다. 여자의 노래가 그쳤을 때야 그는 비로소 자신의 목소리를 되찾았다.

"죽여버려!" 그는 고함을 질렀다. "모조리 죽여버려! 합창단원까지도 모조리 끌어내."

그는 바닥에 누워 고통 속에서 공포를 토해내는 여인의 몸 위로 총알을 있는 대로 다 쏘아버렸다.

독일 민족의 극단적인 우월의식에 사로잡혀 있는 나치스트 '필스카이트'는 수용소에 잡혀 온 유태인 처녀 일료나의 아름답고 따뜻하며 매혹적인 모습과 목소리에 완전히 정신을 빼앗기고 만다. 음악을 각별히 사랑했던 그는 일료나의 완벽한 아름다움과 성스러운 목소리에 취하고 있는 자신과 모든 사람들에게 불 같은 증오심을 느낌과 동시에 민족적인 열등감을 느낀다. 유태인이 독일인보다 우수하다는 것은 그에게 있어 견딜 수 없는 모욕감을 안겨다 주었다. 가장 완벽한 아름다움과 성스러움에 매료되는 시간들은 그에게는 숨 막히는 대위기의 순간이다. 그는 완전히 이성을 상실하고 유태인 처녀를 학살하는 클라이맥스에 도달한다. '하인리히 뵐'은 이 작품 속에서 인간에 대한 휴머니티와 강한 반전(反轉)의식을 깔고 있으며, 아울러 자신의 조국인 독일 민족의 잔인성을 고발하고 있다.

결말(dénouement, catastrophe, resolution, conclusion)의 단계는 대단원 혹은 파국, 해결 등으로도 불린다. 주인공의 운명이 분명해지고, 성패가 결정되는 해결의 단계이다. 결말은 사건의 정점(클라이맥스)과 일치할 수 있다.

앞서의 <아담, 너는 어디에 있었느냐?>에서도 작중의 주인물인 '파인할스'는 전쟁에서 패하고, 도주병이 되어 몰래 고향으로 돌아온다. 그는 집을 찾았으나 자기 집의 대문 밖에서 자기 민족(독일)이 미군을 향해 쏘아대는 유탄에 맞아 죽음을 맞이한다.

결말 단계는 사건의 클라이맥스인 정점과 일치할 수도 있고, 그렇지 않은 경우도 있다. 소설의 전체적인 의미를 암시하는 키모멘트(key moment)도 결말 부분과 일치하기도 하고 일치하지 않기도 한다.

그러나 모든 소설이 질서정연한 플롯의 구조를 가지고 있는 것은 아니다. 인간의 내면의식을 그리고 있는 소설들은 이러한 단계를 도외시하는 경향이 있고, 장편소설에서는 그 사건의 구조가 복잡하여 이러한 단계적 논리에 꼭 들어맞게 설명하기가 곤란한 경우도 많다. 오늘날의 소설들은 구성단계의 엄격성을 지키지 않으려는 경향을 보이며, 특히 '해체주의'의 물결을 타고 반소설(反小說)이 등장하는 등 플롯의 엄격성을 파괴시키려는 흐름을 보이고 있다.

에밀 졸라(Emile Zola)와 같은 자연주의 작가는 극적 효과를 일으키거나 정점을 갖는 플롯을 거부했다. 20세기의 많은 소설가들이 플롯을 추방했다는 그레베니츠크의 지적이 있었듯이 오늘날의 소설에서는 플롯이 해체되고 있다.[28]

인상이나 회상, 체험 같은 것이 기록될 뿐 뚜렷한 사건이 없는 이전의 서사형식을 의도적으로 탈피하는 소설들이 나타나기도 하는데 이는 고트프리트 벤(Gottfried Benn)의 <란츠베르크 절편(切片),

---

28) Ruzena Grebeniцková, "Modemen Roman und russiche formale schule",
   Bruno Hillebrand 편, *Zur Struktur des Romans, Darmstadt*, 1978, p. 30.
   Jürgen Schramke, *Zur Theorie des Modernen Romans*, München, 1974, p. 35.

Landsberger Fragment>에서 비롯한다.29) 고트프리트 벤은 사건이 진행되는 것이 아니라, 앉아서 머물러 있는 소설을 쓰고자 했다. 시간과 공간의 바깥에 위치해 있으며, 상상적이며 순간적, 평면적인 것 속에 위치하는 산문을 쓰려고 했다.

그러나 이러한 소설들도 사실은 플롯이 전혀 없는 것으로 보기는 어렵다. 다만 체계적이고 단계적인 플롯의 전형을 해체시키고 변형시켜 보려는 '해체적 플롯 유형'이라고 할 수 있다. 로브그리예의 <질투>나 끌로드 시몽(Claude Simon)의 <프랑드르의 길> 등은 이와 유사한 플롯 유형을 가진다. 이들의 소설에서는 작은 사건의 나열이 있을 뿐 인물의 갈등을 드러내는 사건이나 정점의 단계들이 나타나지 않아 전통적인 의미의 플롯이 없다. 이들도 역시 플롯은 있으나, 전통성을 가지지 못했다는 점에서 '해체적 플롯 유형'을 가진 소설들이라고 볼 수 있다.

4. 소설의 의미구조

1) 비극적 구조

소설의 플롯을 해체시키고 파괴하려는 욕망은 그만큼 소설의 플롯이라는 것이 엄격하고 중요하다는 의미를 역설적으로 설명하고 있는 것으로 보아야 한다. 그러한 엄격성 속에서 소설은 또 근원적으로 내포하고 있는 의미구조들이 있다.

우선 작중인물들은 삶의 '평정' 속에서 살다가 '풍파'(갈등, 위기)를 겪게 되고, 그 풍파를 극복하고 이겨내야만 다시 '평정'이 온다는 논리의 덫에 걸린다. 다시 말해 인물들은 '평정[A]→풍파→평정

---

29) H. C. Arnold / T. Buck 편, *Positionen des Erzählens*, München, 1976, p. 16, p. 18 참조.

[B]'의 과정을 숙명적으로 겪어야 한다는 것이다. 그러나 중요한 것은 평정[A]와 평정[B]는 결코 동일한 성질이 될 수 없다는 것이다. 그것은 무서운 먹구름과 천둥을 겪고 '거울' 앞에 선 서정주의 '누이'일 수도 있다.

아리스토텔레스는 비극의 시작은 '자연의 질서' 파괴에 있고, 다시 인간적인 것이 그 질서의 리듬을 되찾고 회복했을 때 끝이 난다고 했다. 시련 끝에 얻은 질서는 인간에게 쾌감과 연민과 공포감을 동시에 안겨다주며, 이 비극적 체험30)이야말로 인간을 정화시키는 카타르시스의 과정이 되는 것이다.

오정희의 <바람의 넋>에서는 '은수'라는 여주인공을 끊임없이 방황하게 한다. 결혼을 하고 아들을 낳아 생활에 안착하고 평온을 누리며 살 수 있는 상황에서도 은수는 그 끝없는 방황을 멈추지 못한다. 바람이 유리창을 거세게 두들기기 시작하는 날이면 은수는 바람처럼 홀연히 그리고 한없이 떠나야만 할 것 같은 의무감을 느낀다. 그럴 때마다 은수는 평온(평정)의 세계를 박차고 풍파가 있는 외부세계로 나선다. 은수는 바람과, 햇빛과, 먼지와, 거치른 삶의 소용돌이 속에서 무언가 정리되지 않는 어린 시절의 기억과 싸우다 돌아온다. 집으로 돌아오는 은수의 모습은 까칠하고 지친 모습이다.

남편은 그러한 은수의 '가출'에 대한 의미를 깊게 생각하고 이해할만한 사람은 못 되었다. 그는 다만 성실한 삶을 사는 한 평범한 사나이에 불과했다. 가출해서 돌아오는 은수의 모습에서는 부정한 여자의 흔적이 나타나는 것이 아니라, 무언가 초조하고 애타게 찾는 듯한 갈망의 흔적이 그녀의 얼굴을 초체하게 훑고 지나가곤 했다. 어딘가 소중한 기억을 간직하고 있는 듯한 어린 시절의 기억을 찾아 나선 은수에게, 바람은 언제나 황량하고 쓸쓸한 손짓으로 다가설 뿐이었다. 바람의 손길을 따라 나선 산길에서 낯선 사나이들에게 윤간을 당하고, 은수는 마침내 남편에게 이혼을 당하며 아들

---

30) 최재서, 『문학원론』, 신원도서, 1976, pp. 19~127, 참조.

을 빼앗긴다. 한밤중 친정집의 대문을 한없이 두드리는 바람소리에 잠을 깬 은수는 골목길의 어둠 속에서도 대낮같이 쨍쨍하고 밝은 햇빛을 받으며 바알간 맨발로 타박타박 자기를 향해 걸어오는 한 계집아이의 환영을 만난다. 은수는 마침내 자신의 잃어버렸던 기억을 되살려내며 그토록 오랜 세월 동안 방황하며 찾아 헤매었던 자신의 근원을 찾아낸다.

'평정' 속에서 '풍파'를 만나고, 역경을 겪은 후에야 다시 평정을 되찾게 된다는 이런 의미구조는 소설 속에서 흔히 볼 수 있는 상황이며, 우리나라의 고소설 속에서도 수없이 나타난다. <숙향전>에서는 여주인공 숙향이 부모 밑에서 귀한 자식으로 태어나 행복하게 지냈으나, 전쟁이 일어나고, 난리통에 부모를 여의게 됨으로써 평정은 깨어진다. 온갖 고난과 풍파를 겪으면서도 마침내 좋은 낭군을 만나게 되고 행복한 결말을 얻게 된다는 <숙향전>, 온갖 우여곡절 끝에 절개를 지켜 정절부인으로 추대를 받게 되어 행복한 평정을 되찾았다는 <춘향전>, 스승의 심부름을 하던 도중, 아름다운 팔선녀에게 유혹당해 농탕을 부린 죄로 인간세상에 태어나 많은 고초 끝에 다시 참된 도리를 깨닫게 된다는 성진의 이야기를 엮은 <구운몽> 등은 모두 이러한 평정→풍파→평정의 의미구조를 갖는다.

이광수의 <무정>에서 영채가 겪는 고난이나 김동인의 <감자>에서 복녀가 걷게 되는 수난의 길은 모두 '평정'에서 '풍파'의 과정을 겪는 소설의 의미구조이다. <무정>의 박영채가 갖은 우여곡절 끝에 동경유학의 길에 오르게 되고 귀국했을 때 영채는 변모된 모습을 보여준다. <감자>에서는 복녀의 죽음을 초래하게 되지만, 그로 인해 사건이 일단 마무리되고 평정되는 것을 보여준다.

소설은 이와 같이 원초적으로 평정을 깨뜨리고 고초와 모험의 풍파를 겪은 후에 다시 평정으로 되돌아오게 되는 비극적인 도정을 가진다. 이러한 소설의 근원적인 의미구조를 일컬어 우리는 소설의 '비극적 구조'라고 한다.

2) 갈등과 아이러니 구조

소설에서 주역을 맡은 인물을 '주동인물'(protagonist, main character, hero, Held)이라 하고 그의 적수가 되거나 주변적인 인물이 되는 것은 부인물(antagonist, minor character, Gegenspieler)이라고 일컫는다. 원천적으로 이 두 부류의 인물들은 상대역이나 반동적인 적수의 인물이라는 관점에서 '프로타고니스트'와 '안타고니스트'로 나뉘어졌다. 그러나 오늘날의 소설 속에서 그들이 반드시 적수나 적대적인 관계를 가지는 것은 아니다. 그러나 이들 인물들 간에 갈등관계가 이루어지는 것은 기존의 사실이다.

희랍의 비극에서 나타나는 인물들은 인간의 힘으로는 어찌할 수 없는 불가항력의 환경이나 운명과의 갈등을 겪어야 했다. 그러나 셰익스피어 극 이후로 인물들은 이러한 불가항력의 환경(운명)과의 갈등뿐 아니라, 인물들 스스로가 가지는 '성격'과의 갈등을 겪게 되었다. 인물들이 외부환경과 갈등관계를 가진다는 시간에서는 이를 '외적 갈등'(external conflicts)이라고 일컫는다. 후자의 경우에는 인물들이 자기 자신과의 싸움을 겪게 되어, 마음속에 있는 상충된 욕망들이나 가치들과 갈등을 겪게 된다고 보아 '내적 갈등'(internal conflicts)이라고 한다.

소설 속의 '사건구조'가 곧 '행위의 구조'가 된다는 것은 앞에서도 밝힌 바 있다. 또 작중인물의 '행위'는 육체적 행위뿐만 아니라 언어 행위도 내포하는 것이라고 했는데, 이 인물들이 행하는 행위들 곧 사건의 구조는 언제나 그 근저에 갈등구조를 깔고 있을 수밖에 없다. 소설의 플롯을 짤 때 하나의 국면을 다른 국면으로 전환시키기 위해서는 인물들이 갈등을 겪어야 한다. 새로운 인물로 인해서 소설의 국면은 새로운 전환점을 맞이하고 생소한 국면에 도달하게 된다. 기존의 인물은 이 새로운 등장인물과의 갈등관계를 필연적으로 겪게 되고, 그 갈등이 화해되면 또 하나의 새로운 국면으로 사건이 전환되어 가는 법이기 때문이다.

시간과 공간의 환경적 배경을 이동시킴으로 해서 플롯의 단계를 전환시킬 수 있고, 돌발적인 사건을 대두시킴으로 해서 소설의 플롯은 언제나 새로운 전환의 국면을 맞이하기 마련이다. 작중인물들은 시간이나 공간의 배경이 변할 때마다 그 환경적 배경과의 투쟁을 겪어야 하고, 생소한 환경과의 갈등을 겪을 수밖에 없다. 예기치 않았던 사건이 돌발하였을 때 인물들의 정신적 평온은 파괴되고, 외부세계나 내부세계와의 엇갈리는 갈등과 부딪치게 되는 것이다.

이와 같이 소설 속의 인물들은 내적으로 또는 외적으로 갈등을 겪게 되는데, 한 인물이 다른 인물과의 갈등을 가중시키기 위해서 '음모'를 꾸민다면 그 음모는 흔히 '계략'(intrigue)이라는 용어로 불리게 된다. 보편적으로는 주인물이 부인물에 의해서 속임수나 계략에 빠지게 된다. 계략에 빠진 인물은 그의 운명 앞으로 다가오는 재앙이나 또는 승리를 알 수 없다. 독자들은 이미 예견하고 있지만 작중인물 자신만은 모르고 있는 것으로 사건을 진행시켜 나가게 된다. 이것을 일컬어 흔히 '극적 아이러니'라고 하는데, 계략에 의해서 극적 아이러니의 성격이 강해지면 강해질수록 독자는 서스펜스(suspense)와 놀라움(surprise)에 가득 차게 된다.

이러한 의미구조의 아이러니적인 성격은 어떤 의미에서 소설 의미의 역설성을 드러내는 것이라고 할 수 있다. 작중인물의 비극적인 아이러니의 성격이 강해질수록 작품의 긴장도가 높아지며 '계략'의 성공이 가까워지게 되기 때문이다.

루카치는 아이러니를 일컬어 "인간이 나약한 반항을 하지만 모두 실패로 끝나버렸다는 것을 보고 즐거워하는 신의 악의적 기쁨(schaden Freude)이며, 그러면서도 아직도 이 세상에 도래할 수 없는 신의 이루 표현할 수 없는 높은 고뇌를 형상화한 것"이라고 하였다.31) 이는 계략과 음모에 빠진 나약한 인간이 한 치 앞을 알지 못한 채 소설의 사건 진행을 향해 나아가는 것을 보고, 스릴과 긴

31) 루카치, 같은 책, pp. 96~ 이하.

장감을 동시에 느끼며 이를 즐기는 독자를 신의 기쁨과 고뇌에 비유한 것으로 보인다.

이봉채도 "소설은 근본적으로 아이러니"라고 하면서 "소설은 독자에게 이해되기 위해서 존재하지만, 완전히 이해되면 재미를 상실하게 되므로, 이해되지 않기 위해서도 존재하며 이해되지 않아서 더 소설적 가치가 상승하게 되는 것"[32]이라고 하였다. 소설이 이해되지 않기 위해서 존재한다는 역설적 의미구조는 작가의 기법적인 '계략'이요 음모라는 장치이다. 이 같은 다양한 모습의 계략으로 인해 작중인물은 더욱더 극적인 아이러니 구조에 빠져 갈등과 고통을 겪게 마련인 것이다.

소설의 아이러니 구조[33]에 의해 작중인물이 갈등을 겪게 되는

---

32) 이봉채, 같은 책, pp. 228~ 이하.

33) 아이러니의 어원은 고대 희랍극에서부터 비롯한 것으로 보인다. 고대 희랍극에는 두 가지 유형의 붙박이 인물이 있었는데 그 중 하나는 eiron이고 또 하나는 alazon이라는 인물이다. 알라존은 자존심이 강하고 힘이 세며 허위적인 요소를 가진 영웅적 존재인데 비하여 에이런은 허약하고 보잘 것 없으며 바보스런 존재이다. 그럼에도 불구하고 에이런은 알라존에게 순진하고 바보스런 질문을 함으로써 알라존을 골려준다. 에이런의 그 우직한 질문이 알라존을 스스로 반성하게 하고 자신을 돌아보게 하여 잘못을 깨닫게 하는 것이다. 따라서 에이런은 어떤 의미에서 알라존보다 더 강하고 현명한 존재인지도 모른다. 이러한 에이런적 요소를 문학작품에 원용하였을 때 그것을 일컬어 우리는 아이러니(irony)라는 이름을 붙이게 되는데 이것은 곧 작가 개인에게 영향을 미치고 작자의 개성에 따라 다르게 표현되는 文體로 남게 된다.
'아이러니'란 말이 영어에 나타난 것은 1502년경이고 그것이 일반화된 것은 18세기 초에 들어서서이다. 아이러니란 말하는 것과 생각하는 것과의 차이에서 빚어지는 '언어의 아이러니'와, 그러리라고 믿고 생각하고 있는 것과 실제의 상황과의 괴리가 생기는 데서 빚어지는 '상황적 아이러니'의 두 가지 영역으로 우선 나누어지게 된다. 한 가지 일을 말하면서, 심층심리상으로는 전혀 반대의 뜻을 내포하고 있는 것이 '언어의 아이러니'라면 Ödipus가 라이어스 왕의 未知의 살해자를 저주하는 것은 단지 자기 스스로를 저주하고 있었다는 것을 알게 될 때 이 사실은 명확하게 '상황적 아이러니'의 현상이 된다. 따라서 그는 결국 자기의 주어진 운명을 스스로 실현하게 하는 역할 밖에 하지 못했다는 결과를 초래하게 된다.

것은 그 밖에도 '일반적 아이러니', '무의식적 자기폭로의 아이러니', '순진의 아이러니', '자기비하의 아이러니', '동질의 아이러니' 등 여러 가지 양상으로 나타난다.

'일반적 아이러니'는 '세계의 아이러니', '우주적 아이러니', '철학적 아이러니' 등으로도 불리는데, 이는 우주 속에 존재하고 있는 인간의 내적인 문제에서 빚어지는 아이러니를 의미한다. 인간의 내부세계에 공존하고 있는 죽음의 본능(타나토스)과 삶(사랑)의 본능(에로스), 악마성과 善性의 양면성, 사랑과 미움의 앰비밸런스(ambivalence), 이성과 본능, 절대적인 것과 상대적인 것, 자유의지와 결정론 등 이 모든 것들의 이원적인 충돌과 갈등은 인간의 근원적이고 보편적인 갈등의 요소들이다. 이러한 근원적 갈등의 요소들이 작중인물의 내면세계에서 끊임없이 부딪치면서 그들에게 시련을 맛보게 하는 것이다.

'무의식적 자기폭로의 아이러니'는 의식적으로 아니라고 부정하는 사실이나 심리적인 갈등의 상황들이, 어떤 계기를 만나 자기도 모르는 사이에 무의식적으로 폭로되는 경우의 아이러니 구조를 의미한다. 황순원의 〈별〉에서는 소년(나)이 누이에게 가지는 엄청난 혐오감이나 증오감이 열 가지 에피소드를 통해 부각된다. 그 독한 혐오감은 또 다른 시각으로 볼 때 지울 수도 부정할 수도 없는 누

아이러니의 의미구조를 살펴보기 위해서는 다음과 같은 책들을 참고할 수 있다.

D. C. Muecke, *The Compass of Irony*, London, 1969.
G. G. Sedgewick, *Of Irony, Especially in Drama*, 1935, 2nd ed, Toronto, 1948.
C. Brooks, 'Irony and "Ironic" Poetry', *College English*, IX, 1948.
W. C. Booth, *A Rhetoric of Irony*, Chicago, 1974.
A. H. Wright, "Irony and Fiction", *Journal of Aesthetics and Art Criticism*, XII, 1953.
A. Pollard, *Satire*, Printed in Great Britain by Cox & Wyman Ltd., Fakeham, Norfolk, 1970.

이에 대한 연민과 애정을 내포하고 있는 것으로 해석할 수 있다. 소년이 란드셀 속에 요일을 따라 바뀌는 시간표에 관계없이 가지고 다니는 인형은 누이가 만들어 준 것이다. 이것을 밤중에 몰래 들고 나와 땅속에 파묻는 장면은 얼핏 누이에 대한 연민과 애정이 강하고 질긴 것이었음을 알 수 있다.

이처럼 〈별〉에서는 소년이 누이에게 가지는 연민과 애증의 갈등으로 인해, '무의식적인 자기폭로'의 아이러니적 요소가 형성되는 것을 보게 된다.

'자기비하의 아이러니'는 작중의 중심 되는 인물이 자기 자신을 그의 상대역 인물보다 더 바보인 척, 덜 지성적인 척 비하시켜서 나타낸다. 그가 우둔하고 바보스런 질문을 함으로써 상대 인물의 가장이 폭로되게 하는 경우를 의미함이다. 소설 플롯의 단계에서 그 전환의 계기를 마련하는 여러 요소들은 곧 갈등을 형성하는 요인들이다. 물론 '갈등'이 그대로 남아있는 채 끝나버리는 구조적 특성을 가지는 소설도 있지만 대체적으로 그 갈등이 고조되었다가 다시 평온의 상태로 돌아와 화해하는 모습은 소설 플롯의 근간이 되는 보편적인 의미구조이다.

뿐만 아니라 소설의 갈등구조는 소설의 의미가 숙명적으로 비극성을 띠게 되는 의미구조로 이루어지게 됨을 설명해주는 요인이 된다고 할 것이다.

[참고문헌]
구인환 외, 『문학개론』, 삼지원, 1987.
김천혜, 『소설구조의 이론』, 문학과지성사, 1990.
李明燮 편, 『세계문학비평용어사전』, 을유문화사, 1985.
이봉채, 『소설구조론』, 새문사, 1984.
최재서, 『문학원론』, 신원도서, 1976.
Abrams, A. H. *A Glossery of Literary Terms.*
_____, *The Mirror and the Lamp*, chap. 7, 1953.

Aristoteles, *Poetik*, Stuttgart, 1972.

Arnold, H. C. / Buck. T., 편, *Positionen des Erzählens*, München, 1976.

Baumgärtner, Klaus(edt.), *Spache, Eine Einführung in die Moderne Linguistik*, Frankfurt a. M. 1973.

Booth, W. C., *A Rhetoric of Irony*, Chicage, 1974.

Brooks, C., 'Irony and "Ironic" Poetry', *College English*, IX, 1948.

Brooks, C., / R. P. Warren, *Understanding Fiction*, New York, 1959.

Eastman, Richard., *A Guide to the Novel,* San Francisco, 1965.

Fogle, R. H., *The Idea of Coleridge's Criticism*, 1962.

Forster, E. M., *Aspects of the Novel*, London, 1927.

Grebenicková, Ruzena, "Modermen Roman und russiche formale schule".

Hamburger, Käte, *Die Logik der Dichtung*, Stuttgart, 1968.

Hauff, Jürgen 외, *Methodendiskussion*, Frankfurt a. M. 1973.

Hillebrand, Bruno (edt.), *Zur Struktur des Romans*, Darmstadt, 1978.

Jones, Edward. H., *Outline of Literature*, New York, 1968.

Lukács, G., *The Aesthetics of György Lukács.*

Muecke, D. C., *The Compass of Irony*, London, 1969.

Pollard, A., *Satire*, Printed in Great Britain by Cox & Wyman Ltd., Fakeham, Norfolk, 1970.

Richards, I. A., *Coleridege on Imagination*, 1934.

Schorer, M., *20th Century Literary Criticism*, edt. David Lodge, London, 1972.

Schramke, Jürgen, *Zur Theorie des Modernen Romans*, München, 1974.

Sasse, J. Schulte, / R. Werner, *Einführung in die Literatuwissenschaft*, München, 1977.

Sedgewick, G. G., *Of Irony, Especially in Drama*, 1935, 2nd ed, Toronto, 1948.

Stanton, Robert, *An Introduction to Fiction*, New York, 1965.

Weber, Dietrich, *Der Geschichtenerzählspieler*, Wappertal, 1989.

Wellek, R. / Warren, A., *Theory of Literature*, New York, 1949.

곽광수 역,『구조시학』, 문학과지성사, 1977.

김태경 역『루카치美學批評』, 한밭사, 1984.

김현 역,『구조주의란 무엇인가』, 문예출판사, 1972.

최상규 역,『소설의 시학』, 문학과지성사, 1985.

제4장
소설의 서술방법과 시점

崔炳宇

1. 이야기, 서술, 시점

소설은 구체적인 시·공간 속에서 활동하고 살아가는 인간의 모습을 보여준다. 그러나 이러한 한 인간이 체험한 사건은 직접 제시되는 것이 아니고 서술자에 의해 중개된다. 사건을 직접 체험하거나 타인의 체험을 관찰했거나 타인에게서 듣고 다시 옮기거나 간에 사건이 그 자체로써 그대로 전달되는 것이 아니라 서술하는 사람의 관점에 의해 재조정되는 것이다. 이와 같은 사건 서술에 있어 서술자의 필연적 개입은 우리가 같은 사건을 체험하고 그것을 보고하는 과정에서 중개자의 관점에 의해 얼마나 다르게 전달될 수 있는가를 생각하면 쉽게 이해되리라 본다.

이런 점을 고려하여 소설의 소통과정을 생각해 본다면 소설은 작가가 독자에게 작품을 전달한다는 일반적인 기호학적 소통 모델과는 다른 도식이 필요해진다. 채트맨은 이 같은 소설의 장르적 특성을 고려하여 기호학적 소통 모델에 웨인 부스의 견해를 반영하여 실제 서사의 장에서는 내포 작자에서 내포 독자에 이르는 과정 즉

텍스트 내적 층위가 중시되어야 함을 분명히 하는 도식을 제시하고 있다.[1]

실제 작자→ | 내포 작자→화자→청자→내포 독자 | →실제 독자

이 소통 모델은 우리가 소설을 바라보고 분석함에 있어 실제 작가의 환상에서 벗어나게 해준다는 이점이 있으며 하나의 텍스트 내에서 사건에 개입할 수 있는 시간이 화자와 내포 작자로 확대될 수 있음을 보여주고 있다. 이러한 도식에 따른다면 소설의 이야기 층위는 인물 사이에 있는 사건이며 그것이 화자에 의해 이야기되는 층위가 있고 나아가 그것을 모두 통어하는 존재로서 내포 작자를 상정하게 되면 바로 이 층위까지 포함했을 때 텍스트의 범주에 해당하게 된다.

이 도식에서 우리는 하나의 서사적 사건에 개입하는 시간이 서술자의 것만이 아님을 이해할 수 있게 된다. 이는 우리가 갑이 체험한 이야기를 을에게 해주고 또 을이 병에게 해준 이야기를 병이 정에게 해주는 서사 상황을 상정한다면 원래의 이야기인 갑의 체험을 서술하는 과정에는 갑, 을, 병의 시간이 모두 개입하게 된다. 즉 갑이 한 어떤 행동에 대해 갑 자신이 뉘우치는 시간을 드러낼 수 있고 을이 그에 대해 애석해 하는 시각을 포함할 수 있으며 병의 느낌 역시 마찬가지인 것이다.

시점 연구를 위해 내포 작가의 개념을 설정하는 것은 실제 작자가 작품 내에 개입한다는 느낌을 제거해 주는 점에서 매우 유익하다. 그러나 채트맨의 도식에서 내포 작자와 내포 독자라는 층위는 의문의 여지가 있다. 화자를 설정한 상태에서 내포 작자란 작품 내의 이야기 흐름을 규정하는 내포적 규범 정도로 인식되어야 하며 실제적인 목소리를 지니지 못하는 애매한 존재로 이해된다. 따라서

---

1) S. Chatman, *Story and Discourse*, Cornell Univ. Press, 1978, p. 51.

서사적 소통의 상황에서 내포 작자와 이에 상응해 설정된 내포 독
자의 범주를 제외할 수도 있을 것이다. 리먼-케넌은 이들을 제외한
네 가지 층위만을 소통 과정으로 제시하고 있다.[2]

　내포 작자의 개념을 제거한 자리에 서술 상황에서 초점 행위와
서술 행위가 구분된다는 점을 고려하여, 즉 인문과 인물 사이에 일
어나는 사건을 누군가가 보고 이야기하는 과정을 하나의 도식으로
정리할 수 있다. 서사문학에 있어 실제로 이야기되는 내용은 작중
인물 사이의 대화와 행동이다. 이것을 누군가가 바라보고 이야기한
다는 상황을 가정하면 서사적 사건을 바라보는 존재로서 초점 주
체[3]와 그것을 서술하는 존재로서 서술 주체를 고려해야 한다.

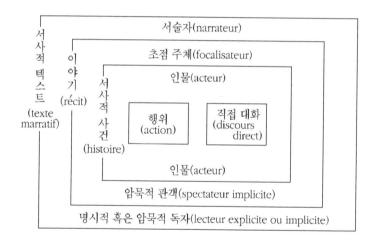

2) S. Rimmon-Kenan, 최상규 역, 『소설의 시학』, 문학과지성사, p. 133.
3) focaliser(focalisateur)를 흔히 초점 화자라 번역하나 초점화에는 초점화하
　는 주체와 그 대상이 존재한다는 점에서 초점 주체로 번역한다.

따라서 시점에 대한 논의를 위해서는 이러한 각각의 서사적 상황을 온존히 고려하는 서사 장르의 소통 모델을 정리할 필요가 있다. 미키 발이 정리한 서사적 상황에 대한 도식은 이러한 서사 상황의 여러 층위를 고려하고 있다는 점에서 의의를 지닌다.4)

이 도표는 도식화를 위해 발신자 축과 수신자 축을 대칭적으로 설정하려는 의도가 강하여 수신자 축에서 다소 무리가 있다. 암묵적 관객이라거나 명시적 혹은 암묵적 독자라거나 하는 존재가 서사 상황에서 얼마나 능동적인 의미를 지닐 수 있을까 의심스럽다. 사건을 바라보는 초점 주체는 인물로서 서사적 사건 내에 참여하기도 하고, 서술자로서의 기능을 가지기도 한다는 점에서 다중적 성격을 지닌다. 이야기 층위에서 초점 주체에 대응하는 암묵적 관객이란 구체적으로 어떤 존재인지 애매하다. 위의 도식을 하나의 소통 체계로 이해한다면 이야기 층위에서 발신자 층위의 초점 주체에 대응하는 존재란 초점화되는 대상일 수밖에 없다. 따라서 암묵적 관객이란 구체성을 잃게 된다.

서사적 텍스트 내에서 수신자 측의 명시적 혹은 암묵적 독자란 텍스트 내에서 서술 행위의 상대자가 명시적으로 드러나기도 하고 드러나지 않기도 한다는 점에서 서사 문학의 본질에 잘 접근한 것으로 보인다.5)

미키 발의 도식은 몇 가지 점에서 서술 상황을 이해하는 데 효과적이다. 첫째, 채트맨의 도식에서 고려하지 않은 초점 주체를 고려함으로써 바라보는 행위와 말하는 행위가 별개의 것이라는 서술 상황의 본질적 특징을 보다 충실히 반영하고 있다. 둘째, 채트맨의 도

---

4) M. Bal, "Narration et focalisation, Pour une théorie des instance des récit", *Poétique* 19, 1977, 2, p. 116.
5) 서사적 텍스트 내에서 서술 행위에 대한 상대자가 구체적으로 등장하지 않는 것이 일반적인 관례이다. 그러나 서간체 같은 경우 그 상대자가 구체적으로 명기되며, 일반 소설의 경우에도 서술 행위의 상대자가 구체적으로 명시되는 경우가 적지 않다.

식이 제시한 텍스트 내적이라는 부분을 세분하여 인물 사이의 서사적 사건이 초점 주체에 의해 바라 보아진 것이 이야기(récit)이며 서술자에 의해 이야기될 때 서사적 텍스트가 된다고 보아 시점 논의를 세밀화할 수 있게 하였다. 셋째, 서사적 사건의 층위에서 행위와 직접 대화를 구분함으로써 서사적 사건 내에서의 제반 상황을 시점과 관련하여 연구함에 있어 구체성을 띨 수 있게 해준다.6)

위의 서사 소통 도식에 의해 서사적 텍스트에 있어 서술자의 특성을 고려하기 위해 가장 먼저 고려할 것은 서술자가 서사적 사건 속에 존재하느냐 그렇지 않느냐 하는 점이다. 서사적 텍스트에 있어 서술자는 전통적으로 서사적 사건 밖에 존재한다. 그러나 자전적 이야기나 일기체, 서간체 등의 전통에 허구적 요수가 개입하면서 서술자는 서사적 사건 내로 틈입하게 된다. 이러한 독특한 서사 상황의 등장으로 서술자 구분에 있어 가장 중요한 구분의 기준은 서술자가 작품 내에 인물로 존재하는가 않는가가 된다. 이것은 하나의 서술이 텍스트 내적 인물에 의해 서술되는 상황인가 텍스트 외적 인물에 의해 서술되는 상황인가를 구분해주는 것으로 일인칭 서술과 삼인칭 서술을 구분하는 근거로 작용한다. 이에 따른다면 서술자의 범주는 작품 내적 서술자와 작품 외적 서술자로 구분이 가능해지며 삼인칭 서술 상황이란 작품외적 서술자에 의한 서술, 일인칭 서술 상황이란 작품 내적인 서술자에 의한 서술이라는 특징을 지닌다.

그러면 기본적인 기준에 의해 구분되는 삼인칭 시점과 일인칭 시점이 각각 어떻게 하위 구분될 수 있는가를 장을 나누어 살피기로 한다.

---

6) 행위 부분과 대화 부분을 연구하는 데는 차이가 있게 마련이다. 행위 부분은 서사와 묘사와 관련한 시점이나 사건의 진술과 관련된 시간 등의 문제와 주로 관련되는 반면에 대화 부분은 화법의 문제와 관련된다.

2. 삼인칭 시점의 유형

서술자로서의 기능만을 담당하고 작중 인물로 등장하지 않는 삼인칭 소설의 서술 상황을 이해하기 위해서는 서술 상황을 결정짓는 몇 가지 요인을 생각해 보아야 한다. 먼저 삼인칭 서술 상황의 유형을 분류하기 위해서는 우선 서술자와 초점 주체의 관계를 고려해 보아야 한다. 삼인칭 서술자는 소설의 서사적 사건을 초점화하는 초점 주체가 될 수 있고 그렇지 않을 수도 있다. 서술자가 초점 주체가 되는 경우와 그렇지 않은 경우 서술되는 사건에 대한 인지 정도의 개입 정도가 달라질 수 있다는 차이를 보인다.

다음으로 삼인칭 서술자의 분류를 위한 핵심적인 요인으로써 서술자의 작중 인물에 대한 관계를 고려하여야 할 것이다. 서술자가 작중 인물 또는 서사적 사건에 대해 어떠한 관점을 취하고 있는가는 일반적인 시점 분류의 기준이 되는 전지성의 문제와 관련되기 때문이다.

그러면 이러한 기준에 의해 삼인칭 시점을 유형화하고 그 연구에 있어 고려해야 할 사항을 점검해 보기로 한다.

1) 직접 서술과 간접 서술

삼인칭 서술자는 서사적 사건에 대해 두 가지 자세를 취할 수 있다. 그 하나는 서사적 사건을 자신이 직접 초점화하고 서술할 수 있고 타자가 초점화한 것을 전해 듣고 서술하는 것이 그것이다. 전자의 경우 서술자의 시각만이 서사적 사건에 개입할 수 있으나 후자의 경우 서사적 사건에 대해 초점 주체의 시선이 개입할 수 있다. 이때 전자는 직접 서술, 후자는 간접 서술이라 명령할 수 있게 된다.

일반적으로 삼인칭 소설의 경우 서사적 사건은 염상섭의 <삼대>나 채만식의 <태평천하>에서 보듯이 직접 서술된다. 이렇게 서사적 사건을 직접 초점화한 서술자에 의해 서술 될 경우 서술자는 서사적 사건에 대해 지배적인 위치에 서게 된다. 그러나 이러한 직접 서술되는 작품의 경우에도 부분적으로 어떤 서사적 사건이 타인이 초점화한 것을 서술자가 옮기는 간접 서술 형태로 된 부분이 등장하기도 한다. 이같이 타인이 초점화한 사건을 서술하는 간접 서술의 경우에는 초점 주체와 서술 주체가 달라짐으로 하여 서사적 사건에 개입할 수 있는 존재가 다양해질 수 있다.

① H가 경험한 내용을 직접 본 N이 서술한다.
② H의 경험을 H에게서 듣거나 다른 사람에게서 듣고 N이 서술한다.

①이 직접 서술에 ②는 간접 서술에 해당한다. ①에서는 서사적 사건인 주인공 H의 행동과 대화는 N에 의해 직접 관찰되고 서술되므로 서사적 사건을 서술자에게 중개하는 인물이 존재하지 않는다. 따라서 서사적 사건을 인식하고 판단하는 행위는 모두 N에 의해 이루어진다.

그러나 ②의 경우에는 서사적 사건에 대한 초점 주체는 H이고 이야기 층위에서 서술자는 N이 된다. 따라서 이야기 층위에는 서사적 사건에 대한 초점 주체의 시간이 크게 개입하게 된다. 서술자의 시각이 개입할 수 없는 것은 아니나 이것은 서사적 사건이 서술자에게 전달될 때 이미 초점 주체의 시간이 개입된 상태이므로 서술자의 판단은 초점 주체의 그것에 태도나 어투 등에 대해 주로 간여하고 경우에 따라서는 서사적 사건에 대한 나름의 시각을 드러낼 수 있게 된다. 이러한 끼어들기의 결과 서술자의 시각이나 판단은 신빙성이 없어지고, 서술자는 초점 주체에 의해 초점화된 이야기 즉 초점 주체에 의해 만들어진 서사적 세계를 전달하는 존재로서의 성격을 지니게 된다.

삼인칭 서술 시점에 대한 연구에서 이러한 초점 주체의 개입 정도에 대한 분석은 중요한 의미를 지닌다. 서술자의 서술 상황에서 서사적 사건에 대해 판단하고 개입할 수 있는 존재는 매우 많을 수 있다. 서사적 세계와 서술자 사이에 개입하는 존재가 많아질수록 서사적 사건에 대한 판단이나 평가가 누구의 것인지 애매해지게 되는 것이다. 토도로프는 특수한 예로서 『천일야화』를 분석하여 세라자드의 이야기에 서너 명이 서사적 세계에 개입하는 예를 설명하고 있다.[7]

즉 A가 체험한 얘기를 B가 듣고 C에게 말해 준 것을 D가 듣고 말해 준 것을 세라자드가 왕에게 이야기했다면 세라자드는 여러 사람에 의해 굴절된 이야기를 왕에게 전해주는 단순 서술자로서의 역할만을 담당할 뿐이다. 간접 서술에 있어 끼어들기 현상에 나타나는 초점 주체와 다양한 중개자들의 양상과 서술자의 기능과 역할을 분석해 내는 것은 삼인칭 시점연구의 중요한 한 국면이 될 수 있을 것이다.

2) 전지적 서술, 제한 전지적 서술, 제한적 서술

서술자가 서사적 세계에 대한 어떤 관계에 놓이는가 즉 서술자의 서사적 세계에 대한 인지 정도는 삼인칭 서술 형태를 변화시키는 중요한 요인이 된다. 이는 흔히 비전이라 일컬어진 것으로 러보크 이래 시점 연구의 주된 관심사였던 '전지-제한'이라는 연구 방식과 유사하다. 전지-제한이라는 틀로는 러보크의 파노라마적-극적이라는 구분 이래 말하기-보여주기, '전지-선택, 전지-제한' 등 다양한 분류가 제시되었다.

서술자의 작중 인물에 대한 인지 정도를 삼인칭 서술을 구분하는 기준으로 삼기 위해서는 서술자와 작중 인물 사이의 서사적 세계에 대한 이해의 정도 차이를 고려해 볼 필요가 있다. 즉 ① 서술자가 작중인물보다 더 많이 이야기하는 경우, ② 서술자가 작중 인물이

---

7) Tz. Todorov, "Les hommes-récits," *Poétique de la Prose*, Edition du Seuil, 1971, p. 83.

알고 있는 정도만 이야기하는 경우, ③ 서술자가 작중 인물이 아는 것보다 훨씬 적은 것을 이야기하는 경우를 구분해 생각해 볼 필요가 있다.[8]

　이러한 서술자가 작중 인물보다 많이 알고 있는가 여부는 시점의 문제와 직결된다. ①은 전지적인 것으로 ②는 제한 전지적인 것으로 ③은 제한적인 것으로 명명할 수 있는 것이다.

　전지적 서술이란 서술자가 서사적 사건에 대한 전지성을 그 특징으로 한다. 그러나 서술자가 서사적 세계에 대해 개입하는 정도에 따라 몇 가지 하위 형태를 생각해 볼 수 있을 것이다. 서술자가 서사적 사건에 대해 상세히 설명하고 그 의미를 해명해 나가거나 해설과 주석을 다는 경우와 서술자의 주관을 가급적 억제하고 서술하는 경우를 생각해 볼 수 있다. 전지적 서술은 편집자적이고 주석적인 서술에 그 본령이 있다 할 수 있다. 일반적으로 장편소설에서 보듯이 작중의 전 인물의 삶을 조망하고 과거와 현재의 일들을 자유로이 서술해 나가는 것이다. 그러나 서술 자체의 신빙성 문제, 객관적인 서술의 지향 태도 등에 의해 전지적 서술은 다양한 층위를 보여줄 수 있다. 그 양 극단을 선택한다면 프리드맨의 지적대로 서술자의 개입이 극심한 편집자적인 서술(editorial omniscience)과 가장 약화된 중성적 서술(neutral omniscience)로 양분해 볼 수 있을 것이다.[9]

　전자의 예로 이광수의 〈무정〉에서 보듯이 서술자가 서사적 사건에 잦은 개입을 보이는 작품을, 후자의 예로는 최인훈의 〈광장〉이나 황순원의 〈일월〉에서와 같이 서술자가 사건의 서술에 치중하는 것을 들 수 있다.

---

8) G. Genette, F. Lewin trans., *Narrative Discourse*, Cornell Univ. Press, 1972, p. 189.
9) N. Friedmann, "Point of View in Fiction", in *The Theory of the Fiction*, ed. P. Stevick, The Free Press, 1967, pp. 119~124.

전지적 시점에 비해 서술자가 전지성에서 제한을 많이 받아 작중 인물이 알고 있는 정도 이상으로 서술하지 못하는 경우를 제한 전지적 서술이라 한다. 이러한 경우는 여러 가지로 생각해 볼 수 있을 것이다. 첫째, 서술자가 작중 한 인물에 의해 초점화된 것만을 서술해 나가는 경우 서술자의 전지성은 매우 한정되게 된다. 이러한 서술을 고정 서술이라 명명할 수 있을 터인데, 그 좋은 예로 황순원의 〈학〉에서 서사적 사건의 거의 전부가 성삼이라는 한 인물에 의해 초점화된 것만을 서술하는 것을 들 수 있다. 둘째, 고정 서술과는 달리 여러 인물의 시각을 옮아 다니면서 사건을 서술해 나가되 항상 서술자는 작중 인물에 의해 초점화된 것만을 서술하는 서정인의 〈원무〉와 같은 작품을 예로 들 수 있다. 작중의 전 인물을 전지적으로 초점화하는 전지적 서술에 비해 고정 서술이 여러 개 모인 양상을 보인다는 점에서 특징적인 이러한 서술은 가변 서술이라 명명할 수 있을 것이다. 제한 전지의 마지막 유형으로 복합 서술을 설정해 볼 수 있다. 삼인칭 서술자가 서술하고 있는 서사적 사건에 대한 여러 사람들의 일기나 편지 그리고 관찰 자료 등을 모아 하나의 서사적 사건에 대한 여러 인물의 다양한 시각을 보여 줄 수 있다는 강점을 지닌다.

삼인칭 서술에 있어서 전지성을 배제하면 행동이나 상황의 묘사와 대화 재현만이 남는다. 따라서 제한적 서술이란 서사적 사건의 충실한 모방만이 유일한 서술방식이 된다. 그러나 대화 재현이란 화법 상의 여러 층위가 존재하여 직접 화법을 사용하지 않는 경우 초점 주체나 서술자의 개입은 필연적이다. 따라서 완전한 제한적 서술이란 인물의 행동을 묘사하는 것과 대화를 직접 화법으로 드러내는 것뿐이다. 이는 극적 방식이라거나 보여주기 등에 해당하는 것으로 희곡의 행동, 상황, 대사의 처리와 유사한 것이라 하겠다. 행동의 묘사와 대화의 직접 재현에 있어 객관성의 정도는 제한적 서술의 하위 유형을 구분해 내는 한 근거가 된다. 서사적 사건에 대한 단순한 관찰자는 인물의 행동이나 배경만을 언어로 재현해 낼 수 있을 뿐이다. 그는 사진을 찍거나 그림을 그리듯 눈앞에 보이는 상황을 언어로 제시할 수밖에 없기 때문이다. 인물 사이의 대화를 재현하기 위해서는 서술자가 그들 사이에 또는 발 옆에 존재함을 뜻한다. 서술자가 서사적 사건 속에 끼어들지 않고는 그들의 대화를 엿들을 수는 없는 것이다. 따라서 대화 재현에 있어서 화법상의 차이에 따라 세밀한 분류도 가능할 것이며, 또 완전한 묘사에 의해서 서사적 사건을 서술할 수는 없다는 점에서 묘사의 객관성을 하위 분류의 근거로 삼을 수 있을 것이다.

이러한 세밀한 분류를 피하고 행동 재현과 대화 재현을 제한적 서술의 하위 구분을 위한 변별적 개념으로 사용한다면 보고적 서술과 관찰자적 서술로 나누어진다. 전자는 행동 재현과 대화 재현을 모두 행하는 경우이며 후자는 완전한 행동 재현만을 하는 극도로 제한적 서술을 하는 경우를 상정한 것이다. 이 역시 여러 중간 단계를 생각해 볼 수 있을 것이다. 그러나 아주 짧은 꽁트가 아닌 한, 한 작품을 처음부터 끝까지 완벽한 제한적 서술로 진행해 나가는 것은 행동 재현이나 대화 재현만으로는 사건의 진행이 어렵다는 점에서 어려움이 있다. 김동인의 <복녀>나 박태원의 <천변풍경> 등과 같이 비교적 서술의 제한성이 두드러진 작품들을 바탕으로 서술 방법상의 제한성에 대한 이러한 관점에서의 연구가 가능할 것으로 보인다.

3. 일인칭 시점의 유형

서술자가 서사적 사건의 한 인물로 기능하고 있는 일인칭 소설의 서술 상황에 대해 논의하기 위해서는 몇 가지 서술 상황을 결정하는 요인들을 생각해 볼 필요가 있다.

첫째, 서술 주체와 초점 주체가 일치하는가의 여부가 일인칭 시점 연구에 있어 매우 중요한 기준이 된다. 이 구분은 서사적 텍스트와 이야기의 차원이 일치하는가 하는 문제와 연결된다. 이 양자가 일치하면 초점 주체가 바라보고 정리한 서사적 사건은 그대로 서술로 이어지게 마련이다. 그러나 양자가 일치하지 않는 경우 서사적 사건에 또다시 서술 주체의 시점이 보태진다.

둘째, 초점 주체와 초점 대상이 일치하는가 여부 역시 일인칭 시점을 논의함에 있어 중요한 구분 기준이 된다. 일인칭 소설의 초점 주체가 초점화하는 대상은 서술 주체 자신일 수도 있고 서사적 사건의 다른 인물일 수도 있다. 서술 주체인 초점 주체가 자신을 초점화하는 경우 내면 심리나 의견 등을 초점화하여 서술할 수 있으나, 타인을 초점화하는 경우에는 초점 주체가 초점화할 수 있는 외면적인 사실에만 한정될 수밖에 없게 된다.

셋째, 서술시와 초점시의 일치 여부에 따라 서술 상의 차이를 나타낼 수 있다. 사건을 초점화하는 초점시와 이를 서술하는 서술시 사이에 시간적 거리가 존재한다면 초점시의 초점 주체의 의식과 서술시의 서술 주체의 의식이 서술 상황에 관여하게 된다.

그러면 이러한 세 가지 기준을 바탕으로 하여 일인칭 소설을 분석함으로써 일인칭 서술 방식을 유형화해 본다.

1) 직접 서술과 간접 서술

일인칭 서술 상황 내에서의 서술자의 자질을 구분하기 위해서는 일인칭 서술 상황에 있어 서술자의 속성에 대한 이해를 바탕으로 하여 세밀하게 분석해 볼 필요가 있다. 앞에서 살펴보았듯이 일인칭 서술자가 사건을 초점화한 주체인가 아닌가에 따라 서술자의 성격과 함께 이야기의 상황과 서술자가 서사적 사건에 대해 개입하는 정도가 달라지게 마련이며 그 결과 독자는 서사적 사건과의 거리를 다르게 느끼게 된다.

자신이 체험한 이야기 중에서 소설적이라 생각되는 부분을 추려 소설화했다는 서두는 일인칭 소설에서 가장 일반적인 방식이다. 최서해의 일련의 체험적 소설이나 현진건의 <사립정신병원장> 등에서 사용된 이 방식은 일인칭 서술자가 자신의 체험을 바탕으로 하는 만큼 사건에 대해 능동적으로 참여하여10) 사건을 서술하고 분석하며 해명하기도 하는 양상을 나타내게 된다. 물론 소설을 이루는 주된 사건은 타인이 체험한 사건일 수 있으나 그 사건이 일인칭 서술자인 '나'에 의해 관찰된 것이며 그것을 자신의 관점에 의거하여 정리할 수 있는 것이다. 그러나 일인칭 서술자가 자신이 이야기하는 내용이 허구가 아닌 진실로 존재했던 일이라는 단서를 다는 일인칭 서술 방식은 텍스트의 주된 사건이 자신이 직접 체험한 내용은 아니라는 단서를 달아 양상을 달리하여 나타나기도 한다. 예를 들어 타인의 체험을 정리하는 방식을 사용하는 것이 그것이다.

　일인칭 서술자는 김기진의 <젊은 이상주의자의 사>나 현진건의 <고향>에서와 같이 자신이 잘 알지 못하는 인물의 일기나 편지들을 모아 소개하거나 어떤 인물과 만나 들은 이야기를 중심으로 그에 대해 서술하는 형식을 취하기도 한다. 이러한 서술 방식은 타인의 체험을 서술하여야 하는 일인칭 서술자가 자주 선택하는 방식으로, 신비한 체험을 한 인물에 대한 이야기나 다소 비정상적인 인물의 삶을 기술하는 일인칭 서술 상황에서 흔히 사용되고 있다. 이경우 편지나 일기를 정리하거나 그와의 만남을 재정리하는 '나'의 목소리는 작중 인물이 아닌 작가의 목소리로 변모하게 된다. 하나의 텍스트 내에서 일인칭 서술자가 작가의 목소리를 갖는 것은 서술 방식상 파탄에 해당한다는 지적도 있다. 물론 장편소설과 같이

---

10) 돌레첼은 이러한 일인칭 서술자를 개인적 일인칭 서술자로 분류하고 그 능동적 성격을 지적하고 있다.
　L. Dolezel, 최상규 역, 「화자의 유형 이론」, 『현대소설의 이론』, 대방출판사, 1983, p. 409~ 이하.

긴 서술에서 전지적 화자가 효과와 기능을 위하여 의도적으로 작가의 목소리로 변모하여 진실을 전달하는 효과를 얻게 되는 경우가 없지 아니하나 타인의 일기를 소설적으로 추려 독자 앞에 내놓는다는 투의 진술을 작품에 노출하게 되면 서술자의 성격을 애매하게 만들고 나아가 작품 내적인 일치감을 파괴하기도 한다. 그러나 서술되고 있는 내용이 괴이한 사건일 경우 서술자 자신의 체험을 서술한 경우보다는 신빙성을 높일 수 있다는 이점을 갖는다.

위에 설명한 두 서술 방식은 소설 내의 주된 사건이 서술 주체의 체험인가 하는 데 본질적인 차이가 있다 전자의 서술자가 자신이 체험한 바를 직접 서술함에 비해 후자의 서술자는 타인의 일기를 보고 서술하는 입장에 놓여 있다는 점에 차이가 있다. 이 경우 전자는 자기 체험을 직접적으로 서술하는 직접 서술의 성격을 지니게 됨에 비해 후자는 타자의 체험에 대해 간접적으로 서술하는 간접 서술의 속성을 지니게 된다. 그리고 이러한 직접 서술과 간접 서술은 전자가 지니는 서술자의 시선만이 개입되는 단성적 속성과 후자가 지니는 서술되는 인물의 시선과 함께 서술자의 시선이 개입되는 이중적 속성이라는 차이를 드러내게 된다.

일인칭 서술자에 의한 간접 서술은 보다 다양한 방식으로 사용되며 서술자의 시간이 보다 여러 가지 형태로 작품 속에 개입하게 된다. 예를 들어 전영택의 〈화수분〉이나 강경애의 〈번뇌〉에서 보듯이 작품 전체의 서술자 '나'의 서술을 통해 사건이 진행되면서 실제로 작품 속에서 전달하려 하는 주된 사건은 '나'에 의해 서술되고 있는 또 다른 인물의 서술에 의해 구체화되는 것이다. 따라서 사건의 서술은 간접 서술적인 양상을 나타내게 된다. 이 경우 두 서술 주체의 서술이 동시에 직접 제시된다. 작품의 주된 사건을 초점화하고 서술하는 인물은 사건의 서술자이기는 하나 그 이야기는 작품 전체의 서술 주체인 '나'에 의해 재구성되는 것이다. 따라서 작품의 서술자 '나'는 그의 이야기 사이에 끼어들기도 하고 그가 이야기하는 태도 등에 대해 평가하기도 하며 주변 상황을 정리하고 요약하기도 한다.

그러나 유사한 상황에서도 현진건의 <고향>이나 김동인의 <배따라기>와 같이 작품 전체를 관장하는 서술자인 '나'가 작품의 중심이 되는 사건을 전달해 준 '그'의 이야기를 요약해 전달하는 방식을 선택할 경우 전혀 다른 서술 상황을 나타내게 된다. 이 경우 작품의 서술자인 '나'는 서술자인 '나'와 서술 대상인 '그' 사이에 있던 일들을 객관적인 시간으로 서술해 나가다가 '그'가 이야기한 그의 체험을 듣고 그것을 자기의 시각으로 재정리하여 보여주게 된다.

앞에 살핀 전영택의 <화수분>이나 강경애의 <번뇌>에서의 서술 방식이 주관성이 덜한 간접 서술에 해당한다면 뒤의 것은 주관적인 재정리를 통해 서술하는 주관적 간접 서술의 방식으로 이해된다. 이 두 서술 방식 사이의 가장 중요한 차이는 사건의 서술자인 인물의 시각과 함께 작품 전체의 서술자인 '나'의 시각이 공존하는가의 여부에 있다. 전자의 경우 작품 전체의 서술자와 사건의 서술자는 분리되어 존재한다. 문맥상에서 직접 화법의 형태로 나타나기도 하고 인용부호가 제거된 채 '나'에 의한 사건의 서술로 나타나기도 하지만, 작품 전체의 서술자는 단지 사건의 서술자가 이야기를 계속하도록 유도하고 그 주변 상황을 전달해 주고 간접적으로 사건 서술자의 서술에 자신의 의견이나 감정을 개입하기도 하는 존재로 나타난다. 이에 비해 후자의 경우 작품 전체의 서술자 '나'는 자신이 들은 사건 서술자의 이야기를 간접 서술의 형식으로 옮기고 있다. 사건 서술자 '그'의 목소리는 서술자에 의한 '그'의 이야기의 요약 전달이 시작되거나 끝맺는 부분에서 간단한 대화로 처리되어 있다. 그 결과 사건 속에서 '그'의 시각과 '나'의 시각이 공존하는 양상을 보이게 된다.

2) 자기 서술과 타자 서술

일인칭 서술 상황을 유형화하기 위해 다음으로 고려되어야 할 것은 초점 주체와 초점 대상이 일치하는가 하는 점이다. 일인칭 소설은 자신의 경험을 서술화하는 형식을 지니는 것이 일반적이다. 그러나 일인칭 서술 상황에서 초점 주체가 바라보는 대상 즉 초점 대상은 초점 주체 자신일 수도 있고 타인일 수도 있다는 점에서 이러한 구분이 가능해진다. 그러나 초점 주체가 하나의 텍스트 내에서 초점화하는 대상이 서술 주체 자신인가 아니면 다른 인물인가 하는 것은 하나의 문장이나 작품의 한 부분에서 명확히 구별되는 것은 아니다. 어떤 일인칭 소설에서건 초점 주체는 자신을 초점화하다가 타인을 자신의 주위에 있는 대상을 바라보고 초점화하기도 하고 서술 주체 역시 자신의 의식이 늘 세상을 향해 열려 있기 때문에 수시로 초점 주체가 초점화하는 대상은 달라질 수 있다. 따라서 이 구분을 작품에 적용시키기 위해서는 하나의 작품 내에서 지배적으로 나타나는 서술 상황을 고려해야 할 것이다.

초점 주체이며 서술 주체인 '나'가 자기 자신을 초점화할 때와 타인을 초점화할 때는 매우 다른 서술 상황을 나타내게 된다. 초점 주체와 초점 대상이 일치할 경우에는 대상의 외면과 내면을 서술해 나가는 데 자유롭다. 그러나 양자가 일치하지 않을 때 일인칭 서술자는 단순히 관찰하고 보고할 따름이며 서술 사이사이에 자신이 초점 대상에 대해 알고 있는 바와 대상에 대한 자신의 느낌을 서술하는 방식을 사용하게 된다. 초점 주체와 초점 대상이 일치하는가 여부에 따른 이러한 서술 상황의 차이는 일인칭 서술 상황에 있어 자기 서술과 타자 서술이라는 용어로 정리될 수 있다.

일인칭 서술 상황에서는 서술 주체가 작중 인물의 역할을 하기 때문에 자기 서술과 타자 서술은 이질적이면서도 늘 공존할 수밖에 없다. 흔히 시점론에서 말하는 일인칭 관찰자 시점과 일인칭 주인공 시점의 구분은 실상 애매한 것이 되어버린다는 뜻이다. 예를 들어 현진건의 <빈처>와 같은 작품에서 '나'가 '나'에 대해 서술할 때는 자기 서술의 위치에 놓이며 전지적인 속성을 지니는 반면, 아내에 대해 서술할 때는 타자 서술하게 되어 제한적 속성을 지닐 수밖에 없는 것이다. 일인칭 서술자가 타인에 대해 서술할 때에는 대상 인물의 외면을 묘사할 수는 있으나 그의 내면을 그리는 데는 많은 제약이 따른다. 이를 극복하기 위해서 서술 주체는 서술 주체 또는 초점 주체가 이미 알고 있는 사실이나 인물과 관련된 상황에 대해 서술 주체 자신이 느낀 바를 서술하는 방식을 사용하게 된다.

이상의 <날개>나 <종생기>와 같이 서술 주체가 외부적 사실보다 자신의 내면 세계에 대해 관심을 가지고 서술하는 경우, 그 서술 방식은 앞에서 구분한 자기 서술이든 타자 서술이든 관계없이 독특한 면모를 가지게 된다. 이런 경우 자기 서술 상황에서 서술 주체는 자신의 행동이나 과거를 서사하기보다 자신의 내면을 드러내 보이는 데 치중하고, 타자 서술인 경우에도 타인의 행동이나 대화를 재현하기보다는 그에 의해 환기되는 서술 주체의 내면을 드러내는 데 더욱 치중하는 것이다. 이러한 서술 방식은 자기 분석적인 서술이라는 별도의 항목으로 설정할 수 있을 것이다.

서술 주체가 자기의 내면 세계를 드러내는 데 초점을 맞출 경우에는 자기 분석적인 서술이 사용됨과 함께 대화 재현에서도 커다란 변화가 있게 된다. 초점 주체가 초점 대상의 외부에 관심이 있는 경우 인물의 대화는 원래의 형태를 유지하여 직접 화법의 형태로 나타나는 것이 일반적이다. 그러나 서술 주체와 초점 주체의 내면적 개입이 강조되면 대화가 변형되어 간접 화법의 형태로 재현된다.

대화 재현에 있어 초점 주체와 서술 주체의 개입의 심화는 특히 자기 분석적인 서술에서 심하게 나타나게 된다. 서술 주체와 초점 주체가 일치하고 또한 초점 주체가 자신의 내적 심리를 초점화의 대상으로 삼게 됨에 따라 작중 타 인물의 발화 내용보다는 그 발화에 의해 형성된 초점 대상의 심리적 공간에 더 관심을 쏟은 결과로 이해할 수 있을 것이다.

3) 현재 서술과 과거 서술

한 편의 소설 속에 개입할 수 있는 목소리는 작가일 수도 있고 서술 주체일 수도 있으며 초점 주체이거나 인물 자신일 수도 있다. 그러나 일인칭 서술 상황에서는 서술 주체와 초점 주체 사이의 관계나 초점 주체와 초점 대상의 관계와 마찬가지로 서술시와 초점시의 일치 여부도 일인칭 서술 상황에 중요한 영향을 미치게 된다. 서술 주체가 서술하는 서술시와 초점 주체가 초점화한 초점시가 일치하면 서술 주체의 현재 시각만이 서술 상황에 개입하나, 양자가 일치하지 아니하는 경우에는 초점 주체가 대상을 바라본 때에 작용하는 사건에 대한 시각과 서술하는 상황에서 작용하는 시각이 공존하게 되며 언어적인 차원에서도 초점시의 언어와 서술시의 언어 사이의 괴리로 인해 서술 상황에 큰 차이가 나타나게 된다. 이러한 서술시와 초점시의 차이는 직접 서술의 경우에 두드러지게 나타나지만 간접 서술의 경우에도 그 양상이 다소 복잡하게 나타날 여지가 있게 된다. 예컨대 간접 서술에서는 초점 주체가 과거에 초점화한 사건을 현재 이야기하는 서술 상황과 서술 주체가 과거에 초점 주체로부터 들은 내용을 서술하는 상황이 다르게 나타날 수 있기 때문이다.

하나의 사건을 서술하는 방식으로 서술시와 초점시를 일치시킬 수도 있고, 초점시가 서술시에 비해 과거인 것으로 설정할 수도 있다. 이렇듯 과거에 초점화한 사건을 서술하는 과거 서술과 현재에 체험하고 있는 사건을 서술하는 현재 서술은 서사 문학의 본질이 과거 사실의 서술 형식을 지닐 수밖에 없다는 점에서 벌써 8년 전 일이다 하는 식의 시간 간격을 지시하거나 시간 간격을 나타내는 표지를 제외하고는 실상 서술 상의 차이가 크게 느껴지지 않기도 하다. 그러나 양자 사이에는 서술 태도상 중요한 차이가 발견된다. 그것은 초점화하고 있는 사건이 지닌 의미에 대한 초점 주체의 판단이 과거의 사실을 서술하는 과거 서술에서는 가능하지만, 일기체 형식의 소설이나 이태준의 〈폐강냉〉과 같이 현재 서술의 형식을 취하고 있는 작품에서는 사건을 서술하는 것만으로 한정된다는 것이다.

과거 서술은 과거에 초점화한 사실을 서술하는 형식을 취하므로 서술하고 있는 현재의 시각에서 얼마든지 그 의미를 평가할 수 있게 된다. 따라서 현재 서술과는 달리 과거 사실을 초점화한 초점 주체의 시각과 현재 서술하고 있는 서술 주체의 시각이 개입하게 되어 이중적인 성격을 지니게 된다. 마찬가지로 초점시에 초점 주체가 바라보고 초점화하는 과정에 작용하는 언어와 서술시의 언어가 공존하여 이중성을 드러내기도 한다.

과거 서술은 유진오의 〈귀향〉이나 현진건의 〈사립정신병원장〉과 같이 과거의 사실을 그대로 서술하는 단순한 과거 서술과, 안회남의 〈명상〉이나 〈고향〉과 같이 돌아가신 아버지와 관련된 과거 체험을 현재의 관점에서 서술해 나아가는 회상적 과거 서술로 구분이 가능하다.11) 이 구분은 과거 서술이 초점시와 서술시를 과거로 통일하려 함에 비해 과거 회상체 서술은 초점시와 서술시를 분리시킨다는 차이에 근거한다. 정도의 차이는 있으나 과거 서술에 비해 과거 회상체 서술이 서술시인 현재의 시간이 더 많이 개입한다는 점에서 언어적 차이를 느끼게 된다.

초점시와 서술시의 불일치로 인해 언어적 차이를 보이는 좋은 예로 나도향의 〈옛날 꿈은 창백하더이다〉와 같이 유아기 체험을 서술하는 과거 회상체 서술을 들 수 있다. 과거에 초점화한 사실을 회상하여 서술하는 경우에는 일반적으로 서술 주체에 의해 정리될 수밖에 없는 많은 사실들이 나열된다. 더욱이 초점시가 유아기이고

---

11) 전자를 '과거 서술', 후자를 '과거 회상체 서술'로 구분하여 명명한다.

성인인 서술 주체가 이를 회상하는 형식을 취하는 서술 상황에서는 초점시의 시간과 서술시의 시강이 공존하고 또한 유아의 언어와 성인의 언어가 공존하는 양상을 보이기도 한다.

다음으로 현재시에서 초점시의 상황에 대해 정리하고 평가하는 서술 주체의 언어가 초점시의 언어를 후경화하고 전경에 나선 형식을 생각해 볼 수 있다. 이런 경우 나타나는 사건을 초점화하던 초점시의 언어와 서술시의 성인의 언어가 공존하는 현상은 자신과 관련된 과거의 사건을 회상하는 경우 현재 자신이 과거 사실에 대해 갖는 정감에 의해 초점시의 사건이 윤색될 수 있다는 점과 관련된다. 그러나 이러한 어린이의 언어와 성인의 언어가 공존하는 언어적 이중성은 경우는 조금 다르지만 초점 주체가 어린이로 설정되면 어떤 경우에나 나타나기 마련이다. 예컨대 초점시와 서술시를 일치시키더라도 주요섭의 <사랑 손님과 어머니>에서와 같이 초점 주체를 어린이로 설정하게 되면 작자의 언어가 서술 주체인 어린이의 서술 속에 개입되어 역시 이중성을 지니게 된다.

작품 속의 서술 주체의 언어는 작가의 언어에 의해 영향을 받을 수밖에 없다. 그러나 작가는 서술 주체의 언어를 결정하고 그의 언어적 습관에 따라 작품이 서술되는 형식을 취하게 된다. 즉 작품 내적인 통일을 위해 미적 거리의 획득을 꾀하는 것이다. 그러나 서술시와 초점시가 너무나 거리가 있을 때 언어 사이에는 괴리가 생기기 마련이다. 또한 초점 주체나 서술 주체가 유아이거나 소년일 경우, 작가의 언어에 영향을 받아 성인의 언어가 사용되기도 하여 언어상의 괴리가 생기게 마련인 것이다.

따라서 초점 주체가 성장을 해가면서 자신이 경험한 내용을 서술해 나가는 소설과 같은 경우 서술상의 변화는 다양하게 나타나게 된다. 소설의 앞 부분에 나타나는 작가와 서술 주체의 차이에 따른 이중적 서술 상황은 초점 주체가 성장하면서 점차 사라지며 초점 주체가 성인이 된 후에는 단일한 양상을 보이게 된다. 이 경우에도 서술 주체가 현재의 관점에서 과거사를 정리할 수도 있고, 성장해 나가는 초점 주체와 함께 서술 주체도 성장해 나가면서 서술하는 방식도 있을 수 있다. 그러나 정도의 차이는 있겠지만 양자 모두 이중적 서술 상황을 노정한다는 점은 마찬가지이다.

[참고문헌]

최상규 역, 「화자의 유형 이론」, 『현대소설의 이론』, 대방출판사, 1983.

Bal, Mieke, tr. C. van Boheemen, *Narratology*, Toronto Univ. Press, 1985.

Chatman, S. *Story and Discourse*, Cornell Univ. Press, 1978.

Genette, G., tr. Lewin, F., *Narrative Discourse*, Cornell Univ. Press, 1972.

Rimmon-Kenan, S., 최상규 역, 『소설의 시학』, 문학과지성사, 1985.

Stevick, P., ed. *The Theory of Fiction*, The Free Press, 1967.

Todorov, Tzvetan, *Poétique de la Prose*, Edition du Seuil, 1971.

제5장
소설의 인물

吳養鎬

인물 또는 성격이란 무엇인가?

캐릭터(character)는 人物 또는 性格이란 두 가지 말로 번역된다. "캐릭터가 몇 명이냐"에서와 같이 작품에 등장하는 개인들을 지칭하기도 하고, "그의 캐릭터를 어떻게 묘사하겠는가"와 같이 개인적인 관심, 감정, 도덕성, 정서 등을 가리키기도 한다.[1] 대부분의 소설들은 작품 속의 여러 사건과 관련되는 캐릭터를 등장시키고 있다. 그런데 인물은 외부 세계에서의 관찰의 대상이고, 성격은 그 인물의 내적 속성이다. 성격은 주로 소설이나 희곡 같은 이야기문학의 요소로 생각되지만, 엄격한 의미로 모든 문학작품에 필수적으로 따라다니는 요소이다. 곧 서정시와 수필 같은 문학 장르에도 캐릭터는 존재한다. 김소월의 <진달래꽃>에서는 자기를 버리고 떠나는 임, 그런 임을 보내야하는 극적 정황에 처한 슬픈 한 인물을 발견할 수 있고, 서정주의 <귀촉도>에도 아쉽게 임을 보낸 여인상이 형상화되어 있다. 정비석의 수필 <산정무한>에는 신라 왕국의 마지막 왕자 마의태자의 내력이 소설처럼 나타난다.

물론 성격은 소설이나 희곡과 같은 이야기문학에서 본격적으로

---

1) Robert Stanton, *An Introduction to Fiction*, 박덕은 편, 『소설의 이론』, 새문사, 1984, p. 32 참조.

구현되며, 성격을 구현한다는 것은 인물의 창조를 뜻한다. 이런 의미에서 성격창조는 문학, 특히 소설의 중심과제이다.

1. 소설적 인물의 조건

1) 현실적 인물과 소설적 인물

소설에서 인물을 창조하는 것이 작가가 해야 할 가장 주목할 만한 일이다. 소설을 읽은 후 얼마쯤 시간이 지나면, 사람들은 대개 스토리나, 플롯 같은 것은 잊어버린다. 그러나 그 소설의 주인공이나 여러 인물들에 대해서는 오랫동안 기억하는 것이 예사이며, 그들의 특성에 대한 우리의 감각은 거의 쇠퇴하지 않는다. 마치 어린 시절 동네 친구의 이름처럼, 일상 대화에까지 끼워 넣기도 한다. 이형식(<무정>), 김희준(<고향>), 조선달(<메밀꽃 필 무렵>), 또는 술이(<무녀도>), 동호(<나무들 비탈에 서다>), 이명준(<광장>), 개삼조(<노을>), 이동영(<영웅시대>) 등은 우리가 쉽게 떠올릴 수 있는 소설 속의 인물들이다.

작가들은 소설의 인물들을 가능하면 독특하게 창조하려 한다. 그러므로 우리는 소설을 읽는 동안 여러 유형의 인물들을 작품 속에서 만나게 된다. <상록수>에서는 이상과 현실 사이의 괴리현상이 빚어 낸 희생자를 발견하고, 김유정의 <동백꽃>이나 <봄, 봄>에서는 1930년대의 한국 농촌에 살았던 가장 생생한 인물의 전형을 대한다.

우리는 또 우리가 소설을 통하여 그 속에서 인간적인 삶을 꾸려가는 우리 자신의 모습도 발견한다. 이기적이고 배타적이며, 높은 이상을 지니고 있지만, 때로는 자기기만으로 가득 찬 그런 인간, 출세를 위해 온갖 노력을 다 기울이지만 결국 실패하고 마는 가련한 청년, 한 남자의 사랑을 얻어내기 위하여 생명을 던지듯 사랑 속으로 뛰어드니 결국 성취하지 못하고 폐인이 되다시피 황폐해가는 아가씨며, 죽음의 두려움을 벗어나기 위하여 광신자가 되는 노인……, 뿐만 아니라 이성의 빛남을 원하지만 이내 소심함과 감정적 함정에 빠져버리는 인물, 또 어떤 실수로 난관에 빠져 미래에 대해 불안에 사로잡힌 채 전전긍긍하는 인간상들도 대한다. 그래서 우리는 이러한 인물을 통하여 삶의 길이 어떤 것이며, 인간과 인간, 인간과 신, 인간과 자연, 더 나아가 운명이 무엇이며, 삶의 실체가 무엇인가와 같은 사색을 통해 자신의 삶을 되돌아본다.

대부분의 훌륭한 소설 속에 등장하는 인물들은 마치 살아 있는 것처럼 느껴진다. 이들은 독자들의 마음속에 일어나는 심리적인 가능성에서보다 생동감으로부터 나타난다. 예를 들면 염상섭의 <三代>에 등장하는 조씨 집안 사람들은 1930년대의 한국 사회구조를 고려해 본다면 우리 이웃에 살았던 실재했던 인물일 수가 있고, 현진건의 <운수 좋은 날>의 인력거꾼 김첨지 역시 1920년대 초 식민지 사회란 조건 속에서 돈의 힘에 눌려 불가피하게 인간애를 상실케 된 한 인간의 모습이다. 그러나 우리가 소설 속의 인물들과 우리 주위의 사람들을 비교해 볼 때 자신의 실체는 어디에 있는가를 생각해야만 한다. 대도시에서 태어나 거기서 자라며 공부한 젊은이가 이무영의 농민소설에 등장하는 주인공들의 행동을 이해하기란 어렵다. 또한 농촌활동을 기피하는 대학생이 어떻게 <상록수>의 주인공 박동혁의 행동에 감동하겠는가. 이런 독자는 애정소설의 의미로만 박동혁과 채영신의 관계를 받아 들이려할지 모른다. 농촌봉사 활동이라는 것을 체험이 아닌 관념으로만 이해하고 있기 때문이다. 그러나 하기방학 동안의 농활이란, 특히 1930년대의 브나로드 운동은 도시에서 공부를 하던 학생들이 식민지 사회의 궁핍한 농민들을 계몽하고, 그들을 가난과 핍박으로부터 벗어나게 하기 위해서 희생과 애국정신으로 뛰어들었던 민족운동이었고, 박동혁과 채영신은 그런 인물들을 대표한다.

이와 같이 소설의 인물은 그 소설의 이해를 확산시키는 방편이 된다. 이 말은 소설에서 창조되는 인물이 현실적으로 존재하는 여러 인물에 그 바탕을 두고 있다는 뜻이다. 하지만 우리는 우리가 실생활에서 다른 사람들을 완전히는 이해할 수 없는 것처럼 훌륭한 소설도 인물의 총체적인 초상을 모두 다듬어 낼 수는 없다. 대부분의 사람들은 가족이나 소수의 이웃, 또는 친구와 그 배우자 등에 대해 남다른 이해를 하고 있다. 우리는 또 슈퍼마켓의 종업원과 집 앞 약국의 약제사와, 서점의 여점원과 아파트의 청소부와 계측원들에 대해 특별한 관심을 가지지 않은 상태로 그들을 만난다. 그저 막연히 자기방식으로 인사하고, 말을 건네고, 볼 일을 볼 것이다. 소설가가 작중인물을 창조할 때에도 자신의 습관에 따라 인간상을 그려낸다고 할 수 있다. 따라서 우리는 설사 어떤 소설이 등장인물을 훌륭히 창조해내었다 하더라도 그것은 어디까지나 가공적인 존재라는 것을 염두에 두어야 한다. 그런 인간상이 아무리 탁월하다 하더라도 현실의 인간만큼 생생할 수 없으며, 설사 실존인물이 그대로 모델이 되었다 하더라도 그 생생함에는 한계가 있는 것이다. 현실적 인물과 소설적 인물에는 아무래도 차이가 있기 때문이다. 그러나 이 말은 소설적 인물이 현실적 인물을 따라가지 못해서 의미가 없다는 말은 아니다. 만일 그렇다면 소설에서의 인물창조나 그에 대한 연구는 제외해 버리는 것이 마땅하다.

2) 개성·전형성·보편성

개성이라는 단어의 일반적 의미는 개인이 가지고 있는 고유한 특성을 말한다. 곧 어떤 인물이 본디부터 가지고 있는 용모, 행동, 말씨, 기질, 감정 등에 근거해서 한 개인을 다른 개인들에게서 구별짓는 내적 특질을 가리킨다. 이것이 문학·예술에서는 개인의 특수한 정신내용 자체를 표현한 귀중함으로 이해된다. 그러나 이 개별적 특수성은 보편성과 대치된다는 처지에서 그 독창성은 또 다른 논리의 정제과정을 거쳐야 한다.

소설의 경우, 인물의 개성적 창조는 위와 같은 예술일반론과 발상을 같이 하지만, 전형성을 최고의 덕목으로 간주하는 리얼리즘 같은 논리로 보면 소설에서의 개성 문제는 개성, 전형성, 보편성과 함께 논의해야 할 상보적 관계에 있는 과제이다.

우리가 채만식의 〈탁류〉에서 계봉이나 형보를 생생하게 오래 기억하고, 〈폭풍의 언덕〉에서 히스크리프란 인물을 잊어버릴 수 없는 것은 이런 인물들이 가지고 있는 개성적 성격에 근거한다. 계봉이나 히스크리프가 다 같이 한 이성에 대한 애정 때문에 고통을 받고, 갈등을 겪는 인간이기 때문이다. 이런 시각에서 개성의 문제와 전형성의 문제는 함께 논의되는 것이 마땅하다.

전형은 일반적으로 개인적인 것 속에서 사회적인 것을, 특수한 것 속에서 보편적인 것을, 우연적인 것 속에서 합법칙적인 것을, 개별적인 것 속에서 전체적인 것을, 그리고 구체적인 현상들 속에서 본질적인 것을 감지하고 부각시키고, 예술적으로 설득력 있게 표현해냄으로써 객관적 진리를 목표로 추구하는 예술적 일반화[2]라고 정의된다.

이러한 견해에 나타나는 전형성의 본질은 이것이 예술적 특수성의 본질이고 핵심이란 의미이다. 물론 『사회주의 리얼리즘의 이론』이란 논저의 핵심이 사회주의적 사실주의에 입지해 있다는 사실을 간과한 바는 아니다. 하지만 전형성이 현상을 통해 포착되는 본질이며, 현실의 기층을 관류하는 사회적 변화과정을 객관적으로 형상화하는 방법이라는 것은 새삼스런 논증이 필요없다. 현실주의 소설론에서 전형의 개념은 엥겔스의 다음과 같은 언급 등에서 그 가장 명확한 의미를 추출할 수 있기 때문이다.

---

2) 우한용 외, 『소설교육론』, 평민사, 1993, p. 180. 이 논저는 Klaus Träger의 『사회주의 리얼리즘의 이론』(*Zur Thoerie des Sozialistichen Realismus Dietz*, 1986, p. 582)에서 인용하고 있다.

리얼리즘이란 내 생각에 의하면 디테일의 성실성 외에도 전형적인 환경에서 전형적인 성격을 충실하게 재현하는 것을 의미합니다.

이것은 리얼리즘의 논리로 보면 전형이란 다른 것이 아니라, 전형적인 환경에서의 전형적인 성격의 충실한 재현이 그 본질이란 의미이다. 伊東勉은 이 말을 그의 『리얼리즘이란 무엇인가』에서 "예술은 사회적 현실의 생활형태에 대한 형상적 인식이다"라고 부연하면서, 계급 그 자체나 계급적 인간도 인식의 대상으로 존재하며 계급일반과 계급적 인간 사이에는 보편과 특수의 유기적 관계가 존재하고 있기 때문에 전형적인 환경과 전형적인 인간의 창조는 예술가의 노력으로 당연히 도달해야 할 결과의 하나라 했다. 이와 같이 예술은 우리에게 생소하지 않은 보편적인 경향과 특징을 갖춘 특수한 개인, 즉 전형을 오늘날까지 무수히 창조해 왔다. 세계 예술의 역사, 특히 장편소설과 희곡의 역사는 위대하거나 혹은 비열한, 전아(典雅)하거나 혹은 가련한, 고상하거나 혹은 비천한 여러 가지 인물의 전형이 늘어서 있는 일대 화랑3)이란 것이다.

엥겔스의 논리가 바탕이 된 이러한 시각은 전형의 문제를 그 자체로서 형상적으로 인식할 경우, 개개의 인간은 중요시되지 않고, 한 집단의 근본적 활동에 중심이 놓이는 것이 된다. 다시 말해서 인간집단의 형상적 인식은 개인생활의 형상적 인식만큼 디테일하기가 어렵기 때문에 민중, 계급, 민족 등의 본질적인 특성을 구유하고 있는 한 개성을 창조하여, 이 존재를 통해 작가가 창조해내고자 하는 대상을 성격화한다는 것이다. 소설에서 전형성이 가지는 의미는 바로 이런 데에 있다.

전형적인 환경에서의 전형적인 성격을 이렇게 해석할 때 우리는 개성의 문제가 전형성이란 용어의 의미와는 상대적으로 축소되는 듯한 감을 받는다. 그러나 그렇지 않다. 괴테는 이미 오래 전에 개

---

3) 伊東勉, 서은혜 역, 『리얼리즘이란 무엇인가』, 청년사, 1987, p. 68.

성과 전형의 관계를 다음과 같이 명쾌하게 공식화한 바 있다.

보편적인 것이란 무엇인가? 개개의 경우이다. 특수한 것이란 무엇인가? 수백만의 경우이다.

진리는 항상 구체적이라고 한다. 소설에서의 성격문제도 동일한 시각에서 출발한다. 물론 이런 발상 속에는 개개의 노동자, 즉 수백만의 특수한 것에서 노동자계급 일반이 인식된다는 공산당선언식의 논리가 바탕이 아니냐는 반문이 가능하다. 그렇지만 인간사회가 보편과 특수, 전체와 개체의 관계로 이루어져 있고, 한 계층이나 계급의 기본 성향 역시 그 계층에 속해 있는 개인을 본질적으로 인식하는 데서 출발하고 있음은 분명한 사실이 아니겠는가. 우리는 이런 예를 찰스 디킨스의 소설에서 쉽게 발견한다. 찰스 디킨스의 대표작 『데이비드 카퍼필드』(*David Copperfield*), 그리고 『올리버 트위스트』(*Oliver Twist*), 『리틀 도리트』(*Little Doritt*) 등에는 가난에 시달리며 자라는 소년이 많이 등장한다. 소학교 공부도 못하고 공장에 소년공으로 들어가거나, 배고픔에서 벗어나기 위해 의붓아비 밑에서 학대 받는 아이, 하나하나 세간을 팔아 가면서 연명해가는 어머니 밑에서 공장에 다니며 가슴에 남모르는 고민을 안고 꿈을 키워가는 소년 등……,

이런 인간상들은 당시의 속물사회에 대한 비난과 경계를 배경에 안고 있는 디킨스의 인간관-사회악을 적발하고, 특히 소년직공에 대한 악덕 고용주의 학대를 폭로하고, 개혁에 대한 강한 의도를 암시함으로써 서민계층의 보편적 성향을 형상화하겠다는 것에 다름 아니다. 그러니까 카퍼필드나 도리트 등은 자본주의, 이기주의, 유물주의로 빠져들던 당시 영국사회에 대한 서민계층, 민중의 보편적 인간상이 되는 것이다. 또한 이 점은 서민계층을 대변하고 있고, 뛰어난 성격묘사로 디킨스 소설의 어두움을 밝히고 한 계층의 상승지향 의지를 보편화시키고 있다는 점에서 특수한 것이지만 수백만의 경우란 괴테의 말과 부합되는 인간상이다. 디킨스 소설이 문학사적 의미를 부여받는 것은 바로 이런 장치, 이기주의를 비난하면서 사회기층에서 부상하려던 당시 민중의지의 양면성을 인간화했기 때문이다.

한편 19C 부르주아 계급의 부상을 눈치채고 작가의 관심을 자신이 속해 있는 시대에만 쏟았던 또 한 사람의 대표적 리얼리스트인 발자크의 경우도 이런 예에 속한다. 그는 한 사회를 전부 그려내기 위해서는 대작 <인간희극>에서 보듯이 적어도 삼사천 명의 인물들이 소설에 등장해야 한다고 생각한 것 같다. 그렇지만 작가는 현실적으로 인간형을 창조해서 한 집단 내지 계층을 상징적으로 드러내려고 했다. 가령 <고리오 영감>에서 발자크는 한 세대의 파리(Paris)를 서로 다른 두 면에서 재현시켰다. 겉으로 보기에는 찬란하지만 사실은 썩고 악의에 찬 상류 귀족사회와 이와 반대로 탐욕스럽고 추잡하며 세속적인 음해에 차 있는 소시민 계층의 생활을 묘사하고 있다. 괴테가 말한 보편적인 것을 개개의 경우를 통해 명쾌하게 드러내 보여주는 예이다.

고리오 영감은 무식하지만 자기 자식들에 대한 애정은 지나쳐서 거의 동물에 가까운 아버지상을 하고 있다. 부성애의 본능만이 이 인물을 지배하고 있고 무식해서 두뇌로는 아무 생각도 해내지 못하지만, 가슴으로는 딸을 끔찍이 생각한 삶이었다. 하지만 임종에 이르러서야 딸들에 대한 자신의 사랑이 틀린 것을 알고 허무함을 느낀다. 고리오 영감이란 인물의 이런 점은 이 인물이 보여주는 강력한 생명력, 지극히 생물학적 인간성과 대리된다. 이런 점은 당시의 어두운 인간사회를 무자비하게 파헤쳐 우리 앞에 보여줄 뿐 아니라, 인간이 본질적으로 가지고 있는 악덕과 위선과 배반의 생리를 적나라하게 묘사한 점에서 전형적 성격의 표본이 되겠다. 즉 <고리오 영감>으로 모아지는 혐오감은 발자크가 창조한 탁월한 한 성격(character)을 통하여 우리는 10세기 프랑스 소시민의 위선에 찬 어떤 실상을 인식하는 것이다. 그러니까 고리오 영감은 특수한 개인이면서 수백만 속물들을 대표하는 개성적 인물이다.

2. 소설적 인물의 구성과 기능

1) 인물의 명명

소설에 등장하는 한 인물의 성격이 제일 드러나는 것은 그 인물의 이름이라 할 수 있다. 르네 웰렉은 그의 『문학의 이론』에서 명명법(appellation)의 이런 점을 잘 지적한 바 있다.

> 성격창조의 가장 간단한 형식은 이름을 붙이는 것이다. Appellation, 命名이라고 하는 것은 한 개체에 생명을 부여하는 것, 정령화하는 것, 개별성을 주는 것이다.4)

이것은 명명법이 성격창조의 한 방법이라는 말이다. 이를테면 그는 Rora Dartle이란 이름은 dark+startle로 놀라기도 잘하고 겁도 많은 성격을 나타내고, Murderstone은 murder+stony+ heart와 같은 것으로 살인도 예사로 해버리는 냉혹한 인물을 암시한다고 설명한다. 한국 소설에서도 사정을 마찬가지다. 예를 몇 개 들어보자. 우리가 잘 아는 박태원의 <천변풍경>은 1930년대 모더니즘 소설의 특징인 도시성이 명확하게 드러나는 작품이다. 이 작품에서는 청계천변이라는 공간의 외면-한약국, 포목전, 이발소, 빨래터 등을 배경으로 살아가는 가난한 사람들이 생동감있게 묘사되어 있다. 그래서 우리는 이 작품을 통해 1930년대 서울의 한 외적 실상을 추출해내기도 한다. 이 소설의 이런 점은 등장인물의 이름에서부터 나타난다.

---

4) R. Wellek & A. Warren, *Theory of Literature*, Penguin Books, 1970, p. 200.

재봉이, 15~16세가량의 이발소 사환인 이 소년은 빨래터의 골목
에서 일어나는 크고 작은 일을 상세히 목격한 후 주위 사람들에게
이야기해준다. 그러니까 재봉이는 눈치 빠르고, 재기가 넘치는 아
이, 서울생활에 들어맞는 재동이란 의미로 들린다.

민 주사, 재력 있는 50대 사법서사, 민씨란 성이 재력과 쉽게 연
결되고(민씨 세도), 사법서사란 직업 역시 권력·관과 줄이 닿는다.
이런 점에서 이 인물이 반성집과 취옥이 사이를 오가며 주색잡기에
나날을 보내는 것은 소설의 흐름과 잘 맞는다 하겠다. 방년 스무
살의 하나꼬란 이름도 까페 여급이란 성격에 어울린다. 점룡이가
짝사랑한 이뿐이 같은 인물을 까페 여급의 자리에 놓는다면 이 소
설에 대한 평가가 어떻게 되겠는가. 세태소설이란 평가와는 무관하
게 식민지 현실의 변증법적 전개 운운하는 단계로 해석이 달라질
것이다. 하나꼬란 이름이 상냥하고, 현대화된 일본 아가씨를 쉽게
연상시키고, 그런 부류의 일인들이 이 종로 바닥을 누비며 소위 신
여성, 개화여성으로 행세했던 1930년대의 세태를 이런 이름에서
연상할 수 있기 때문이다.

송병수의 <쇼리 킴>(1957)이란 단편에 나오는 명명법도 이름이
소설의 성격창조에 크게 작용하는 예라 하겠다. 그 명명법을 한번
살펴보자. 쇼리 킴은 6·25전쟁의 고아로 미군들을 양색시에게 소
개하고 그 소개비를 받아 생활한다. 딱부리란 인물은 쇼리 킴이 똘
만이 시절 때의 친구로 그를 위기에서 구해주고 쇼리 킴과 함께 도
망친다. 쩔뚝이, 이 인물은 미군부대 이발사로 따링 누나를 고자질
하여 그 돈을 훔치려 한다. 여주인공 따링 누나는 쇼리 킴과 같이
사는 양색시인데, 다링-따링 하는 그 울림이 여느 여인과는 다르
다.

이런 이름들은 이 소설이 한국전쟁이란 최악의 환경에서 살아가
는 인간상들과 대체로 잘 어울리는 명명법이다. 토굴 속에서 양색
시 심부름을 하며 비참한 생활을 하면서도 동요만 들으면 어쩔 줄

모르게 좋아하는 따뜻한 인간미의 소유자가 쇼리 킴이다. 쇼리란 아이 앰 소리(I am sorry)의 '잘못했습니다' '미안합니다'에서 온 이름이 아닐까. 김이란 성을 미국인이 그렇게 부른다고 킴이 되면서도, '아이 앰 소리'를 연발하면서 서산 너머 햇님이 숨바꼭질 할 때면…… 이란 행복했던 어린 시절의 동요를 부르며 험한 세상을 살아가는 한 전쟁고아의 삶이 이러한 이름으로 압축된 듯하다.

딱부리란 이름도 의리를 지키는 사내의 성격과 통한다. 눈이 크고 딱딱 부러지는(태도가 분명한) 사나이란 인상을 연상시킨다. 딱부리는 쩔뚝이가 돌로 쇼리 킴을 내려치려는 순간 칼을 던져 친구 쇼리 킴의 생명을 구했다. 쩔뚝이란 이름 역시 이 인물이 불구이면서 턱없이(쩔뚝없이) 탐욕을 부리는 성격과 상응하고, 따링 누나란 이름도 상냥하고 착했기에 다링 다링(darling) 했을 그녀의 미군 손님을 연상시킨다.

또 하나 명명법의 좋은 예가 있다. 방영웅의 <분례기>(1968)의 주인공 똥예이다. 똥예란 이름은 변소 바닥에서 태어났다고 하여 붙여진 이름이다. 똥예는 노름꾼 석서방을 아버지로 하여 태어난 미천한 인물이다. 그래서 열일곱의 꽃다운 나이에 젊은 과부들과 함께 나무를 해야 했고, 그러다 촌수도 알 수 없는 아저씨인 용팔이에게 처녀성을 잃는다. 그러나 조금도 절망하지 않는다. 같은 동네의 봉순이란 처녀가 겁탈당하여 목숨을 끊자, "봉순이 죽었다고 내가 왜 죽어"라고 한다. 그러니까 똥예란 인물은 똥처럼 천대를 받으면서도 죽지 않고 살아 남았던 지난날의 끈질긴 한국 여인의 한 대표격이다. 우리가 이 소설을 똥예라는 여주인공의 생애를 통해 토속적 리얼리즘의 성취라고 말하려 한다면, 그 평가의 시작은 이 여주인공의 이름에서부터라 하겠다.

2) 아펠레이션의 방법

위에서 살펴보았듯이 소설에서의 이름이란 성격창조의 한 출발점이며, 소설미학으로서 중요한 역할을 담당하고 있다. 그러면 이름짓기의 방법에는 어떤 것이 있는지 고찰해보자.5)

(1) 우의적(allegorical) 방법

웰렉과 워렌은 이 방법의 명명법을 17세기의 구미 소설에서부터 찾고 있다. 예를 들면 존 번연(John Bunyan, 1628~1688)의 〈천로역정〉(*The Pilgram's Progress*)에 등장하는 인물들을 이런 우의법, 또는 풍유(비유)법으로 해석하고 있다. '어떻게 해야 구원을 받을 것인가' 하며 울며 들을 거니는 주인공 크리스찬(Christian)은 이름처럼 독실한 기독교 신자이며, 페이스풀(Faithful) 역시 믿음이 강한 성격이며, 엔비(Envy)도 질투가 강한 인물이란 것이다.

물론 〈천로역정〉에는 주요인물이 고유명사를 가지고 행동하지 않는 근대소설 형성기의 작품이지만, 제2부에서 주인공의 아내 크리스티나가 네 자녀와 그리고 친구 마시란 이름의 여인과 남편의 뒤를 따라 천국을 향해가는 내용을 염두에 둘 때, 이런 이름짓기는 작중인물의 성격창조와 바로 연결되는 문제이다.

한국소설에서 이런 우의적 명명법은 고소설에서부터 효과적으로 사용되었다. 흥부, 놀부, 길동 등이 그 예이다. 흥부는 흥하다(興)는 의미에 남자란 뜻의 부(夫)가 합해져서 부자라는 뜻이고, 놀부 역시 놀다 + 부(夫)가 합해져 노는 남자, 게으른 남자, 그래서 결국 가난할 수밖에 없는 사람이란 의미를 주고 있다. 〈홍길동전〉의 길동이는 길(吉)하다, 좋다, 훌륭하다는 뜻을 지닌 말과 아이(童)란 뜻의 한자어가 합성된 이름이다. 훌륭한 존재가 되라고 지금도 사내아이 이름을 길남이 길수로 짓는 것은 이런 명명법과 같다.

현대소설에서도 이런 발상법을 쉽게 찾아 볼 수 있다. 〈흙〉에서 주인공의 이름이 숭(崇)으로 되어 있는 것은 허숭이란 주인공을 통

---

5) 이하의 내용은 趙鎭基의 「소설과 아펠레이션」, 『韓國現代小說硏究』, 학문사, 1984, pp. 86~92에 크게 의존한 것임.

해 구현하려는 이 소설의 주제와 바로 연결된다. 변호사란 좋은 직업을 두고 살여울로 들어와 가난하고 무지한 농민을 도와주는 숭고한 성격의 소유자가 <흙>의 주인공이다. 숭이란 이름은 이름이 사람 그 자체란, 즉 성실하고 착한 인물을 페이스풀(faithful)로 불렀던 발상법과 같고 흥부, 놀부, 길동이란 명명법과도 같다.

당대소설에서 예를 찾는 것도 어렵지 않다. 김주영의 <객주>에는 매월이, 선돌이, 최돌이, 만치, 봉삼이와 같은 이름을 가진 인물이 주요한 성격으로 나타나는데 이들은 술수가 있는 여인네(매월이), 근본이 갯바닥 출신이나 의리와 정의에 사는 사내(선돌이), 오직 행동할 뿐인 무뢰배(만치), 정의감이 투철하고 의협심이 강하여 주인을 지성으로 받드는 사내(봉삼)란 성격을 우의적으로 표현하는데 이 이름들은 어울린다. <태백산맥>에 나오는 불사신 같은 빨치산 하대치도 이런 관점에서 말할 수 있는 이름이다. 대치가 大治라고 봐도 역사적 격동기를 연상시키고, 그냥 하대치라 해도 그 음이 이런 점과 통한다.

(2) 음성상징을 이용한 방법

이 방법은 단어가 주는 음성적 상징, 모음의 억양, 자음의 리듬과 쾌미음 등을 이용하여 명명하는 방법을 말한다. 이런 명명법에 대해 박철희 교수는 이효석을 예로 다음과 같이 설명한 바 있다.

> 이효석의 작품에 나오는 인물의 아펠레이션에서 우리는 그의 서구취향을 확인할 수 있다. 유라(<수난>), 나오미(<오리온과 능금>), 마리(<부록>), 주리(<慕>) 등……. 이와 같이 버터 내가 물씬 풍기는 서구식으로 명명된 이름 그 자체가 효석의 엑조티시즘의 방향을 가리키고 있음을 알 수 있다.6)

이효석의 소설 경향이 주로 서구적인 것에 가 있다는 것은 익히

---

6) 박철희, 『문학개론』, 형설출판사, 1975, p. 259.

알고 있는 사실이다. 유라, 나오미, 마리, 주리, 세란(<화분>), 미란
(<화분>)…… 이런 이름들이 한국적인 작명관습에서 멀리 떠나 있
고, 그 억양 역시 우리 것이 아니다. 이것은 이효석의 소설이 지닌
주제적 성향과 일치되어 이런 인물의 성격이 대체적으로 어떨까를
암시한다.

포우의 시 <애너벨 리>(*Annabel Lee*)는 의성음을 이용해 시적
감동을 극대화시킨 명시로 정평이 나 있는데, 그것을 가능케 한 것
이 억양, 리듬, 유포니를 적절히 이용한 기법, 특히 서정적 자아,
'애너벨 리'라는 이름이다. 작품의 일부를 한번 읽어보자.

It was many and many a year ago,
In a kingdom by the sea.
That a maiden there lived whom you may know
① By the name of Annabel Lee;
And this maiden she lived with no other thought
Than to love and be loved by me.

…… (제 2연 생략) ……

And this was the reason that long ago,
In this kingdom by the sea,
A wind blew out of a cloud, chilling
② My beautiful Annabel Lee;
…… (4행 생략) ……

…… (제 4연 5행 생략) ……
③ Chilling and killing my Annabel Lee

①에서는 name의 자음 N이 Annabel의 N과 ②에서는 beautiful
의 자음 l이 Annabel의 l과 ③에서는 chilling, killing의 l음이

Annabel Lee의 두 l음과 조화되고 있다. 물론 이 시 전체를 음악적으로 만드는 요인이 이런 몇 개의 대비로만 설명되는 게 아니다. 윈워(Francis Winwar, 1959)는 말하기를 Annabel Lee란 음가 자체가 의성음(onomatopoeia)으로 청각이 예민한 독자라면 바닷물이 들고 날 때 흔들려 울리는 부표(buoy)와 같은 만가(dirge)로 연상지을 수 있다고 했다. 이만큼 이 시의 퍼스나 Annabel Lee는 음성상징을 이용한 명명법에 의해 그 효과가 크게 살아난 이름이다.

한편 T. S. 엘리어트의 <프로프로크의 연가>(*The Love Song of J. Alfred Prufrock*)와 같은 작품에 나오는 프로프로크(Prufrock)란 인명은 알쏭달쏭한 문학적 인유(引喩)로 그 참신성(novelty)을 획득하고 있는데, 이것은 이 단어가 강한 파열음으로 이루어진 데에 그 근거가 있다. 연결사나 전환어를 일체 사용하지 않고 아무런 설명도 곁들이지 않은 직접적인 이미지의 병행이 주는 상징적 의미가, 우선 Prufrock란 시의 제목에서부터 발생하고 있는 것이다. 물론 우리는 영미시에서 불협화음(cacophony)이나 쾌미음(euphony)이 이런 명명법에 적용되기보다 시어의 구조면에서 커다란 효과를 주고 있음을 잘 안다.

그러나 한국문학에서 이런 음성상징에 의한 명명법으로 성공한 사례가 많은 것 같지는 않다. 다소 문제점은 있겠으나 고소설에 나오는 인물, 이를테면 뺑덕어미, 변강쇠, 마당쇠, 왈짜(<건달이>), 돌쇠와 같은 것이 이런 관점에서 이야기될 수 있겠다. 북한소설 <꽃 파는 처녀>의 꽃분이, 오영수의 <갯마을>에서 남편을 바다에 잃고도 바다에 나가야 하는 해순(海順)이도, 바다(海)에 순응(順)해야 하는 것이 이 여자의 운명이란 의미로 그 이름이 성격을 암시하고 있다.

80년대 민중문학의 한 성과로 평가되는 홍희담의 <깃발>에 나오는 순분, 강일 등도 방직공장의 착한 여성노동자로 부드러운 어감을 주는 이름이며(순분) 강일도 광주지역 운동권의 핵심분자에 어울리는 명명법이라 하겠다. 강일의 ㄱ음이 쾌미음이 아니며, 제일 강하다는 의미를 쉽게 연상시키기 때문이다. 또 방현석의 <또 하나의 선택>의 주인공 돌쇠(석철)와 <새벽출정>의 깡순이(강순희)도 동료를 배신하지 않는 것이 도둑놈이라면 저는 도둑놈이 되겠습니다란 운동권 노동자다운 이름이다.

(3) 별명을 이용한 방법

별명은 어떤 인물의 용모나 성격적 특징을 단적으로 보여준다. 따라서 본명보다는 별명이 한 인물의 됨됨이를 효과적으로 나타낸다 하겠다. 이것은 별명이 남들이 본인의 의사와는 무관하게 버릇, 행동 따위를 기준으로 비웃거나 놀리는 뜻으로, 또는 애칭으로 부르는 이름이기 때문이다. 이런 명명법이 가장 잘 나타나는 예는 별명이 소설의 제목으로 된 경우이다.

우선 대하역사소설, 또는 의적소설의 단초가 된 홍명희의 <林巨正>의 주인공 임꺽정은 그 이름이 가지고 있는 의미와 이 인물의 성격이 일치한다. 양주의 소백정 피선의 집에 데릴사위로 들어간 고리백정의 아들, 그래서 양반사회를 저주하고 큰 도적의 괴수가 되어 정의사회를 실현하겠다는 인물이니 그 이름이 巨正이 되는 것은 당연하다.

1930년대 단편에서는 이런 현상이 어떻게 나타나는가. 김동인의 <붉은 산>에 나오는 익호란 사내는 동족에게도 살쾡이처럼 못된 짓을 예사로 하는 인물이라 그 별명이 삵이 되었다. 물론 익호라는 이름보다 삵이란 별명이 이 인물의 성품을 더 특징적으로 드러낸다. 한편 전영택의 <화수분>에는 행랑살이를 하는 화수분이란 인물이 나온다. 한때는 부유한 집안의 출신이어선지 이름이 화수분-보배의 그릇으로 그 안에 온갖 물건을 넣어두면 새끼를 쳐서 끝이 없이 나온다는 데서 생긴 말로 재물이 자꾸 생겨서 아무리 써도 줄지 아니한다는 뜻-이다. 그의 형 이름은 거부이다. 이런 명명법의 경우는 너무 가난하여 딸을 남에게 주고, 행랑살이를 하다 결국 동사하고 마는 화수분 부부의 내력과는 반대 되는 역설적 이름으로 효과를 거둔 예라 여겨진다.

한국전쟁을 거친 1950년대 후반부터는 소설의 등장인물에 붙이는 이런 명명법은 몇몇 작가에 의해 특징적으로 나타난다. 앞의 서론에서 잠깐 언급한 송병수의 <쇼리 킴>과 남정현의 <허허선생>, 손창섭의 <인간동물원초>가 그것이다. <쇼리 킴>의 쇼리 킴, 딱부리, 따링 누나와 같은 이름은 6·25동란이 우리 주변의 인간들에게 남긴 상처를 연상시키고, <허허선생>은 부자간의 윤리관계를 통하여 비정상적인 세태를 풍자하는 소설에 어울린다. 즉, 허허(許虛), 허만(許滿)이란 이름으로 설정된 부자의 성격창조이다. 許虛라는 아펠레이션이 암시하고 있듯이 이 소설에는 그저 웃을 수밖에 없는 현실에 대한 작가의 풍자가 작품 전편에 넘치고 있다. 금력과 권력을 쥐고 있는 허허선생 그의 아들은 정신병자로 파악될 수밖에 없다. 그런데 사실은 아버지와 아들 어느 쪽이 앞에 진실된 인간인가를 독자들이 알아차릴 수 있도록 하는 것이 허(虛)와 만(滿)이라는 이름이며 그것이 인물의 행장을 통해 비판되면서 성격창조에 보탬을 주고 있다.

<인간동물원초>의 펑펑이, 양담배와 같은 인물도 그들의 전력과 어울리는 별명이다. 이 밖에 전상국의 <아베의 가족>의 아베, 김용성의 <리빠똥 장군>의 리빠똥, 이정환의 <샛강>에 등장하는 아리랑 식솔의 여러 인물들—푸우셧, 신고산이, 고돌뱅이 등이 모두 이런 시각에서 이야기될 수 있다.

이상에서 소개한 명명법 외에 사회관습적인 방법, 철자의 병렬에 의한 방법, 유사음을 이용한 방법 등이 있을 수 있다.[7]

---

7) 趙鎭基, 『韓國現代小說硏究』, 학문사, 1984, p. 92.

3) 플롯과의 관계에 있어서의 역할

인물은 기능적인 측면과 주제적인 측면으로 구분하여 생각할 수 있다. 아리스토텔레스와 형식주의자들, 몇몇 구조주의자들은 인물을 플롯의 하위에 두며, 그리고 필수적이긴 하지만 이야기의 연대기적 논리의 파생물이 아닌 플롯의 한 기능으로 생각한다. 이런 점은 인물을 이야기의 목적으로보다는 수단으로 간주하는 입장이다.[8] 기능적 측면은 플롯과의 관련 속에서 무엇을 할 수 있는가라는 점에 핵심이 있고, 주제적 측면은 환경과 관련된 이론으로서 '어떤 인물인가', '무엇을 뜻하는 인물인가'라는 점에 주안점이 있다. 형식주의나 구조주의자들이 기능적 측면을 중시하는 데 반해 리얼리즘 진영에서는 주제적 측면을 강조한다.[9]

형식주의자들과 구조주의자들의 관점은 아리스토텔레스까지 소급되며, 그 관점은 용하게도 그것과 일치를 이루고 있다. 『시학』의 제2장은 "예술가는 행동하는 인간을 모방한다"라는 진술로 시작되는데, 이 말은 "그리스에서는 행위하는 인간에 강조가 있는 것이 아니라 행위에 있다. 행위가 먼저 나온다. 그것이 모방의 대상이다. 그 행위를 수행하는 행위자는 그 다음에 온다"라고 해석한다.

그런데 형식주의자와 구조주의자들 역시 『시학』 제2장의 이런 언급과 마찬가지로 인물들은 플롯의 부산물이며 이들의 위치는 기능적인 것으로 간주한다. 그저 한 사람이기보다는 참여자이며 행위자(actants)들이며, 이들을 실제의 인물로 처리하는 것은 잘못된 것이라고 진술한다. 이들은 다시 서사이론은 심리학적인 요소들을 배제해야 한다고 말하는데, 이 말은 인물들의 양상은 오직 기능적일 수만 있다는 뜻이다. 또한 이들은 어떤 외부적인 심리학적 견지나 도덕적 견지에서 인물들이 무엇인가를 분석하고자 하지 않고, 오직 하나의 이야기 속에서만 이들이 하는 일을 분석하고자 한다는 것이

---

8) S. Chatman, 김경수 역, 『영화와 소설의 서사구조』, 민음사, 1990, p. 135.
9) 조정래 · 나병철, 『소설이란 무엇인가』, 평민사, 1991, p. 37.

다.10) 블라디미르 프로프의 경우는 『민담 형태론』에서 외모, 나이, 성별, 생활상의 관심사, 지위 등 차이가 있다면 그것은 단순한 차이일 뿐 기능의 유사성만이 유일하게 중요하다고 하면서, 러시아 민담 분석을 통하여 작중인물을 31개 기능으로 분류했다.11) 서사문학의 인물을 기능적인 면으로 해석한 전형적인 사례라 하겠다.

토마셰프스키(B. Tomarshevsky)는 '인물들의 재현, 다양한 모티프들에 대한 일종의 생생한 지원은 그것들을 한데 묶고 연결시키기 위한 보조수단이다. 인물은 우리로 하여금 세세한 부분들의 더미로 지향하도록 돕는 연관적인 요소의 역할을 한다. 즉 특정한 모티프들을 분류하고 질서화하는 보조수단인 것이다'라고 하면서 역시 인물을 플롯의 부차적인 요소로 간주했다.12)

이 밖에 프랑스의 서사학자들도 '인물은 이야기의 목적이라기보다는 수단이다'라고 하는 형식주의자들의 입장을 상당히 따르고 있다. 한편 지적인 서사물에 관심을 가지고 있는 몇몇 구조주의자들, 가령 토도르프와 바르뜨는 인물에 대한 프로프적인 태도를 지지하고, 플롯 중심적인 혹은 비심리적인 서사물과 인물중심의 혹은 심리학적 서사물의 두 범주를 세우거나(토도로프), '인물이란 개념은 부차적인 것으로, 전적으로 플롯에 종속적인 것이다'라고 하면서 심리적인 본질이란 단지 탈선적인 부르주아적 영향의 산물일 뿐이라는 역사적인 신념을 암시하면서 기능적인 인물관으로부터 심리적인 인물관 같은 것으로 이동해 갔다. 롤랑 바르뜨가 그런 이론가이다.

이와 같이 아리스토텔레스와 형식주의자들, 그리고 몇몇 구조주의자들은 인물을 플롯의 하위에 두며, 그리고 필수적이긴 하지만 이야기의 연대기적 논리의 파생물이 아닌 플롯의 한 기능으로 생각

---

10) S. Chatman, 앞의 책, p. 133.
11) Vladimir Propp, *Morphpology of the Folktale*, 『민담 형태론』, 새문사, 197, 제3, 4장 참조.
12) S. Chatman, 앞의 책, p. 133.

한다. 그러나 소설의 인물은 현실을 반영하며, 현실을 상징적으로 허구화한 존재이면서 플롯과는 대등하게 그 역할을 부여받은 존재이다.13) 그러므로 그에게는 환경이 있고, 그를 따라다니는 상황과 그가 관련되는 사건이 있다. 리얼리즘에서 최고의 덕목으로 요구되는 전형성 같은 것이 성립될 수 있는 근거가 바로 여기에 있다.

3. 인물의 유형론

작중인물을 분류하는 방법이나 시각은 여러 가지이다. 인물의 유형화는 실제 인간을 대상으로 한다. 이 문제는 소설론에서 이미 고전적 유형론이 된 E. M. 포스터에서부터 나타난다. 소설에서의 인물유형이 심리학이나 사회학 등에서 연구해 온 실제의 인간유형론과 무관하지 않기 때문이다. 그래서 프로이드의 정신분석학이나 융의 심리학이 문학연구에 끼친 영향이 어떠하며 마르크스와 레닌이 사회주의 문학에서 어떤 자리를 차지하고 있는가 등을 상호 관련지우는 류의 논의는 이제 조금도 새로울 것이 없다.

심리학이 문학과 가장 의미있게 연결될 수 있는 영역은 작중인물의 해명부분일 것이다. 이 중 히포크라테스(Hipokrates)의 기질설이 가장 오랜 유래를 가지고 있다. 히포크라테스는 의학도답게 인간의 체액을 기준으로 4개의 성격유형을 찾아내어 특징들을 기술하였다. 그 특성은 다음과 같다.

다혈질 : 이 인간형의 기질적 특성은 온정적, 사교적, 정서적이다. 흥분이 빠르고 쾌할함. 반응은 빠르나 비지속적임. 체격의 특징으로는 가슴이 넓고, 대부분의 생활인이 여기에 속한다.

우울질 : 이 인간형의 기질적 특성은 관계되는 일이나 사람에 대

---

13) Cleanth Brooks, Robert Penn Warren, *Understanding Fiction*의 What character reveals 항 참조.

해 쉽게 우울해진다. 정서가 느리고, 불쾌하고, 조용하고, 보수적임. 신경질적 반응이 강하고, 몸이 약하고 침울함. 학자, 의사에 이런 인물이 많다.

담즙질 : 쉽게 노함. 정서적 흥분이 빠르다. 한편 일에 반응이 빠르고 강하며 지속적임. 성급함. 몸이 가늘고 상체가 길다. 화를 잘 냄. 그러나 용감하다. 영웅, 호걸, 충신들이 대개 이런 성격의 소유자들이다.

점액질 : 냉담함. 정서가 느리고 약함. 둔감하고 인내가 강하다. 그래서 반응이 즉각적이지 않다. 비만형이며 둔하고 게으르다. 반면에 침착. 덕망가와 인격자에 이런 성격이 많다.

정신의학자 크레츠머(E. Kretchmer)의 경우는 체격을 기준으로 세장형, 비만형, 근육형으로 나누었다. 세장형은 그 기질적 특성이 비사교적, 과묵함, 생활력이 왕성하고 민감하다고 했고, 비만형은 조울질적, 사교적이고 친절함, 쾌활하면서도 우울할 때가 있으며 결단력이 부족하다고 했다. 근육형은 권리나 규율을 극도로 잘 지키며, 결백한 성격을 그 특성으로 들었다.

이 외에 셸돈(Sheldon)은 인간의 체형이 6세 이전에 형성된다고 보고 체형과 성격과의 관계를 연구하여 내배엽형, 외배엽형, 중배엽형으로 나눈 후, 이것을 내장긴장형, 두뇌긴장형(외배엽형), 신체긴장형(중배엽형)으로 그 기질을 설명하였다.

심리학의 이러한 성격의 기질론은 문학작품 속의 성격을 이해하는 데 방법론적으로 보아 시사하는 바가 상당히 많다. 그러나 위와 같은 심리학의 성과가 소설의 작중인물의 심리학적 분석에 본격적으로 시도되기 시작한 것은 프로이드(E. Freud)와 융(C. G. Jung)의 심리학부터이다. 물론 이들 이전에 『시학』에서 강조한 바 있는 카타르시스(katharsis), 롱기누스(Longinus)의 <숭고론>(*On the Sublime*, A.D. 1세기), 18세기의 흄(D. Hume), 19세기의 코울리지에 이르기까지 문학을 심리학적 시각에서 접근해 왔다. 그러나 20세기에 와서 프로이드의 정신분석학(psychoanalysis)이 학문의 여러 분야로부터 대단한 관심을 받으면서 대두하자 이 문제는 급기야 문학과도 충격적 관련을 맺게 되었다. 그러면 이 문제를 간략히 살펴보자.

우리가 잘 알듯이 소설의 인물을 분석하는 자리에서 가장 많이 쓰이는 개념이 콤플렉스(complex)이다. 프로이드는 이 개념을 희랍 비극 〈오이디푸스 왕〉, 〈안티고네〉 등을 고찰하는 과정에서 입론을 세웠고, 그 후 이 용어는 엘렉트라(Electra) 콤플렉스, 카인(Cain) 콤플렉스, 디아나(Diana) 콤플렉스 등으로 심화되면서 문학에서의 성격문제를 정신의학적으로 넓게 고찰해 왔다. 특히 오이디푸스 콤플렉스 이론이 셰익스피어의 희곡 〈햄릿〉의 주인공의 성격을 해명하는 데 탁월하게 적용되는 성과를 보이면서 심리학이 소설의 인물 연구의 인접학문으로서 얼마나 기여할 수 있는가를 입증했다. 그 예가 어네스트 조운즈(Ernest Jones)의 〈햄릿과 오이디푸스〉(1949)란 논문이다.

프로이드의 학문적 성과를 이어받은 융의 심리학이 성격론에서 보여주는 주요한 유형론은 내향적 성격과 외향적 성격으로 설명되는 인간기질론이다. 그는 이 두 성격을 객관적과 주관적이라는 말로 구분하고 있는데, 객관적이란 개인을 둘러싼 외적인 세계, 즉 인간과 사물, 풍습과 관습, 정치적·경제적, 사회적 제도, 물리적 조건의 세계를 가리키고, 주관적이란 정신의 내면세계, 사적세계를 가리킨다고 했다. 이것을 사적으로 본 까닭은 외적인 사람은 직접 접근할 수 없기 때문이다. 이 두 태도는 서로 배타적으로 번갈아 나타날 수 있으며 또 나타나지만 함께 의식에 공존할 수는 없다고 했다. 이 점은 다음과 같이 설명된다.

개인이 어떤 때는 외향적이며, 어떤 때는 내향적일 수 있다. 그렇지만 어느 한쪽의 태도가 개인의 일생에 걸쳐 우위에 서 있다. 객관적 지향이 우세하면 그 사람은 외향자라고 불리며, 주관적 지향이 우세하면 내향자라고 불린다. 내향자는 자기의 내적 세계를 탐구하고 분석하는 일에 흥미를 가지고 있다. 내성적이며 신중하고 오로지 자기 마음속의 사건들에 관심을 기울인다. 그런 사람은 다른 사람들에게는 고독하고 비사교적이고, 보수적으로 보일 것이다. 외향자는 자기와 타인 및 사물의 상호작용에 관심을 가지고 있다. 그는 활동적이고 사교적이며, 주위의 일들에 흥미를 가지고 있는 것처럼 보인다.

이런 논리 끝에 융과 그 일단의 심리학파에서는 이 두 유형을 다음과 같이 여덟 가지로 또 나누었다.14)

---

14) 융 심리학 해설, 선영사, 1993, pp. 162~165.
  -외형적 사고형 : 이 형의 사람은 객관적 세계에 관해 최대한도로 많이 배우는데 전력을 기울이고 있는 과학자이다. 자연현상의 이해, 자연법칙의 발견 이론구성이 그의 목적이다. 외향적 사고형이 가장 발달한 사람은 다윈이나 아인슈타인과 같은 사람이다.
  -내향적 사고형 : 이 형의 사람은 생각이 내면으로 향해 있다. 자기자신의 존재현실을 이해하고자 하는 철학자나 실존심리학자 같은 사람들이 그 표본이다.
  -외향적 감정형 : 생각보다 감정을 상위에 놓고 있는 유형이다. 이 형의 사람은 변덕이 매우 심한데, 그 이유는 상황이 변하면 그것에 따라 그들의 감정도 변하기 때문이다.
  -내향적 감정형 : 이 유형의 인간은 말수가 적고, 접근하기 어렵고, 무관심하고, 그 마음을 헤아릴 수 없을 만큼 자기의 감정을 남들에게 감춘다. 그래서 우울 또는 의기소침에 빠져 있는 것처럼 보이는 경우가 많다. 그렇지만 또 내적 조화, 침착, 자부심이 강한 인상을 주기도 한다.
  -외향적 감각형 : 이 유형은 실제적이나, 사실이 무엇을 뜻하는가에 관해서는 별로 관심이 없다. 그 결과 앞일을 생각하거나, 숙고하지 않고 세상사를 있는 상태대로 받아들인다. 호색, 방종하며, 스릴을 즐기는 남성에 이런 인간상이 많다. 그러나 이런 관능적 성향 때문에 외향적 감각형은 여러 종류의 중독, 도착, 강박에 시달리기도 한다.
  -내향적 감각형 : 외적 대상과 거리를 두고서 자기 자신의 정신적 감각에 몰두하는 타입이다. 예술을 통해 표현하는 경우를 빼고는 남들에게는 늘 무관심하다. 이것은 사고와 감정에 결함이 있다는 의미이다.
  -외향적 직관형 : 여성들에게 많으며 경솔함과 불안정성이 두드러지게 나타난다. 이런 유형은 현실에서 새로운 가능성을 발견하기 위하여 여기저기로 옮겨 다닌다. 사고 기능에 결함이 있어 자기의 직관을 쉬 버리고 또 다른 직관에 매달린다. 정해진 일에 싫증을 잘 느껴, 한 가지 일을 장기간 끌고 가지 못한다.

이런 여덟 가지 유형으로 모든 인간의 성격이 설명되는 것은 아니다. 그러나 융의 내향성과 외향성 기반을 둔 이러한 분류법은 프로이드의 정신분석학과 함께 지금 소설 속의 인물을 분석하는 과정에서 직접 간접으로 많이 원용되고 있다.

그 좋은 예가 오늘날 심리주의 비평방법이 서 있는 자리이고, 특히 아들러(Adler)가 주장했던 열등 콤플렉스와 우월 콤플렉스, 융의 주종가가 내세우는 집단 무의식의 문제, 프라이(N. Frye)의 인물유형론 등이다. 이 밖에 심리학에서 온 매저키스트, 새디스트, 과대망상증(megalomania), 자기도취(narcissism), 공포증(phobia), 편집광(paranoid character), 우울증(melancholia), 대리자(surrogate), 외상설(trauma theory) 등의 용어와 개념들이 작중인물 분석에 많은 도움을 주고 있다. 그러나 이런 논리는 인간의 성격을 단순화, 규격화, 전형화 시킬 단점이 있다. 소설 속의 인물이란 게 사실은 이처럼 똑똑 떨어지는 성격이 아니라 대단히 다양하고 복합적이기 때문이다.

소설의 인물을 나눔에 있어서 사회학적 시각 역시 성격론에 여러가지 기준을 시사하고 있다. 민중문학으로 평가되는 근래의 소설 몇 편을 예로 이 문제를 간단히 고찰해 보다.

80년대 대표 소설의 반열에 올랐던 홍희담의 <깃발>, 방현석의 <새벽출정>, 정화진의 <쇳물처럼>, 안재성의 <파업>과 같은 작품에 등장하는 인물들은 모두 노동자들이거나 노동운동가이다. <깃발>의 순분, 형자는 노동자 계급만이 진정한 혁명의 동력이라고 믿는 인물이고, <새벽출정>의 미정은 노조위원장이며, 철순은 농성파

-내향적 직관형 : 예술가가 이 유형의 표본이다. 즉 자신은 남들이 이해하지 못하는 천재라고 착각하고, 관습적인 것을 무시하므로 다른 일반인들과 충분한 의사소통이 불가능하다. 새로운 가능성을 찾아 이 이미지에서 저 이미지로 옮겨 다니지만, 실제로 자신의 직관이 발전되는 일은 없어, 원시적 이미지 속에 고집해 있는 게 보통이다. 예언가, 망상가, 소위 괴짜라는 인간들이 여기에 속한다.

업 중 현수막을 걸다가 추락사한다. 또 <쇳물처럼>의 주인공 천씨, 칠성이 역시 주물공장의 노동자이다.

<파업>의 홍기, 동연, 진영…… 이런 인물들은 노조가 만들어지는 데 산파역을 하고, 노조위원장이 되어 자신들이 속한 계층을 위해, 회사측과 맞서 싸우다 분신자살까지 하는 극력한 운동권이다.

그런데 이런 인물유형에 이미 내려진 문학사적 평가는 이렇다. 노동자 계급의 헤게모니를 광주민주항쟁을 통해 감동적으로 그려낸 수작(<깃발>),15) 노동자들의 자생적 파업투쟁과 연대투쟁을 생생하게 보여준 작품으로, 200여 일 동안의 파업을 소재로 하여 그들의 삶을 충실히 재현해내었다(<새벽출정>).16) 노동자 인물의 건강성과 발전적 성격이 자연스럽게 드러난 점이 높이 평가된다.(<쇳물처럼>)17) 노동자들의 투쟁을 지식인 노동운동가 중심으로 그린 한계가 있지만, 노동계급의 문제를 장편으로 형상화한 점에서 의의를 갖는다.(<파업>)18)

위와 같은 평가의 기준이 된 중요한 잣대는 사회학적인 논리이고, 구체적으로는 계급이론과 계층이론이라고 생각된다. 문제를 따져, 결론으로 도출해낸 결과도 노동계급의 권익에 가 있고, 작품에 내재된 성격분석 역시 사회불평등(계층)의 시각에 서 있기 때문이다.

계급이론과 계층이론은 플라톤에서 마르크스까지 이어지고, 마르크스의 이론은 막스베버에 의해 비판수정된 후, 이것은 다시 현대 미국의 사회학자들-워너(W. Lloyd Warner), 밀스(E. Wright Mills),

---

15) 최원식, 「광주민주항쟁의 소설화」, 『창작과 비평』, 1988, 여름.
16) 신승엽, 「소시민적 죄의식을 넘어 현실주의의 큰 길로」, 『사상문예운동』, 1990, 봄.
    김명인, 「비장미와 감상주의」, 『희망의 문학』, 풀빛, 1990.
17) 김명인, 「먼저 전형에 대해 고민하자」, 『창작과 비평』, 1989, 겨울.
18) 백낙청, 「지혜의 시대를 위하여」, 『창작과 비평』, 1990, 봄.
    안재성, 「어느 탁상 드릴공의 하루에서 파업까지」, 『한길문학』, 1990. 8.

파아슨스(Talcott Parsons)와 같은 사람들에 의해 그 이론이 심화·확대되어 가고 있다.

마르크스는 사회를 지배층과 피지배층으로 보았고, 이런 시각이 그대로 그의 문학론을 드러났다. 이른바 마르크스주의 문학론이다. 이 문학론의 특징은 여러 가지로 설명될 수 있겠지만, 그 중 '문학은 사회생활을 반영하는 일종의 의식 형태이다', '문학은 사회생활의 형상적인 반영이다', '우수한 문학은 전형적 형상으로써 사회생활을 반영한다', '문학의 계급성'과 같은 명제로 모을 수 있는 성향이라 하겠다. 특히 문학의 계급성에 있어서는 무산계급문학을 당성 원칙의 입장에서 바라보면서 상부구조로서의 부르주아 층과는 도저히 화합할 수 없는 프롤레타리아 계급과 그런 문학을 옹호하고 있는데, 이것은 마르크스주의 문학이 본질적으로 그의 사회학적 계급 이론에 바탕을 두고 있음을 말한다.

앞에 소개한 소설의 경우도 그 등장인물들은 80년대 한국사회에 실재했던 인간상들이다. 이런 점은 80년대의 민중문학, 특히 노동문학, 노동소설들이 하류층을 문제 삼으면서 생생한 노동현장, 르포, 노동, 삶, 가치, 문학 운운했던 당시의 일반적 잣대-사회주의적 리얼리즘의 논리에서 단적으로 드러난다.

인물유형의 경우 하층 블루칼라 계급의 특징은 세상을 보다 단순한 관계로 보는 경향이 있다. 이와 함께 개인이란 상대적으로 무력한 존재라 여기며 그들이 소유하고 있는 물질적인 재원도 자신의 필요나 욕망에 비해서 훨씬 적은 것이며, 또한 예견할 수 없는 변화나 손실을 만나게 될 때에 대응할만한 저축도 갖고 있지 않으므로 자주 불안정을 경험하게 된다고들 한다. 따라서 그들은 그와 같은 생활환경에 대해 불안정을 해소하고 권력을 증대시킬 수 있는 생활방식을 발전시켜 나가려는 노력이 나타날 수밖에 없다. 그렇다면 이러한 과제를 실현시키기 위한 메카니즘은 공식적인 조직체나 관료체제 내에서 무명의 구성원들 사이에서 나타나고 있는 것과 같이 능력, 세력, 공로 등과는 상관없이 비슷한 지위에 있는 사람들끼리 필요할 때에 서로 돕거나 지원해 줄 수 있고 또 자신들의 지위나 가치에 대한 상호간에 의식을 불어 넣어줄 수 있는 유대관계를 형성하는 일이[19]뒤따르지 않을 수 없다. 이런 점에서 80년대 민중소설에 나타나는 노동자들의 연대투쟁 및 노조 결성에 의한 노동계층의 보호에 모든 것을 바치는 인간상 창조는 사회학의 이런 논리에 기댈 때에 설명이 제대로 된다. 한국의 8,90년대 소설에 기층노동계급 문제만 나타나지는 않는다. 지식인, 자본가, 중산층의 인간상들도 득실거리고 있다.

지식인의 문제를 다룬 최윤의 〈회색눈사람〉, 자본가 또는 중산층의 가관스런 모습에 초점을 맞추고 있는 홍상화의 〈거품시대〉(93년 10월부터 조선일보에 연재되었던 소설) 등은 지난 80년대 말 지식인 계층의 의식과, 이 시대 중산층 내지 상류층의 계층의식을 보여주는(〈거품시대〉) 소설들이다.

〈회색눈사람〉의 주인공 강하원은 이모의 돈을 훔쳐 대학에 진학하고 우연히 구한 직장이 인쇄소였고, 거기서 운동권의 출판물을 본의 아니게 도와 주었으며 그들이 검거, 수배된 후 자신의 여권을 그 운동권(여자)에게 주어 미국으로 도피할 수 있게 한다.

주인공의 이런 행동은 지식인의 성격, 즉 지식인들은 스스로 어느 정도 선택된 사람으로 인식하고 자기에게 부여된 사명감을 지니고 있으며 동시에 현실적인 소외감을 지니고 있기 때문에 이것을 극복하기 위한 노력이 진보적인 성격을 띠게 된다는 등의 특성으로 설명될 수 있다. 과거 러시아와 폴란드의 지식계급이 지녔던 자유주의와 아시아, 아프리카 지식계층이 지녔던 민족주의와 민주주의가 그 좋은 예이다. 〈회색눈사람〉이 민중소설의 여과를 통함으로써 한국 민족문학의 한 백미로 평가된다는 논리도 80년대 지식인 계층의 이러한 의식을 드러내보이는 데 기인한다.

---

19) 멜빈 M. 튜우민, 김채윤·장하진 역, 『社會階層論』, 삼영사, 1986, p. 129.

<거품시대>에서는 90년대로 접어들면서 '있는 자', 이른바 중산층, 자본가로 분류되는 인물유형이 경제적 시각에서 형상화되고 있다. 과거 한때는 '없는 자'가 곧 '선한 자'란 논리로 그들이 무비판적으로 옹호되기도 했다. 그러나 시대감각에 민감한 신문 연재소설, 즉 <거품시대> 같은 소위 기업소설에서는 노동자만 애정 어린 눈으로 바라보는 것이 아니라, 사회학적 상상력 또는 경제학적 상상력에 따라 프로타고니스트와 안타고니스트가 뒤섞이면서 이 시대, 한 사회가 가지고 있는 여러 계층의 성격이 문제된다. 특히 중산층의 성격이 문제되고 있다. 오늘의 사회는 금권 중심의 사회이기 때문에 작가들과 비평가들은 작중인물을 모색하는 과정에 있어 경제학적인 관점을 유력한 것의 하나로 받아들이지 않을 수 없게끔 되었다. 지식, 작업, 문화적 소양 등도 계층 결정요인으로 작용하고 있긴 하지만 오늘의 사회에서는 경제력이란 요인이 유달리 큰 힘을 행사한다.[20] 따라서 소설의 인물 성격 탐색도 이런 경제학적 내지 사회학적 방향에서의 접근이 불가피하다. 문학 자체의 논리만으로는 설명되지 않는 부분이 그런 주변학문의 도움으로 막힌 논리가 뚫리면서 과학적으로 해명할 수 있는 근거를 발견하기 때문이다.

지금까지 심리학, 정신분석학, 사회학 등에서의 인간 유형론이 소설의 인물유형론 고찰에 상당히 큰 도움을 주고 있음을 지적했고, 또 그런 논리를 기초로 몇 개의 소설에 나타나는 인물을 검토해 보았다. 그러나 소설에서의 인물유형론이 이처럼 몇 개의 다른 학문의 도움, 또는 다른 학문의 연구결과에 매달려 있는 것은 절대 아니다. 아니 그럴 수가 없다. 문학은 문학만의 이론이 엄존하기 때문이다. 소설에서도 오랜 시간에 걸쳐 많은 작품이 생산·축적되었고 소설론에서의 인물론, 또는 인물유형론 역시, 그간 독자적인 방법론과 접근법이 형성되어 왔다.

---

20) E. M. Forster, *Aspects of the Novel*, Penguin Books, 1974, p. 73.

1) 고전적 유형론

E. M. 포스터는 그의 역저 <소설의 이해>에서 소설의 주인공을 평면적 인물(flat character)과 입체적 인물(round character)로 나누었다. 우리는 인물을 평면적 인물과 입체적 인물로 나눌 수 있다[21]란 이 짤막한 진술은 이제 이 방면에 관한 한 하나의 고전이 되었다.

그에 의하면 평면적 인물을 19세기에는 기질(humours)이라 했고, 어떤 때는 유형(types)이라 했고, 어떤 때는 희화(caricatures)라고 했다. 입체적 인물은 믿음직스러운 방법으로 독자를 놀라게 할 수 있는 인물이고, 그렇지 못할 때 그는 평면적 인물이라고 했다.[22] <전쟁과 평화>의 모든 중요한 인물, 도스토예프스키의 모든 인물, 프루스트의 몇몇 인물을 그 예로 들었다.

이렇게 시작되는 그의 명쾌한 인물유형론은 대체적으로 다음과 같이 정리될 수 있겠다.

첫째, 평면적 인물의 가장 순수한 유형은, 단일한 사상이나 특질을 중심으로 하여(a single idea or quality) 나타난다. 그리고 이런 인물은 환경의 변화에 의해 성격이 변하는 존재가 아니기 때문에 독자에게 쉽게 인지되고, 또 오랫동안 기억된다. 따라서 배경이 달라져도 다시 소개할 필요가 없고, 독자의 상상력 밖으로 빠져나가지도 않는다. 성격의 발전이 없기 때문이다. 이런 점을 포스터는 두 인물의 대비관계로 설명하였다.

> 우리는 평면적 인물은 원래가 입체적 인물만큼 훌륭한 존재는 아니며, 그들이 희극적일 때가 가장 훌륭하다는 것을 인정해야 한다. 진지하거나 비극적인 평면적 인물은 싫증을 나게 하는 존재가 되기 쉽다.[23]

---

21) E. M. Forster, 앞의 책, p. 73.
22) 앞의 책, p. 81.
23) 앞의 책, p. 77.

둘째, 입체적 인물은 행동을 통하여 그 성격의 새로운 면모를 드러낸다. 계속 변화하기 때문에 동적 성격이라고도 한다. 물론 그 변화의 방향은 하나의 온전한 성격을 드러내는 방향이다. 그래서 입체적 인물은 인생의 무궁함을 제시해 줄 수 있다고 하면서 다음과 같은 말로 그 단락을 정리했다.

> 소설가는 어떤 때는 그 인생만을, 더 자주 있는 일이지만, 다른 형태의 인생과 섞어가며 사용함으로써 풍토 순화라는 작업을 성취하고 인간이 소설의 다른 현상과 조화를 이루도록 한다.[24]

2) 구조주의적 인물유형론

구조주의적 인물유형은 프로프(Vladmir Propp), 그레이마스(A. J. Greimas)와 같은 구조주의자들이 민담형태 분석, 또는 그런 방법에 근거를 둔 서사이론에서 추출된 기능이론에서 찾을 수 있다.

러시아 민담학자 프로프는 그의 『민담형태론』에서 많은 민담을 분석하고 난 끝에 모든 민담은 구조적으로 동질성을 지닌다는 결론에 도달했다. 그는 작중인물의 기능이란 측면에서 민담을 31가지로 나누어 볼 수 있다고 논증한 후, 이것을 다시 7가지 유형의 인물로 압축했다.

프로프는 등장인물의 기능이 등장인물 사이에서 어떻게 할당되는가 하는 문제를 검토하고, 그 기능에 논리적으로 결합하는 일정한 영역을 이룬다는 점에 주목했다. 그리고 이 영역은 기능을 수행하는 인물과 대응되는데, 그것을 행동영역이라 했다. 그는 이러한 기능의 정의를 토대로 러시아 민담의 다양성과 반복성을 분석하여, 구조적 동질성을 세우려 하였다. 곧 프로프는 변화하는 요소와 변화하지 않는 요소를 구분하려고 시도함으로써 민담에 나오는 인물

---

24) 앞의 책, p. 81.

들이 변동하더라도 민담 속에서의 그들의 기능은 한정되어 있다고 생각했다. 다음의 7가지 행동영역25)은 이 결과이다.

① 악한의 행동영역 : 악한 행위, 주인공과의 싸움이나 기타 투쟁형태.
② 증여자의 행동영역 : 주술적 작용물을 전달하기 위한 예비교섭. 주인공에게 주술적 작용물을 공급함.
③ 조수의 행동영역 : 불행이나 결여의 해소. 추적으로부터 구출함. 어려운 과제의 해결. 주인공의 변신. 주인공의 공간이동.
④ 공주와 그의 부친의 행동영역 : 어려운 과제를 부과함. 표시하기, 폭로, 인지, 두 번째 악한 벌주기. 결혼. 공주와 그녀의 부친을 기능에 따라 정확히 기술하는 일은 불가능하다. 그래도 구혼자에 대한 적대적 감정에 기인하여 어려운 과제를 부과하는 사람이 아버지인 경우가 가장 많다. 도한 그는 빈번하게 가짜 주인공을 벌준다.
⑤ 파견자의 행동영역 : 파견
⑥ 주인공(the hero)의 행동영역 : 탐색에의 출발. 증여자의 요구에 반응. 결혼. 첫 번째 기능은 탐색자형 주인공의 특성이다. 희생적 주인공은 그 밖의 기능만을 수행한다.
⑦ 가짜 주인공(the false hero)의 행동영역

결과적으로 민담에는 악한(the villain), 증여자(the donor, provider), 조수(the helper), 공주(찾으려는 인물)와 그녀의 아버지, 파견자(the dispatcher), 주인공, 가짜 주인공과 같은 7인의 성격 유형이 나타난다는 것이다. 그러나 민담의 주인공 유형이 소설에 그대로 적용될 수 있다고 볼 수는 없다. 하지만 이 유형이 소설의 주인공의 유형론에 많은 도움을 줄 수 있다. 왜냐하면 소설의 근원을 따라가면 민담과 연결되는 부분이 분명히 존재하기 때문이다.

프로프의 이러한 논리는 민담분석을 최소 서사단위인 화소에서 출발시키고, 그 화소를 기능이라는 말로, 기능이 누구에 의해 어떤

---

25) Vladimir Propp, 유영대 역, 『민담형태론』, 새문사, 1987, pp.82~83 참조.

방식으로 수행되는가와는 별개로, 등장인물이 하는 것이라는 용어로 정의되는 데 근거를 두고 있다. 그러나 이런 이론, 즉 작중인물을 역할이나 기능으로 파악하여 행동에 종속시켜 행위자로 간주하는 태도는 소설론에서 보면 다소의 문제점이 있다.

소설에서 인물보다 행위를 중시하는 견해는 아리스토텔레스가 『시학』에서 예술가는 행위를 수반하는 인간을 모방한다며, 중요한 것은 행위를 수행하는 인간이 아니라 행위 자체라고 한 이후 형식주의자와 구조주의자에 이르러 확실히 체계화되었다. 이들은 인물은 플롯의 종속물이며, 인물의 역할은 단지 기능적인 차원에 불과한 인물을 실제 존재로 생각하는 것은 잘못이라고 주장한다. 그래서 이들의 관심은 인물보다는 그 인물이 무엇을 하는가 하는 기능과 행위를 분석하는 데 두었다. 이런 결과 오늘날 아리스토텔레스, 형식주의자, 구조주의자들은 인물을 플롯의 한 기능으로, 곧 필요하긴 하나 스토리가 전개되는 시간 논리에서 파생되는 결과로 만들어 버렸다는 비판을 받고 있다.

프로프의 기능이론 역시 이런 한계점, 즉 '인물은 단순히 전해져 내려오는 러시아 민담이 그들에게 행하기를 요구하는 것의 산물일 뿐이다'에 빠져 있다 하겠다.

3) 신화론적 인물유형론

N. 프라이는 현대소설에 나타나는 인물의 원형을 고대 희극과 비극에서 찾아내려 했는데, 이 점은 신화비평(mythopoeic criticism)이 글자 그대로 신화의 원형(archetype)을 문학작품 내에서 찾아내고 그것이 어떻게 재현, 재창조되어 있는가를 연구하려 한 개척자다운 태도이다.

프라이는 고대 희극의 성격을 탐구한 후 거기서 우선 세 가지의 유형을 제시했다. 알라존(alazon), 에이론(eiron), 보몰로초이(bo-molochoi)가 그 유형이다. 이 세 유형에서 세 번째의 보몰로초이를 아리스토텔레스가 처음 고안해 낸 개념 아그로이코스(agroikos, 촌뜨기)란 인간형과 대비시켰다. 그리고 그 명칭을 그대로 따왔다.26)

alazons(사기꾼, imparstor)

eiron(자기비하자, self-deprecators)

bomolochoi(익살꾼, buffon)

agroikos(촌뜨기, churl)

이상 네 가지 인물유형의 특성은 대체로 다음과 같이 설명된다.

알라존은 자기를 실제 이상의 존재인 것처럼 가장한다든가 그렇게 되고자 애쓰는 자기기만적 인물을 말한다. 허풍선이 병사나 괴짜 현학자, 즉 편집증세에 빠져 있는 철학자 등이 알라존 가운데서도 잘 알려진 타입이다.27) 결국 희극이나 풍자에서 조소의 표적이 된다.

프라이는 이런 인물이 주로 희극에서 나타났으나, 비극의 주인공도 알라존의 일면을 갖는다고 하면서 파우스트나 햄릿에게 나타나는 편집증세를 그 예로 들었다. 이 인물이 프라이의 인물 유형 중 제일 앞자리에 놓이는 것은 우선 말이 많다는 점 때문이다. 대사로 극을 끌어가야 하는 극작가의 입장에서는 빈틈없고 말이 없으며 행동을 주로 하는 사람보다 말이 많은 인물이 더 쓸모가 있고, 인기를 모을 수 있다는 것이다.

에이론은 한마디로 <춘향전>의 방자와 같은 인물이다. 즉 주인공의 승리를 가져오기 위해서 자기를 비하시키면서 음모를 꾸미는 노예형태로 나타나는 유형이다. 희극에서 해피엔딩을 실현하기도 하고, 비극에서는 파국을 초래케 한다. 그러나 두드러진 성격으로 취급되지는 않는다.

이 인물은 꾀를 많이 부린다는 것이 그 특성이다. 악의 없는 장난을 좋아하고, 거의 아무런 동기 없이 희극적인 극적 전개를 진행

---

26) N. Frye, *Anatomy of Criticism*, Princeton Univ. Press, 1957, p. 172.
27) N. Frye, 앞의 책, p. 39.

시키면서 극의 보조자 역할을 한다. 흔히 희극에서는 인색가, 위선자, 우울증 환자, 현학자, 속물 등 심리적 장애와 무지 상태에서 예견된 행동 패턴을 맹목적으로 따르는 비정상인들이 선한 자를 괴롭히고 해피엔딩을 향한 진행을 방해하는 법이다. 이들은 충분히 발전하는 인물에게는 허용되는 의지의 결정적인 행사와는 달리 사건의 속도와 힘에 이끌려 무기력한 몸짓밖에는 할 수 없는 소극적 인물이기도 하다. 이들에게는 자신의 의식을 검토할 시간적인 여유가 주어지지 않는다. 그러므로 그들의 행위에 반복적으로 드러나는 우매함과 경직성은 웃음의 대상이 된다.28) 이 인물이 말이 많은 것, 그리고 그들이 보여주는 웃음도 한 계층, 어떤 집단의 특수성과 관련되어 있다.

에이론과 같은 교활한 하인형(scheming valet)은 주인공의 승리를 위한 음모형 프로트 소설(희극) 이후에도 드라마화 된 소설에 계속 나타났다. 프라이의 지적에 의하면 돈 조반니의 〈휘가로〉(Figago), 월터 스코트의 〈성 로낭의 샘〉에서 미카보(Micawber)와 터치우드(Touchwood)가 그 예이다. 한국문학의 경우는 민속극, 판소리, 수수께끼, 민담 등에 나타나는 희극적 인물이 되겠다. 현대소설에서는 김춘복의 〈소원수리〉에 등장하는 훈련병들, 윤흥길의 〈완장〉에서 하급자에게는 잔인한 정도로 위압적이면서도 상급자에게는 스스로 비굴해지는 주요인물, 이근삼의 희극 〈제18공화국〉, 〈거룩한 직업〉에 등장하는 매춘부, 정치인, 학자, 거지 등이 에이론 또는 알라존의 인간유형에서 고찰할 수 있는 존재들이다.29)

한편 프라이는 에이론을 소박한 아이러니(naive irony)와 현학적인 아이러니(sophisticated irony)로 나누기도 했다. 이어 프라이는 알라존과 에이론을 대비 검토한 끝에 알라존이 예정된 희생물이라면 에이론은 예정된 예술가라는 발전적 결론을 제시했다. 이런 점

---

28) 김만수, 「소설의 인물유형 탐구·1」, 『소설과 사상』, 1992, 겨울 창간호.
29) 김만수, 앞의 글, p. 362.

은 알라존과 에이론이 일정한 소설작품에서 각각 어떤 결말에 이르는가를 잘 암시하고 있는 것이다.

보몰로초이는 작품 전체의 구성과는 별 관계없이 즐거운 분위기만 만들어 주려는 인물 유형이다. 로마 때의 희극과는 달리 르네상스 때의 희극은 글자를 잘못 쓰거나 악센트를 잘못 찍거나 하는 식으로 희극적 연기를 하는 팔푼이, 엉터리 가수, 광대 등에게 관심을 보였다. 프라이는 이런 유형의 예로 <즐거운 아낙네들>(*The Merry Wives*)에서 반쯤 정신 나간 남편, <구두수선공의 휴일>(*The Shoe-makers Holiday*)에서 시몬에이어(Simoneyre) 같은 인물을 들었다.30)

한국소설에서 이런 인물유형에 대해 고찰한 글은 아직 대해 보지 못했다. 그러나 <윈저의 즐거운 아낙네들>과 같은 셰익스피어의 희곡을 염두에 둘 때, 프라이 식의 이런 인물유형 분류법이 풍자적 소설시학의 보편적 원리로 여전히 적용될 듯하다.

아그로이코스는 아리스토텔레스가 처음 고안해 낸 개념인데, 엘리자베스조의 드라마에서 곧잘 활용되었다. 또 아그로이코스는 보우더빌(vaudeville)에 등장하는 희극배우의 보조역(straight man)인데, 자신의 편집적인 성격 때문에, 말하자면 다른 사람들과 잘 어울리지 못하는 근엄하고 융통성이 없는 인물이다. 이 인물의 역할은 축제를 거부하기도 하고, 재미있는 분위기의 흥을 깨고자 하고, 또는 술과 음식을 대접하는 대신에 잔칫집에 자물쇠를 채워버리기도 한다. 인색하고 속물근성에 젖어 있으며, 꽤 까다로운 인물들 속에서 아그로이코스의 인물유형을 많이 찾아낼 수 있다.31)

프라이는 이런 인물의 예로 <끝이 좋으면 다 좋다>(*All's Well*)에서 성이 까다롭고 제멋대로인 버트람(Bertram), <좋으실 대로>(*As*

---

30) N. Frye, 앞의 책, p. 175, <즐거운 아낙네들>은 <윈저의 즐거운 아낙네들>을 말함.

31) N. Frye, 앞의 책, p. 176.

You Like It)에서 마지막 축하연에서 등을 돌리고 나가버리는 우울한 제이크워즈(Jaques), <베니스의 상인>에서 샤이록(Shylock) 등을 들었다. 그런데 알라존, 에이론, 보몰로초이처럼 이 유형의 본질은 희극에 바탕을 두고 있는 인물이다. 그러나 아그로이코스는 비극에서도 가끔 나타난다. 샤이록이라는 인물이 그런 경우이겠다.

지금까지 논급한 네 가지 인물유형 외에 프라이가 크게 관심을 보인 인물유형에 파르마코스(pharmakos)가 있다.

파르마코스의 사전적 의미는 고대 그리스에서 한 도시나 공동체의 정화(purification) 혹은 보상(atonement)의 도구로 희생되어 죽도록 운명이 결정된 사람이다. 이는 아이러니의 서사문학에 등장하는 인물로서 속죄양 즉 자신의 의사와는 관계없이 임의적으로 택해진 희생자의 역할을 한다.32) 파르마코스는 주로 가정비극에서 많이 나타나는데 서양에서는 현대 소설에까지 이런 인물의 유형이 계속해서 중요한 의미를 지니면서 등장하고 있다.

가령 호손의 <주홍글씨>에서 여주인공, 하디의 <테스>에서 테스, 톨스토이의 <부활>에서 카츄사 등이 그들이다. 사회학적인 상상력에 깊게 의존하고 있는 오늘날의 소설에서는 파르마코스가 한 집단이나 민족의 형태로 나타나기도 하는데 박해받는 유태인과 흑인, 그리고 우리의 경우, 일제치하에서 시달리던 한국인들의 삶의 모습을 그린 소설들도 일종의 파르마코스를 그린 것이라 할 만하다.33) 어떤 작가들은 현대사회의 낙오계층(outcast) 전체를 파르마코스의 한 적절한 실례로 내다보고 있는 경우도 있다.

프라이에 의하면 파르마코스는 죄가 있는 것도, 죄가 없는 것도 아니다. 다만 고함소리로 산사태를 가져온 등산가처럼, 자기가 저지른 행위에 의해서 그에게 닥칠 불행이 그 결과로서는 정도를 넘어

---

32) 김만수, 「소설의 인물유형 탐구·2」, 『소설과 사상』, 1993, 봄호, 고려원, p. 349.
33) 조남현, 『소설원론』, 고려원, 1982, p. 154.

설 만큼 심각하다는 의미에서는 죄가 없다. 그러나 그가 죄에 붙들려 있는 사회의 한 구성원이라는 의미에서 또는 죄를 짓는 행위가 피할 수 없는 존재의 일부가 된다는 의미에서 그도 죄가 있는 것이다. 프라이의 이런 이론의 정교함은 비극적 인간유형을 아담형, 그리스도형, 프로메테우스형, 욥형으로 나눈 부분에서 더욱 더 실감나게 드러난다.

아담(Adam)형은 죽어야 할 운명으로 결정지어진 인간상이다. 즉 인간은 언젠가 죽어야 할 존재라는 것을 자각하고, 너무나 인간적이기 때문에(카프카의 <심판>의 주인공) 신의 세계로부터 추방당한 존재가 이 인물이다.

그리스도(Christ)형은 너무나 인간적이면서 완전무결하게 순수했기 때문에 인간사회에서 추방당한 존재이며, 프로메테우스(Prometheus)형은 신성과 인간성을 조화시킨 형태이고, 욥(Job)형은 신성과 인성의 변증법을 전개하는 비극적 형식의 아이러니로 스스로를 신의 제물로 정당화하고, 또 그러면서 프로메테우스적인 인물로 자임했으나 끝내 실패한 존재라고 했다.34)

지금까지 고찰한 바와 같이 프라이의 작중인물 유형론은 심리학이나 사회학 같은 주변 학문의 도움 없이 이루어진 문학만의 이론이다. 먼 신화에서 원형을 찾고 셰익스피어의 희곡 등을 바탕으로 했다는 점에서 소설독자의 시학이라 할 수는 없지만, 작품 속에 인물을 고찰하는 과정에서 그가 따지고 분석해 간 태도는 가히 놀랄 만큼 보편성을 획득하고 있다. 인물유형을 고대의 희극과 비극으로부터 종적으로 고찰하고, 그것이 어떻게 변화, 발전, 재창조되는가를 횡적인 시각에서 아주 과학적인 논리로 해부(anatomy)하고 있기 때문이다.

---

34) N. Frye, 앞의 책, p. 42.

4) 브레몽의 유형론

2)항에서 잠깐 언급했듯이 아리스토텔레스가 작중 인물을 어떤 행동의 행위자(agent) 또는 수행자(performer)로만 국한시켰던 생각은 20세기에 와서 형식주의자와 구조주의자에 의해 체계화되었다.

클로드 브레몽은 프로프와 그레마스에 이어 작중인물을 행위자로 간주하는 이론을 그의 『이야기의 논리』에서 세운 사람이다. 그는 기능적인 논리에 따라 소설의 인물을 우선 두 개의 기본유형인 행위자(agent)와 수동자(patient)로 분류한다.

행위자 : 행동 혹은 행위를 수행하는 인간, 혹은 인간화된 존재이며, 행위를 하고 사건의 추이에 영향을 끼치는 등장인물, 또 사건의 경과를 파생시키고 수동자에게 영향을 끼쳐 상황을 개선하거나 개혁하고 이미 이루어진 상황을 유지한다. 영향자, 변경자, 유지자로도 불린다.

수동자 : 희생자, 수혜자, 사건의 흐름에 따라 영향을 받는다. 즉 변화시키거나 현재 상태를 유지시키는 절차들에 영향을 받고 있는 쪽이라고 이야기가 소개하는 인물. 브레몽에 의하면 서사체계에서 주체 혹은 주인공의 역할이 처음에는 수동자로 기능을 다하다가 다음에 행위자로 그리고 이야기의 결말에는 수동자의 상태로 돌아간다는 것이다.

이상과 같이 이분법은 다시 복잡한 유형론으로 전개된다. 가령, 영향자는 정보제공자, 은닉자, 유혹자, 협작자, 채권자, 방해자로, 변경자는 개선자, 개혁자로, 유지자는 옹호자, 방해자란 보다 작은 유형으로 나누어진다.35)

이런 브레몽의 인물유형이론을 한국소설의 인물연구에 적용하려는 시도도 더러 나타난다. 그러나 아직은 소개 정도에 머물고 있다.

---

35) 유영윤, 「소설의 인물유형 탐구·3」, 『소설과 사상』, 1993, 여름호, 고려원, p. 382.

4. 인물의 해석방법

구조주의자들은 흔히 인물을 행위(actant)라고 부른다. 이것은 소설의 인물을 하나의 살아 있는 인간으로 보지 않고, 그것을 이야기의 한 부분, 혹은 이야기에서 어떤 기능을 가진 구조물로 생각하는 데 기인한다.

19세기 말부터 서구의 문화주의자들은 죽음을 선언했고, 뒤이어 휴머니즘의 죽음, 비극의 죽음, 마침내 소설 속의 인물의 죽음을 선언하게 되었다. 토로로프(Tzvetan Todorov)의 다음과 같은 말은 이런 점을 잘 설명해준다.

돈키호테에서부터 율리시즈에 이르는 서양의 고전문학에서 인물은 가장 중요한 역할을 해왔고, 하나의 이야기에서 다른 요소들이 구성되는 것은 모두 그로부터였다고 할 것이다. 그러나 이러한 경향은 인물의 새로운 보조적 역할을 하게 되는 현대문학의 경우는 아니다.

이러한 주장에 영향을 받은 일부 평론가들은 소설의 인물을 행동의 주체가 아닌 하나의 참여자 또는 행위자란 기능적 측면으로 해석했고 그 이론을 수립하였다. 이들이 바로 형식주의자들과 구조주의자들이다. 현대의 이런 경향은 과거, 가령 스탕달이 1820년대 프랑스의 왕정복고기를 맞아 그 난세를 살면서 <적과 흑>을 구상해 쥴리앙 소렐 같은 탁월한 인물을 창조했고, 플로베르가 아버지의 빈민구제를 위한 병원에서 소년기를 보내며, '인간은 결국 죽는다'는 숙명을 깨닫고, 그 후 작가가 되어 <보봐리부인>을 통해 엠마란 자기소외의 비극적 여인상을 창조했던 것과 다르다. 다시 말해서 우리가 이런 소설에서 쥴리앙 소렐을 모든 여성에 복수하려는 남성상으로 엠마를 모든 남성에게 복수하려는 여인상으로 이해하던 종래의 해석방법은 구조주의 기능론적 인물해석론으로 보면 그 의미는 아주 달라진다. 오르테가이 가세트(Ortegay Gasset)의 말과 같이 소설의 재미는 사건의 개연성이나 복잡성 때문이 아니라 인물이 지니는 신비한 마력, 그 인물의 가능성, 인물의 체취에 있다는 근거 때문이다. 우리가 한 작가의 작품에서 어떤 유형의 인물을 발견할 것인가, 또 어떤 문제에 초점을 맞추어야 하는가와 같은 질문은 해석방법의 차원에서 논의할 성질이 아니다. 이것은 한 작가의 인생관, 예술적 문제의식, 세계관, 관심구조 등과 관련된 사항이며, 또 그런 사항과의 관련하에 따져야 할 종합적 과제이다. 이런 점에서 소설적 인물의 해석방법은 대체적으로 다음과 같은 세 가지 시각에 초점을 맞추어야 할 것이다.

(1) 인물의 특성분석
(2) 갈등구조를 통한 인물관계의 분석
(3) 인물제시에 있어서 서술자의 거리분석

인물의 특성분석은 개성, 전형성, 보편성, 인물의 명명법 등을 토대로 독자 나름의 해석방법을 발견하는 과정에서 이루어질 문제이다. 인물의 특성이란 결국 이런 사항들의 총체화된 결과이기 때문이다. 인물의 특성은 여러 사람 가운데서 구별되게 하는 독특성으로 요약할 수 있다. 그 예의 하나가 인물의 고유명사이다. 고유명사는 아직 이름 붙여지지 않은 특성들의 하나의 신비스런 자연물로 남아 있는 존재에 붙여진 상징이라 할 수 있다.

김동리의 <황토기>에는 억쇠와 득보라는 인물이 등장한다. 이들은 다 힘이 센 장사이며 억쇠는 무쇠같이 단단한 인물로서 꺾어지기는 해도 휘어지지 않는 성격의 소유자라는 것을 암시하고 있고, 득보는 시골의 힘이 센 사내를 연상시키는 이름으로서 이름 자체에 뚝심이 세다는 의미를 내포하고 있다.36)

이와 같이 인물의 특징이 인물다울수록 인물은 보다 선명하게 드

---

36) 구인환, 『소설 쓰는 법』, 동원출판사, 1991, p. 177.

러날 것이다. 갈등구조를 통한 인물관계의 분석은 플롯과의 관계에서 역할이 중심이 되어야 할 것이고, 오늘날은 시점의 문제와 형식주의자와 구조주의자의 인물기능론이 그 맨 앞자리에 놓일 것이다. 롤랑 바르트가 '인물이란 개념은 부차적인 것으로 전적으로 플롯에 종속된 것이다'라는 선언과 함께 인물이란 단순한 서사적 행위자 위에 우리들 시대가 덧붙인 편리한 합리화이든 간에 '인물이라는 견지에서는 묘사될 수도 없으며 기술될 수도 없다'는 논리 또한 일고 있기 때문이다.

그러나 갈등구조를 통한 인물관계의 분석은 이미 소설이해의 한 원론이 되었다. 등장인물과 플롯을 구별해서 물을 수는 있지만 서로 떼어서는 생각할 수 없다. 유기성 때문이다. 그래서 등장인물의 성격발전에는 일관성이 있는가, 어떤 종류의 갈등이 존재하는가, 인물과 시점의 관계는 어떠한가, 이런 의문들은 등장인물에 따른 논의이면서 플롯과 관계된다.

인물의 갈등은 인물과 인물 사이의 대립에서 발생하고, 한 인물이 자신의 내면 속에 상반된 감정을 가지고 있거나 시대나 환경이 조화되지 않아서 갈등을 겪을 수도 있다. 모파상의 〈목걸이〉는 전자의 적절한 예라 할 수 있다. 곧 〈목걸이〉에서 여주인공이 친구로부터 빌린 진주목걸이를 잃고 그 사실을 고백했더라면 그녀는 10년의 세월을 헛되이 보내지 않았을 것이다. 그러나 주인공 마틸드는 자신의 처지와는 관계없이 화려한 꿈을 가진 여자이기에 그런 고백을 할 수 없었다. 그 결과 비극이 더욱 깊어졌다. 이런 성격의 충격적 발전은 이 작품이 지닌 플롯-놀라운 타당성을 지닌 논리 때문이다.

시대나 환경 때문에 인물이 겪는 갈등의 예는 많다. 〈광장〉, 〈불꽃〉의 주인공인 명준과 고현이 그러하고, 〈태백산맥〉의 김범우를 위시한 여러 인물, 그 밖에 80년대 민중문학의 주인공들이 겪는 갈등이 거의 이런 종류이다.

이런 갈등의 문제에 대해서 개인과 사회 혹은 자아와 세계 사이의 대립양식이 소설이 다루어야 할 기본구조라고 강조한 제라파(Michel Zéraffa)는 오늘날 작가들은 대략 다음과 같은 점들을 염두에 두고 인물을 창조해야 한다고 했다.

① 인간에 대한 보편적 관념과 우연적인 사건인 현실 사이의 틈에 대해 날카로운 인식을 가져야 한다.

② 주인공은 이상과 현실 사이의 분열 및 괴리현상이 빚어낸 희생물임을 인식하여야 한다.

③ 작가는 이러한 분열과정에서 작중인물이 왜 고통을 겪어야 하는지 그 원인을 분석해 내어야 한다.

④ 작가들은 영원히 화해될 것 같지 않은 두 세계 사이를 보다 조화로운 경지로 이끌어 가려함으로써 단절의 현상을 끌어내려야 한다.

사회 혹은 세계의 타락으로 말미암아 소설 속의 주인공이 그전보다 훨씬 더 처절한 노력을 기울이지 않을 수 없게 된다.[37)]

현대의 상황을 염두에 둘 때 우리는 이런 진단에 별 저항을 느끼지 않는다. 인물 제시에 있어서 서술자의 거리분석은 시점에 관한 많은 논의들과 연관된 문제이다. 따라서 이 과제는 여기서 문제점을 제기하는 것을 그 의의를 삼고[38)] 논의는 보류한다. 다루어야 할 사항이 많기 때문이다.

---

37) 조남현, 『소설원론』, 고려원, 1982, p. 159.
38) 이 부분에 대해서는 하일지의 『소설의 거리에 관한 하나의 이론』(민음사, 1991)이 대체적인 방향을 시사한다.

[참고문헌]
구인환, 『소설 쓰는 법』, 동원출판사, 1991.
박철희, 『문학개론』, 형설출판사, 1975.
우한용 외, 『소설교육론』, 평민사, 1993.
伊東勉, 서은혜 역, 『리얼리즘이란 무엇인가』, 청년사, 1987.
조남현, 『소설원론』, 고려원, 1982.
趙鎭基, 『韓國現代小說硏究』, 학문사, 1984.
조정래·나병철, 『소설이란 무엇인가』, 평민사, 1991.
하일지, 『소설의 거리에 관한 하나의 이론』, 민음사, 1991.
Chatman, S., 김경수 역, 『영화와 소설의 서사구조』, 민음사, 1990.
Frye, N., *Anatomy of Criticism*, Princeton Univ. Press, 1957.
Propp, Vladimir, *Morphpology of the Folktale*, 『민담형태론』, 새문사, 1987.
Stanton, Robert, *An Introduction to Fiction*, 박덕은 편, 『소설의 이론』, 새문사, 1984.
Wellek & Warren, *Theory of Literature*, Penguin Books, 1970.

제6장
소설의 시간과 공간
Ⅰ. 소설의 시간
柳仁順

1. 소설의 시간

시간이란 무엇이며 그것은 소설과 어떤 관련을 맺고 있는가. 먼저 시간의 의미와 그 유형을 알아보기 위해, 독특한 시간철학을 담고 있는 다음 작품을 보기로 하자.

"시간은 존재하고 있어요." 모모는 생각에 잠긴 채 중얼거렸다. "어쨌든 그건 확실해요. 하지만 그것을 잡아 볼 수는 없어요. 또 묶어놓을 수도 없구요. 어쩌면 시간은 향기와 같은 것은 아닐까요? 하지만 시간은 또한 끊임없이 지나가고 있는 그 무엇이에요. 그러니까 그것은 어디메선가 오고 있는 원천을 가진 게 아닐까요? 아니면……, 아니에요. 이제 알겠어요! 어쩌면 시간은 항상 거기에 있기 때문에 사람들이 귀를 기울이지 않는 일종의 음악일 거예요. 사실 저는 벌써 여러 번 그런 음악을 들었던 것 같아요. 아주 나직한."[1]

고아인 꼬마소녀 모모는 폐허가 된 원형극장의 낡은 무대 밑에서 다정한 이웃들과 어울려 행복하게 살아간다. 그러나 어느 날 죽음

---

1) 미카엘 엔데, 차경아 역, 『모모』, 도서출판 청람, 1977, p. 177.

의 요소로 만들어진 시간도둑들이 마을로 스며든다. 그들의 꾐에 넘어간 마을 사람들은 시간을 저축하기 위해 가족끼리는 물론 이웃 사람들과의 다정한 인사나 대화의 시간에조차 인색해지고 휴식 없는 노동으로 생명의 즐거움을 잃어간다. 마침내 그 원인이 시간도둑에 있음을 알게 된 모모는 시간을 주재하는 신비한 존재, 호라 박사를 찾아간다. 이곳에서 모모는 모든 인간은 각기 자신의 시간을 갖고 있고 그 시간이 진정으로 자신의 시간인 한에서 그 시간은 생명을 갖게 되며,[2] 시간이란 존재하는 것이고 절약하면 할수록 없어진다는 것, 시간은 곧 삶이며 삶은 결코 절약할 수 없는 것임을 알게 된다. 마침내 모모는 호라 박사의 도움을 받아 시간도둑들과 싸워 도둑맞은 시간을 인간에게 찾아주면서 마을에는 다시금 행복과 평화가 찾아온다는 것이 <모모>의 내용이다.

소설 <모모>의 마을 사람들처럼 현대인들은 시간강박에 시달리고 있다. 그리고 이 시간강박은 소설에서도 그대로 반영된다. 근대 이전에 종교가 주었던 영생에 대한 믿음이 현대에 와서 그 힘을 잃게 된 데에도 이유가 있지만 현대과학의 발전에 따른 인간체험의 과학적 분석이 가능하다고 믿는 인간의 자아해체화,[3] 현대생활의 변화속도[4] 등이 현대인으로 하여금 시간강박에 빠지게 한 것으로 보인다.

앞에서 '모모'는 시간이란 존재하는 것이고 끊임없이 지나가는 것이고, 항상 거기에 있는 것이라고 했다. '모모'는 또 호라 박사의 수수께끼를 풀 때에 "과거란 지금 막 지나간 순간들이고, 미래란 이제 막 오고 있는 순간"들이며, 그렇기에 "만약 현재라는 게 없으면 과거도 미래도 없을 것"이라고 얘기한다. 꼬마소녀 '모모'의 이와 같은 시간인식은 아리스토틀과 오거스틴 성인, 베르그송의 시간

---

2) 앞의 책, p. 171.
3) 한스 마이어호프, 김준오 역, 『문학과 시간현상학』, 심상사, 1979, p. 184.
4) A. A. 멘딜로우, 최상규 역, 『시간과 소설』, 대방출판사, 1983.

인식의 반영이다.

시간의 성격에 대해 최초의 관심을 표명했던 아리스토틀은 시간은 先과 後에 관한 운동의 數라고 했다. 그에게 '時間은 하나의 線이 수학적 點들로 이루어지는 것들과 마찬가지로 지금 순간들(now-moment)로 이루어진 것'5)이라고 했다. 오거스틴은 시간의 순간적 경험을 記憶과 期待라는 심리적 범주에 연결시킨다. 그에게는 이 세상에 일어나고 있는 것은 모두 '현재'의 시점에서 일어나는 것이다. '과거'란 '과거사'에 대해 현재의 기대나 예상이라는 것이다.6) 결국 그에게 시간이란 '영혼의 확장'이었다. 김용성 교수는 이 '영혼의 확장'이야말로 현대적인 표현법으로 말해 '의식의 확장'7)에 다름아님을 지적한 바 있다. 한편 베르그송에 이르면 시간은 지속의 양상을 갖고 있다고 본다. 지속이란 우리가 시간을 연속적 흐름으로 경험하는 것이다.

시간은 곧 그것을 의식하는 자에게 존재하기 시작하며 시간의 존재를 의식하는 자는 삶을 의식하는 자이다. 바꾸어 말하면 자기 삶을 의식하는 자는 시간을 의식하는 자이고 자기 삶을 풍부히 사(生)는 자이기도 한 것이다. 다음을 보기로 하자.

시간을 재기 위해서 달력이 있고 시제가 있다. 하지만 그것은 별로 의미가 없다. 사실 누구나가 알고 있듯이 우리에겐 단 한 시간이 영원처럼 여겨질 때가 있는 반면, 찰나처럼 무상하게 흘러갈 수가 있기 때문이다. 그 시간 동안에 겪는 우리의 체험에 따라서 말이다.8)

시간의 인식에는 달력과 시계에 의한 것과 마음으로 느끼는 시간이 있다. 한스 마이어호프는 전자의 것을 공적이고 객관적이며 자

---

5) 김용성, 『한국소설과 시간의식』, 인하대학교출판부, 1992, p. 4. 재인용.
   이후 시간개념에 대한 것은 김용성의 같은 책 pp. 4~10까지의 요약임.
6) 한스 마이어호프, 앞의 책, p. 37.
7) 김용성, 앞의 책, p. 7.
8) 미카엘 엔데, 앞의 책, p. 65.

연적인 시간이라고 본다.9) 그리고 후자의 것을 개인적이고 주관적인 시간이라고 본다.10) 이 개인적인 시간은 그 길이를 끊어볼 수 없는 지속(持續)의 성질을 갖고 있어서 경험 속에 있는 시간들은 상호 침투되고 사건들의 질서는 동적 연관성을 맺게 된다. 이들을 언어화했을 때, 이들은 경험이 재구성된 문학적 시간으로 이입되는 것이다.

한편 베르쟈예프는 시대에 따라 변모되는 시간의식을 표명한다. 그들은 우주적 시간(cosmic time), 역사적 시간(historical time), 실존적 시간(existential time)이다.11) 이들 베르쟈예프적인 시간관은 그 시대를 살아가는 지각자의 세계관의 표명이기에 문학작품에서 흔히는 주제의 문제와 관련된다.

다음은 이들 시간을 소설과 직접 연관시켜 보기로 하자. 소설에 관련된 시간의 유형은 '독서를 하는 데 소요되는 연대기적 지속', '소설을 쓰는 데 소요되는 연대기적 지속', '소설 주제의 연대기적 지속'12)으로 나눈다. 한편 김용성은 소설에서의 시간을 경험적 시간, 허구적 시간, 창작동기로서의 시간이라는 세 가지 양상13)으로

---

9) 공적이고 객관적인 시간은 인간 상호간의 타당성은 띠고 있으나 개인의 시간경험과는 관계가 없는, 우리의 공공생활을 지탱하는 시간이 된다. 이들의 특징은 ①시간의 흐름에 대한 균일한 측정이 가능하고, ②시간은 더 이른 사건에서 나중의 사건으로 흐른다는 비대칭적 관계에 의해 생성될 일련의 질서를 나타내며, ③한쪽 방향으로 흐른다는 불가역성을 갖는 것으로 나타난다. 한스 마이어호프, 앞의 책, pp. 144~175.

10) 개인적이고 주관적인 시간은 개인의 경험으로 포착되는 시간요소와 관계한다. 그래서 이 개인적이고 경험적인 시간은 주관적 상대성에 따라 개인적으로 측정된 시간의 비현실적 배분, 불규칙성, 비일관성 등을 보여준다. 한스 마이어호프, 앞의 책, p. 45.

11) 우주적 시간은 우주, 자연에 관심을 가지며, 시간은 순환한다고 믿는다. 아침/낮/저녁, 밤/낮, 봄/여름/가을/겨울, 탄생/죽음과 같이 계속적으로 일어나는 개인이나 집단현실에 관심을 갖는 시간관이다. 실존적 시간은 미래에 대한 불확실성을 표현하며 주체적 세계의 시간이지 객체적 시간은 아니며, 이들은 點으로 상징된다. 김용성, 앞의 책, pp. 16~19.

12) A. A. 멘딜로우, 앞의 책, p. 82.

나눈다. 이들은 모두 소설의 내외적 시간에 관련된 유형이다. 그러나 본고에서는 소설 자체 내의 시간에 관련된, 소설 내적 시간만을 그 대상으로 고찰하려고 한다.

소설에서 시간(공간 포함)의 중요 기능에 대한 다음 지적을 보기로 하자.

> ……그것(시간과 공간 —필자 주)이 사건을 연결시켜주고 풀어주기도 하여 내러티브 형성의 골간을 이룬다는 점과, 텍스트에 구체성을 부여하고 플롯과 역사를 부여해 준다는 점 때문이다. 이는 또한 텍스트 속에 정서와 가치를 포함시켜 주는 역할을 한다는 점에서도 그 중요성은 두드러진다.[14]

뿐만 아니라 이들은 장르의 타입 결정은 물론, 소설양식상의 리얼리티를 형성[15]하는 데 기여하기도 한다는 것이다.

소설 내적 시간의 접근에서는 크게 시간의미적 차원과 소설기법적인 차원의 것이 있다.

---

13) 김 교수의 의견에 의하면 경험적 시간은 자연적 시간과 대조되는 시간으로 인간적, 시간, 심리적 시간, 주관적 시간으로 표현되는 문학적 시간을 가리킨다. 허구적 시간은 경험적 시간에 기초를 두고 생겨난 문학상의 시간으로 본다. 그리고 창작동기로서의 시간은 소설가가 갖는 창작배경의 시간을 의미한다고 한다.(김용성, 앞의 책, p. 20)

그러나 여기서 김 교수가 명명한 '허구적 시간'은 형식주의자가 말하는 '허구의 시간'과는 변별해야 할 성질의 용어이다. 김 교수의 '허구적 시간(fictional time)은 '서술(진술)의 시간'에 가깝다고 본다.

장 리카르도는 소설의 시간을 '서술의 시간'과 '허구의 시간'으로 구분하고 있는데, '서술의 시간'은 이야기를 소설 속에다 표현하는 방식을, '허구의 시간'은 이야기 자체의 시간을 의미하고 있는 까닭이다. 러시아 형식주의자들의 용어를 빌면 다시 '서술의 시간'은 '주제의 시간'이고, '허구의 시간'은 '우화의 시간'이 된다. (박정규, 『김유정소설의 시간구조』, 깊은샘, 1982, p. 28 요약)

14) 우한용, 『한국현대소설구조연구』, 삼지원, 1990, p.275.

15) 우한용, 앞의 책.

1) 의미차원적 소설의 시간

먼저 소설의 시간을 그 의미차원에서 살펴보기로 하자. N. 프라이는 그의 原型批評-神話의 理論에서 신화 속에 나타난 이미지의 순환적인 상징을 네 개의 주된 양상으로 보고 있다. 이들은 곧, 일년의 4계절(봄, 여름, 가을, 겨울)은 하루의 4시기(아침, 정오, 저녁, 밤), 물의 주기의 네 개의 측면(비, 샘, 강, 바다나 눈), 인생의 4시기(청년, 장년, 노년, 죽음) 등으로 각각 대응되고 있다는 것이다.16) 따라서 이들 서로 대응되는 것들끼리 짝을 맞추면, 봄과 여름 : 아침과 정오 : 청년과 장년은 희극적 움직임을 지향하는 로맨스와 순진무구의 아날로지를, 가을과 겨울 : 저녁과 밤 : 노년과 죽음은 비극적 움직임을 지향하는 리얼리즘과 경험의 아날로지를 보게 되는 것이다.17)(이들 N. 프라이적인 시간의미가 잘 드러난 김동리의 <등신불>은 2장에서 예를 들어 보일 것이다)

2) 기법차원적 소설의 시간

작가가 소설을 창작한다는 것은 자신의 경험세계와 자아를 재구성하는 일18)인만큼 작가는 시간문제에 직면하게 된다. 헨리 제임스는 소설가에게 있어서 항상 만만치 않은 것은 시간의 문제이며, 진실이라는 조건에 의해, 문학적 배열이라는 조건에 의해 작품은 압축과 구성과 형식의 효과를 강조하고 있다19)고 고백한 바 있다.

소설의 시간에 대한 관심과 해명은 형식주의자들에게서 뚜렷하게 나타난다. 그들은 문학작품은 여러 요소들로 구성되어 있는데 이때 작품을 구성하고 있는 여러 요소들은 단순한 '합계'가 아니라 그들이 가진 역동적 기능에 따라 역동적 형식으로 '구성'되어 있다고 본

---

16) N. 프라이, 임철규 역, 『비평의 해부』, 한길사, 1982, p. 223.
17) 앞의 책, p. 228, 미토스의 순환적, 변증법적 패턴의 도식 참조.
18) 한스 마이어호프, 앞의 책, p. 84.
19) A. A. 멘딜로우, 앞의 책, p. 25에서 재인용.

다.20) 이들 작품 요소들의 구성에는 적합한 '기법'이 있는데 그것이 주제(subject)의 구성이라는 것이다. 슈클로프스키는 주제란 일련의 동기들(motifs)의 결합이라는 종래의 생각을 변형시켜 '주제'와 '우화'를 구분했다. 그리고 토마체프스키는 이들 '우화'를 작품의 독서 도중에 우리에게 전달된, 서로 연결된 사건들 전체, 즉 자연적인 순서로 일어난 사건이며, 주제란 사건들이 작품 속에 출현하는 순서를 존중하고, 우리에게 그 사건들을 가리켜준 정보들의 연속을 존중하는 것21)이라고 했다. 다시 말하면 '우화'란 실제로 일어난 것, 사건들의 시간적 순서에 따른 배치이고, '주제'란 작가의 예술적 의도에 의해 재배치된, 작품 속에 배열되어 있는 대로의 사건을 가리킨다.

우화와 주제, 우화의 시간과 주제의 시간 사이에서 나타나는 것은 순서(order), 지속(duration), 빈도(frequency)의 문제다. 토로로프는 이야기하는 시간과 이야기되는 시간의 순서에 주목한다.

이야기하는 시간(진술)의 순서는 이야기되는 시간(허구)의 순서와 결코 완전히 평행될 수 없다.- '먼저'와 '나중'으로 정연한 질서가 없고, 필연적으로 순서(順序) 상의 전도(顚倒)가 있게 마련이다. 이와 같은 전도는 두 시간성 사이의 성격적인 차이에 기인하는데, 진술의 시간은 일차원적인 데 반해 허구의 그것은 다차원적이기 때문이다. 두 시간성 사이의 평행 불가능성은 따라서 時間錯誤(anachronies)로 귀결되는데, 이 시간착오에 있어서 우리는 명백히 주요한 두 가지 종류를 구별할 수 있다. -追想과 豫測이다.22)

---

20) 츠베탕 토도로프, 김치수 역, 『러시아 형식주의』, 이화여대출판부, 1981, p. 19.
21) 위의 책, p. 208.
22) 츠베탕 토로로프, 곽광수 역, 『구조시학』, 문학과지성사, 1978, p. 65.
한편 쥬네뜨는 토로로프가 '이야기하는 시간'이라고 부른 것을 '텍스트 순서'로, '이야기되는 시간의 순서'를 '스토리 순서'로 말한다. 역시 '시간착오'를 '시간모순'으로 '예측'을 '사전제시'로, '추상'을 '소급제시'로 부르고 있는 바, 본고에서는 이들을 같은 성질의 용어로 간주하기로 한다.

여기서 '이야기하는 시간'은 '주제의 시간'이고, '이야기되는 시간'은 '우화의 시간'이며, '추상'은 먼저 일어났던 일을 나중에 이야기해주는 것이고, '예측'은 나중에 일어날 일을 미리 이야기해 주는 것이다.

한편 쥬네뜨는 '지속'에 대해서, 사건들이 발생하는 데 소요되었을 시간과 그 사건을 서술하는 데 소요된 텍스트 분량과의 관계를 살핀다. 한 인물의 일평생이 서너 줄로 요약되어 서술되었다면 이는 요약에 의한 加速이 되고, 반대로 한 인물의 24시간이 텍스트 전체를 이룬 〈율리시즈〉 같은 작품은 그것을 완전히 다 읽는데 걸리는 시간만도 며칠이 소요될 것이니 이는 부풀림에 의한 최대의 減速이 되는 것이다.

'이야기하는 시간'과 '이야기되는 시간' 사이의 또 하나의 특징은 빈도(頻度)이다. 쥬네뜨는 한 사건이 스토리 속에 나타나는 회수와 그것이 텍스트 속에 서술된 회수와의 관계를 다루고 있다.[23] 여기에는 한 번 일어난 일을 한 번 이야기하는 '단회서술'과 한 번 일어났던 일을 n번 반복하는 '중첩반복의 서술' 그리고 n번 일어났던 일을 한 번에 이야기하는 '요약반복 서술'이 있는데 이는 몇 년, 또는 몇 달 동안에 걸친 반복적인 행위가 한 번에 서술되는 방식이다. (기법차원에서의 소설이 시간에 대한 작품분석은 3장에서 예시할 것이다)

2. 의미차원적 소설이 시간

김동리의 〈등신불〉 안에는 두 개의 이야기 액자가 들어 있다. 제1액자에는 태평양 전쟁 말기, 日軍의 학도병으로 끌려 나갔다가 탈

S. 리몬- 케넌, 최상규 역, 『소설의 詩學』, 문학과지성사, 1985, p. 74.
23) S. 리몬- 케넌, 앞의 책, p. 74.

출한 1인칭 서술자인 '나'의 달포에 걸친 이야기가, 제2액자에는 1,200년 전 당나라 시대, 萬積이 出家하여 燒身成佛하기까지의 10년 동안의 이야기가 그들이다.

　제1액자의 '나'는 일본 대정대학 재학 중이던 1943년 이른 여름, 남경에서 소속부대가 인도지나나 인도네시아 방면으로 가게 된다는 것을 알고 그 부대가 떠나기 사흘 전 일본 대정대학 출신으로 남경에 살고 있다는 중국인 진기수 씨를 찾아간 '땅거미' 질 무렵부터 본격적인 이야기가 시작된다. 적국의 군복을 입은 생면부지의 젊은 이가 도움을 요청했을 때 거절의 눈빛을 보이던 진기수 씨는 '나'가 혈서로 쓴 願勉殺生 歸依佛恩이란 글을 보자 감동하여 그의 스승이 살고 있는 정원사로 '나'를 보내게 된다. '나'는 안내자인 늙은 승려 경암을 따라 산길 200리의 밤길을 떠나게 된다. 달이 떠오르기 전인 스무하루 날 밤길을 떠나며 어둠 속에서 경암을 놓쳐 허둥대던 '나'도 밤이 깊어 조각달이 떠오르자 제법 산길에 익숙하게 된다. 다음 날 늦은 아침에야 '나'는 정원사에 도착하여 진기수 씨의 스승인 원혜대사에게 인도된다.

　제1액자에서 땅거미 질 무렵부터 밤을 지나 늦은 아침에 이르기까지는 명목 없는 암울한 죽음의 상태로부터 소생의 상태로의 전입을 위한 시련의 시간이다. 밤은 늙음이고, 죽음이고 갈등이며, 아침은 젊음이고 삶이고 화해의 상징이기 때문이다.

　또한 '나'와 등신불과의 만남도 4일간의 경악과 충격과 슬픔과 갈등을 거쳐 등신불에 동화된다. 등신불과의 첫 대면은 오후에 이루어지고 밤 동안 깊은 충격과 전율, 공포로 괴로워한다. 다음날 새벽 예불 때 원혜대사를 통해 등신불이 정원사 소속의 스님이었다는 얘기를 듣게 되고, 또 동료 승려인 청운을 통해 등신불에 대한 간단한 얘기를 전해 듣는다. 이후 '나'는 절에서 보관되어온 기록을 통해서 다시 등신불에 대한 얘기를 읽게 되고(아침 무렵), 원혜대사를 통해 절에서 전해오는 만적선사에 대한 더 자세한 이야기를 들게 된다. 그리고 정오 무렵 만적선사의 이야기를 들려주던 원혜대사는 '나'에게 "자네 바른 손 식지를 들어보게"라고 한다.

나는 달포 전 남경 교외에서 진기수 씨에게 혈서를 쓰느라고 입으로 살을 물어 뗀 식지를 쳐들어 보인다. 침묵의 시간이 흐르는 태허루에서 정오를 알리는 큰 북소리가 목어(木魚)와 함께 으르렁거리며 들려온다. 이는 곧 지금까지 혼동과 갈등의 세계에서 방황하던 '나'에게 생명의 시간이고 깨우침의 시간이 도달했음을 보이는 것이다.

하루 중 저녁 무렵에 만나보게 된 등신불, 밤으로의 충격과 전율과 고뇌, 새벽에 듣는 만적선사에 대한 이야기, 그리고 마침내 원혜대사를 통해 좀 더 소상하게 듣게 되는 만적의 이야기와 '나'의 입으로 살을 물어 뗀 식지, 정오를 알리는 큰 북소리와 목어소리의 으르렁거림, 무생명의 생명화― 이는 곧 불성의 세계에서 만적과 '나'는 1,200년의 시간을 초월하여 완전한 합일에, 원혜대사가 인정한 '나'의 해탈이 이루어졌음을 보이는 것이다.

한편 만적선사의 소신공양에 대한 청운의 이야기와, 절에서 전해온 기록물과 원혜대사의 이야기를 통한 만적의 삶은 10년에 걸친 지속을 보여준다. 만적은 그의 나이 13살 때, 어미가 자신의 소생인 만적을 위해, 개가한 남편의 아들 사신의 밥에 독약을 넣은 것을 보고 출가하여 求法의 삶을 산다. 만적이 24살 되던 겨울, 만적은 고향인 금릉 방면으로 나갔다가 전날 만적 어미의 화를 피해 집을 나갔던 사신을 만난다. 그러나 그는 문둥병이 들어 있었고 만적은 자신의 염주를 벗어 사신의 목에 걸어주고 다시 절로 들어와 그 길로 火食을 끊고 말을 잃어간다. 다음해 봄에 이르기까지 만적이 먹는 것은 하루에 깨 한 접시뿐이다. 이듬해 이월 초하룻날 마침내 취단식을 거행하고 단 위에 가부좌를 한 만적은 살아있는 화석이 된 채 한 달간을 보내게 된다. 마침내 한 달을 채운 뒤 오시 초(정오 무렵)에 성스런 소신공양이 이루어진다. 만적의 머리에 불화로가 놓이고 불기운이 만적의 정수리를 뚫어 육신이 연기로 화하여 나가는 시간은 신시(저물 무렵) 말까지 계속된다. 드디어 이적이 일어난다.

만적이 겨울에서 봄에 이르기까지 화식을 끊고 말을 잃었다는 것, 삼월 초하루 오시 초부터 신시 말까지 불화로를 머리에 얹어 놓아 스스로 소신공양을 하게 되고 마침내 이적을 발하게 되는 과정은 모두 죽음과 같은 고된 시련과 극기의 과정을 보여준다. (겨울-봄). 오시 초에 불화로를 정수리에 놓았다는 것은 가장 화려한 시간의 정점에서 인간 한계상황에 도전하여 인간의 영역으로부터 부처의 영역으로 들어서는 과정을, 신시 말에 보인 이적은 비록 육신적인 죽음의 완성이나, 영혼의 승리 곧 부처의 경지에 완전히 도달했음을 보여주는 것이다.

<등신불>에서 만적의 10년간의 생활, '나'의 달포에 걸친 생활은 두 개의 액자가 서로 교체되면서 대단원에서 정오를 알리는 큰 북소리와 목어소리와 함께 1,200년의 시간간격을 무너뜨리고 완전한 합일에 이른다. 인간고뇌와 의지의 초극이라는 승리에 달한 것이다.[24) 만적은 스스로 소신공양함으로써, '나'는 혈서를 씀으로써 만적과 나는 대속자(代贖者)의 자리에 오르는 것이다. 이들은 모두 시간의 의미를 파악할 때 비로소 우리에게 나타나는 <등신불>이 지닌 또 다른 의미 층위가 되는 것임은 말할 필요가 없을 것이다.

3. 기법차원적 소설의 시간

김유정과 절친한 사이였던 李箱은 <김유정-소설체로 쓴 김유정론>이란 단편을 통해 한참 활동 중이던 유정의 젊은 시절 성격을

---

24) 유인순, 「등신불을 위한 새로운 독서」, 『이화어문론집』 4집, 이화여자대학교 한국어문연구소, 1981, p. 78.

희화적으로 파악한 바 있다. 이 작품에서 그는 특히 유정이 '척척 붙어 올라올 것 같은 끈적끈적한 목소리'로 강원도 아리랑 팔만구 암자를 내뽑는데 그것이 '천하일품의 경지'[25]라고 칭찬한다. 한편 소설가 이석훈은 김유정 사후 그를 추모하는 글에서 유정이 한때 방송국에서 어린이 시간에 이야기 방송을 했었는데 야담이나 고담 식으로 아주 능청스럽게 잘했음을 기억한다.

……여니때는 대단이 입이 무겁고 말더듬이지만 방송을 할 때와 술 먹은 뒤 -술 坐席에선 아주 能辯이오 達辯이었다. 시골 오입장이(술 먹으면 시골오입장이적 風貌로 변한다)적 어조로 가끔 內地語를 섞어 가며 좌석을 번쩍 들었다 놓는다.[26]

유정이 평소 잘 불렀다는 육자배기조의 말투가, 야담이나 고담식 이야기꾼으로서의 모습이 가장 잘 나타난 것이 <아내>라는 작품이 다. 본고에서는 유정의 능청스러운 이야기 수법이 그의 작품에서 어떤 문학적 장치로 나타나고 있는지를 시간구조적인 측면에서 추 적해 보려고 한다.

작가가 글을 쓴다는 행위는 연대기적으로 보아 연속적인 반면 작 자의 눈앞에 떠오른 기억들은 한꺼번에 펼쳐진다. 작가는 이들 전 체적인 사건들 속에서 사건들의 논리적 순서와 통일성을 이루어 주 기 위해 시간전위를 하게 된다.

<아내>에서 시간의 구분은 전체적으로 아들을 낳기 전/ 아들을 낳은 후/ 농촌에서의 겨우살이의 어려움/ 아내의 들병이 지원/ 들 병이가 되기 위한 훈련기간/ 들병이 실습과 그 결과라는 커다란 윤 곽만 짐작할 수 있을 뿐 그들 시간경제를 작위적으로 흐려놓은 작 가의 전략에 부딪쳐 시간의 파악이 쉽지 않다. 이제 <아내>의 텍스

---

25) 문학사상자료조사연구실 편, 『이상소설전작집 1』, 갑인출판사, 1980, p. 227.
26) 이석훈, <裕貞의 面貌 片片>, 『조광』, 1939, 12, p. 314.

트 단락을 구분해보고 이들의 시간구조를 살펴보기로 하자.

1. 우리 아내는 이쁘지 않다. 계집이란 이쁜 낯짝보다는 아들만 줄대 같이 잘 빠쳐놓으면 그만이며 그래야 늙어서 자식이 먹여주는 것으로 살 수 있다.

2. 우리 아내 못생겼어도 똘똘이는 끼끗하게 잘 낳아주었고 그후 아내가 큰체를 하게 되었다.

3. 아내의 얼굴묘사- '이마가 홀떡 까지고 양미간이……. 썩 잘보자 해도 먼산 바라보는 돼지코가 자꾸만 생각이 난다'

4. 아내는 제 못난 얼굴 때문에 밤이면 남편의 눈치를 살피고 남편의 태도 여하에 따라 웃고 울고 한다.

5. 젖먹이 똘똘이의 얼굴을 아비가 만지려하면 아내는 사정없이 이를 제지하고 남편에게 맞대들기 시작한다.

6. 요즘도 조용한 날이 없기는 하지만 만나기만 하면 각다귀같이 쌈박질이나 그럴수록 부부 금실은 깊어지기만 한다. -부부싸움의 발단 과 과정, 결과.

7. 요즘 먹는 것은 나무장사를 해서 벌어들인다.- 쌍지게질로 나무를 해서 담날 장에 갔다가 팔아 양식을 사오고 아내는 이를 밥을 해서 서로 식탐을 하며 먹는다.

8. 아내가 들병장사를 나가자고 남편을 설득하고 남편도 이에 동조한 다.

9. 남편이 밤마다 아내에게 소리공부를 시킨다. -아내는 열심히 소리 연습을 한다.

10. 아내가 신식창가를 부른다-야학에 가서 배워왔다.

11. 아내가 예뻐지려고 분때를 자주 민다고 하나 별로 예뻐지지는 않 았다.

12. 계집은 남편을 속여먹는 맛에 깨가 쏟아지나 보다… 이 행실을 믿고 그랬는지도 모른다.

13. 새벽 일찍이 뒤를 볼 무렵의 아내의 창가연습, 담배 먹는 연습을 하는 것을 목격한다. -아내는 본격적인 들병이가 되기 위한 연습을 원한다.

14. 이런 기맥을 알고 뭉태가 아내를 농락했다.

15. 뭉태가 섣달 대목 술 얻어먹으로 가자고 아내를 내끌고 아내는 따라갔다.

16. 남편이 나무를 팔러갔다가 늦으면 밥먹을 준비를 하고 기다려야 옳지 않느냐.

17. 남편은 밤길 삼십리를 추위와 허기와 피곤에 지쳐 허덕이며 마을로 들어섰다.

18. 술집 바깥방에서 술취한 아내의 너털웃음소리가 났다.

19. 술죄석에 뛰어들어 술상을 박살내고 뭉태를 메치고 아내를 끌고 나가 눈 속에 쳐박고 등줄기를 대구 후려쳤다.

20. 뭉태는 달아나고 고주망태가 된 아내를 업고 집으로 올라오다가 무릎을 깠다.

21. 들병이 나갈 생각은 말고 굴대같은 아들 열다섯만 낳아라. 일년에 벼 다섯 섬, 돈으로 치면 일천 오백 원이 들어오니, 몰랐더니 이 년이 뱃속에 일천 오백 원을 지니고 있으니까 아무렇게 따져도 나보담은 낫지 않은가.

<아내>는 대략 21개 이야기 단락으로 구성되어 있다. 그러나 현재 화자의 시간적 위치가 분명치 않다. 이를 위해 텍스트를 정밀독하면 다음과 같은 흔적을 찾을 수 있다.

우리가 요즘 먹는 것은 내가 나무장사를 해서 벌어들인다. 여름 같으면 품이나 판다 하지만 눈이 척척 쌓였으니 얼음을 깨먹느냐. (1)

새벽 일찍이 뒤를 보려니까 어디서 창가를 부른다. 거적 틈으로 내다보니 년이 밥을 끓이면서 연습을 하지 않나, 눈보라는 쌩쌩 소리를 치는데……
……그저께도 들켜서 경을 쳤더니 년이 또 내 담배를 훔쳐가지고 나온 것이다. (2)

망할 자식도. 놈이 와서 섣달 대목이니 술 억어먹으로 가자고 년을 꼬였구나. 년이 솔깃해서 덜렁덜렁 따라섰겠지…… 남은 밤길을 삼십리나 허덕지덕 걸어오는데…… (3)

인용문 (1)로 보아 사건이 일어난 시간은 계절적으로 한겨울이고, 나무 장사로 양식이 부족한 부부는 들병이 장사로 나설 계획을 세운다. 인용문 (2)에서 아내는 담배도 먹을 줄 알아야 한다는 들병장사의 풍월에, '그저께'도 남편의 곰방대를 훔쳐 담배를 먹다가 들킨 적이 있다는 것으로 보아 언급되고 있는 '새벽 일찍이'의 새벽은 바로 '오늘 새벽'을 의미한다. 인용문 (3)은 인용문 (2)와 연결된 것으로 이때가 달력의 시간으로 섣달 대목의 밤임을 보인다. 결국 화자의 현 위치는 뭉태와 아내의 꼴불견을 목격하고 이를 처리하고 난 뒤인 '섣달 대목의 밤'이고 술취한 아내가 누워 있는 집의 방안이다.

앞에서 제시한 텍스트의 단락을 참고해서 이를 우화(허구)의 시간순으로 다시 배치해보면 이들은 4-5-6-7-8-9-10-11-13-15-17-18-19-20-21의 순서가 된다. 일인칭 화자(남편)의 청자에 대한 발화의 직접적 계기가 되는 사건단락은 18-19-20-21이며 단락 1-2-3-12-13-16은 화자가 처한 서술의 현 시점으로 나타난다. 다시 말하면, 사건단락 18-19-20-21이 있었기에 일인칭 화자는 그와 같은 상황이 있게 되기까지의 옛날 일을 소급제시하는데 화자의 1차서사 1-2-3이 마지막 단락인 21 직후 4-5-6……으로의 궤도진입을 도와주는 매개역할을 하는 것이다.

이들 이야기 단락의 전개를 좀 더 자세히 살펴보기로 하자. 단락 1-2-3은 남편인 화자가 처한 서술의 현 시적이다. 남편은 아내가 못생겼지만 아들만 잘 낳으면 되고, 똘똘이야말로 깨끗하게 생겨서 아내가 큰체를 하게 되었다고 한다.

> 흔히 말하길 계집의 얼굴이란 눈의 안경이라 한다. 마는 제 아무리 물커진 눈깔이라도 이 얼굴만은 어쩨볼 도리가 없을게다.
> 이마가 홀떡 가지고 양미간이 벌면 소견이 탁 드렀다지 않냐. 그럼 좋기는 하다마는 아기자기한 맛이 없고 이조로 둥글넙적이 내려온 하관에 멋없이 쑥 내민 것이 입이다. 두툼은 하나 건순입술, 말 좀 하

려면 그리 정하지 못한 웃니가 부질없이 뻗찔 드러난다. 설혹 그렇다 치고 한복판에 달린 코나 좀 똑똑히 생겼다면 얼마나 좋겠나. 첫째 눈에 띄는 것이 코인데 이렇게 말하면 년의 흉을 보는 것 같지만 썩 잘 보자 해도 먼 산 바라보는 돼지의 코가 자꾸만 생각이 난다.

인용문은 아내의 못생긴 얼굴에 대한 묘사다. 이와 같이 작가가 현 시점에서 글을 쓰는 동안 허구의 시간은 정지상태다. 그러나 4 단락에 이르면 시간은 현재로부터 아들을 낳기 전 시간으로 역행하면서 흐름을 시작한다. 5단락은 아들을 낳은 직후 젖을 먹이고 있는 아내의 기세가 등등해진 위치로의 전이가 나타난다. 그러나 6단락에서, "하긴 요즘에 하루라도 조용한 날이 있을까보서 만나기만 하면, 이놈, 저년 하고 먼저 대들기 일수다"와 같은 서술을 통해 화자의 서술시점인 현재→요즘→지난 4년(젖먹이 똘똘이가 4살이 되기까지)으로 곤두박질하는 시간역행의 흐름과 그간 반복되어온 각다귀 같은 부부의 밤마다의 육탄전이 공개된다. 현재로부터 지난 4년의 반복적인 생활이 소급제시되는 것이다. 7단락에서도 이와 같은 현재→요즘→겨울로의 순간적인 시간역행과 가난하고 힘겨운 생활이 제시된다. 춥고 배고픈 생활이기에 아내는 들병장수로 나가기를 희망하고 그래서 남편은 아내에게 소리공부를 시키고 아내는 타령뿐만이 아니라 신식창가도 배우게 되고 예뻐지기 위해 날마다 분때를 밀기도 하지만 아내의 얼굴은 별로 좋아지지 않는다.

이후 1차서사로 들어서는 것은 목격한 사건에 대한 남편의 분노가 격렬하게 솟구칠 때이다. 4·5년 전의 과거로부터 비교적 현 시점에 가까운 과거로 이야기를 이끌어오는 어느 순간 화자는 갑자기 서술의 현 시점으로 튀어 올라 증오의 투박한 언어를 내뱉는다.

계집은 아마 남편을 속여먹는 맛에 깨가 쏟아지나보다. 년이 들병장수 노릇을 할 수단이 있다고 감히 장담한 것도 저의 이 행실을 믿고 그랬는지 모른다.   〈단락 12〉

이런 기맥을 알고 년을 농락해먹은 놈이 요 아래 사는 뭉태놈이다. 놈도 더러운 놈이다. 우리 마누라의 이 낯짝에 몸이 달았다면 그만하면 다 알쪼지. 어디서 계집이 없어서 그걸 손을 대고, 망할 자식도.
<단락 14>

남편이 나무를 팔러 갔다 늦으면 밥 먹을 준비를 하고 기다려야 옳지 않으냐
<단락 16>

단락12의 인용문에서 '저의 이 행실을 믿고……'는 지금 눈앞에 술에 곯아떨어진 아내를 지켜보는 화자의 모습이 담겨있다. 이 글 바로 앞에서 화자는 아내의 얼굴이 더럽게 생겨 군서방질 해갈 염려가 없으니 오히려 불행 중 다행이라고 위안 삼았던 것이다. 그런데 그 못생긴 아내가 뭉태와 추태를 부렸기로 화자의 노여움이 허구의 시간으로부터 서술의 현 시점으로 떠오른 것이다. 단락14에서 "우리 마누라의 이 낯짝에 몸이 달았다면"에서도 역시 서술시점에서 아내의 못난 얼굴을 맞대면한 상태에서 뭉태에 대한 역정이 솟구쳐 오른 것이고 '그걸 손을 대고'에서는 뭉태가 아내를 농락할 것이라는 사전제시가 된다. 인용된 단락16은 뭉태에 대한 이종소급제시27)중 역시 아내에 대한 증오가 현재 서술의 시간으로 떠오른 것이다. 이후 단락 17~21까지는 오늘 밤 주막집에서 자신의 집에 이르기까지 있었던 아내의 일탈된 행색의 발견과 그 처리과정의 순행적(동종소급제시적) 진행이 된다.

이들을 토대로 이야기의 전개에 나타난 시간전위를 정리해서 도식화하면 다음과 같다.

27) 텍스트의 그 위치에서 언급된 작중인물이나 사건이나 스토리 선에 관한 과거의 정보를 제공하는 것은 동종소급제시(<아내>에서 나와 아내의 과거에 대한 이야기)이고, 다른 인물이나 사건이나 스토리 선에 대한 과거의 정보 제시는 이종소급제시(<아내>에서 뭉태가 아내를 유혹한 사실>가 된다.
S. 리몬-케넌, 앞의 책, p. 75.

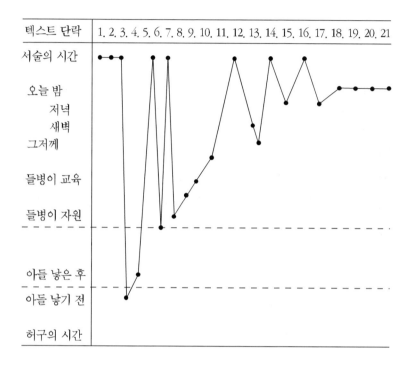

텍스트 단락	1. 2. 3. 4. 5. 6. 7. 8. 9. 10. 11. 12. 13. 14. 15. 16. 17. 18. 19. 20. 21
서술의 시간	
오늘 밤 저녁 새벽 그저께	
들병이 교육	
들병이 자원	
아들 낳은 후	
아들 낳기 전	
허구의 시간	

　김유정의 <아내>를 구성하는 시간전위를 도표로 시각화했을 때, 유정의 작품이 대개 단선적인 순행 서사구조로 되어 있다는 이야기에는 이의를 제기하게 된다. 물론 큰 대목으로 보아 아들을 낳기 전/아들을 낳은 뒤/겨울살이의 고충/아내의 들병장수 자원/들병장수가 되기 위한 훈련과정/오늘 새벽 아내의 담배 먹는 연습/아내와 뭉태의 들병장수 실습/남편이 아내와 뭉태의 술좌석 목격과 그 처리 등으로 이야기는 과거에서 서술시점에 가까운 현재를 향해 순행적으로 전개된다. 그러나 위의 도식에 나타난 이야기의 전개를 보면 이와 같은 거친 순행의 전개 속에서 거듭 서술의 현 시점으로 떠오르는[28)]전개과정을 보여준다. 이야기는 단순한 순행에서 벗어나

진행중인 서술의 현 시점으로 떠올랐다가 다시 허구의 시간으로 침잠하는 강한 운동성을 보여주고 있는 것이다. 이와 같은 시간전위의 운동성이 바로 유정의 이야기에 생동감과 가변성을 보여준다.

주목할 부분은 단락 18~21에 이른 이야기는 다시 서술시점으로 돌아가지 않고 그대로 허구의 시간(오늘 밤) 속에서 침잠한 채 끝난다. 마치 이야기꾼이 청자들의 넋을 빼놓고 이야기가 끝나자 그 청자들의 동정을 살피는 것과 같다. 마찬가지로 <아내>의 독자들은 아직도 더 들을 이야기가 있는 것으로 긴장과 기대의 끈을 놓지 못한다. 독자에게 기대를 갖게 하는 것이다. 바로 여기에서 우리는 익숙한 이야기꾼으로서의, 능청스러운 야담가로서의 行有餘力의 모습을 보게 되고 유정 이야기의 비밀이 또한 여기에 있음을 보게 되는 것이다.

한편 <아내>에 나타난 빈도의 양상은 대개가 요약, 반복, 서술로 전개되고 있다. 이른바 n번 일어났던 일을 한 번에 이야기하는 것으로, 아내가 아들을 낳기 전 밤마다 남편의 눈치를 살피던 일, 아들을 낳은 뒤 그 아내가 남편에게 맞서는(똘똘이가 네 살이 되기까지) 4년에 걸치는 밤마다의 육탄전, 남편의 밥을 탐하는 생활, 그리고 들병이가 되기 위한 소리공부와 그 연습과정은 모두 반복적인 일이나 한번만 서술되었다. 이에 대해 아내가 몽태와 술좌석을 함께 한 것과 이를 목격한 남편의 처리과정은 한번 일어난 일을 한번만 서술한 단회서술이 된다. <아내>의 주류를 이루는 요약반복적 서술에서 이 단회서술은 극적부분이 된다.

---

28) 허구의 시간에서 서술시점으로의 떠오름을 알아본 이로는 김정자 교수가 있다.(김정자, 『한국근대소설의 문제론적 연구』, 삼지원, 1985, p. 262, 265 참조) 그는 유정의 <산골>과 <동백꽃>에서의 서술분포도에서 서술시발점으로 돌아가고 있는 이들 작품의 흐름을 보여주고 있다. 그러나 서술의 시간 역시 연대기적 시간의 속성을 가지고 있다면 엄밀히 서술시발점으로 돌아가는 것이 아니라 서술의 시점(시간축)으로 떠오르는 것으로 보아야 할 것이다.

<아내>에서 시간지속은 사실상 5~6년에 걸친다. 아내가 아들을 낳기 전의 생활은 밤마다 남편의 눈치를 보는 것으로 시간은 가속된다. 아들을 낳은 4년간의 생활도 시간지속은 가속의 과정을 거친다. 밤마다 부부의 육탄전으로 처리된 것이 그것이다. 비교적 시간지속이 감속의 과정을 보여주는 곳은 남편이 소리공부를 시키는 부분과 아내가 새로 배워온 신식창가를 화롯가에 앉아서 부르는 부분이다. 지속되는 시간에서 최대의 감소치는 다음에서 나타난다. 부엌에서 밥을 하면서 창가연습을 하는 부분이다. 노랫말을 그대로 소개하면서 등장인물의 연속되는 행위가 소상히 소개된다.

> 새벽 일찍이 뒤를 보려니까 어디서 창가를 부른다. 거적 틈으로 내다보니 년이 밥을 끓이면서 연습을 하지 않나. 눈보라는 쌩쌩 소리를 치는데 아궁이에 앉아서 부지깽이로 솥뚜껑을 톡톡 두드리겠다. 그리고 거기 맞추어 신식 창가를 청승맞게 부르는구나. 그러나 밥이 우르르 끓으니까 뙤를 벗겨 놓고 다시 시작한다. 젊어서도 할미꽃 늙어서도 할미꽃, 아하하하 우습다, 꼬부라진 할미꽃, 망할 년, 창가는 경치게도 좋아하지. 방아타령 좀 부지런히 공부해두라니까 그건 안하고 아따 아무 거라도 많이 하니 좋다. 마는 이번엔 저고리 섶이 들먹들먹하더니 아 웬 곤방대가 나오지 않냐. 사방을 흘끔흘끔 다시 살피다 아무도 없으니까 아궁이에다 들이대고 한 모금 뻑뻑 빠는구나. 그리고 냅다 재채기를 줄대 뽑고 코를 풀고 이 지랄이다.

아들이 네 살이 되기까지의 곤궁한 생활과 밤마다의 육탄전이 요약반복으로 처리되던 지난 4년간의 세월에 비해 부엌에서 밥을 하면서 창가를 부르고 담배를 먹는 부분은 노랫말은 물론 아내 행위의 연속적인 행위가 자세히 서술되는 최대 감속의 양상을 보인다. 더럽게 못난 여자가 이밥에 고깃국을 먹기 위해 들병이 연습을 하는 모습을 희극적으로 처리함으로써 그 비극성을 오히려 더 높이는 것이다. 단락 21에서 남편의 희망은 사실상 남편의 내면에서 울려나오는 것으로 이 또한 시간감속의 면모를 보여준다. 남편 자신에게는 절실한 소망이지만 이를 듣는 독자를 失笑 가운데 당시의 곤궁한 삶과 그 원인을 생각해 보게 한다. 작가는 드러나지 않게 간접적인 방법으로 독자들에게 적극적인 독서의 길로 들어서게 하여 왜 그래야만 하는지를 생각하게 하는 것이다.

4. 시간과 소설의 평가

지금까지 시간의 의미와 유형 및 소설에서 시간이 왜 중요한가를 살펴보았다. 시간은 그를 의식하는 사람에게 한 존재로 인식되고 과거와 현재와 미래로 연결되어 이를 인식하는 사람에게 하나의 생명체로 다가온다. 말을 바꾸면 시간의 인식이야말로 삶의 인식이라 하겠다.

소설은 작가경험의 언어적 형상화인 만큼 작가의 창작작업과 밀접한 관계를 맺는다. 작가경험의 예술적인 시간배치가 곧 소설인 것이다. 따라서 소설과 시간요소는 작품의 성공여부와 밀접한 관련을 맺고 있음은 주지의 사실이다. 소설에 관련된 시간 중 본고에서는 작품 내적 시간에 주목하여 의미차원으로서의 시간과 소설기법 차원으로서의 시간의 역할을 보았다. 전자의 방법으로는 김동리의 <등신불>에 나타난 시간의 의미와 그들이 작품주제에 미치는 영향을 보았고 후자의 방법으로는 김유정의 <아내>에 나타난 시간구조를 정밀분석 해보았다. 유정의 <아내>는 단순한 순행적 소급제시의 시간구조가 아니라 잦은 운동성을 갖고 있었다. 서술의 시간축에서 허구의 시간축으로 진입하되 이들은 현실의 서술 시간축으로 떠올랐다가 겹겹의 허구 속으로 곤두박질하거나 서서히 침잠하는 반복 운동을 하고 있음을 보았다.

한편 작품에서 인물들의 4~6년에 걸친 생활을 요약반복하는 방법과 시간지속에서 일상의 반복적인 장면은 가속으로 처리하고 극

적 장면에서의 최대 감속처리를 하고 있었다. <아내>의 이와 같은
시간전위의 운동성과 요약반복이 갖는 의미의 응축작용, 적절한 시
간지속의 가속과 감속이 독자로 하여금 작품에서 생동감과 다양성,
이야기의 묘미를 느끼게 하는 것이다.

소설에서 성공적인 시간요소의 전위를 보인 것이 모두 훌륭한 작
품이라고 할 수는 없지만 대부분의 훌륭한 작품은 시간요소와 밀접
한 관계를 가지고 이를 잘 처리하고 있음을 보여준다. 따라서 작품
을 읽을 때 작가가 어떻게 시간을 의식하고 이를 처리하고 있는지
에 관심을 가지고 읽는 것은 작품의 새로운 의미망을 찾아가는 신
선한 모험이 될 것이다.

[참고문헌]

김용성, 『한국소설과 시간의식』, 인하대학교출판부, 1992.
김정자, 『한국근대소설의 문제론적 연구』, 삼지원, 1985.
미카엘 엔데, 차경아 역, 『모모』, 도서출판 청람, 1977.
문학사상자료조사연구실, 『이상소설전집 1』, 갑인출판사, 1980.
박정규, 『김유정소설의 시간구조』, 깊은샘, 1992.
우한용, 『한국현대소설구조연구』, 삼지원, 1990.
유인순, 「등신불을 위한 새로운 독서」, 『이화어문론집』 4집, 이화여자대학교 한
    국어문연구소, 1981.
이석훈, 「裕貞의 面貌 片片」, 『조광』, 1939. 12.
츠베탕 토로로프, 곽광수 역, 『구조시학』, 문학과지성사, 1978.
한스 마이어호프, 김준오 역, 『문학과 시간현상학』, 심상사, 1979.
A. A. 멘딜로우, 최상규 역, 『시간과 소설』, 대방출판사, 1983.
N. 프라이, 임철규 역, 『비평의 해부』, 한길사, 1982.
S. 리몬- 케넌, 최상규 역, 『소설의 詩學』, 문학과지성사, 1985.
_____, 김치수 역, 『러시아 형식주의』, 이화여대출판부, 1981.

소설의 시간과 공간
II. 소설의 공간
柳仁順

1. 소설의 공간

과거는 존재하지 않는 것, 흘러간 세월은 그것의 공허 속으로 모든 사물과 사건, 기쁨과 슬픔을 삼켜버린다. 남아 있는 것은 기껏해야 기억 속으로 어슴프레 떠오르는 그 무엇, 바로 모든 일들이 일어난 배경에 있는 이 지상의 공간뿐이다. 사람들이 웃고 울고 태어났다가 사라져간 그런 공간 말이다.1)

지난날을 돌아볼 때 우리의 퇴색했거나 완전히 소실된 기억들을 어렴풋이나마 이어주는 것은 한때 거처했었던 지상의 공간뿐이라고 한다. 바슐라르는 '우리들은 때로 시간 속에서 스스로를 알아본다고 생각하지만, 기실 그것은 우리들의 존재가 안정되게 자리잡은 공간들 가운데서 일련의 정착점들을 알아보는 것에 지나지 않는다'2)고 했다. 그는 또 '우리들이 오랜 머무름에 의해 구체화된, 지속의 아름다운 화석들을 발견하는 것은 공간에 의해서, 공간 가운데서'3)라

---

1) 아나톨리 김, 자전 에세이 「내 마음의 두 번째 풍경화-카자흐스탄을 떠나 캄챠카로 가는 길」, 『전망』, 1993, 6, p. 145.
2) 가스통 바슐라르, 곽광수 역, 『空間의 詩學』, 민음사, 1990, p. 120.

고도 했다. 리카르도 역시 '공간은 어떤 방법에서는 그것이 인격화된 추억과 희망으로 채워지고 그 관계가 공간을 보거나 경험한 사람에 따라서 하나의 현실로 느껴진다'[4]고 말한다. 결국 기억을 생생하게 하는 것은 시간이 아니라 오히려 공간이며, 공간의 의미가 개인적인 인식과정 가운데 시간의 의미를 넘어 우세하다는 것이다.

인간과 공간은 실존적인 관계인 것이다. 실존적인 인간이란 공간적 의미를 지닌 자[5]이고, 인간이 실존한다는 것은 공간적으로 '산다는 것'을 의미[6]하기도 한다.

> 나는 태양이 작열하고 산 위에서는 독수리들이 천천히 맴을 도는 광활한 땅 카자흐스탄에서 태어났다. 한 사람의 마음은 그가 어린 시절에 본 그 나라의 경치에 의해 형성된다. 또 그의 마음은 이 경치를 닮기 때문이다.[7]

한 사람의 마음이 경치에 의해 형성되고 경치를 닮는다 함은 그 사람이 공간적인 삶을 살고, 그 결과 자신이 처한 공간에 동화됨을 말한다. 이는 곧 한 나라의 풍토가 그 나라 국민성을 결정하고 존재의 공간이 존재의 종류를 결정하게 되는 것과 같은 것이다.

소설가는 그가 속한 공간에서 작품이라는 허구적 세계의 공간을 창조한다. 로트만(Jurij Lotman)이 말하듯 예술작품이란 그 "외부에 놓여 있는 세계를 반영하는 공간영역"[8]이다.

---

3) 앞의 책, p. 122.
4) Ricardo Gullön, "On space in the Novel", *Critical Inquiry*, Autumn, 1975, Vol. 2, No. 1, p. 12.
5) 이경희, 「서정주의 시 <알묏집 개피떡>에 나타난 신비체험과 공간 : 달-바다-여성 原型論」, 『이화어문론집』 12, p. 191.
6) 이경희, 앞의 책, p. 192.
7) 아나톨리 김, 자전 에세이 「카자흐스탄의 황색구릉」, 『전망』, 1993. 5. p. 146.
8) 황도경, 「이상의 소설공간연구」, 이화여대 대학원 박사학위 논문, 1992. p. 14에서 재인용.

뿐만 아니라 작품에서의 공간이란 "인물의 내적 세계를 반영하는 성장"이고 "행위의 기점으로서 그 구조나 이동 자체가 서사진행의 원동력이자 의미 생산의 출발점"9)이 되기도 하는 것이다.

일반적으로 소설에서 다루는 공간은 크게 둘로 나뉜다. 첫째는 프랭크(Joseph Frank)에 의해서 주목되기 시작한 것으로 텍스트 독서의 비평적 방법으로서의 공간성(spatiality)10)이다. 프랭크는 플로베르의 <보봐리 부인>에서 '농산물 경진대회'와 조이스의 <율리시즈>를 그 예로 든다. <보봐리 부인>의 '농산물 경진대회'에서는 밀회를 하는 엠마와 루돌프의 행위, 경진대회에 참여한 일반인의 행위와 농민 대표들의 행위라는 세 개의 축이 서로 병치되어 동시적으로 제시된다. <율리시즈>와 프루스트의 <잃어버린 시간을 찾아서>에서는 공간의 순간적 인식이 나타난다. 이것이 바로 '공간성'의 문제이다. 이와 같은 현상은 박태원의 <소설가 구보씨의 일일>이나 이상의 <실화>에서도 보인다. <소설가 구보씨의 일일>에서 주인공인 구보는 현재의 공간에서 친구와 서울 거리를 걷고 설렁탕 집에서 땀을 흘리며 음식을 먹고 있지만 그는 몇 년 전 사랑하는 여자와 함께 있었던 일본의 동경이라는 내면공간을 동시에 체험한다.11)

---

9) 황도경, 앞의 책, p. 15.

10) 프랭크가 말하는 공간성이란 "묘사쓰기가 아니라 언어 본래의 시간적 의미를 부정하고, 사물의 연속으로서보다는 시간의 한 순간에서 하나의 전체적인 것으로서 작품 이해를 시키기 위한 작가의 시도에서 나온 것이다."
   William Holtz, "Spatial Form in Modern Literature : A Reconsideration", *Critical Inquiry*, Winter, 1977, Vol. 4. No. 2, pp. 272~3 요약.

11) <소설가 구보씨의 일일>을 보기로 하자. 다음에서 밑줄 그은 부분은 여자화 함께한 동경이라는 내면공간이고 그 외는 서울의 거리와 음식점인 현실공간이다. 인용문에서 주인공은 현실공간과 내면공간이 동시에 병치된다.

   인품 좋은 여편네가 나왔다 들어간 뒤, 현관에 나온 노트 주인은 분명히…
   그들이 걸어가고 있는 쪽에서 미인이 왔다. 그들을 보고 빙그레 웃고, 그리고 지났다. 벗의 茶寮 옆, 카페 여급. 벗이 돌아보고 구보의 의견을 청하였다. 어때 예쁘지. 사실, 여자는 이러한 종류의 계집으로서 드물게 어여뻤다.

<실화>의 주인공은 동경의 친구집에서 친구 아내와 얘기를 나누면서 아내 연이와 이야기를 주고받았던 서울공간을 동시에 경험한다. 이들은 모두 현실의 공간에 있지만 동시적으로 여러 개의 공간을 경험한다. 여기서 보여지는 동시적 공간의 인식- 프랭크가 말하는 공간은 엄밀한 의미에서 주어진 순간에 인식될 수 있는 그러나 동시적으로 관계될 수 없는 행위들을 압축하고 있는12) 것이기에 인물에 의해 행위가 이루어지는 데 요구되는 '공간'13)과는 엄격하게 구분되는 '공간성'(spatiality)으로 표기되어야만 하는 성질의 것이다.

두 번째, 본고에서 다루려는 공간은 인물과 그 인물의 행위를 포함하는 공간, 흔히 장면, 장소, 배경, 환경, 분위기와 같은 의미로 사용되는 공간(space)이다. 앞에서도 말했지만 인간은 공간과 실존적 관계에 있고 공간에 대한 인식이 곧 자신의 삶의 인식이기에 작품에 나타난 공간의 구조와 의미를 찾아보는 것은, 등장인물의 행위의 의미를 찾아보는 것은 물론 작가의 세계인식까지도 찾아보는 지름길이 되는 것이다.

그러나 그는 이 여자보다 좀 더 아름다웠던 것임에 틀림없었다.
어서 옵쇼. 설렁탕 두 그릇만 주-. 구보가 노트를 내어놓고 자기의 실례에 가까운 심방에 대한 변해를 하였을 때, 여자는, 순간에, 얼굴이 붉어졌었다. 모르는 남자에게 정중한 인사를 받은 까닭만이 아닐께다. 어제 어디 갔었니. 吉屋信者. 구보는 문득 그런 것을 생각해내고 여자 모르게 빙그레 웃었다. 맞은편에 앉아 벗은 수까락 든 손을 멈추고, 가만히 구보를 바라보았다. 그 눈은 무슨 생각을 하고 있느냐, 물었는지 모른다. 구보는 생각의 비밀을 감추기 위하여 의미 없이 웃어보였다. 좀 올라오세요. 여자는 그렇게 말하였었다.

12) Ricardo Gullön, 앞의 책, p. 21.
13) 이상섭, 『문학의 이해』, 서문문고, 1972, p. 100.

2. 소설공간의 상징성

작가가 자신이 처한 공간을 작품 속에 어떻게 재현시키느냐에 따라 "소설 미학은 여러 가지 다른 방향으로 분기된다"[14]고 한다. 김유정의 경우 일반적으로 그의 작품에서 마을, 거리, 주택과 같은 묘사는 대충 넘어가면서도 자연배경-산, 강과 같은 장소의 묘사는 주관적 감정을 묻혔으되 비교적 자세히 묘사[15]하는가 하면, 이상(李箱)과 같은 이는 건축기사 출신답게 <날개>의 공간의 구성이 도형으로 그려질 수 있을 정도로 그 대칭과 대립의 윤곽이 뚜렷하다. 그러나 같은 구인회 회원인 이태준의 공간은 눈으로 파악된 공간이 아니라 감정으로 파악된, 전설과 신화로 암시된 공간, 상징으로 가득찬 공간으로 나타난다.

1942년『국민문학』에 발표되었던 이태준의 <석양>을 보기로 하자. <석양>에 나타난 표면적 이야기는 지천명에 가까운 소설가가 우연히 경주로 여행을 갔다가 그곳에서 20대 처녀를 만나게 되고, 이룰 수 없는 욕망으로 부끄러워하다가 처녀가 약혼자를 찾아 떠나자 겪게 되는 실연담이다. 한 소설가의 조심스런 내면의 이야기임에도 불구하고 이 <석양>에서는 이상하게 남아 울리는 어떤 '울림'이 있다. 그 울림이 바로 두 번에 걸쳐 찾아간 경주가 갖고 있는 신화적, 전설적인 공간과 주인공들의 맞물림에 있다.

<석양>에서 공간은 크게 서울/경주/해운대로 분절된다. 그러나 주인공인 소설가 매헌이 감동받은 곳은 삼복 더위 중 찾아간 경주이다. 매헌이 여주인공 타옥에게 깊이 끌리게 되는 곳은 오릉에서이다. 매헌은 소나무 가지 위에 앉아 책을 읽고 있던 타옥이 이르는 대로 소나무에 올라 오릉을 구경하고, 오릉이 지닌 니힐한 분위기에 젖어들며, 소나무에서 내려와 타옥이 읽고 있던 책이 바로 자

---

14) 김화영,『문학상상력의 연구-알베르 카뮈론』, 문학사상사, 1982, p. 179.
15) 유인순,『김유정 문학연구』, 강원대학출판부, 1988, p.156.

신의 수필집임을 알게 되면서 타옥에게 이끌리기 시작한다. 타옥은 오릉을 감싸고 도는 강가로 매헌을 안내하고, 매헌이 앞에 있음에도 상관치 않고 그대로 옷을 훨훨 벗어던지고 강물 속으로 들어가 땀을 들인다. 물에서 나온 타옥은 다시 천연스럽게 옷을 입고 매헌과 애기를 주고받으며, 매헌 역시 물속에 발을 담그고 있던 타옥이 발가락을 꼼지락거리며 물방울을 떨어내고 할 때 당연한 듯 손수건을 꺼내 타옥의 발가락을 닦아준다. 다음날 두 사람은 경주 불국사로 가고, 호텔 식당에서 마주 건너다보이는 먼 곳 영지를 보며 아사달과 아사녀의 얘기를 하다가 잠이 든다. 다음해 봄, 다시 경주를 찾은 매헌은 지난여름과 같은 장소를 타옥과 함께 찾게 되며, 불국사 석굴암에 들러 관음보살의 손과 타옥의 손가락을 마주잡으며 타옥이야말로 자신에게 구원의 여신이라고 생각한다. 이들 글에서 작가의 유적지에 대한 자세한 묘사나 설명은 없다.

> 볼수록 그윽함에 사무치게 한다. 능이라기엔 너무나 소박한 그냥 흙의 모음이다. 무덤이라기엔 선이 너무나 애착이 간다. 무지개가 솟듯 땅에서 일어나 땅으로 가 잠긴 선들이면서 무궁한 공간으로 흘러간 맛이다. 매미가 소리가 오되 고요하다. 고요히 바라보면 울어야 할지, 탄식해야 할지 그냥 나중에 멍-해지고 만다. 처녀의 말대로 니힐을 형용사로 쓰는 수밖에 없을 것이다.16)

인용문은 소나무에 올라 매헌이 바라보고 묘사한 오릉의 모습이다. 눈으로 본 묘사라기보다는 가슴으로 느끼는 묘사다. 그럼에도 불구하고 한국인이라면 누구나 알고 있는 신라시조 박혁거세에 관한 전설이 이들 암시적인 묘사를 통해 더 많은 이야기 공간을 전개한다.17)

---

16) 이태준, 〈석양〉, 한국해금문학전집, 『이태준 1』, 삼성출판사, 1988, pp. 354~5.
17) 오릉은 신라시조 혁거세의 무덤이다. 혁거세의 신이한 출생과 신이한 죽음
   -나라를 다스린 지 62년 만에 하늘로 오르더니 그 후 7일 만에 유체(遺體)

오릉은 신라건국 초기의 흥성함과 자부심이 그대로 전해져 내려오는 신화와 전설의 공간이다. 반면 영지는 망국민으로서의 백제 유민의 슬픈 전설이 서린 공간이다. 나라의 흥망과 비애를 동시에 돌아보게 하는 것이 바로 경주라는 공간이다.

<석양>이 발표되던 당시 일제가 창씨개명은 물론 일본어를 상용어로 강요하던 때였음을 생각하면 작품에 암시된 이들 공간의 제시와 그 공간에서 만난 사람들의 세계관이 어떤 것인가를 짐작하게 된다. 매헌이 두 번째로 경주를 찾았을 때, 매헌은 타옥과 밤을 새워가며 "남폿불 밑에서 옛 전설을 음미하고 문학을 이야기하고 미술을 이야기하고, 나라나라들의 흥망을 이야기"한다. 그리고 "이 밤의 달은 지금 지구의 어디메쯤을 희멀건히 비치고 있을까를 의논"한다. 내놓고 말하지 않는 대신 작가는 매헌과 타옥으로 하여금 신라 건국시조 혁거세와 알영의 삶을 살게 하고, 영지의 아사달과 아사녀의 삶을 살게 하여 당시 독자들의 공감대를 형성한다.

석굴암에서 매헌은 우리 문화에 대한 긍지를, 그리고 절망적 상황에서 힘을 얻는다. 다음 해 겨울 타옥이 떠나간 해운대 바닷가를 홀로 걸으며 매헌은 파도소리의 '유구함'을 느낀다. 공간의 시간화, 시간의 공간화가 이루어진다. 그리고 닫힌 공간으로부터 열린 세계로의 진입을 유도한다. 절망적 상황에 빠져 있던 당시 독자들에게 열린 세계를 통해 조급함 대신 참음과 기다림의 자세를 은밀히 제시하는 것이다.

<석양>에 나타난 공간은 우리 신화와 전설과 역사를 알고 있는

가 흩어져 땅에 떨어지므로 사람들이 이를 합장하려고 하자 큰 뱀이 나타나 방해하므로 五體를 각각 장사지내 五陵이라고 부르게 되었다. 한편, 알영정에 계룡이 나타나 왼편 갈비에서 童女 하나를 탄생하니 자태가 고왔으나 입술이 닭의 부리와 같았다. 이 아이를 월성 북천에 가서 목욕시키니 그 부리가 빠졌는데 그가 알영이다. 사람들이 혁거세와 알영이 각기 13세이 이르자 이들을 결혼시켜 왕과 왕후로 삼았는데 혁거세 사후 7일 만에 알영 또한 남편을 따라 죽었다.
이상 이병도 역, 『삼국유사』, 광조출판사, 1972, pp, 194~6 요약.

사람들에게만 그들 공간이 지닌 의미를 열어보이고 그 공간에 처한 사람들로 하여금 삶의 길을 제시하는 상징적인 공간이 된다. 작가는 소리없는 이야기로 더 많은 이야기를 들려주는 것이다.

3. 리얼리즘 소설의 공간

리얼리즘에 대한 개념규정에 까다로운 조건을 붙이지 말고 '당대 현실의 객관적인 묘사'[18]라고 볼 때, 리얼리즘 계통 소설에 나타난 공간은 개인이 그가 처한 공간에 얼마나 철저하게 의지하고 있으며, 또한 그 공간을 철저하게 닮아가고 있는지를, 대개는 공간이 지닌 악의성에 의해 얼마큼 철저하게 그 인간성이 파괴되어가고 있는지를 확인하게 한다. 이때 인물들이 처한 공간은 가급적 객관적인 입장에서 그림을 그리듯, 또는 사진을 찍듯 묘사하려고 한다. 공간에 대한 다음 예문을 보기로 하자.

언덕 비탈을 의지하여 오막살이들이 생선 비늘같이 들어박힌 개복동, 그 중에서도 상상꼭대기에 올라앉은 납작한 토담집.
방이라야 안방 하나, 건넌방 하나 단 두 개뿐인 것을 명님(明任)이네가 도통 오 원에 집주인한테서 세를 얻어가지고, 건넌방을 따로 '먹곰보'네한테 이 원씩 받고 세를 내주었다.
대지가 일곱 평 네 홉이니, 안방 세 식구, 건넌방 세 식구, 도합 여섯 사람에 일곱 평 네 홉인 것이다.
건넌방에는 시방 먹곰보도 없고, 그의 아낙도 없고, 아랫목에는 제돐잡이 어린것이 앓아 누웠고, 윗목에서는 경쟁이가 경을 읽고 앉았다.
방 안은 불을 처질러 놓아서, 퀴퀴한 빈취(貧臭)가 더운 기운에 섞여 물큰 치닫는다.
어린것은 오랜 백일해로 가시같이 살이 빠고, 얼굴은 양초빛이다. 그

---

18) 유종호, 『문학이란 무엇인가』, 민음사, 1989, p. 302.

런 것이 입술만 유표하게 새까맣게 탔다. 폐렴을 덧들였던 것이다.

눈 따악 감은 얼굴이며, 꼼짝도 않는 사족에는 벌써 사색(死色)이 내려덮었다. 목숨은, 발딱발딱 가쁜 숨을 쉬는마다 달싹거리는 숨통에만 겨우 걸려 있다. 몇 분도 아니요, 초(秒)를 가지고 기다릴 생명이다.

경쟁이는 갓을 쓰고, 두루마기를 입고, 윗목으로 벽을 향하여 경상(經床) 앞에 초연히 발을 개키고 앉아 경만 읽는다.

경상으로 모서리 빠진 소반 위에는 밥이 한 그릇에 콩나물 한 접시, 밤, 대추, 곶감을 얼러서 한 접시, 북어가 세 마리 이렇게가 음식이요, 돈이 일원짜리 지전으로 두 장, 쌀이 두 되는 실히 되겠고, 소지(燒紙) 감으로 접은 백지가 석 장, 일 전짜리 양초에 불을 켜서 꽂아놓은 사기접시, 그리고 소반 옆으로는 얼멍얼멍한 짚신이 세 켤레, 대번 이와같이 차려놓았다. 병자한테 붙어 있는 귀신더러 이 음식을 먹고, 이 짚신을 신고, 이 돈으로 노수를 해서 딴 데로 떠나라는 것이다.

북은 얕게 동당동당 동당동당 울리면서 청도 북대로 고저와 박자를 맞추어 나직하고 느릿느릿 "해동조선 전라북도 군산부 산상정 권씨 댁……"19)

위에서 인용한 작품은 1937~8년에 걸쳐 조선일보에 연재되었던 채만식의 <탁류> 중에서 여주인공 초봉과 서로 연모하는 사이인 의사 지망생 남승재의 숨은 미덕과 그로 인한 봉변을 소개하기 위한 대목이다.

천애고아인 남승재는 금호의원 의사 조수로 근무하며 의사 시험 준비를 한다. 그는 낮에는 병원에서 일을 하고 밤으로는 공부를 하면서 동네에 병자가 있어 병원에 다니지 못하는 사람이 있으면 자신의 가난한 주머니를 털어 약도 지어주고 환자의 집까지 찾아가 치료도 해준다. 그러면 사람들은 승재에게 고마움을 느끼기는커녕 '제 집의 촉탁의사나 불러대듯이' 급하면 어느 때나 승재를 불러댄

---

19) 채만식, 「탁류」, 『채만식전집 2』, 창작사, 1987, pp. 111~2.

다. 그러나 승재 자신은 환자의 질환을 고쳐주는 재미에 불평을 하지 않는다.

인용된 부분은 전라도 군산에서도 빈민들이 모여 사는 달동네, 그 중에서도 상상꼭대기에 위치한 낡고 협소한 토담집이 제시되고 그 토담집의 구조와 평수, 그 한 지붕 아래 살고 있는 두 가구의 가족이 도합 여섯 명임을 제시하여 이들이 처한 생존에 필요한 최소공간에도 도달하지 못하는 협소하기 그지없는 주거공간을 소개한다. 그나마도 건넌방에 세들어 살고 있는 먹곰보의 방안의 정경묘사를 통해 인간 이하의 삶, 인간으로서의 삶을 포기할 수밖에 없는 상황이 제시된다.

숨 막히는 빈한한 생활환경의 압력이 격렬하여 개인을 파괴하려고 위협하는 곳에서 환경에 의지하는 인간의 성품은 자연히 비틀리고 파괴되기 마련이다. 이와 같은 공간의 거주자로서 먹곰보네는 그들 수준에 맞게 경쟁이를 불러 경을 읽게 한다. 아이를 괴롭히는 귀신을 따돌릴 수 있다고 믿는 까닭이다. 그러나 어떤 악조건 속에서도 인간답게 살아보려는 남승재는 병든 아이의 집을 찾게 되고, 아이의 죽음을 확인하며, 부모의 미련함에 분노한다. 그럼에도 빈곤이라는 괴물에게 이미 덜미가 잡혀 이성을 잃은 먹곰보 부부는 자신의 아이를 살리려고 왕진 왔던 남승재에게 감사 대신 오히려 밑바닥 인간의 막된 패악의 모습을 보인다. 이들은 모두 자신들이 처한 공간이 보여주는 위협 앞에 위축되고 뒤틀린 인성을 보여줌으로써 환경에 지배받는 인간의 약점을 그대로 노출시키고 있는 것이다.

<탁류>에서 남승재와 계봉을 제외한 모든 인물들은 작품의 제목 그대로 자신들이 처한 악의적이고 위협적인 흙탕물과 같은 공간에 오염되어 인간 파탄자로서의 모습을 보여준다.

]

4. 비리얼리즘계 소설에서의 공간

한국 최초의 현대문학적 성격의 작가[20]로서 李箱의 대표작인 <날개>는 1936년 9월 『조광』 제11호에 발표되었고 발표와 동시에 찬사와 공격을 받았다. 모더니즘과 리얼리즘에 대한 논쟁의 직접적인 원천이 된 바 있는 이 작품은 서울생활에서 경험하게 되는 근대성과 그 부정의 논리를 생생하게 그리고 있다. 매음부의 기둥서방으로 기형적인 삶을 살아가는 소설주인공의 독특한 탈출에의 욕망과 좌절, 또다시 욕망의 소생이 군중에 싸인 '서울 거리의 한복판'에서 이루어지고 있는 이 작품이야말로 작가 李箱이 지닌 근대성 탐구에 대한 한 결론인 것이다.[21] 본고에서는 <날개>를 대상으로 주인공의 비상(飛翔)을 향한 욕망과 좌절 그리고 욕망의 소생에 이르는 과정을 공간의 전개에 따라 추적해 보려고 한다. 왜냐하면 공간은 주인공의 행위가 발전되는 성격을 보여주며, 행위를 위한 적절한 그릇이 되고[22] 있는 까닭이다.

1) <날개>의 구성

<날개>는 크게 두 부분으로 되어 있다. '서문'과 '소설본문'이 그것이다. 서문에서는 관념적인 한자어의 사용과 그 표현방식이 일종의 독백조로 나타나 작중인물의 심적 내용과 경과가 작가의 개입 없이 독자에게 직접 언급하는[23] 형식을 취한다. 지금까지 이 서문은 그것이 지닌 독립성으로 인해 소설본문과 별개의 것으로 취급되거나 무시되어온 것이 사실이다. 그러나 이 서문은 본문과 긴밀한

---

20) 조연현, 『한국현대작가론』, 문명사, 1970, p. 146.
21) 서준섭, 『한국모더니즘 문학연구』, 일지사, 1988, pp. 188~90 요약.
22) Kenneth Burke, *A Grammar of Motives*, Berkeley and Los-Angeles : Univ. of California Press, 1969, p. 3.
23) 구인환, 『한국근대소설연구』, 삼영사, 1977, p. 322.

관계를 맺고 있음을 보게 된다. <날개>의 서문은 곧 소설 본문에서 일인칭 화자가 처한 상황 및 진행반향을 예고한다. 즉 매춘부의 기둥서방으로서, 정신분열자적인 관념의 유희에 빠져 있는 무력한 '나'와, 부부관계 없이 半만의 부부생활을 하는 아내와의 관계, 여왕벌, 미망인의 속성을 갖춘 아내와 네 번에 걸쳐 반복되는 '굿바이'라는 어휘를 통한 암담한 상황과의 결별의 의지들이 소설본문에서 그대로 전개되는 것이다.24)

2) 행위의 상징

<날개>의 플롯에 관련되어 줄거리를 이끌어 나가는 결정적 역할은 주인공의 행위25)가 맡게 된다. '나'의 행위는 '자다', '일어나다', '나가다', '돌아오다'의 네 개의 독립된 행위고리를 이끌어간다. 이들을 차례로 보기로 하자.

A. '자다'

침침한 방에서, 한번도 걷은 일이 없는 축축한 이부자리 속에서의 '나'의 잠은 주야로 이어진다. 누워서 논문도, 작품도 쓰다가 잠이 들면, 잠은 모든 것을 무화(無化)시킨다. 잠은 현재의 고민과 고통을 위로해주고 피곤을 회복시켜준다. '아내' 방에서의 첫 잠은 성욕을 회복시키고, 아내 방에서의 두 번째의 잠은 아내와 화해의 잠이 되며, 아달린을 먹으면서의 잠은 기사상태의 잠으로 변화한다. 정리하면, '나'의 잠은 권태와 회복과 화해와 죽음(假死상태)의 잠으로 이어진다. '나'는 죽음의잠을 경험했기에 소생의 잠으로 나아갈 수 있게 된다.

---

24) 유인순, 「날개의 再生空間」, 『인문학연구 제20집』, 강원대학교, 1984, p. 67.
25) R. Barthes, S/Z, trans by Richard Miller, N. Y. : Hill and Wang, 1970, p. 79.

B. '일어나다'

'나'의 일어남은 연구하고 논문을 쓰고 시도 쓰는 관념의 높이가 아니다. 어린아이가 되어서 돋보기로 지리가미를 끄슬리며 또는 거울을 가지고 감각적인 유희를 하며 즐기는 것뿐이다. 그냥 아무 까닭도 없이 '핀둥핀둥' 놀아주는 것이다.

C. '나가다'

'나'의 '나가다'는 다시 두 종류로 나눈다. 하나는 가운데 장지로 말미암아 두 칸으로 나뉘어져 있는 문턱을 넘어 '아내'의 방으로 나가는 것이다. 다른 하나는 대문을 나서 밖으로 나가는 것이다.

'나'의 '아내'의 방으로 나감은 관념의 유희에서 감각적인 유희로 나가는 것이며 어둠의 공간에서 책보만한 또는 손수건만한 빛의 공간으로 나가는 것이다. 이 나감의 행위는 대문 밖으로 나감의 前행위가 된다.

'나'의 대문 밖으로의 나감(외출)은 지금까지의 '나'의 생활에 커다란 변화를 가져오게 된다. 이 대문 밖으로의 '나가다'는 다섯 번에 걸쳐 반복되어 하나의 패턴26)을 이루게 된다. 이들 다섯 번에 걸친 '나가다'의 행위를 통해서 '나'의 상황은 바뀌기 시작한다. 그들을 정리하면 다음과 같다.

첫째, 나의 행위는 야행성에서 주행성으로 바뀐다. 즉 어둠에서의 생활이 向日性의 그것으로 변화한다.

둘째, 사회생활로의 복귀가 이루어진다. 대문 밖으로 나가기 전 '나'의 생활은 어둠의 방에서 혼자 생각하고 혼자 노는 것이었고 그래서 화폐의 기능마저도 망각하고 있었지만 '나가다'를 통해서 화폐의 기능을 알게 되고 그 필요성을 절실히 느끼게 된다. 이것은 사회적 존재로서의 복귀를 의미한다.

---

26) 김중하, 「이상의 날개」, 이재선·조동일 편, 『한국현대소설작품론』, 문장, 1981, p. 240.

셋째, '나가다'에 있어 주인공 의식의 변화가 나타난다. 즉 첫 외출은 무의식적 행위였으나 두 번째의 외출은 '아내'의 방에서 잠잘 이유를 만들기 위한 것이고 세 번째의 외출은 아내의 권유에 의한 것이었지만 네 번째, 다섯 번째의 외출은 자신의 선택에 의한 의식적인 외출이 되는 것이다.

넷째, '나'를 묘사하는 동물적 이미지의 상승에 있다. 첫 외출에서는 개구리로, 세 번째 외출에서는 두꺼비로, 다섯 번째 외출에서는 날개를 가진 새의 이미지로 이어진다. 즉 지하적인 존재로부터 우주적인 존재로 변화하는 것이다.

다섯째, 장소의 수평적인 이동으로부터 수직적인 이동이 나나난다. 첫 외출은 거리, 두 번째는 경성역, 세 번째 외출은 경성역 티룸, 네 번째는 남산, 다섯 번째는 미쓰꼬시 옥상으로 수평→수직으로의 공간변화가 나타난다.

여섯째, '나'에 대한 '아내'의 변화이다. 첫 번째 외출에서 '아내'는 노했고, 두 번째에서는 생전 쓸지 않던 방을 쓸었고, 세 번째에서는 조촐한 저녁상을 차려주어 '나'는 유아적 상태에서 한 사람의 정상적인 남편으로 대접받게 된다.

일곱째, '나'의 '아내'에 대한 생각의 변화다. '나가다'를 경험하기 전, '나'는 '아내'만을 상대하고, 어린아이같이 아내를 좋아하고, 또 무서워했지만 아내의 직업을 알게 되고, 아내가 아달린을 먹였음을 확인하게 되면서 '너야말로 나를 살해하려던 것이 아니냐고' 소리를 지르고 싶어한다. '아내'에 대한 미움은 환상처형에까지 이르게 된다.

이들 다섯 번에 걸친 '나가다'를 통해 '나'의 유아적 의식은 다시금 과거의 靑年의식을 되찾게 되는 것이다.

D. '돌아오다'

'나'의 다섯 번에 걸친 '나가다'는 필연적으로 '돌아오다'로 이어진다. 그러나 다섯 번에 걸친 외출은 네 번에 걸친 '돌아오다'로 끝난다. 이는 다섯 번째의 외출이 미쓰꼬시 옥상으로 오르게 됨으로써 '돌아오다'는 '오르다'로 대체되는 까닭이다. 이들 네 번에 걸친 '돌아오다' 또한 그 의미에 변화가 나타난다. 첫 번째 돌아옴은 피곤하여 쉬고 싶어서, 두 번째는 '아내' 방에서 자기 위해, 세 번째는 비를 맞아 고통 중에, 네 번째는 '아내'에 대한 오해를 버리고 화해하려고 돌아온다. 이들 돌아옴의 행위는 모두 쉬고 싶고 '아내'를 사랑하고 화해하고 싶어서이다. 그러나 '아내'는 그런 '나'의 진심을 알지 못하고 오히려 부당한 앙탈을 부린다. 이에 '나'는 아내로부터 탈출을 꾀하게 되는 것이다. 그러나 '나'의 아내로부터의 탈출이 가능한지는 수수께끼가 된다. 물론 '아내'가 '나'에게 아달린을 먹인 것은 여러 곳에서 확인이 된다. '아내'에 대한 존경과 사랑에도 불구하고, '아내의 모가지가 벼락처럼 떨어졌다'에서 '나'는 '아내'가 아스피린이 아닌 아달린을 '나'에게 먹였음을 분명하게 확인한다. 그럼에도 불구하고 '나'는 '아내'에게로 돌아가야 할지 어쩔지를 모르고 방황한다. 그리하여 마침내 '나는 걷던 걸음을 멈추고' 미쓰꼬시 옥상으로 오르게 되는 것이다. 이제 '아내'에게로 돌아간다는 것은 다시 가사상태적 삶 속으로 돌아간다는 것을 의미함으로 '아내'로부터 철저하게 탈출할 수 있을 것인지는 주인공을 포함하는 공간의 이동과 그 의미를 분석하여 도움을 받지 않을 수 없게 된다.

3) 공간의 의미

<날개>에서 추출된 동사적 행위 '자다', '일어나다', '나가다', '돌아오다'는 모두 일련의 상징적 행위로 작용하고 있음은 앞에서 보았다. 물론 이들 행위는 모두 공간 안에 포함되어 있다. 이때 <날개>의 공간은 그 안에 포함된 행위와 밀접한 연관을 갖고 있음을 보여준다. 공간과 행위의 관계만이 아니라 그 공간에 거처하는 인

물(행위주)과도 밀접한 관계를 보여준다. 이는 공간이 지닌 성격과 인물이 지닌 성격의 제유적 관련27)으로 생각된다. <날개>에서의 공간은 '집(윗방/아랫방)', '거리', '경성역', '산', '미쓰꼬시 옥상'으로 분절된다. 이들은 이야기의 전개에 따라 '나'를 포함하고 '나'에게 그들이 지닌 성격을 나누어주며, '나'의 행위에 의미를 준다.

이제 <날개>에서 행위의 변화 및 그 발전이 나타내는 의미를 깊이 파악하기 위해서 더 나아가 <날개>의 심층에 가려진 의미를 파악하기 위해서는 이들 공간의 분절과 그에 따른 이동공간을 살펴보기로 하자.

A. '집'

33번지 18가구가 늘어서 있는 집, 창호도, 아궁이 모양도 똑같고, 한번도 대문이 닫혀본 일이 없는 집이다. 일상적으로 우리의 집이 인간존재의 최초의 세계이며, 최초의 우주28)라는 의미와는 거리가 먼 집이다. 더욱 '나'의 거주처는 죽 늘어선 18가구 중의 일곱째 칸, 장지로 나누어진 볕이 들지 않는 윗방이다. '나'의 공간은 광활한 우주로부터 억제와 은폐, 침묵으로 축소된 구석29)이 된다. 장지로 나누어진 두 방은 엄격하게 대립적인 긴장관계를 이룬다. 윗방은 '나'의 방이며 침침하고 축축한 볕 안드는 방이다. 못 한 개 꽂히지 않은 소박하며, 이부자리가 늘 펼쳐진 채 있는 방이다. 반면 아랫방은 '아내'의 방이며 책보만한 볕이 손수건만하게 줄어들다 나가는 방이다. 천정 밑으로는 못이 쫙 돌려 박힌 화려한 방이기도 하다. 어둡고 축축하고, 이불 깔린 방에서 '나'는 누워서 핀둥핀둥 게으름을 즐긴다. 이불 속에서 발명도 연구도 하고 시도 쓰며 동물처럼 게으름을 즐긴다.

27) Kenneth Burke, 앞의 책, p. 8.
28) 가스통 바슐라르, 앞의 책, p. 115.
29) 바슐라르, 앞의 책, p. 282.

내 몸과 마음에 잘 맞는 방 속에서 뒹굴면서, 축 처져 있는 것은 행복이니 불행이니 하는 그런 세속적인 계산을 떠난, 가장 편리하고 안일한, 말하자면 절대적인 상태인 것이다. 나는 이런 상태가 좋았다.

'나'는 33번지→18가구→일곱째 칸의 방→윗방→이불 속으로 축소된 공간인 그 깊은 은신처[30]에서 끊임없이 꿈꾸며 몽상한다. 아내의 꾸지람을 무서워하는, 적극적인 궁리는 아내와 의논해서 허락받아야 하는 약하고 슬픈 사람인 '나'는 그 좁은 거주처에서 안식을 취한다. 볕이 들지 않는 윗방, 그리고 이불 속은 겹겹이 포개진 깊이를 가진 동굴이 된다. 그리고 그 동굴은 어둠, 관념, 망각, 재생으로 향하는 잠으로의 장소가 되고, 모든 상상을 가능하게 해주는 고독의 상징[31]이 된다.

장지로 말미암아 두 칸으로 나누어진 방 사이에 통로가 열리는 것은 아내가 외출한 뒤이다. 이때 장지는 '나'의 방과 '아내' 방을 구분하는 벽이 되는 폐쇄의 기능과, 장지를 통해 '아내'의 방으로, 외부로의 출입을 돕는 벽과 문의 양의적 기능을 갖는 매개공간이 된다.[32] 습기 차고 어두침침한 동굴 같은 이불 속에서 개구리처럼, 때로는 두꺼비처럼 엎드려 있던 '나'는 장지를 넘어 아내의 방에 들어가면 거울과 돋보기로 장난을 한다. 볕드는 방에서 '나'는 더 이상 태아의 형상인 개구리도 두꺼비[33]도 아니다. '나'는 감각적 유희를 즐기는 어린이의 자리로 들어선다. 나는 방 밖의 外界, 먼 우주로부터 그 한 모서리를 향해 던져진 빛과 만나게 되고, 빛을 통해 우주적 생명으로의 변환을 기대하게 된다. '나'는 빛을 모아 열(熱)을 만들고 불(火)를 만드는 사람이 된다. 그리고 거울을 통하여 빛을 반사하고, 거울을 통하여 지나온 과거로 돌아가는 길을 본다.

---

30) 위의 책, p. 15.
31) 위의 책, p. 283
32) 황도경, 앞의 책, p. 27.
33) 김봉군, 『날개야 돋아라, 날자 날자 날자』, 민지사, 1983, p. 45.

따라서 '나'는 '박제된 인간', '거세된 남성'으로의 수면상태에서 차츰 깨어나기 시작한다. 아내의 화장품은 아내의 체취를 연상시키고, '몸이 배배 꼬일 것 같은' 과거의 자극이 재생되기 시작하는 것이다.

B. '거리'

오래간만에 보는 거리는 거의 경이에 가까울만치 내 신경을 흥분시키지 않고는 마지 않았다.

우주의 모퉁이 집으로부터 거리로의 진출은 대문을 넘어서면서 시작된다. 어둡고 축축하고 폐쇄된 동굴, 방으로부터 빛이 가득 찬 거리로의 진출은 새로운 삶의 흐름[34]으로, 활동적이고 변화된 삶에 동참하는 계기가 된다. '나'는 비로소 눕고 앉았던 태아적, 유아적 상태에서 대지에 두 발을 딛고 일어서 노동하는 성숙한 남성으로 회복되어지는 것이다.

C. '경성역, 티룸'

경성역 1, 2등 대합실 한 곁 티룸에 들렸다. 그것은 내게는 큰 발견이었다. 거기는 우선 아무도 아는 사람이 안 온다. 설사 왔다가도 곧 가니까 좋다.

역이란 만남과 작별, 출발과 도착이 공존하는 장소이다. '나'의 외출은 경성역을 중심으로 이루어진다. 어딘가를 향해 떠나고 싶은 것이다. 그것은 새로운 출발의 가능성을 타진하고 싶은 잠재의식의 반영인 것이다. 그러나 경성역의 출발과 도착은 수평적이다. 수평적인 만남과 작별은 세속적인 일상사의 반복이다. 세속적인 행·불행

---

34) 가스통 바슐라르, 앞의 책, p. 125.

에 대해 초월하여 '절대적 상태'를 즐기는 '나'에게 수평적인 세속
의 장소에서는 구원을 기대할 수 없게 된다. 그래서 열린 공간, 출
발의 공간인 역에 와서도 '나'는 여전히 혼자이기를 기대한다.

D. '산(山)'

山은 천상계와 지상계를 이어주는 神聖空間이다. 그리고 산은 시
간을 초월한 영원한 생명을 지닌 공간이다. 산은 지상에 뿌리 내리
고 있으면서도 천상을 향해 수직으로 존재한다. 과거와 미래를 이
어주는 신화의 공간이기도 한 것이다. 그렇기에 '나'는 아내를 떠
나, 인간세상 밖에 있는 산으로 오른다. 산으로 오르면서 '돌멩이도
새끼를 까는' 신화세계를 재현하려고 한다. '나'는 신성공간인 산에
서 산이 지닌 초자연적인 힘을 제유적으로 공유하게 된다.[35] 산에
서 보낸 일주야 동안, 나의 깊은 가사상태 중에 산의 정기는 '나'에
게 옮겨진다. 산의 신성성에 의해 그 산에서 동시에 신성해진 '나'
는 아내에 대한 의혹과 미움에 대한 반성과 용서, 화해의 마음을
갖게 된다. 그래서 '아랫도리가 홰홰 내어젖이면서 어찔어찔한 것'
을 참으며 아내에게로 돌아온다.

E. '미쓰꼬시 옥상'

'나'의 마지막 갈등과 방황은 '미쓰꼬시 옥상'에 오르게 한다. 오
월의 따뜻한 햇살에 등어리를 따뜻하게 쪼이면서 '나'가 내려다보는
옥상의 아래에는 "금붕어 지느러미처럼 흐늑흐늑 허비적거리는",
"눈에 보이지 않는 끈적끈적한 줄에 엉켜서 헤어나지를 못하는",
희락의 거리가 있다. 그러나 옥상 위, 보이는 것은 모두 싱싱하고
잘 생겼다. '미쓰꼬시 옥상'은 또 하나의 천상과 지상을 연결해주는
신성공간, 우주의 중심이 되는 것이다. 수평적인 장소와 거리는 피
곤과 굶주림, 배신과 갈등의 공간이었다. 그러나 햇빛 쏟아지는 오

---

35) Kenneth Burke, 앞의 책, p. 8.

월 대낮의 옥상은 그가 지닌 신성성으로 하여 '나'의 동굴적인 생활로부터, 유아적 생활로부터 연유한 회의와 피곤을 모두 보상해주려 한다. '나'는 마침내 지난 26년간의 생애를 회고하고 아내에게 연민과 용서를 보내려 한다. 그러나 '아내'에 대한 용서는 아내가 현재 살고 있는 거짓의 삶에서 벗어 나와야 한다. 아내는 내가 한 달간의 가사상태-상징적 죽음의 과정을 거쳤듯이 죽음을 통해 살아날 수 있는 것이다. 그래서 아내의 오욕된 삶과 기만은 환각 속에서 아내의 살해로 나타난다. 그것이 바로 '그때 내 눈 앞에는 아내의 모가지가 벼락처럼 내려 떨어졌다'로 나타난 것이다. 이제 아내는 살해와 동시에 용서를 통해 재생한다. 비록 서로에게 맞지 않는 절름발이의 운명이라고 해도 함께 절뚝거리며 세상을 살아가면 되는 것이다. 그러나 아직은 망설인다.

> 이때 뚜우하고 정오 사이렌이 울렸다. 사람들은 모두 네 활개를 펴고 닭처럼 푸드덕거리는 것 같고 온갖 유리와 강철과 대리석과 지폐와 잉크가 부글부글 끓고 수선을 떨고 하는 것 같은 찰나, 그야말로 현란을 극한 정오다.
> 나는 불현듯이 겨드랑이가 가렵다. 아하 그것은 내 인공의 날개가 돋았던 자국이다. 오늘은 없는 이 날개, 머리 속에서는 희망과 야심의 말소된 페이지가 딕셔내리 넘어가듯 번뜩였다.
> 나는 걷던 걸음을 멈추고 그리고 어디 한번 이렇게 외쳐보고 싶었다.
> 날개야 다시 돋아라.
> 날자, 날자, 날자, 다시 한 번만 더 날자꾸나.
> 한 번만 더 날아보자꾸나.

정오의 사이렌은 모든 생명 있는 것, 생명 없는 것에 이르기까지 살아 있음의, 존재함의 환희는 물론 모든 갈등의 해소와 그에 따른 화합의 의미를 보여준다. 그것은 자정이 되기를 기다려 거리를 방황하던 기억과는 대조되는 새 우주의 탄생을 보여주는 것이다.

구성	서문	소설본문					
이동공간		집		거리	경성역	산	미쓰꼬시옥상
		윗방	아랫방				
서사진행	상황예고 -	상황실행 - +		모색 - +		상황극복 +	
1인칭모습	독백	눕다	앉다	걷다		오르다	날다
1인칭행위		관념적	감각적	노동(걷다)		노동(날다)	
빛		-	- +	+			
열		-	- +	신열(감기로 인한) +		(오월의) 볕 +	
높이		지하적		지상적		우주적	
1인칭의식	감금 -			해방 +			
공간의식		폐쇄 -	반폐쇄	개방 +			
공간의미	무한대한 내면공간			지상공간		우주공간	
공간유형	수평공간					수평공간	
재생과정	가사상태 -			시련 - +		재생 +	

오늘은 없지만, 과거 날개의 자국이 가려움을 느낌은 이제 곧 그 날개가 재생되어 현실 가운데 신화의 세계가 재생되려는 전조이다. 날개의 재생, 그것은 세속적 희망과 야심이 말소된 화해의 세계에서만 가능한 것이다.

날개의 재생, 날개를 가진 존재, 곧 새(鳥)로의 변신은 지하적인 개구리나 두꺼비와는 완연히 대립되는 삶의 의미를 보여준다. 새는 우주론적 상황에서 파악될 수 있기 때문이다. 새는 '하나의 살아 있는 구체(球體) 안에 둘러싸여 있는 生의 集中으로, 생의 최상의 통일성을 이루고 있는 존재로 인식'36)되는 것이다. '나'는 새가 되고, 정오의 사이렌 소리와 더불어 '나'의 생의 최상의 통일성이 완결된다. 서문에서 '박제된 천재'였던 '나'는 대단원에서 재생한다. 그리고 모두를 용서하고, 연민과 사랑으로 포용해줄 수 있는 존재로 된다. 나는 경험된 현재를 배경으로 과거의 영원성을 얻게 된다. 결국 지금까지의 '나'의 방황은 '나'의 박제된 새의 날개를 찾기 위한, 원존재, 본래적 자아를 찾기 위한 골방(윗방)에서 우주로 이어진 길고 긴 여정이었던 것이다.

지금까지의 1인칭 화자의 행위와 공간이동에 따른 인물의 의식 및 공간의 의미변화는 앞의 표로 나타낼 수 있을 것이다.

앞의 표에서 보듯 주인공(일인칭 화자)에게 주어진 조건은 모두 (-) 쪽에서 시작한다. 주어진 모든 상황은 그에게 절망적이고 부정적이다. 그러나 그는 다섯 번에 걸친 '나가다'를 통해(공간이동을 통해) 철저하게 자신의 공간을 산다.(공간을 인식한다) 그 결과는 모두 (+)쪽으로 향하게 된다. 아스피린 대신 아달린을 먹여 자신을 살해하려 했던 아내까지도 미움 대신 사랑과 용서로 감싼다. 그는 수평공간→수직공간으로의 이동을 통해 지하동물 또는 태아 내지는 피동적 어린아이의 삶으로부터 건강한 성인남성의 자리로 돌아오고, 폐쇄된, 어둠의 삶으로부터 개방된 밝음의 삶으로, 지하적 삶으로부

---

36) 가스통 바슐라르, 앞의 책, p. 407.

터 우주적 삶을 사는 자리로 들어서는 것이다.

5. 공간과 소설의 평가

인간은 필연적으로 공간에 존재한다. 인간이 공간을 인식하는 것은 그 자신의 존재를 인식하는 것이다. 인간의 창작품인 예술은 그 외부에 있는 세계를 반영하는 공간영역이며 동시에 인물의 내적 세계를 반영하는 상징이기도 하다.

일반적으로 소설에서 다루는 공간은 텍스트 독서의 비평방법으로서의 '공간성'과, 인물과 인물의 행위를 포함하는 '공간'으로 나뉜다. 본고에서는 후자에 관계되는 공간에 주목해서 소설에 나타난 공간의 상징성, 리얼리즘 및 비리얼리즘 소설에서의 공간의 역할과 의미들을 추적해보았다. 소설공간의 상징성을 알아보기 위해 이태준의 〈석양〉을 살펴보았다. 이 작품에서는 제시된 공간이 암시하는 신화와 전설을 통해 작가와 독자가 서로 발화할 수 없는 당시 식민지 백성으로서의 슬픔과 위로를 은밀히 수수(授受)하고 있음을 볼 수 있었다. 〈석양〉의 공간은 슬픔이며 동시에 위로의 의미를 갖는다. 리얼리즘 계열의 소설에서 선택한 채만식의 〈탁류〉에서는 가난으로 인한 비인간적 상황 하에서 필연적인 인간성의 파탄을, 곧 환경에 지배받는 인간의 약점을 그대로 노출시키는 데 공간의 역할이 절대적임을 보여주고 있었다. 한편 모더니즘 계열의 소설인 이상의 〈날개〉에서의 공간은 주인공의 의식의 변모과정을 보여주는 문학적 장치로서의 역할을 하고 있었다. 여기에서의 공간은 빛과 열, 쾌적함과 눅눅함, 화려함과 소박함, 노동과 유희, 감각과 관념, 폐쇄와 개방, 죽음과 삶, 의심과 이해 등으로 각각 대립대칭되는 구조를 만들어 주인공이 이들의 경계를 어떻게 넘어서고, 이들 서로 다른 성격들을 어떻게 결합시키고 있는가를 보여주고 있었다.37)

[참고문헌]

김봉군, 『날개야 돈아라, 날자 날자 날자』, 민지사, 1983.

김중하, 「이상의 날개」, 이재선・조동일 편, 『한국현대소설작품론』, 문장, 1981.

김화영, 『문학상상력의 연구-알베르 카뮈론』, 문학사상사, 1982.

구인환, 『한국근대소설연구』, 삼영사, 1977.

박태원, 『소설가 구보시의 일일』, 문장사, 1938.

서준섭, 『한국모더니즘 문학연구』, 일지사, 1988.

이경희, 「서정주의 시 <알묏집 개피떡>에 나타난 신비체험과 공간 : 달-바다-여
성 原型論」, 『이화어문론집』 12, 이화여자대학교 한국어문학연구소, 1992.

아나톨리 김, 자전 에세이 「내 마음의 두 번째 풍경화-카자흐스탄을 떠나 캄챠
카로 가는 길」, 『전망』, 1993. 5~6호. 이 상. 『이상소설전집 1』, 갑인출판
사, 1977.

유인순, 『김유정 문학연구』, 강원대학출판부, 1988.

_____, 「날개의 再生空間」, 『인문학연구 제20집』, 강원대학교, 1984.

유종호, 『문학이란 무엇인가』, 민음사, 1989.

이병도 역, 『삼국유사』, 광조출판사, 1972.

이상섭, 『문학의 이해』, 서문문고, 1972.

이태준, <석양>, 한국해금문학전집, 『이태준 1』, 삼성출판사, 1988.

조연현, 『한국현대작가론』, 문명사, 1970.

채만식, 「탁류」, 『채만식전집 2』, 창작사, 1987.

황도경, 「이상의 소설공간연구」, 이화여대 대학원 1992년 박사학위 논문(미간
행)

Bachelard, Gaston, *The Poetics of Space*, 곽광수 역, 『空間의 詩學』, 민음
사, 1990.

R. Barthes, S/Z, trans by Richard Miller, N. Y. : Hill and Wang, 1970,.

Burke, Kenneth, *A Grammar of Motives*, Berkeley and Los-Angeles :
Univ. of California Press, 1969,

Gullön, Ricardo, "On space in the Novel", *Critical Inquiry*, Autumn, 1975,
Vol. 2, No. 1.

Holtz, William, "Spatial Form in Modern Literature : A Reconsideration",
Critical Inquiry, Winter, 1977, Vol. 4. No. 2,

---

37) 황도경은 <날개>에 나타난 공간의 구조를 '대칭축 사이에서 반복적 넘나
듦. 경계 해체를 통해 삶과 존재에 대한 양가적 인식을 드러내고 있다고 지
적한다. 황도경, 앞의 책, p. 35.

제7장
소설의 문체

金相泰

1. 문체의 개념

문체를 한마디로 정의하기란 불가능한 일이다. 왜냐하면 그 쓰이는 범위와 목적에 따라 그 의미의 편차가 크기 때문이다. 아주 넓은 범위로 말한다면 문학 그 자체가 문체인지도 모른다. 우리가 일상으로 쓰고 있는 말에서 문학작품을 만들어내는 행위 자체가 문체행위라고 할 수 있기 때문이다. 그러나 필자는 그 형성요인에 따라 네 가지 관점에서 통용되고 있는 문체를 지적한 바 있다. 즉 언어 환경에 의하여 형성되는 문체개념, 주제・장르 기타 형식에 의하여 형성되는 문체, 수신자나 수신 상황에 따라 형성되는 문체, 작가의 품성에 따라 형성되는 문체가 그것이다.1)

문학에서 문체를 탐구한다고 할 때, 이상 네 가지 관점의 문체개념이 동시에 관련된다고 볼 수 있으나, 작품 자체의 미학과 특성을 밝히는 데는 작가의 품성에 따라 형성되는 문체 개념에 관심을 집중시켜야 할 것이다. 그것은 의식적이든 무의식적이든 간에 작품이란 작가가 선택하는 말의 문제이기 때문이다. 결국 어떤 말을 선택하여 작품을 이루었느냐로 귀결된다. 문체를 연구하는 학문을 문

---

1) 김상태, 『문체의 이론과 해석』, 집문당, 1993, pp. 48~54.

체론이라고 하거니와 우리는 지금 문학작품을 대상으로 해서 관찰하려고 하기 때문에 문학적 문체론이 되는 것이다. 문학적 문체론은 리취 등이 말한 것처럼 "언어와 예술적 기능간의 관계를 설명하는 것이 그 목표"[2]인 것이다. 근대문학 이후는 문학작품에서 작가의 개성과 독창성을 핵심적인 요소로 간주한다. 따라서 문학적 문체론이 문학연구의 중요한 방법론으로 개화하게 된 것도 그 때문이다. 문체라는 말은 있었지만 문체론이란 말은 오래도록 없었다. 그것은 개성이라는 말이 보편화되면서 생긴 말이다, 작가의 품성에 의하여 형성된 문체론이 문학적 문체론의 가장 중요한 몫이 되는 이유도 바로 그 때문이다.

소설은 문체 탐구의 중요한 장르가 된다. 우선 관찰의 자료가 풍부하다는 점에서 그러하다. 시는 대체로 간결할 뿐 아니라, 비단 엘리어트의 말이 아니라도 개성의 절제된 표현을 선호하기 때문에 관찰의 자료가 제한적이다. 희곡은 대체로 등장인물의 대사로 되어 있다. 따라서 그 대사는 등장인물의 말을 그대로 모방해야 한다는 의도가 더 강하게 작용하기 때문에 작가의 개성이 자유롭게 표현되는 데 제약을 받는다. 반면에 소설은 대체로 서술자의 역할이 중요한 몫을 차지한다. 때문에 서술자는 작가의 직접적인 통제를 받는다는 점에서 작가의 개성이 가장 효과적으로 표현될 수 있는 것이다.

하이만은 전통적인 비평과 현대비평을 구분할 때, 한 문학대가의 직관과 박학으로 문학을 감상하느냐, 아니면 "비문학적 기술과 지식을 조직적으로 사용하여 문학을 탐구하느냐"로[3] 판별할 수 있다는 것이다. 이 정의의 핵심적인 말은 그가 강조했듯이 "조직적(organized)"이라는 말이다. "전통적인 비평도 기술과 학문의 대부

---

2) Geoffrey N. Leeth & Michael H. Short, *Style in Fiction*, Longman, 1981, p. 13.
3) Staney E. Hyman, *The Armed Vision*, Vintage Books, 1955, p. 3.

분을 사용하긴 했다. 그러나 단속적이고 무계획적인 방식으로였다. 적절한 과학이 방법론적으로 사용되기에는 충분하게 발달되지 못했고, 도움을 주기에는 충분하게 알지도 못했다"라고 말한다. 그런 관점에서 본다면 문체론은 가장 체계적이고 첨예한 학문의 뒷받침을 받고 있음에 틀림없다. 현대 언어학을 그 도구로 사용하고 있기 때문이다. 우선 구조주의적 발상의 원천을 제공했을 뿐 아니라, 20세기 인문과학의 방법론적 실타래를 풀어준 저서가 소쉬르의 『일반언어학』이 아닌가. 뿐만 아니라 언어야말로 인간의 인간된 확실한 징표라는 전제가 보편적으로 자리잡고 있는 이때, 20세기에 와서 가장 눈부신 발전을 보인 것이 현대언어학이기 때문이다.

그렇다고 해서 문체론이 문학의 언어학이 되어서는 안된다. 문학은 언어로 표현되고 언어를 통해서 창조되는 예술이지만, 언어현상만으로 판단할 수 없는 심리적 세계가 있기 때문이다. 그 심미적 세계는 문학적 감수성과 직관으로 파악하지 않으면 안되는 것이다. 문학의 심리적 기능을 가능한 객관적으로 기술할 수 있도록 도와주는 것이 언어학이며, 문체론은 바로 그 직관적 세계를 언어적 증거를 통하여 신빙성 있게 설명하는 것이 목표인 것이다.

2. 목소리의 문체와 관찰의 문체

보나미 도브레는 그의 『현대산문문체』라는 저서 속에서 문체를 작가의 살아 있는 목소리로 규정한 바 있다.

그렇다면 우리는 어떻게 그 사람과 접하게 되느냐고 물을 것이다. 대답은 "그 사람의 목소리에 의해서"라고 하는 것이 될 것 같다. 왜냐하면 우리가 책을 읽을 때마다 비록 낭독을 하지 않더라도 혹은 우리들 마음속에서 의식적으로 말을 만들지 않더라도 어떤 목소리를 의식하게 된다. 그 목소리는 마치 우리에게 말을 거는 듯하고, 어떤 이야기를 들려주는 듯하고, 우리의 감정에 어떤 작용을 하는 듯하다. 우리가 대충 문체라고 하는 것은 이 목소리를 말하는 것이다. 아무리 작가가 그의 품성을 무시하거나, 더 심하게는 감춘다고 하더라도 일부러 패러디를 쓰지 않는 한 이 목소리, 즉 문체를 감출 수가 없는 것이다.[4]

이 목소리는 문자를 통해 재구된 음성 이미지다, 실제 작가의 음성과는 다른, 그러니까 독자의 머릿속에서 재구된 음성인 것이다.

1) 싸움, 간통, 살인, 도둑, 징역, 이 세상의 모든 비극과 활극의 근원지인 칠성문 밖 빈민굴로 오기 전까지는 복녀의 부처는 (사농공상의 제이위에 드는) 농민이었다.
복녀는 원래 가난은 하나마 정직한 농가에서 규칙 있게 자라난 처녀였었다. 예전 선비의 엄한 규율은 농민으로 떨어지자부터 없어졌다. 하나, 그러나 어딘지는 모르지만 딴 농민보다는 좀 똑똑하고 엄한 가율이 그의 집에 그냥 남아 있었다. 그 가운데서 자라난 복녀는 물론 다른 집 처녀들같이 여름에는 벌거벗고 개울에서 멱 감고, 바짓바람으로 동네를 돌아다니는 것을 예사로 알기는 알았지만, 그러나 그의 마음속에는 막연하나마 도덕이라는 것에 대한 기품을 가지고 있었다.
- 김동인 〈감자〉

2) (정말 곧 와 주기나 하려나?) 길진이는 허둥지둥 집으로 향하면서 혼자 생각하였다. 어차피 돈은 나올 것 같지도 않은데, 외래 환자를 젖혀 놓고 이 폭양에 나오기 귀살머리적어서, 어름더듬하던 눈치는 뻔한 것이지마는 그래도 생패매기로 아주 모르는 터도 아니요 한데, 죽어 가는 사람을 데리고 오라니……
(의사란 놈 쳐놓고……) 하고 길진이는 거진 다름질을 하다시피 종종 걸음을 치면서도 뒤범벅이 된 머리에 이런 꼬부라진 생각이 떠올랐다.
(그러나 저러나 인력거 삯은 만들어 놓아야지……)
하는 걱정을 하였으나 아무리 궁리를 해보아야 뾰죽한 수가 없었다.

---

4) Bonamy Dobrée, *Modern Prose Style*, Oxford : Clarendon Press, 1956, p. 3.

아까 병원으로 달아날 때부터도 이것이 먼저 떠오르는 걱정이었으나, 단돈 오십전인들, 만들 자국이 없다.   - 염상섭 〈조그만 일〉

1)과 2)를 읽으면서 우리는 전혀 다른 음성을 듣고 있다. 1)은 단정적인 말투로 사실을 끊고 맺듯이 분명하게 말하는 목소리다. 따라서 독자에게는 다소 고압적인 느낌이 들기도 한다. 이에 비하여 2)는 머뭇거리는 말투로 사실을 딱 부러지게 말하지 않고 혼자 중얼거리는 듯이 말하는 음성이 느껴진다. 1)은 주체의 정체를 밝히거나 어떤 주체의 속성에 대한 유무의 판단을 내리는 단정문으로 이루어져 있는 것이다. (-농민이었다, -처녀였었다, -없어졌다, -있었다, -있었다) 이에 비하여 2)는 이다 아니다의 단정적인 문장이 아니다. 총 4문장 중 앞의 두 문장은 '생각하였다', '떠올랐다'로 뒤의 두 문장은 '없었다' '없다'로 종결되고 있다. 형편이 어떻게 돌아가는지에 대하여 곰곰이 생각하거나 그 형편에 대하여 의문을 갖는 문장이다. '없었다' '없다'는 서술어도 1)의 어떤 자질이 없다는 단정적인 서술어와는 질적으로 다르다. 2)는 '뾰죽한 수'가 없거나 '자국'이 없다는 것이다. 닥친 형편에 대하여 확고한 대처 방안을 갖고 있지 않은 상태에서 발하는 서술어다. 더구나 괄호 안에 혼자서 애매하게 중얼거리는 말을 삽입시켜 놓은 것은 이 글 전체의 인상을 단정적인 서술과 거리를 멀게 한다.

위의 두 발췌문은 모두 앞에 보인 작품들의 서두이다. 그런데 1)은 대뜸 명사들을 나열함으로써 시작한다. 더구나 그 명사들은 일상에서 흔히 쓰는 말이 아니라, 범죄에 관련된 충격적인 단어들이다. 따라서 강력한 인상을 주는 효과를 지니고 있다. 1)은 총 단어(조사는 단어로 간주하지 않았음) 86개 중 명사가 46개나 된다. 이에 비하여 2)는 총 89 단어 중 25개의 명사가 있다. 1)에 비하여 절반을 좀 넘는 숫자다. 명사가 많은 문장은 간결하면서도 강한 인상을 준다. 또 과정보다는 목표나 결과가 강조되는 느낌을 준다. 이에 비하여 2)는 간결하다는 느낌이 드는 것이 아니라 오히려 치렁치렁하다는 느낌이 든다.

1)에 비하여 명사가 적은 대신에 동사는 상대적으로 월등히 많다. 1)은 12개에 불과한데 비하여 2)는 27개나 된다. 따라서 목표나 결과보다는 과정에 더 역점이 가 있다. 서술대상의 행위나 사고과정이 더 중요하다고 할 수 있다.

이와 같은 목소리의 문체에 비하여 어떻게 보느냐의 문체를 생각할 수 있다. 프루스트, 지드 등은 사물을 어떻게 보느냐가 곧 문체의 문제라고 생각했다. 작가가 대상을 관찰하는 성향이 어떠하냐 하는 것이다. 어떤 소재를 다루기를 좋아하느냐, 인생의 밝은 면을 보기를 좋아하느냐 어두운 면을 보기 좋아하느냐, 혹은 귀납적으로 보기를 좋아하느냐 연역적으로 보기를 좋아하느냐, 분석적으로 보기를 좋아하느냐 총체적으로 보기를 좋아하느냐, 주변을 보기를 좋아하느냐 중앙을 보기를 좋아하느냐 혹은 그 순서가 중앙에서 주변을 보기를 좋아하느냐 주변에서 중앙을 보기 좋아하느냐, 조감하기를 좋아하느냐 아니면 그 낱낱을 보기 좋아하느냐 등 이른바 비전의 문제인 것이다.

3) 쪽대문을 열어 놓으니 사직공원이 환히 내려다보인다.
인제는 봄도 늦었나보다. 저 건너 돌담 안에는 사꾸라꽃이 벌겋게 벌어졌다. 가지가지 나무에는 싱싱한 싹이 돋고, 새침이 옷깃을 훑고 드는 요놈이 꽃샘이겠지. 까치들은 새끼칠 집을 장만하노라고 가지를 입에 물고 날아들고……
이런 제기랄, 우리 집은 언제나 수리를 하는겐가. 해마다 고친다 고친다, 연일 벼르면서.　　　　　　　　　　－ 김유정 〈따라지〉 서두

4) 북쪽 하늘에서 기러기가 울고 온다. 가을이 온다. 밤이 되어도 반딧불이 날지 않고 은하수가 점점 하늘 한복판으로 흘러내린다. 아무 데서나 쓰러지는 대로 하룻밤을 새울 수 있던 집 없는 사람들에게는 기러기 소리가 반갑지 않다.

읍내에서 가까운 기차 다리 밑에는 한떼의 병신과 거지와 문둥이들이
모여 있다.   - 김동리 〈바위〉 서두

3)과 4)는 둘 다 계절이 바뀌고 있는 것을 묘사하고 있다. 3)은
봄이 오고 있는 것을, 4)는 가을이 오고 있는 것을 지켜보고 있는
것이다. 3)은 지상의 나무들을 보면서 그것을 느끼고 있고, 4)는 하
늘에 나는 새를 보면서 느끼고 있다. 또 3)은 '사꾸라꽃'이라든지
'싱싱한 싹'을 통해서 봄을 느끼다가 그 느낌을 채 마무리도 짓지
않은 채 '꽃샘'이 '옷깃을 핥고 드는' 것을 느끼는 것이다. 3)의 서
술자는 대상을 바라보고는 있지마는 대상과 객관적인 거리를 유지
하지 못하고 있는 것이다. 대상과 가까이 다가가 자기 의식을 대상
에다 투사하거나, 대상과 함께 느끼려는 속성을 지니고 있다. 이에
비하여 4)는 대상을 느낀다기보다 생각하는 듯이 보인다. 즉 객관
적 거리를 유지하면서 대상을 관찰하는 자세다. 3)처럼 대상을 묘
사하는 중간에 서술자가 아무런 예고 없이 끼어들지 않는다. 기러
기가 오는 것을 보고 '가을이 온다'는 은유로 표현하고 있는데 이
은유는 흔히 쓰는 시적 은유와는 달리 內意(tenor)가 구체적인 사
물(기러기)인 데 비하여 運器(vehicle)가 추상적인 것(가을)으로 되
어 있다. 이것은 대상을 생각하면서 바라본다는 증거인 것이다.

이처럼 문체를 청각적 관점에서 생각해 볼 수도 있고, 혹은 시각
적 관점에서도 생각해 볼 수 있다. 그러나 이것은 우리의 오감 중
이 두 감각이 가장 뚜렷하게 기억될 뿐 아니라, 우리의 사고 작용
에 큰 영향을 미치기 때문에 그렇게 생각될 뿐이다. 인간은 각기
다른 개성을 갖고 있다. 그 개성의 차이로 감각의 반응 또한 다를
수 있다. 어떤 사람에게는 다른 사람보다 어떤 특정한 감각이 우선
할 수 있고, 또한 강렬한 반응을 받을 수 있는 것이다. 그 모든 감
각의 반응을 통제할 뿐 아니라, 그 감각을 통하여 받아들여진 재료
를 가지고 선별하면서 생각하는 그 사람의 정신작용에서 선택되는

문체를 생각할 수 있다. 로저 파울러가 말하는 이른바 정신문체
(mind style)를 상정할 수 있다. 이 정신문체의 관점에서 생각해보
기로 하자.

3. 정신문체

정신문체란 원래 로저 파울러가 쓴 말로 태도(attitude)나 자세
(stance)에 의해 빚어지는 시점의 문체를 가리키는 말이다.5) 리취
와 쇼트는 『소설의 문체』에서 보다 넓은 의미로 쓰고 있다.6) 우리
가 한 편의 소설을 읽을 때 story와 plot을 구별할 수 있듯이, 파울
러는 문체적인 측면에서 text와 discourse를 구별한다. Text는 메
시지의 형태라고 한다면 discourse는 언어참여행위이며 저자의 태
도가 부여되는 언어행위인 것이다. 파울러는 시점을 그래서 시간과
공간 속의 어떤 위치를 점하는 'perspective'의 시점과 전달되는
내용과 청자에 대한 태도를 나타내는, 즉 세계관을 나타내는
'attitude'의 시점으로 구분한다. 정신문체란 곧 후자의 관점에서 나
타내는 언술, 즉 언어적 재현(linguistic representation)인 것이다.
그대로를 재현한다고 하더라도 말하는 사람의 의도와 태도가 깊이
스며들어 있는 것이다. "우리가 말을 하거나 글을 쓸 때, 우리가 선
택하는 단어나 문장은 독자나 청자에게 잠재적인 의미를 방출하는
것이며, 그것을 우리는 단지 부분적으로밖에 통제할 수 없는 것이
다." 따라서 소설가들도 주의 깊게 어휘를 선택하고 문장을 구성하
지만, 그가 미처 깨닫지 못하고 있는 의미나 태도를 그의 글 속에
담고 있는 것이다. 위대한 작가일수록 문장의 표층적 구조 밑에 깊

---

5) Roger Fowler, *Linguistics and the Novel*, Methuen, 1977, pp. 75~78.
6) Geoffrey N. Leeth & Michael H. Short, *Style in Fiction: Linguistic Introduction to English Fictional Prose*, Longman, 1981, pp. 187~207.

이 스며있는 심층적 구조의 의미가 더 중요한 역할을 한다. 그 심층적 구조의 의미를 작가 자신도 결코 드러내놓고 설명할 수 없다. 왜냐하면 그것은 그 어휘나 문장구조의 선택이 반드시 의식적 차원에서만 이루어지는 것이 아니기 때문이다. 그리고 그러한 선택은 몇 개의 측면에서 단선적으로 이루어지는 것이 아니라, 여러 차원에서 복합적으로 이루어지기 때문이다.

이제 파울러가 말하는 정신문체를 직접 들어보기로 하자.

> 제시된 세계를 이 패턴이나 저 패턴으로 부각시키는 데 동의하는, 누적적이며, 일관된 구조적 선택은 세계관의 인상을 불러일으킨다. 그것을 나는 이른바 정신문체(mind style)라고 부르려고 한다.[7]

'누적적이며, 일관된 구조적 선택'이라는 말은 "사물을 경험하고 해석하는 습관적 방법"을 가리키는 것이다. 즉 반복하는 표현이 일관성을 띨 때를 말하는 것으로 일회로 끝나는 표현은 그렇게 단정할 수 없다. 보통 작가의 문체를 두고 말하는 것이지만, 리취 등은 범위를 좁혀서 서술자, 혹은 더 좁혀서 소설 속의 인물에까지 적용하는 것이다. 그래서 골딩(William Golding)의 소설 <계승자(*Inheritors*)>에 나오는 록(Lok)이라는 인물에도 적용하고 있다.

5) 觸角이 이런 情景을 圖解한다.
悠久한 歲月에서 눈 뜨니 보자, 나는 郊外 淨乾한 한 방에 누워 自給自足하고 있다. 눈을 둘러 방을 살피면 방은 追憶처럼 着席한다. 또 창이 어둑어둑하다. 不遠間 나는 굳이 지킬 한 개 슽케스--스를 발견하고 놀라야 한다. 계속하여 그 슽케스--스 곁에 花草처럼 놓여 있는 한 젊은 女人도 발견한다.
나는 실없이 의아하기도 해서 좀 쳐다보면 각시가 방긋이 웃는 것이 아니냐. 하하, 이것은 기억에 있다. 내가 열심히 연구한다. 누가 저 새악시를 사랑하던가! 연구 중에는 "저게 새벽일까? 저믐일까?" 부러

---

7) R. Fowler, 앞의 책, p. 76.

이런 소리를 한다.   - 이상 〈童骸〉

6) 나는 무슨 아편굴 속에나 들어온 것처럼 기분이 불쾌했다. 내가
얼굴을 붉히며 숙부님을 향해 얼른 다녀 나가자는 눈짓을 했을 때,
그러나 숙부님은 나의 눈짓에 응한다는 이보다는 분명히 묵살을 하고
나를 좌중에 소개를 시키셨다. 바로 그때, "아, 이분이 김 선생 조카
되시는 분이구랴" 하고, 거므스름한 두루마기에 얼굴이 누루퉁퉁한,
나이 한 육십 가량 된 영감 하나가 방 구석에서 육효를 뽑다 말고 얼
굴을 돌리며 어눌한 음성으로 이렇게 물었다. 그는 하도 살아갈 지모
가 나지 않아 육효를 뽑아 보았노라고 하면서 반가운 듯이 삼촌 곁으
로 다가 앉았다. 그의 까닭없이 벗겨진 이마 밑의 두 눈엔 불그스름
한 핏물 같은 것이 돌고 있었다.   - 김동리 〈화랑의 후예〉

7) 이래서 나는 애초 계약이 잘못된 것을 알았다. 이태면 이태, 삼 년
이면 삼 년, 기한을 딱 작정하고 일을 했어야 할 것이다. 덮어놓고
딸이 자라는 대로 성례를 시켜주마 했으니 누가 늘 지키고 섰는 것도
아니고 그 키가 언제 자라는지 알 수 있는가. 그리고 난 사람의 키가
무럭무럭 자라는 줄만 알았지 붙박이 키에 모로만 벌어지는 몸도 있
는 것을 누가 알았으랴. 때가 되면 장인님이 어련하랴 싶어서 군소리
없이 꾸벅꾸벅 일만 해왔다. 그럼 말이다. 장인님이 제가 다 알아차
려서, "어참, 너 일 많이 했다. 고만 장가 들어라"하고 살림도 내주고
해야 나도 좋을 것이 아니냐.   -김유정 〈봄봄〉

5)는 우선 흔히 대하는 일상의 문장은 아니다. 때문에 편안한 마
음으로 쉽게 읽을 수 없다는 생각이 든다. 이른바 언어의 '비친숙화
(defamilirization)'가 첫 문장부터 시작되고 있다. "觸角이…… 圖解
한다"는 우리말 어법에서 벗어나는 문장이다. 촉각이 사고작용을
할 수 없기 때문이다. "나는…… 自給自足하고 있다"는 말도 일반
으로 쓰는 말보다 과장된 말이다. '자급자족한다'는 말이 너무 무겁
기 때문이다. "나는…… 놀라야 한다"는 말도 이상하다. 일반으로
쓰는 말이라면, "나는…… 놀란다"가 되어야 할 것이다. '놀라야 한

다'로 표현하는 것은 "나 자신이 놀랍게 생각하지 않더라도 놀라워하는 척하지 않으면 안된다"든지, 혹은 "나는 놀랄 일인 줄 금방 깨닫지는 못했지만 뒤늦게 놀라야 할 사정인 것을 깨닫는다"는 뜻으로 해석할 수 있다. 어쨌든 주체의 의지가 약화되어 있거나 박탈되어 있다는 느낌을 준다. "내가…… 연구한다"도 서술어가 보통의 말보다는 훨씬 무겁다. 이것 역시 주체를 신임하지 못하는 태도의 반영이다. 다른 사람이라면 금방 보면 알 수 있는 것을 '나'는 열심히 연구해야만 깨닫는다는 뜻이다. 그런 관점에서 본다면 첫 문장의 "觸角이…… 圖解한다"도 자신은 감지할 수 없지만 촉각은 도해할 수 있다는 것이다. "기억에…… 있다"는 매우 정상적인 표현이지만 주체의 불신화를 확연히 드러내고 있다. '나'는 그저 그 각각의 감각기능을 추수하고 있거나 추인하고 있을 뿐이다. 이른바 '나'의 해체인 것이다.

6)은 극히 정상적인 글이다. "나는…… 불쾌했다", "숙부님은 …… 시키셨다", "영감 하나가…… 물었다" 등 어순도 극히 정상적으로 연결되어 있을 뿐 아니라, 선택된 어휘도 특별한 느낌을 주는 단어는 발견되지 않는다. 이 글에서 흥미를 느낀다면 다음에 어떤 일이 일어날 것인가에 있다. 즉 이야기의 전개가 우리들의 관심을 끄는 것이다. 그것도 서사학에서 흔히 말하는 인과관계에 의한 '왜?'라는 질문에 의해서라기보다 '그래서?'라는 질문에 의해서다. 5)의 종결사가 전부 현재형으로 끝난 데 비하여 6)은 전부 과거형으로 끝나고 있다. 6)은 이른바 과거시제로서 서사적 현대(narra-tive now)를 사용하고 있는 것이다. 요컨대 이 소설은 설화적 요소를 많이 지니고 있다. 소설의 '이야기'성에 많이 의존하고 있기 때문이다. 따라서 작가의 관심은 대체로 '일어났던 사건', 즉 과거에 관심이 가 있다.

비록 현재의 사건을 다룬다 하더라도 과거의 사건이 이와 항상 연관을 맺게 되어 있다. 언어적 실험을 통해서라기보다 규범에 맞는 언어를 통해서 문학을 이루려고 하며, 과거의 것을 정당히 계승하려는 생각이 의식과 무의식 속에 확고하게 자리잡고 있는 것이다.

7)은 '전경화(foregrounding)'의 의지가 5)만큼 두드러지지 않다는 점에서 6)에 가깝다. 어순이 뒤바뀌어 있거나 또 지나치게 무겁거나 가벼운 어휘가 서로 연결되어 있지도 않다. 그럼에도 불구하고 6)과는 상당히 다른 목소리를 듣고 있다.

6)이 서술하는 내용에 대하여 다소 거리를 가지고 서술하는 태도임에 비하여 7)은 거의 거리를 두지 않고 서술하고 있다. 6)이 설화의 전통을 많이 이어 받고 있다고 했는데, 7)은 그 점에 있어서는 6)과 다르다. 따라서 7)이 의존하고 있는 것은 '이야기'라기보다 '언술'이다. 다음에 무엇이 일어날 것인가의 기대보다는 서술자의 말하는 솜씨가 더 우리의 흥미를 끌고 있다. 그러나 5)보다는 '이야기'적인 요소가 훨씬 많다. 종지사의 관점에서 본다면 이 세 발췌문은 재미있는 현상을 보여준다. 5)의 종지사는 전부 현재형인데 6)의 종지사는 전부 과거형이고 7)은 거의 반반씩으로 섞여 있다. 이상 발췌문의 종지사를 차례로 나열해 보면 다음과 같다.

5) 도해한다. 있다. 착석한다. 어둑어둑하다. 한다. 발견한다. 아니냐. 있다. 연구한다. 사랑하던가! 한다.
6) 불쾌했다. 시키셨다. 물었다. 앉았다. 있었다.
7) 알았다. 것이다. 있는가. 알았으랴. 왔다. 말이다. 아니냐?

5)는 '이야기'를 전혀 거부하고, 언술로만 소설을 이끌어 가고 있는데, 6)은 '이야기'에 보다 의존하고 있다. 7)은 어느 정도의 '이야기'를 갖고 있으면서 그 '이야기' 위에서 언술적 재미를 누리게 하고 있다. 이것은 종지사의 시제와 거의 일치하고 있다. 종지사의 현재형만으로 일관하고 있는 5)는 소설의 '이야기'성을 거부한 반면에, 종지사의 과거형만으로 일관하고 있는 6)은 소설의 미학을 '이

야기'에 의존하고 있다. 과거형과 현재형이 반반으로 섞여 있는 7)은 '이야기'의 구조물 위에 언술의 미학이 구축되고 있다. 물론 정확하게 이렇게 맞아떨어지는 것은 다소 우연의 일치라고 할 수 있다. 모든 소설에 이런 논리를 적용한다는 것은 무리다. 그러나 위의 세 발췌문을 대비해 볼 때는 확실히 재미있는 현상이라고 생각된다.

이상 발췌문에 대한 정신문체를 요약해보면 다음과 같다. 5)는 서술자아가 분열적 증상을 드러내고 있다. 서술자아에 기초적 자료를 제공하는 감각기능이 각각 독립성을 주장하여 조화로운 통일을 이루지 못하고 있다. 서술자아는 이들 감각기능이 수행하고 있는 내용을 예민하게 받아들이고는 있으나 이들을 통합할 능력은 상실하고 있는 것이다. 일종의 자의식 과잉현상이라고 할 수 있다. 또 소설의 전통에 충실히 따르려는 서술자아가 아니다. 서사적 현재형을 거부할 뿐 아니라, 시에서 흔히 수행되는 언어의 전경화에 집념이 강하다. 따라서 소설의 '이야기'성을 거부하고 실험적 언어의 구축에 진력하고 있는 작가의 정신문체를 우리는 확인할 수 있다. 이에 비하여 6)은 서술자아가 매우 안정되어 있다. 각 감각기능은 서술자아의 중심에 조화롭게 통합되어 있을 뿐 아니라, 서술자아의 의지를 충실히 따르고 있는 듯이 보인다. 또 '이야기'에 소설의 미학을 많이 의존하고 있는데, 이것은 전통을 존중하는 정신과 맥이 통한다. 즉 과거적인 요소, 그것이 사상이든 기법이든 상관없이 그의 소설적 미학의 구축에 십분 활용하고 있다. 우리 민족이 가진 전통적 요소를 현대적 의미로 재현시키려는 데 그 정신문체의 특징을 읽을 수 있다. 7)은 '이야기'의 바탕 위에서 구축하는 언술의 미학이 두드러지게 나타난다. 서술자는 5)처럼 서술내용에 대하여 분석적이지도 못하고 6)처럼 역사의식도 전혀 갖고 있지 못하다. 서술자아가 극히 주관적 입장에서 진술하고 있다. 7)의 서술자아는 6)에서처럼 과거가 현재와 연관되어 중요한 의미를 생성하지 못한다. 단지 현재만이 큰 몫의 의미가 부여되어 있을 뿐이다. 즉 현재의 아기자기한 삶만이 그 관심의 대상인 정신문체라고 할 수 있다.

4. 문체의 구성

문체가 목소리로 들리든지, 비전의 선택으로 나타나든지, 아니면 어떤 다른 감각을 통해 감지되든지 간에 어쨌든 음성이나 문자로 전달될 수밖에 없다. 음성으로 전달되는 문학 텍스트는 여기서 잠깐 논외로 한다면 결국 문체란 우리가 문자를 읽음으로써 인식하게 된다. 그 문자를 통해서 문학 텍스트가 전달되기 때문이다. 그 문학 텍스트는 무수한 문장이 모여서 이루어진 것이다. 그 문장을 다시 형태적 혹은 의미적 단위로 나눈다면 단어가 된다. 단어를 더 세분하면 음운이 되겠지만, 그것은 의미적 단위는 못되기 때문에 대체로 단어의 차원에서 문체를 생각하는 것이 좋을 듯하다. 다시 말하면 우리가 문체라고 말하는 것은 단어가 어떻게 구성되어 문장을 이루었으며, 문장은 다시 어떻게 배열되어서 문학 텍스트를 이루었는가를 관찰하면서 말할 수 있는 것이다. 물론 때로는 그 단어를 구성하고 있는 음운의 성질이 문체를 구성하는 데 중요한 역할을 하는 수도 있다.

한국어의 품사 분류는 그간에 학자에 따라 달랐으나, 최근에는 대체로 9품사로 통일되어 가는 듯하다. 체언으로서의 명사, 대명사, 수사, 관계언으로서 조사, 용언으로서 동사, 형용사(서술격 조사도 용언이 된다), 수식언으로서 관형사, 부사, 독립언으로서 감탄사 등이다.[8] 문장 속에서 이들 품사들이 어떤 비율로 쓰이고 있으며, 어떤 성질의 것이 많이 쓰이고 있으며, 어떤 기능을 수행하고 있느냐

---

8) 남기심·고영근, 『표준 국어문법론』, 탑출판사, 1985, p. 40.

에 따라 그리고 이렇게 해서 이루어진 문장들이 전체의 텍스트를 향해서 어떻게 짜여 있는가가 문체를 구성하는 요인이 되는 것이다.

리취와 쇼트는 문체 분석에 앞서 언어적 문체적 범주의 점검표를 만들었다. 4범주로 구분해서 분석하고 있는데, 어휘, 문법, 비유, 문맥과 통일성 등이 그것이다. 이 범주들을 다시 세분하여 어휘에는 ①전반적인 것, ②명사, ③형용사, ④동사, ⑤부사 등을 구분하고, 문법에는 ①문장형, ②문장복합형, ③어절형, ④어절구조, ⑤명사구, ⑥동사구, ⑦기타구, ⑧단어 부문, ⑨일반적인 것으로 구분하고 비유에서는 ①문법과 어휘적 장치, ②음운적 장치, ③비유적 장치로 구분하고, 문맥과 통일성에는 ①통일성, ②문맥으로 구분한다.9)

그러나 이들 모든 범주에 대하여 세밀하게 점검할 필요는 없다. 보다 많은 범주에 걸쳐 조사하여 얻은 자료로 문제를 진단하는 것이 좋은 것은 사실이지만, 너무 많은 자료 때문에 옥석이 섞여 버릴 위험도 따르는 것이다. 즉 주의하여 관찰하지 않아도 될 언어자료(문체자료가 아닌) 때문에 정작 세심하게 관찰해야 할 자료를 소홀하게 취급할 위험이 따른다는 것이다. 그래서 리취 등은 문체표지(style marker)라는 개념을 설정한다. 문체표지란 "보다 주의 깊은 조사를 요하는 문체의 특징"이며, 그것은 "문학적 기준과 언어적 기준이 前景化의 개념 속에 收斂"되어 있는 언어적 사실인 것이다.

8) 일찍이 위대하던 것들은 이제 부패하였다. 사제는 토끼 사냥에 바쁘고 사교는 회개와 순례를 팔아 별장을 샀다.
살찐 수도사에게 외면하고 위클리프의 영역 복음서를 몰래 읽는 백성들은 성서의 진리를 성직자의 독점에서 뺏고 독단과 위선의 껍데기를 벗기니 교회의 종소리는 헛되이 울리고 김빠진 찬송가는 먼지 낀 공기의 진동에 불과하였다. 불신과 냉소의 집중공격으로 송두리째 뒤흔

9) Geoffrey N. Leeth & Michael H. Short, 앞의 책, pp. 75~89.

들리는 교회를 지킬 유일한 방패는 이단분형령(異端焚刑令)과 스미스
필드의 사형장뿐이었다.   - 김성한, <바비도>

　이 글은 우선 서술자의 냉소적 어투를 느낄 수 있다. 있는 그대
로의 사실을 이야기한다기보다 되어 있는 형편을 못마땅하게 생각
하면서 비아냥거리는 투로 말하고 있다. 이 글에 사용되고 있는 단
어들은 대체로 대상을 구체적으로, 그리고 사실적으로 묘사하려는
듯이 보인다. 그러나 좀 더 관찰해보면 그 단어들은 사실과 추상의
양의적인 뜻을 내포하고 있다. "살찐 수도사"(뇌물을 받아 부자가
된 수도사, 혹은 백성들의 고뇌를 전혀 아랑곳하지 않고 일신의 편안
만을 탐하는 수도사), "위선의 껍데기"(단단한 위선), "김빠진 찬송
가"(공허한 찬양), "유일한 방패"(유일한 방어수단), "이단분형령",
"스미드필드의 사형"(극단적인 강압적 수단)이 그런 것이다. "토끼
사냥에 바쁘다"라든지 "순례를 팔아 별장을 샀다" 등도 실제로 그
런 일을 하고 있다기보다 부패했다는 사실(그런 사실로 대표되는 추
상적인 사실)을 암시하고 있다. 전체 단어 수에 비하여 명사가 많기
때문에(총 단어 수 58개 중 명사가 32개-조사는 제외) 문장이 간명
하면서 예리한 느낌을 주고 있다.
　구상명사와 추상명사가 반반으로 되어 있어(주체를 제외한 명사
24개 중 구상 12개, 추상 12개) 구체적인 사실과 추상적인 사실을
동시에 지시하고 있는 느낌이다. 그런 구상명사도 결과적으로 추상
적인 사실을 암시하고 있기 때문에 전체적인 인상은 당시의 시대
상황이라는 추상적인 사실을 표현하려는 작가의 의도인 것이다.
　8)이 명쾌한 느낌을 주는 또 하나의 이유는 문장구조에 있다. 대
체로 간단명료한 구조를 가지고 있다. 복문구조가 아니라, 단문구조
이고 안김이 비교적 적은 문장이다. 이 글의 문장구조를 표본적으
로 제시한다면, "-하고, -하였다"이다.
　이러한 구문은 사실에 대하여 명확한 단정을 내리는 태도를 견지

한다. 서술자는 서술하는 내용에 대하여 일정한 거리를 유지하고 있다. 앞의 글에서는 물론 서술자와 주인공이 분리되어 있기 때문에 그것이 당연한 것으로 생각되나 양자의 시각이 동일하게 되면, 서술내용에 대하여 그 거리를 유지하는 것이다.

9) 이렇게 비내리는 날이면 元求의 마음은 감당할 수 없도록 무거워지는 것이었다. 그것은 東旭 남매의 음산한 생활 풍경이 그의 뇌리를 영사막처럼 흘러가기 때문이었다. 빗소리를 들을 때마다 元求에게는 으레 東旭과 그의 여동생 東玉이 생각나는 것이었다. 그들의 어두운 밤과 쓰러져 가는 목조건물이 비의 장막 저편에 우울하게 떠오르는 것이었다. 비록 맑은 날일지라도 東旭의 오뉘의 생활을 생각하면, 元求의 귀에는 빗소리가 설레이고 그 마음 구석에는 빗물이 스며 흐르는 것 같았다. 元求의 머릿속에 떠오르는 東旭과 東玉은 그 모양으로 언제나 비에 젖어 있는 인생들이었다.   - 손창섭 <비오는 날>

9)는 8)과는 달리 냉소적 어투가 아니라, 매우 공감적인 어투다. 간명하다든지 예리하다는 느낌을 주는 것이 아니라, 다소 늘어지는 듯한 문장이면서 독자를 서술자의 감정에 공감하도록 유도하는 듯한 느낌을 준다. 8)에 비하여 명사의 비율이 훨씬 떨어지는 데서 연유한다. 8)이 전체 단어에 대하여 명사의 비율이 55%인데 비하여 9)는 46%이다. 9%의 차이라면 뚜렷한 차이라고 볼 수 없지만, 9)에서 서술주체가 되는 고유명사나 대명사를 제외하면 명사의 비율이 25%에 불과하다. 서술주체를 반복해서 표현하고 있다는 뜻이다. 9)는 게다가 추상명사의 비율이 아주 낮다.(총 단어 수 76, 고유명사나 대명사 혹은 그에 준하는 명사 수 16, 그 나머지 명사 수 19, 합 35, 이 중에서 구상명사 13, 추상명사 6으로 되어 있다) 추상명사라고 하지만 숙고를 요하는 것은 전무한 편이다. 이를테면 "날" "마음" "생활" "모양" 등 일상에서 흔히 쓰는 말이다. 8)에서 쓰인 "진리" "독단" "회개" "위선" 등과 비교하면 엄청난 차이다. 물론 주제 때문에 그렇게 된 것이지만 작가의 다른 글에서도 비슷한 경

향을 보인다. 서술주체를 반복해서 지칭하는 것은 서술주체에 대하여 강한 관심을 나타내는 것이다. (애정이든지 증오이든지 간에) 서술자가 서술내용에 대하여 8)만큼 거리를 두고 있지 못하고 있다는 뜻도 된다.

특히 이 작가는 의존명사에 서술격 조사를 붙여 서술하는 경향이 많다. "-것이었다" "-때문이었다" "-것이었다" "-것 같았다" 등 위 발췌문에서 보면 한 종지사만 제외하고는 다 의존명사에 의한 서술이다. 보통의 서술어보다 의존명사에 의한 서술은 "필자의 주장을 한층 강조"10)하여 나타내는 것이다. 9)의 서술자가 서술내용과 밀착해서 말하고 있을 뿐 아니라, 이성보다는 감정에 호소하고 있다는 인상을 주는 것은 그 때문이다. 8)이 명사에 그 핵심적인 뜻을 실은 데 비하여 9)는 형용사나 부사에 싣고 있다. "음산한" "어두운" "우울하게" 등이 그것이다. 8)이 은유적 용법에 의하여 리얼리티를 나타내려는 데 비하여 9)는 이미지 용법을 쓰고 있다. 즉 '비'의 이미지가 그것이다. 이 작품 전체가 '비'의 이미지에 의하여 나타내고 있지만, 이 발췌문도 마찬가지다. 따라서 8)처럼 명확한 의미전달의 문장이라기보다 이미지에 의한 감정적인 공감대를 형성하는 데 이 글의 특징이 있는 것이다.

10) 그만 모르고 문을 밀었다. 도로 당기려는데 아까 고양이가 슬쩍 들어선다. 그대로 나가려는데, 쮜! 하는 비명이 났다. 고양이는 쥐를 몰고 들어 온 것이었다.
산 놈을 입에 물고 발치 쪽으로 해서 노파를 한 바퀴 돌아 머리 맡으로 간다.
머뭇하다가 미군 식기 속에다 내려 놓고 앞발로 누른다. 다짐을 주는 것처럼 지그시 그렇게 눌러 놓곤 뒤로 물러나 앉아서 얼굴을 끼웃한다.
노파의 손이 그리로 간다. 죽은 것처럼 하고 있던 생쥐는 그 손 그림

---

10) 남기심·고영근, 앞의 책, p. 72.

자를 피하며 비틀비틀 일어서더니 그대로 쪼르르 발치로 도망치는 것
이다. 비위가 거슬려진 고양이는 어깨를 숙이더니 마구 그 뒤로 덮쳐
든다. 벌써 앞발은 도주자를 억누르고 있었다.

                                    -장용학 〈요한 詩集〉

　10)은 얼핏 보기에 3인칭 시점인지, 1인칭 시점인지 애매하다.
발췌문에는 전혀 인칭이 표시되어 있지 않기 때문이다.11) 단지 첫
단락에서만 1인칭 시점의 가능성을 높게 해준다. 사실 이 작품은 1
인칭 시점의 서술로 되어 있다. 그러나 그의 작품 도처에 이와 같
은 인칭 미상의 시점으로 서술되어 있는 것이다. 따라서 이 작가에
게는 어떤 인칭으로 서술하느냐가 그다지 중요하지 않은 것이다.
그의 다른 작품 〈地動說〉은 3인칭 시점으로 되어 있지만, 표시된
인칭을 제외하면 다른 작품의 서술과 다를 것이 없다. 그것은 이
작가가 시점의 위치를 혼재하면서 서술하고 있다는 뜻이다. 구태여
말한다면 '나'의 시점이 아니라, '우리'의 시점에서 기술한다고 할
까.

　10)은 단문이 많다. 사실 이 작가의 다른 작품에서 보면 단문으
로 이어져 있는 대목을 많이 본다. 그렇다고 해서 이 작가를 단문
의 작가로 단정하면 잘못이다.

　상당히 긴 장문의 문장을 또한 도처에서 만날 수 있기 때문이다.
그런 점에서 李箱과 비슷한 성향을 보인다. 이상은 대체로 단문의
작가이지만, 〈지도의 암실〉 같은 작품에서는 극단의 장문을 보이기
도 한다.12) 이성은 무엇을 의미하느냐 하면, 그의 문장 습벽대로
자연스럽게 글을 쓰는 것이 아니라, 문장에 대하여 실험을 하고 있
다는 뜻이다. 사실 장용학은 도처에서 어색한 문장이 많다. 그것도

---

11) "그만 모르고 밀었다"에서 "그만"을 3인칭 대명사로 오해할 가능성도 있
　　다. 그러나 부사로 쓰였을 뿐이다.
12) 평균 20~30자의 길이지만, 〈지도의 암실〉에서는 평균 70자를 넘고 있다.
　　김상태, 앞의 책, p. 226.

그의 실험정신의 단적인 표현이다.

　10)에서 우리가 느끼는 것은 서술주체의 무기력한 행동이다. 서술주체가 어찌할 수 없는 상황에서 자기의 의지대로 할 수 없는 것을 실감케 해준다. "노파의 손이 그리로 간다"에서 손을 움직이는 것은 노파 자신이 아니라, "노파의 손"이 되고 있다. 몸의 부분이 주체처럼 행동한다. 이와는 반대로 서술자는 전개되는 상황에 대하여 격렬한 감정을 내장하고 있다. 비교적 자세하게 대상을 묘사하고 있으나 객관적인 관점에서도 아니거니와 담담한 심정으로서도 아니다. 서술내용에 대한 격렬한 태도가 내장되어 있는 것이다. 따라서 이 글 전체에서는 무기력과 정렬을 교체해서 느낄 수 있는 것이다. 서술대상의 행위에서는 무기력을 느끼는가 하면, 서술대상에 대한 서술자의 태도는 격렬함을 느끼는 것이다. 그것은 시제의 혼재 속에서 느낄 수 있다. 종지사를 차례로 보이면, "밀었다" "들어선다" "났다" "것이었다" "간다" "누른다" "끼웃한다" "간다" "것이다" "덮쳐든다" "있었다" 등이 된다. 이러한 시제의 혼용은 1970년대 이전의 작품 속에서는 흔하게 볼 수 있는 일반적 현상이다. 분명한 시제의식이 확립되어 있지 못한 것이 그 중요한 이유겠으나 언술적 현재감을 표현하려는 작가의 의도도 많이 개입되어 있는 것이다. 과거시제를 통해 "서사적 현대(narrative now)"감을 조성한다면 현재시제를 통해 "언술적 현재(discoursing now)"감을 조성한다. 언술적 현재를 통해 그의 감정적 태도를 드러내는 것이다. 이 글의 다른 대목에서는 감탄문을 연속해서 쓰기도 한다. 이럴 때의 시제는 말할 필요도 없이 현재형의 연속이다. 서술내용에 대한 격렬한 감정적 태도를 나타내고 있는 것이다. 물론 이 글만의 특이한 현상이 아니다. 장용학의 소설에서는 흔하게 나타나는 문장 패턴이다. 그러니까 소설에서 서사적 사건을 이야기하다가 어떤 사건이나 행위에서 서술자가 자극을 받으면 소설의 '이야기'와는 상관없이 서술자 자신(작가와 거의 동일한)의 논리를 펼치는 것이다.

이상 발췌문의 문체지표가 될 만한 것을 찾아서 그것이 그 글의 문체와 어떤 관계에 있으며, 어떤 언어 현상으로 구성되어 있는가를 살펴보았다. 확실한 문체지표를 위하여 보다 많은 자료와 정밀한 조사가 필요하다고 생각된다. 어떤 작가 혹은 어떤 작품의 문체라고 할 때, 그것은 결국 언어적 사실을 객관화시킨 단위, 즉 단어의 성질이라든지 문장의 구성형태라든지 등을 통해서 관찰될 수밖에 없는 것이다.

5. 문체와 소설의 이해

"소설가의 매체는 언어다. 그가 하는 일이 무엇이든지간에 소설가로서 하는 일이란 언어 속에서, 그리고 언어를 통해서 하는 일이다"[13]라고 롯지는 말하고 있다. 옳은 말이다. 소설이란 결코 언어 바깥에서 이루어지는 어떤 것은 아니기 때문이다. 그러나 롯지의 이 말은 문학은 과학적 용법의 언어(scientific use of language)가 아니라, 감정적 용법의 언어(emotive use of language)에 속한다고 판정한 리차드(I. A, Richards)의 말만큼이나 광범한 말이라, 그 효과를 의심할 수밖에 없다. 그뿐 아니라 문학은 언어 안에 갇혀 있는 실재가 아니라, 언어를 벗어나는 또 하나의 이질세계를 구축하고 있다는 사실이다. 따라서 언어만을 탐구한다고 해서 문학세계가 온전히 해명되는 것은 아니다. 리취 등이 롯지의 이러한 견해를 일원론적인 관점으로 묶어 융통성이 없는 경색된 견해로 단정한 것도 그 때문이다.[14] 문학이 언어만의 문제라면 번역이 불가능한 것이고, 또 그 문학을 원본으로 해서 영화나 연극으로 상연하는 것도

---

13) David Lodge, *Language of Fiction*, Routledge & Kegan Paul, 1966, ix.
14) G. Leech 등, 앞의 책, p. 26~27.

불가능한 것이 된다. 문학은 언어를 매체로 하고 있지만, 분명히 언어를 넘어서는 이질의 세계(heterocosum)를 갖고 있다. 그것은 상상의 세계인 것이다. 특히 소설의 경우는 그것이 한층 뚜렷하다.

소쉬르(F. de Saussure)의 아이디어를 빌어 채트맨(S. Charman)은 서사물을 기표(signifiant)와 기의(signifié)에 해당하는 것으로 표현(expression)과 내용(content)을, 빠롤(parole)과 랑그(langue)에 해당하는 것으로 실체(substance)와 형식(form)을 구분한 바 있다.15) 표현의 차원이 언어조직의 문제라면 내용의 차원은 상상의 세계인 것이다. 문학작품을 읽는다는 것은 문학의 실체를 접하는 것으로부터 시작한다. 그리고 실체의 내용을 인지해야 하는 것이다. 그런데 이 실체가 독자의 공동의 장이 되기 위해서는 형식의 차원으로 전환하지 않으면 안되는 것이다. 그것은 음성이 음운의 차원이 되지 않으면 의미의 변별이 곤란해지는 것과 같다. 다시 이 형식의 내용 차원에서 우리는 문학의 이질세계를 구축하는 것이다. 우리가 문학작품을 읽는다는 것은 이 과정을 거듭하고 있다는 뜻이다. 최종적으로 도달하는 이 내용의 차원에서 우리는 이질 세계의 의미를 읽게 되는 것이다. 그런데 이 이질의 세계는 언어라는 실체에 매여 있다는 사실이다. 다시 말하면 언어는 그 상상적 문학세계에 대하여 벼리(綱)의 역할을 하고 있는 셈이다. 문체론은 바로 언어조직을 통하여 문학의 세계를 해명해보려는 학문이라고 할 수 있다.

---

15) Seymour Chatman, *Story and Discourse*, Cornell Univ. Press, 1978. p. 22.

[참고문헌]

김상태, 『문체의 이론과 해석』, 집문당, 1993.

남기심·고영근, 『표준 국어문법론』, 탑출판사, 1985.

Chatman, Seymour, *Story and Discourse*, Cornell Univ. Press, 1978.

Dobrée, Bonamy, *Modern Prose Style*, Oxford : Clarendon Press, 1956.

Fowler, Roger, *Linguistics and the Novel*, Methuen, 1977.

Geoffrey N. Leeth & Michael H. Short, *Style in Fiction,* Longman, 1981.

Hyman, Staney E., *The Armed Vision*, Vintage Books, 1955.

Lodge, David, *Language of Fiction*, Routledge & Kegan Paul, 1966.

제8장
소설의 주제

宋賢鎬

1. 주제와 문제의식

1) 주제의 의미

문학의 주제 연구는 독일에서 시작되었다. 처음에는 주제(subject matter, Stoff)가 단지 문학의 생재료에 지나지 않고 문학적으로 형상화된 후에야 미적인 가치를 지닌다는 이유로 실증주의자들로부터 강한 불신과 비판을 받았다.[1] 그러나 막스 코흐 이후 비교문학계에서 각광을 받기 시작하여, 엘리자베스 프렌젤에 이르면 그간 혼란을 거듭해오던 주제의 어의적 혼란이 어느 정도 정리되고 주제의 연구는 차츰 자리를 잡아간다. 프렌젤은 주제연구가 엄밀한 의미에서 제재나 모티프에 대한 연구이기 때문에 제재 및 모티프의 변천사(Stoff, Motivgeschichte) 연구라고 명명하는 것이 더욱 타당할 것이라는 주장을 펴기도 했다.[2]

독일에서와 달리 프랑스에서는 발당스뻬르제의 제재연구에 대한 비난으로, 비교문학의 거두들이 주제연구를 공공연히 금지하기까지

---

1) Ulrich Weisstein, 'Thematology', *Comparative Literature and Literary Theory : Survey and Introduction,* Bloomington,: Indiana Univ. Press, 1973, p. 124.
2) 이혜순 편, 『비교문학 2』, 과학정보사, 1986, p. 254.

했다.3) 그러나 방띠겜과 귀야르의 변론 이후4) 프랑스에서도 주제연구가 수용되기 시작한다. 레이몽 뜨루송에 이르러 주제연구가 심도 있게 논의되었고, 현대 프랑스 신비평에서는 실증주의의 객관성을 부인하고 상대주의의 특징을 보여주는 이데올로기 비평으로 발전한다. 모롱 등의 주제비평은 실존주의, 마르크시즘, 정신분석학, 구조주의 가운데서 정신분석학을 모체로 하고 구조주의의 영향을 받아 '이미지의 관계망' 또는 '집념의 유기적 그물망'을 통한 작가의 내면세계의 포착에 집착한다. 그런데 이들은 독일에서와는 달리 주제학(thematologie)이라는 용어의 사용을 주장한다.5)

미국에서는 이러한 계통의 전통이 없으나, 챈들러 우드베리 러브조이를 거쳐 해리 레빈에 이르러 주제연구에 긍정적인 반응을 보인다. 이후 주제연구는 대단히 활발하게 전개된다. 영어문화권에서는 일종의 타협으로 주제연구라는 용어 대신 제재연구(Subject matter, Stoff)라는 용어를 사용하고 있다.

이처럼 주제연구는 역사가 일천하며, 국가에 따라 용어상의 애매성마저 보여주고 있다. 따라서 용어 자체를 분명히 정의할 필요가 있다. 특히 소설 장르에서 주제란 어떤 의미를 지니는가? 그것은 우리가 일상생활에서 흔히 말하는 주제와 동일한 의미를 지니고 있는가? 만약 그렇지 않다면 그 차이는 무엇인가? 이러한 일련의 물음은 소설의 주제에 대하여 관심을 가질 때마다 늘 우리의 뇌리를 떠나지 않고 맴도는 것들이다. 따라서 이들은 소설의 주제를 밝히기 위해서 반드시 짚고 넘어가지 않으면 안될 선결과제들이라고 할 수 있다.

주제라는 용어는 우리가 알고 있는 이상으로 다양하게 쓰이고 있

---

3) Ulrich, 앞의 책, p. 125.
4) 이혜순 편, 『비교문학 1』, 과학정보사, 1986, p. 123.
5) R. Wellek & A. Warren, *Theory of Literature,* 臺北, 雙葉書店, 1978, p. 250.

다. 때문에 그 쓰임새를 알아보는 일도 우리의 작업에서 결코 무의미한 일은 아니다. '그 글은 무엇에 대하여 쓴 것인가' 혹은 '그들은 지금 무엇에 대하여 말하고 있는가'라고 할 때의 '무엇'을 주제라고 하기도 하고, 글의 중심적인 내용이나 작가가 작품에서 말하려고 하는 참된 의도 혹은 중심사상을 주제라고 하기도 한다. 또한 국어사전마다 주제에 대한 정의가 다르다. 이희승 편 사전에서는 "(1)주요한 제목, (2)어떤 일에서 중심이 되는 문제, 주된 명제, (3)작가가 그려내려고 하는 주요한 제재, 곧 작품의 중심이 되는 사상 내용 테마"6)라고 정의하고 있다. 한글학회 편 사전에서는 "(1)주장이 되는 제목이나 문제, (2)사상이나 예술작품의 으뜸이 되는 제재나 중심사상"7)이라고 정의하고 있다. 사회과학원 언어연구소 편 사전에서는 "(1)주되는 제목, (2)기본으로 되는 문제나 내용"8)이라고 정의하고 있다.

그리고 문학연구가들 사이에서도 주제에 대한 정의는 다양하게 나타나고 있다. 달스트롬은 「문학적 상황의 분석」에서 주제를 '지배적 관념, 도덕의식, 과제, 연명'이라고 정의하고, 이를 다시 다섯 가지로 세분하고 있다.

　(가) 물리적 측면-분자로서의 인간: 시간과 공간이 지배적 관심사가 됨.(쥬르 베르노의 <80일간의 세계일주>, 펄벅의 <대지>, 헤임슨의 <흙의 선장>)
　(나) 유기체적 측면- 원형질로서의 인간 : 섹스에의 유혹과 그에 대한 거부감이 지배적인 관심사가 됨.(뚜르게네프의 <부자>)
　(다) 사회적 측면- 사회적 존재로서의 인간 : 교육, 정치, 신전 등이 문제가 됨.(웰스의 <결혼>)
　(라) 이기적 측면- 개인적 존재로서의 인간 : 사회에 대한 자아의 반응이 문제가 됨.(괴테의 <파우스트>)

6)『국어대사전』, 민중서림, 1991, p. 3389.
7)『우리말큰사전』, 어문각, 1992, p. 3807.
8)『조선말대사전』(하), 동광출판사, 1992, p. 293.

(마) 신적 측면- 영혼의 소유자로서의 인간 : 신적인 힘이 인간에 존재한다는 것이 문제가 됨. (헤세의 <싯다르타>, 토마스 만의 <선택된 인간>)9)

프라이는 『동일성의 우화』에서 이야기 구조의 통시적 현존성과 반복성을 강조하면서 주제를 다음과 같이 네 가지로 정리하고 있다.
(가) 우의성(allegorization), 사상
(나) 문장으로 된 성찰
(다) 주제는 요지보다 덜 추상적이고 우의적 해석보다는 직접적이다.
(라) 주제는 동시적 단일성으로 설명되는 플롯이다.10)

메레디트와 피츠제랄드는 『소설작법』에서 작가의 목적 명시는 소설의 주제로 귀결된다고 하면서 주제에 대한 견해를 몇 가지로 나누어 제시하고 있다.
(가) 전통적 소설의 주제는 선악의 투쟁에서 유도된다.
(나) 환경 자체 또는 그 가운데 있는 어떤 것은 작가에 의하여 정의된 바 선 또는 악을 산출해야 한다. 환경이 선을 야기시킬 때 주인공은 보통 악을 대표해야 하며, 환경이 악을 초래하면 주인공은 선의 의미를 대표해야 한다.
(다) 모든 전통적 소설에서 선악 중 어느 한쪽만이 승리하며 선악의 투쟁결과가 소설의 주제를 이룬다.
(라) 소설에서 주제의 의미는 인생에 대한 과장된 감동에서 생긴다.11)

브룩스와 웨렌은 주제는 사상이요 의미이고 인물과 사건에 대한 해석이며 전체적 서술 속에 구체화된 침투적이고 단일화된 인생관

---

9) Joseph T. Shipley, *Dictionary of World Literature*, Adams & Co, 1972, p. 417.
10) 조남현, 『소설원론』, 고려원, 1984, pp. 169~170.
11) R. Meredith & J. Fitzgerald, *Structuring Your Novel*, 김경화 역. 『소설작법』, 청하, 1983, pp. 83~91.

이라고 정의했다.12) 허드슨도 유사한 정의를 내리고 있다. 그는 소설의 주제가 인생이라고 하면서 위대한 작가는 인생에 대한 관찰자이면서 인생에 대한 사상가여야 한다고 했다.13)

그러니까 아주 범박하게 말해서 주제는 제목, 내용, 제재, 사상 등과 동의어로 사용되고 있는 셈이다. 물론 그들 단어의 사전적 의미만 가지고 비교한다면 그들은 비교 자체가 무의미할 정도로 대단히 큰 차이를 보이고 있다. 그러나 간혹 그들은 유사한 의미를 지니고 사용되기도 하고, 혼용되어 사용되기도 한다. 그때 주제와 제목의 관계를 제외하고는 그들의 차이는 아주 미세하다. 때문에 논란의 여지가 다분하고, 그들의 관계를 살펴보는 것이 주제를 구체적으로 이해할 수 있는 첩경이 될 수 있다.

먼저, 주제와 제목의 관계는 비교적 분명하여 논란의 여지가 거의 없다. 주제와 제목을 동의어로 생각하는 경우는 주제를 제목 혹은 표제로 사용하는 데서 야기되었다. 그러나 그러한 경우가 적고, 그렇지 않은 경우가 더 많기 때문에 문제가 될 수 없다. 또한 주제를 표제로 설정한 경우의 주제는 엄밀한 의미에서 진정한 의미의 주제라고 할 수 없다. 현진건의 <빈처>나 <운수 좋은 날>은 우리의 일상적 삶에서 흔히 볼 수 있는, '가난한 아내'와 '운수 좋은 어느 날'이라는 이야깃거리를 가져다가 표제를 삼은 경우이다. 그러한 이야깃거리를 통하여 작가는 '문학 지망생의 이상과 현실'(<빈처>)과 '비오는 날의 행운과 가난한 인력거꾼의 애환'(<운수 좋은 날>)을 보여주고 있다. 전자가 제재이고 후자가 주제임은 명백하다. 따라서 제재를 주제로 잘못 인식하고 비교의 대상으로 삼은 것임에 틀림없다.

---

12) C. Brooks & R. P. Warren, *Understanding Fiction*, New York : Appleton-Century-Crofts, Inc., 1959, p. 273.
13) W. H. Hudson, *An Introduction to the Study of Literature*, London, 1958, p. 163.

둘째, 주제와 내용을 혼동하는 일은 소설의 내용을 형식과 분리된 것으로 볼 때 일어난다. 소설평이나 평론에서 가끔 볼 수 있는, '내용은 좋지만 표현이 서투르다'라든가 혹은 '표현은 좋지만 내용이 빈약하다'라는 지적은 그 좋은 예들이다. 또한 김동인과 김기진은 소설의 내용과 형식이 마치 분리되어 있는 것처럼 평론활동을 한 사람들이다. 김동인은 평론가의 임무를 소설의 기법—플롯, 인물, 배경, 시점 등에 대한 논의로 국한시키려고 시도한 바 있으며, 형식과 기법 위주의 평론활동을 했다.14) 반면에 팔봉은 이데올로기에 입각한 문학의 생산과 대중화론을 주장했다.15) 그리고 김동리도 주제를 '작품제작의 통일원리'라고 했다.16)

이들은 분명 형식과 내용을 분리할 수 있는 것으로 생각하고 어느 일면을 특히 강조하거나 거기에 집착한 것으로 보인다. 물론 김동인이 내용 문제를 완전히 간과하지는 않았으며, 팔봉도 형식 문제를 완전히 간과하지는 않았다. 특히 팔봉이 형식 문제를 간과하고 내용적인 문제에만 천착한 회월의 단편 <철야>를 '기둥도 서까래도 없는 붉은 지붕만 입히어 놓은 기형적인 건물'이라고 혹평한 것은 잘 알려진 사실이다.

그런데 내용과 형식은 분리될 수 있는 것이 아니며, 그들은 밀접한 관련을 가지고 하나의 유기체로서의 작품을 형성한다. <배따라기>는 '근친상간의 비극'이라는 줄거리를 내용으로 하고 있지만 액자형 구조로 독자들에게 객관적이면서 구체적인 미적 감동을 가져다주고 있다. 그러한 구조를 통하여 작가는 '근친상간의 오해와 그들이 비극적 삶'이라는 주제를 부각시키고 있다. 내용 자체만 가지고는 결코 주제에 접근할 수 없다. 따라서 주제는 내용과 같은 개념이 아니라, 내용과 형식을 통합하는 어떤 원리라고 할 수 있다.

---

14) 『한국근대소설론연구』, 국학자료원, 1990, pp. 126~147.
15) 『한국현대문학론』, 관동출판사, 1993, pp. 210~213.
16) 김동리·조연현 공저, 『소설작법』, 문명사, 1974, p. 23.

셋째, 주제와 제재를 혼동하거나 또는 같은 개념으로 알고 사용하는 경우가 많다. '그것의 주제는 무엇입니까?(그것은 무엇에 대해 이야기한 것입니까?)' 혹은 '그들이 이야기하고 있는 것은 무엇입니까?(그들의 주제는 무엇입니까?)'에서 주제는 이야기감을 의미한다. 또한 <붉은 산>의 주제를 '삵의 삶'이라고 하거나, <감자>의 주제를 '복녀의 삶'이라고 할 때도 역시 주제는 바로 이야기감을 의미한다. 물론 이야기감을 주제라고 하기도 하지만, 이때의 주제(subject)는 '주제의 주제(improved subject 참주제)'를 가정한 용어로 엄밀하게 말하면 제재를 잘못 명명한 것이다.

그렇다면 주제와 제재는 어떻게 다른가? 그것을 밝히기 위해서는 우선 소재와 제재의 관계에 대해 살펴볼 필요가 있다. 소재는 우리의 일상생활에서 흔히 볼 수 있는 이야깃감이다. 수많은 소재 가운데서 어떤 글을 쓰기 위해 채택한 소재를 흔히 제재라고 한다. 그러니까 제재는 어떤 글을 쓰기에 합당하여 취사선택한 이야깃감 혹은 재료라고 할 수 있다. 즉 제재는 어떤 글을 쓰면서 채택한 소재이다.

그런데 제재는 중심제재(main subject)와 부제재(sub subject)로 나뉜다. 한 편의 소설에서 중심제재는 하나인 경우가 대부분이지만, 부제재는 그렇지 않다. 글에 따라 차이는 있지만 어떤 경우에도 부제재는 둘 이상이다. <붉은 산>과 <감자>의 부제재는 다음과 같이 여러 개로 되어 있다.

(가) 여의 만주 여행, 조선인 소작인들과 그들이 사는 촌, 삵이라는 별명을 가진 정익호와의 만남, 삵의 인물 치레, 삵의 투전, 트집질과 싸움질, 부녀자들에 대한 행패, 동네사람들의 삵에 대한 반감, 만주인들의 투전판에서 삵의 봉변, 지주의 횡포와 송첨지의 죽음, 촌사람들의 분노와 흥분, 여는 송첨지의 시체 부검, 지주에 대한 삵의 항거, 삵의 죽음, 삵에 대한 조상

(나) 세상의 모든 비극과 활극의 근원지인 칠성문 밖 빈민굴, 복

녀의 출신성분 및 인물 치레, 복녀의 혼, 남편의 인물 치레, 복녀 부부가 칠성문 밖 빈민굴로 온 배경, 복녀의 구걸행각, 송충이잡이와 매음, 감자서리와 소작인 왕서방과의 관계, 남편의 방조, 복녀 부처의 치부, 왕서방의 혼인, 복녀의 질투, 복녀의 횡포, 복녀의 죽음, 복녀 남편과 왕서방의 타협, 뇌일혈 진단과 복녀의 매장

(가)의 부제재들은 '삵의 삶'이라는 중심제재에 의해 묶여질 수 있으며, (나)의 부제재들은 '복녀의 비극적 삶'이라는 중심제재에 의해 묶여질 수 있다. 그러니까 이들은 하나의 중심제재와 여러 개의 부제재들로 이루어진 소설들인 셈이다. 그런데 중심제재는 작가가 이야기하고자 하는 것과 밀접한 관련이 있다. <붉은 산>이나 <감자>의 경우도 마찬가지이다. 작가는 자기가 이야기하기에 가장 적합한 제재로 '삵의 삶'과 '복녀의 비극적 삶'을 택한 것이다. 그러나 '삵의 삶'과 '복녀의 비극적 삶'이 바로 작가가 이야기하고자 하는 것은 아니다. 중심제재인 '삵의 삶'이나 '복녀의 비극적 삶'을 발전시키면 주제에 이를 수 있다.

작가는 왜 삵을 주인공으로 설정했는가? 작가는 삵을 통하여 무엇을 말하고자 했는가? 암적인 존재였던 삵이 왜 조선인 소작인들이 당하는 비극적 현실에 분노를 느꼈는가? 왜 그는 자신의 일도 아닌 소작인들의 문제로 지주를 찾아가서 죽음까지 불사하면서 항의했는가? 조선인 소작인들은 왜 조국을 떠나지 않으면 안되었는가? 왜 그들은 이국에서 인간 이하의 삶을 감수하지 않으면 안되었는가? 작가가 삵을 주인공으로 설정한 것은 암적이고 인간 이하의 부정적인 인물에서도 민족의 동질성을 확인할 수 있음을 보여주려고 한 것이며, 삵의 분노와 항거는 중국인 지주에게 느끼는 분노와 조국(민족)에 대한 사랑임에 틀림없다. 따라서 <붉은 산>의 주제는 '민족의 동질성과 조국에 대한 뜨거운 사랑' 정도로 정리해 볼 수 있다.

〈감자〉의 경우도 마찬가지이다. 작가는 왜 복녀를 주인공으로 설정했는가? 작가는 복녀를 통하여 무엇을 말하고자 했는가? 도덕적 품위를 지니고 기품 있는 가정에서 자란 복녀는 왜 매음과 도둑질을 하지 않으면 안되었는가? 왜 복녀는 왕서방에게 낫을 들고 달려들어야만 했는가? 복녀는 왜 살해당했는가? 작가는 인간이 주어진 환경에 의해 영향 받기 마련임을 보여주기 위하여 복녀를 주인공으로 설정했으며, 복녀의 비극은 타락한 현실에 기인한다. 따라서 〈감자〉의 주제는 '타락한 현실과 복녀의 비극적 삶' 정도로 정리해 볼 수 있다.

이처럼 주제는 중심제재를 발전시킨 것으로, 작가가 이야기하고자 하는 그 무엇이다. 작품에 채택된 부제재들을 통일하고 그들에 질서를 부여해주고 있는 점에서 주제는 분명 제재와 다르지만, 제재와 무관하지 않다. 제재를 발전시키면 주제가 되기 때문이다. 그런 의미에서 주제를 발전된 제재 혹은 한정된 제재라고도 한다.

넷째, 주제를 사상과 유사한 개념으로 파악하는 일은 대개 소설의 목적을 교훈적 가치에 두려고 할 때 일어난다. 전통비평가들은 철학, 사상, 도덕적 요인들이 작가의 창작의욕을 자극하여 작품을 생산한 것으로 보고, 주제를 거기에서 찾으려고 했다. 그러한 경향은 동서고금을 막론하고 아주 흔하게 볼 수 있다. 근대 이전의 전통적 문학론의 주류를 이룬 권선징악, 재도지기(載道之器), 관도지기(貫道之器), 서구의 전통비평에서 볼 수 있는 시적정의(poetic justice), 계급투쟁, 이데올로기, 선동 등의 개념은 모두 그와 밀접한 관련을 맺고 있다. 때문에 그러한 입장에서 볼 때 주제는 사상과 유사한 개념으로 파악될 수밖에 없다.

그런데 소설은 교훈적 목적이 동기가 되어 쓰여지는 경우에도 교훈을 준다는 궁극적 목적을 달성하기 위해서만 쾌락을 준다. 쾌락이 주어지지 않을 경우, 달아나버릴 그 사상(진리 혹은 선)을 독자들이 자기 것으로 만들도록 하기 위해 쾌락을 주는 것이다. 역으로 순수한 미적 감동이나 미적 체험이 소설화되는 경우에도 쾌락을 주기 위해서만 모방을 한다.17) 그러니까 사상은 작가의 미적 형상화 노력과 어우러져 주제를 이루고 있는 셈이다.

그 좋은 예를 우리는 현진건의 〈고향〉에서 엿볼 수 있다. 〈고향〉은 일제의 잔혹한 식민지 정책으로 말미암아 황폐화되고 수탈당한 농촌과 농민을 그린 소설이다. 작가는 '그'라는 인물을 통해서 농촌의 황폐화와 하층민의 고통스런 삶을 아주 적나라하게 드러내고 있으며, '그녀'를 통해서 식민지 여성들의 수난상을 생생하게 드러내고 있다. 특히 '그'는 식민지 시대 한국 하층민의 전형이라고 해도 거의 틀림이 없다. 땅도 집도 아내가 될 여자마저도 빼앗기고 정처없이 중국과 일본 그리고 조선땅을 떠돌아다니는 그는 정신적 안식처마저 상실하고 만다. 때문에 작가는 작품 말미에서 '그'를 통해 음산하고 비참한 조선의 얼굴을 똑똑히 본 것 같다고 했다.18)

여기에서 일제의 식민지 수탈정책과 농촌의 황폐화 그리고 여성들의 비극적 삶 등은 작가가 독자들에게 보여주고자 하는 진리이다. 그런데 작가는 이들을 고발하고 비판하는 입장에서 보여주기보다는 직접 체험을 한 인물과의 대화나 혹은 관찰자의 입장에서 그려보임으로 해서 독자들의 심금을 울리고 있다. 그러니까 작가는 자기가 이야기하고자 하는 진리를 액자형 소설 구조로 잘 포장하여 들려줌으로 해서 그 주제의식을 한결 생동감있게 해주고 있는 것이다. 따라서 사상은 하나의 제재는 될지언정 주제 자체가 될 수는 없다.

앞에서 간략히 살펴본 바와 같이 주제는 제목, 내용, 제재, 사상 등과는 다른 개념이다. 그러나 주제는 간혹 그들과 동의어로 사용되기도 한다. 그것은 주제가 그러한 개념들이 지닌 특징을 지니고

---

17) Sir Philip Sidney, 'An Apology for Poetry', G. Gregory Smith ed., *Elizabethan Critical Essays*, London, 1904, p. 158.
18) 『한국현대문학론』, 관동출판사, 1993, p. 172.

있기 때문이다. 그럼에도 한 가지 분명한 것은 그러한 특성은 그들이 공유한 부분적인 특성이지 본질 자체는 아니라는 점이다. 따라서 그들은 변별적인 개념으로 인식하고 사용해야 할 것이다. 한마디로 주제는 소설 속에 채택된 여러 제재 가운데 중심제재를 발전시킨 것으로, 작가가 이야기하고자 하는 것임에 틀림없다.

2) 제재와 문제의식

우리가 현실생활에서 체험하게 되는 사랑, 슬픔, 탄생, 죽음, 즐거움, 괴로움, 고통, 죄악, 수면, 식사, 소외감 등은 얼마든지 소설거리가 될 수 있다. 의식적이든 혹은 무의식적이든 현실생활에서 느끼는 이들 미적 체험을 통해 작가는 자기 나름대로 심도있게 무엇인가를 이야기하려고 한다. 그것은 현실고발이 되기도 하고 자기의 인생관이나 세계관의 노출이 되기도 한다. 이때 문제가 되는 것은 바로 그러한 이야깃거리에 대해서 작가가 갖는 치열한 역사의식이나 문제의식이다.

만약 우리의 주위에 널려있는 소재가 작가의 주목을 받지 못했다면 그것은 이야깃거리가 될 수 없었을 것이다. 그것이 이야깃거리가 되었다는 자체가 벌써 작가의 주목을 받은 것이며, 그러한 주목은 작가가 그것을 보고 자기 나름대로의 문제의식을 가진 소산임에 틀림없다. 지금까지의 동서고금의 소설작품들이나 소설사를 통하여 확인할 수 있는 바와 같이, 대개 작가가 이야깃거리로 선정한 것들은 당대의 상황에서 세상사람들의 주목을 받았거나 문제가 된 것들이다.

현진건의 〈빈처〉는 세속적인 의미의 출세가 친일을 의미하기 때문에 취직을 하지 못하고 무기력하게 살아가는 식민지 지식인에 대해, 〈고향〉은 일제의 식민지 정책에 의해 황폐화된 농촌과 조선인들의 비극적 삶에 대해 작가가 문제의식을 가진 것이다. 채만식의 〈치숙〉은 식민지 시대에 양산된 지식인의 실직과 사회주의 사상에 대해, <태평천하>는 나라가 망해도 자기만 잘 살면 된다는 자산계급의 몰역사적이고 타락한 삶에 대해 작가가 문제의식을 가진 것이다.19) 김정한의 <모래톱 이야기>는 권력층과 위정자들에 의해 유린당하면서도 꿋꿋하게 살아가는 섬사람들의 애환에 대해, <사하촌>은 승려들의 횡포와 농민들의 비극적 삶 그리고 사회주의사상 등에 대해 작가가 문제의식을 가진 것이다.20)

그러한 문제의식은 역사적이고 민중적인 데서 취한 것도 있지만 아주 하찮은 일상적 삶에서 취한 경우도 적지 않다. 강신재의 <젊은 느티나무>는 의붓오빠를 사랑하는 여고생 숙희가 부모의 부부라는 형식적 제약으로 말미암아 고통을 받고 갈등을 겪다가 오빠의 탈형식적 행위로 인하여 사랑에 성공하는 이야기이다.21) 작가는 윤리의식보다는 원시적인 인간의 생명력에 초점을 맞추고 재혼한 부부의 이복 남매간의 순정과 갈등에 대해 문제의식을 가진 셈이다.

그런데 <젊은 느티나무>와 같은 경우에는 문제의식의 표출이라기보다는 작가 나름의 관심구조를 표출한 것으로 보는 것이 더 적절할 것이라는 지적도 있다. 그러나 문제의식은 역사의식이나 사회의식으로 국한되지 않는다. 그것은 보다 더 포괄적인 의미로 사용된다. 작가가 제재와 만날 수 있는 장을 마련해주고, 제재와 주제의식이 조화를 이룰 수 있도록 동기를 부여해 주는 것이 바로 문제의식이다. 우리 주위에 소설감이 아무리 많이 널려 있다고 하더라도 문제의식의 그물 속에 들어오지 않으면 소설가의 주목을 받을 수 없으며, 소설 작품으로 형상화될 수 없다. <젊은 느티나무>도 부모의 재혼으로 남매가 된 두 인물이 느끼는 사랑의 감정과 모랄 의식을 포착한 것으로, 문제의식이 되기에 부족함이 없다.

다만 문제의식의 깊이가 문제이며, 작가의 인생관과 세계관이 문

---

19)『한국현대소설의 이해와 감상』, 관동출판사, 1993, pp. 101~230.
20)『소설마당』7, 관동출판사, 1993, p. 319.
21) 같은 책, p. 201.

제일 뿐이다. 작가가 당대의 현실에서 가장 첨예하게 대두된 문제들을 다루지 못하고 여성적인 섬세한 재치에 주로 의존한 것은 독자들의 말초신경이나 자극한다는 비판의 소리를 들을 가능성이 다분하다. 또한 두 남녀의 사랑의 문제를 다루더라도, 그것이 현 세계의 도덕률에 의해 필연적으로 초래할 수밖에 없는 비극적 상황이나 자아와 세계의 대결 구도를 애써 외면하고 화해와 해피엔딩의 구도를 선택한 것은 지나친 낙관주의나 세계인식의 피상성에 말미암은 것이다.

주지하는 바와 같이 우리는 자아와 세계의 대결로 특징지을 수 있는 그러한 세계에서 살고 있다. 그야말로 우리는 가치의 혼돈과 도덕률의 상실로 문제가 되어 있는 상황에 놓여 있다. 현실인식의 눈과 가치판단의 잣대가 날로 무디어져 가는 것은 어쩌면 지극히 당연한 일인지도 모른다. 그러한 상황에서 문제의식을 갖는 것은 작가가 현실문제의 해결을 모색하는 의지의 표출이고 창작은 그 실천과정이다.

2. 주제의 보편성과 역사성

1) 주제의 보편성

문학은 언제나 전통을 새롭게 해석하는 과정에서 그 자체의 존재의의를 부여받곤 한다. 그런데 어떤 작가를 칭찬할 때 그의 작품에서 다른 어떤 작가와도 닮지 않은 면을 특히 강조하려는 것이 우리의 보편적 경향이다. 마치 거기에서 우리는 그 작가의 개성적인 면 혹은 독특한 본질을 발견한 것처럼 생각한다. 그러나 정작 냉정하게 들여다보면, 그 작품의 가장 훌륭한 부분 혹은 가장 개성적인 면은 그의 조상들이 가장 힘차게 자신들의 불멸성을 발휘한 부분들임을 알게 된다.[22] 때문에 엘리어트는 예술가의 진보란 끊임없는

자기희생이요 끊임없는 개성의 몰각이라고 말하기도 한다.23)

사실 소설가의 작업은 자기 나름대로의 새로운 해석을 통해 전통 혹은 당대의 보편적 가치의 본질을 구명하는 일로 귀결된다. 따라서 당대의 작품에서 보편적인 가치나 관심사를 밝히는 일이 그 작가를 이해하고 당대의 흐름을 파악하는 데 크게 도움이 될 수 있다. 그런데 그러한 작업은 보편적 주제를 찾는 일이나 크게 다를 바 없다. 그렇다면 보편적인 주제를 찾는 일이란 어떤 것일까? 그것은 진정한 의미의 주제(참주제, 혹은 발전된 제재)를 찾는 일이라기보다는 일반적인 의미의 주제(제재, 혹은 가주제)를 찾는 일이라고 할 수 있다.

포스터가 현대소설이 '사랑', '죽음', '밥', '탄생', '수면'으로 압축되는 인간사를 다루고 있다고 한 것,24) 지올코우스키가 독일 현대소설은 시간, 죽음, 30년대 주인공, 범죄, 정신병 등 다섯 가지 문제를 집중적으로 다루고 있다고 지적한 것, 제라파가 현대소설이 일, 탄생, 죽음, 밥, 수면, 사랑 등 다섯 가지의 제재를 주로 다루고 있다고 한 것, 부우드가 작가들이 갖는 관심구조를 지적 혹은 인식적 관점, 심미적 혹은 질적 관심, 실제적 관심으로 분류하여 제시하고 있는 것 등은 모두 주제의 보편성 즉 보편적 주제를 규명하려는 작업에 다름아니다. 여기에서는 포스터의 주장을 중심으로 주제의 보편성을 살펴보고자 한다.

포스터는 다섯 가지로 압축되는 인간사 가운데 당대까지의 주요 소설에서 가장 중시된 것은 '사랑'이라고 했다. 사랑이 인간의 삶의 기본구조를 떠받쳐 주는 한 개의 축이기는 하지만, 그것은 죽음처럼 소설을 끝내는 데 편리한 것이기 때문이다. 전자는 우리 인간이

---

22) T. S. Eliot, "Tradition and the Individual Talent", 최종수 역, 『문예비평론』, 박영사, 1974, p. 12.
23) 같은 책, p. 18.
24) E. M. Foster, *Aspects of the Novel*, Penguin Books, 1966, pp. 61f

지닌 가장 보편적 감정인 사랑이 늘 다른 감정과 이원적으로 존재하는 데서 확인이 가능하다. 즉 사랑과 연민, 사랑과 시기심, 사랑과 갈등, 사랑과 증오, 사랑과 화해 등은 우리 인간사에서 흔히 볼 수 있는 이율배반적인 구조이다.

그러한 인간사는 소설에 그대로 수용되는 경우가 허다하다. 이광수의 〈무정〉에서 영채가 이형식과 김선형에 대해 지니고 있는 감정은 다름아닌 사랑과 시기심, 사랑과 갈등의 감정이고, 이형식이 영채에게 느끼는 감정은 사랑과 연민, 사랑과 화해의 감정이다. 이를 통해 작가는 남녀 간의 삼각연애라는 사랑의 문제를 하나의 중요한 흥밋거리로 부각시켜 독자들의 이목을 집중시키고 있다. 그러니까 사랑은 〈무정〉의 중심제재가 되고 있는 셈이다. 〈무정〉의 주제는 자유연애와 민족의식의 고취 정도로 봄이 좋다.25)

다음으로 현대소설에서 중시되는 것으로 포스터는 '죽음'을 들었다. 특히 죽음은 사랑의 결과로서 나타나며, 결혼과 대립적인 결과로 나타난다. 결혼이 사랑의 성공으로 나타난다면, 죽음은 사랑의 실패로 나타나는 경우가 많다. 결혼은 근대 이전의 소설에서 많이 볼 수 있는 해피엔딩의 형태로, 시적 정의 혹은 권선징악이라는 주제의식과 밀접한 관련이 있다. 반면에 죽음은 근대소설의 주류를 이루는 것으로 자아와 세계의 갈등과 비극적 세계관을 집약적으로 보여주는 결말구조의 형태이다. 전자의 예로는 〈춘향전〉을, 후자의 예로는 〈물레방아〉를 들 수 있다.

〈춘향전〉은 두루 아는 바와 같이 탐관오리인 변학도의 갖은 유혹과 강압적인 수청요구 그리고 투옥과 고문 등 온갖 역경과 고난에도 불구하고 일편단심으로 사랑하는 님을 기다리던 춘향이 결국 이도령과 결혼하여 행복하게 살았다는 해피엔딩의 이야기이다. 이러한 형태를 지닌 고대소설은 열거하기 어려울 정도로 많다. 〈물레방아〉는 탐욕스런 주인 신치규의 돈에 유혹당한 아내의 마음을 돌

---

25) 『한국현대소설의 이해와 감상』, 관동출판사, 1993, p 50.

리려다 감옥살이를 하고 아내를 칼로 찔러 죽이고 동반자살하는 하층민의 비참한 삶을 그린 소설이다.

특히 〈물레방아〉는 얼마간의 계급적인 갈등이 드러난다. 그러나 프로문학과는 달리 계급적인 투쟁이나 계급적 실천의 문제를 다루기보다는 인간의 본능적인 문제를 다루고 있는 것으로 보인다. 신치규와 방원 사이에 나타나는 갈등은 지주의 부당한 횡포에 연유한 소작인의 항거임에도, 계급적 모순에 그 근거를 두기보다는 자기의 아내와 간통을 하고 결국 아내를 빼앗아간 신치규에 대한 방원의 본능 쪽에 근거를 두고 있다. 아내 역시 지주의 부당한 횡포에 의해 희생되었다기보다는 가난이 싫어 돈을 보고 신치규와 간통을 하고 첩이 된다.26)

'밥'은 가난이 문제시되면서 부각되기 시작한 제재로 사랑이나 죽음에 비하여 비교적 역사가 짧은 제재이다. 러시아혁명 이후 문학이 혁명의 수단이 되어야 하며, 따라서 계급적 투쟁과 그 실천이라는 이데올로기를 담지 않으면 안된다는 기본지침에 의해 현대소설의 주요한 제재가 되었다. 우리나라의 경우 일제의 식민지 수탈정책에 의해 농촌이 황폐화되고, 빈곤이 극에 달한 1920년대에 '밥'의 문제는 좌익과 우익을 가릴 것 없이 중요한 소설거리가 되었으며, 카프가 문단의 헤게모니를 잡으면서 그러한 경향은 더욱 심화되었다. 대표적인 작품으로는 현진건의 〈고향〉과 최서해의 〈홍염〉을 들 수 있다.

〈고향〉은 일제의 잔혹한 식민지정책으로 말미암아 황폐화되고 수탈당하는 농촌과 '밥'을 찾아 떠돌아다니는 농민을 소설화한 대표적인 작품이다. '그'는 땅도 집도 아내가 될 여자마저도 빼앗기고 돈을 벌기 위해 정처없이 중국과 일본 그리고 조선땅을 떠돌아 다니다가 정신적 안식처마저 상실하고 만다. 또한 '그녀'는 비극적 삶을 산 여인이다. 이들은 식민지시대 한국 하층민의 전형이라고 해

---

26) 같은 책, p. 132.

도, 거의 틀림이 없다.

<홍염>은 간도를 배경으로 조선인 소작인과 중국인 지주 사이의 갈등을 그린 것으로 신 경향파의 대표적인 작품이다. 계급의식에 입각한 인물설정과 소작인의 지주에 대한 계급적 투쟁, 그리고 방화와 살인에 의한 결말처리 등은 프로 문학적 창작방법의 전형으로 논의되어 왔다. 무산자의 전형적 인물인 소작인 문 서방은 먹고 살기 위해 간도로 갔다가 빚만 진다. 빚을 받으러 온 지주는 돈 대신 문 서방의 딸을 데리고 간다. 아내가 병이 들어 죽기에 이르자 문 서방은 지주를 찾아가서 딸을 볼 수 있게 해달라고 애걸을 하지만 거부당한다. 아내가 원한을 품고 숨지자 문 서방은 지주의 집에 불을 지르고 지주를 도끼로 찍어 죽인 뒤에 딸과 부둥켜안고 운다.27)

'탄생'은 근대소설에서보다는 근대 이전의 소설에서 많이 취한 제재이다. 신화는 신적 인물이나 영웅의 일생을 그리고 있다. 그런데 그 주인공은 비정상적인 방법으로 출생한다. <동명왕편>의 주몽처럼 신과 인간의 교혼에 의하여 태어나기도 하고, <단군신화>의 단군처럼 신과 동물이 교혼하여 태어나기도 한다. 고대소설의 주인공도 영웅이기는 하지만 신화에 비해 좀 더 인간적으로 출생한다. 그러나 인간의 출생을 빌린 신의 적각을 그린 소설들도 적지 않다.

군담소설의 대표적인 작품이라고 할 수 있는 <유충렬전>은 대대로 부귀공명을 누려온 명가의 유심이 정은주부라는 현직 고관이지만 자식이 없어서 고민하다가 남악 형산의 산신령에게 자식을 점지해 달라고 기도한다. 꿈에 천상선궁이 청룡을 타고 하강하여 자신은 자미성으로 백옥루 잔치에서 익성과 대결하다가 벌로 지상에 내려와서 아들이 된다고 한다. 그러니까 유심의 아들 충렬은 신이며, 정한담으로 적강한 익성도 역시 신이다.

근대소설에서도 탄생을 제재로 한 경우가 없지는 않다. 그러나 출생 자체가 큰 의미를 지니는 것 같지는 않다. <감자>에서 복녀는

---

27) 같은 책, p. 173.

원래 사농공상의 제2위에 드는 농민출신으로 출생한다. 작가가 그
녀의 출생을 제재로 삼은 것은 도덕적인 개념을 가지고 성장한 여
성이 싸움, 간통, 살인, 도둑, 징역 등 이 세상의 모든 비극과 활극
의 근원지인 칠성문 밖 빈민굴로 굴러들어 차츰 타락해가는 과정을
보여주기 위함이다. 가난한 복녀가 세상을 살아가는 자기 나름대로
의 방법(타락한 방법)에 우리 독자들은 수긍을 하지 않을 수 없다.
또한 복녀의 타락이 외적 환경에 의해 결정되고 있는 점에서 이는
결정론에 바탕을 둔 자연주의적 경향임에 틀림없다.28)

　'수면'은 대개 현실 세계에서 성취하기 어려운 일을 추구하거나
현실에서는 불가능한 정치비판을 하기 위한 방편으로 취하는 제재
이다. 근대 이전의 <원생몽유록>과 같은 몽유록이나 <구운몽>과
같은 몽류록계 소설 그리고 <금수회의록>과 같은 근토론체 소설
등에서 엿볼 수 있다.

　이들의 구조는 입몽과 몽유의 세계 그리고 각몽으로 되어 있다.
그 가운데 중심이 되는 것은 몽유의 세계이다. 몽유의 세계는 주인
공의 이상이나 현실비판 의지가 표출된 부분이다. <원생몽유록>에
서 원자허는 꿈에 선계로 올라가 단종, 박팽년, 성삼문, 하위지, 이
개, 유성원, 남효온, 유응부 등을 만나서 현실을 비판하는 강개시를
화답한다. <구운몽>에서 연화도장의 성진은 꿈에 인간세상의 양소
유로 출생하여 과거에 급제하고 출장입상하여 팔선녀를 처첩으로
거느리면서 행복하게 산다. <금수회의록>의 몽유자는 금수만도 못
한 인간세상을 한탄하다가 잠이 들어 꿈에 금수회의소에 들어간다.
회장이 사람의 책임을 분명히 할 일, 사람의 행위의 시비를 의논할
일, 세상사람 중에서 인류 자격이 있는 자와 없는 자를 조사할 일
을 안건으로 상정하자 까마귀, 여우, 개구리, 벌, 게, 파리, 호랑이,
원앙 등이 등단하여 인류를 비판한다. 마지막으로 사회자가 등단하
여 사람이 제일 더럽고 제일 괴악하다고 하면서 폐회를 선언한다.

---

28) 같은 책, p. 85.

동물들이 흩어진 뒤에 서술자는 인간으로 태어난 것을 후회하고 인간의 반성과 회개를 촉구한다.

2) 주제의 역사성

소설의 주제는 시대에 따라 다양하게 변모되어 왔다. 동시대에도 작가의 성향에 따라 다양한 주제가 구사되기는 하지만, 당대의 유행이나 역사적 상황과 관련하여 나타나는 주제가 중심을 이루고 있다. 주제의 역사성이란 바로 그 시대를 특징지을 수 있는 주제나 혹은 같은 주제일지라도 시대에 따라 다르게 나타나는 특성과 밀접한 관련이 있다. 전자는 주제의 시대별 유형성을 밝히는 작업이고, 후자는 주제의 역사적 성격을 규명하는 작업이다.

소설이 보편적인 사실을 말하기 위하여 구체적인 세계를 묘사해야 하는 것은 어느 시대, 어느 사회에서도 보편적인 진리이다. 이때 구체적인 세계를 묘사해야 한다는 것은 개인의 삶을 제재로 취하더라도 소설이 역사적 환경과 동떨어져서 묘사되어서는 안됨을 의미한다. 물론 순수라는 미명하에 당대의 상황과 무관하게 작품활동을 하는 소설가들도 있다. 그러나 그들이 당대 사회의 구성원이며, 그들의 체험이 당대의 상황과 불가분의 관계에 있다는 점을 감안할 때 그들과 그들의 소설을 당대의 상황과 분리해서 생각하기는 곤란하다. 사실 작가는 자기가 살고 있는 시대를 긍정적으로든 부정적으로든 수용하기 마련이다. 다만 그것이 얼마나 직접적이고 노골적으로 드러났느냐 아니면 간접적이고 예술적으로 육화되어 나타났느냐의 차이가 있을 뿐이다. 그것은 한국현대 소설사를 살펴보아도 쉽게 확인이 된다.

근대 초기의 역사전기소설은 당대의 이데올로기를 잘 반영하고 있다. 소설의 효용성을 인식한 애국계몽운동가들이 당대의 상황을 타개하는 데 일익을 담당하고자 애국계몽의 일환으로 창작 혹은 번역한 소설들이기 때문에 이들에는 당대의 위기를 타개해줄 구국영웅의 출현과 전국민이 애국사상으로 무장해 줄 것을 바라는 의도를 분명히 보여준다. 아울러 당대의 위기가 매국노들 때문에 발생했으며 새로운 사상을 주체적으로 수용하지 못한 데 기인한 것으로 판단하고 자주적인 입장에서 근대사상을 수용해야 함을 역설하고 있다. 이러한 경향은 당대의 사회적 요구가 충실히 반영된 것이다. 즉 문학의 외적 질서인 당대의 정치적 현실이 문학의 내적 질서로 자연스럽게 수용된 것으로 보인다.29)

신소설은 당시 첨예하게 대두되고 있던 이데올로기들을 소설에 담지는 못했지만 그들도 자기들 나름대로의 시대적 사명을 다하고 있었다. 신소설 작가들이 추구하던 근대적인 사상과 당시의 과도기적인 사회상이 잘 구현되어 있는 것이 사실이다. 먼저 그들은 자신들의 세계관의 변화에 따라 고대소설에서 공식화된 유교적 질서의 승리에 거부감을 표출하며, 다음으로 고대소설에 빈번하게 나타나는 비현실적인 내용이 야기하는 개연성의 상실에 비판적 입장을 취한다. 아울러 그들은 당대의 시대의식을 반영하여 풍속개량에 일익을 담당한다.30)

어느 정도 본격적인 궤도에 오른 1920년대에서 1930년대 초반까지의 소설은 크게 두 갈래로 나누어서 살펴볼 수 있다. 하나는 지적 리버럴리즘에 입각한 소설군이고, 다른 하나는 사회주의적 경향을 보여준 소설군이다. 전자에 속하는 소설가로는 이광수, 김동인, 현진건, 염상섭 등이, 후자에 속하는 소설가로는 최학송, 김기진, 박영희, 이기영 등이 대표적이다.

이광수는 국권상실과 같이 하여 문단에 데뷔했기 때문에 당대의 시대의식을 누구 못지않게 날카롭게 포착하였다. 초기에는 민족계몽과 자유연애 사상을 주제로 한 소설을 썼으며, 후기에는 민족개조론에 관심을 갖기도 했다. 김동인은 낭만주의자 혹은 유미주의자

---

29) 송현호, 『한국현대소설론연구』, 국학자료원, 1993, pp. 11~74.
30) 같은 책, pp. 75~110.

로 평가되기도 하지만 <붉은산>에서 볼 수 있는 바와 같이 당대의 민족적 현실을 주제로 삼기도 하고 <감자>에서 볼 수 있는 바와 같이 당대의 삶을 자연주의적 시각에서 객관적으로 조명하기도 했다. 현진건은 지식인의 문제에서부터 민족의식의 고취문제에 이르기까지 당대의 현실을 포착했다. 염상섭은 사실주의에 입각하여 당대의 현실을 객관적으로 조망하고 고발하는 데 주력했다.

최학송은 억압받는 민중의 빈궁한 삶과 계급적 갈등의 문제를 다룬 소설을 양산했는데, 대부분 자신의 체험을 바탕으로 한 것이다. 김기진은 계급주의를 지향하는 소설을 썼다. 대표작인 <붉은 쥐>는 대화나 묘사가 거의 없고 시종일관 주인공의 독백을 작가가 나열하고 있다. 따라서 작가의 관념이 과잉 노출되어 있다. 박영희는 초기의 계급주의에 입각하여 창작된 소설들이 그러하듯이 동물을 등장시켜 당대의 구조적 모순과 그에 대한 저항정신을 구현하고자 했다. 또한 살인에 의해 사건을 마무리하고 있다. 그런데 플롯이 너무 도식적이고 개연성마저 부족하다. 계급사상과 계급적 실천이라는 문제에 지나치게 집착한 나머지 예술성을 도외시한 셈이다.31) 이기영은 팔봉이나 회월에 비하여 보다 발전된 모습을 보여준다. 그는 자본주의에 의해 붕괴되어 가는 농촌의 현실을 아주 사실적으로 표출했다. 농민의 문제와 노동자의 문제 그리고 가진 자들의 횡포는 삼각연애라는 재미와 더불어 그의 소설의 기본골격을 이룬다. 특히 <고향>에서 김희준과 마름 안승학의 딸인 안갑숙의 연대는 당대의 노동자와 농민의 연대를 통한 농업문제의 해결이라는 노농동맹사상의 표출로 보인다. 그러나 주동적인 인물인 김희준이 소작쟁의 과정에서 보여준 태도는 농민들의 의식을 고양시켜주기에는 부족함이 적지 않다.32)

1930년대 후반기에는 일제의 카프 해산의 충격과 심화된 검열로

---

31) 송현호, 『한국현대문학론』, 관동출판사, 1993, pp. 209~214.
32) 송현호, 『한국현대소설의 이해와 감상』, 관동출판사, 1993, pp. 207.

향토색 짙은 소설이 양산된다. 그러한 제재를 즐겨 다룬 소설가로는 김유정, 채만식, 계용묵, 정비석, 김정한 등이 대표적인 인물들이다. 김유정은 강원도 산간지방을 배경으로 향토색 짙고 해학적인 작품과 당대 농촌을 풍미하던 일확천금의 꿈, 노름, 매음 등을 제대로 한 소설들을 즐겨 창작했다. 채만식은 전라도 지방의 구수한 토속어를 바탕으로 당대 농촌의 현실을 풍자하기도 하고 자산계층의 타락한 삶을 비판하기도 했다.

계용묵은 농촌의 세태풍속과 인심을 담담히 그리고 있다. 특히 <백치 아다다>에서 아다다가 돈에 거부반응을 보인 것은 금전만능주의적인 세태에 대한 작가의 비판적 시간의 투영으로 볼 수 있다. 정비석은 대부분의 초기 소설에서 토속적인 세계에서의 인간의 원시적이고 자연적인 삶의 모습을 그리고 있다. 김정한은 절 소유의 농토를 부쳐먹고 사는 가난한 농민들의 삶의 애환과 기구한 운명 그리고 농민의 집단적인 행동을 묘사하고 있다. 같은 농촌의 문제를 다루고 있으면서도 이광수나 심훈과는 달리 계몽주의적인 색채나 영웅적인 주인공을 설정하지 않고 있다. 힘없고 무지한 농민들이 주인공이며 그들은 자신들의 생존권을 지키기 위해 분연히 일어선다. 따라서 당대로서는 보기 드문 민중문학 계열의 농민소설을 보여준다.

해방 후부터 6·25까지의 기간에는 좌익과 우익의 정치투쟁이 문단으로까지 파급되어 정치적인 문제와 민족적 현실에 대한 문제가 집중적으로 다루어진다. 그러한 주제를 즐겨 다룬 소설가로는 김동리, 안수길, 황순원 등을 들 수 있다. 김동리는 초기의 토속적 세계에 대한 애착에서 나아가 이 시기에 이르면 민족적 불행을 소설의 주제로 선정하기에 이른다.

<황토기>에서 절세의 힘을 타고 난 두 장사가 한 여인을 두고 끝없이 싸움을 되풀이하는 행위는 바로 남북의 불행한 대결과 그에 대한 작가의 허무의지를 형상화한 것으로 보인다. 안수길은 해방

후의 혼란기에 우리 민족의 수난사를 현장감있게 제시하여 당대인들에게 하나의 경종을 울리고, 우리 민족의 주체성을 고양하여 그들이 취해야 할 바가 무엇인지를 분명히 하고 있다. 황순원은 1946년 5월 월남한 이래 줄곧 관심을 가져온 당대의 혼란된 사회상과 가난하고 굶주린 사람들의 삶을 통하여 민족의 화해의 가능성을 제시했다. <목넘이 마을의 개>는 한 마리의 개를 통해 우리 민족의 수난을 암시한 일종의 우화소설로, 전편에 걸쳐 휴머니즘이 주조를 이루고 있으며 당대의 혼란된 사회를 극복할 수 있는 전망을 어느 정도 제시해준 것으로 보인다.33)

한국전쟁을 계기로 6·25의 엄청난 비극을 체험한 작가들에 의해 전쟁의 참혹상과 전후의 인간들의 모습을 제재로 한 소설들이 등장한다. 소위 전후소설이다. 전후소설은 크게 세 가지로 요약할 수 있다. 첫째, 전쟁으로 인한 극한 상황을 설정한 작품들이 나타나는데, 김성한의 <방황>, 곽학송의 <독목교>, 선우휘의 <불꽃> 등이 대표적인 작품들이다. 둘째, 전후의 현실적응의 문제를 다룬 소설들이 집중적으로 나타나는데, 황순원의 <나무들 비탈에 서다>, 추식의 <인간제대>, 송병수의 <쇼리 킴>, 최인훈의 <광장>, 강신재의 <해방촌 가는 길>, 장용학의 <현대의 야>, 손창섭의 <비오는 날>, <혈서>, <잉여인간> 등이 대표적인 작품들이다. 셋째, 분단으로 인한 민족적 비극을 다룬 소설들도 보이는데, 최인훈의 <광장>, 이호철의 <판문점> 등이 대표적인 작품들이다. 이 가운데 특히 주목을 받는 작가가 선우휘, 최인훈, 손창섭이다.

선우휘는 누구도 원치 않았던 격동의 역사 속에서 자신의 의지와는 무관하게 역사의 현장으로 나선 수많은 민중들이 결국 자신이 생각했던 것과는 전혀 다른 방향에서 역사의 심판을 받고 역사의 현장에서 이슬처럼 사라진 비극적 상황을 그렸다.34) 최인훈은 독재

---

33) 같은 책, p. 370.
34) 같은 책, p. 464.

주의를 위장하고 서구적 자유의 풍문만을 민중에게 들려주지만 개인의 밀실만이 존재하는 남한의 텅 빈 광장과 혁명이라는 풍문만이 난무하고 여전히 낡은 부르주아의 유습만이 상존하는 북한 사회의 광장을 비판하고 좌우 이데올로기의 갈등 속에서 방황하는 지식인의 모습을 그렸다.35) 손창섭은 앞이 보이지 않는 절망적인 상황과 비정상적인 인간들의 삶을 통해 전쟁이 가져다준 물질적, 정신적 상처와 전후의 참상을 고발하고 있다. 그 방법에 있어서는 작가는 끝까지 냉소적인 입장을 견지하고 있다. 따라서 그의 소설에서 우리는 짙은 허무주의를 느낄 수 있다.36)

1960년대에는 당대를 풍미하던 허무의식이 소설의 주제로 채택된다. 자유당의 부정부패에 반기를 들고 일어선 젊은 학도들이 주축이 된 4·19혁명의 성공은 5·16에 의해 찰나적인 것이 되었다. 그리하여 또다시 암흑의 시대가 도래하였고, 이에 따라 사회 전반에 걸쳐 허무의식이 팽배하게 되었다. 그러한 경향은 김승옥의 <무진기행>, <환상수첩>, <서울, 1964년 겨울>, 이청준의 <병신과 머저리>, <집행유예>, 서정인의 <후송>, 박태순의 <무너진 극장> 등에서도 그대로 수용되었다.

3. 독자의 수용과 주제의 심도

문학 행위는 독자를 대상으로 한 것이다. 여기에서 말하는 독자란 비평가, 작가, 문학사가들이 포함된다. 수용미학의 대가인 야우스도 언급한 바와 같이 그들은 문학에 대하여 반응하고 자신의 작업을 하는 사람들이기 이전에 일단 독자이다37) 비평가는 새로운

---

35) 같은 책, p. 482.
36) 같은 책, pp. 408~414.
37) Hana Robert Jauβ, "*Literaturgeschichte als Provokation*", Rainer

작품에 대해서 판단을 내리는 자이지만 우선 작품을 읽지 않으면 안되며, 작가는 창조자이지만 과거의 작품들을 읽고 그들이 지닌 긍정적이거나 부정적인 규범에 직면하여 자신의 작품을 창조하기 마련이다. 문학사가도 한 작품을 그것이 속한 전통과 역사적 의미망 속에서 분류하고 해석하기 위해서는 작품을 읽지 않으면 안된다. 따라서 그들은 독자의 범주에 들어가기에 부족함이 없다. 독자로서의 독서를 통해 얻은 지식을 바탕으로 그들은 자신들이 추구하는 작업을 한다. 이 작업은 동시대의 작가와 후세 작가들에게 암묵적으로 영향을 미친다.

때문에 작가는 독자에게 심대한 영향을 주기도 하지만 독자로부터도 많은 영향을 받는다. 그럼에도 불구하고 지금까지의 문학연구는 독자를 거의 간과하고 지나칠 정도로 작가와 작품에만 경도되어 왔다. 특히 한 나라의 문학에 대한 독자들의 통시적, 공시적 이해를 돕기 위한 문학사의 서술까지도 예외는 아니었다.

독자를 문학형성의 중요한 요인으로 인식하기 시작한 것은 문학사회학과 수용미학에 이르러서이다. 퓌겐(H. N. Fügen)은 그동안 문학형성에서 홀대하였던 독자라는 요인을 문학사회학에서는 아주 적극적으로 참여시켜야 한다는 주장을 했다. 그는 문학사회학이 문학에 관계하는 사람-작가, 중개자, 독자를 다룰 수밖에 없으며, 그 목표는 '문학에 참여하는 사람들 사이의 상호작용을 취급'하는 데 있다고 했다.38) 그는 기존의 소설사회학이 작가사회학에 국한되었던 한계를 극복하고 독자사회학으로까지 그 범위를 확대시켰다. 뢰벤탈은 사회를 문학의 생산지이면서 소비지로 봄으로써 문학사회학의 대상을 확대시켰다. 특히 그는 대중문화이론의 시각에서 소설을 다루었다. 기본적으로 모든 문화양식이 대중의 구미에 맞추어 창조되고 있기 때문에 예술소설이나 순수소설의 기준으로 소설을 평가

Warning, ed., *Rezeptionsästhetik*, München, 1975, p. 127.
38) 이유영, 『독일문예학개론』, 삼영사, 1979, p. 263.

하려는 것은 이제 의미가 없다고 했다.39) 야우스는 과거의 문학사 기술이 작품과 작가의 우위성에 입각한 문학사관의 표출이었던 점을 비판하면서 '역사적 인식뿐만 아니라 심미적 인식을 위해서도 그 고유한 역할을 하고 있는 독자'를 간과해서는 안된다고 주장했다.40)

독자가 문학형성에 미친 영향에 관심을 갖기 시작한 것은 최근의 일이지만 소설의 주제를 선정하면서 독자를 고려한 흔적은 근대 이전에도 발견된다. 반상의 제도를 초월한 사랑과 결혼이라는 당대인들의 꿈을 반영한 <춘향전>을 비롯하여 탐관오리의 응징과 이상국의 건설이라는 당대 소외계층의 이상을 그린 <홍길동전> 등은 그 좋은 예가 될 수 있다. 근대소설의 경우 그러한 경향이 더욱 두드러진다. 특히 대중적인 인기에 영합한 소설의 경우는 더 말할 나위도 없다. 정규적 독자층이 형성됨으로 해서 그들의 구미에 영합할 필요가 있었던 것이다.41)

애국계몽기에는 날로 더해가는 외세의 위협에 대응하기 위해 일부 뜻있는 인사들이 애국계몽운동을 전개했고 많은 민중들이 여기에 부응했다. 그들의 욕구를 충족시켜 주기 위해 자강파 인사들이 외국의 역사전기소설을 번역하고 또 그것을 창작하기에 이르렀다. 1910년대에는 개화의 물결을 타고 많은 청소년들이 새로운 사상과 지식을 갈구했다. 그러한 독자들의 요구에 부응하여 신소설 작가들과 이광수는 근대적인 사상을 담은 소설을 생산하기도 했다. 1920년대에서 1930년에는 3·1운동의 실패 이후 팽배한 절망적인 분위기를 벗어나고자 하는 독자들이 점증하며, 그들의 간절한 바람에 부응하여 낭만주의, 유미주의, 사회주의에 입각한 소설들이 등장했

---

39) Leo Löwental, *Literatur und Gesellschaft*, Luchtehand, 1972, pp. 23f.
40) Hana Robert Jau*β*, 앞의 책, p. 126.
41) 새로운 정규적 독자층과 문학의 관계는 이미 하우저에 의해 서구의 경우를 예로 들어 심도있게 논의된 바 있다. (염무웅·반성완 역, 『문학과 예술의 사회사』, 근세편 하, 창작과비평사, 1981, pp. 54~97.)

다. 해방 후에는 좌우 대립과 민족적 현실, 전후에는 실존주의와 휴머니즘, 4·19의거 이후에는 허무의식, 80년대에는 민중의 현실 등이 독자들의 요구에 의해 소설의 주제로 선정되었다.

독자들의 문학적 인식의 차이에 의하여 소설의 주제는 그 깊이와 심도에 차이를 보여준다. 그것은 서구의 소설사 전개과정을 살펴보면 대단히 일반적으로 발견되는 일이다. 그런데 우리의 근대소설사에서도 그러한 사실을 확인할 수 있다. 여기에서는 그러한 예를 프로 문학과 농민문학에서 살펴보고자 한다.

먼저 프로 문학의 전개과정을 살펴보면 초기와 후기의 주제의 깊이와 심도에 차이가 나타난다. 초기의 프로 문학은 서 푼어치의 가치만 있으면 된다면서 무지한 대중의 계몽을 위하여 계급성의 고양과 혁명을 위한 선전에 치중했지만 후기로 오면서 차츰 지적인 독자를 의식하기 시작한다. 그것은 그들이 목표로 설정한 혁명의 성공이 무지한 민중의 힘만으로 성취되기 어렵다고 본 데에도 기인하지만 더 근본적인 이유는 독자들의 사회 및 문학에 대한 안목이 크게 성숙한 데 있었다. 독자들의 지적 성숙으로 문학의 대중화는 저급이라는 비판과 오인을 받기도 했기 때문이다.

에스카르피도 독자를 전문가와 단순소비자로 양분한 다음 심심풀이로 작품을 읽는 독자보다는 교양있는 독자들을 더 선호했다. 그들은 스스로 문학적 판단을 내릴 수 있는 풍부한 지적 교양과 미적 감수성을 지닌 사람들이면서, 정기적으로 책을 사서 볼 정도로 지적 관심과 경제적 여유를 가진 사람들이기 때문이다. 지적 독자들에 대한 관심은 대다수의 문학사회학자에게서 발견할 수 있다. 결국 문학의 대중화보다는 지적인 독자의 확보가 어느 경우에도 대단히 중요한 일이라고 할 수 있다.

농민문학도 초기에는 무지한 농민의 계몽과 민족의식의 고취에 치중하다가 농민들의 각성을 바탕으로 농촌의 구조적인 모순과 그들의 치열한 현실과의 대결을 그리는 방향으로 발전해나갔다. 이광수는 브나로드 운동의 일환으로 <흙>을 발표했다. 이 작품의 창작에는 우리 민족의 삶의 터전인 농촌을 살기 좋은 곳으로 만들어야 한다는 목적의식과 민족의식이 크게 작용했다. 때문에 객관적인 현실인식에 바탕을 두고 있기보다는 다분히 주관적이고 설교적인 목소리를 발견하게 된다.42) 이러한 작품의 생산이 가능했던 것은 8할이 넘는 농민의 문제라는 점과 당시 독자층과 농민의 지적 수준이 저급했던 점에 있었다. 그러나 김정한의 <모래톱 이야기>에 이르면 사정은 많이 달라진다. 독자들의 지적 성장을 고려하여 농민들에게 이념을 주입하는 식으로 써나가지 않고 농민이 스스로 자각하고 느낄 수 있도록 해주고 있다. <모래톱 이야기>는 해방 후 낙동강 유역의 조바위섬을 배경으로 권력과 유력자의 힘 앞에 희생되고 마는 섬사람들의 삶에 초점을 맞추고 있다. 아울러 그러한 권력의 횡포에 저항하는 섬사람들의 처절한 투쟁도 보여주고 있다. 갈밭새 영감의 투쟁은 어디에서도 보상받을 수 없는 막다른 상황에 처한 억울한 사람의 자기희생을 통한 자유의 갈구이다. 작가는 가난하고 약한 사람들의 편에 서서 보호받지 못하고 몰락해가는 그들의 삶을 아주 사실적으로 그려내고 있다. 농촌 현실의 고발을 통해 당대의 사회가 안고 있는 모순과 비리를 증언하고 있는 셈이다. 때문에 이 작품은 농촌문학의 전형적인 작품이면서 리얼리즘 문학의 전형적인 작품으로 평가받고 있다.

---

42) 송현호, 『한국현대소설의 이해와 감상』, 관동출판사, 1993, p. 60.

[참고문헌]

『국어대사전』, 민중서림, 1991.
『우리말큰사전』, 어문각, 1992.
『조선말대사전(하)』, 동광출판사, 1992.
구인환·구창환, 『문학개론』, 삼지원, 1987.
김동리·조연현 공저, 『소설작법』, 문명사, 1974.
송현호, 『한국현대소설의 이해』, 민지사, 1992.
송현호, 『한국현대문학론』, 관동출판사, 1993.
이유영, 『독일문예학개론』, 삼영사, 1979.
이혜순 편, 『비교문학 1』, 과학정보사, 1986.
이혜순 편, 『비교문학 2』, 과학정보사, 1986.
조남현, 『소설원론』, 고려원, 1984.
한계전 외, 『문학개론』, 민지사, 1990.
Brooks, C., & Warren, R. P., *Understanding Fiction*, New York : Appleton-Century-Crofts, Inc., 1959.
Eliot, T. S., *Selected Prose*, Penguin Books, 1966.
Foster, E. M., *Aspects of the Novel*, Penguin Books, 1966.
Hauser, Arnold, 염무웅·반성완 역, 『문학과 예술의 사회사』, 창작과비평사, 1981.
Hudson, W. H., *An Introduction to the Study of Literature*, London, 1958.
Jauβ, Hana Robert, & Rainer Warning, ed., *Rezeptionsästhetik*, München, 1975.
Löwental, Leo, *Literatur und Gesellschaft*, Luchtehand, 1972.
Meredith, R., & J. Fitzgerald, *Structuring Your Novel*, Harper and Row, 1972.
Shipley, Joseph T., *Dictionary of World Literature*, Adams & Co, 1972.
Sidney, Sir Philip, & G. Gregory Smith ed., *Elizabethan Critical Essays*, London, 1904.
Weisstein, Ulrich, *Comparative Literature and Litearry Theory : Survey and Introduction*, Bloomington,: Indiana Univ. Press, 1973.
Wellek, R.. & A. Warren, *Theory of Literature*, 臺北, 雙葉書店, 1978.

제9장
장편소설의 특질

韓承玉

1. 장편소설의 특질

하나만 놓고 보면 명료하지 않던 것도 다른 것과 비교해 보면 의외로 그 특징이 분명하게 드러날 때가 많다. 장편소설의 특질을 규명할 때도 이런 원리가 적용되는 것은 마찬가지다. 장편소설의 특질을 애써 규명하려 할 것이 아니라, 단편소설의 특질을 염두에 두고 그것과의 차이점을 생각하면 쉽게 그 특징이 드러날 수 있다. 이미 널리 알려져 있는 것이기는 하지만, 단편소설의 특질을 열거해 보기로 하자.

첫째, 단숨에 읽을 수 있는 양이어야 한다. 곧 한두 시간 안에 읽을 수 있는 길이어야 한다. 둘째, 단일한 효과와 통일된 인상을 주어야 한다. 즉 이것은 경제적이어야 한다는 말인 동시에 단일한 주제, 단일한 성격, 단일한 사건을 긴밀하게 구성하여야 한다는 말이기도 하다. 셋째, 이렇게 되기 위해서는 압축적이고도 기교적인 기법을 사용해야 한다.

위의 단편소설의 특질을 놓고 장편소설을 정의한다면, 첫째로 장편소설은 길이가 우선 길어야 한다. 한두 시간 안에 단숨에 읽혀서는 안되며, 독자가 적어도 하룻밤 정도는 새워야 읽을 수 있는 분량이어야 한다. 둘째로 단일한 효과나 통일된 인상을 주는 것보다는 다양한 효과와 복합적인 인상을 주어야 한다. 곧 경제적인 면에서는 다소 손해를 보더라도 많은 것을 담을 수 있어야 한다. 따라서 장편소설의 주제는 단일해서는 안되고 복수여야 하며, 단일한 성격이기보다는 다양하고 복합적인 성격이어야 하며, 사건도 단일해서는 안되고 여러 사건이 얽히고 설켜 해결의 갈피가 잡히지 않을 정도로 복잡다기해야 한다. 이를 구성하는 방법도 이에 맞게 다층적이어야 된다. 셋째로 이렇게 되기 위해서는 전개가 압축적이기보다는 확장적이어야 하고 놀라운 기법보다는 평범하면서도 대범하고 도도한 흐름을 지녀야 한다. 한마디로 말해 장편소설은 큰 그릇이어야 한다. 모든 것을 다 담을 수 있을 정도로 커야 한다. 스케일이 큰 것은 장편소설이 지닌 큰 장점 중의 하나이다.

알베르토 모라비아는 장편소설의 특질을 "부정확하고 모순이 있는 것이라 할지라도, 인생 그 자체에서 발견되는 모든 모순을 포함하고 있는 이데올로기를 지녀야 한다"[1]고 말한 바 있다. 여기서 인생 자체에서 발견되는 모든 모순을 포함한다는 말과 그런 이데올로기를 지녀야 한다는 말은 의미심장한 말이다.

이데올로기란 무엇을 의미할까? 프랭크 오코노는 장편소설과 단편소설을 같은 근원으로부터 파생된 것이라 말한 후, 그러나 파생의 방식이 다르고 그 형식도 명확히 구분된다 하였다. 그런데 이 차이는 형식면에서의 차이라기보다는 이데올로기에 있어서의 차이라 하였다.[2]

---

1) Alberto Moravia, "The Short Story and the Novel", 최상규 역, 『단편소설의 이론』, 정음사, 1983, p. 230.
2) Frank O'Connor, "The Lonely Voice", 앞의 책, p. 137.

염상섭의 <삼대>와 이효석의 <메밀꽃 필 무렵>을 염두에 두고
형식과 이데올로기의 문제를 생각해 보자.

이 두 작품은 단순히 양의 문제로 차이가 나는가? 아니면 작가의
세계관이나 세계 인식의 태도로 하나는 장편이 되고 하나는 단편이
되는가? 아니면 작품 자체가 지니는 어떤 특성으로 장·단편으로
갈라지게 되는가? 만일 이효석이 <메밀꽃 필 무렵>을 길게 늘여
장편으로 만들었다면 어떻게 되었을까? 그 반대로 염상섭이 <삼
대>를 짧게 압축하여 단편으로 만들었다면 어떻게 되었을까? <메
밀꽃 필 무렵>을 장편 분량으로 늘였다면, 허생원의 인생 역정이
보다 자세하게 다루어졌으리라고 예상할 수 있을 것이다. 초라하게
늙은 현재의 장돌뱅이가 된 내력이 소개되었을지도 모를 일이다.
또 그것으로 충분하지 않기에 동이의 인생 역정은 물론 동이 어머
니의 한이 핍진하게 펼쳐졌을지도 모른다. 에피소드로 충주집의 내
력이 삽입되었을 수도 있다. 아니면 조선달의 인생이 소개되었을
수도 있다. 그러나 이렇게 길게 늘여 놓았다고 하여 그것이 성공적
인 장편소설이 되었을까는 의문이다. 오히려 이야기의 가닥이 잡히
지 않은 채, 현재의 단편 <메밀꽃 필 무렵>이 주는 감동과는 거리
가 먼 지루하고 평범한 이야기가 되었을 가능성이 높다.

반대로 <삼대>를 짧은 단편으로 개작하였다면 어떻게 되었을까?
우선 많은 부분이 생략되었을 것이다. 조의관, 조상훈, 조덕기의 삼
대만 빼놓고는 모두 삭제해 버려야 했을 것이다. 병화의 이념이나
장훈의 장렬한 최후, 홍경애의 이중성과 기구한 운명, 필순과 그 아
버지의 간난, 매당의 보이지 않는 음모의 끈 등은 약화되거나 삭제
될 수밖에 없었을 것이다.

그렇다면 <삼대>를 단편으로 개작할 수 없듯이 <메밀꽃 필 무
렵>을 장편으로 만들 수 없는 이유는 어디에 있을까? 그것은 두말
할 필요도 없이 이데올로기의 차이에 연유한다. <메밀꽃 필 무렵>
에서는 각 인물들의 이념이 그리 중요치 않다. 오히려 이들 인물들

이 표상하는 의미보다도 작품이 풍기는 서정이 중요하고, 허생원의 아름다운 로맨스의 추억이 중요하다. 그것이면 족하다. 그러나 <삼대>에서는 그렇지 않다. <삼대>에서는 필순의 덕기에 대한 애틋한 정념도 한 몫을 하지만 그것은 그리 중요치 않다. <삼대>에서는 주요 등장인물들의 각자의 뚜렷한 의미나 관념이나 주제가 더 중요한 것이다. 그리고 이런 의미나 관념들이 서로 관계 속에서 변증법적으로 상승작용을 하게 마련이다. 조의관의 家督權的 이념과 조상훈의 개화세대로서의 좌절과 타락, 중간에서 자기의 입지를 찾으려 노력하는 손자 덕기와 그의 친구 사회주의자 병화, 그의 동조자들인 홍경애, 장훈, 피혁, 필순과 그의 아버지, 그리고 재산에 눈이 어두운 매당, 수원집, 참봉 등의 속물군 등이 모두 그들 나름대로의 이념을 가지고 스스로의 힘으로 작품을 구성해 나가고 있다. 작가는 뒷짐을 지고 멀리서 관망하는 자세를 취할 뿐이다. 작품을 엮어 나가는 것은 작가가 아니라 이들 독립된 인물들이다. 이들 인물들이 제각기 자기의 몫을 해내면서 플롯을 지탱해 나가고 변증법적으로 필연적인 수순을 거쳐 사건을 전개시킬 뿐이다.

<삼대>에 나오는 인물들은 <메밀꽃 필 무렵>의 허생원이나 동이와는 다르다. 김동인의 <감자>에 나오는 주인공 복녀는 비록 그의 일생이 소개되지만 단편소설에나 맞는 인물이다. 복녀는 단순하고 직선적이다. 황순원의 <별>에 나오는 인물들은 단편소설의 전형적인 인물들이다. 그 인물들에게서 장편소설에 나오는 인물과 같은 복합적이고 모순에 가득차고 자체적으로 플롯을 이끌 수 있는 역량을 기대한다는 것은 무리이다. 이와 마찬가지로 이광수의 <무정>에 나오는 형식이나 이기영의 <고향>에 나오는 희준에게서 단편소설에서처럼 단순함을 기대해서는 안된다. 형식이나 희준에게는 그들 나름대로의 이데올로기가 있는 것이다. 이들 인물들의 이데올로기가 작품 자체의 이데올로기와 변증법적으로 교직되면서 작품은 거대한 수레바퀴를 굴려가는 것이다. 그만큼 장편은 "전기적 자료와

관념적 자료를 결합시키는 장구하고 광대하고 고통스러운 발전과정을 가지며, 현실적인 동시에 추상적이고, 내재적인 동시에 초월적인 시간과 공간 속에서 사건이 전개된다."[3]하기에 "장편소설은 단편소설보다 훨씬 더 심오하고, 더욱 복잡하고, 더욱 변증법적이고, 더욱 다면적이고, 더욱 형이상학적인 현실"[4]을 제공할 수 있다.

위에서 장구하고 광대하고 고통스러운 발전과정을 지닌다고 하였는데, 이 말은 장편소설이 그 속성상 "시간의 요소를 최대의 자산"[5]으로 지니고 있다는 뜻이기도 하다. 여기서 시간의 요소란 말은 작중인물이나 사건이 연대기적으로 발전되어감을 의미한다. 연대기적으로 발전된다는 것은 인물이나 사건이 사회, 역사와 밀접하게 연관된다는 뜻일 수도 있다. 장편소설은 그 속성상 "인간이 집단을 이루고 살고 있는 동물"[6]이라는 관점에서 출발한다. 하기에 장편소설가는 "하나의 흥미있는 작중인물을 사회와 대립시켜 놓고, 그 둘 사이의 갈등의 결과로 작중인물이 사회를 이겨내거나 아니면 그 반대로 사회에 제압되도록 이야기를 꾸며놓는다"[7] 장편소설과 사회와의 관계는 필연적이다. 단편소설은 그 본질상 사회로부터 먼 거리를 유지하고 있는 것이 보통이다. 이상의 〈날개〉에서 1930년대 식민지 사회의 무력감을 추출해 낼 수 없는 것은 아니나 그것이 본질적인 것은 아니다.

오히려 〈날개〉는 자아의 분열을 문제 삼고 있다. 김유정의 〈동백꽃〉에서 당대 민중의 궁핍상과 우리 민족의 보편적 간난을 유추해 낼 수 없는 것은 아니되 그것이 본질적인 것은 아니다. 오히려 〈동백꽃〉에서는 계급 간의 갈등보다는 화해가 진정한 주제다. 〈광화사〉나 〈광염소나타〉에서 우리는 당대 현실을 읽어낼 수 없다.

---

3) Alberto Moravia, 앞의 책, p. 232.
4) 위의 책, p. 233.
5) Frank O'Conner, 앞의 책, p. 137.
6) 같은 책.
7) 같은 책.

김동리의 〈황토기〉에서 당대의 한민족의 무력감을 읽어냈다면 그것은 오히려 작품을 과도하게 해석한 것일 수도 있다. 인간의 보편적인 恨이나 유희 본능을 맛보는 것이 오히려 타당할 듯하다. 그러나 장편소설은 그렇지 않다. 이광수의 〈흙〉에서 우리는 정선의 허욕과 갑진의 속물 근성을 문제 삼기 전에 당대 우리 민족의 정체성의 위기를 읽어내야 한다. 〈탁류〉에서 초봉의 기구한 운명에도 관심이 가지만, 더 근본적으로는 당대의 몰락한 우리 민족의 집단적 참상을 목격할 수 있다.

〈태평천하〉에서 우리는 윤직원 영감의 희화를 목격하지만 더 근본적으로는 시대를 제대로 통찰하지 못하는 백치를 통해 당대의 모순을 간파할 수 있는 것이다. 이와 같이 장편소설은 시간, 곧 시대와 사회를 떠나서는 존재할 수 없는 문학 장르다.

이언 와트가 서구의 근대소설의 탄생을 리얼리즘과 연관시켜 파악한 것도 이와 무관하지 않을 것이다. 이언 와트는 지금 우리가 말하는 장편소설, 곧 novel의 특징을 독서층의 신장과 더불어 다음과 같이 여섯 가지 특징으로 분류한 바 있다. ①전통적인 플롯, 곧 신화, 역사, 전설에서 플롯을 취재하는 대신 전통을 깨고 새롭게 플롯을 짜기 시작하였다는 점, ②구체적 환경 속에 활동하는 개별화된 인물을 설정했다는 점, ③이들 인물들에게 평범하면서도 일상적인 이름을 붙였다는 점, ④시간의 지속을 통해 존재하고 경험의 흐름에 의해 변화해 가는 개인의 주체성을 중시했다는 점, ⑤시간과 그에 따르는 구체적인 공간의 상관성을 중시했다는 점, ⑥묘사의 즉각성과 정확성을 시도했다는 점 등이다.8)

이언 와트의 이러한 견해는 서구의 근대소설의 탄생을 정확하게 분석한 것으로 그 탁견이 이미 널리 인정된 바다. novel을 romance와 구별짓게 만드는 준거점이 되는 것이다. 우리가 말하는 진정한

---

8) Ian Watt, *The Rise of the Novel,* 전철민 역, 열린책들, 1988, pp. 17~47.

의미에서의 장편소설은 이언 와트가 말하는 novel의 개념임은 주지하는 바와 같다. 우리나라의 경우도 장편소설이라면 이조소설이나 신소설을 의미하지 않는다. 진정한 의미에서의 근대 장편소설을 의미한다. 이 말은 장편소설의 개념을 길이에 의해 규정하는 것이 아니라 앞에서 말한 이데올로기나 그 본질적 특징에 의해 규정함을 의미한다.

조연현은 우리나라의 최초의 근대 장편소설 〈무정〉의 근대문학적 특징을 형식상의 특질, 내용상의 특질, 방법상의 특질로 삼분하여 고찰한 바 있다.9) 그는 형식상의 특질로 완전한 언문일치와 세밀한 서술과 치밀한 심리분석을 지적했으며, 고대소설이 신화나 전설에서 취재한 데 비해 현실의 실제적인 환경 속에서 취재하였다는 점을 들었다. 내용상의 특질로는 철학적인 의미에 있어서의 자아의 각성을 병욱과 형식의 의식세계를 통해 규명하였다. 형식의 의식세계는 한국 최초의 조직적인 자아의 각성이며 체계적인 개성의 자각이라는 것이다. 〈무정〉에서 문제되는 자유연애도 이러한 자아의 각성이 있었기에 가능했다는 것이다. 또한 고대소설과 다르게 정조가 유린된 영채를 윤리보다는 생명이 우선이라는 논리로 설득했으며, 악한인 배학감이 현실에서 승리하게 한다든가, 선인인 박진사가 희생되는 비극적 운명을 사실적으로 그렸다는 점에서도 근대성이 표양되었다는 것이다. 방법상의 특질로는 심리추구와 성격창조가 고대소설이나 신소설과는 판이하게 다른 점을 지적하기도 하였다. 이러한 조연현의 생각은 이언 와트의 소설의 발생과 맥을 같이한다. 여기서 중요한 것은 앞서도 언급했지만 리얼리즘 정신과 개인의 자아의 각성이다. 이언 와트가 데카르트의 철학과 뉴톤의 경험주의에 힘입어 근대문학이 가능했다고 했듯이 조연현도 우리나라의 근대문학을 사실적 심리묘사와 인간성 탐구, 자아의 각성에서 찾으려 했던 것이다. 이러한 의미망에서 볼 때, 우리나라의 장편소설은 〈무

---

9) 趙演鉉, 『韓國現代文學史』, 成文閣, 1972, pp. 130~141.

정>으로부터 출발하며, 전근대적인 봉건적 잔재를 청산하고 사실성을 확보한 자아의 각성과 개성의 신장을 그 내용으로 하는 스케일이 큰 작품이란 정의가 가능하다.

서구에서 근대장편소설이 산업사회와 밀접한 연관이 되듯 우리의 장편소설도 산업화와 밀접한 연관성을 갖는다. 문제는 우리의 그것은 식민지를 통한 산업화였기에 서구와는 다르게 이중적인 성격을 띠게 될 수밖에 없었다. 산업화된 사회에서의 자아의 각성뿐 아니라 식민지라는 질곡에서의 민족의 정체성 회복이라는 이중적 압력을 받으며 전개될 수밖에 없었던 것이 우리 소설사의 운명이었다.

서구에서 장편소설이 산업화와 밀접하게 연관되는 것은 소설의 상업화와도 직·간접으로 연계된다는 뜻이기도 하다. 인쇄술이 발달하고 보다 염가로 대중적인 인쇄매체를 공급할 수 있었던 것도 근대소설이 발달할 수 있는 촉매 역할을 하였다. 우리의 경우도 이에서 예외가 되는 것은 아니다. 개화기 소설은 물론이려니와 <무정>은 이런 산업사회의 영향을 톡톡히 본 소설이다. 『매일신보』가 없었다면 <무정>이란 장편소설은 탄생할 수 없었을 것이다. 『매일신보』에서 장편소설을 연재해 달라는 청탁을 받지 않았다면 이광수는 기껏해야 고대소설 <영채전>에서 조금 벗어난 유치한 글을 구상했고, 또 설혹 그것을 구상했다고 하더라도 인쇄 매체의 결핍으로 사장되었거나 기억 속에서만 구상되고 사라졌을지도 모를 일이다. 그러니까 <무정>은 전적으로 『매일신보』라는 신문이 있었기에 그 실체가 드러날 수 있었다는 이야기다.

'신문연재 소설', 이광수가 시작한 근대소설은 그러나 이로 인해 김동인에게 혹심한 비판을 받게 되었고, 그 후 장편소설은 통속소설이고 단편소설만이 순수문학이고 문학성이 있는 양 오인되었으며, 우리 소설사가 단편소설이 중심이 되어 발달해 온 것처럼 잘못 인식되게 된 것이다. 물론 장편소설이 상업성과 거리가 멀다는 것을 강변할 필요는 없다. 취버가 이야기한 대로 장편소설의 독자는 비육우의 운명을 벗어날 수는 없겠기 때문이다.10) 입에 맞는 맛있는 사료를 듬뿍 주면 그것에 혹해서 정신없이 따라 다닌다는 것이 독자들의 속성이기 때문이다. "그녀는 목요일에 겁탈당했다"로 시작되면 독자들은 그에 끌려 자신도 모르게 소설에 빨려 들어가게 된다는 것이다. 그러나 장편소설이 신문연재소설이라 해서 모두 상업성을 띠고, 그렇기 때문에 통속소설이란 등식은 위험한 발상이다. 물론 많은 양의 연재소설이 그런 속성을 지니는 것은 사실이지만 그렇다고 모든 소설이 이 때문에 가치가 없다는 말은 성립되지 않는 것이다. 우리가 현대 장편소설의 명작으로 첫손꼽는 <삼대>도 신문연재 소설이었고, 앞서 말한 <무정>도 연재소설이었음은 두말할 필요가 없다.

그렇다면 문제는 앞서 이야기한 대로 작가의 세계관과 능력의 문제이지 그것이 신문에 연재되었다는 외형적인 조건이 문제가 되는 것이 아님은 명백해진다. 이데올로기의 문제인 것이다. 오히려 우리가 지금까지 순수문학의 대명사로 알아왔던 단편소설은 너무나도 취약하고 보잘 것 없는 문학양식일 수도 있는 것이다. 토마스 걸러슨의 말처럼 단편은 젊음의 소산이고 장편은 경험의 소산11)이란 말이 맞을지도 모른다. 젊었을 때 객기로, 정열로 쓰는 소설이 단편이라면, 장편은 오랜 인생 경험이 쌓인 후에야 쓸 수 있는 중후한 문학양식인 것이다. 하기에 장편은 작가의 전 인생이 실리게 되고, 그의 뛰어난 사상과 인생관과 사회에 대한 뛰어난 통찰력이 있어야 되는 것이다. 장편이 철학 논문이나 에세이와 같아지는 것도 이러한 사상성에 기인한다. 마크 쇼러가 이야기한 대로 장편이 '순간적 계시의 예술'이 아니라 '정신적 발전의 예술'이 되는 것도 이런 사

---

10) Elizabeth Jeneway ed., "Is the Short Story Necessary?", 앞의 책, p. 159.
11) T. A. Gullason, "The Short Story : An Underrated Art", 앞의 책, p. 40.

상성에 연유하는 것이다. 단편이 반짝하는 계시가 주가 됨에 비추어 볼 때 장편의 특징은 저절로 자명해지는 것이다.

다시 한 번 강조하지만 장편은 사회와 인간을 총체적으로 보여주어야 하며, 이를 창작하는 작가도 뛰어난 사상과 인생에 대한 통찰력을 지녀야 하는 것이다. 탁월한 세계관이 있어야만 작품은 자연스럽게 구성되고, 작품내적인 사건은 발전적으로 전개되며, 변증법적 상승작용을 거쳐 완결성에 이르게 되는 것이다.

2. 장편소설의 이론

서양의 근대 장편소설이 18세기 이후 산업사회의 산물로 근 2·3백년에 걸쳐 발달해 온 반면, 우리의 근대 장편소설은 <무정>을 효시로 보더라도 이제 겨우 7·80년밖에 되지 않는 일천한 역사 속에서 전개되어 왔다. 게다가 단순한 산업사회로의 진입만이 문제되는 것이 아니라 식민지 지배의 질곡 속에서 민족의 정체성 회복이라는 지난한 과제까지 복합적으로 떠맡아야 하는 이중 구조 속에서 근대소설이 발전되어 왔기에 그것이 더욱 어려웠던 것이 사실이다.

소설 이론은 소설이 선행되어야 그에 따라 발전될 수 있다. 이론이 먼저 있고, 소설이 나중에 생산되는 예는 거의 없다. 대부분의 소설 이론이 현존하는 작품을 분석하는 과정에서 생겨나는 것이 상식이기 때문이다. 근대 장편소설 이론도 소설의 역사가 우리보다 앞선 서구에서 생겨날 수밖에 없었다. 이런 실정에서 우리는 자연스럽게 서양의 이론을 수용하게 되었고, 지금도 이런 수용과정은 지속되고 있는 실정이다. 서양의 소설과 우리의 그것이 크게는 공통적 특질을 지니며 전개되는 것이 사실이기는 하지만, 우리 소설은 우리 나름대로의 특수성을 지니고 있게 마련이다. 서구 소설과 많은 부분 공통적 특질을 지니고 있는 우리 소설을 서양의 이론을 적용하여 분석하면 어느 정도는 맞아 떨어질 때가 많지만, 기성복을 사 입었을 때 마냥 항상 어색한 것 또한 누구도 부인 못할 사실이다. 맞춤복을 맞춰 입었을 때의 그런 산뜻함은 맛볼 수 없다. 우리도 이제는 맞춤복을 해입어야 할 때가 온 것 같다. 그런 재단을 위해 우리는 우리의 소설을 우리 나름대로의 잣대로 분석하고 그를 토대로 우리의 이론을 창출해야 할 것이다.

그러나 이런 사명감이나 당위성은 어제 오늘에 제기된 문제가 아니다. 이미 우리의 근대소설이 서구의 영향 하에서 발전되기 시작했을 때부터 제기된 문제였다. 이러한 사정은 지금도 변함없다.

만일 우리 소설이 자체적인 이론을 개발하기 위해 서양의 이론을 참조한다면 어떤 이론이 우리에게 도움을 줄 수 있을까? 특히 장편소설의 이론을 개발할 경우 우리에게 자양이 될 서양의 이론은 어떤 것일까? 이런 명제를 수행하기 위해서는 우선 우리나라에 수입된 서양의 제이론을 일별할 필요가 있다. 우리나라에서 선호하였거나, 선호는 아니라도 어떤 경로를 통해서건 소개되었거나 소개되고 있는 서양의 소설이론은 어떤 것들이 있는가 살펴보기로 한다.

러보크의 『소설기술론』, 포스터의 『소설의 양상』, 브룩스·워렌의 『소설의 이해』, 웨인 부스의 『소설의 수사학』, 프라이의 『비평의 해부』, 프로프의 『민담형태론』, 토도로프의 『산문의 시학』, 제라르 쥬네트의 『서사담론』, 쉬탄젤의 『서사이론』을 비롯하여 루카치의 『소설의 이론』, 지라르의 『낭만적 허위와 소설적 진실』, 골드만의 『소설 사회학을 위하여』, 와트의 『소설의 발생』 등 대충 들어도 10여 가지가 넘는다. 이들 이론서들은 대부분이 우리말로 번역된 것들이다. 국문과 학부 및 대학원 학생들의 필독서이기도 하다.

우리는 이들 이론서에서 무엇을 배울 수 있을까? 러보크의 『소설기술론』부터 살펴보기로 하자. 러보크의 『소설기술론』[12)에서 우리

---

12) Percy Lobbock, *The Craft of Fiction*, 송욱 역 『小說技術論』, 일조각,

가 배울 수 있는 것은 소설 분석에 있어서의 기법의 문제이다. 우리가 익히 알고 있는 말하기(telling)와 보여주기(showing)를 러보크는 파노라마적 방법과 장면중심적 방법으로 나누어 설명하였다. 스토리를 어떻게 기교를 부려 독자에게 제시하느냐 하는 방법상의 문제인 것이다. 러시아 형식주의자들이 '낯설게 하기'를 들고 나와 소재가 아닌 그것을 어떻게 예술로 형식화했느냐를 문제 삼듯 러보크도 어떻게 서술하였느냐에 초점을 맞추어 소설이 예술이 될 수 있는 이유를 설명하려 하였다. 우리가 소설을 이야기하면서 설명, 요약과 장면의 직접적 제시를 통한 극적인 방법을 자주 거론하는데, 이는 러보크의 영향이 크다고 해야 할 것이다.

이런 기법의 중시는 소설을 예술이게 하는 이유를 서술에서 찾은 것으로 내용보다는 기교에 초점을 맞춘 예라 하겠다. 예술이 예술이 될 수 있는 것은 내용보다는 형식이라는 관점이다. 형식에 보다 초점을 맞추어 미의식을 추출하려 했던 이론을 염두에 둘 때, 미국의 신비평가들을 떠올리지 않을 수 없다. 그들은 소설이 예술 작품이 되려면 모든 요소가 완벽하게 짜여져야 한다는 신념을 지니고 있었다. 여기서 구조라는 말을 쓰기에는 이른 감이 있지만, 한 편의 소설이 완벽하기 위해서는 짜임새는 물론 분위기, 어조, 성격의 일관성 있는 발전, 시점 등이 완벽해야 하며, 이를 통해 작가의 사상인 주제가 선명하게 드러나야 좋은 소설이 된다. 이런 관점은 그것이 정확하고 빈틈없는 것이기는 하지만 서양의 합리주의와 완벽한 과학정신에 의한 현대사회에서는 그럴 듯할지 모르지만 우리에게는 맞지 않는 너무나 융통성이 없는 이론일 수밖에 없다. 우리 소설이 지닌 말없는 침묵의 공간이 살아서 숨쉴 곳이 없는 것이다. 우리에게는 오히려 포스터의 『소설의 양상』[13]이 더 친근하게 다가올지

1960.
13) E. M. Forster, *Aspects of the Novel*, 이성호 역, 『소설의 양상』, 문예출판사, 1979.

모른다. 포스터는 그렇게 까다롭게 굴지 않았기 때문이다. 스토리와 플롯을 인과관계로 구분지으면서도 왕이 죽고 얼마 있다가 왕비가 죽었다고 하면 그것이 시간순서대로 되어 있어 스토리고 같은 이야기라도 왕이 죽고 그것을 슬퍼하다가 왕비도 따라 죽었다라고 이유를 대면 플롯이라고 하여 쉽게 접근할 수 있게 한 것도 이 이론이 우리를 사로잡은 이유일지 모른다. 또 인물을 입체적 인물과 평면적 인물로 나눈 것도 그렇게 까다롭지 않으며, 더 나아가서는 동양적 신비감과 통하는 환상과 예언을 소설의 주요 요소로 인정한 것도 호감이 가는 이유였다. 패턴과 리듬이라는 다소 모호하면서도 정형을 요하는 이론을 제시하였지만 패턴의 가시적인 틀과 함께 비가시적인 음악성을 제시하여 우리의 정서에 친근감을 불러 일으켰다. 포스터의 『소설의 양상』이 포스트모더니즘이 성행하는 지금까지 대학강단에서 심심치 않게 거론되는 것은 이런 그의 융통성 때문인지도 모른다.

그러나 이러한 융통성은 영·미에서 훈련받은 사람들에게는, 특히 신비평이나 기법을 중시하는 모더니즘 소설을 선호하는 사람들에게는 빈틈이 많은 구시대의 이론이라 지탄받기 십상이다. 포스터류의 이론을 들먹이는 사람은 새로움을 결한 낡은 이야기나 하는 안이한 사람들로 치부해 버리는 것이다. 웨인 부스의 『소설의 수사학』14)이 어려우면서도 동경의 대상이 되었던 것은 그가 제시한 보다 현대적인 이론 때문일 것이다. 그간의 우리 소설 비평에서는 은근히 말하기보다는 보여주기 수법으로 쓴 소설이 명작인양 인식되어 왔고, 작가가 전면에 나서서 해설하는 방식은 구식인양 인식되어 왔다. 될 수 있으면 저자는 등장인물 뒤에 숨어 나타나지 않아야 세련된 것으로 생각하여 온 것이다. 그런데 우리는 소설을 이야기하면서 주제를 이야기하고, 저자의 인생관과 세계관을 이야기하

14) Wayne C. Booth, *The Rhetoric of Fiction*, 최상규 역, 『소설의 수사학』, 새문사, 1985.

기를 즐겨한다. 아무리 저자가 작품 전면에 나타나지 않아도 책을 읽어 가면서 항상 저자를 염두에 두고 독서를 한다. 그렇다면 어딘가 저자는 존재한다는 이야기다. 다만 그것이 실제 저자냐 아니면 다른 형태의 저자냐의 차이일 뿐이지 저자가 없는 것은 아닌 것이다. 웨인 부스가 작품에 내표된 저자를 설정한 것은 이런 이유에서다. 이렇게 함으로써 작품의 전달 과정을 보다 세분하였고, 작가의 전략을 보다 면밀히 분석할 수 있게 하였다. 또한 강단에서 작품의 의도나 내용을 이야기할 때도 한결 편하게 이야기할 수 있게 되었다.

하나의 소설이 저자의 전략이고 저자의 고도의 수법에 의해 짜여진 예술품이란 인식이 우리의 사고 속에 서서히 자리잡게 되기까지는 많은 세월이 걸렸고, 이것이 익숙해지기까지는 앞으로 많은 시행착오를 거쳐야 할 것이다. 특히 장편소설의 경우에는 많은 기간이 필요할 것이다. 요즈음 유행하는 쥬네트15)의 담론에 관한 이론이다 쉬탄첼16)의 서사에 관한 이론이 정교하기는 하나 그것이 쉽게 친숙할 수 없는 것이거나 적용이 되어도 문체만을 피상적으로 건드려 깊이 있는 해석에는 못 미치는 것도 이런 이유에서일 것이다.

이런 원인은 우리가 서양 사람들보다 못났기 때문이라기보다는 우리의 예술전통이 기교보다는 정신에 가치를 두었기 때문이다. 道를 추구하고 氣를 중시하는 전통적인 문학관은 기교의 세련보다는 오히려 꾸밈없고, 진실된 정신을 전달하는 것에서 문학의 요체를 확인하려 했었다. 필자의 편견인지는 몰라도 우리에게는 정밀한 분석보다는 보다 스케일이 큰 사고가 더 적합하다고 생각된다. 우리

---

15) G. Genette, *Narrative Dicourse : An Essay in Method,* Ithaca, Cornell Univ. Press, 1980.
16) F. K. Stanzel, *A Theory of Narrative,* 김정신 역, 『소설의 이론』, 문학과비평사, 1990.

가 노드롭 프라이17)에게 호감을 갖는 것도 이런 이유에서일 것이다. 비록 그것이 너무 광범위하여 모호하기까지 해도 즐겨 그의 신화적 4분법을 따라 문학을 재단하는 데 이의를 제기하지 않는 것도 이런 이유에서 일 것이다. 또 우리에게는 명확한 4계절이 존재하는 것도 프라이의 이론이 쉽게 접근해 올 수 있는 이유가 되었을 것이다. 봄, 여름, 가을, 겨울은 항상 우리에게 친숙한 철리로 다가오는 것이고, 문학이 이들 4계절을 모방하였다는 것은 단순하면서도 그럴듯한 것일 수밖에 없기 때문이다. 해가 뜨고 해가 지는 단순한 되풀이야말로 누구도 거부하거나 부인할 수 없는 우주의 진리이면서 동시에 동서양을 막론하고 언제나 보편적으로 통할 수밖에 없는 철리다. 신화는 서양에만 있는 것이 아니고 동양, 특히 우리나라에서도 이미 존재해 왔고, 이것은 동서를 막론하고 공통점을 지니고 있었기에 프라이의 이론은 추상적인 것이면서도 우리에게 침투해 올 수 있었다. 동서양의 공유는 신화뿐 아니라 설화나 민담에서도 같이 적용될 수 있었기에 또한 프로프의 『민담형태론』18)이 낯설지 않게 소개될 수 있었다. 여기서 한걸음 더 나아가, 이야기에 등장하는 인물들의 기능이 문제되면서도 그것을 짝으로 분명히 설명한 토도로프의 『산문의 시학』19)에 이르러서는 우리에게도 구조주의라는 말이 낯설지 않게 되었다. 그러나 이런 구조주의적 방법론은 정교한 이론임에도 불구하고 우리에게는 단순한 생각의 틀을 제공하였을 뿐, 그것이 우리 나름대로의 장편소설 이론을 발전시키는 데는 그리 큰 공헌을 하지 못하였다. 단편의 분석에는 어울릴지 모르나 사회와 인간의 삶을 총체적으로 보여주어야 하는 장편소설에

---

17) N. Frye, *Anatomy of Criticism*, 임철규 역, 『批評의 解剖』, 한길사, 1982.
18) V. J. Propp, *Morphlogy of the Folktale*, 유영대 역, 『민담의 형태론』, 새문사, 1987.
19) T. Todorov, *The Poetics of Prose*, 신동욱 역, 『散文의 詩學』, 문예출판사, 1991.

는 적합한 것이 아니기 때문이다.

　오히려 장편소설에 보다 잘 어울리는 이론은 루카치를 비롯한 골
드망, 와트, 지라르의 소위 말하는 문학사회학적 이론들이다. 특히
루카치의 이론[20]은 우리나라에서 1930년대부터 시작되어 최근까
지도 그 위세를 떨치고 있는 형편이다.

　루카치는 소설을 정의하여, 호머의 서사시가 선험적 좌표에 힘입
어 총체성이 지배하던 형이상학적 고향 속에서 인간의 영혼이 아무
런 문제없이 안주하던 그리스의 역사철학적 상황의 산물이라면, 현
대의 서사형식인 소설은 이미 선험적 좌표와 형이상학적 고향을 상
실하고 서사시적 총체성의 세계를 다시 찾으려는 고독한 현대인의
영혼이 직면하고 있는 역사철학적 산물이라 하였다. 즉 소설이란
현대의 문제적 개인이 본래의 정신적 고향과 삶의 의미를 찾아 길
을 나서는 동경과 모험에 가득찬 자기 인식을 향한 여정을 형상화
하고 있는 형식이라는 것이다. 옛날 서사시의 주인공은 주인공 개
인이 생각하고 있는 이상과 주인공이 살고 있는 집단의 이념 사이
에 일치현상이 일어났는데, 오늘의 소설의 주인공은 그 반대로 상
당한 편차가 존재하고 있다는 것이다. 그는 소설의 주인공의 이상
과 그가 소속된 현실 사이의 편차가 갈수록 커지고 있다는 사실에
주목하였고, 그러한 편차의 증대는 시장경제 체제의 모순에 기인됨
을 예리하게 간파하였다. 이러한 루카치의 견해는 헤겔의 철학사상
에 힘입은 것이다. 헤겔의 철학이 바탕이 되어 루카치의 소설의 이
론이 창출된 것이다.

　루카치가 소설을 정의하여, "소설이란 현대의 문제적 개인(주인
공)이 본래의 정신적 고향과 삶의 의미를 찾아 길을 나서는 동경과
모험에 가득찬 자기 인식의 여정을 형상화하고 있는 형식"이라 하
였을 때, 계급의식에 눈뜬 1930년대 지식인들은 일제의 산업화 전

---

20) G. Lukács, *Die Theorie des Roman*, 潘星完 譯, 『小說의 理論』, 심설당,
　　1985.

략과 식민지 지배 체제의 영구화 정책 속에서 신음하면서 유일한 탈출구로 그의 이론을 신봉하게 되었다. 이 이론은 현대의 자본주의가 물신화를 가속화시키며 현대인들을 타락의 길로 내몰고, 이상적 가치로부터 점점 멀어지게 하는 작금에도 그대로 적용될 수 있다.

골드만21)이 루카치를 계승하면서 교환가치와 사용가치를 대비시켰을 때 우리에게는 또 다른 신선함을 던져 주었다. 그는 현재의 자본주의가 모든 것을 교환가치로 간접화시키며 타락시키는 것을 예리하게 분석하였다. 그가 소설을 문제적 개인이 타락한 사회를 통해 진정한 가치를 추구하는 것이라 규정했을 때, 우리나라의 소설 연구가들은 식민지 사회에서 창작된 작품은 물론 현재의 산업화 과정에서 나타나는 작품도 이를 통해 설명할 수 있었다. 특히 7・80년대 군사정권의 억압 속에 질식할 것 같았던 지식인들에게는 당대의 현실을 극복할 수 있는 좋은 준거체가 되었다. 골드만의 이론은 발생론적 구조주의로 통칭된다. 골드만은 사회구조와 작품구조를 반영관계로 파악하지 않고 상동관계로 파악하였다. 그는 문학사도 구조 파괴와 새로운 구조화가 변증법적으로 반복되면서 이루어지는 것으로 보았다. 이해와 설명, 곧 감싸기 개념도 골드만의 독특한 작품 해석방법이다. 그는 『소설사회학을 위하여』뿐 아니라 『숨은 신』22)도 발표하였는데, 특히 그의 『숨은 신』은 우리 문학연구가들에게 상실된 조국을 숨은 신으로 유추할 수 있었으며, 식민지 시대 문학을 설명해낼 수 있는 도구가 될 수 있었다.

지라르23)는 『욕망의 삼각형』으로 우리에게 친근해졌다. 지라르

---

21) L. Goldmann, *Pour une Sociologie du Roman*, 조경숙 역, 『소설사회학을 위하여』, 청하, 1982.
22) L. Goldmann, *Le Dieu Caché*, 송기형・정과리 공역, 『숨은 神』, 연구사, 1986.
23) René Girard, *Deceit, Desire and the Novel,* 김윤식 역, 『소설의 이론』, 삼영사, 1977.

의 견해에 따르면, 자본주의 사회에서 모든 욕망은 주체적인 것이 아니라 타인에 의해 매개된 허위의 욕망이라는 것이다. 곧 자본주의 사회에서는 주인공을 행동하게 하는 욕망이 모두 그 주인공의 인간적 자율성에 의한 것이 아니라, 거짓된 욕망에 지나지 않는다는 것이다. 지라르는 모든 소설 주인공의 욕망도 자본주의 사회를 닮아 타인에 의해 매개된 간접화된 욕망이라 하였다. 다시 말하면 하나의 개인이 무엇을 욕망한다고 하는 것은, 그 개인이 지금의 자기 자신으로 만족하지 못하여서 자기 자신을 초월하고자 하는데서 생기는 것인데, 이때 초월은 자신이 욕망을 갖게 되는 대상을 소유함으로써 가능하다 하였다. 그때 매개자가 필요한 것이다. 매개자를 중개로 하는 욕망은 주체의 욕망이 수직적으로 상승할 수 없고 비스듬히 상승할 수밖에 없다. 타자를 통한 욕망의 충족, 곧 욕망의 간접화는 그것이 달성되면 될수록 더욱 허탈감을 느낄 수밖에 없다. 지라르는 이뿐 아니라 주체와 중개자 사이의 거리도 주목하였다. 주체와 중개자 사이의 거리, 경쟁관계(내면적인 간접화 현상)를 통해서 소설에 나타나는 욕망의 허위와 소설적 진실을 가려내려 하였으며, 이를 바탕으로 소설이 생기게 된 사회구조를 파악하려 하였다. 인간이 자율적 존재로부터 타율에 의해 허위를 쫓는 무리로 타락한 것을, 소설을 분석함으로써 증명하려 하였던 지라르의 이론은 소설이 물신화된 자본주의 산물임을 다시 한 번 실감나게 한다.

이언 와트(『소설의 발생』)도 소설의 발생을 역사, 사회적 반영물로 파악한 것은 동일하나 앞에서 언급되었기에 여기서는 상론을 피하려 한다.

소설, 특히 여기서 대상으로 하는 장편소설은 인생과 사회를 폭넓게 총체적으로 반영하는 특질을 지닌다. 인생과 사회에 대한 작가의 깊은 식견은 물론 사회를 전체적으로 조망하여 그것을 큰 그릇에 담는 문학 형식이다. 큰 그릇에 담는 역량, 기교도 중요하지만 그보다 선행되는 것이 사회와 인생에 대한 폭넓은 통찰이고 이데올로기다. 하기에 장편소설에서는 기교보다는 내용이 우선되어야 하고, 예술이 되게 하는 기법보다는 예술이 되게 하는 사회가 먼저 문제가 되어야 하고, 그 구조 속에서 어떻게 사회를 극복하고 대립을 지양하며 이상세계로 나아가느냐 하는 철학이 있어야 한다. 이런 가치관을 소설이라는 형식에 담으려면 우선 그 그릇이 커야 함은 누언을 요치 않는다. 그릇이 크면 그 살림규모도 클 수밖에 없다. 장편소설의 플롯이 복잡하고 발전적이어야 함도 이에 기인한다. 성격도 단순하지만은 않다. 복합적이야 한다. 시점 또한 다각적이어야 한다. 이런 관점에서 보았을 때 기교보다는 내용이, 완벽한 담론보다는 가치관이, 예술적인 장치보다는 사회의 솔직한 반영이 장편소설에는 필요한 것이다. 그렇다고 장편소설이 기교를 무시해도 좋다거나 필요없다는 이야기는 아니다. 다만 우선순위를 정할 때 그렇다는 이야기다.

소설은 인간의 진실을 드러내기 위해 존재하는 문학 형식이다. 장편소설도 아무리 산업사회의 산물이라 하지만 이러한 진실을 드러내는 형식인 점에서는 변함이 없다. 그것이 타락한 세계 속에서의 진실의 추구이든, 억압된 상황에서의 자아 정체성의 탐구이든 인간적 가치를 추구하는 것은 동일하다. 변화하는 속에서 불변의 가치를 추구하는 것은 마찬가지라는 이야기다. 변화는 시간의 흐름을 의미한다. 불변은 시간의 흐름 속에서도 진정한 가치로 남아 있게 되는 것은 불변의, 누구에게나 가치로 인정될 수 있는 진리다. 그것을 인간 문제로 국한시키면 참자아의 실현, 곧 자아의 정체성의 확립으로 정의할 수 있다. 인간은 어느 시대 어느 상황에 처해 잇든 자아 정체성, 혹은 자기의 가장 자족스러웠던 근원으로 돌아가려는 욕망이 있다. 이것을 방해하는 요소, 곧 사회적 요인이 상존하는 것이 사실이지만 그것을 극복하고 유토피아로 가려는 것이 인간이 지향하는 바다. 이러한 진실을 기준으로 소설을 분석하면 그 소설이 지향하는 실체를 확인할 수 있다.

<무정>에서 형식이 지향했던 가치는 참사람이 되는 것이었다. 그가 영채를 버리고 선형을 택하였을 때, 그것이 타락한 것이었기는 하지만 그가 지향하는 참사람, 더 나아가서는 자아 정체성을 말살하는 식민지 노예상태에서 조국을 구할 수 있는 인격체를 형성하기 위해서는 불가피한 선택이었다. 지금 우리는 소설을 읽으면서 그것이 허위였음을 깨달을 수 있다. 조국의 주체성 확립이라는 지향가치가 옳은 것이기는 하지만 그것의 추구 과정이 타락된 것이었고, 그로 인해 영채는 버림을 받았고, 한을 남기게 되었다. 이런 의미에서 보면 이광수는 <무정>을 통해 당대의 훼손된 삶의 현실을 유사 문제적 개인을 통해 가장 사실적으로 형상화한 셈이 된다. 이광수는 그 나름대로 타락한 사회에서 진정한 가치를 찾으려 노력했다. 그러나 이광수가 그 후에 추구해 나간 진정한 가치가 무엇인가는 문제인 것이다. 그가 끝까지 지조를 지켰다면 그의 삶이 문제적 개인이 될 수 있었고, 그의 소설도 그에 상동하는 구조로 파악될 수 있었을 것이다. 그는 스스로 가치를 훼손시킴으로써 자신을 파멸로 이끌었다. 그가 마지막에 <사랑>을 발표한 것도 당대 현실에서의 허위의 삶이 아니라 진정한 삶이 무엇인가를 고민하다가 쓴 소설이라 생각된다. 그가 도달할 수 있는 진실은 현실적인 가치가 아닌, 사랑이란 신적인 영영에서만 확인될 수 있었기 때문이다.

<삼대>에서도 자아 정체성은 문제시된다. 덕기가 추구한 가치도 자아 정체성의 확립에 있었다. <삼대>의 말미에서 할아버지가 쥐어준 열쇠꾸러미를 들고 독백처럼 하는 말은 아직 미숙한 자기 자신을 돌아보면서 더 큰 사회로 나아가기 위해 준비를 서둘러야겠다는 결심이었다. 이것은 물론 더 나아가서 당대의 근본 명제였던 조국의 정체성 회복과도 연관되는 것이다.

이기영의 <고향>에서 희준이 추구한 가치도 농민의 그것이기는 하지만 인간이 인간답게 살기 위한 자아 정체성의 문제였다. 이것은 희준을 비롯한 원터마을 사람들의 공통의 염원이지만, 크게는

우리 민족의 자아 정체성 회복 문제와 연관된다.

허위의 세계에서 정체성을 회복해 가는 문제는 식민지 시대 소설에만 나타나는 현상이 아니다. 황순원의 전후 소설 <나무들 비탈에 서다>에서도 마찬가지 공식이 적용된다. 전반, 후반의 두 주인공 동호와 현태가 고뇌한 것은 그들의 자아 정체성 상실이 문제였다. 동호는 이 상실의 아픔을 못 이겨 자살하고 현태는 상실의 아픔으로 방황을 계속하는 것이다. 상실의 아픔을 어떻게 처리하느냐에 따라 소설의 내용이 달라질 수밖에 없다. 그것을 찾아 헤매는 방법이나 운명은 다를지 모르나 현실의 고통을 초극하고, 더 나아가서는 자신의 이상의 고향을 찾아 방황하는 것이 이들 주인공이 지향하려는 가치다. <일월>에서의 인철의 방황도, <움직이는 성>에서의 준태의 고뇌와 성호의 실천적 의지도, <신들의 주사위>에서의 한수가 부활하는 것도 모두 자아 정체성을 회복하기 위한 지난한 몸짓들이다. 자아정체성의 확립, 이것은 현대소설이 지향해야 할 가장 큰 가치이며, 물신화되어 가는 사회에서 문제적 개인이 지향해야 할 가치다. 이런 관점에서 보면, 변화를 속성으로 하는 시간의 지속과 사회의 變轉 속에서 자아를 확인해 가는 과정과 그에서 파생되는 갈등의 표출이 소설의 주된 내용이 되겠는데, 우리의 장편소설 이론도 이런 관점에서 정립되어야 할 것이다.

3. 한국 장편소설 유형

한국 장편소설은 <무정>을 효시로 하여 1920년대는 중편 <만세전>이 문제가 될 뿐, 본격적인 전개는 1930년대 시작되었다. 장편소설이 활발히 창작된 것은 물론 장편소설론도 활발히 전개되었다. 이때 논의가 된 소설 유형으로는 농민소설론, 대중소설론(통속소설론 포함), 세태소설론, 풍자소설론, 가족사 연대기 소설론, 역사소설론 등이다. 여기에 계몽소설과 최근에 활발히 창작되고 있는 대하소설까지 포함시킨다면 우리나라 장편소설 유형은 대부분 점검이 될 것이다.

계몽소설은 개항 이후 일제가 우리를 강점하였던 초기에 상실된 민족 주체성을 회복하기 위하여 서구 개화 문물을 받아들이고 무실역행을 실행하고 조국 근대화를 이룩하여 민족 자존을 실현하려 하였던 시기에 민중을 계도하기 위하여 창작된 일련의 소설이다. 따라서 우리의 계몽문학은 서구의 계몽주의와는 거리가 있을 수밖에 없었다. 서구의 계몽주의가 이성의 힘과 인류의 무한한 진보를 믿으며 현존의 질서를 타파하고 사회를 개혁하려는 데 목적이 있었다면, 우리의 그것은 당장 민족의 생존권이 풍전등화 같은 위기에 처해 있어 이를 극복하고 민족 정체성을 확립하여 식민지화된 조국을 구해야 하는 절대절명의 명제가 절실한 형편이었다. 이러한 사명은 애국계몽운동으로 나타나게 되었는데, 신채호, 박은식, 장지연 등의 한학을 기본 소양으로 하는 일련의 애국 선각자들이 전개한 계몽이었다. 이들은 한학에 소양이 있으면서도 민중을 위해서 쉬운 국한문혼용체 사용을 역설했으며, 민중 계몽 수단으로 소설도 창작하였는데, 신채호의 <을지문덕>, 장지연의 <애국부인전> 등이 그 대표적 예라 하겠다. 그러나 이런 작품들은 아직 본격적인 근대소설에는 미치지 못하는 것들로 우리 문학 장르로는 개화기 소설에 속한다. 계몽소설이 근대소설적 특징을 띠고 나타난 것은 이광수의 <무정>에 와서다. 이광수는 情의 중요성을 역설하면서 젊은이들이 구시대의 윤리나 속박에 얽매이지 말고 마음껏 자유를 구가하라고 외쳤으며, 자유연애를 통한 배우자 선택은 물론 선진 문물을 받아들이기 위해 해외유학을 적극 권장하였다. 그는 계몽가답게 <무정>을 통해 과거의 인습을 타파하고 새사람이 될 것을 주장하였으며, 진화론을 바탕으로 한 낙관적 세계관을 펼쳤다. 이런 이광수의 계몽사상은 그 후에도 계속되는데, 1930년대 농민소설의 대표작으로 꼽히는 <흙>도 엄격한 의미에서는 단순한 농민소설이 아니라 농민계몽소설에 속한다.

농민소설은 1930년대 들어와서 활발하게 논의되고 창작된 일련의 농촌을 배경으로 한 소설이다. 우리나라는 전통적인 농업국이었고, 일제가 우리를 강점한 큰 이유가 우리나라를 식량기지화하기 위한 것이었는데, 1930년대 들어서 우리 민족이 식민지 치하에서 고난이 극심해지자 지식인들이 민중의 대다수인 농민의 비참한 참상에 관심을 쏟게 되었고, 문학도 이에 동조하여 농민의 참상을 고발하거나 그 극복 방법을 제시하게 된 것이다. 따라서 우리의 농민소설은 전원적이고 목가풍인 낭만적 세계가 아닌 비참한 농민의 실상이 전경화될 수밖에 없었다. 이 시대에 농민소설이 쟁점이 된 것은 안함광과 백철의 논쟁에서부터였다. 안함광은 일본의 나프에 영향을 받은 카프 계열의 이론가로서 그의 논리도 자연 프롤레타리아 계급의식을 바탕으로 한 것이었다. 그는 당대 조선의 특수한 상황으로 인하여 프로문학은 농민문학을 거치지 않고는 성장할 수 없다는 견해를 펼쳤다. 노동자 문학의 하위개념으로 농민문학을 설정했던 당시의 이론적 경향을 농민문학이 노동자 문학의 하위개념이 아니라 동등한 개념으로 인식시키는 데 크게 기여하였다. 백철도 농민문학의 중요성과 그 필연성을 역설한 것은 마찬가지인데, 그 방법론이 안함광과 견해 차이를 보였다. 안함광이나 백철이 모두 빈한한 농민과 비참한 농촌 현실을 문제삼아 이들을 계발시키고 주제로 삼아야 한다는 것에는 견해를 같이 하였으나, 안함광은 보다 적극적인 프롤문학가답게 농민들을 프롤레타리아 정신으로 무장시켜 혁명에 가담시켜야 한다는 견해를 피력한 데 반해, 백철은 보다 온건한 노선으로 농민에게 프롤레타리아 사상을 일방적으로 주입시킬 것이 아니라 자발적으로 프롤레타리아 사상에 동조할 수 있도록 유도해야 할 것이라 하였다.

이들 농민문학론의 활발한 전개도 농민소설 창작에 활력소가 되었지만, 당시에 지식인들 사이에서 유행한 브나로드 운동과 동아, 조선 양대 일간지를 중심으로 벌어진 농촌 계몽 운동도 농민소설 창작에 활력을 불어 넣어주는 계기가 되었다. 특히 브나로드 운동은 젊은 지식인들의 시선을 도회에서 우리 민족의 젖줄인 농촌으로 지향할 수 있는 기틀을 마련해 주었다.

이런 영향 하에 창출된 농민문학의 대표적인 작품이 이광수의 <흙>과 이기영의 <고향>, 심훈의 <상록수>다. 이광수의 <흙>과 이기영의 <고향>은 그 이데올로기의 차이로 인해 매우 대조적인 작품이다. <흙>이 민족주의 계열의 소설로 시혜적인 농촌 계몽소설이란 비판을 받은 대신, 이기영의 <고향>은 인물의 이데아가 성공한 사회주의 리얼리즘의 성공작으로 평가받고 있다. 그러나 <흙>이 허숭의 영웅주의가 투영되고 이상적인 결말로 흠집이 생겼다면, <고향>도 마지막 노·농 연계투쟁이 너무 도식적인 결말로 끝나 한계를 노정했다. 심훈의 <상록수>는 이광수의 <흙>에 영향을 받아 창작된 것으로 실제 모델이 있는 실화소설로 이광수의 시혜적 농민소설의 한계를 극복하고, 새로운 지평을 열었다는 점에서 의의있는 작품이라 하겠다.

농민소설 논쟁이나 창작은 그 후 70년대에 들어와서 새로운 쟁점으로 부각되기도 하였다. 70년대를 전후한 한국 문단에서 창작된 농민소설의 대표작으로는 박경수의 <동토>, 하근찬의 <야호>, 방영웅의 <분례기> 등이 있으며 이 외에도 많은 단편이 창작되었다. 이문구의 <우리 동네> 시리즈는 단편이면서도 장편분량의 농민소설로 문학성이 인정된다 하겠다.

대중소설은 소설 문학의 한 갈래로 파악할 수도, 그렇다고 무시할 수도 없는 묘한 위치에 있는 소설이다. 대중소설은 통속소설과 같은 개념으로 쓰이기도 하는데, 우리의 경우는 1930년대 프로 문학가들이 대중소설론을 들고 나와 한때 그 개념의 정립을 둘러싸고 많은 논쟁을 벌이기도 하였다. 대중소설이 특히 통속소설과 연계되어 논의되는 것은 그것이 신문 연재소설이라는 특성 때문일 것이다. 신문 연재소설은 그 특성상 상업성을 띨 수밖에 없다. 상업성을 통속성을 의미하고, 통속적이 되기 위해서는 흥미 위주의 스토리를 엮어가야 하고 문장도 쉬워야 하며, 프로타고니스트와 안타고니스트의 대립도 분명해야 하고, 선악의 대립에서 선인이 마지막에는 승리하는 멜로드라마의 구조를 갖추어야 한다. 또한 소재들이 대중의 흥미를 끌 수 있는 연애담이나 폭력, 전쟁, 괴기, 추리물 등이어야 한다. 프로문학가들이 대중소설을 문제 삼은 것은 그들이 지향하는 문학이 노동자·농민을 대상으로 하기에 이들이 친숙하고 흥미있게 읽을 수 있는 소설, 곧 통속적 요소를 지니는 소설을 전략상 필요로 했기 때문일 것이다. 김기진은 통속소설의 조건으로 보통사람의 견문과 지식의 범위, 보통 사람의 감정·사상·문장 등을 지녀야 한다고 하였으며, 그 구체적인 방법으로 문체가 평이해야 하며, 낭독하기에 편하고 화려, 간결하고, 심리묘사 위주가 되어야 하며, 가격도 싸야한다고 하였다. 김기진이 말하는 통속소설은 대중소설의 개념과 거의 유사하다. 이들이 대중소설을 옹호한 것은 프롤레타리아 계급의 이데올로기 선양 수단으로 소설의 필요성을 절감하였기 때문일 것이다.

통속소설과 대중소설의 개념 규정이 평단의 관심을 끌기 시작한 것은 1930년 유진오에 의해서였다. 유진오의 <순수에의 지향>이란 평론을 필두로 김동리, 김환태, 이원조, 안회남 등에 의해서 순수 시비가 일었는데, 통속소설과 대중소설 논쟁은 한마디로 명확하게 정의 내려질 수 없는 것이기도 하다. 정한숙은 소설의 통속성과 대중성은 분명히 갈라 보아야 한다는 견해를 피력한 바 있다. 통속성은 지양해야 할 것이지만 소설이 대중성을 확보하지 못하면 소설로서 일차적인 자격을 상실하는 것이라는 견해다. 소설은 우선 대중성을 확보하고 그를 토대로 문학적 주제의식을 드러내야 할 것이라 하였다.

통속소설 논쟁은 지금도 문제가 되는 것으로 오늘날 장편소설이 통속화되어 가는 것을 우려하면서 진정한 문학, 고전이 될 수 있는 명작이 창조되지 않는 현실을 안타까워하는 것도 이런 이유에서 일 것이다. 현대문학사에서 통속소설이 본격적으로 논의된 30년대에 인구에 회자된 이 부류의 소설로는 김말봉의 <찔레꽃>, <방랑의 가인>, 박계주의 <순애보>, 김래성의 <청춘극장> 등이 있으며, 전후에 정비석의 <자유부인>은 춤바람 난 대학교수 부인을 주인공으로 전쟁이 끝난 후의 혼란한 가치관을 흥미있게 묘파하여 장안의 화제가 되었으며, 낙양의 지가를 올렸다. 이후 1970년대 들어서면서 급격한 경제성장으로 사회가 산업화되어 가면서 가치관도 이에 따라 물신화되고 욕망이 간접화되는 현상을 보이자 소설도 이에 맞게 통속화로 치닫게 되는데, 최인호의 <별들의 고향>, 조선작의 <영자의 전성시대> 등이 그 대표적인 예이다.

세태소설은 작중인물의 내면세계를 심리주의적으로 파악하는 방법 대신, 소설의 사건과 풍속 세태적인 사실에서 진실을 구하는 문학형식이다. 우리 소설사에서 세태소설이란 용어가 사용되기 시작한 것은 임화가 채만식의 <탁류>와 박태원의 <천변풍경>을 세태소설로 정의하고 나서부터였다. 임화가 세태소설론을 들고 나온 것은 이들 소설을 부정적인 시각에서 논평하기 위한 전략이었다. 임화는 이들 소설을 세태소설이라 칭하면서 사상성의 감퇴, 세부묘사와 전형성의 결여, 플롯의 미약을 그 결점으로 지적하였다. 사상성의 감퇴는 프롤레타리아 이데올로기의 감퇴를, 전형성의 결여는 인물로 된 이데아가 형상화되지 못했음을, 플롯의 미약은 미래적 전망 제시의 부재를 의미한다고 보아야 할 것이다. 그러나 <탁류>와 <천변풍경>은 평자에 따라 평가가 상반되고 있다. 당대에는 이미 최재서가 <리얼리즘의 확대와 심화>라는 글에서 <탁류>를 리얼리즘의 성과로 꼽았고, 그 후 정한숙도 <탁류>를 리얼리즘 문학의 성공작으로 평가하였다. <천변풍경>도 리얼리즘의 확대라는 측면에서 당대의 현실을 있는 그대로 보여주었다는 데 그 의의를 찾기도 하였다. 특히 카메라의 눈과 같은 냉철한 사실적 묘사는 기법적 측면에서 현재 대학 문학교실에서 연구의 대상이 되고 있는 실정이다. 임화가 옹호했던 사회주의 리얼리즘의 입장에서 보면 약점이 인정되는 소설이지만 그와는 반대인 모더니즘의 입장에서 보면 그 기법의 탁월성이 인정되는 소설이기도 하다. 임화는 <탁류>와 <천변풍경> 이외에도 홍명희의 <임꺽정>을 세태소설이라 하였다. 그러나 홍명희의 <임꺽정>은 세태소설이라기보다는 역사소설의 범주에 넣어야 할 소설이다. <임꺽정>의 내용 중에 세대 풍정 묘사가 없는 것은 아니다. 그러나 그것은 결점이 되는 것이 아니라 오히려 장점이 되고 있다. 조선 정조의 발현이라는 긍정적인 면이 더욱 돋보이는 작품이기 때문이다. 세태소설이란 결국 사회현실을 보다 사실적으로 그린 소설을 말하는 것인데, 최재서의 말대로 심리분석을 심화시킨 이상의 <날개>와는 다르게 외적인 현상을 사실적으로 묘사하여 리얼리즘을 확대시킨 일련의 소설들을 지칭하는 말로, 우리 소설사에서 1930년대의 특수성을 표양하는 명칭이라 할 수 있다. 그 후 세태소설의 현대화나 그의 재생의 필요성이 논의되지 않는 것으로 보아 이 명칭은 과거의 유물로 남게 될 가능성이 농후하다.

다음으로 살펴볼 것이 풍자소설이다. 풍자문학은 한 사회를 지배하고 있는 모순, 불합리를 조롱, 반어, 비꿈, 조소 등 부정적인 어조를 통해 드러냄으로 하여 독자에게 숨겨진 진실을 알려주려는 지적인 문학양식이다. 풍자는 해학과 밀접한 연관성이 있다. 그러나 해학이 악의가 없는 웃음을 자아내는 데 비해 풍자는 공격성을 띤다는 데 차이가 있다. 풍자는 기존의 권리나 허위를 폭로하고 진실을 일깨우고, 권력의 횡포를 비판하고 고발하는, 즉 현실의 모순을 폭로하는 데 적절한 문학양식이다.

우리 소설사에서 풍자문학이 본격적으로 논의된 것도 1930년대이다. 최재서는 풍자문학을 당대 식민지 현실에서 작가가 취할 수 있는 위기 해소책으로 제시하였다. 식민지 억압상태에서 검열을 피해 자기의 진실을 전달할 수 있는 방법은 우회의 방법일 수밖에 없겠기 때문이다. 최재서는 당대에 작가가 취할 수 있는 태도를 수용적 태도, 거부적 태도, 비평적 태도의 세 유형으로 분류한 후 당대의 가장 바람직한 태도는 마지막 비평적 태도라 하였다. 이 비평적 태도의 실천 방법이 바로 풍자라는 것이다.

　이런 의미에서 <태평천하>는 대표적인 풍자소설이다. 이 작품에는 시종일관 야유와 조소가 끊이지 않는다. 그것은 주로 설화체에 의해 주인공 윤직원 영감에 대한 작가의 야유로 나타난다. 윤직원 영감은 당대를 태평천하로 인식하는 시대의 백치다. 일제가 무단정치를 자행하는 것을 자기의 재산을 지켜주기 위한 행위로 인식하는 것이다. 윤직원 영감은 민족이라든지 공동체의 반영이라든지 하는 윤리 의식이 마비된 철저한 이기주의자다. 그가 목표로 하는 것은 체제야 어떻든, 민족이 일제의 노예가 되었든 상관없이 자기의 재산을 증식하고 수호하는 것이 최대의 목표이다. 동시에 이를 지켜줄 후손의 출세만이 유일한 희망인 것이다. 그리고 스스로의 육신적 쾌락이 있으면 그것으로 족한 것이다. 이런 윤직원 영감에게 손자가 사회주의 운동을 하다 잡혀 경찰에 구금되어 있다는 소식이 날아드는데, 이것은 윤직원 영감에게는 충격이 될지 몰라도 이 소설을 읽는 독자에게는 한 줄기 청량제가 된다. 독자들은 작가의 야유를 통해 윤직원 영감의 반민족적 행위를 감지하고 시대의 모순을 통찰하고 있었던 차, 손자의 행동을 통해 이를 다시 한 번 확인할 수 있기 때문이다. 동시에 윤직원 영감의 소망, 곧 누대를 걸쳐 자기 안일을 누리리라는 기대는 곧 물거품처럼 사라지리라는 예견을 하게 되는 것이다. 이것이 <태평천하>가 지닌 풍자정신이며, 소설적 진실이다. 풍자문학은 그 지적인 태도로 말미암아 억압의 시대나 권위의 시대에 나옴직도 한데, 우리 소설사에서는 그 정의의 협소함으로 인해 아직 많은 작품의 풍자소설이 나오고 있지 않다. 우리 소설사의 경우 풍자문학의 확장을 위해 고소설과의 연계선상에서 풍자소설을 보다 폭넓게 규정할 필요가 있다고 생각된다. 예를 들자면 〈국순전〉, 〈국선생전〉, 〈죽부인전〉, 〈수성지〉, 〈별주부전〉, 〈서동쥐전〉을 비롯하여 개화기 소설인 〈금수회의록〉 등을 망라하여 전통선상에서 풍자소설의 영역을 확대하고 이를 전망하는 방법이 그것이다.

다음으로 살펴볼 것이 역사소설이다. 그런데 이 역사소설은 그 범주가 광범위하여 영역 설정에 어려움이 많은 것이 사실이다. 앞서 살핀 세태소설 중 〈임꺽정〉은 역사소설에서 논의될 성질의 것이었다. 또한 1930년대에 활발하게 논의된 가족사, 연대기 소설도 역사소설의 범주에 드는 것이며, 요즈음 한참 붐을 이루고 있는 대하소설도 이 범주에 드는 것이다. 단지 역사소설을 실제의 역사인 시대를 배경으로 하고 그 시대에 살았던 특정 인물이나 역사적 사건을 재현하는 것에 국한시킨다면 문제는 간단할 수 있다. 우선 배경이나 인물의 영역이 확정될 수 있기 때문이다. 그러면서도 이 경우 역사적 진실과 소설적 상상력과의 거리가 항상 문제가 될 수 있다. 하기에 역사소설에서는 작가의 역사의식, 혹은 세계관이 문제가 되는 것이다. 우리 소설사에서는 이 역시 1930년대 초부터 본격적으로 역사소설이 창작되기 시작하였는데, 식민지 통치로 인한 정치적 억압에서 검열제도를 피하고 간접적으로 민족정신을 함양하고 사라져 가는 민족 정기를 일깨우는 데는 이 방법만큼 효율적인 것이 없었기 때문이다. 이광수의 〈마의 태자〉, 〈단종애사〉, 〈이순신〉, 〈이차돈의 사〉, 〈원효대사〉, 김동인의 〈운현궁의 봄〉, 〈젊은 그들〉, 〈대수양〉, 박종화의 〈금삼의 피〉, 〈대춘부〉, 〈다정불심〉, 홍명희의 〈임꺽정〉, 현진건의 〈무영탑〉, 〈흑치상지〉 등은 바로 꺼져가는 민족 정기를 바로 세우기 위해 씌여진 역사소설의 대표작들이다. 그러나 이들 역사소설이 모두 긍정적인 평가만을 받고 있는 것은 아니다. 역사소설을 영웅적 인물을 형상화한 이념형 역사소설

같은 제재를 취하더라도 이념형보다는 한 단계 구체화된 의식을 실현시킨 의식형 역사소설, 당대의 시대정신이 인물의 성격에 구체적으로 형상화된 중간형 역사소설, 이야기를 흥미 위주로 전개시킨 야담형 역사소설로 4분하였을 때, 야담형 역사소설로 분류되는 작품도 있겠기 때문이다. 역사소설은 지금도 한창 창작되고 있는 중이고, 앞으로 인류가 존재하는 한 역사는 존재할 것이기에 그 생명을 무한하다 하겠다. 다만 이 역사소설이 통속으로 흐른다든가 왜곡된 역사를 독자에게 심어 준다든가 역사의식을 호도하는 방향으로 나간다면 그 해독은 심각할 수밖에 없을 것이다. 무엇보다도 역사소설이 허구적 산물이지만 정확한 역사적 고증을 거쳐야 하며, 이를 문학적으로 형상화할 때 투철한 역사의식이 뒷받침되어야 함은 췌언을 요치 않는다.

앞에서도 잠깐 언급했지만 대하소설은 역사소설적 요소를 많이 지니고 있는 소설이다. 원래 대하소설은 분량이 방대한 장편소설의 한 형태로 양적인 기준에서 소설을 분류할 때 생긴 명칭이다. 글자 그대로 강물이 대하처럼 도도히 흘러가는 형태의 소설을 일컫는다. 방대한 양의 사건과 수많은 인물이 등장하여 대하처럼 도도하게 사건이 전개되는 소설로, 일반적으로는 가족사·연대기 소설을 의미할 때가 많다. 우리 소설사에서는 염상섭의 〈삼대〉, 채만식의 〈태평천하〉, 김남천의 〈대하〉, 이기영의 〈봄〉, 한설야의 〈탑〉 등 1930년대에 창작된 일련의 가족사소설이 이에 해당하며, 근래에 들어서는 안수길의 〈북간도〉, 박경리의 〈토지〉, 유주현의 〈조선총독부〉, 황석영의 〈장길산〉을 위시하여 연변 조선 자치주에서 간행된 이근전의 〈고난의 년대〉도 이 유형에 들어가는 장편소설이다.

[참고문헌]

구인환 외, 『한국현대장편소설연구』, 삼지원, 1990.

권택영, 『소설을 어떻게 볼 것인가』, 동서문학사, 1991.

이주형, 「1930년대 한국장편소설연구」, 서울대학교 박사학위 논문, 1983.

우한용 외, 『소설교육론』, 평민사, 1993.

정호웅 외, 『장편소설로 보는 새로운 민족문학사』, 열음사, 1993.

조동길, 『한국현대문학사』, 성문각, 1972.

趙演鉉, 『韓國現代文學史』, 成文閣, 1972.

한국현대문학이론연구회 편, 『현대문학이론연구』, 1993.6.

한승옥, 『이광수연구』, 선일문화사, 1984.

한승옥, 『한국현대장편소설연구』, 민음사, 1989.

Booth, Wayne C., *The Rhetoric of Fiction*, 최상규 역, 『소설의 수사학』, 새문사, 1985.

Forster, E. M., *Aspects of the Novel*, 이성호 역, 『소설의 양상』, 문예출판사, 1979.

Frye, N., *Anatomy of Criticism*, 임철규 역, 『批評의 解剖』, 한길사, 1982.

Genette, G., *Narrative Dicourse : An Essay in Method*, Ithaca, Cornell Univ. Press, 1980.

Goldmann, L., *Le Dieu Caché*, 송기형·정과리 공역, 『숨은 神』, 연구사, 1986.

Goldmann, L., *Pour une Sociologie du Roman*, 조경숙 역, 『소설사회학을 위하여』, 청하, 1982.

Girard, René, *Deceit, Desire and the Novel*, 김윤식 역, 『소설의 이론』, 삼영사, 1977.

Lobbock, Percy, *The Craft of Fiction*, 송욱 역 『小說技術論』, 일조각, 1960.

Lukács, G., *Die Theorie des Roman*, 潘星完 譯, 『小說의 理論』, 심설당, 1985.

Moravia, Alberto, "The Short Story and the Novel", 최상규 역, 『단편소설의 이론』, 정음사, 1983.

Propp, V. J., *Morphlogy of the Folktale*, 유영대 역, 『민담의 형태론』, 새문사, 1987.

Stanzel, F. K., *A Theory of Narrative*, 김정신 역, 『소설의 이론』, 문학과비평사, 1990.

Todorov, T., *The Poetics of Prose*, 신동욱 역, 『散文의 詩學』, 문예출판사, 1991.

Watt, Ian, *The Rise of the Novel*, 전철민 역, 열린책들, 1988.

제10장
소설이해의 사회학적 방법

孔宗九

1. 소설의 장르와 연구방법

소설은 보는 관점이나 시각에 따라서 얼마든지 서로 다른 해석과 평가가 가능한 다면적이고도 입체적인 특성을 그 본질적 속성으로 하고 있다. 똑같은 소설이라 하더라도 그것에 대한 해석이나 평가가 사람마다 다르고 시대마다 다르게 나타나는 것도 소설의 그와 같은 본질적 속성 때문이다. 경우에 따라서는 동일한 소설임에도 불구하고 극단적일 정도의 상반되는 해석이나 평가가 공존하기도 한다. 이처럼 소설을 포함한 모든 문학작품은 복합적이고도 중층적인 구조로 이루어져 있다.

우선 소설은 그것을 창작한 '작가의 정신적인 창조행위의 소산물'이라는 점에서 심리적 측면을 지니고 있다. 또한 모든 문화적 생산물들과 마찬가지로 소설 또한 그 소설이 생산된 그 '당대 시대상황의 반영물'이라는 점에서 심미적 측면을 지니고 있기도 하다. 마지막으로 소설은 그 소설을 생산한 작가의 '계급적 이데올로기의 투영물'이라는 점에서 계급적 측면을 지니게 된다.

소설은 이와 같이 복합적이고도 다양한 측면을 지니고 있기 때문에 어떤 관점에서 그것에 접근하는가에 따라서 소설에 대한 해석이나 평가는 달라질 수밖에 없다. 하나의 소설에 대해서 여러 가지 소설이론이나 방법론적 접근이 가능한 것도 여러 가지 복합적 속성을 지니고 있는 소설의 본질적 속성 때문이다. 사실 다양한 소설이론이나 방법론들도 따지고 보면 입체적인 대상물로서의 소설이 지니고 있는 여러 가지 측면들 가운데서 어느 한쪽에 초점을 맞추어서 소설을 논리적으로 설명해 놓은 이론체계라고 할 수 있다. 그러한 관점에서 볼 때 형식주의 비평이란 '고도로 정제화된 언어적 구조물'로서의 심미적 측면에 초점을 맞추어서 소설을 설명하는 이론체계이며, '당대 시대상황의 반영물'로서의 사회·역사적 측면에 초점을 맞추어서 소설을 설명하는 이론체계가 사회학적 비평이다. 심리주의 비평이나 마르크스주의 비평 또한 강조하는 초점만 다를 뿐이지 마찬가지이다.

그런데 우리들이 그 이름을 달리하는 여러 가지의 소설비평 방법론과 관련하여 혼동해서는 안되는 점이 두 가지 있다. 그 하나는 서로 다른 관점에서 소설에 접근하는 다양한 소설비평 방법론들이 상대적 구분일 뿐 절대적 구분은 아니라는 사실이다. 이 말은 심리주의 비평이 '작가의 정신적인 창조적 행위의 소산물'로서의 심리적 측면에 초점을 맞추어서 소설을 설명하고 해석한다고 해서 그 비평방법이 심리적 측면만을 배타적으로 강조한다는 말은 아니라는 것이다. 그 말의 진정한 의미는 입체적 대상물로서의 소설이 지니고 있는 여러 가지 측면들 중에서 심리주의 비평은 다른 비평방법들보다 심리적 측면을 보다 더 상대적으로 강조한다는 의미이다. 이 장에서 설명하고자 하는 사회학적 비평 또한 마찬가지이다. 사회학적 비평이라고 하는 것이 다른 비평방법들에 비해 사회·역사적 측면을 상대적으로 더 강조한다는 의미이지 사회·역사적 측면만을 배타적으로 고집한다는 의미는 아니라는 점이다. 그리고 사실 입체적

대상물로서의 소설의 다양한 특성을 구분해서 설명하는 것은 설명의 편의를 위한 것이지 실제로는 구분할 수가 없는 것이다. 그러한 여러 가지 특성들은 한 편의 소설 속에 유기적으로 결합되어 있기 때문이다.

여러 가지 소설비평 방법론과 관련하여 혼동해서는 안되는 다른 하나는 서로 다른 관점에서 소설을 접근하는 다양한 소설비평 방법론들을 相互 補完的인 관계에서 파악해야지 상호 배타적 관계에서 파악해서는 안된다는 점이다. 이 말은 사회학적 비평이 사회·역사적 측면을 강조한다고 해서 형식주의 비평이 강조하는 심미적 측면을 배제하고 무시해서는 안된다는 말이다. 소설의 의미란 입체적인 대상물로서의 소설을 둘러싼 여러 가지 다양한 측면들이 유기적으로 동시에 작용해서 형성되기 때문이다. 즉, 소설의 의미란 심미적 측면이 작용해서 형성되는 부분이 따로 있고, 사회·역사적 부분이 작용해서 형성되는 부분이 따로 있는 것은 아니다. 그런데 이제까지의 대부분 문학논쟁은 자신들의 비평방법이 강조하는 측면만을 배타적으로 고집한 데서 발생한 것이라고 볼 수 있다. 그러한 문학논쟁 중 가장 빈번하면서도 가장 본질적인 문학논쟁이 바로 '形式과 內容 戰爭'이라고 할 수 있다.[1]

소설을 포함한 모든 문학작품에서 형식과 내용의 진정한 관계는 변증법적 관계이자 상호존재 규정적인 관계이다. 이 말은 형식이 내용을 규정하고 내용이 형식을 규정한다는 말이다. 한마디로 모든 문학작품의 형식과 내용은 뗄레야 뗄 수 없는 관계라고 할 수 있다. 그럼에도 불구하고 문학작품의 형식과 내용을 분리하여 설명하는 것 또한 설명의 편의 때문에 그런 것이지 실질적으로 분리할 수 있어서 그런 것은 아니다.

---

1) 우리나라의 근대 비평 논쟁사에서도 이 형식과 내용 논쟁은 1920년대 카프 초창기의 두 핵심이론가인 김기진과 박영희의 논쟁을 필두로 그 역사가 오랜 논쟁이라고 할 수 있다.

하지만 소설의 형식과 내용의 관계가 相互 有機的이고 辨證法的인 관계라고 해서 어느 것이 더 先次的이고 본질적인가 하는 문제 자체가 전혀 의미없는 것은 아니다. 진정한 형식·내용 논쟁은 형식과 내용 중 어느 것이 보다 더 선차적이고 본질적인가 하는 바로 이 문제를 두고서 벌어진 논쟁이라고 할 수 있다.

형식과 내용 중 어느 것이 더 선차적이고 본질적인가에 대해서는 크게 두 가지의 상반되는 관점이 대립하여 왔다. 하나는 형식주의적 관점이고 다른 하나는 마르크스주의적 관점이다2) 전자는 내용보다는 형식이 보다 본질적이고 선차적이라는 입장이고 후자는 그 반대의 입장이다. 이 장에서 설명하고자 하는 사회학적 비평 관점은 형식보다는 내용이 더 본질적이고 선차적이라는 마르크스주의적 입장에 서 있다. 왜냐하면 어떤 내용이 먼저 있은 다음에 어떻게 하면 그 내용을 효과적으로 전달할 수 있을까 하는 전략적 고려에서 생겨난 것이기 바로 형식이기 때문이다. 이 관계를 비유적으로 표현한다면 내용보다 형식이 먼저라고 주장하는 것은 몸에 옷을 맞추는 것이 아니라 이미 만들어진 옷에다 사람 몸을 맞추는 형국에 비유할 수 있을 것이다. 극단적으로 말해서 형식은 없더라도 내용은 존재할 수 있으나 그 역은 성립하지 않는다.

하지만 실질적으로 소설을 분석하고 평가할 때는 이 구분 자체가 무의미해진다. 왜냐하면 형식과 내용은 상호 유기적으로 결합되어 도저히 분리할 수 없는 상태로 존재하기 때문이다. 따라서 형식과 내용의 유기적 통일체로서의 소설을 분석하고 평가할 때 지켜야 할 중요한 원칙이 있다. 그것은 소설의 주제를 효과적으로 드러내는 방법이나 전략인 형식의 분석을 통해서 그 소설의 주제인 내용을 평가해야 한다는 원칙이다. 소설의 구조 자체가 형식과 내용의 유기적 결합체이기 때문에 그것을 분석하고 평가할 때도 유기적으로 해야 된다는 의미이다. 그렇지 아니하고 형식 자체만을 분석하는

---

2) 여기서 말하는 마르크스주의는 '내용주의'나 '모랄론'을 대신하는 용어이다.

작업에서 그쳐버리는 미시적(微視的)인 분석적인 연구방법이나 태도, 아니면 주제를 효과적으로 전달하기 위해 전략적으로 동원하고 있는 독특한 형식에 대한 섬세한 분석 없이 그저 작품 표면에 드러난 주제나 이데올로기만을 거칠게 평가하는 소박한 사회학적 연구방법이나 태도, 그 둘은 말의 엄격한 의미에서 온당한 소설연구 방법이라고 할 수 없다. 소설의 형식과 내용 중 어느 하나만을 배타적으로 강조하는 그러한 연구방법이나 태도들은 형식과 내용 중 어느 하나를 배제할 수밖에 없기 때문이다.

이 장에서 설명하고자 하는 사회학적 비평방법도 그것이 소설의 사회·역사적 측면을 더 강조하기는 하되 소설의 형식적·심미적 측면의 분석을 통해서 사회·역사적 측면을 평가해야지 사회·역사적 측면을 평가하는 작업에만 그쳐서는 안된다는 말이다. 이 장에서는 주로 게오르그 루카치(1885~1971)의 이론을 중심으로 소설에 대한 사회학적 비평을 설명하고자 한다. 토마스 만이나 톨스토이와 같은 19세기 비판적 리얼리스트들의 작품들만을 형식적 전범으로 삼아 자신의 이론체계를 세웠다는 점 그리고 1930년대 베르톨트 브레히트와의 문학논쟁에서 '전형의 창조를 통한 총체성의 구현'이라는 한 가지 형식만을 배타적으로 고집함으로써 브레히트로부터 당신이야말로 형식주의자라고 비판을 받은 점 등 일정한 한계에도 불구하고 사회학적 비평관점에서 소설을 이해하는 데 루카치의 이론체계는 여전히 권위가 있기 때문이다.

2. 소설에서의 현실반영

1) 소설과 사회

이 장에서 설명하고자 하는 사회학적 비평은 반영론 또는 모방론(mimetic perspective)의 대표적인 비평방법이라고 할 수 있다. 반영대상인 사회현실이나 작품이 생산된 시대상황에 초점을 맞추어서 소설을 설명하고 평가하고자 하는 반영론은 플라톤과 아리스토텔레스의 모방론에까지 그 기원이 거슬러 올라간다. 소설(문학작품)을 사회·역사적 맥락에서 접근하고자 하는 반영론은 그만큼 그 역사가 오래된 비평관점이라고 할 수 있다. 그러나 반영론의 비평관점이 오늘날 엄밀한 의미에서 과학적인 이론이라고 할 수 있을 정도의 엄정한 체계적인 이론으로 그 틀을 마련한 시기는 19세기 이후라고 할 수 있다.

19세기 이후 학문적인 체계를 갖추기 시작한 비평관점으로서의 반영론이 내세우는 논리적 대전제는 '모든 존재와 마찬가지로 소설 또한 진공상태(state in vacuum)에서 발생하지 않는다'는 명제이다. 이 말은 곧 소설이 작가의 손을 떠나 독자에게 읽히기까지의 생산·유통·소비의 모든 과정에는 당대의 시대상황이나 사회현실로부터 일정한 영향을 받을 수밖에 없다는 의미이다. 구체적인 예를 들어 이 말의 의미를 설명해보도록 한다.

우선 소설의 표현수단인 언어의 문제부터 살펴보도록 하자. 소설에서 언어의 문제는 매우 중요하다. 소설을 매개로 작가와 독자 사이에 의사소통을 가능하게 해주는 것이 바로 언어이기 때문이다. 또한 인물이니 사건이니 배경이니 하는 소설의 핵심 구성요소들은 말할 것도 없고 그 이외의 모든 구성요소들도 결국 언어로 표현되기 때문이다. 그런데 지극히 상식적인 이야기이겠지만 언어란 그 언어를 사용하는 사회 구성원들의 사회적 약속에 의한 관습적 기호(conventional sign)이다. 특정한 개인들이 자신들 마음대로 언어체계를 바꾸거나 없애거나 할 수 없는 것도 사회적 약속에 의한 관습적 기호로서의 언어가 그 언어를 사용하는 구성원들에게 갖게 되는 구속력 때문이다.

물론 사회·경제적 지위나 세대, 성별의 차이에 따라서 어휘수준이나 논리적 구성력 등에서 일정한 차이가 있을 수는 있다. 그러나 근본적으로 언어가 그것을 사용하는 구성원들에게 갖게 되는 구속력으로서의 사회적 약속 그 자체를 위반할 수 있는 사람은 그 누구도 없다. 작가라고 해서 예외일 수는 없다. 아무리 섬세한 언어적 감수성을 지닌 '언어의 연금술사'로서의 작가라고 해도 사회적 약속으로서의 언어적 구속으로부터 결코 자유로울 수 없다. 이와 같이 소설은 가장 중요한 언어를 선택하는 문제에서부터 당대의 사회현실로부터 일정한 영향을 받게 된다.

그러한 사정은 소설 장르의 형식을 사용하는 문제에서도 마찬가지이다. 이문열의 <젊은날의 초상>은 굳이 누가 설명하지 않더라도 그것을 소설이라고 한다. 이문열의 그 책을 시나 역사책이라고 부를 사람은 아무도 없을 것이다. 왜 그러한 일이 일어나는가. 그것은 바로 소설을 포함한 모든 문학 장르들의 장르적 관습 때문이다. 이와 같이 문학의 장르적 관습은 언어 못지않게 중요하다. 이문열의 <젊은날의 초상>이 소설일 수 있는 것은 그 책이 소설 장르의 형식적 틀을 사용하고 있기 때문이다.

언어와 마찬가지로 문학 장르의 장르적 관습 또한 그것을 사용하는 사람들의 사회적 약속이라고 할 수 있다. 그래서 제 아무리 창조적 재능이 뛰어나고 문학적 상상력이 풍부한 작가라고 하더라도 사회적 약속으로서의 장르적 관습이나 형식적 틀을 무시할 수는 없다. 물론 소설의 장르적 관습이나 형식적 틀이라고 하는 것이 고정불변의 실체일 수는 없는 문제이다. 따라서 소설의 장르적 관습이나 형식적 틀은 시대상황의 변화에 따라 얼마든지 달라질 수 있고 또한 달라지고 있다.

오늘날 전통적인 소설문법을 의도적으로 해체하고 파격적일 정도의 새로운 형식실험을 일삼는 포스트모더니즘 계열의 소설들은 장르의 해체를 겨냥한다. 전통적인 소설문법을 기준으로 해서 본다면 그러한 포스트모더니즘 계열의 소설들을 누가 소설이라고 할 수 있겠는가? 또한 전통적인 소설문법만을 충실하게 지키던 소설이 유행하던 시대에 소설의 모습이 오늘날의 포스트모더니즘 계열의 소설들처럼 해괴한 모습으로 변하게 될 것이라고 예측이라도 할 수 있었던 사람들은 과연 얼마나 될까? 그렇다고 해서 오늘날 포스트모더니즘 계열의 소설이 전통적인 장르적 관습을 상당 부분 위반하고 있기 때문에 소설이 아니라고 하는 사람은 아무도 없다.

하지만 '태양 아래 새로운 것은 아무 것도 없다'는 서양 속담처럼, 포스트모더니즘 계열의 소설들이 아무리 새로운 형식실험을 일삼는다 하더라도 그것은 전통적인 소설형식을 기초로 한 형식실험이지 그것들을 완전히 무시한 상태에서 이루어지는 것은 아니다. 이와 같이 소설은 언어 못지않게 중요한 형식적 틀을 선택하는 문제에서도 당대의 사회현실로부터 일정한 영향을 받게 된다.

소설이 당대의 시대상황이나 사회현실로부터 영향을 받을 수밖에 없는 점은 소설의 소재를 선택하는 문제에서도 마찬가지이다. 만일 어떤 작가가 북한의 사회주의 체제를 일방적으로 찬양하는 내용을 소재로 한 편의 소설을 쓰려 한다고 가정해 보자. 아무리 우리 사회가 사상이나 이념 선택의 자유가 보장된 자유민주주의국가 체제라고 하더라도 현 시점에서 그것이 가능할 수 있겠는가. 그 소설이 연재소설이라면 그 작가는 연재를 다 끝마치기도 전에 구속되는 불행한 사태를 면키 어려울 것이다. <악의 꽃>으로 아직까지도 회교도들로부터 암살의 위협에 시달리고 있는 셀먼 루시디, <즐거운 사라>라는 소설로 '예술이냐 외설이냐"라는 논쟁의 기폭제 역할을 한 마광수 교수, 약간의 차이는 있겠지만 두 경우 또한 앞의 경우와 거의 마찬가지로 소재 선택의 사회적 제약의 예가 될 것이다.

1980년대 민족문학의 대표격으로 평가를 받고 있는 조정래의 <태백산맥>의 경우를 들어보자. 만일 그 작품이 극우 반공이데올로기가 서슬 퍼렇게 작용했던 1960년대나 1970년대에 발표되었다면 <태백산맥>은 지금의 모습과 같은 이념적 균형감각을 보이기는 힘들었을 것이다. 따라서 소설을 작가 한 개인의 창조적 재능이나 문학적 상상력에 의해서만 만들어지는 '개인적 창조물'이 아니라 여러 가지 사회·역사적 요소들이 복합적으로 작용해서 만들어지는 '사회적 생산물'이라고 하는 것도 설득력이 있다.

　이상의 경우에서 알 수 있는 바와 같이 작가들은 소재를 선택하는 문제에서조차도 자기 마음대로 하지 못하고 그 당대의 시대상황이나 사회현실로부터 일정한 제약이나 구속을 받게 된다. 따라서 작가들은 소재를 선택하는 단계에서 自己檢閱이라는 과정을 거치게 된다. 자기검열이라고 하는 것은 어떤 소재를 선택하고자 할 때 그것이 국가·사회적으로 문제가 될 것인가 그렇지 않을 것인가 하는 문제를 작가 자신이 먼저 검열해보는 작업을 말한다. 작가가 자기검열을 하게 되는 경우는 비단 소재를 선택하는 문제에만 국한되는 것이 아니고 쓰고자 하는 내용 또한 마찬가지이다. 더구나 쓰고자 하는 내용은 출판사나 신문사의 상업적 고려나 독자들의 취향까지도 관계되는 문제라 자기검열의 과정은 보다 복잡해질 수밖에 없게 된다. 출판사나 신문사나 독자들은 또한 자신들의 상업적 고려나 개인적 취향을 기준으로 소설의 내용에 적극적으로 간섭하려고까지 든다. 실제로 출판사나 신문사의 상업적 고려나 독자들의 개인적 취향에 의한 압력으로 인해 소설의 내용 자체가 상당한 영향을 받게 되는 경우조차 있다.

　언어나 장르적 관습 그리고 소재의 선택문제를 통해서 알 수 있는 바와 같이 소설은 그 당대의 시대상황이나 사회현실과 밀접한 관련을 맺지 않을 수 없다. 사실 플라톤과 아리스토텔레스의 모방론 이후 루카치의 반영론에 이르기까지 사회학적 비평관점에서 항상 논의의 핵심으로 떠올랐던 문제가 바로 '문학과 현실의 관계'였다.

　문학과 현실은 어떤 관계에 있는가? 문학은 현실을 객관적으로 재현하고 반영할 수 있는가? 문학이 현실을 객관적으로 재현하고 반영할 수 있다면 그 수단과 방법은 과연 무엇인가? 현실을 객관적으로 재현하고 반영하는 수단과 방법에서 문학이 다른 예술 장르들과 근본적으로 갈라서게 되는 문학예술만의 변별적 특성은 무엇인가? 언어와 문학적 형식을 통해 문학에 반영되는 현실은 반영대상으로서의 실제현실과는 어떠한 차이가 있는가? 또한 언어와 문학적 형식을 통해 문학은 반영대상으로서의 실제현실을 얼마만큼 그럴듯하게 재현할 수 있는가? 또한 문학은 독자들이 자신들의 구체적인 삶의 문제와 현실을 객관적으로 이해하는 데 실제로 도움이 되는 것인가? 도움이 된다면 과연 어떤 차원에서 얼마만큼의 도움이 된다는 말인가? 더 나아가 문학은 사회주의 리얼리스트들의 당위적 주장처럼 사회변혁의 수단으로 복무할 수 있으며 그것이 실제로 가능한 것인가? 이러한 여러 문제들이 소설과 현실의 관계와 관련하여 사회학적 비평관점에서 제기될 수 있고, 또한 그동안 제기되었던 문제들이다.

이 장에서는 이러한 여러 가지 문제들 중에서 '소설에서의 현실반영' 문제에 초점을 두고 논의를 진행하고자 한다. 사회학적 비평관점에서 제기되는 여러 가지 문제들 가운데 그 문제가 가장 본질적이고 핵심적이라고 생각하기 때문이다.

흔히들 '소설은 현실을 반영하며, 소설은 인생의 거울'이라고 한다. 특히 소설은 '사회적 기록'이라고 할 수 있을 정도로 다른 장르보다 더 포괄적이면서 구체적으로 그 시대상을 반영함을 그 장르적 표지로 삼는다. 그 사실에 이의를 제기할 사람은 아무도 없을 것이다. 사람들이 거울을 보고 제 얼굴의 미추를 알듯이 소설 또한 그 당대의 시대상황이나 사회현실을 생생하게 반영하기 때문이다.

발자크의 <인간희극>을 읽고서 프리드리히 엥겔스가 "그 소설이야말로 당대의 시대상황에 관한 어떠한 통계자료나 경제학 서적보다 더 정확하고도 생생한 자료를 풍부하게 제시하고 있다"고 한 평가, 그리고 이문열이 <변경>의 작가 후기에서 그 소설을 통해 '한국 근・현대사의 거대한 벽화'를 그려보겠다고 한 다짐 등의 진술들은 소설을 인생의 거울이나 사회적 기록이라는 관점에서 이야기하고 있는 구체적인 예들이라고 하겠다.

하지만 '소설은 현실을 반영하며, 소설은 인생의 거울'이라는 명제는 소설과 현실의 관계에 관한 상식적인 진술 차원을 넘어서지 못한다. 소설과 현실의 관계에 관한 대답이 의미있는 것이 되기 위해서 '소설은 현실을 반영한다'고 했을 때, 소설에 반영되는 현실은 실제 현실과는 어떤 차이가 있으며 반영이라는 개념은 또한 의미를 지닌 것인가를 상세하게 밝혀보기로 한다.

2) 반영의 개념

루카치의 미학이론을 포함한 대부분의 사회학적 비평관점들은 그 이론체계의 핵심개념인 반영개념의 인식론적 토대로 실재론(實在論)의 입장을 취하고 있다.

인간의 주관적 의식과는 상관없이 객관적 실재(objective reality)가 존재한다는 것을 인정하는 인식론적 입장이 바로 실재론의 핵심이다. 그러나 실재론이 인간의 주관적 의식과는 독립하여 존재하는 객관적 실재를 인정한다고 하여 객관적 실재에 대한 인식과정에서 인간의 주관적 의식과 객관적 실재가 완전히 별개의 상태로 분리·독립되어 있다는 의미는 아니다. 인간의 주관적 의식과는 독립하여 객관적 실재가 존재한다는 말의 본질적 의미는 객관적 실재에 대한 인식과정에서 인간의 주관적 의식보다는 객관적 실재에 인식의 先次性을 인정한다는 의미일 뿐이지 인간의 주관적 의식을 배제하거나 무시한다는 의미는 아니다. 인간의 주관적 의식보다는 객관적 실재에 인식의 선차성을 인정하는 것은 객관적 실재가 없으면 인간의 주관적 의식은 형성될 수 없으나 그 역은 성립되지 않기 때문이다. 인간의 주관적 의식은 항상 어떤 대상(객관적 실재)에 대한 생각이기 때문이다. 여기서 알 수 있는 바와 같이 인간의 주관적 의식 없이 객관적 실재가 의미를 지닐 수는 없다. 항상 진정한 의미에서의 반영은 인간의 주관적 의식과 객관적 실재가 변증법적으로 통일된 상태에서 이루어지기 때문이다. 그런 점에서 반영이란 용어는 "복사나 사진 혹은 온갖 자연주의적 기교가 내포하는 바의 수동적이고 기계적인 의미를 지니는 것은 아니다. 인간은 여러 가지 감관을 통해 대뇌에 도달한 것들을 단지 기록만 하는 과학적 도구나 계측기가 아니다"3)라는 지적은 반영의 과정을 적절하게 설명하고 있다 하겠다.

그러나 인간의 주관적 의식을 통한 나름대로의 해석이나 평가가 있어야만 객관적 실재가 의미를 지니게 된다고 해서 객관적 실재의 본질이나 핵심과는 아무런 상관도 없이 마음대로 해석이나 평가를 해도 된다는 의미는 아니다.

객관적 실재에 대한 반영과정에서의 주관의 진정한 의미는 객관적 실재의 본질이나 핵심을 정확하고도 객관적으로 파악한다는 의미에서의 주관이지 자기 마음대로 아무렇게나 해석하고 평가할 수 있는 자유나 가능성의 의미를 지닌 주관은 아니다.

물론 개별적인 인식주체들의 주관적 입장이나 처지가 다르기 때문에 객관적 실재의 어떤 부분을 그것의 본질이나 핵심이라고 생각하는가에 대해서는 약간의 차이가 있을 수는 있다. 객관적 실재의 본질이나 핵심을 가장 정확하고도 객관적으로 인식하는 주관적 해석이나 가치평가만이 진정한 해석이고 진정한 평가인 것이다. 또한 그러한 주관적 해석이나 평가만이 그 말의 진정한 의미에서의 반영 개념의 본질이라고 할 수 있다. 한마디로 인간의 주관적 의식을 통한 해석이나 평가를 통해 인간의 주관적 의식 외부에 독립적으로 존재하는 객관적 실재의 본질이나 핵심을 정확하고도 객관적으로 인식하는 행위가 반영개념의 본질인 것이다. 제대로 된 반영에서 주관적 의식과 객관적 실재가 항상 변증법적 관계에 놓일 수밖에 없는 것도 바로 그와 같은 반영개념의 본질 때문이다.

---

3) B. 키랄리활비, 김태경 역, 『루카치 미학비평』, 한밭출판사, 1984, p. 71.

3) 소설에서의 현실반영

소설이 현실을 반영한다고 해서 현실 그대로를 옮겨 놓는다는 의미는 아닐 것이다. 반영대상으로서의 실제 현실은 소설의 원천이자 저수지라 할 수 있으나 현실 그대로가 소설이 되는 것은 아니기 때문이다. 그러면 '소설은 현실을 반영한다'고 했을 때, 소설에 반영되는 현실은 어떤 현실이며 반영대상으로서의 실제 현실과는 어떤 차이가 있는가.

반영의 개념에서 알 수 있는 바와 같이 소설에서의 현실반영 또한 작가의 주관적 의식 외부에 독립적으로 존재하는 객관적 현실세계(실제 현실)를 인정하는 것이 중요하다. 反映對象으로서의 객관적인 현실세계가 없다고 한다면 소설 또한 결코 존재할 수 없기 때문이다. 그것은 객관적 현실세계(인간의 구체적인 삶)에 대한 이야기가 바로 소설이기 때문이다.

소설의 현실반영에서 객관적 현실세계가 중요하다고 해서 객관적 현실세계에 대한 작가의 주관적 의식의 해석이나 평가가 배제된 기계적 복사를 현실반영이라고 하지는 않는다. 또한 그 역으로 반영대상으로서의 실제 현실에 대한 작가의 주관적 의식의 해석이나 평가가 중요하다고 해서 객관적 현실세계를 작가의 주관적 의식 마음대로 아무렇게나 해석하는 왜곡이나 과장을 현실반영이라고도 하지 않는다. 여기에서 알 수 있는 바와 같이 진정한 의미에서의 소설의 현실반영이란 반영대상으로서의 객관적 현실세계에 대한 기계적 복사가 아니며 또한 객관적 현실세계에 대한 작가의 주관적 왜곡이나 해체는 더더욱 아닌 것이다.

그러면 어떠한 현실반영을 진정한 의미에서의 소설의 현실반영이라 할 수 있을까? 작가의 주관적 의식에 대한 객관적 현실세계의 선차성을 인정하되 '객관적 현실세계와 작가의 주관적 의식이 변증법적으로 통일된 상태에서 이루어지는 현실반영'만이 진정한 의미에서의 현실반영이라고 할 수 있을 것이다. 한마디로 소설의 현실반영이란 작가의 주관적 의식의 해석이나 평가를 통해 파악한 객관적 현실세계의 본질이나 핵심을 소설의 형식적 틀 속에다 객관적으로 담아내는 것을 말한다.

이러한 개념 규정에서 알 수 있는 바와 같이 소설에서의 현실반영은 두 단계의 과정을 거쳐서 이루어짐을 알 수 있다. 작가의 주관적 의식 외부에 독립적으로 존재하는 객관적 현실세계의 본질이나 핵심을 주관적 의식의 해석이나 평가를 통해 객관적으로 인식하는 것이 그 첫 번째 단계의 과정이다. 이 단계의 과정에서 핵심적 역할을 하게 되는 것이 작가의 세계관이다. 소설에서의 현실반영은 이 단계에서 끝나지는 않는다. 이 단계에서의 현실반영은 비단 소설에서의 현실반영에만 국한되는 것이 아니라 철학이나 사회과학과 같은 비문학적 담론체계에서의 현실반영에도 해당되는 현실반영이다. 소설이나 철학, 그리고 사회과학은 모두 인간의 구체적 삶에 대한 객관적 해석행위이자 인식행위라는 점에서는 아무런 차이가 없기 때문이다.

그렇다면 철학이나 사회과학과 같은 비문학적 담론체계에서의 현실반영과는 다른 소설에서의 현실반영만이 지닌 변별적 특성은 무엇인가? 소설에서의 현실반영을 소설에서의 현실반영으로 만드는 궁극적 요인은 무엇인가? 그것은 바로 두 번째 단계의 과정이라고 할 수 있다.

작가의 주관적 의식의 해석이나 평가를 통해 객관적으로 파악한 객관적 현실세계의 본질이나 핵심을 소설의 형식적 틀 속에다 담아내어 형상화시키는 과정이 두 번째 단계의 핵심이다. 이 두 번째 단계의 형상화 과정에서 핵심적인 역할을 담당하는 것이 작가의 창작방법이다. 소설의 형식적 틀을 통한 형상화 과정을 통해서만이 소설은 비로소 소설일 수가 있게 되는 것이다. 소설이 소설일 수 있는 것은 인간의 구체적인 삶에 대한 해석을 소설적 형식을 통해서 말해야만 비로소 소설이 되기 때문이다.

지금까지의 설명을 토대로 소설에 반영되는 현실을 다음과 같이 규정할 수 있다.

소설에 반영되는 현실은 먼저 객관적 현실세계에 대한 작가의 창작방법에 의한 형상화 과정을 거쳐서 소설적 형식으로 재구성되어 반영되는 현실이라고 할 수 있다.

한마디로 소설에 반영되는 현실은 작가의 세계관에 의한 해석과정과 창작방법에 의한 형상화 과정을 통해서 반영대상으로서의 실제현실을 소설적 형식으로 과정을 통해서 반영대상으로서의 실제현실을 소설적 형식으로 재조직해 놓은 현실이라고 할 수 있다. 소설에 반영되는 현실이 반영대상으로서의 실제현실을 모방하고 있으면서도 실제현실과는 상당히 다른 모습을 하게 되는 것도 바로 작가의 세계관과 창작방법에 의한 해석과 형상화 과정을 거쳐서 실제현실이 소설 속에 반영되기 때문인 것이다.

이상의 설명에서 알 수 있는 바와 같이 소설에서의 현실반영과정에서 핵심적인 역할을 하는 것이 작가의 세계관과 창작방법임을 알 수 있다. 그런데 작가의 世界觀과 創作方法은 작가 개인들마다 일정한 차이가 있을 수밖에 없다. 동일한 소재를 형상화한 소설임에도 불구하고 작가들마다 그 소설의 내용이나 형식에서 일정한 차이를 보이게 되는 것도 서로 다를 수밖에 없는 작가들마다의 세계관과 창작방법이 작용한 결과라고 할 수 있다.

소설에서의 현실반영에 대한 이제까지의 설명에 근거해서 볼 때, 소설이 현실을 반영한다고 하는 것은 반영대상으로서의 객관적인 사회현실을 주관적 의식의 선택적 여과과정 없이 기계적으로 복사한다는 의미는 아니다. 반영대상으로서의 사회현실은 복잡다양하고 풍부함을 그 본질로 한다. 복잡다양하고 풍부함을 본질로 하는 사회현실 가운데는 본질적인 것과 비본질적인 것, 주류적인 것과 비주류적인 것, 필연적인 것과 우연적인 것이 혼재되어 있다. 이와 같은 입체적이고 역동적인 사회현실의 반영과정에서 작가는 세계관의 해석과정을 통해 자신이 이야기하고자 하는 내용과 관련하여 중요하고 본질적이라고 생각하는 것들만을 선별적으로 취사선택한 다음 그것에다가 소설적 형식을 부여한다. 이와 같이 실제의 경험적 현실에서 소설의 허구적 현실로의 전이과정에는 본질적인 것들의 선별적 취사선택과 소설적 형식부여라고 하는 과정이 반드시 이루어져야만 한다. 이 과정이 바로 리얼리즘 미학의 핵심범주인 전형의 창조과정인 것이다.

4) 전형의 개념

1887년에 간행된 마가렛 하크니스의 <도시소녀 : 하나의 현실적 이야기>라는 소설을 읽고서 작가에게 보낸 편지에서 프리드리히 엥겔스는 '리얼리즘이란 세부묘사의 충실성 이외에 전형적인 상황 속에서 전형적인 인물을 창조하는 것이다'라는 유명한 명제를 남기고 있다. 엥겔스의 이 유명한 명제는 오늘날까지도 현실반영의 문제를 그 본질적 핵심으로 하는 리얼리즘에 관한 고전적 정의로 받아들여지고 있다.

소설에서의 현실반영에 대한 설명과 엥겔스의 리얼리즘 정의에서 알 수 있는 바와 같이 소설의 현실반영의 본질과 밀접한 관련을 맺고 있는 것이 전형개념이라고 할 수 있다. 이 전형은 또한 루카치의 반영이론은 물론 소설에서의 현실반영을 본질적인 관심사로 삼고 있는 리얼리즘 미학의 중핵개념이라고도 할 수 있다.

그러면 소설의 현실반영의 핵심적 요체라고 할 수 있는 典型은 어떤 실체를 지닌 개념일까. 루카치는 '개별과 보편의 변증법적 통일체'라는 한마디의 압축적인 명제로 전형의 개념을 규정하고 있다. 전형에 관한 루카치의 압축적인 명제의 의미를 구체적인 예를 통해서 알아보도록 하자.

김동인의 <감자>라는 단편에는 기구하고도 박복한 운명의 복녀라는 인물이 중심인물로 등장한다. 이 작품에서 복녀라는 한 여인의 불행한 삶을 통해 김동인이 보여주고자 한 것은 무엇이었을까? 단순히 복녀라는 한 개별적인 여인의 비극적인 운명만을 보여주고자 하지는 않았을 것이다. 복녀라는 한 여인의 비극적인 운명을 통해서 그 당시 일제의 가혹한 식민수탈로 인해 피폐해질 대로 피폐해진 식민지 조선 농촌에서 비참한 삶을 살아야만 했던 植民地 朝鮮 民衆들의 보편적인 悲劇的 運命을 보여주고자 했던 것이 작가 김동인의 진정한 의도였을 것이다. 이때 <감자>는 전형창조에 성공했다라고 할 수 있다. 복녀라는 한 여인은 자신의 개별적인 삶을 통해서 자신이 살았던 일제 강점기 상황의 보편적인 삶의 조건과 모습을 보여주고 있기 때문이다.

<감자>의 예를 통한 설명에서 알 수 있는 바와 같이, '자신이 처한 상황이나 운명을 통해 당대사회현실의 본질적 핵심이나 보편적인 조건을 가장 극명하게 보여주는 개별적인 상황과 인물'을 전형적인 상황이자 전형적인 인물이라고 하는 것이다. 루카치가 '개별과 보편의 변증법적 통일체'라는 압축적인 명제로 전형의 개념을 규정하는 것도 바로 그러한 맥락에서 이해될 수 있다.

그리고 전형창조라는 개념으로 어떤 소설을 평가할 때의 전형의 의미 외연과 내포는 전형적인 인물과 전형적인 상황을 함께 말하는 것이다.

이상의 설명에서 알 수 있는 바와 같이 한 편의 소설에서 전형을 창조하는 일은 대단히 중요하다. 현실반영 수준을 본질적으로 문제 삼는 리얼리즘 미학에서 소설을 평가할 때 전형개념을 그 평가의 핵심준거로 삼는 이유도 바로 거기에 있다. 그러면 이와 같은 전형을 창조하는 핵심원리는 무엇이며 전형을 창조해야만 하는 근본적인 이유는 또한 무엇인가. 먼저 '원근법에 의한 선택과 배제의 원리'가 전형창조의 핵심원리라고 할 수 있다. 원근법에 의한 선택과 배제의 원리라는 전형창조의 핵심원리를 구체적인 예를 통해서 알아보도록 하자.

만일 어떤 작가가 농촌현실을 소재로 한 소설을 구상하고 있다고 가정해 보자. 소설에서의 현실반영에서 설명한 바와 같이 소설 속에 반영되는 농촌현실은 반영대상으로서의 실제 농촌현실이 그 작가의 세계관과 창작방법에 의한 해석과 형상화 과정을 거쳐서 소설적 형식으로 재구성된 농촌현실이다. 따라서 소설적 형식으로 재구성되는 과정에서 반영대상으로서의 실제 농촌현실은 그 작가가 구상하는 소설 속에 다 들어올 수가 없는 문제이다. 그것은 이야기 양식을 취하는 소설이라는 장르가 다른 장르들에 비해 반영대상으로서의 실제현실을 담을 수 있는 용량이 아무리 크다고 할지라도 소설이라는 형식적 틀 속에 담을 수 있는 반영대상으로서의 사회현실의 크기와 양은 제한될 수밖에 없기 때문이다. 따라서 그 작가는 자기가 소재로 하고자 하는 실제 농촌현실을 소설적 형식으로 재구성하는 과정에서 일정한 원칙에 의해 실제의 농촌현실을 취사선택할 수밖에 없게 된다.

실제의 농촌현실을 소설적 형식으로 재구성하는 과정에서 작가는 농촌현실과 관련하여 자신이 드러내고자 하는 핵심주제와 관련하여 본질적이고 필연적이라고 생각하는 사건이나 현상들만을 선택하고 그 나머지 부수적이고 우연적이라고 생각되는 사건이나 현상들은 배제하게 되는 것이다. 이 과정이 바로 선택과 배제의 원리에 의한 전형창조의 과정인 것이다. 만일 이 전형창조의 과정을 거치지 않고서 농촌현실에 관한 모든 사건이나 현상들을 다 소설적 형식 속에 포함시킨다고 가정해 보면, 그 소설은 끝이 없이 계속 이어지게 될 것이다.

선택과 배제의 원리에 의한 전형창조의 과정은 일기를 쓰는 과정과 흡사한 점이 있다. 일기를 쓸 때 자기가 하루 동안 경험했던 모든 일을 다 그대로 기록하지는 않는다. 또한 그렇게 쓸 수 있는 사람도 없다. 일기를 쓰는 과정에서 대부분의 사람들은 전형창조를 하는 과정에서와 같은 선택과 배제의 원리를 적용한다. 그리하여 사람들은 자신이 경험했던 여러 가지 일들 가운데서 자신에게 의미심장하다라고 판단되는 사건들만을 중심으로 일기를 쓰게 된다. 그 나머지, 화장실을 가거나 양치질을 하는 일들과 같은 자질구레한 일상사들은 일기의 내용에서 배제될 수밖에 없다. 완전히 같은 경우는 아니라고 할지라도 일기를 쓰는 과정에서의 선택과 배제의 원리 또한 소설의 전형창조과정에서의 선택과 배제의 원리와 그 근본적인 맥락이라는 점에서는 상통하는 점이 있다고 할 수 있다.

이제까지 설명한 소설에서의 현실반영이나 전형과 유사하나 그 본질에서는 근본적으로 다른 것으로 自然主義的 現實反映이 있다. 자연주의적 현실반영은 엄밀한 의미에서 진정한 현실반영이라고는 할 수 없다. 그 이유는 자연주의적 현실반영이 전형창조에 실패하고 있기 때문이다. 리얼리즘에 관한 엥겔스의 고전적 명제를 통해 자연주의적 현실반영을 규정하면 세부묘사의 충실성에만 그쳐버리고 전형적 상황에서의 전형적 인물을 창조하는 단계에까지는 이르지 못한 현실반영이 자연주의적 현실반영이라고 할 수 있다. 전형을 창조하지 못함으로써 진정한 현실반영을 반영이라고 하지 않고 模寫라고 규정하는 이유도 바로 거기에 있다. 모사는 말 그대로 객관적인 대상을 기계적일 정도로 지극히 수동적인 태도로 복사하는 것을 말한다. 이러한 모사 수준의 현실반영에 그쳐버리고 마는 자연주의적 현실반영은 따라서 작가의 세계관에 의한 해석이나 평가를 통해서 객관적 현실세계의 본질이나 핵심을 드러내고자 하는 선택이나 배제의 원리가 전혀 작용할 수가 없게 된다. 객관적인 현실세계의 표피적인 관찰만을 세세하게 기록하는데 그쳐버리고 마는 자연주의적 현실반영이 전형창조에 실패할 수밖에 없는 것은 당연하다고 할 것이다.

숲과 나무의 비유를 통해서 리얼리즘에서의 진정한 현실반영과 그렇지 않은 자연주의적 현실반영(모사)을 구분하면 다음과 같다. 개개 나무들의 개별적인 특성을 통해서 전체 숲의 본질적 핵심이나 보편적 속성까지도 드러내는 것이 리얼리즘에서의 현실반영이라고 할 수 있다. 반면 자연주의적 현실반영은 개개 나무들의 개별적인 속성들만을 세세하게 드러내는데 그쳐버릴 뿐 전체 숲의 본질이나 핵심을 드러내는 데까지는 이르지 못한 것이라고 말할 수 있다.

한마디로 나무와 숲을 같이 보는 것이 리얼리즘에서의 현실반영이라면 나무만 보고 숲은 보지 못한 것이 자연주의적 현실반영이라고 할 수 있다. 객관적인 사회현실의 본질이나 핵심을 드러내지 못하는 자연주의적 현실반영의 한계에 대해 루카치는 객관적인 현실세계를 총체적으로 파악할 수 없는 자연주의자들의 불구적 세계관에서 그 이유를 들고 있다.

3. 전형개념을 통한 분석의 예

朴泰遠의 <川邊風景>은 발표 당시부터 "最近 五六年間 朝鮮文學의 가장 큰 收穫의 하나로 最近 朝鮮文學을 理解하는 데 不可缺한 中心據點의 하나"[4]라는 등 당대의 비평적 관심을 집중적으로 받은 작품이다.

<川邊風景>에 경제적 부를 기준으로 등장인물들을 두 가지 유형으로 분류하고 있다. 그 두 가지 유형은 서민층과 중산층이라는 범박한 개념으로 구분할 수 있다. '서민층의 폐쇄적 존재양식'은 주로 점룡이 모친의 지각시점을 통해서 초점화되고 있으며, '중산층의 일탈적 존재양식'은 재봉이의 지각시점을 통해서 초점화되고 있다. 두 초점인물의 지각시점을 통해서 제시되는 두 유형의 인물들에 대해 개입적 서술자는 상반된 태도로 서술하고 있다. 편집자적 전지의 서술자는 불행한 운명의 빈민층들에 대해서는 우호적이고 동정적인

---

4) 林和, 「朴泰遠 著, <川邊風景> 評」, 『朝鮮日報』, 1939. 2.17.

시각에서 서술하고 있다. 반면 중산층들의 위선적이고 속물적인 삶의 태도에 대해서는 상당히 비판적이고 냉소적인 시각에서 희화화하거나 경멸의 대상으로 서술하고 있다. 여기에서는 상반되는 서술태도에 의해 서술되고 있는 두 유형의 인물들이 보여주는 구체적인 삶의 모습을 중심으로 <川邊風景>의 현실반영 수준을 분석해 보고자 한다. 분석과정에서 본고가 핵심적인 분석개념으로 동원하는 것이 바로 전형이다.

1) 庶民層의 閉鎖的 存在樣式에 대한 同情的 接近

<川邊風景>에서 일관성있게 부각되는 주요 서사대상은 천변 주변 서민들의 일상적 삶의 모습들이다. 서민들의 삶은 하나같이 '부재'나 '결핍'과 같은 소외상황에 처한 여인네들의 불행한 삶을 통해서 제시된다. 그녀들은 경제적으로 가난할 뿐만 아니라 대개 남편이나 부모들이 없다. 있다 하더라도 거의가 다 생활 무능력자이거나 성격 파탄자로 경제적 어려움만을 가중시킬 뿐이다. 여인네들이 처한 경제적 조건은 '묵은 통김치나마 내일만 먹으면 그만일 정도'이다. 생존 자체와 직결될 정도로 심각한 극도의 경제적 곤궁상태에 처한 여인네들에게 "전통적인 가부장제의 남성중심적 사고방식에 지배된 남편들은 여성들을 단순히 소유의 개념으로 파악하면서 굴종과 희생만을 강요"5)한다. 남성들의 경제적 무능력으로 인해 자녀양육과 가사노동의 책임은 실질적으로 여인네들이 전담한다. 여인들의 경제적 능력에 기생하면서 남성들이 하는 일이란 술주정과 난봉질 그리고 처자학대이다. 이와 같이 경제적 어려움 위에 가부장제의 봉건적 질곡이라는 관습적 어려움까지 중첩됨으로써 여인네들의 불행한 처지는 더욱 악화된다. 이중고의 억압적 상황 속에서 소외된 삶을 지탱해나가는 여인네들의 삶은 만돌이 어미, 이쁜이

---

5) 정현숙, 「박태원소설연구」, 이화여자대학교 박사학위논문, 1990, p. 87.

모녀, 금순이, 카페 여급 등을 통해서 제시된다.

경제적 생활고와 무능한 남편의 학대로 인한 불행한 삶을 전형적으로 보여주는 인물이 만돌이 어미이다. 만돌어미에게 남편이라는 존재는 '시집살이 팔년 동안 눈꼽만한 기쁨을 준 일 없이, 오직 한숨과 눈물로만 날을 보내게 해준' 파렴치하고 부도덕한 위인일 뿐이다. 만돌아비는 가장으로서 자기 가족의 경제적 조건을 개선하기 위한 최소한의 노력조차도 보이지 않는다. 오직 습관적인 술주정과 가족들에 대한 물리적 폭력만을 반복할 뿐이다. 거기에다 가부장제 권위로 무장된 만돌아비의 행악과 횡포는 새로운 서울생활에 적응하지 못하는 데서 오는 만돌어미의 어려운 처지를 더욱 악화시킨다.

한약국집 드난살이를 하면서까지도 개선되지 않은 만돌아비의 학대와 폭력은 만돌어미로 하여금 삶 자체에 대한 극단적인 체념상태로까지 몰고간다. 이와 같이 생활고와 만돌아비의 행악으로 인한 만돌어미의 불행한 삶은 개선의 출구가 차단되어 있는 폐쇄회로적 삶이다. 22절의 표제처럼 갈수록 악화일로에 놓여있는 '종말 없는 비극'이 만돌어미가 감당해 하는 생존조건이다.

불행한 처지와 비참한 운명은 이쁜이 모녀에게도 마찬가지이다. 전통적인 가부장제의 남성중심 사회에서 봉건적인 결혼제도로 인한 불행한 삶을 보여주는 인물들이 이쁜이 모녀이다. 온갖 성차별과 모순이 제도화되고 관행화된 당시의 식민지 반봉건사회의 관습 때문에 이쁜이 모녀는 불행한 결혼으로 인한 고통스런 삶을 계속 감내할 수밖에 없기 때문이다. 카페 여급 하나꼬 또한 남성중심 사회에서의 가부장제적 결혼제도와 제도화된 성차별로 인한 불행한 삶을 보여주는 인물이라고 할 수 있다.

1930년대 중반 식민지 조선 사회에는 일제 독점자본의 국내진출로 인해 기형적인 형태이기는 하나 자본주의적 경제범주의 확립이 어느 정도 진행된다. 자신의 불행하고도 기구한 삶의 굴곡을 통해 그 당시 식민지 남성들의 도덕적 불모성과 폭력성을 복합적으로 보여주는 인물이 금순이이다.

지금까지의 분석을 통해서 알 수 있는 바와 같이 <川邊風景>에 등장하는 여인네들은 대부분 '부재'나 '결핍'의 상황에서 가부장제 권위의 봉건적 질곡과 경제적 어려움이라는 이중고 속에서 살아가고 있다. 여인들이 처한 그러한 생존조건은 이 작품을 '여인들의 수난사'6)로 규정할 수 있을 정도이다. 그러나 여인네들은 자신들의 그와 같은 열악한 생존조건을 극복하고자 하는 의지를 보여주지는 않는다. 다만 모든 상황을 자신의 팔자소관으로 체념하면서 어쩔 수 없이 살아가는 체관주의적인 존재양식을 드러낼 뿐이다. 여인들의 체관주의적인 존재양식은 전지적 서술자의 적극적 개입에 의해 더욱 강화되고 있다. 불행한 처지의 여인들이 경험하는 기구한 사연들을 동정적인 시각에서 서술하고 있는 서술자는 그들의 불행한 처지를 팔자소관으로 돌림으로써 현실극복에의 의지를 보여주지 못하고 있다.

여인들의 기박한 삶은 서술자에 의해 개선의 여지가 완전히 차단된 운명론적 세계로 파악되고 있다. 여인네들의 기박한 삶의 궤도는 자신들의 능력이나 주체적 의지의 세계와는 상관없이 팔자라고 하는 초월적인 힘에 의해 이미 선험적으로 결정된 것으로 파악되고 있다. "그리하여 천변도시는 환경을 개선해갈 수 있는 주체적 힘의 가능성을 상실한 운명순종적 서민층들이 옹거하면서 살아가는 공간으로 파악된다. 가난과 불행이 극복될 수 있는 전망을 상실한 패배주의와 그것을 자신의 운명으로 자위하면서 일상적 삶을 이들은 다만 반복할 뿐이다."7)

한편 빨래터 여인네들의 대화를 주도하면서 자신의 지각시점을

---

6) 姜相熙, 「박태원 문학연구」, 서울대학교 석사학위논문, 1990, p. 36.
7) 김교봉, 「박태원의 <천변풍경> 연구」, 이선영 편, 『1930년대 민족문학의 인식』, 한길사, 1990, p. 407.

통해서 서민들의 삶을 전달해 주는 점룡이 모친의 존재양식은 그 당시 사회상에 관한 중요한 정보를 제공해 주고 있다. 점룡이 모친은 오지랖이 넓어 매사에 참견하기를 좋아할 뿐만 아니라 '돈'을 위해서라면 수단과 방법을 가리지 않는 물신화(reification)된 사고방식의 소유자이기도 하다.

점룡이 모친은 '돈' 그 자체를 위해서는 자기 파멸적 일탈행위인 기생질이나 놀음행위마저도 용인할 정도의 물신화된 사고방식에 지배되어 있다. 점룡이 모친에게는 '돈 그 자체'가 중요하지 돈을 버는 과정의 도덕성이나 진정성과 같은 규범적 가치는 문제가 되지 않는다. 점룡이 모친의 그러한 물신화된 사고방식은 그 당시 일제 식민 수탈로 인해 극도로 피폐해진 도시 빈민들의 황폐화된 의식구조를 극명하게 보여준다. 따라서 점룡이 모친의 도덕적 불모성은 그 자신의 윤리적 결함이라기보다는 그 당시 일제 식민수탈의 강도를 반증하는 것이다. 그런 점에서 점룡이 모친은 "단순한 개인이라기보다는 도시 특유의 일상의 생활양식과 사회적인 집단을 대리한다"[8]고 볼 수 있다. 따라서 하나의 전형을 이루는 인물이다.

재봉이의 지각시점을 통해 제시되는 천변의 서사정보들로는 민주사와 포목점 주인 같은 가진 자들의 도덕적 일탈행위와 허위의식 등이다. 어른들의 그러한 속물성들이 가치의 건강성을 상실하지 않은 재봉이의 시각을 통해서 제시되기 때문에 대조의 효과를 통한 서사적 전달력은 그 힘을 더 발휘한다.

위선과 허위의식 등의 속물근성으로 인해 전지적 서술자의 적극적 개입을 통한 회화화의 대상으로 부각되는 인물이 포목점 주인이다.

기생질이나 축첩행위 그리고 마작과 같은 탐욕과 향락적 일탈행위 등으로 인해 전지적 서술자의 냉소적 대상으로 부각되는 인물이

---

8) 李在銑, 「1930년대의 도시소설 : 박태원론」, 권영민 편저, 『월북문인 연구』, 문학사상사, 1989, p. 121.

민주사이다. 50살의 사법서사인 민주사는 25살의 젊은 여자를 첩으로 두고 있으면서도 가끔씩 기생질을 하기도 한다. 또한 하루걸러 마작을 즐기기도 한다. 그와 같이 민주사는 자신의 사회·경제적 지위를 이용하여 향락적인 욕구만을 충족시키는 데 매몰된 인물이다. 그는 또한 자신의 경제적 지위를 이용한 신분 상승욕구로 경성부회의원 선거에 출마를 하나 결국 실패한다.

민주사에 대한 서술자의 서술태도는 엄정한 관찰자로서의 중립적 거리를 유지하지 않는다. 적극적 개입을 통한 관여적 서술을 통해 철저할 정도로 가치평가적이고 냉소적이다. 이처럼 서술자가 가진 자들의 일탈적 존재양식에 대해 비밀적 거리를 유지함으로써 전형성이 드러나기도 한다.

2) 전형성과 총체성

<川邊風景>은 삽화적 구성이라는 독특한 서사구조를 통해서 30년대 중반 식민지 조선의 여러 가지 사회사적 정보들을 제공해 주고 있다. 독특한 서사구조적 특성과 담론장치들을 통해 "도시의 한 지역에서 영위되는 삶의 총체들을 그 정도로 광역적으로 조직"[9]하고 있는 것만으로도 <川邊風景>은 무시할 수 없는 소설사적 의의와 가치를 갖는다. 그러한 소설사적 의의와 가치에도 불구하고 이 작품은 또한 일정한 한계를 가지고 있다. 이 작품은 천변 주변에 거주하는 인간군상들의 여러 가지 애환들을 형상화하고 있으면서도 중심인물의 부재로 인한 전형화의 실패, 여러 가지 사회사적 정보들을 총람적으로 제공하고 있으면서도 그것들을 일정한 전망 속에서 통일시키지 못하고 백화점식으로 나열하는 수준에서 그치는 세대소설적 범주를 극복하지 못하고 있다.

이 작품의 그러한 한계는 두 가지 층위에서 드러나고 있다. 인물

---

9) 이재선, 앞의 논문, p. 130.

의 층위에서 <川邊風景>에는 현실의 무게가 주는 중압감에 압도되거나 매몰된 인물들이 서사주체로 등장한다. 자신들의 개인적 문제에 전일적으로 지배된 그들은 사회발전의 객관적 법칙성에 기초한 역사적 전망의 제시는 물론 당시 사회의 모순구조에 대한 인식능력조차 결여되어 있다. 그리하여 그들은 자신들의 불행한 삶을 규정하고 있는 사회의 모순구조에 대한 변혁의지를 드러내지 못한다. 다만 이들은 모든 문제를 자신들 능력의 한계 밖에 있는 초월적인 팔자소관으로 체관하고 살아간다. 그리고 이 작품에서 뚜렷한 중심인물이 없이 동등한 서사적 무게를 지닌 여러 인물들의 존재양식을 통해 다양한 사회사적 정보들을 제공하고 있는 것은 그 당시의 시대상황을 '총람적으로 제시'해보고자 하는 작가의 의도적 장치로써 의미가 있다. 당시의 다른 소설들에서는 볼 수 없는 그와 같은 독특한 인물설정 방식은 그러나 서사적 초점이 분산됨으로써 반영대상으로서의 시대상황을 '총체적으로 조감'하지는 못하고 있다. 그런 점에서 "만일 주인공이 없다든가, 혹은 주인공이 분명치 않다든가 한다면, 곧 소설의 중심이 없다든가 분명치 않다든가 하는 말과 동일한 의미"10)가 된다는 임화의 지적은 당대의 설득력을 넘어 아직까지도 유효하다.

구조적 층위에서 볼 때 <川邊風景>은 천변을 공간적인 축으로 하여 발생하는 다양한 인간군상들의 애환이나 일상사들이 중심삽화를 정점으로 유기적인 통일을 이루고 있지 않다. 대신 어느 정도의 서사적 독립성을 지닌 개별적인 단위삽화들이 평면적으로 나열되고 있다. 그러한 서사구조적 특성으로 인해 이 작품에는 천변주민들 삶의 구조적 규정인자로서의 일제 식민통치에 대한 사회사적 지평이 드러나지 않고 있다. 50개의 단위 서사체를 통해 <川邊風景>이 제공하고 있는 의미있는 사회사적 정보들로는 식민지 공업화로 인한 전통적인 수공업의 몰락, 봉건적인 결혼풍속도, 선거제도 등이

---

10) 林和, 앞의 글, pp. 413~414.

다.

「괜찮은 게 다 뭐유. 그래 가만히 생각해 보구료. 다른 애긴 그만 두
구래두, 한 십 년 전에 첩 하나 얻어, 그래두 전세루 집 한 채 얻어
줬든 걸, 사오 년 전엔 사글셋 집으루 옮아 앉히구, 그게 그런껜 셋
방이 됐다가, 이젠 아주 자기 집안으루 끌어들여, 큰마누라 허구 한
집살림을 시키구 있으니, 그것 한 가지만 허드래두 벌써 알쪼 아니
유? 게다 지금 들어 있는 집이나 점방이나 모두 은행에 들어가 있는
데다, 그 밖에두 이곳저곳에 빚이 여러 천 환 되는 모양이니……」
「으떡허단 그러긴. 그것두 다아 말허자면 시절 탓이지. 그래, 이십년
두 전에 장사를 시작해서 한 십 년 잘해 먹던 것이, 그게 벌써 한 십
년 될까? 고무신이 생겨 가지구 내남직 헐 것 없이 모두들 싸구 편헌
통에 그것만 신으니, 그래 정신 마른신이 당최에 팔릴 까닭이 있어?
그걸 그 당시에 으떻게 정신을 좀 채려가지구서 무슨 도리라든지간에
생각해 냈드라면 그래두 지금 저 지경은 안됐을 껄, 들어오는 돈이야
있거나 없거나, 그저 한창 세월 좋을 때나 한가지루, 그대루 살림은
떠벌린 살림이니, 그, 온전하겠수? 집, 잡혔겄다, 점방두, 들앉었겠다,
남에게 빚은 빚대루 졌겠다. 아, 그나 그뿐인 줄 아우?」

(자료3, pp. 18~19)

이 문면이 제공하고 있는 사회사적 정보는 전통적인 수공업자인
신전 주인의 몰락과정에 관한 정보이다. "도시의 공간구조는 자연
상태로 배치된 생태학적 공간이 아니다. 일반적으로 근대 이후의
자본주의적 발전과정이 지역적으로 불균등 발전으로 나타난다는 점
에서 볼 때 그것은 산업발전 정도나 산업구조에 따른 불균등과 불
평등을 나타낸다. 더구나 식민지의 경우에는 식민주의적 정책들에
의한 인위적 차별과 의도적 축출·배제라는 특수성까지도 수반한
다."11) 또한 "식민지 상황에서의 도시의 존재는 민족생활 전체와
유기적 연관을 갖는 것이 아니라 식민세력의 식민지 수탈을 보다

---

11) 姜相熙, 앞의 논문, p. 34.

효과적으로 수행하기 위한 수단으로 출현"12)하게 된다. 한편 일제의 식민지 공업화 정책은 일본 독점자본의 과잉자본 투자와 대륙병참 기지로서의 중요성이 강조됨에 따라 농공병진의 기치 하에서 적극적으로 추진되었다.

그와 같은 식민지적 특수성을 띠고 진행된 공업화 정책에 의해 조선의 全 산업은 대규모의 일본 독점자본에 예속되었고 그 생산배치 역시 일본에 예속적인 형태로 전개되었다. 그리하여 중소상공업자들은 물론 도시 수공업자들까지도 일본 독점자본과 국내 예속 자본가들에 의해 몰락의 길을 걷게 된다. 이와 같이 신전주인의 몰락은 식민지 공업화 정책으로 인한 필연적인 결과이다. 그런데 <川邊風景>에는 신전주인의 몰락과정이 문면에서와 같이 현실인식 지평이 협소한 여인네들의 방담을 통해서 제시되고 있다. 그럼으로 인해 신전주인의 몰락과정에 대한 구조적 인식지평은 드러나지 않고 있다. 즉, 후발 자본주의 국가인 일제의 식민지 공업화정책의 결과 일제의 독점자본 논리에 종속적으로 재편되는 과정에서의 몰락이라는 구조적 규정력에 관한 인식지평은 차단된다. 대신 막연히 '시절 탓'이라는 추상적 차원이나, 사전에 대비하지 못하고 전업을 서두르지 않는 신전주인의 탓으로 돌리는 개인적 차원의 인식지평에서 제시되고 있을 뿐이다. 선거제도에 관한 사회사적 정보 또한 마찬가지 양상으로 제시되고 있다. 선거의 타락상에 관한 사회사적 정보는 포목전 주인의 가구방문이나 민주사의 향응제공과 같이 개인의 윤리적 차원에서 이루어지는 단편적인 삽화들로만 제시되고 있다. 그 당시의 선거제도나 법의 모순과 같은 본질적이고도 거시적인 차원에서의 구조적 접근은 이루어지지 않고 있다. 카페 여급들의 문제도 마찬가지이다. 카페 여급들의 문제는 성마저도 상품화되기 시작하던 당대의 자본주의적 가치체계 속에서 기본적인 생존

---

12) 김종철, 「산업화와 문학 : 70년대 문학을 보는 관점」, 이재현 편, 『문학이란 무엇인가』, 청년사, 1985, p. 233.

권 문제를 해결하는 과정에서 발생한 문제이다. 따라서 카페 여급들의 문제는 당시 계층이동이나 신분제도에 대한 중요한 사회사적 정보원의 구실을 한다. 그러나 <川邊風景>에서는 카페 여급들의 문제가 기미꼬와 하나꼬의 일상사들을 통한 호사가적 취미의 수준에서 제기되고만 있다.

반영대상의 총체적 형상화를 장르적 본질로 하는 장편의 경우에는 전형의 창조가 중요하다. 그것은 전형의 창조가 "개별자(das Einzelne)와 보편자(das Allgemeine)의 변증법적 조화와 통일을 통한 특수자(das Besondere)의 매개과정을 거쳐 객관적 현실의 총체적 과정을 정확하게 반영"[13]하기 때문이다. 그러나 <川邊風景>은 매개고리를 상실한 채 평면적으로 확산되기만 하는 개별적 삽화들을 정확히 재현하는 데만 서사적 초점이 맞추어지고 있다. 그럼으로써 <川邊風景>은 직접적으로 주어진 것만을 현실적인 것으로 추구하려는 체험의 직접성에 의한 극단적인 객관성에 탐닉하고 있다. 그 결과 <川邊風景>은 부분에 너무 집착하여 전체를 보지 못하는 자연주의적 오류를 범하고 있다.

현실이란 현상을 통해 그 본질을 드러내기 때문에 언제나 구체적인 여러 현상으로 나타난다. 이때 각각의 현상들은 무매개적·병렬적인 것으로 보이나 실은 상호 매개되어 있다. 따라서 소설이 당대의 현실을 표면에 드러난 현상 그대로 파편적으로 모방하는 것은 현실반영의 본질이 아니다. 자연주의란 현실의 충실한 재현을 내세우지만 현실의 복잡다기한 현상의 배후에 감추어진 본질을 제대로 이해하지 못한다. 그저 겉으로 드러난 세세한 현상들의 백과사전적 나열로 그쳐버린다. 현상과 본질을 기계적으로 일치시키는 자연주의는 표면적 현상을 관찰하는 것만으로도 본질이 드러날 것으로 기대하나 그 경우 현실의 본질적 의미는 드러나지 않는다. 자연주의적 원리의 오류는 "정밀묘사 그 자체에 있다기보다는 본질적인 디

---

13) B. 키랄리활비, 김태경 역, 앞의 책, pp. 73~90.

테일을 비본질적인 외피로 은폐"14)하는 데 있다. 대체적으로 반영대상으로서의 당대 사회현실의 객관적 법칙성이나 합법칙적 발전과정에 대한 작가의 확고한 전망이 없이는 자연주의적 세태묘사의 수준을 벗어나기가 어렵다. 그 전망을 확보하기 위해 작가는 당대의 사회현실에 대한 확고한 인식론적 토대에 기초하여야 한다. "출구가 없는 폐쇄회로 내부에서의 자기해소적 성격"15)의 즉자적 세계만을 서사대상으로 부각시키던 <小說家 仇甫氏의 一日>류의 작품군들과는 달리 <川邊風景>은 사회현실에 대해 객관적으로 접근하려는 대자적 가능성을 보여주고 있다. 그럼에도 불구하고 그것이 바람직한 방향으로 나아가지 못하고 자연주의적인 수준에서 그치고 마는 것은 반영대상을 총체적으로 인식할 수 있는 인식론적 토대가 취약했기 때문이다. 따라서 이 작품을 "인식의 기능을 排除하고 觀察로써의 方法論에 철저한 作品"16)으로 규정하는 지적은 설득력이 있다.

---

14) Ehrhard John, 임홍배 역, 『마르크스·레닌주의 미학입문』, 사계절, 1989, p. 170.
15) 김재용, 『민족문학 운동의 역사와 이론』, 한길사, 1990, p. 439.
16) 김영숙, 「박태원 소설연구」, 서울대학교 석사학위논문, 1988, p. 32.

[참고문헌]

-기본 자료
1. 이주형·권영민·정호웅 편저, 『韓國近代短篇小說大系』 8, 서울: 태학사, 1988.
2. _____, 『韓國近代短篇小說大系』 9, 서울: 태학사, 1988.
3. 『川邊風景』(박태원 장편소설), 박태원전집 2, 서울: 깊은샘, 1989.
4. 丘仁煥 編著, 『박태원』, 서울: 志學社, 1990.

[참고 논저]
姜相熙, 「박태원 문학연구」, 서울대학교 석사학위논문, 1990.
공종구, 「朴太遠 初期小說의 敍事地平 分析」, 『韓國言語文學』 제29집, 1991. 5.
김교봉, 「박태원의 <천변풍경> 연구」, 이선영 편, 『1930년대 민족문학의 인식』, 한길사, 1990.
김남일, 『다시 쓰는 문학입문』, 서울: 청년사, 1991.
김상태, 「박태원론 : 열려진 언어 속에 담긴 내면풍경」, 『현대문학』, 1990. 4.
김영숙, 「박태원 소설연구」, 서울대학교 석사학위논문, 1988.
김재용, 『민족문학 운동의 역사와 이론』, 한길사, 1990.
김종철, 「산업화와 문학 : 70년대 문학을 보는 관점」, 이지현 편, 『문학이란 무엇인가』, 서울: 청년사, 1985.
우한용, 『한국 현대소설 구조 연구』, 서울: 三知院, 1990.
李在銑, 「1930년대의 도시소설 : 박태원론」, 권영민 편저, 『월북문인 연구』, 문학사상사, 1989.
정현숙, 「박태원소설연구」, 이화여자대학교 박사학위논문, 1990.
조정래·나병철, 『소설이란 무엇인가』, 서울: 평민사, 1991.
車鳳禧, 『비판미학』, 서울: 문학과지성사, 1990.
한국역사연구회 편, 『한국사강의』, 서울: 한울아카데미, 1989.
한국철학사상연구회 편, 『철학대사전』, 서울: 동녘, 1989.
Chatman, S, 한용환 역, 『이야기와 談論』, 서울: 고려원, 1990.
Goldman, Lucien, 조경숙 역, 『소설사회학을 위하여』, 서울: 청하, 1982.
John, Ehrhard, 임흥배 역, 『마르크스·레닌주의 미학입문』, 사계절, 1989.
G. Lukács, 潘星完 譯, 『小說의 理論』, 심설당, 1985.
G. Lukács, 이춘길 편역, 『리얼리즘 미학의 기초이론』, 서울:한길사, 1985.
G. Lukács 외 지음, 황석천 역, 『현대리얼리즘론』, 서울: 열음사, 1986.
Lunn, Eugene, 金炳翼 譯, 『마르크시즘과 모더니즘』, 서울: 문학과지성사, 1988.
Martin, Wallace, *Recent Theories of Narrative*, Ithaca and London: Cornell University Press, 1986.
Prince, Gerald, *Dictionary of Narratology*, Lincoln & London: Univ. of Nebraska Press, 1987.

Prince, Gerald, 崔翔圭 譯, 「서사학 : 서사물의 형식과 기능」, 서울: 문학과지
성사, 1988.

Rimmon-Kenan, Shlomith, *Narrative Fiction: Contemporary Poetics*,
London and New York: Methuen, 1983.

Stanzel, F. K. trans. by Charlotte Goedsche, *A Theory of Narrative*,
London & New York: Cambridge University Press, 1984.

Schaff, Adam, 김영숙 역, 『인식론 입문』, 서울: 연구사, 1987.

Selden, Raman, 현대문학이론연구회 역, 『현대문학이론』, 서울: 문학과지성사,
1987.

Stanzel, Frank K., 安三煥 譯, 『小說形式의 基本類型』, 서울: 탐구당, 1982.

Watt, Ian, 전철민 역, 『소설의 발생』, 서울: 열린책들, 1988.

Wolff, Janet, 이성훈·이현석 역, 『예술의 사회적 생산』, 서울: 한마당, 1986.

Wolff, Janet, 이성훈 역, 『미학과 예술사회학』, 서울: 화다, 1988.

村上嘉隆, 유념하 역, 『계급사회와 예술』, 서울: 공동체, 1987.

키랄리활비, B., 김태경 역, 『루카치 미학비평』, 한밭출판사, 1984.

Zéraffa, Michel, 李東烈 역, 『소설과 사회』, 서울: 문학과지성사, 1983.

제11장
소설이해의 구조론적 방법

禹漢鎔

1. 記號論的 體系로서의 小說

소설이 이야기의 일종이라는 것은 누구나 아는 사실이다. 옛 사람들은 아예 이야기책이라는 말로 소설을 통틀어 일컬었다. 이야기는 그 종류를 이루 다 헤아릴 수조차 없이 많다. 사람들은 왜 그런 이야기를 만들고 또 왜 들으려 하는가? 이는 우리가 소설을 왜 읽는가 하는 질문으로 바꿔볼 수 있을 것이다.

평범하게 말해서 재미가 있으니까, 유익하니까 우리는 소설을 읽는다. 이는 문학개론에서 설명하는 소설의 두 기능이다. 그런데 그 재미와 유익함은 어디서 오는 것인가? 그러한 기능을 발휘하는 소설은 일반적인 이야기와 어떻게 다른가? 이러한 일련의 물음이 소설의 구조와 연관되어 설명될 수 있을 것이다.

우선 '소설현상'을 생각해 보자.[1] 소설가는 소설을 쓰고 그것은

---

[1] '소설현상'이라는 말은 '문학현상'에서 유추된 것이다. 문학현상은 문학이 이루어지는 내적, 외적 제반 조건을 가리킨다. 즉 작가와 작품과 독자의 역동적인 작용태를 뜻하는 동시에 문학을 둘러싸고 있는 사회역사적 조건까지를 포괄하는 개념이다.(구인환 외, 『문학교육론』, 삼지원, 1992, 참조)

소설책이 되어 서점이나 도서관을 통해 독자에게 보급된다. 독자는 그러한 소설을 구해다가 읽는다. 읽은 다음에는 어떤 형식으로든지 반응을 나타낸다. 그 반응은 간접적이기는 하지만 작가에게 돌아간다. 이는 우리들이 일상생활에서 이야기를 주고받는 것과 그 구조가 흡사하다. 일상 언어적 소통과 구조가 동일하다는 점에서 이러한 구조를 기호론적 구조라 할 수 있다.2) 소설가는 독자에게 어떤 이야기를 하고 독자는 그 이야기의 뜻이 무엇인지 캐들어가면서 반응을 나타낸다. 그 반응은 다시 작가에게 돌아간다. 문학의 이러한 소통구조를 '문학현상'이라 한다면 소설에 국한되는 경우 이를 '소설현상'이라는 용어로 지칭할 수 있다.

그런데 소설의 이야기는 소설가가 자기 자신의 이야기를 하는 것이 아니라 남을 시켜 이야기를 한다는 데에 특징이 있다. 남의 이야기는 몇 단계씩 자신의 이야기에서 멀어지곤 한다. 이런 예를 흔히 볼 수 있다. 큰집에 갔다가 사촌한테 자기(사촌) 친구의 애인 이야기를 듣는 경우이다. 이야기의 내용은 친구의 애인이 경험한 것이다. 애인은 자기 경험을 친구에게 이야기하고, 친구는 그 이야기를 사촌에게 이야기하고 사촌은 그 이야기를 작은집 사촌에게 이야기하는 식으로 단계가 지어진다. 이러한 단계는 敍述者(narrator)3)가 끼어들어감으로 해서 더욱 복잡해진다. 서술자는 스토리텔러라고도 하는데 텍스트 표면에 나타나기도 하고 숨기도 한다. 텍스트 표면에 나타나는 화자의 양상도 여러 가지이다. 작중인물이 되는 경우도 있고, 작중인물 역할을 하지 않는 경우도 있다. 작중인물이 되더라도 주인공 역할을 하는 경우도 있고 조역을 담당하는 경우도

---

2) 기호론적 구조는 언어를 통한 의사소통의 구조와 유사한 것으로 생각하면 좋다. 즉 작가-작품-독자 사이의 의미 전수관계를 뜻한다.(R. Jakobson, 신문수 역, 『문학 속의 언어학』, 문학과지성사, 1989, 참조.)

3) 서술자라는 용어 대신에 '話者'라는 용어를 사용하기도 하지만, 소설의 대화에 직접 참여하는 작중인물과 동일한 의미를 지닐 수 있어 혼란이 예상된다. narrator는 敍述者로 speaker는 話者로 사용하는 것이 편리하겠다.

있다. 이는 視點을 다루는 곳에서 자세히 설명되었을 것이다. 여기서는 이야기가 전달되는 단계를 보다 자세히 살펴보기로 한다.

이러한 단계는 이른바 액자소설[4]이라는 것을 생각해 보면 쉽게 알 수 있다. 이런 예를 보기로 한다. 다음은 김동리의 단편소설 〈巫女圖〉의 첫머리 한 부분이다. 반귀머거리 딸을 데리고 다니는 나그네가 며칠 유해갈 수 있도록 해달라는 청을 하고 있는 장면과 그에 이어지는 부분이다.

1. (前略) 이튿날 그 사내는, "이 여아는 소인의 여식이옵는데 그림솜씨에 놀랍다 하기에 대감의 문전을 찾았삽내다" 했다.
소녀는 흰 옷을 입었었고, 옷빛보다 더 새하얀 그녀의 얼굴엔 깊이 모를 슬픔이 서리어 있었다.
"아기의 이름은?"
"……"
"나이는?"
"……"
주인이 소녀에게 말을 건네 보았었으나, 소녀는 굵은 두 눈으로 한번 그를 바라보았을 뿐 입을 떼려고 하지 않았다.
아비가 대신 입을 열어, "여식의 이름은 낭이(琅伊), 나이는 열일곱 살이옵고……" 하더니 목소리를 더 낮추며, "여식은 귀가 좀 먹었습니다" 했다.
주인도 이번에는 고개를 끄덕였다. 그리고는 사내를 보고, 며칠이든지 묵으며 소녀의 그림솜씨를 보여 달라고 했다.
그들 아비 딸은 달포 동안이나 머물러 있으며 그림도 그리고, 자기네의 지난 이야기도 자세히 하소연했다고 한다.
할아버지께서는 그들이 떠나는 날에, 이 불행한 아비 딸을 위하여 값진 비단과 충분한 노자를 아끼지 않았으나, 나귀 위에 앉은 가련한 소녀의 얼굴에는 올 때나 조금도 다름없는 처절한 슬픔이 서리어 있었을 뿐이라고 한다.

---

4) 액자소설은 '格子小說'이라는 용어로 부르기도 한다. 이야기 속에 다른 이야기가 있는 경우를 가리킨다.

……소녀가 남기고 간 그린-이것을 할아버지께서는 <무녀도>라 불렀지만-과 함께 내가 할아버지로부터 전해 들은 이야기는 다음과 같다.
2. 경주 읍에서 성 밖으로 십여 리 나가서 조그만 마을이 있었다. 여민촌 혹은 잡성촌이라 불리어지는 조그만 마을이었다. 이 마을 한 구석에 모화(毛火)라는 무당이 살고 있었다. 모화서 들어온 사람이라 하여 모화라 부르는 것이었다.

(어문각, 신한국문학전집, 김동리선집, pp. 386~387)

위 인용에서 우리는 소설의 記號論的 疏通構造의 기본형을 볼 수 있다. 소설의 기호론적 소통구조는, 앞에서 설명한 바와 마찬가지로 작가와 독자 사이의 언어적 소통구조로 환원된다. 작가는 독자에게 간접적인 방식으로 이야기한다. 이야기를 간접적으로 하기 위해 서술자가 동원된다. 서술자는 작중인물들의 행동을 서술한다. 작중인물들 사이에도 이야기가 오간다. 우리는 이를 대화라 한다. 서술자의 이야기를 피서술자가 듣는다. 피서술자는 숨겨진 독자의 의식을 겨냥한다. 피서술자, 숨겨진 독자의 이야기를 직접 읽고 파악하는 것은 실제 독자이다. 이러한 구조에 따라 인용문을 분석해 보기로 한다.

이 텍스트에 작가는 숨어 있어서 문면에 직접 나서지 않는다. 화자가 일인칭으로 되어 있기 때문에 독자는 작가의 이미지를 화자에게 전이시킨 채 읽게 된다. 자신의 부친이 장가를 들던 무렵이라는 것으로 보아 그 이야기는 서술자가 직접 경험한 것이 아니라 할아버지한테 들은 것을 전달하는 형식이라는 점을 쉽게 알 수 있다. 이는 소설의 기호론적 구조는 대화적 구조로 되어 있다는 지적과 다르지 않다. 이를 소설의 언어적 소통구조라 해도 좋을 것이다. 이처럼 서술자에 의해 다층적 레벨로 조정되어 있는 텍스트를 독자는 읽는 것이다. 소설의 기호론적 전달구조는 이처럼 다층적이다.

위 인용의 기호론적 소통구조를 요약해 보면, 소설언어의 여러 층위가 다 나타나는 셈이다. 작가는 물론 숨어 있다. 서술자는 일인

칭으로 되어 있다. 액자가 바뀌면서 서술자는 모습을 감춘 삼인칭
이 되어 이야기는 이중으로 간접화된다. 그 결과는 '額子效果' 혹은
'거리두기 효과'로 나타난다. 모화의 이야기 혹은 낭이의 이야기를
할아버지가 사내한테 들은 것을 그의 손자가 듣고 다시 서술하여
전달하는 것이다. 이러한 전달의 구도 가운데 다양한 계층의 이질
언어가 문체화된다. 이의 소통구조를 도식화하면 다음과 같다.5)

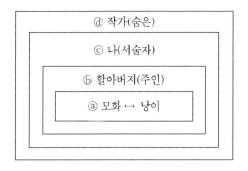

   이러한 층위들 사이에 상호작용이 이루어지는 가운데 소설언어는
代話的 屬性을 띠게 된다. 이 소설은 액자유형으로 되어 있는 일인
칭 서술이기 때문에 층위가 분명히 나타나고 분석의 모델로 삼기에
편리한 점이 있다. 각 층위별로 특성을 살펴 보기로 한다.
   ⓐ는 작중인물들의 층위인데, 작중인물들은 대상을 바라보는 시
각이 각기 다르기 때문에 작중인물의 언어 사이에 대화작용이 일어
난다. ⓐ 세계를 ⓑ의 시각으로 바라볼 때는 물론 ⓐ와 ⓑ의 관계
를 ⓒ의 시각으로 바라볼 때도 대화관계는 이루어진다. ⓓ는 작품
에 실제로 나타나는 존재는 아니다. 다만 그림자 같은 존재로 작품
에 그늘을 드리우고 전체 의미작용을 통어하는 역할을 한다. 이 도
식에서 대화구조를 이루는 가장 중요한 역할은 ⓒ가 맡는다. 그러
나 여기서 잊지 말아야 할 것은 ⓐ의 영역에 속하는 작중인물의 경

5) M. Bal의 서사구조도는 최병우, 「한국근대 일인칭소설연구」, 서울대 대학원
   박사논문, 1992, p.7 참조.

우 대화관계가 이중적이라는 점이다. 서술자에 의해 이루어지는 인물의 외면적 묘사와 심리내면의 불일치가 이루어질 수 있고, 인물 사이에 일어나는 갈등으로 인하여 시각이 또 한 차례 더해진다는 점이다. 이는 ⓑ의 경우도 마찬가지이다. ⓐ나 ⓑ와 달리 ⓒ는 視點의 혼란이 있지 않다면 일관성을 보여 줄 수 있다. 그러나 작중인물이면서 서술자 역할을 할 때는 상황이 달라진다. 작중인물과 거리가 유지되지 않는 경우, 즉 작중인물에 대한 내적인 동일화가 이루어지는 경우에는 ⓒ도 내부와 외부 사이에 이중화된 시간을 지닐 수 있다.

소설의 구조니 기호론이니 하는 용어가 동원되면 소설이 이해하기 어려운 것처럼 느껴진다. 그러나 그러한 점을 염려할 필요는 없다. 소설은 작가가 독자에게 어떤 의미를 지닌 이야기를 함으로써 문제를 이끌어내는 양식이고, 그 문제상황에 독자가 동참할 수 있도록 해주는 것이 소설의 기호론적 구조인 셈이다. 여기서 한 가지 주의할 것은 소설의 구조라고 할 경우, 소설이 기하학적인 혹은 건축적인 구조를 이루고 있는 것이 아니라 작가와 독자 사이를 역동적으로 매개하는 力動的 構造라는 점이다. 달리 말하자면 소설은 역동적인 담론구조로 되어 있는 것이다. 이를 넓은 의미에서 소설의 기호론적 구조라 할 수 있다.

2. 이야기와 談論의 主體

소설 속에는 두 가지 이야기가 있다. 이는 누구의 이야기인가 누가 이야기하는가 하는 문제로 바꾸어 생각할 수 있는 것이다. 작중인물의 이야기를 쉬운 말로 내용이라 하고, 그것을 전달하는 전달자를 敍述者라 한다. 작중인물은 소설 텍스트 내적인 존재이기 때문에 독자에게 직접 이야기를 할 수 없다. 반드시 서술자 혹은 스토리텔러가 있어야 한다. 이렇게 본다면 소설에 인물의 형상으로 나타나는 존재들은 두 층위를 이룬다고 할 수 있다. 이들 인물형상을 이루는 존재들 사이에 언어의 여러 층위가 조정되고 의미관계를 이루면서 담론을 조직해 간다.

소설의 언어가 담론의 형태로 되어 있다는 것은 중요한 의미를 지닌다. 담론은 언어학에서 분석의 대상으로 삼는 그런 언어가 아니라 주체들이 개입되어 역동적으로 활성화된 언어를 말한다. 다른 말로는 對話化된 言語를 뜻한다. 우리가 언어를 사용하는 목적은 단지 사상과 감정을 전달하는 데에 있지 않다. 사상과 감정을 전달하되 상대방을 일정한 방향으로 움직이고자 하는 의도를 포함한다. 언어를 사용하는 주체들은 담론 안에서 의미를 공유하고 조정하며 결단하는 것이다. 언어를 사용하는 주체는 메시지를 발동하고 그 언어의 상대역은 그 언어를 주체적으로 수용하는 가운데 언어를 사용하는 주체와 상대방이 동등한 자격의 주체로 자리잡을 수 있게 된다. 담론의 장에서는 말을 하는 주체와 그것을 수용하는 상대방이 일정하게 고정되어 있는 것이 아니라, 언어행위에 참여하는 주체들은 쌍방적이고 相互主體的인 위치를 차지한다. 소설에서 인물들의 역할은 일차적으로 소설 담론의 주체가 되는 것이다.

작중인물과 서술자는 개념상 층위가 다르다. 그러나 일인칭 전지적 서술로 되어 있는 경우는 서술자와 작중인물이 텍스트 내적으로 동일한 차원에 놓이게 된다. 그러나 액자소설 형식으로 되어 있는 경우는, 앞의 예에서 볼 수 있는 바와 마찬가지로, 일단은 같은 층위에 있다가, 外話와 內話의 경계에서 내화로 들어가면서 층위가 달라진다. 삼인칭 전지적 시점으로 서술된 경우는 서술자가 대개 겉으로 드러나지 않는다. 문제는 이들이 어떠한 언어구조 속에서 意味作用을 하는가 하는 데 있다.

김유정의 〈만무방〉에서 예를 들어 보기로 한다. 〈만무방〉은 생활고를 견디지 못하고 야반도주를 했던 응칠이가 동생 응오를 찾아

와 빈둥거리며 돌아다니는 데서 이야기가 시작된다. 바쁜 가을철인
데도 일할 생각은 하지 않고 노름판이나 찾아다니며 어슬렁거리는
데, 동생 응오네 논의 벼이삭을 도둑맞는다. 잘못하다가는 도둑 누
명을 쓰게 될 처지가 된다. 응칠이는 도둑을 잡아 혐의를 벗어나기
위해 도둑을 지키는 것이다. 그런데 얄궂게도 자기 동생이 도둑질
을 하다가 형에게 잡힌 것이다.6) 도둑의 혐의를 받고 있는 응칠이
자기 동생 논의 벼를 훔쳐간 도둑을 잡으려고 지키다가 도둑을 잡
는 장면은 다음과 같이 되어 있다.

　　[한식경쯤 지났을까, 도적은 다시 나타난다. 논뚝에 머리만 내놓고
　사면을 두리번거리더니 그제서 기여나온다. 얼굴에는 눈만 내놓고 수
　건인지 뭔지 혼겹이 가리었다.]
　　[『도둑은』 봇짐을 등에 걸머메고는 허리를 구붓이 뺑소니를 놓는다.]
　　(그러자 응칠이가 날쌔게 달겨들며)
　　<"이 자식 남우 벼를 훔쳐가니……">
　　(하고 대포처럼 고함을 지르니) [논둑으로 그대로 데굴데굴 굴러서
　떨어진다.] 얼결에 호되게 놀란 모양이었다.7)

　위 인용에는 형과 동생의 이야기가 나와 있다. 형과 동생이 작중
인물이다. 형이 잡겠다고 지킨 도둑이 자기 동생이다. 거기다가 동
생은 자기 논의 벼를 훔치는 것이다. 동생의 도둑질과 형의 도둑잡
기가 작중인물들의 행동이다. 그리고 그것은 곧 작중인물의 이야기
인 것이다. 그런데 작중인물의 행동을 지켜보거나 따라다니는 존재
를 상정하지 않고는 이야기가 전달되지 않는다. 여기서 작중인물들
이 실제로 하는 말은 대화로 표시되어 있는 한마디밖에 없다. 그
뒤에는 "성님까지 이렇게 못살게 굴기유?", "내 것 내가 먹는데 누
가 뭐래?" 하는 대화가 지문 사이에 끼어 있다. 차례대로 앞의 하

---

6) 이야기의 이러한 상황을 두고 김유정 소설의 아이러니를 지적하곤 한다.
7) 전신재 편, 『원본김유정전집』, 한림대출판부, 1982, p. 102. 이하 인용은 같
　은 책의 면수만 밝힘.

나는 상대방 즉 동생을 지향해 있다. 뒤의 둘은 형을 향해 있다. 그 나머지는 텍스트 내적인 상황을 따라다니는 서술자가 이야기하는 것이다.

이 인용에서 서술자의 역학을 보기로 한다. [ ] 부분은 작중인물이 직접 바라보고 있는 현상일 수도 있고, 작중인물을 따라 다니는 서술자가 본 것일 수도 있다. 그러나 ( ) 부분은 작중인물이 직접 이야기할 수 없는 부분이다. 이야기하는 사람이 자기 자신의 이름을 불러가며 이야기를 하지는 않는다. 이는 서술자가 전담하여 전달하는 말이다. < >부분은 작중인물의 말이라고 표시되어 있을 따름이지 사실은 서술자가 전달하는 것이다. 대화에 이어지는 전달동사 혹은 인용지표 '하고'와 '대포처럼'이라는 해석이 서술자의 몫으로 들어가 있기 때문이다.8) 다시 [ ] 부분은 작중인물과 서술자가 공유하는 의식을 서술자가 전달하는 것이다. 소설의 지문 내에 서술자가 개입할 때 價値評價를 동반한다.

우리가 말을 할 때는 많은 가치평가가 개입하게 된다. 이때의 가치평가라는 것은 대상에 대한 指向性을 말한다. 가령 도둑이 들어왔는데 주인이 "불이야!" 하고 외쳤다고 하자. 그 한마디 속에 숨어 있는 지향성은 간단치 않다. 상황이 절박함은 물론, 도둑이 들어왔으니 동네 사람들이 달려와서 붙잡아 달라는 간절한 요청을 표현하고 있는 것이다. 또 나는 도둑(님/놈) 당신을 붙잡을 생각은 없다. 그러니 해치려고 들지 말아 달라는 애원도 들어 있는 것이다. 그뿐만이 아니다. 집에 들어온 도둑을 잡는다든지 싸워서 상해를 하는 경우 언젠가 해꼬지를 당하게 마련이니 도둑은 제 발로 달아나도록 해야 한다는, 대대로 내려오는 삶의 슬기가 거기 들어 있는 것이기도 하다. 이들을 포괄적으로 지향성이라는 용어로 일컬을 수 있다.9) 이처럼 말을 한다는 것은 언어를 통해 지향성을 실천하는 양

---

8) 이필영, 『국어인용구문연구』, 탑출판사, 1993, 제2장 참조.
9) John Searle, *Intentionality,* Cambridge Univ. Press, 1983, 참조.

상을 뜬다. 신념, 소망, 공포, 욕망 등 사실의 표현을 뛰어넘는 많은 요소가 언어행위에 포함되는 것이다.

작중인물은 다른 작중인물을 향해 말을 할 때, 앞에서 설명한 지향성을 가지고 말을 한다. 그 말을 듣고 되받는 사람 또한 그러한 지향성을 갖지 않을 수 없는 것이다. 그렇게 말이 오가는 사이에 지향성은 방향을 달리하면서 지속적인 解釋이 이루어진다.

소설의 담론에서 이러한 지향성은 서술자의 전달과정에 그 방향이 달라진다. 서술자의 해석방향에 따라 주제방향이 달라지기 때문이다. 또한 독자가 소설을 읽는 가운데 투사하는 지향성은 한켠으로 해석의 방향을 달라지게 한다. 소설의 인물을 이야기하면서 이러한 담론 특성을 고려하지 않을 때, 작중인물의 유형론에 빠지거나 性格化의 방법을 논하는 형식주의에 기울게 된다.10) 담론 양상과 인물의 의식과 지향성이 어떻게 드러나는가를 살피는 것이 소설 이해의 한 방법을 제공한다. 다음의 예를 보기로 하자. 앞의 인용에 이어지는 장면이다.

①응칠이는 덤벼들어 우선 허리께를 나려조겼다. 어이쿠쿠, 쿠 하고 처참한 비명이다. 이 소리에 귀가 번쩍 띄이어 그 고개를 들고 팔부터 벗겨 보았다.
②그러나 너무나 어이가 없음인지 시선을 치걷으며 그 자리에 우두망찰한다.
③그것은 무서운 침묵이었다.
④살뚱맞은 바람만 공중에 북새를 논다. 한참을 신음하다 도적은 일어나더니,
⑤"성님까지 이렇게 못살게 굴기유?"
제법 눈을 부라리며 몸을 휙 돌린다. 그리고 늣기며 울음이 복바친다.
⑥"내 것 내가 먹는데 누가 뭐래?" 하고 데퉁스러히 내뱉고는 비틀비

---

10) 성격화란 인물의 성격창조라고도 번역되는 용어이다. 인물의 성격을 부각시키는 방법인 성격화(characterization)는 미국 신비평의 용어 가운데 하나로 자리잡고 있다. (구인환, 『한국근대소설연구』, 삼영사, 1977. 참조.)

틀 논 저쪽으로 없어진다.

⑦형은 너무 꿈속 같아서 멍하니 섰을 뿐이다.

⑧내 걸 내가 먹는다…… 그야 이를 말이랴, 허나 내걸 내가 훔쳐야 할 그 운명도 얄궂거니와 형을 배반하고 이즛을 버린 아우도 아우렸다.

⑨에……이 고현놈, 할 제 보를 적시는 것은 눈물이다.

(전집, 102~103)

(* 설명의 편의를 위해 필요한 번호를 달았고 단락도 다소 갈랐다.)

위 인용에서 ①을 포함한 처음의 세 문장에는 서술자의 평가가 그리 분명히 나타나지 않는다. ②에는 ①에 대한 해석이 나타난다. 그것은 ③에서 강화된다. ④에 가면 자연현상의 서술을 통해 서술자의 해석이 강화되고 있음을 알 수 있다. ③이 주관적인 평가라면 ④에서 그것을 객관화하는 것이다. 대화형태로 제시된 ⑤와 ⑥에 대한 해석이 행동으로 구체화된 것이라 할 수 있다. 서술자의 해석이 가장 직접적으로 강화된 것이 ⑧이다. 자기 것을 자기가 훔쳐야 하는 상황, 그것은 비극적 아이러니라고 할 수 있다. 이를 두고 당시 농촌의 피폐상을 보여 주는 것이라고 한다면 지나치게 단순한 시각이라는 폄어를 면키 어렵다. ⑨는 인물의 심리까지를 표현한 것인데 兩價感情이 나타난 예이다.

이러한 예를 통해 알 수 있듯이 소설의 담론은 작중인물의 말에 대한 서술자의 해석이 거듭 가해지는 가운데 의미작용을 하는 것이다. 이러한 구조 속에서 인물의 성격이 드러나기도 하고 인물의 理念이 구체화되기도 한다. 이 소설의 주요 작중인물 가운데 한 사람인 응칠의 성격을 보기로 한다.

다음 인용은 앞에서 인용한 부분과 내적 연계성이 긴밀한 부분이다. 즉 자기 것마저 도둑질해 먹지 않을 수 없는 상황을 정당화시켜 주는 것이다. 인물의 성격은, 인물이 상황에 어떻게 대응하는가 하는 行動方式에 따라 규정된다. 작가가 어떤 인물의 성격을 규정해 놓고 작품을 쓴다고 해도 구체적인 상황이 부여되어야 그 성격은 드러난다. 구체적인 상황 속에서 작중인물이 행동할 수 있도록 하며 행동특성을 나타날 수 있도록 하는 것은 서술자의 역할이다.

> 때는 한창 바쁜 추수 때이다. 농군치고 송이파적 나올 놈은 생겨나도 안었으리라. 허나 그는 꼭 해야만 할 일이 없었다. 십으면 하고 말면 말고 그저 그뿐. 그러함에는 먹을 것이 더럭 있느냐면 있기는커녕 부처먹을 농토조차 없는, 계집도 집도 없고 자식 없고. 방은 있대야 남의 것방이요 잠은 새우잠이요. 허지만 오늘 아침만 해도 한 친구가 찾아와서 벼를 털 텐데 일좀 와 해 달라는 것을 마다하였다. 몇 푼 바람에 그까짓 것을 누가 하느냐. 보다는 송이가 좋았다. 왜냐면 이 땅 삼천리 강산에 늘려놓은 곡식이 말정 누거럼. 먼저 먹는 놈이 임자 아니냐. 먹다 걸릴만치 그토록 양식을 쌓아 두고 일이 다 무슨 난장마즐일이람. 걸리지 않도록 먹을 궁리나 할 게지. 하기는 그도 한 세 번이나 걸려서 구멧밥으로 사관을 틀었다. 마는 결국 제 방상우에 올라앉은 제 몫도 자칫하면 먹다 걸리긴 매일반… (전집, 79)

여기서 인물의 성격이 드러나는 것은 농촌의 추수 때라는 상황과 浮浪者의 대조 때문이다. 그러한 대조를 통해 상황과 인물의 성격이 어긋나는 듯한 느낌을 받게 된다. 그러한 느낌은 금방 수정되지 않으면 안 된다. "이 땅 삼천리 강산에 늘려놓은 곡식이 말정 누거럼. 먼저 먹는 놈이 임자 아니냐. 먹다 걸릴만치 그토록 양식을 쌓아 두고 일이 다 무슨 난장마즐 일이람." 상황이 도둑질을 정당화할 수 있도록 설정되어 있는 것이다.

이러한 상황에서 작중인물들의 심리는 허영으로 가득 차게 된다. 도둑질로 감옥에 갔다온 인물이 영웅시되는 것이다. 이는 다음의 예에서 볼 수 있듯이 주체가 타인에 의해 자기정체성을 상실하고 결국은 자기속임 혹은 自己欺瞞에 빠지는 결과를 빚는다. 현실의 질곡보다 차라리 감옥살이가 호강이라는 역설적 상황이기 때문에 인물의 심리 또한 역전되는 것이 타당성을 지닌다. "저들도 그와 같이 진탕 먹고 살고는 싶으나 주변 없어 못하는 그 울분에서 그런 이야기만 들어도 다소 위안이 되는 것이다." 여기서 서술자의 개입을 통해 상황을 요약적으로 제시하고 있다는 것이 의미있는 점이다.11)

> 응칠이는 모든 사람이 저에게 그 어떤 경의를 갖고 대하는 것을 가끔 느끼고 어깨가 으쓱거린다. 백판 모르는 사람도 데리고 앉아서 몇 번 말만 좀 하면 대번 구부러진다. 그렇게 장한 것인지 그 일을 하다가, 그 일이야 도적질이지만, 들어가 욕보던 이야기를 하면 그들은 눈을 커다랗게 뜨고
> "아이구, 그걸 어떻게 당하셨수!"
> 하고 적이 놀라면서도
> "그래 그 돈은 어떡했수?"
> "또 그럴 생각이 납디까유?"
> "참 우리같은 농군에 대면 호강사리지유!"
> 하고들 한편 퍽 부러운 모양이었다. 저들도 그와 같이 진탕 먹고 살고는 싶으나 주변 없어 못하는 그 울분에서 그런 이야기만 들어도 다소 위안이 되는 것이다. 응칠이는 그걸 잘 알고 그 누구를 논에다 거꾸로 박아놓고 다라나다가 붙들리어 경치던 이야기를 부지런히 하며
> "자네들은 안적 멀었네 멀었서……"
> 하고 흰소리를 치면 그들은, 옳다는 뜻이겠지, 묵묵히 고개만 꺼떡꺼떡하며 속없이 술을 사 주고 담배를 사 주고 하는 것이다. (전집, 95)

소설의 人物은 그 機能에 따라 중심적인 인물과 주변적인 인물로 구분된다. 이들 주동인물이니 반동인물이니 하는 용어로 불러왔다.12) 그러나 소설에서 인물의 기능은 유기적으로 조직되어 있어서

---

11) 서술자의 개입이 서술의 객관성을 해친다는 논지는 다소 무리인 듯하다. 이야기를 한다는 것은 일단 대상에 대한 해석을 포함하는 것이고 따라서 서술자의 해석은 이야기 전달을 보다 효과적으로 할 수도 있을 것으로 보이기 때문이다.
(우한용, 『채만식소설담론의 시학』, 개문사, 1992, p. 236 참조)
12) 주동인물을 protagonist로, 반동인물을 antagonist로, 승리자를 hero로, 패

인위적으로 구분하기가 쉽지 않다. 위에서 본 바와 마찬가지로 주인공의 성격은 그 주인공을 둘러싸고 환경을 이루는 주변인물의 시각에 따라 규정되는 면이 있기 때문이다. 이 소설의 주변적 인물 대부분이 노름꾼으로 설정되어 있다는 것은 의미깊은 일이다. 이는 風俗의 瓦解를 그리는 한 방법이 된다. 풍속의 와해는 개인들의 심리적 왜곡을 초래하고, 이는 다시 시대의 분위기를 드러내는 데 기능적으로 작용한다. 그렇다면 중심인물이 누구냐 하는 것을 묻기보다는 인물들의 관계를 통해 시대상을 어떻게 형상화했는가 하는 점이 더욱 중요한 것이다.

작중인물들은 동네에서는 노름을 하지 못하고 산골짜기 굴속에서 노름을 한다. 노름꾼 가운데는 며칠 전에, 생활고로 계집을 판 기호라는 인물이 끼어 있다. 아내를 팔아 얻은 돈으로 노름을 하는 것이다. 응칠이는 그에게 돈 이 원을 꾸어 노름판에 끼어들어 돈을 딴다. 응칠이 노름판에서 딴 돈을 처리하는 방식에서 인물의 성격이 드러나기도 한다.

> 그가 딴 것은 본밑을 알라 권하고 팔십 전이다. 기호에게 오 원을 내주고,
> "자, 반이 넘네, 자네 계집 잃고 돈 잃고 호강이겠네."
> 농담으로 비웃어 던지고는 숲으로 설렁설렁 내려온다.
> "여보게 자네에게 청이 있네."
> 재성이 목이 말라서 바득바득 따라온다. 그 청이란 묻지 않아도 알 수 있었다. 저에게 돈을 다 빼앗기곤 구문이겠지. 시치미를 딱 떼고 나 갈 길만 걷는다.
> "이보게 응칠이, 아 내 말좀 들어………"
> 그제서는 팔을 잡아 낚으며 살려달라 한다. 돈을 좀 늘일까 하고 벼 열 말을 팔아 해 보았다더니 다 잃었다고. 당장 먹을 게 없어 죽을

배자를 fossil 등으로 규정하고 용어를 사용하는 것은 기능주의 일변도라는 비판을 받을 수 있다. 이는 인물이 행동과 연관되는 기능에 한정한 용어이기 때문이다.

지경이니 노름밑천이나 하게 몇 푼 달라는 것이다. 그러나 벼를 털었
으면 거저 먹을 게지 어줍지 않게 노름은……
"그런 걸 왜 너보고 하랬어?"
하며 소리를 빽 지르다가 가만히 보니 눈에 눈물이 글성하다. 잠잣코
돈 이 원을 꺼내 주었다.   (전집, 99~100)

응칠의 배포있는 행동과 재성의 비굴함이 對照的으로 잘 표현되
어 있다. 재성이는 사나흘 전에 응칠이한테 먹을 것이 없으니 돈을
꾸어 달라던 인물이다. 응칠이는 재성을 도둑이 아닌가 혐의를 둔
다. 기호나 재성이 말고도 이런 부류의 사람들로 농사 팽개치고 노
름에 열을 올리는 용구, 남의 집 머슴녀석, 중늙은이 상투쟁이 등
갖가지 계층의 사람들이 다 모여 노름판을 벌이는 것이다. 이는 共
同體的인 삶의 紐帶가 와해된 양상을 보여 주는 삽화이다. 그러나
이는 삽화 이상의 의미를 지닌다. 사회 전반에 번져 있는 분위기를
노름하는 사람들을 통해 묘사함으로써 소설의 전체성을 지향하는
것이기 때문이다. 이는 단편소설의 單一性을 벗어나 전체성에 접근
하는 방법이다. 단편소설이면서도 <만무방>이 당대의 시대적 질곡
을 총체적 국면에서 형상화할 수 있었던 것은 인물 설정의 유기성
에 말미암는다.

3. 인물의 행위 세계

소설을 이해하는 데는 누구의 이야기인가 하는 점과 함께 무엇을
하는 이야기인가 하는 점에 유의할 필요가 있다. 주체들이 보여 주
는 행동과 그러한 행동을 촉발하는 動機를 살펴보는 일이 중요한
것이다. 동기에 따라 주체들의 행동이 의미화되기 때문이다.
첫째, <만무방>은 고향을 떠났던 작중인물이 고향에 돌아와 도둑
의 혐의를 받는 이야기이다. 아내와 행복한 가정을 이루기 위해 백

방으로 노력하다가 실패하고 고향을 떠나 流浪하는 사람으로 인물이 설정되어 있다. "농사는 열심히 하는 것 같은데 알고 보면 남는 건 겨우 남의 빚뿐"이어서 고향을 떠난다. 그리고는 걸인행각을 하다가, 아내와도 헤어지고 도박과 절도범으로 전락하고 만다. 응칠이가 고향을 떠나게 된 경위는 다음과 같이 유머러스하게 제시되어 있다.

> 하루는 밤이 깊어서 코를 골며 자는 아내를 깨웠다. 밖에 나가 우리의 재산이 얼마나 되나 세어보라 하였다. 그리고 저는 벼루에 먹을 갈아 붓에 찍어들었다. 벽에 바른 신문지는 누렇게 끄을었다. 그 위에다가 아내가 불러주는 물목대로 일일이 내려 적었다. 독이 세 개, 호미가 둘, 낫이 하나로부터 밥사발, 젓가락집이 석 단까지 그 다음에는 제가 빚을 얻어 온 데, 그 사람들의 이름을 쪽 적어 놓았다. 금액은 제각기 그 아래다 달아 놓고, 그 옆으론 조금 사이를 떼어 역시 조선문으로 나의 소유는 이것밖에 없노라. 나는 오십사원을 갚을 길이 없으매 죄진 몸이라 도망하니 그대들은 아예 싸울 게 아니겠고 서로 의론하여 억울치 않도록 분배하여 가기 바라노라 하는 의미의 성명서를 벽에 남기자 안으로 문들을 걸어닫고 울타리 밑구멍으로 세 식구가 빠져나왔다.
> 이것이 응칠이가 팔자를 고치던 첫날이었다.　　　　(전집, 82~82)

그렇게 고향을 떠나 遊離乞食하던 응칠이 고향에 돌아온 것은 혈육의 정 때문이었다. 그러나 고향의 형편은 혈육의 정을 확인하기에는 너무나 피폐되어 있다. 농사는 피롱이 되고 계수씨는 병이 들어 소생의 가망이 없는 상황이다. 거기다가 아우네 논의 벼를 도둑맞는 사건이 일어난다. 주인공은 그 도둑의 혐의를 받는다. 작품의 결말에 가면 남의 집 소를 도둑질하려는 생각을 하기까지 한다. 고향의 삶은 일그러진 형태로 되어 있다. 노름과 싸움이 성행하고, 도둑질하다가 감옥에 갔다 온 사람을 부러워할 지경으로 시달리는 삶이 고향에서 이어지고 있는 것이다.

둘째, 일 없이 어슬렁거리는 사람들, 소위 '매팔자'라는 사람들의 이야기이다. "산골에, 가을은 무르녹았다"로 시작되는 응칠의 송이파적은 네 페이지에 걸쳐 서술되어 있다. 거기는 '일'의 의미가 다음과 같이 왜곡된 모습으로 나타난다.

때는 한창 바쁜 추수 때이다. 농군치고 송이파적 나올 놈은 생겨나도 안었으리라. 허나 그는 꼭 해야만 할 일이 없었다. 싶으면 하고 말면 말고 그저 그뿐. 그러함에는 먹을 것이 더럭 있느냐면 있기는커녕 부처먹을 농토조차 업는, 계집도 집도 없고 자식 없고, 방은 있대야 남의 곳방이요 잠은 새우잠이요. 허지만 오늘 아침만 해도 한 친구가 찾아와서 벼를 털 텐데 일좀 해 달라는 것을 마다하였다. 몇 푼 바람에 그까짓 것을 누가 하느냐. 보다는 송이가 좋았다. 왜냐면 이 땅 삼천 리 강산에 늘려놓은 곡식이 말정 누거럼. 먼저 먹는 놈이 임자아니냐. 먹다 걸릴만치 그토록 양식을 쌓아두고 일이 다 무슨 난장마즐 일이람. 걸리지 않도록 먹을 궁리나 할 게지. 하기는 그도 한 세번이나 걸려서 구멧밥으로 사관을 틀었다. 마는 결국 제 밥상 우에 올라앉은 제 몫도 자칫하면 먹다 걸리긴 매일반…… (전집, 79)

위 인용에서 왜 일을 할 필요가 없는가 하는 점이 작중인물의 논리로 밝혀지고 있다. 이 어슬렁거리는 사람들의 행동은 술마시기, 도박, 도둑질 등으로 나타난다. 어느 사회가 正常的인 社會가 되자면 사회 성원들에게 할 일이 분명히 결정되어 있어야 한다. 일이 없는 사람들의 사회는 왜곡된 사회, 결핍된 사회일 수밖에 없다.

이는 현진건의 〈貧妻〉 같은 작품에 중요한 모티프로 나타나는 점이다. 여기에서 함께 언급되어야 할 사항은 도박이다. 도박은 도둑질과 함께 이 소설의 중요한 모티프가 되어 있다.

셋째, 도둑질하는 이야기라는 점, 남의 닭 잡아 먹기, 자기 논의 벼 훔치기, 남의 소 도둑질하려는 의지 등 도둑질은 이 작품의 주요 모티프 가운데 하나이다. 다음은 어처구니없는 도둑질의 한 예이다. 물질에 대한 과욕 때문에 빚어지는 도둑질이 아니라 먹을 것을 구하는 도둑질이 엽기적인 지경에 이르러 있는 것이다. 이는 사회의 무규범성을 보여 주는 예가 된다.

> 가을이 오면 기쁨에 넘쳐야 될 시골이 점점 살기만 띠어옴은 웬일일고. 이렇게 보면 재작년 어느 반 산중에서 낫으로 사람을 찍어 죽인 강도가 문득 머리에 떠오른다. 장을 보고 오는 농군을 농군이 죽였다. 그것도 많으나 되면 모르되 빼앗은 것이 한껏 동전 네 닢에 수수 일곱 되. 게다가 흔적이 탄로날가 하여 낫으로 그의 얼골의 껍질을 벗기고 조기대강이 이기듯 끔찍하게 남기고 조긴 망나니이다. 흉악한 자식. 그 잘량한 돈 사전에 나같으면 가여워 돈을 더 주고 왔으리라.
>
> (전집, 93~94)

비판의 대상으로 설정한 행동을 스스로 선택하는 데서 아이러니는 빚어진다. 작중인물 응오는 도둑의 혐의를 벗기 위해 도둑을 잡으려는 인물이다. 그런데 그 자신이 도둑질을 함은 물론 도둑질로 문제를 해결하려 하는 데서부터 아이러니는 비롯된다. 도둑으로 알고 잡은 것이 동생이 자기 논의 벼를 훔친 것이 판명된다. 형은 동생의 처지를 불쌍히 생각한다. 그러한 장면에서 떠올리는 것이 다음과 같이 나타나 있다.

> 에-이 고현 놈, 할 제 보를 적시는 것은 눈물이다. 그는 주먹으로 눈을 쓱 부비고 머리에 번적 떠오른 것이 있으니 두레두레한 황소의 누깔. 시오리를 남쪽 산 속으로 들어가면 어느 집 바깥뜰에 밤마다 늘 매여 있는 투실투실한 그 황소. 아무렇게 따지던 칠십원은 갈 데 없으리라. 그는 부리나케 아우의 뒤를 밟았다. (전집, 102~103)

동생이 아내를 살리기 위해 요구했던 돈을 만들어 주는 방법으로 도둑질을 생각하고 아우에게 제안을 한다. 아우는 형의 제안을 거부한다. 내적으로 반복강화되던 도둑질의 논리는 여기서 그 악순환을 벗어난다. 그러나 도둑질의 논리를 결국 벗어날 수 없는 것은 도둑질의 악순환을 조성하는 소설외적인 텍스트의 성격 때문이다.

넷째, 갈 데가 없는 사람들의 이야기이다. 소설의 구조는 흔히 길의 구조 혹은 제사의 구조로 비유된다.13) 주인공이 삶의 종착지를 향해 여행하는 구조가 소설에 나타난다고 보는 경우 소설은 길의 구조가 된다. 주인공들이 어떤 일을 계기로 모여들어 의사를 결정하고 문제를 일으키는 경우 이는 제사나 축제의 구조로 비유된다. 염상섭의 <만세전>이 길의 구조를 보여 준다면 채만식의 <태평천하>는 제사의 구조를 보여 준다고 할 수 있다. <만무방>은 길의 구조가 변형되어 나타나 있다. 길을 출발해 간다고 해도 결국은 제자리로 돌아오는 原點回歸的 構造로 되어 있다.

고향을 버리고 타향을 떠돌아도 '형제는 그리운 법'이어서 고향에 돌아온다. 그러나 고향은 삶의 보금자리라는 의미를 잃은 훼손된 공간이다. 거기서 벌어지는 노름의 생리 또한 원점회귀적이다. 도박을 해서 돈을 쥔다든지 하는 것은 생각조차 할 수 없다. 노름을 해서 시간을 보낸다든지 개인 간의 의지의 대결을 통해 어떤 문제를 해결하는 것도 아니다. 패가망신밖에 없다는 것을 알면서도 노름에 탐닉한다. 이는 풍속의 와해가 심리의 왜곡을 초래한 예라는 점은 앞에서 밝힌 바와 같다.

작중에서 벌어지는 도둑질도 원점회귀적 구조를 이룬다 할 수 있다. 비유컨대 결국은 자기 물건 훔치는 것이고 제 닭 잡아먹기이다. 형이 아우의 문제를 해결해 주기 위해 소도둑질을 생각하는 것도 그러한 반복의 한 예이다. 도둑질의 이러한 원점회귀적 구조가 이 소설의 한계로 지적될 수 있다. 지주와 대결하려는 의지가 부각되는 것도 아니고 그러한 구조적 모순에 대한 분노도 없다. 따라서 현실을 개혁하려는 의지가 결여되어 있다.

이처럼 한정된 공간에서 벗어나지 못하는 삶의 이야기를 통해 우리는 그 세계가 通路가 없는 세계라는 것을 알게 된다. 통로가 없

---

13) 김윤식, "염상섭의 소설구조", 김윤식 편, 『염상섭』, 문학과지성사, 1977, 제1장 참조.

는 세계는 절망적 상황의 상징이라 할 수 있다. 어느 소설이 다루고 있는 세계가 어떤 세계인가를 따지는 것은 소설의 主題에 접근하는 방식이다.

4. 담론의 의미구조

소설은 이야기를 말로 서술한 결과물이다. 소위 내용이라고 하는 '이야기'를 傳達하는 방식에는 여러 가지가 있다. 그림으로 그려 보여줄 수도 있고, 영상으로 보여줄 수도 있으며, 발레처럼 춤으로 표현할 수도 있다. 소설에서는 이야기를 말로 전달한다. 이 말은 서술자의 敍述과 작중인물이 주고받는 對話라는 두 층위로 나눌 수 있다. 서술자의 서술은 다시 묘사, 서사, 논증, 설명 등 여러 가지 형태로 나타난다. 그러나 여기서 우리가 유의해야 할 것은 그 말이 談論의 형태를 띤다는 점이다. 소설의 문체가 논의되는 영역이 여기이다. 또한 소설을 서사론 차원에서 보아 스토리와 담론으로 나눈다면 담론의 영역이 바로 여기이다.14)

소설의 말은 다양한 사회적 말투가 예술적으로 文體化된 결과이다. 다양한 계층의 언어를 두루 포괄한다. 또한 개인의 다양한 말씨를 예술적으로 조직한 것이다.15) 소설언어를 이렇게 폭넓게 규정하는 것은 그 대상을 장편소설로 할 때라야 잘 들어맞는다. 단편소설은 장편소설과 달리 언어적 單一性을 지향하는 양식이다. 삶의 단편을 단일한 인물과 단일한 시점을 통해 문체를 통일해 가는 것이 단편소설의 원칙이다. 언어 측면에서 본다면 단편소설은 이러한 단

---

14) S. Chatman, *Story and Discourse in Fiction and Film*, Cornell Univ. Press, 1978, p. 51.

15) M. M. Bakhtin, *The Dialogic Imagination*, Texas Univ. Press, 1981, p. 262.

일성을 강조하는 것이기 때문에 詩的 양식에 가깝다고 할 수 있는 것이다. 이효석의 <메밀꽃 필 무렵> 같은 경우가 이러한 규정에 잘 어울리는 예이다.16) 거기 비해 '움직이는 대상의 전체성'을 포착하고자 하는 장편소설은 단일한 언어를 구사하기가 어렵다. 소설의 언어를 분석할 때, 대상으로 하는 작품의 樣式을 고려해야 하는 이유가 여기 있다. 그동안 장편소설을 분석하면서도 플롯의 단계를 따진다든지 시점의 통일이나 문체의 통일성을 따지는 등은 방법론의 측면에서 한계가 있다는 것을 분명히 알아둘 필요가 있다.

그리고 소설의 말은 談論의 차원에서 논의되어야 한다는 점을 다시 강조해 두고자 한다. 소설의 언어는 일차적으로 作中人物들의 視角으로 착색된 대화가 이용되고, 서술자의 존재로 말미암아 해석이 가해진 언어가 사용된다는 점이다. 그리고 여러 가지 다른 양식의 말이 다양한 층위에서 역동적으로 조직된다는 점은 늘 강조될 필요가 있다.

김유정의 <만무방>은 단편소설이기는 하지만 소설 일반의 언어 양상을 잘 보여 준다. 몇 가지 특징을 들어 보기로 한다.

첫째, 서술자와 작중인물의 말이 癒着되어 있다는 점이다. 이는 삼인칭 주관적 서술에 해당하는 것으로 리얼리즘 소설에서는 그 가치를 크게 인정받지 못하는 것이다. 오히려 러보크의 구분으로는 드라마적인 수법이 되지 못하는 것이다.17) 그러나 소설이 서술에서 객관성을 유지하는 것의 한계 또한 정확히 검증되어야 한다. 객관적 제시가 소설의 본령인 것처럼 논의되는 것은 바람직하지 못하다. 우리 이야기 전통은 서술자와 작중인물의 넘나듦이 오히려 자연스럽기도 하다.

김상태는 이를 投射的 敍述이라 한다. "삼인칭 관찰자의 시점인 자연의 묘사에서조차 김유정은 그의 감정을 투사하고 있는 것이다.

---

16) 우한용 외, 『소설교육론』, 평민사, 1993, pp. 123~146.
17) P. Lubbock, *The Craft of Fiction*, Jonathan Cape, 1957, p. 21.

그의 서술의 특징은 서술자의 위치를 지키지 못하고 언제나 스토리 속의 인물 속에 뛰어드는 데 있다. 인물의 감정과 서술자의 감정은 수시로 용해한다."18) 그 결과는 독자의 시각이 이야기 자체를 향하는 것이 아니라 '서술자를 향하게 한다'는 것이다. 다음의 예를 보기로 한다.

산골에, 가을은 무르녹았다.

아람드리 노송은 빽빽이 느러박였다. 무거운 송낙을 머리에 쓰고 건들건들, 새새이 끼인 도토리, 뻣, 돌배, 갈잎들은 울긋불긋. 잔디를 적시며 작은 샘이 졸쫄거린다. 산토끼 두 놈은 한가로이 마주앉아 그 물을 할짝거리고. 이따금 정신이 나는 듯 가랑잎은 부수수, 하고 떨린다. 산산한 산들바람, 귀여운 들국화는 그 품새에 새뜩새뜩 넘논다. 흙내와 함께 향깃한 땅김이 코를 찌른다. 요놈은 싸리버섯, 요놈은 잎 썩은 내 또 요놈은 송이-, 아니 가시넝쿨 속에 숨은 박하풀 냄새로군.   (전집, 78)

이는 〈만무방〉의 서두이다. 앞부분부터 서술자가 全知的 敍述을 하고 있기는 하지만 서술자와 작중인물의 말이 유착되어 있는 것은 "흙내와 함께 향깃한 땅김이 코를 찌른다"의 뒤에서 확인된다. 서술자의 서술을 통해 읽는 것이기는 하지만, 작중인물의 행동을 일종의 '자유간접화법'을 통해 보여주고 있다.19) "요놈은…… 박하풀 냄새로군" 하는 부분에 따옴표를 지르고 서술어만 추가한다면 이는 곧 작중인물의 대화를 그대로 옮긴 것이 된다. 이처럼 작중인물의 말과 서술자의 말이 같은 層位에 녹아 있는 것이다.

다음은 작중인물이 자기가 딴 송이를 먹으면서 중얼거리는 장면이다. 송이를 팔아서 저녁거리를 사가지고 오는 인물을 머릿속에 그려보면서, 한편으로 그들의 신세를 생각하면서 또한 자신의 처지와 비교하는 것이다.

---

18) 김상태, 『문체의 이론과 해석』, 새문사, 1982, p. 252.
19) M. Toolan, 김병욱 외 역, 『서사론』, 형설출판사, 1993, 참조.

저녁거리를 기다리는 아내를 생각하며 좁쌀 서너 되를 손에 사들고
어두운 고개치를 터덜터덜 올라오는 건 좋으나 ①이 신세를 멋에 쓰
나, 하고보면 을프냥긋기가 짝이 없겠고…… ②이까진걸 못먹어 그래
홧김에 또 한 놈을 뽑아들고 이번엔 물에 흙을 씻을 새없이 그대로
텁석어린다. 그러나 ③다른 놈들도 별 수 없으렸다. 이 산골이 송이
의 번 고향이로되 아마 일년에 한 개조차 먹는 놈이 드므리라.
④… 흠, 썩어진 두상들!
그는 폭넓은 얼골을 이그리며 남이나 들으란듯이 이렇게 비웃는다.
썩었다, 함은 되생겼다 모멸하는 그의 언투이었다.   (전집, 80)

위 인용에서 밑줄 친 부분은 直接話法으로 옮겨 놓아도 무리가
없는 부분이다. 그런데 서술자의 서술에 그대로 노출시킴으로써 작
중인물의 말과 서술자의 말이 같은 층위에 놓이게 된 것이다. ①은
작중인물이 머릿속에 떠올리는 다른 인물의 말이다. ②는 작중인물
의 말이다. ③은 작중인물의 말과 서술자의 말이 같은 문장 안에
녹아 있는 경우이다. ④는 작중인물의 말이다. 이처럼 작중인물의
말과 서술자의 말이 함께 녹아 있는 것이 <만무방>의 서술 특징
가운데 하나이다.

둘째, 작중인물들의 화법이 非對話的이다. 이는 서사구조와 인물
의 성격이라는 두 측면에서 그 원인을 찾아 볼 수 있다. 소설론 일
반에서 어떤 사건이 삽화형식으로 되면서 전체 구성에 유기적 연관
성을 지니지 못하는 경우 리얼리티를 드러내는 데 한계가 있는 것
으로 논의된다. <만무방>의 서사구조를 지배하는 핵심은 도둑놈 찾
기와, 찾은 도둑이 자기 것을 자기가 훔치는 아이러니를 보여주는
데 있다. 응칠의 송이파적이라든지 술마시기, 노름하기, 응오의 생
활고, 잔인한 도둑 이야기 등은 응칠의 행동을 구체화하는 에피소
드들이다. 이는 김유정 소설이 현실의 모순구조를 깊이있게 파헤치
지 못했다는 지적을 받게 하는 점이기도 하다.[20] 이처럼 에피소드
를 엮어서 推理小說 형식을 취하는 경우, 어떤 사회의 총체적인 흐

름이나 역사의 展望까지를 보여주기 어렵다. 작은 에피소드들이 點景化되고 그 결과 에피소드 사이의 유기성이 부족해지면서 거기 드러나는 언어는 비대화적 성격을 띠게 되는 것이다.

또한 인물의 성격이 排他的이라는 점과도 연관된다. 작중인물 응칠이 고향을 버리고 부랑생활을 하다가 고향에 돌아와 어정거리는 장면으로 시작되는 이 소설의 첫머리에는 다음과 같은 부분이 포함되어 있다. "때는 한창 바쁜 추수 때이다. 농군치고 송이파적 나올 놈은 생겨나도 안았으리라. 허나 그는 꼭 해야만 할 일이 없었다. 싫으면 하고 말면 말고 그저 그뿐." 이러한 성격은 공동체적인 삶에 자신을 투여할 수 없다. 따라서 고립적인 행동을 나타내게 되거나 아니면 다른 사람과의 관계에서 一方的인 對應을 보이게 된다. 다른 사람의 언어에 대해 일방적으로 대응한다는 것은 언어 측에서 이른바 또 다른 관점을 인정하지 않는다는 뜻이다. 이는 인물의 태도를 서술하는 서술자의 해석으로 강화된다. "농군치고 송이파적 나올 놈은 생겨나도 안았으리라" 하는 것이 그것이다. 또한 응칠이가 야반도주를 하면서 써붙이는 '성명서'에도 언어전달의 일방성이 드러난다. 몸을 의탁한 집 친구와 대화하는 것이라든지, 응칠이 동생 집에 가서 하는 대화 등이 일방성을 띤다. 노름판에서 이루어지는 대화 또한 그렇다. 뒤에 자세히 살피겠지만, 意味의 逆轉現象이 나타나는 데서도 그러한 사정은 마찬가지이다. 해당 부분의 대화만 뽑아 보면 다음과 같다.

> 형: "이자식, 남의 벼를 훔쳐가니……"
> 동생: "성님까지 이렇게 못 살게 굴기유?"
> 동생: "내것 내가 먹는데 누가 뭐래?"
> 형: "에, 좋은 수 있다. 네 원대로 돈을 해줄께 나구 잠깐 다녀오자."
> 형: "이눔아!"
> 형: "명색이 성이라며?"

20) 전영태, 「김유정의 〈산골〉」, 『한국현대소설 작품론』, 문장, 1981, p. 226.

여기서 볼 수 있는 바처럼 각각 작중인물은 獨白을 하고 있다는 인상을 받게 된다. 이는 이효석의 <메밀꽃 필 무렵> 같은 작품의 대화와는 현격히 다른 면이다. 이처럼 대화성이 부족한 언어로 서술되어 있기는 하지만, 소설언어의 진면목을 보여주는 것은 다른 측면에 있다. 즉 계층의 언어를 적절히 구사하고 있다는 점이 그것이다.

셋째, 階層의 言語가 잘 드러나 있다. <만무방>에 나오는 작중인물들의 계층은 작품명처럼, 생활의 방도라고는 없는 사람들로 한정되어 있다. 한정된 계층의 언어이기 때문에 대화성이 떨어진다고 할 수 있지만, 소설에서 계층의식이 언어를 통해 어떻게 표현되는가 하는 점을 보기에는 편리하기도 한다. 이는 土俗語를 잘 활용하고 있다고 설명되어 오던 것이다.21) 토속어라는 것은 어휘 항목으로 논의될 성질의 것이 아니다. 토속적 삶을 살아가는 사람들의 의식을 표현할 때라야 토속어로서 의미를 지닌다. 여기서 토속어가 계층적 의미를 띨 수 있게 된다. 우선 응칠의 성격을 드러내는 부분은 다음과 같은 데서 찾을 수 있다. "그는 오라는 데는 없어도 갈 데는 많았다. 산으로 들로 해변으로 발부리 놓이는 곳이 즉 가는 곳이었다" (p. 82)

(가) "이번 멀리 아우를 방문함은 생활이 궁하야 근대러 왔다거나 혹은 일을 해보러 온 것은 결코 아니었다. 혈족이라곤 단 하나의 동생이요 또한 오래 못 본지라 때없이 그리웠다. 그래 모처럼 찾아온 것이 뜻밖에 덜컥 일을 만났다" (pp. 83~84)

(나) "가뜩 한데 업치고 덥치더라고 올에는 고나마 흉작이었다. 샛바람과 비에 벼는 깨깨 배틀렸다. 이놈을 가을하다간 먹을 게 남지 않음은 물론이요 빚도 못 가릴 모양. 에라 빌어먹을 거. 너들끼리 캐다 먹던 마던 멋대로 하여라, 하고 내던져 두지 않을 수 없다. 벼를 털

---

21) 이주일, 「김유정소설연구」, 명지대 박사논문, 1991, pp. 105~109.

었다고 말만 나면 빚쟁이들은 우-몰려들 거니깐." (pp. 84~85)

(다) 웅칠이는 그꼴(성팔이 도망치듯 달아나는)을 이윽히 바라보고 입안으로 죽일 놈, 하였다. 아무리 도적이라도 같은 동료에게 제 죄를 넘겨 씌우려 함은 도저히 의리가 아니다.

그건 그렇다치고 웅오가 더 딱하지 않은가. 기껀 힘들여 지어놓았다 남 좋은 일한 것을 안다면 눈이 뒤집힐 일이겠다.

이래서야 어디 이웃을 믿어 보겠는가…… (p. 87)

(라) 그렇게도 벼에 걸신이 들었다면 바루 남의 집 머슴으로 들어가 한 달포 동안 주인 앞에 얼렁거리는 건이어니와 신용을 얻어 놨다가 주는 옷이나 얻어 입고 다들 잠들거든 벼섬이나 두둑히 질머메고 덜렁거리면 그뿐이다. 이건 맥도 모르는 게 남도 못 살게 굴랴구. 에이 망할 자식두 그는 분노에 살이 다 부들부들 떨리는 듯 싶었다. (p. 88)

위 인용문들은 부분적으로 언어의 계층적 특징을 보여주는 예들이다. (가)는 血族에 대한 관념이 나타나 있다. 혈족에 대한 '때없는 그리움'은 토속적 인정의 세계라 할 수 있다. (나)에는 현실의 不合理에 대응하는 방식이 나타나 있다. 논리적인 대응이 아니라 즉물적인 반응이다. "에라 빌어먹을 거. 너들끼리 캐다먹던 마던 멋대로 하여라" 하는 것이 그 예이다. (다)는 義理를 중시하는 작중인물의 관점이 나타나 있다. 합리성을 따지기보다 의리를 앞세우는 것 자체가 계층적 의미를 머금은 것이다. (라)는 狀況을 打開하는 현실적 方式이 드러나 있는 부분이다. 도둑질을 할 것이 아니라 머슴살이를 해서 자기 앞을 꾸려야 한다는 것은 제도화된 삶을 긍정하는 태도이다. 이는 술집 주인이 하는 말, "농사군은 그저 농사를 지어야 돼" 하는 안정감과 대비되면서 의미를 획득한다.

民謠의 삽입으로 효과를 내고 있다는 점에 주목할 만하다. 그 가운데 (p. 93) "증긔차는 가자고 왼고동 트는데 정든님 품안고 낙누 낙누…… 낼 갈지 모레 갈지 모르는데 옥시기, 강냉이는 심어 뭐하리"하는 구절이 나온다. 이는 현실적 삶의 질곡에 지친 이들의 푸념이라는 의미를 띤다. 민요는 민중들의 삶을 담아내는 형식이다. 일정한 형식 안에서 삶의 양상을 따라 변형되게 마련이다. 현실의 질곡은 다음과 같이 구체화된다.

> 그래도 즈이 따는 무어 농사 좀 지었답시고 약을 복복 쓰면서 잘두 더들어 대인다. 허지만 그런 중에도 어디인가 형언치 못할 슬쓸함이 떠돌지 않는 것도 아니다. 삼십여 년 전 술을 빚어 놓고 쇠를 울리고 흥에 질리어 어깨춤을 덩실거리고 이러든 가을과는 저 딴쪽이다.
> (전집, 93)

현실적 질곡의 반복으로 말미암아 자기부정의 他人志向的 性格이 형성되어 버린 예를 다음과 같은 데서 확인할 수 있다. 이는 작중 인물들의 말을 통해 드러나는데 자신들이 부정하는 요소에 오히려 가치증대를 시켜놓는 것을 볼 수 있다.

> 응칠이는 모든 사람이 저에게 그 어떤 경의를 갖고 대하는 것을 가끔 느끼고 어깨가 으쓱거린다. 백판 모르는 사람도 데리고 앉아서 몇 번 말만 좀 하면 대번 구부러진다. 그렇게 장한 것인지 그 일을 하다가, 그 일이야 도적질이지만, 들어가 욕보던 이야기를 하면 그들은 눈을 커다랗게 뜨고
> "아이구, 그걸 어떻게 당하셨수!"
> 하고 적이 놀라면서도
> "그래 그 돈은 어떡했수?"
> "또 그럴 생각이 납디까유?"
> "참 우리같은 농군에 대면 호강사리지유!"
> 하고들 한편 퍽 부러운 모양이었다. 저들도 그와같이 진탕 먹고 살고는 싶으나 주변 없어 못하는 그 울분에서 그런 이야기만 들어도 다소 위안이 되는 것이다. 응칠이는 그걸 잘 알고 그 누구를 논에다 거꾸로 박아놓고 다라나다가 붙들리어 경치던 이야기를 부지런히 하며
> "자네들은 안적 멀었네 멀었서……"
> 하고 흰소리를 치면 그들은, 옳다는 뜻이겠지, 묵묵히 고개만 꺼덕꺼덕하며 속없이 술을 사 주고 담배를 사 주고 하는 것이다.

계층의 안정성이 깨어진 결과는 權威의 瓦解로 나타난다. 도박판에서 젊은이와 상투잽이 늙은이의 싸움이 벌어지는 장면에서 그러한 점을 확인할 수 있다. 연령에 따른 위계질서가 무너진 것이다. 이는 농촌의 계층구조가 와해된 결과를 반영하는 것이라고 해석할 수도 있다. 문제는 그러한 사회구조를 분석하고 있다는 것이 중요한 게 아니라, 그러한 현상이 談論次元에서 補捉되어 있다는 점이다. 젊은이의 폭언과 늙은이의 허위의식으로 가득찬 발언이 그것을 보여준다. "이 자식 죽인다…" 하며 머슴이 마주앉은 상투의 뺨을 갈겼을 때 늙은이는 "허 이놈이 왜 이래누, 어른을 몰라보구" 하는 식으로 대응한다. 더럽다는 듯이 허허, 웃고 "버릇 없는 놈 다 봤다고!" 하는 식으로 격에 어울리지 않는 질책을 하는 것이다.

이처럼 훼손된 계층의식을 보여주지만 작가는 다른 한편으로 불변하는 본원지정을 동시에 보여준다. 형 응칠이 아우 응오에게 도둑질을 권하는 데에 나타나는 아우의 반응을 통해 그것을 확인할 수 있다. 아우는 도둑질로 문제를 해결하려는 형의 제안을 거부하는 것이다.

넷째, 意味의 顚倒現象이 드러난다는 점이 〈만무방〉의 서술 특징 가운데 하나로 부각된다. 바쁜 계절에 한가한 사람, 농사짓기가 빚지기, 자기 것 자기가 가져가는 것이 도둑질 등 의미의 전도현상이 나타난다. 이는 상황의 특성과 관계되는 것이라 할 수 있다. 궁핍의 절정인데 술판을 벌이고 노는 사람들의 행동과 텍스트 연관성을 지니는 것인데 다음에서 그러한 예를 볼 수 있다. "북쪽 산밑 미루나무에 싸여 주막이 있는데 유달리 불이 반짝인다. 노세 노세, 젊어서 놀아. 노래소리는 나즉나즉 한산히 흘러온다. 아마 벼를 뒷심대고 외상이리라." 외상으로 술을 마시지 않을 수 없는 사람들의 행동은 정상적인 의미의 삶이라 할 수 없다.

"이리 들어와 섬이나 좀 쳐 주게."
"아 참 깜빡."
하고 응칠이는 미안스러운 낯으로 뒤통수를 긁죽긁죽한다. 하기는 섬을 좀 쳐 달라고 며칠째 당부하는 걸 노름에 몸이 팔리어 고만 잊고 잊고 했던 것이다. 먹고 자고 이렇게 신세를 지면서 이건 썩 안됐다, 생각은 했지마는
"내 곧 다녀올 걸 뭐……"
어정쩡하게 한 마디 남기곤 그 집을 뒤에 남긴다. 그러나 이 친구는
"그럼 곧 다녀오게……"
하고 대를 재치는 법이 없었다. 언제나 여일같이
"그럼 잘 다녀오게……"
이렇게 그의 신상만 편하기를 비는 것이다.

'그의 신상만 편하기를 비는 것'은 이중적인 의미로 읽힌다. 그가 자신을 가리킬 수도 있고 상대방을 가리킬 수도 있는 것이기 때문이다. 의미전도 현상은 채만식의 풍자소설로 잘 알려진 <太平天下>에 잘 나타나는 예이다.22) 다음 예는 앞에서 잠깐 설명한 바 있는 부분이다. 도박을 하다가 머슴에게 늙은이가 뺨을 맞는 장면이다.

이때 한 옆에서 별안간
"이 자식 죽인다……"
악을 쓰는 것이니 모두들 놀라며 시선을 모은다. 머슴이 마주앉은 상투의 뺨을 갈겼다. 말인즉 매조 다섯끝을 엎어 쳤다,고……
허나 정말은 돈을 잃은 것이 분한 것이다. 이 돈이 무슨 돈이냐 하면 일년 품을 팔은 피묻은 사경이다. 이런 돈을 송두리 먹다니.
"이 자식 너는 야마시꾼이지 돈 내라."
멱살을 훔켜잡고 다시 두 번을 때린다.
"허 이놈이 왜 이래누, 어른을 몰라보구."
상투는 책상다리를 잡숫고 허리를 쓰윽 펴더니 점잖히 호령한다. 자

---

22) 우한용, 『채만식소설 담론의 시학』, 앞의 책, 참조.

식뻘 되는 놈에게 뺨을 맞는 건 말이 좀 덜 된다. 약이 올라서 곧 일을 칠 듯이 응뎅이를 번적 들었으나 그러나 그대로 주저앉고 말았다. 악에 바짝 바친 놈을 건드렸다가는 결국 이쪽이 손해다. 더럽단 듯이 허허, 웃고

"버릇 없는 놈 다 봤다고!"

하고 꾸짖은 것은 잘 됐으나 그여히 어이쿠, 하고 그 자리에 폭 엎으러진다. 이마가 터져서 피는 흘렀다. 어느 틈엔가 돌맹이가 나라와 이마의 가죽을 터친 것이다.   (전집, 99)

의미의 역전현상은 行動의 동기와 結果 사이의 隔差에서 빚어진다. 見蚊拔劍 같은 것이 그 예이다. 화투장 하나 엎어 친 것이 피 흘리는 싸움으로 번지는 데서 의미는 전도된다. 위 인용에서 상투 노인의 말은 그 의미가 전도되어 있다. '어른'이 되기 위한 조건을 갖추지 못한 주제에 어른을 내세우는 것이다. 따라서 꾸짖을 처지가 못되는 데도 '꾸짖는다'는 것은 그 꾸짖음이 자신에게 돌아와야 하는 역설이 된다.

의미의 역전현상은 行動을 敍述하는 언어에서도 나타난다는 것을 위 인용은 보여준다. 화투장 하나 엎어치는 사소한 계기가 유혈의 싸움으로 비화하는 것이다. '피묻은 사경'으로 표현되는 돈을 잃는 것과 거기 대한 분풀이로 어른을 때리는 행동이 같은 차원으로 동일시되는 것이다. 이러한 원한감정은 어른과 아이의 차이를 顚倒시킨다. 어른이 돼가지고 젊은 사람들 화투하는 데 참예하는 것이나, 젊은 사람에게 얻어맞으며 '어른을 몰라본다'고 호령을 하는 것이나 어른의 처지에 어울리지 않는 행동이기는 한가지이다. 어른이라는 대상에 대한 독자의 기대와 행동 사이에 의미의 역전현상이 나타나는 것이다. 이는 서술자의 해석이 개재됨으로써 아이러니의 효과를 나타내게 된다. "상투는 책상다리를 잡숫고 허리를 쓰윽 펴더니 점잖히 호령한다. 자식뻘 되는 놈에게 뺨을 맞는 건 말이 좀 덜 된다. 약이 올라서 곧 일을 칠 듯이 응뎅이를 번쩍 들었으나 그러나 그대

로 주저앉고 말았다" 이 부분은 쉬운 말로는 서술자의 主觀的 介入이다. 이를 언어기능으로 본다면 메타 언어적 기능을 활용하면서 의미의 역전현상을 일반화하는 것이라 할 수 있다.

다음은 응칠이 도둑을 지키다가 잡은 도둑이 자기 동생이라는 것을 발견하게 되는 장면이다. 의미의 역전현상이 집약적으로 드러나는 장면이다.

> 응칠이가 날쌔게 달겨들며
> "이 자식, 남의 벼를 훔쳐 가니……"(중략)
> 응칠이는 덤벼들어 우선 허리께를 나려조겼다. 어이쿠쿠, 쿠 하고 처참한 비명이다. 이 소리에 귀가 번쩍 띄이어 그 고개를 들고 팔부터 벗겨 보았다. 그러나 너무나 어이가 없음인지 시선을 치걷으며 그 자리에 우두망찰한다.
> 그것은 무서운 침묵이었다. 살뚱맞은 바람만 공중에 북새를 논다.
> 한참을 신음하다 도적은 일어나더니,
> "성님까지 이렇게 못살게 굴기유?"
> 제법 눈을 부라리며 몸을 홱 돌린다. 그리고 늣기며 울음이 복바친다. 봇짐도 내버린 채,
> "내 것 내가 먹는데 누가 뭐래?" 하고 데퉁스러히 내뱉고는 비틀비틀 논 저쪽으로 없어진다.
> 형은 너무 꿈속 같아서 멍하니 섰을 뿐이다.　　　　　(전집, 102)
> 내 걸 내가 먹는다—그야 이를 말이랴, 허나 내걸 내가 훔쳐야 할 그 운명도 얄궂거니와 형을 배반하고 이웃을 버린 아우도 아우렸다. 에―이 고현놈, 할 제 보를 적시는 것은 눈물이다. 그는 주먹으로 눈을 쓱 부비고 머리에 번쩍 떠오른 것이 있으니 두데두레한 황소의 누깔, 시오리를 남쪽 산 속으로 들어가면 어느 집 바깥뜰에 밤마다 늘 매여 있는 투실투실한 그 황소, 아무렇게 따지던 칠십원은 갈 데 없으리라. 그는 부리나케 아우의 뒤를 밟았다.　　　　　(전집, 102~103)

〈만무방〉 전체는 도둑 이야기라고 해도 지나침이 없다. 위 인용 부분에서 의미의 역전현상이 어떻게 나타나는지를 보기 위해 전체 내용을 작중인물 응오를 중심으로 단락별로 요약해 보기로 한다.[23]

① 부랑민 형이 돌아와 아우네서 머문다.[사건의 배경 상황]

② 아우네 집 벼이삭을 도둑맞는다.[사건의 발생]

③ 형이 도둑의 누명을 쓴다.[사건의 여파]

④ 형이 도둑을 잡으러 나선다.[사건 해결의 시도]

⑤ 형이 도둑을 잡는다.[사건 해결 성공]

⑥ 도둑은 아우라는 것이 밝혀진다.[해결한 사건의 재사건화]

⑦ 아우는 자기 벼를 훔친 (것이)다. [해결한 사건의 무효화]

⑧ 형이 아우를 위해 다른 도둑질을 하려 한다. [사건 해결의 다른 방향]

⑨ 아우가 형의 제안을 거절한다.[⑧의 부정]

⑩ 자기 벼를 도둑질한 아우는 진실하다.[의미의 역전현상]

이상의 요약은 서사구조를 보기 위한 것이 아니라 소설의 담론 특징을 확인하기 위한 것이다.

소설의 담론은 일반적으로 對話的 構造를 지향한다. 여기서 '일반적'이라는 단서를 다는 것은 소설 가운데는 담론의 대화성을 벗어나 언어의 단일성 혹은 단일논리적(monologic) 경지를 지향하는 것도 있기 때문이다. 이효석의 <메밀꽃 필 무렵>이 그러한 예이다. 이를 抒情小說[24]이라는 명칭으로 부르기도 한다.

요약해서 말하면 <만무방>은 서술자의 개입으로 작중인물의 시각과 서술자의 시간이 넘나드는 가운데 현실적 언어를 동원하여 소설의 리얼리티를 살리고 있다. 그런 가운데 의미의 역전현상을 보여줌으로써 現實을 批判하고 있는 것이다. 언어의 측면에서 본다면, 인간의 가장 바람직한 삶의 조건으로 설정할 수 있는 것은 意味의 共有와 生成이 원활한 세계일 것이다. 이는 개인과 전체 사이에 언어적 소통이 원활한 세계를 뜻한다. 그러한 세계에서라야 개인과 전체가 소통작용이 원활해져 소외를 극복할 수 있기 때문이다. 그

---

23) 최병우, 「<만무방>의 서술구조」, 『선청어문』 제 16·17합집, pp. 866~877.

24) Ralph Freedman, *The Lyrical Novel*, Princeton Univ. Press, 1963.

러한 점에서 의미의 소통이 장애를 받거나 의미공유가 이루어지지 않는 사회나 의미가 역전되는 사회는 바람직한 사회라고 할 수 없다. 따라서 어느 사회의 言語病理를 보여주는 것 자체가 그 사회에 대한 비판이라는 논리가 성립하는 것이다.

5. 분석에서 해석차원으로

소설의 構造는 제3장에서 본 바와 마찬가지로 여러 가지 측면에서 논의될 수 있다. 플롯을 소설의 구조라고 할 경우에도 인물의 行動을 주로 하는 경우도 있고, 葛藤樣相을 구조개념으로 파악할 수도 있다. 또한 소설의 양식에 따라 구조가 결정되는 경우도 있다. 농민소설이라든지 교양소설, 사화소설 등은 그 나름의 內的構造를 지니게 된다. 이는 루카치의 용어로는 '내적 형식'이라고 한다.25) 아이러니 구조라든지 비극적 구조 등으로 소설의 意味次元에서 구조를 논하는 경우도 있다.

그러나 실제로 어떤 한 작품을 연구하는 경우에는 여러 구조 가운데 어느 하나를 중심으로 하게 된다. 우리는 앞에서 김유정의 <만무방>을 기호론적 구조라는 관점에 분석하여 보았다. 그렇게 분석한 결과는 분석에 그쳐서는 안된다. 解釋의 차원으로 이끌어 작품을 評價할 수 있어야 한다. 어느 작품이 잘되었다면 왜 잘되었는지, 잘못되었다면 잘못된 원인이 무엇인지 평가를 할 수 있어야 한다는 말이다.

소설을 평가함에 있어서 다음의 몇 가지 사항을 고려해야 한다. 첫째는 그 작품에 대한 批評的 假定(critical assumption)을 잘 세워야 한다는 것이다. 이는 작품의 대체적인 경향이 어떠한 것인가 하

---

25) G. Lukács, *Die Theorie des Roman*, 潘星完 譯, 『小說의 理論』, 심설당, 1985, pp. 89~106.

는 성격 규정이다. 달리 말하자면 무엇을 어떠한 방법으로 다룬 소설인가 하는 데에 대한 가정적인 답이라고 해도 좋을 것이다. 채만식의 〈濁流〉를 예로 들어 보자. 〈탁류〉는 일제 강점기 墮落한 한 家庭의 이야기가 중요한 이야기 가닥을 이룬다. 이 이야기는 작중 인물에 따라 몇 개의 가닥으로 다시 분화된다. 그러한 가운데 사회의 전반적인 실상을 그리는 방향으로 나아간다. 경제적 타락, 윤리적 도덕적 타락 등 타락의 양상은 다양하게 나타난다. 그러한 타락을 그리는 방법에도 여러 가지가 있을 수 있다. 타락한 양상을 있는 그대로(작가가 파악한 그대로) 그리는 방법이 있을 수 있다. 또한 그 시대의 분위기와 理念을 중심으로 하여 역사의 방향까지를 그릴 수도 있다. 이는 순서에 따라 비판적 리얼리즘 소설, 사회주의 리얼리즘 소설이라 한다. 그런가 하면 채만식의 〈太平天下〉처럼 풍자적인 방법으로 그릴 수도 있다. 이를 우리는 풍자소설이라 한다.

장편소설인가 단편소설인가 하는 구분도 소설의 성격을 규정하는 요인이 된다. 장편소설인가 단편소설인가 하는 것은 단지 양적 구분의 의미를 넘어선다. 다루는 세계가 다르고 지향하는 指向點이 다르기 때문이다. 장편소설은 이른바 '움직이는 대상의 전체성'을 그리는 양식이라 한다. 여기에는 사회의 분위기와 함께 어느 시대 사람들의 열망과 이념까지 포함된다. 거기에 비해 단편소설에서는 삶의 斷面을 그리는 것이 원칙이다. 삶의 단면을 그릴 때, 인간의 삶이 역동적이라는 점은 몇 가지를 집중적으로 다루게 된다. 그러한 세계에서는 역사의 원동력이라든지 어떤 사회의 분위기까지를 포괄하는 것은 무리이다. 이와 관련하여 사회적인 사실을 중심으로 그리는가 인물의 심리를 집중적으로 그리는가 하는 점도 소설의 성격을 규정하는 요인이 된다.

둘째, 소설의 여러 가지 構造概念 가운데 어떤 항목을 택할 것인가를 결정해야 한다. 이는 소설을 敍事論 차원에서 볼 것인가 장르론 차원에서 볼 것인가 하는 데에 따라 선택 항목이 달라진다. 소설을 서사론 차원에서 볼 경우, 넓은 의미의 이야기 문학의 한 갈래일 뿐이다. 인물이 있고, 그 인물이 행동을 보여주며, 행동이 구체화되는 배경이 있게 마련이다. 또한 소설을 서술하는 방법이 문제된다. 시점이라든지 서술자의 유형 등이 문제되는 것은 이러한 영역이다. 따라서 이러한 방법을 택할 경우 형식주의적 방법으로 기울게 된다. 소설을 장르론적 관점에서 보는 경우 소설은 그것이 탄생된 사회역사적 조건을 고려하는 것이 된다. 따라서 이는 시대와 이념의 문제를 고려하는 방법 즉 小說社會學的 방법으로 기울어지게 된다. 리얼리즘 소설론에서 중요한 방법으로 활용하는 典型概念이라든지 世界觀 등이 이 방법론의 중요한 검토항목이 된다. 이처럼 해당 작품을 어떤 방법론으로 볼 것인가 하는 데에 따라 어떤 요소를 구조의 중심으로 설정할 것인가 하는 점이 결정된다.

셋째, 구조의 요소와 요소 사이에 이루어지는 텍스트 연관성을 고려해야 한다. 평범하게 말해서 '내용은 좋은데 형식은 미흡하다'든지 '형식은 정제되어 있는데 내용은 부실하다'는 식의 소설평가는 어불성설이다. 원칙적으로 예술은 내용과 형식의 유기성이나 동일성을 지향한다. 예이츠의 말대로 무대 위에서 이루어지고 있는 춤에서 무용수를 제거하고는 무용이 성립될 수 없다. 그러한 점에서는 이야기와 그것을 서술한 담론의 상호 연계성을 고려해야 한다. 앞에서 살펴본 대로 김유정의 〈만무방〉을 서술자의 개입 없이 객관적으로 서술할 경우, 그 효과는 감소할 게 틀림없다. 그와 반대로 주요섭의 〈사랑손님과 어머니〉를 〈만무방〉과 같은 방식으로 서술한다면 이야기는 천박함을 면키 어려울 것이다. 인물의 성격과 사건 사이에, 대화와 서술자의 대화에 대한 해석 사이에, 시대배경과 인물의 심리 사이에 유기적 연관성을 고려하지 않을 수 없는 것이다.

넷째, 小說內的 구조와 小說外的 구조 사이의 연관성을 고려하는 것은 작품의 수용 측면에서 중요하게 고려되어야 할 사항이다. 이는 작품이 시대를 반영하면서 시대를 초월한다는 이중성을 고려한다는 뜻이다. 어느 작품이 한 시대를 정확히 반영하였다고 하더라도 시대가 달라짐으로써 의미를 상실한다면 좋은 작품이라 할 수 없다. 이른바 문학의 普遍性과 恒久性이라는 조건을 충족시키지 못하기 때문이다. 여기에서 소설의 구조분석은 역사적 시각을 아우르게 된다.

그밖에 言語美를 잘 살리고 있는가, 지나친 단순화나 감상이 드러나지는 않는가, 현실에 대한 허위고발은 하고 있지 않은가 등의 문제가 아울러 평가에 고려되어야 할 것이다. 이는 소설을 연구하는 연구자의 감수성과 밀접하게 연관된다. 소설의 평가나 감상에서 수용주체의 감수성이 주요한 속성 때문이다.

[참고문헌]

김상태, 『문체의 이론과 해석』, 새문사, 1982.

金信宰 편, 『원본김유정전집』, 한림대출판부, 1982.

김윤식, "염상섭의 소설구조", 김윤식 편, 『염상섭』, 문학과지성사, 1977.

구인환 외, 『문학교육론』, 삼지원, 1992.

구인환, 『한국근대소설연구』, 삼영사, 1977.

이주일, 「김유정소설연구」, 명지대 박사논문, 1991.

이필영, 『국어인용구문연구』, 탑출판사, 1993.

우한용, 『채만식소설담론의 시학』, 개문사, 1992.

우한용 외, 『소설교육론』, 평민사, 1993.

전신재 편, 『원본김유정전집』, 한림대출판부, 1982.

전영태, 「김유정의 <산골>」, 『한국현대소설 작품론』, 문장, 1981.

최병우, 「<만무방>의 서술구조」, 『선청어문』 제 16 · 17합집, 1988.

최병우, 「한국근대 일인칭소설연구」, 서울대 대학원 박사논문, 1992.

Bakhtin, M. M., *The Dialogic Imagination*, Texas Univ. Press, 1981.

Chatman, Seymour, *Story and Discourse in Fiction and Film*, Cornell Univ. Press, 1978.

Freedman, Ralph *The Lyrical Novel*, Princeton Univ. Press, 1963.

Jakobson, Roman, 신문수 역, 『문학 속의 언어학』, 문학과지성사, 1989.

Lubbock, Percy, *The Craft of Fiction*, Jonathan Cape, 1957.

Lukács, Georgy, *Die Theorie des Roman,* 潘星完 譯, 『小說의 理論』, 심설당, 1985.

Searle, John, *Intentionality,* Cambridge Univ. Press, 1983.

Toolan, M., 김병욱 외 역, 『서사론』, 형설출판사, 1993.

제12장
소설의 이해와 비평

柳基龍

1. 소설 장르의 성격과 비평

소설은 이야기의 순도 높은 형식이다. 다시 말하면 소설의 출발은 어디까지나 이야기라는 것이다. 이야기 구조를 해체하는 소설까지 포함해서 소설은 이야기를 가장 중요한 요소로 간직하고 있다. 이 같은 이야기를 재미있게, 가장 이야기답게 전달한다는 것이 소설의 매력이다.

사람의 마음속에는 남의 이야기를 듣고자 하는 본능적인 욕망이 있다. 이제까지 자기가 모르던 이야기를 듣는 것은 미지의 세계를 향한 호기심의 충족이며, 상상을 통한 새로운 세계의 창조이며, 시간적, 공간적으로 한정된 자기 자아의 확장이다. 이야기에는 반드시 이야기되는 사건을 경험하는 사람이 있다. 그리고 그 사람의 의지와 감정, 사상과 충동을 이해하고 공감하는 데서 이야기를 듣는 사람의 즐거움이 발생한다.

이야기의 재미와 즐거움, 소설을 비평하는 행위는 근본적으로 이 같은 미적 쾌감에서 출발한다. 예로부터 우리의 조상들은 자신이 문학비평을 쓰는 이유가 심심함[閑] 때문이라고 겸허하게 말했다. 일찍이 허균은 세상의 명리를 벗어난 은사(隱士)들의 언행을 편집하고 비평한 그의 『한정록(閑情錄)』 범례에서 "심심한 사람이 문학이 아니면 무엇으로 보내며 어디에 흥을 붙일 것인가?"1) 했다. 우리는 이와 비슷한 말을 이제현의 『역옹패설(櫟翁稗說)』, 강희맹의 『촌담해이(村談解頤)』, 서거정의 『필원잡기(筆苑雜記)』, 허균의 『성수시화(惺叟詩話)』, 장유의 『계곡만필(溪谷漫筆)』, 김만중의 『서포만필(西浦漫筆)』, 홍만종의 『순오지(旬五誌)』 등 무수한 문학평론집에서 살펴볼 수 있다. 즉 소설을 비롯한 문학작품을 비평하는 행위는 심심함[閑]에 대한 정서적 자각에서 출발하여 재미있고 즐거운 이야기를 통해 그 심심한 상황을 메우고 승화시키는 작업의 일환인 것이다. 이인로의 『파한집(破閑集)』, 최자의 『보한집(補閑集)』, 서거정의 『태평한화골계전(太平閑話滑稽傳)』, 심수경의 『견한잡록(遣閑雜錄)』, 이덕형의 『죽창한화(竹窓閑話)』 등등 심심함[閑]이 표제로 나온 저작들이 그토록 많은 이유가 여기에 있다.2)

그런데 소설읽기와 소설비평이 단지 이 같은 이야기의 재미와 즐거움에서 출발한다면 어째서 비평의 다양한 방법론과 각양각색의 가치평가가 나타나는 것일까. 이것은 이야기는 똑같아도 이야기하는 방법이 다를 수 있다는 사실에 기인한다. 즉 이야기에는 이야기를 기술하는 방법에 따라 '있는 그대로의 이야기'와 '재구성된 이야기'의 두 가지가 있을 수 있다. 전자가 원래의 사건이 일어난 순서대로 그 사건을 말하는 방법이라면, 후자는 이야기가 자아내는 감동과 재미를 극대화하기 위해 원래 사건이 일어난 순서를 바꾸는

---

1) "閑居者 非文則 何而自遣而寓興也" 이이화 편, 『許筠全書』, 아세아문화사, 1980, p. 253.
2) 이 책들은 모두 그 서(序)나 발(跋)에 '거한(居閑)', '한중(閑中)' '간절인사(簡絶人事)' '무사(無事)' 등의 말로 심심함이 그 저술의 계기가 되었음을 겸손하게 밝히고 있다.(하강진, 「문학 창작의 동인으로서의 한과 그 표출양상」, 부산대학교 석사, 1992, 참조.)

방법이다. 물론 있는 그대로의 이야기와 재구성된 이야기가 확연히 분리되는 별개의 것만은 아니다. 오히려 이들은 두 개의 연속적인 국면으로 존재하는 동일한 미적 대상이라고 할 수 있다. 러시아 형식주의자들은 문학창작을 재료(material)와 그 재료에 일정한 형성적 가공을 가하는 기법(device)의 연속적이고 역동적인 문학적 절차로 파악한다.3) 이 같은 문학적 절차의 관점에 선다면 앞서의 두 국면은 일차 이야기(fable)와 이차 이야기(sujet)로 나누어진다. 똑같은 이야기라 할지라도 이야기를 재미있게 만들려는 작가의 기법과 조작에 따라 얼마든지 많은 이차 이야기가 가능한 것이다. 같은 이야기도 다르게 이야기하면 다른 이야기처럼 들린다. 이것이 구성의 원리이며 소설비평이 존재하는 이유이다.

그런데 바로 이 때문에 소설비평은 소설의 본질을 정의하려는 오랜 문제의식과 만나게 된다. 같은 이야기도 얼마든지 다르게 이야기할 수 있다는 말은 어떻게 이야기하는 것이 가장 소설적인 방식인가 하는 문제를 제기하기 때문이다. 아리스토텔레스와 호라티우스로부터 쉴레겔 형제와 프리드리히 블랑켄부르크, 이볼리테에느, 로렌스 스턴, 헨리 필딩, 매슈 아놀드를 거쳐 게오르그 루카치, F. R. 리비스, 헨리 제임스, 워렌 C. 부스, 루시앙 골드만, 미하일 바흐찐에 이르기까지 많은 이론가들은 이 문제에 관한 나름대로의 해명을 시도했다. 이상의 모색들이 발견해낸 소설의 대략적인 성격을 미하일 바흐찐은 아래와 같이 정의했다.

첫째, 소설은 다른 상상적인 문학 장르들이 사용하는 의미에서 '시적(詩的)'이어서는 안된다. 둘째, 소설의 주인공은 서사시 혹은 비극적인 의미에서 '영웅적(英雄的)'이어서는 안된다. 셋째, 소설 속의 삶은 완성되어 불변하는 것이어서는 안된다. 넷째, 소설의 위치는 당대의 세계에 대해 고대 세계에서의 서사시와 같은 것이어야

---

3) V. Erlich, *Russian Formalism*, 박거용 옮김, 『러시아 형식주의』, 서울: 문학과지성사, 1984, p. 243.

한다.4) 이상은 ①비현실적 감상주의의 배제, ②과장된 영웅화의 배제, ③미리 포장된 평면적 성격의 배제, ④당대 문학의 지배적 장르화로 요약할 수 있을 것이다. 이상의 네 가지는 소설 장르의 성격에 대해 대부분의 연구자들이 동의할 수 있는 대략적인 합의라고 할 수 있다.

그러나 이 같은 합의 역시 고정불변하는 소설의 정의(定義)는 아니다. 이 또한 소설이 자기의식에 이르는 과정에서 나타난 잠정적인 특징들에 불과한 것이다. 소설의 본질을 정의하고 정식화(定式化)하는 것은 거의 불가능하다. 왜냐하면 소설은 계속 진화하고 발전하는 과정에 있는 장르로서 그 성격이 본질적으로 유동적이기 때문이다.

이야기의 재미와 즐거움으로부터 출발한 소설은 끊임없이 다른 지배적 장르들을 비판하고, 자기 자신까지도 수정하면서 지금도 변모에 변모를 거듭하고 있는 것이다. 때문에 소설비평에 있어서 하나의 규범적이고 교조적인 척도를 가지고 좋은 소설과 나쁜 소설을 나누고 평가하는 것은 현실적으로 무리일 뿐만 아니라 거짓말이다. 자신이 좋아하는 어떤 특정한 소설을 추켜올린 다음 그와 같은 것이 단 하나의 올바르고 필연적인 진정한 소설형식이라고 선언하는 이 같은 비평을 학자들은 입법비평, 재단비평(裁斷批評)이라 부르며 경계하고 있다.5) 그렇다면 이 같은 오류를 피하면서 소설의 이해와

---

4) Michael Bakhtin, *The Dialogic Imagination*, Austin: Univ. of Texas Press, 1981, p. 10.

5) 이 말은 엘리어트가 말한 판단비평(judical criticism)과 다르다. 엘리어트는 판단비평이란 말을 인상비평의 대립어로 사용했다. 모든 비평의 원형은 좋다, 나쁘다, 보다, 좋다의 판단과 왜 좋은가의 이유, 즉 판단과 판단의 이유를 제시하는 것이다. 그러나 이 같은 엘리어트의 판단비평은 아리스토텔레스로부터 호메로스를 거쳐 베르길리우스, 단테에 이르는 고전작가들의 모범을 인정할 때 가능한 것이다. 소설이라는 장르는 바흐쩐도 설명하다시피 이 같은 고전주의적 질서를 처음부터 거부하는 대화성과 언어적 다양성을 내포한다.
T. S. Eliot, "The Function of Criticism", *Selected Essays*, London,

비평을 행할 바람직한 길은 어떤 것일까, 입법비평의 구체적인 예들을 살펴보면서 소설비평의 요건들을 생각해 보자.

2. 소설비평의 구성요건

소설비평은 소설의 본질과 성격, 유형, 작가와 작품의 가치를 분석하고 평가하는 일체의 작업을 가리킨다. 이 같은 비평의 기능은 크게 해설과 가치평가의 두 가지로 대별된다. 해설이란 특정한 소설의 특정한 주제를 선택하고 그것을 중심으로 작품세계를 설명함으로써 독자에게 지식을 제공하는 행위이다. 예컨대 소설이 탄생하게 된 역사적 배경을 통해 작품의 의미를 구명한다든가, 그 작품을 구성하는 여러 가지 요소들을 분석하고 종합한다든가 하는 작업이 그것이다. 그러나 비평이란 지식만으로 이루어지는 것은 아니다. 아무리 정치한 분석과 이론적 해명을 했다 하더라도 그것만으로 참된 의미의 비평이라고는 보기 어렵다.

참된 의미의 비평은 이 같은 해설이 가치평가라는 궁극적인 목표와 결합함으로써 성립한다. 어떤 작품이 좋은 것이고, 어떤 작품이 나쁜 것인가, 그리고 그 작품은 어째서 가치를 갖는 것인가, 이런 점들을 식별하는 판단이 작용하지 않을 때 비평은 제 구실을 다했다고 할 수 없다. 그렇기 때문에 소설비평은 언제나 다양한 문학적 체험을 통해 형성되는 문학관의 문제에 부딪히게 된다. 단순한 해설에 머무르지 않고 그 작가가 작품의 의미를 평가하고자 할 때 항상 그 평가의 척도가 문제시되는 것이다. 이때 중요한 것은 자기의 문학관만을 일방적으로 옹호, 강요하지 않는 대화적이고 포용적인 태도이다.

1932, p. 78.

어떤 소설도 그것이 살아 있는 개성의 산물인 한 세계에 대해 단일한 방식으로만 관련을 맺을 수 없다. 문학과 비문학, 소설과 비소설, 근대소설과 전근대소설 등등 다양한 문학적 개념 사이의 경계선은 천상(天上)에 설정되어 있는 것이 아니다. 다른 모든 진실들과 마찬가지로 문학적 개념 역시 특수하고 역사적인 상황의 산물인 것이다. 그런 의미에서 좋은 소설과 나쁜 소설을 구별할 수 있는 절대적인 척도는 없다고도 할 수 있다. 그러나 소설을 연구하는 사람들 중에는 형식적인 면과 내용적인 면에서 각각 소설을 평가하는 절대적 척도들을 힘써 주장하는 예가 있었다. 그 대표적인 예로 형식주의 비평의 오류와 역사주의 비평의 오류로 정리할 수 있다. 이 같은 오류들과의 상호대비를 통해 소설 비평의 구성요건을 생각해 보자.

1) 형식주의 비평의 오류

르네 웰렉에 따르면 형식주의 비평은 러시아에서 미국에 이르는 광범위한 영역에 걸친 세력으로써, 마르크스주의 비평과 더불어 가장 국제적인 성격을 띠고 있다.[6] 형식주의 비평이 제일 먼저 일어난 곳은 러시아였다. 1915년 모스크바에서 <모스크바 언어학 서클>이 결성되고 이듬해 페트로그라드에서 <오포야즈(Opoyaz)>가 결성됨으로써 형식주의 비평은 출발했다. 1920년대에 전성기를 맞은 러시아 형식주의는 1930년대 스탈린주의의 압력으로 붕괴되었으나 그 영향력은 다대한 것이었다. 러시아 형식주의는 유럽에서 초기 체코의 프라하 언어학파와 독일, 이탈리아를 거쳐 프랑스 구조주의의 성립에 기여했다. 한편 미국으로 건너간 러시아 형식주의는 미국의 대학가에 큰 충격을 주면서 대학 문학교육의 주도적인 비평이론으로 정착했다. '뉴크리티시즘'이란 용어를 낳은 신비평가

---

6) René Wellek, *The Concept of Criticism*, New Haven : Yale Univ. 1973, p. 144.

그룹(New Critics)과 시카고 비평가 그룹(Chicago Critics)이 미국 형식주의 비평을 대표하는 세력들이다.

이처럼 형식주의 비평은 여러 단계의 발전과정을 보여왔다. 1960년대 초반을 지나면서 그 반대자들의 끊임없는 비판과 공격으로 약화되는 양상을 보이고 있으나 아직도 정밀한 텍스트 분석의 이론적 기준으로서 그것이 가진 의의는 누구도 부정할 수 없는 실정이다.

형식주의 비평은 문학작품 자체가 독자적인 질서로서 작가나 시대로부터 분리된 객관적인 의미구조를 지닌다고 본다. 작품은 곧 그 자체로 자족적인 하나의 세계이며 내부로 향하는 언어를 가지고서 총체적인 문맥에 따라 창조된다는 것이다. 이 같은 입장은 작품 자체가 그 작품을 이해하고 평가하는 데 필요한 모든 자료와 정보를 내포한다고 전제하기에 보다 정밀하고 성실한 소설읽기를 조장하고 유도한 바 크다.

그러나 이처럼 두드러진 미덕에도 불구하고 소설비평에서 형식주의는 계속적인 비판에 직면해왔다. 그것은 주로 형식주의가 가진 비평대상과 방법의 편협성에 기인한다. 형식주의 비평의 특징은 작품에 사용된 음성적 형식과 운율, 이미저리, 기법 등 주로 언어내적 국면들을 힘써 강조하는 데 있다. 그 결과 형식주의자들은 서정시와 같은 짧고 정제된 형식의 장르를 다룰 때는 발군의 성과를 보여주었지만 장편소설과 같이 긴 형식의 작품을 다룰 때는 많은 한계와 오류들을 노정했던 것이다. 그 같은 오류의 대표적인 예로 롤랑 바르트, 츠베탕 토도로프로 대표되는 프랑스 구조주의의 소설비평을 들 수 있다.

프랑스 구조주의에 지대한 영향을 끼쳤던 프라그 언어학파 등의 선배는 그래도 문학과 소설에 대한 일말의 상식을 갖고 있었다. 그들의 소설비평은 자신들의 방법론적 견해를 독자들이 최소한도로 납득할 수 있는 범위 내에서 피력하고자 노력했다. 예컨대 소설은 영화와 같은 다른 기호체계로 전환할 수 있는 플롯과 같은 요소들, 또는 특성들을 포함하고 있다는 점을 인정하면서 문학은 언어만으로 환원될 수 없다는 상식으로부터 출발했던 것이다. 그러나 이 같은 선배들의 현명한 통찰에 의해 이룩된 형식주의 비평의 발전은 롤랑 바르트와 같은 궤변론자들에 의해 심각하게 훼손되었다. 어얼리치의 비판처럼 이들 프랑스 구조주의자들은 작품의 자족적인 본질을 빙자하여 독자가 제멋대로 읽는 주관주의를 널리 선전하는 것으로 대중적인 인기를 끌었다.7)

프랑스 구조주의가 보여준 소설비평의 특징은 '정교하면서 동시에 독단적'이며, '난해하면서 동시에 하찮은 것'이라는 데 있다. 롤랑 바르트의 대표적인 소설비평서라고 칭송되는 『S/Z』는 이 같은 특징을 가장 잘 보여주는 책이다. 여기서 롤랑 바르트는 별로 중요하지도 않고, 내용도 빈약한 발자크의 33페이지짜리 소품 <사라진 Sarrasine> 하나만으로 무려 217페이지에 걸친 정교한 비평을 행하고 있다.8) 그의 교묘한 창의성과 세련된 궤변은 오로지 아무도 그것을 주목하지 않는다는 이유 때문에, 그리하여 자신의 남다른 취향과 재치를 자랑할 수 있다는 이유 때문에 발휘되고 있다. 한마디로 투자된 노력이 논의의 대상이 된 작품의 상식적인 무게와 너무도 어울리지 않는 것이다.

이처럼 작품 자체의 실상 이상으로 작품의 의의를 과장하려 할 때 필연적으로 새로운 용어와 새로운 구조를 많이 개발해야 한다는 요구가 나타난다. 1을 가지고 10만큼 얘기하자면 비평자는 1을 섬세한 구조분석 속에 넣어 10만큼 확대해석할 수밖에 없는 것이다. 또 구조조의의 구조개념이 가진 특유의 이항대립적 모델(시니피앙/시니피에, 통합축/계열축, 핵단위/주변단위 등등)을 완성하기 위해 필

---

7) Victor Erlich, 앞의 책, p. 19.
8) Roland Barthes, Farrah 외 공역, S/Z 'Toronto : Doubleday', 1974, 참조.

요한 조작적 상투어(operational platitude)들을 계속 만들어야 한다. 그 결과 소설비평은 난해하고 현란하지만 꼼꼼히 정리해보면 별로 남는 것이 없는 언어유희 속으로 떨어진다. 문학에 있어서 언어의 중심적인 위치를 인식한다는 것과 언어를 자기 비평의 유일하게 합법적인 준거틀로 삼는다는 것은 전혀 다른 것이다.

프랑스 구조주의의 이 같은 오류는 롤랑 바르트의 제자 토로르프(Todorov)에 이르러 일종의 규범미학적인 무모함을 보이기 시작한다. 토도로프는 소설을 쓰는 데 미리 정해진 원칙들이 있다는 입장을 취한다. 그 원칙들은 ①그럴듯함의 원칙, ②문체적 통일성의 원칙, ③비모순성의 원칙, ④비반복성의 원칙, ⑤비탈선의 원칙 등이다. 만일 이런 입장에 동의한다면 우리 한국의 고전소설들은 거의 대부분 수준 이하의 저질소설이 될 것이다. 우리 판소리계 소설이 그 대표적인 예이다. 쓸데없는 것처럼 보이는 되풀이, 자질구레한 것의 정치한 묘사, 중요하지 않은 것처럼 보이는 것의 대담한 삽입 등은 앞서 말한 토로로프의 원칙과 도저히 양립하기 힘든 것이다. 그러나 민중의 다양하고 풍요로운 상상력의 표현을 강조하는 입장에서 본다면 이런 원칙으로부터의 일탈이야말로 좋은 소설의 특징이다. 고상하고 통일된 언어가 아니라, 대화적이고 상호작용적인 언어의 다양성이 소설의 본질적인 요건이기 때문이다.

토로로프의 예에서 보듯이 형식주의 비평은 좋은 소설이 갖는 확고부동한 선험적 형식을 전제함으로써 독단과 부조화에 빠지게 되었다. 이 같은 형식주의 비평의 한계는 소설비평에 있어서 역사적 안목의 결여, 특히 문학사 인식의 소홀함을 드러내는 것에 다름 아니다. 모든 소설들은 그것을 생산한 문화 나름의 독특한 구조와 형식을 반영하고 있다. 이들을 특정한 형식적 원리로 환원하거나 유형화하는 일은 매우 지난하다. 이야기의 전개방식, 이야기를 이루어가는 행위자들의 관계, 이야기를 서술하는 다양한 기법 등은 어디까지나 자국의 문화적 전통과 특수성 속에서 그 형식적 특질이 논의되어야 할 것이다.

2) 역사주의 비평의 오류

근대 역사주의 비평은 19세기 프랑스의 생트 뵈브(C. A. Sainte -Beave)의 이뽈리 테에느(Hippolyte Adolphe Taine)라는 두 비평가에 의해 나타났다. 생트 뵈브는 문학작품이 작가의 인간적인 측면으로부터 분리할 수 없다는 독자들의 건전한 상식을 지지했다. 그는 그 같은 전제를 거듭 강조하면서 소설비평이란 작가의 전기적 사실들을 탐구함으로써 작가의 '정신적 초상화'와 작품 사이의 관련성을 밝히는 '문학적 박물학'이라고 주장했다.[9]

생트 뵈브의 제자 테에느는 자연과학의 이론체계를 도입함으로써 스승의 입장을 더욱 강화, 보강했다. 그는 모든 사물이 원인과 결과의 결정주의적 과정에 의해 형성된다고 보고 문학에 있어서도 그러한 결정주의적 과정을 밝혀내려고 했다. 모든 현상이 원인과 결과의 법칙을 따른다면 인간정신의 형성 역시 주어진 조건들에 의해 결정될 뿐이며, 개성이니 천재성이니 우연성이니 하는 것은 아무런 힘도 발휘할 수 없다는 것이다. 테에느는 이 같은 이론을 문학에 적용하여 작가의 특징적인 주요기능과 종족, 환경, 시대의 세 가지 관계를 결부시켜 작품 발생의 필연성을 구명하고자 했다. 이 세 가지 기준이란 곧 민족성, 역사적 시대, 사회적 환경이란 말로도 환치될 수 있다.

이 같은 역사주의 비평은 유럽 대륙으로 널리 전파되어 형식주의 비평이 대두할 때까지 사실상 유일한 문학연구 방법으로 통용되어 왔다. 그러나 형식주의자들의 공격이 시작된 1920년대를 경험하면서 역사주의 비평은 자신의 반대자들로부터 여러 가지 가치 있는 교훈을 받아들이고 과거의 낡은 이론을 정비하여 새롭게 다시 태어

---

9) S. N. Grebstein, *Perspectives in Contemporary Criticism*, New York, 1968, p. 2.

나기 시작했다. 여기에는 플레하노프로부터 시작하여 사회주의 리얼리즘에 이르는 러시아 마르크스주의 문예비평, 루카치로 대표되는 헤겔적 마르크스주의 문예비평, 루시앙 골드만, R. 지라르 등의 발생론적 구조주의, R. 에스카르피 등의 문학사회학 등을 들 수 있다. 영미문화권의 레이몬드 윌리암즈, 케네스 버어크, 맥캐디, 프랑크 커모드, 그리고 최근의 테리 이글턴 역시 이 새롭게 태어난 역사주의 비평의 범주에 포회된다. 어떤 사람들은 역사주의 비평의 이러한 변화과정에 주목하여 1920년 이전까지를 낡은 역사주의, 1920년대 이후를 새 역사주의라고 구분하기도 한다.

역사주의의 소설비평은 오랫동안 공격의 대상이 되어왔기 때문에 그 결점들이 이미 명확해졌다. 첫째, 작품의 형성요인이 되는 사회, 경제적인 현상에 주의를 집중한 결과 작품 자체의 해설과 평가가 소홀해졌다. 둘째, 작가의 실제 의도와 작품 자체의 의도를 반드시 일치한다고 생각하는 발생론적 오류를 범하고 있는 바 골드만은 이를 '내용사회학'이라 비판한다. 셋째, 무엇보다 중요한 것은 역사주의자들에게는 소설 작품의 비평이 이미 자기가 알고 있던 지식의 확인이라는 자기 충족적인 것이라는 점이다. 때문에 비평가들은 사회과학적 지식의 축적에만 힘쓰게 되며 작품 자체에 대해서는 막연한 인상비평에 그치는 경향이 있다.

이 같은 역사주의 비평의 오류가 가장 극명하게 대두된 예가 1930년대부터 나타난 사회주의 리얼리즘의 소설비평이다. 애초에 사회주의 리얼리즘은 기존 라프가 채택한 유물변증법적 리얼리즘의 부작용을 극복한다는 형태로 제기되었다. 즉 예술창작이 갖는 특수성을 지나치게 단순화한 기존의 한계를 반성하면서 사회주의의 현실을 심각하고 정당하게 묘사할 것을 천명했던 것이다. 그러나 미와 생활, 예술의 인식적 기능과 교육적 기능, 사상성과 당파성, 형식과 내용의 문제, 예술생산에 있어서 지배·피지배 계급의 갈등 등 사회주의 리얼리즘의 주요 쟁점들은 예술의 본질에 대한 탐구나 실제 작품창작에서 얻어진 성과에 기초한 것이 아니었다. 그 결과 이들의 역사주의적 관점은 정치적 목적의식과 문학을 절충적으로 조합한 소박한 반영론에 머무르고 말았다.

소설이 사회주의 현실, 혹은 사회주의로 나아가는 현실의 진보적인 부분을 반영하느냐 아니냐는 문제에서 중요한 현실이라는 것이 무엇을 뜻하느냐 하는 것이다. 현실을 개인과 개인 밖의 세계를 포괄하는 개념으로 받아들이고, 반영을 영향을 준다는 뜻으로 받아들인다면 소설작품은 현실을 반영한다는 원론적인 수준의 동의가 가능할 것이다. 그러나 이 현실을 사회의 정치경제적인 하부구조로 축소시키고 반영을 있는 그대로 모사한다는 뜻으로 받아들인다면 그 같은 소설비평은 역사주의 비평 특유의 교조주의에 빠져드는 것이다. 이 소박한 반영론은 현실을 내용, 소설을 표현이라고 생각하는 이분법적 사고를 강요한다. 그 결과 현실은 문학이 반영해야 할 유일무이한 보편성이 되며 '현실인식의 치열성', '현실주의', '현실에 대한 적극적인 실천의지', '현실에 대한 진보적 관점' 등등의 평가가 바로 하나의 작품을 의미부여의 대상으로 만들어주는 열쇠가 된다.

그러나 이 같은 현실, 우리가 이야기하고 인식하는 현실이 있는 그대로의 실재하는 현실과 같은 것인가의 여부는 우리가 재론해야 할 문제이다. 일찍이 알튀세르는 세상에는 두 가지 구별되는 현실이 존재한다고 말했다. 하나는 실재하는 대상으로서의 현실이며, 다른 하나는 인식의 대상으로서의 현실이다. 우리가 알 수 있는 현실은 책에서 보고, 친구에게 듣고, TV에서 본, 그리고 우리가 알고 싶은 것만을 안 인식으로 대상으로서의 현실뿐이며, 실재하는 대상에서는 궁극적으로 부재한다.10) 우리는 원과 직선으로 기하학이라는 인식을 쌓아올리지만 실재하는 어떤 원, 실재하는 어떤 직선도

---

10) Louis Althusser E. Balibar, trans by Ben Brewgster, *Reading Capital*, London : Verso, 1979, p. 40.

우리 인식의 대상이 되는 그런 완전한 원, 완전한 직선일 수 없는 것이다. 이 같은 문제를 간과하고 현실과 문학의 직접적인 대응을 추구하는 데서 역사주의 비평의 오류들이 발생한다.

아무리 전문적인 식견을 가지고 있다고 할지라도 소설에 대해 명확하고 불변하는 평가를 내리기 위해서는 섬세한 유보조항들이 필요하다. 사람은 누구나 자신의 관심을 초월하여 예술작품 속에 상정된 상황과 태도 속으로 몰입하지 못하게 하는 고정적으로 습관화된 신념과 정서를 갖는다. 이것이 바로 편견이다. 이러한 편견에는 개인사적인 것뿐만 아니라 문학비평의 이론적 척도로부터 생겨난 논리적인 편견도 있다. 그러나 우리는 소설이 계속 진화하고 발전하는 과정에 있는 장르로서 그 성격이 본질적으로 유동적이라는 사실을 다시금 명심해야 한다. 이야기의 재미와 즐거움으로부터 출발한 소설은 끊임없이 다른 지배적 장르들을 비판하고, 자기 자신까지도 수정하면서 지금도 변모에 변모를 거듭하고 있다. 소설비평에 있어서 무엇보다 요구되는 것은 특정한 비평론의 매너리즘을 탈피한 구체적이고 내재적인 작품의 이해일 것이다. 그렇다면 이제 이 같은 소설비평이 존재하는 양식에 대해 논의해 보기로 하자.

3. 소설비평의 기술원칙

소설을 읽고 그 분석한 결과를 정리하는 작업은 대개 평론, 논문, 리포트의 세 가지 양식을 취한다. 이 세 가지 양식 모두가 넓은 의미의 비평이란 말에 포괄되며 소설을 분석하며 평가, 판단하는 일체의 절차를 공유하고 있다. 그러나 그 분석과 절차의 과정에 있어서 이들은 각각의 양식적 특징에 따라 서로 다른 글쓰기의 조건들을 갖는다.

먼저 평론은 평론하는 사람의 예술가적 자의식이 비평대상인 소설과 만남으로써 성립한다. 이때 예술가적 자의식이란 당대의 문학적 테마에 대해 자기 나름의 세계관과 문제의식에 입각한 개성적이고 감각적이며 직관적인 판단을 의미한다. 따라서 평론은 그 가치판단의 진위(眞僞)를 확정할 수 없으며 이 점에서 논문 및 리포트와 변별된다.

한편 논문과 리포트는 참과 거짓을 엄격히 구별하는 학문적인 논의의 일환이라는 점에서 동일한 외양을 갖는다. 학문의 탐구 대상은 개관적인 사실에 근거한 검증가능한 진리이다. 또 이 같은 진리는 엄격한 논리적 사고의 전개에 따라 이론화되고 서로 다른 이론들과의 토론과 대화 속에서 공동의 연구성과적 축적되는 학문 일반의 전개과정을 거쳐야 한다.11) 논문은 이처럼 학문의 긍정적이고 연속적인 축적 위에 나타난 독창적인 주제의 논의라는 점에서 리포트와 변별된다. 학생시절의 리포트는 정신의 완전한 성숙을 보여주는 장시간의 다듬어진 사고의 결과인 논문으로 나아가는 연습이라 할 수 있다. 그렇다면 여기서 소설비평을 쓰는 원칙들을 논문을 중심으로 살펴보자.

1) 주제의 올바른 선택

소설비평의 첫째 요건은 논의할 대상을 잘 선택하는 것이다. 여기서 대상을 잘 선택한다는 것은 논의할 주제가 구체적이고 명확한 것이어야 한다는 의미와 통한다. 학문적인 논의는 논의의 대상과 주제를 구체적이고 명확하게 하는 데서 출발한다. 학문적 논의를 할 수 있는 조건이 이루어질 때 우리는 우리 자신이나 다른 사람의 가설을 검증해 갈 수 있으며 논의가 입각하는 일정한 규칙이 나타날 수 있다. 소설 작품에는 저마다의 작품세계가 가진 독특한 성격

---

11) 조동일, 「학문이란 무엇인가」, 『우리 학문의 길』, 서울 : 지식산업사, 1993. p. 16~25.

이 존재한다. 비평은 이 같은 작품의 독자성을 회대한 효과적으로 이해, 평가할 수 있는 적절한 주제를 선택해야 한다.

예를 들어 이효석의 <메밀꽃 필 무렵>과 같은 서정적 단편소설을 생각해 보자. 이효석은 직접 "심미감과 쾌의 감동을 떠나서 소설은 없다"고 천명한 바 있으며,[12] 실제로 그의 작품세계는 현재보다는 과거의 세계를, 현재에 거주하는 지역보다는 먼 이역(異域)을, 도덕과 규율의 세계보다는 자유와 자연상태의 본능적인 세계를 지향하고 있다. 연구자들은 이효석을 가리켜 "단편소설이 가져야 할 예술성과 기법면에서 새로운 개척을 한" 작가, "우리나라 산문예술에 현대적 시정으로 살을 붙이고 서구적인 정신내용과 현대의 문학의식을 도입하고, 또 고유의 정서의 피를 순환시키면서 우리의 산문에 지성과 시(詩) 정서의 세례를 준" 작가[13], "정감의 작가", "산문정신에 의해서 인생을 관찰하고 탐구하기 위해서는 시의 정신이 너무나도 순수에 겨워 있었던" 작가[14]로 평가하고 있다.

'예술성', '기법', '현대의 문학의식', '지성', '시정서', '정감', '순수' 같은 말에서 드러나듯이 이효석의 소설은 대부분 단편소설만이 가질 수 있는 고도의 문체감각과 예술성을 견지하려고 노력한 작품들이다. 작가의 이 같은 추구는 역사적, 정치적, 문명적 세계보다 토속적인 자연의 세계를, 관능과 식욕을 비롯한 인간본능의 세계를 지향하는 작품세계를 낳았다. 문학적 유파의 관점에서도 <메밀꽃 필 무렵>을 비롯한 그의 작품은 토속적 자연주의, 탐미주의로 분류된다. 따라서 이 같은 소설을 분석 비평하기 위해서는 논의의 대상이 되는 주제를 먼저 작품 내재적이고 소설기술론적인 영역에서 찾을 필요가 있다. 예컨대 <산문과 반산문>, <문학에 있어서의 성의

---

12) 이효석, 「文學振幅의 彛」, 『효석문학전집 5권』, p. 316.
13) 정한모, 『現代作家研究』, 서울 : 범조사, 1959, p. 75.
14) 유진오, 「작가 이효석론」, 『효석문학전집 5권』, 서울 : 성음사, 1971, p. 340.

문제>, <서구 소설과 한국 소설의 기법>, <자연성과 서정시적 소설의 문제> 등과 같은 것이 이효석 소설을 이해하는 효과적인 주제라 할 수 있다. 여기서 나아가 <이효석 소설의 문체분석>, <이효석 문학에 나타난 성의 문제>, <이효석 소설을 통해 본 기법문제>, <이효석 문학에 나타난 자연성과 서정시적 소설의 문제> 등으로 주제를 구체화, 명확화하는 것이 더욱 좋다.

2) 논의의 독창성

1)의 원칙과 매우 이율배반적으로 작용하는 것이 두 번째 원칙이다. 두 번째 원칙은 논의하는 대상에 대해 아직 논의되지 않은 것을 말해야 한다는 것, 그렇지 않다면 이미 이야기된 것을 새로운 관점에서 다시 말해야 한다는 것이다. 물론 반드시 독창성만이 논문 및 리포트의 사활적 요건이라고 할 수는 없다. 정리성 논문도 좋은 논문이 될 수 있다. 이 논문, 저 논문을 짜집기한 정리성 논문을 썼다고 할지라도 그 논의가 성실하기만 하다면 필자는 그가 현존하는 그 주제에 대한 문헌들의 대부분에 주의를 기울여 비판적인 검토를 행했음을 보여준다. 그리하여 그 문헌들을 일정한 관점에서 요약하고 연관지우고 정리한 논문은 여러 가지 분야를 자세하게 다 알 수 없는 전문적인 학자에게도 유용한 정보가 될 수 있는 그 주제에 대한 훌륭한 전체적 개관을 제공한다.

그러나 그럼에도 불구하고 명심해야 할 것은 그런 개괄성의 논의는 그 영역에서 그것과 비교될 만한 것이 없을 때만 학문적으로 유용하다는 사실이다. 이미 그 같은 개관이 이미 진행되었는데 그것을 단순히 축소 혹은 확대한 또 다른 개관을 제공한다는 것은 시간과 정력의 낭비이며 표절이 되는 것이다. 학문적으로 유용하다는 것은 무엇인가. 그 대답은 간단명료하다. "학문의 세계에 이미 알려져 있던 것에 어떤 새로운 것을 덧붙이는 글이 학문적이며, 앞으로 나올 동일한 주제에 대한 모든 논문이 그 글의 결론을 고려해야 하는 글이 학문적인 것이다"15) 말하자면 학문적으로 의미가 있다는 것은 어떤 연구가 얼마나 필요불가결한 것인가에 의해 결정된다. 그리고 논의의 독창성은 이 같은 학문적 유용성을 결정하는 가장 중요한 요소인 것이다.

최서해의 예를 들어보자. 1)의 원칙에 입각해서 최서해의 소설을 이해하는 가장 적절한 논의주제를 찾는다면 '최서해 소설에 나타난 불의 상징 해석', '최서해 소설에 나타난 간도(間島) 체험', '최서해 소설의 서간체 형식 연구', '최서해 소설에 나타난 혁명기 러시아 문학의 영향' 등이 될 것이다. 그러나 문제는 이 같은 주제들이 이미 앞선 연구자들에 의해 상당한 수준에서 논의된 바 있다는 데 있다.16) 앞선 연구자들이 논했던 주제를 다시 연구한다는 사실 자체는 논의의 독창성을 판단할 척도가 아니다. 앞선 연구자의 주제를 이어받는다는 것이 그 연구자의 연구방향과 업적에 무조건적으로 동의하는 것은 아니기 때문이다. 학문적 논의란 언제나 축적되는 것이다. 앞선 연구자들이 논했던 주제를 다시 논한다는 것은 그 안에서 움직일 수 있는 확실한 해석들이 있고 그 해석들의 결점을 비판하고 보완하는 방향으로 연구의 정확한 방향이 제시될 수 있는 경우인 것이다.

그러나 이 같은 경우에도 다음과 같은 두 가지 요건이 반드시 갖추어져야 논의의 독창성을 보장받을 수 있다. 첫째는 '자료의 새로

---

15) 움베르토 에코, 이필렬 옮김, 『논문 어떻게 쓸 것인가』, 서울 : 이론과실 천, 1991, p. 54.
16) 김기현, 「간도 시절의 최서해」, 『우리문학연구 제1집』, 1976. 4.
　　이강언, 「춘원과 서해의 서간체 소설연구」, 『한사대 한국어문논집』 2집, 1982. 2.
　　김용희, 「최서해에 끼친 고리키와 알치 바세푸의 영향」, 『국어국문학』 88집, 1982. 12.
　　김양호, 「1920년대 소설에 나타난 불의 상징해석-나도향, 현진건, 최서해를 중심으로」, 단국대 석사논문, 1984.

움'이다. 예컨대 앞서 '최서해 소설에 나타난 혁명기 러시아 문학의 영향' 같은 주제에도 얼마든지 새로운 자료가 발굴될 수 있다. 최서해의 혁명기 러시아 문학에 대한 독서체험은 주로 24세 때 경기도 양주군 봉선사에서 일어로 된 서구 문학들을 읽은 것이다. 이 시절을 증언해주는 여러 단편적인 자료들을 수집하여 검토하여, 그 가운데 고리키나 바세푸 외에도 알렉산더 블록, 보리스 필니냐크 같은 시인의 작품들을 대조 비교하는 작업은 분명히 새로운 자료를 제시하는 것이다. 또 이 같은 영향 관계의 검토를 최서해가 17세 무렵에 읽었던 『청춘』, 『학지광』 등에 실린 신소설, 구소설들에도 적용시켜 보는 것 역시 새로운 자료의 제시이다. 이밖에도, 이제까지 소설만을 중심으로 논의되었던 최서해의 문학관을 그의 평론 및 수필로 확대하는 방법, 이제까지 주로 춘원 이광수와의 교제를 중심으로 제시되었던 최서해의 문단활동을 그가 1925년부터 1929년까지 가입 활동했던 KAPF 작가들과의 교제를 통해 연구하는 방법 등등이 있을 수 있겠다.

둘째는 '방법론의 새로움'이다. '최서해 소설에 나타난 간도(間島) 체험' 같은 주제 역시 얼마든지 새로운 방법론으로 연구될 수 있다. 최서해 소설의 간도체험에 나타난 기아와 반항, 방화, 살육, 자해 등 다양한 내용이 일차적으로 당시의 사회상과 결부되어 연구해야 함은 너무나 당연하다. 최서해의 소설에는 일제 식민지 초기의 암담한 상황이 그 누구의 작품에서보다도 적나라하게 묘파되어 있기 때문이다. 그러나 최서해는 당시의 시대상만을 토로 내지 고발하기 위해서 작품을 썼던 것은 아니다. 그 자신이 고백하였듯이 내면 깊숙이 응어리진 그 무엇을 발산시키고 자기 내면의 상처를 치유하려는 수단으로서도 작품을 썼기 때문이다. 이런 점에서 새로운 방법론의 가능성들이 찾아진다. 최서해 소설을 프로이트의 정신분석학을 통해 접근한다든지, 피와 불 등을 중심으로 한 색채상징을 추적한다든지 하는 방법론이 그것이다. 또 <기아와 살육> 등이 보여주듯 현실이 아닌 환상장면의 빈번한 삽입 등을 중심으로 쳐서해 소설의 극적 효과를 더해주는 문체분석을 연구하는 것도 좋은 방법이다.

3) 분석과 평가의 생산성

소설의 분석과 평가는 물론 소설을 읽은 개개인이 하는 일이다. 개개인의 개성을 존중하지 않고서는 참다운 소설비평을 기대할 수 없다. 단일한 결론의 도식화와 교조화만큼 소설논의에 적대적인 것은 없다. 그러나 소설 논의 역시 다른 모든 학문과 마찬가지로 독백이 아닌 대화를 지향한다는 사실을 명심해야 한다. 개인이 분석 평가한 결과를 토론의 대상으로 삼아 점검하고 비판할 수 있을 때 소설비평은 타당한 성과를 재고할 수 있다. 물론 소설작품에 대한 저마다의 분석, 평가가 반드시 어떤 합의를 도출해야 한다는 것은 아니다. 다만 철저히 논리적으로 저마다의 생각을 따지고 그 타당성을 점검할 때 소설에 대한 논의는 하나의 연구성과로 축적되며, 특정한 개인의 작업이 공동체 모두의 업적으로 확대될 수 있는 것이다.

이 같은 논의의 생산성을 고려할 때 소설비평에 가장 절실하게 요청되는 것은 그 논의가 다른 사람이 그 말의 옳고 그름을 시비할 수 있는 진술을 담고 있어야 한다는 것이다. 소설에 대한 논의는 논쟁적이고 대화적이어야 한다. 이것은 소설비평에 있어서 매우 근본적인 요구이다.

우리는 이상의 소설 <날개>를 페미니즘 소설의 하나라고 이야기 할 수도 있다. 그러나 그 같은 진술이 객담 수준의 인상비평을 넘어서려면 몇 가지 선결조건을 충족시켜야만 한다. 첫째는 정확한 증거를 인용해야 한다는 것이다. 예컨대, <날개>에서 온당한 남편의 대접을 받지 못하고 아내에게 사육당하는 대목, 아내에게 속아서 수면제를 먹게 되는 대목 등이 가능한 예가 될 것이다. 둘째는 그 인용부분에 대한 이제까지의 해석을 비판해야 한다는 것이다. 예컨대 이제까지 "박제가 되어버린 천재"의 의미에 주목하여 앞서의 대목들을 어두운 혼돈 속에 유폐된 영웅적인 자아의 시간으로 해석하던 신화비평적 시각을 공격해야 하는 것이다. 셋째는 그 같은 해석이 다른 작품의 해석에 대해 확대될 수 있는 동의의 가능성을 제시해야 한다는 것이다. 앞서와 같은 <날개>에서의 결론은 동일한 소재와 테마가 찾아지는 다른 작품으로의 해석을 열어놓아야 한다. 예컨대 <봉별기>, <지주회시> 등으로 확대될 수 있는 이론적인 매개항과 방법론적 단초를 제시하는 것이 그것이다.

이 같은 조건을 충족시킬 때 우리는 다른 사람들이 동일한 관점에서 새로운 연구를 시작하게 할 수 있으며, 또 다른 자료를 통해 나의 결론이 틀렸다는 것을 비판하게 할 수 있다. 말하자면 우리는 이런 식으로 우리의 가정, 인용, 결론을 옳고 그름을 시비할 수 있는 방식으로 제시한 것이다. 이 같은 태도를 견지하는 한 소설작품에 대한 어떤 논의도 생산적이며 학문적인 것이다. 아무리 엉뚱한 학문적 가정의 구정물 속에서 헤매다가 결국은 자신의 가정을 스스로 부정한다 할지라도 그 같은 가정의 검증방식이 이처럼 논쟁적이고 대화적인 이상 그것은 유용하다. 그것은 그 비평을 읽는 다른 사람들로 하여금 특정한 가정에 대한 견실한 정보와 경험을 갖게 함으로써 시간을 낭비하지 않도록 배려한 것이기 때문이다.

4. 소설비평의 방법론

비평은 대상이 되는 소설작품의 속성을 따지고 그 가치를 평가 판단하는 일이다. 이 같은 비평 가운데는 소설을 효과적으로 이해하기 위해서 엄격하게 작품 자체만을 다루어야 한다는 입장을 취하는 것이 있다. 또 그와는 반대로 작가나 사회 등 작품 외적 요인들을 규명해야 한다는 입장도 있다. 웰렉은 전자를 내재적 연구(intrinsic approach), 후자를 외재적 연구(extrinsic study)라 분류했다.17) 소설작품을 연구하는 모든 방법론들은 모두 이 두 가지 계열로 대별된다. 여기서 외재적 연구는 작가의 의식을 문제삼는 경우, 독자에의 영향을 문제삼는 경우, 작품이 그리는 사회를 문제삼는 경우로 다시 나누어질 수 있다. 그리하여 에이브람스는 다음과 같이 비평의 방법론들을 크게 네 종류로 나누었다.

1) 작품을 그 자체로서 하나의 자족적인 존재로 보고 논하는 방법론

2) 작품이 다루는 사회 또는 인물과의 관련성을 논하는 방법론

3) 작품이 독자에 미치는 영향을 논하는 방법론

4) 작품을 생산해낸 작가와의 관련성을 논하는 방법론18)

먼저 1)의 '작품을 그 자체로서 하나의 자족적인 존재로 보고 논하는 방법론'은 작품을 현실이나 독자, 작가로부터 분리시켜 그 자체가 하나의 독립된 사물이라고 보는 방법론이다. 앞서 말한 형식주의 비평, 특히 뉴크리티시즘이 여기에 속한다. 이 같은 방법론에 입각할 때 논의의 초점은 작가나 독자보다 작품 자체에 모아진다. 다시 말하면 작품의 본문(本文)에 밀착하는 것이다. 이때 작품 그 자체는 독자적인 세계로서 작가나 시대로부터 분리된 객관적인 의미구조를 갖는다. 작품은 곧 밀폐된 세계이며 내부로 향하는 언어를 가지고 총체적인 문맥을 창조하게 되는 것이다. 그러므로 본문 즉 텍스트는 언어의 조직 외에 아무것도 아니며 텍스트성, 긴장, 갈등구조, 아이러니, 파라독스 등이 개념이 소설작품 분석의 기본단위로 떠오른다. 이 같은 입장에서 형식주의의 이론가들은 기존의 비평방법론을 '의도의 오류 intentional fallacy', '감정의 오류

---

17) R. Wellek & A. Warren, *Theory of Literature*, London, 1949, p. 34.

18) M. H. Abrams, *The Mirror and the Lamp*, London : Oxford Univ. Press, 1971, p. 4.

affective fallacy'라 공박하기도 한다.

전자는 작품의 의미를 이해하려면 그 작가가 의도한 바가 무엇인가를 알아야 한다는 역사주의 비평의 태도이며, 후자는 작품 자체와 그것이 자아내는 감정적 효과를 동일시하는 심리주의 비평의 태도가 될 것이다.

한편 2)의 '작품이 다루는 사회 또는 인물과의 관련성을 논하는 방법론'은 모방론 혹은 반영론에 속하는 비평이다. 이것은 소재가 되는 현실과 작품을 연관시키는 넓은 의미의 리얼리즘 비평이라 말할 수 있다. 이 같은 관점에 설 때 모든 문학작품은 역사성을 내포하고 있는 자료로 떠오른다고 본다. 그러므로 비평가는 문학적 비유 속에 파묻혀 있는 역사성을 발굴하여 논리적 언어로 바꾸어 놓는 사회과학자의 위치에 서기를 좋아한다. 그러나 앞서도 지적했듯이 이 같은 태도에 무반성적으로 함몰된 나머지 발생론적 오류를 범하는 것은 깊이 경계되어야 할 것이다.

3)은 효용론에 속하는 비평이다. 한 소설이 그 당대 혹은 후대의 독자에게 어떤 영향을 끼쳤는가가 문제된다. W. 야우스 등 독일 문헌학파들이 주장하는 수용미학이 이 계열의 비평방법론이다. 시대의 흐름과 함께 인간의 의식구조와 세계인식의 태도가 계속 달라지듯이 독자의 감수성과 심리적 판단도 계속 변화한다. 이것은 작가와 작품에 대한 여러 시기 독자의 반응양식과 그 평판을 보면 곧 알 수 있다. 예컨대 1920년대의 독자가 나도향의 〈물레방아〉에 대해 일으킨 반응과 1940년대의 독자가 박계주의 〈순애보〉에 대해 일으킨 반응, 그리고 오늘날의 독자가 이 두 작품에 대해 일으키는 반응을 보면 양자가 모두 현격한 차이가 있음을 발견하게 될 것이다. 우리는 이러한 차이점을 면밀히 검토함으로써 나도향이라는 작가, 또는 박계주라는 작가의 작품세계를 이해하는 데 많은 도움을 얻게 될 것이다. 또한 이 같은 과정을 역전시켜 그 당대의 독자들이 가진 '기대지평선'이 당대의 작품창작에 끼친 영향관계도 다시

재구할 수 있을 것이다.

4)의 '작품을 생산해낸 작가와의 관련성을 논하는 방법론'은 소설작품을 그 작가의 정신적 표출로 본다는 점에서 표현론에 속하는 비평이며 오늘날의 용어로 하자면 넓은 의미의 심리주의 비평이라 할 수 있다. 작가는 알 수 없는 신의 메시지, 즉 시신(詩神) 뮤즈로부터의 영감을 받아 시를 쓰는 것으로 믿었던 그리스 시대로부터 이 같은 방법론은 광범위한 공감을 얻어왔다. 근대의 낭만주의 문학은 이 같은 관점을 창조적으로 재구성했다. 낭만주의 문학은 시적 영감은 어느 한 순간에 밖으로부터 주어져 시인의 정신 속에 들어오는 것이 아니라 시인이 태어날 때부터 주어지는 것이라고 생각했다. 그 결과 '개성', '천재성', '영혼의 흔들림' 같은 개념들이 중요시되었다.

이 같은 막연한 표현론이 논리적이고 과학적인 면모를 띠기 시작한 것은 프로이트의 정신분석학 이론에 입각한 새로운 창작 심리학이 나타나면서부터이다. 이 같은 심리주의 비평의 정립에 지대한 업적을 남긴 허버트 리드에 따르면 소설가는 본래의 병적인 요소를 극복하고 창조적인 작업에 임함으로써 자신의 비극적인 운명을 극복하고 현실로 돌아오는 인간이다. 소설가는 자신의 마음속에 원시적 심리상태로 돌아가 참신하고 원초적인 이미지를 발견하려는 경향과 고도의 예술적 질서와 조형성으로 나아가려는 경향이 공존한다. 이 두 개의 경향이 균형을 이룰 때 창조적인 힘이 발생하는 바이것이 이른바 영감인 것이다. 문학상의 고전주의와 낭만주의 역시 이 두 경향이 어느 쪽으로 더 강하게 나타나는가에 따라서 구분된다고 본다.

[참고문헌]

김기현, 「간도 시절의 최서해」, 『우리문학연구 제1집』, 1976. 4.

김양호, 「1920년대 소설에 나타난 불의 상징해석-나도향, 현진건, 최서해를 중심으로」, 단국대 석사논문, 1984.

김용희, 「최서해에 끼친 고리키와 알치 바세푸의 영향」, 『국어국문학』 88집, 1982. 12.

이강언, 「춘원과 서해의 서간체 소설연구」, 『한사대 한국어문논집』 2집, 1982. 2.

이이화 편, 『許筠全書』, 아세아문화사, 1980.

이효석, 「文學振幅의 縡」, 『효석문학전집』 5권.

유진오, 「작가 이효석론」, 『효석문학전집 5권』, 서울 : 성음사, 1971.

조동일, 「학문이란 무엇인가」, 『우리 학문의 길』, 서울 : 지식산업사, 1993.

정한모, 『現代作家硏究』, 서울 : 범조사, 1959.

Abrams, M. H., *The Mirror and the Lamp*, London : Oxford Univ. Press, 1971.

Althusser, Louis E. Balibar, trans by Ben Brewgster, *Reading Capital*, London : Verso, 1979.

Bakhtin, Michael, *The Dialogic Imagination*, Austin: Univ. of Texas Press, 1981.

Barthes, Roland, Earrah 외 공역, S/Z Toronto : Doubleday, 1974.

Eco, Umberto, 이필렬 역, 『논문 어떻게 쓸 것인가』, 서울 : 이론과실천, 1991.

Eliot, T. S., "The Function of Criticism", *Selected Essays*, London, 1932.

Erlich, V., *Russian Formalism*, 박거용 역, 『러시아 형식주의』, 서울: 문학과 지성사, 1984.

Grebstein, S. N., *Perspectives in Contemporary Criticism*, New York, 1968.

Wellek, René, *The Concept of Criticism*, New Haven : Yale Univ. 1973.

Wellek, R., & Warren, A., *Theory of Literature*, London, 1949.

[인명 색인]

[작품 색인]

[용어색인]